U0140845

ASP.NET Web 界面设计三剑客： CSS、Themes 和 Master Pages

（美） Jacob J. Sanford 著

张 云 译

清华大学出版社

北 京

Jacob J. Sanford

Professional ASP.NET 2.0 Design：CSS，Themes，and Master Pages

EISBN：978-0-470-12448-2

Copyright © 2007 by Wiley Publishing, Inc.

All Rights Reserved. This translation published under license.

本书中文简体字版由 Wiley Publishing, Inc. 授权清华大学出版社出版。未经出版者书面许可，不得以任何方式复制或抄袭本书内容。

北京市版权局著作权合同登记号 图字：01-2009-2123

本书封面贴有 Wiley 公司防伪标签，无标签者不得销售。

版权所有，侵权必究。侵权举报电话：010-62782989　13701121933

图书在版编目(CIP)数据

ASP.NET Web 界面设计三剑客：CSS、Themes 和 Master Pages/(美)桑福德(Sanford, J. J.)著；张云 译.
—北京：清华大学出版社，2009.6

书名原文：Professional ASP.NET 2.0 Design：CSS，Themes，and Master Pages

ISBN 978-7-302-19992-2

Ⅰ. A… Ⅱ. ①桑… ②张… Ⅲ. 主页制作—程序设计 Ⅳ.TP393.092

中国版本图书馆 CIP 数据核字(2009)第 059690 号

责任编辑：王　军　李楷平
装帧设计：孔祥丰
责任校对：成凤进
责任印制：何　芊

出版发行：清华大学出版社　　　　　　　　地　　　址：北京清华大学学研大厦 A 座
　　　　　http://www.tup.com.cn　　　　　邮　　　编：100084
　　　　　社　　总　　机：010-62770175　　邮　　　购：010-62786544
　　　　　投稿与读者服务：010-62776969,c-service@tup.tsinghua.edu.cn
　　　　　质　量　反　馈：010-62772015,zhiliang@tup.tsinghua.edu.cn

印　刷　者：北京市世界知识印刷厂
装　订　者：三河市溧源装订厂
经　　销：全国新华书店
开　　本：185×260　印　张：29　字　数：706 千字
版　　次：2009 年 6 月第 1 版　　印　　次：2009 年 6 月第 1 次印刷
印　　数：1～4000
定　　价：58.00 元

本书如存在文字不清、漏印、缺页、倒页、脱页等印装质量问题，请与清华大学出版社出版部联系调换。联系电话：(010)62770177 转 3103　　产品编号：026501-01

前　　言

　　欢迎阅读我的第一部著作《ASP.NET Web 界面设计三剑客：CSS、Themes 和 Master Pages》。本书的出发点是告诉读者有关主题(theme)的商业用途和优点。开始时，我只对它们稍微进行了一些研究，后来随着研究越来越深入，我一直在想"这是到目前为止我见到的最酷的东西"。我开始告诉同事和同行关于主题的不同用法，他们大多在当时还未听说过主题，即使听说过，对于它们是什么以及如何使用也没有具体概念。我开始组织关于主题的 Code Camp 活动，反响空前热烈。所以我认为这是一个写书的极佳题材。

　　当我真正开始写书时，题材却扩展了。的确，主题是吸引人的，应当将其优点公布于众。但是这样就够了吗？也就是说，仅介绍创建主题的基本知识以及如何应用，就够了吗？是否需要将 Web 设计的基础知识结合到任何主题设计中？显然，后者越来越成为本书的焦点。虽然主题是我称之为"aesthNETics"的概念的重要组成部分——这意味着创建强大.NET 页面的艺术与驱动它们的技术一样惊人——但是它们只是综合体的一部分。作为一名 aesthNETics 开发人员，在任何 Web 项目规划中考虑的事项必须包括统一的 Web 标准，如 CSS、颜色、图形和无障碍化。但更重要的是，必须将.NET 放到该综合体中。这意味着用 Visual Studio 2005 的工具来增强所开发的站点的外观和一致性。如果您认真考虑 aesthNETics，将发现菜单控件、控件适配器、Master Pages 和主题等工具是关键部分。

　　本书的描述顺序是向无障碍 Web 设计迈进。我学过使用基于表的布局设计的 Web 方案——任何像我一样用 HTML 达十多年的人都可能会说同样的话。当时没有太多关于 CSS 和无障碍化标准的讨论。直到大约一年前当我开始慢慢转移到体验 CSS 结构设计时，情况才有所改变。当我开始写这本书时，还没有完全转变过来，直到本书完成后，我才完全转变过来。这其中部分原因是我为本书所做的研究，还有一个因素是从我自己的工作经验(作为 State 代理)中吸取到的教训。如果我在一年前就写了本书，CSS 可能就不是很重的负担了。要是我在前几年写了 CSS，可能就不会像现在一样在前面几章设计那么多表。时间总是会改变一些事情的。

　　我的目标是让您发现本书介绍的工具和技巧是有用的，以便您可以开始思考关于无障碍 Web 设计的问题，并将它结合到您开发的项目中。我希望您能够在项目中使用.NET 控件来创建一致且样式化的 Web 应用程序，同时保持对所有人无障碍。我希望您像我一样充满激情地开发您的 Web 项目的界面。如果已经有了强大的处理数据访问和项目的业务逻辑层的能力，本书可以帮助您提高技能，使您可以向单位提交一个样样俱全的完整项目。能做到这一点时，您会觉得自己是一位.NET Web 设计全才。

本书读者对象

本书适合于想学习用.NET 进行 Web 界面设计的任何人。.NET 开发的初学者或业余爱好者无疑可以通过学习本书来为.NET Web 界面设计打下很好的基础。然而，经验丰富的.NET 专业人士，尤其是打算摆脱项目中的 GUI 困境的人，也可以从本书中找到能让他们获益的某些章节。本书将把读者从项目的开始阶段一直引领到界面设计的完成。在这个过程中，将通过描述各种基本概念来展现项目的各个零散活动如何结合成一个整体。因此，任何确实想理解本书提出的概念的读者都可以通过阅读全书来实现自己的目标。此外，当您读完后可以将本书作为很好的参考书，以备所需之用。

本书的前面几章提供了对所有 Web 开发人员都有用的信息和示例。第 4 章之后提供的很多概念是专门针对.NET 开发人员的。在接下来的章节中，目标读者是.NET 开发人员，或者至少是想成为.NET 开发人员的读者。要学习那些章节，应至少对.NET Framework 有基本的了解，同时有一些使用 Visual Studio 2005(或者是 Visual Studio 2003)的经验。如果您对.NET 完全陌生，在深入学习那些章节前最好先阅读一本 ASP.NET 2.0 入门书。如果要了解.NET 2.0 Web 界面设计，那么本书很适合您。

注意，本书所有.NET 代码示例都是用 C#写的。然而，这不会限制其他开发人员——如 VB.NET 开发人员，理解书中的概念以及在他们自己的项目中复制本书中的代码。实际托管代码示例的数量是相当有限的，当使用它们时，可以很容易地将它们转换为 VB.NET 语言。

本书主要内容

本书涵盖了开发人员设计精美的 Web 布局所需的概念。前面几章集中介绍需要掌握的一般 Web 设计标准，以便学习后续的章节。具体地讲，这些概念包括：

- 基本的 Web 设计应考虑的事项(颜色、字体、图片、无障碍化等)(第 2 章)
- 创建自己的图和颜色模式所需的 Photoshop 基础知识(第 3 章)
- 层叠样式表(Cascading Style Sheets，CSS)和它们在 Web 布局设计中的用法(第 4 章)

当您学完这些章节后，将创建一个项目的基本架构，且可以继续开发贯穿全书的项目。您将拥有页眉图、颜色模式和 CSS 布局等.NET 特有的概念，并且将它们结合到以后章节中。这些概念包括：

- 如何使得.NET 控件呈现无障碍 CSS 代码而不是默认的表(第 5 章)
- 使用.NET 内置控件来创建易于维护和保持一致性的站点导航器(以及如何使它们呈现 CSS 分区而不是表)(第 6 章)
- 用 Master Page 创建 Web 站点模板(第 7 章)
- 创建主题和皮肤以样式化.NET 控件(第 8 章)
- 通过各种方法向项目应用主题，包括基类(第 9 章)

最后的章节将用在前面章节中学到的所有概念构建一个完整的新移动设备主题。在第 10 章，将开始修改图，以便更好地适应移动设备的分辨率。您还会了解如何修改样式表并通过程序应用它们使之仅适用于本主题。您将有一个新的Master Page和一个全新的主题，还会看到一种根据特定条件切换主题的方式(在本例中，条件是客户端浏览器是否为移动设备)。

　　除了这些章节之外，还可以对某些会影响在前面的章节中学到的内容的新技术进行一些前瞻性的说明。在附录A中，将介绍Visual Studio的新版本，代号为"Orcas"。该附录几乎纯粹是介绍新的CSS功能，因为它们是与本书其他章节最相关的，而且在这个版本中有关CSS管理的新功能如此之多，以至于它们能构成完整的一章 (虽然也包括了Master Page，但是CSS占了本附录的大部分内容)。

　　最后，在附录B中，对Visual Studio代码"Orcas"的讨论被扩充到包括了Microsoft Silverlight的内容。您将了解如何创建绘制对象，结合图片为对象设置动画，以及通过托管代码影响呈现的输出。

　　如果从头至尾地阅读了本书，.NET开发人员将对创建一致的、无障碍的Web界面的当前技术有一个扎实的理解，并且很快就可以完成令人兴奋的项目。

使用本书的条件

　　本书的组织方式您可能不太熟悉。大多数章节开始会介绍很多理论知识，并通过该章节特有的从零开始的项目来说明。这些章节示例只是为了告诉您，不同的组件到底如何与这一章的工作相关，以及如何使它们符合自己的项目需要。大多数情况下，章末关注的是更新一个贯穿全书的项目：surfer5项目。这个项目从第3章的图形和颜色开始。然后在每章的surfer5项目的基础上继续构建。如果没有从头至尾阅读本书，当您看到一个用来参考的章节末尾所更新的surfer5项目时，可能会感到困惑。几乎每一章都有这个项目的一部分，因此，如果没有连续阅读全书，必须意识到书中存在的这种结构，这样当您遇到它时才不会感到意外。

　　阅读本书的第一个真正的前提条件是理解HTML的基本结构和元素。如果"<p>Hello, <i>world</i></p>"之类的标记对您来说像外文，那么您可能需要在学习本书之前先复习一下基本的HTML语言。很多示例都有HTML组件，而在讨论时几乎没有提到它们。这些示例假定您在学习本书之前已经具有了HTML基础知识。

　　最好还要粗略了解CSS以及它们的工作方式。本书用一整章来专门描述CSS，其中包括了一些基础知识。然而，很多基础知识并没有覆盖到，因为我假定您学习本书之前已经对CSS有所了解。本书的大部分示例是基于CSS的，如果您对这一标准完全陌生，则可能需要先学习一本有关CSS的入门教材。

　　为了跟得上贯穿各章的示例，应至少安装Visual Studio 2005的某个版本，并且熟悉它的基本操作方法。您至少还应具有.NET的基本知识，并且能够理解C#示例(大多数示例可以轻松地转换为VB.NET)。可以从下面的站点下载Microsoft Visual Studio的版本：

```
http://msdn2.microsoft.com/en-us/vstudio/default.aspx
```

如果不打算购买Visual Studio的Standard、Professional或Team Suite的全价包，可以

采用 Microsoft 免费提供的版本，Microsoft Visual Web Developer 2005 Express Edition，其下载网址如下：

```
http://msdn.microsoft.com/vstudio/express/vwd/
```

建议当您逐渐成长为专业的开发人员时，把免费版升级为付费版本，虽然您也可以用这个免费版本复制本书中的示例。

不过，当您学习附录时，需要安装 Microsoft Visual Studio Codename Orcas 的某些版本并做好使用准备，这些软件可以从如下地址下载：

```
http://msdn2.microsoft.com/en-us/vstudio/aa700831.aspx
```

您可以选择下载自解压安装文件或者 Virtual PC 镜像。如果不习惯在自己的开发环境中安装完整版本，则可以使用 Virtual PC 镜像。不过要注意的是，您的计算机系统必须至少有 1GB 的可用 RAM 来运行镜像。这意味着如果您只安装了 1GB 内存，就不能运行镜像，因为系统的后台操作需要占用一些内存。可能至少要在任何试图运行这些镜像的系统上安装 2GB 的 RAM。

最后一个需要安装的应用程序是 Adobe Photoshop。本书使用的版本是 Adobe Photoshop CS2。现在，这个版本被 Adobe Photoshop CS3 取代了，它的下载地址如下：

```
http://www.adobe.com/products/photoshop/index.html
```

全书(大部分在第 3 章)显示的功能将基于 CS2，但是 Photoshop 的其他版本(包括 CS3)即使与它不完全一致，差别也相当细微。其他可用的免费图形编辑器也可能提供了类似的功能，如果您的资金有限，对于重新创建本书章节中的示例来说，它们是可靠的替代品。然而，这不保证它们能实际提供相似的功能，因此如果使用这些解决方案之一，可能会给您理解本书的示例带来一些麻烦。

至于 Photoshop，不要求您有使用这个应用程序的太多经验。示例是针对 Photoshop 初学者的，因此并不要求实际经验。此外，即使您不是一个初学者，也应浏览一遍关于 Photoshop 的那一章(第 3 章)，以便得到后续章节中所需的图形元素。如果省略了这一章，当 surfer5 项目在其他章节中逐渐成形时，您会发现项目中没有可以引用的图形。

值得指出的是，在本书第 3 章用来创建图形页眉的所有图片都来自于 Photos To Go Unlimited(http://unlimited.photostogo.com)。如果要得到这些图片的副本，可以直接从本书 Web 站点的如下位置下载：

```
http://www.wrox.com/WileyCDA/WroxTitle/productCd-0470124482.html
```

除了这些特定应用程序外，您可能还需要一些插件和综合工具集(也是免费的)。这些插件和工具集包括成为 Visual Studio 2005 的模板的 CSS Friendly Control Adapters，该工具可以从下面的地址免费下载：

```
http://www.asp.net/cssadapters/Default.aspx
```

从该网址还可以发现关于适配器的更多信息，并看到其他工作示例。

学习本书的附录 B 时，您可能还要安装 Microsoft Silverlight 1.1 Alpha for Windows，它

可以通过如下地址下载：

http://msdn2.microsoft.com/en-us/silverlight/bb419317.aspx

此外，可能还需要安装 Microsoft Silverlight Tools Alpha for Visual Studio Codename "Orcas" Beta 1，它的下载地址为：

http://www.microsoft.com/downloads/details.aspx?familyid=
    6c2b309b-8f2d-44a5-b04f-836f0d4ec1c4&displaylang=en

这两个 Silverlight 可以直接与 Visual Studio Orcas 集成，使得您可以感受到附录 B 所描述的体验。

由于附录 A 和附录 B 是对新技术的预览，所以不要求有使用 Visual Studio Orcas 或 Microsoft Silverlight 的经验。在编写这些附录中的用例时，本书作者已经考虑到了这些技术对您而言可能是新的技术。

有了本节描述的技术和期望的知识水平，您应该已经有了很好地掌握本书各章内容的装备。剩下的唯一要求是您需要有在 Internet 上创建最好的 Web 界面的渴望，或者冲动。您应有学习新概念的渴望并在所开发的项目中充分利用这些新概念。如果有这样的态度和这些工具，那么您已做好了准备。

源代码

在读者学习本书中的示例时，可以手工输入所有的代码，也可以使用本书附带的源代码文件。本书使用的所有源代码都可以从本书合作站点 http://www.wrox.com/ 或 www.tupwk.com.cn/downpage 上下载。登录到站点 http://www.wrox.com/，使用 Search 工具或使用书名列表就可以找到本书。接着单击本书细目页面上的 Download Code 链接，就可以获得所有的源代码。

> **注释：**
> 由于许多图书的标题都很类似，所以按 ISBN 搜索是最简单的，本书英文版的 ISBN 是 978-0-470-12448-2。

在下载了代码后，只需用自己喜欢的解压缩软件对它进行解压缩即可。另外，也可以进入 http://www.wrox.com/dynamic/books/download.aspx 上的 Wrox 代码下载主页，查看本书和其他 Wrox 图书的所有代码。

勘误表

尽管我们已经尽了各种努力来保证文章或代码中不出现错误，但是错误总是难免的，如果您在本书中找到了错误，例如拼写错误或代码错误，请告诉我们，我们将非常感激。通过勘误表，可以让其他读者避免受挫，当然，这还有助于提供更高质量的信息。

请给 wkservice@vip.163.com 发电子邮件，我们就会检查您的反馈信息，如果是正确的，我们将在本书的后续版本中采用。

要在网站上找到本书英文版的勘误表，可以登录 http://www.wrox.com，通过 Search 工具或书名列表查找本书，然后在本书的细目页面上，单击 Book Errata 链接。在这个页面上可以查看到 Wrox 编辑已提交和粘贴的所有勘误项。完整的图书列表还包括每本书的勘误表，网址是 www.wrox.com/misc-pages/booklist.shtml。

P2P.WROX.COM

要与作者和同行讨论，请加入 p2p.wrox.com 上的 P2P 论坛。这个论坛是一个基于 Web 的系统，便于您张贴与 Wrox 图书相关的消息和相关技术，与其他读者和技术用户交流心得。该论坛提供了订阅功能，当论坛上有新的消息时，它可以给您传送感兴趣的论题。Wrox 作者、编辑和其他业界专家和读者都会到这个论坛上来探讨问题。

在 http://p2p.wrox.com 上，有许多不同的论坛，它们不仅有助于阅读本书，还有助于开发自己的应用程序。要加入论坛，可以遵循下面的步骤:

(1) 进入 p2p.wrox.com，单击 Register 链接。

(2) 阅读使用协议，并单击 Agree 按扭。

(3) 填写加入该论坛所需要的信息和自己希望提供的其他信息，单击 Submit 按扭。

(4) 您会收到一封电子邮件，其中的信息描述了如何验证账户，完成加入过程。

注释:

不加入 P2P 也可以阅读论坛上的消息，但要张贴自己的消息，就必须加入该论坛。

加入论坛后，就可以张贴新消息，响应其他用户张贴的消息，也可以随时在 Web 上阅读消息。如果要让该网站给自己发送特定论坛中的消息，可以单击论坛列表中该论坛名旁边的 Subscribe to this Forum 图标。

关于使用 Wrox P2P 的更多信息，可阅读 P2P FAQ，了解论坛软件的工作情况以及 P2P 和 Wrox 图书的许多常见问题。要阅读 FAQ，可以在任意 P2P 页面上单击 FAQ 链接。

目　　录

aesthNETics

在过去的数十年里，技术的发展日新月异。现在的最新技术可能在 6 个月后就完全过时了。您刚刚开始了解一种新技术，它就被更新了，而且您必须完全重新学习。对于.NET 开发人员来说，情况更是如此。当.NET 刚刚引入时，它对以前的 Microsoft 编程语言做了巨大的改进。只要看看这个事实就能说明一些问题：VB 和 C 语言程序员能理解彼此的代码了。但是多到令人难以置信的新控件和其他小玩意能使很多人望而生畏。在大家都还没有习惯.NET 1.0 之前，1.1 就发布了。当人们最终开始习惯 1.1 时，2.0 又发布了。当 2.0 发布不久，新的 3.0 又发布了。有些程序员喜欢.NET 这样不断地改进功能。他们努力学习所有的新功能和增强特性，以便他们的项目能跟得上技术的发展。他们还会研究这些新功能将对他们的现有应用程序产生什么样的影响。另一方面，多数人关心这种架构的"内幕"部分。他们想知道新的.NET 2.0 GridView 是否真的比.NET 1.1 DataGrid 好得多(确实好得多)。他们能立即发现在代码中实现 Try…Catch…Finally 语句的好处。

但是这些程序员似乎经常会忘记，或者至少将其放在相对不太重要的位置的是——使这些新的强大的.NET 页面看起来漂亮。他们忘记了 aesthNETics。

1.1 aesthNETics 的定义

简单地说，aesthNETics 能使.NET 页面看起来漂亮。这样解释可能有点太简单了。"使.NET 页面看起来漂亮"到底意味着什么？它仅意味着"美学上令人愉悦"吗？较短的答案是：不是。

较长的答案是，要看您是否喜欢 Web 站点。对此大多数人会有一致的看法。虽然可能难以提出当您访问 Web 站点时希望或预期的功能的权威列表，但是大多数人应该都会期望下面这些特点：

- 能够轻松地找到要找的内容。
- 访问的每个页面有一致的外观。
- 页面以直观且有逻辑性的方式布局。
- 如果使用了图形，图形不要过于突出或令人讨厌，同时也不要为了使用图形而使用图形。
- 使用的颜色不伤眼睛，否则您马上就会想离开这个页面。
- 不用一边加载页面一边想"哇，这里要发生的事太多了。"

- 页面加载的时间也不要太长，即使在较慢的连接上也是如此。
- 不会立即想"啊，以前我见过这种模板，它太普通了。"

除了上述这些外，开发人员可能还会考虑如何为他们的客户提供最佳体验。例如，要考虑到浏览器的兼容性。至少必须决定要支持哪些浏览器，此后为站点写的代码都要符合这个标准。不过，在考虑浏览器的兼容性时应当记住，有很多上网的人或访问您的站点内容的人使用的是基于文本的浏览器。您为这些人写好代码了吗？

aesthNETics 结合了所有这些思想。这意味着您没有忘记站点的外观，意味着您不仅操心站点的业务逻辑与数据，而且对于使界面看起来用户友好和给人带来愉悦的感觉给予了同等的重视。这还意味着您记得使访问站点的客户能看到的内容与他们看不到的内容同样出色。

优秀的 aesthNETics 程序员需要掌握的技能包括：

- 对 Web 设计和布局基础知识的良好理解。
- 色彩图形的鉴赏能力(有时少实际上就是多)。
- 层叠样式表的运用能力。
- 全面了解使所创建的页面具有一致性的 ASP.NET 工具。
  - **站点导航** 对站点进行直观的和一致的访问的组件。
  - **Master Page** 用于结构化布局。
  - **主题** 用于使.NET 组件保持一致。

以本书作为指南，您将学会鉴赏自己开发的 Web 站点的设计元素。您将了解关于图形的足够多的入门知识，并在此基础上学会更多内容。而且，与.NET 程序员关系最密切的是，您将学会可以帮助您在开发的站点中使用 aesthNETics 的.NET 2.0 新增功能。

不过，请不要误解本书的范围。本书不仅概述 Web 应用程序开发人员可用的特定.NET 工具，还介绍了在.NET 程序之外也可以使用的有声 Web 设计原理与工具。包括对 Worldwide Web Consortium(W3C)建立与维护的层叠样式表及其标准的讨论。本书还将概述色彩、图像及其他通用的 Web 相关设计事项。不过，随着对本书学习的深入，您将看到如何在 Visual Studio 2005 中综合运用这些基本原理，以及由.NET 2.0 Framework 提供的组件。严格来讲，本书讨论的很多概念并不只是.NET 所特有的。不过，aesthNETics 的思想是主要在.NET 应用程序中集中应用这些概念。

1.2 aesthNETics 之所以重要的原因

您可能会把 aesthNETics 看作典型 n 层应用程序的表示层。很多表示层是关于编程的，.NET 当然也是这样，它不但给出了关于如何让 Web 站点更强大的大量细节，而且充斥着最新最出色的技术。aesthNETics 不仅引入了 AJAX 以及 XML 串行化等主题，而且还介绍了在您开发的 Web 应用程序中实现业务逻辑的现实世界示例。不过，大多数表示方案最缺少的似乎是对表示层的应有关注。这种状态的风险在哪里呢？很简单，永远会存在看上去真的很无趣但又真正强大的 Web 站点。

表示层重要吗？当然重要。它与经典的三层应用程序中的业务逻辑和数据访问层一样重要吗？这个，要看您问谁了。一方面，您可能会遇到一名经验丰富的程序员，他阅读了当前大部分期刊，参加过旨在跟上最新技术趋势的技术会议。他可能会说，"不，它并没有那么重要。"但是如果问的是客户呢？当然，他们可能会对使用 SQL Server 2005 的新交叉表功能所带来的访问等待时间减少 235ms 感到高兴。或者，他们可能为通过正则表达式验证 Social Security 字段的有效性然后在数据库中加密这一事实叫绝。但是，如果您告诉他们所有这些功能，而他们看到的却是只包含几个文本框的空白页面，他们会说什么呢？这通常被称为"光环效应"，即借用最初的理解来判断一个条目的其他属性。对于 Web 设计而言，这意味着潜在客户通常会根据他们在浏览器中初次加载时所看到的内容来评判整个 Web 站点。如果在开始讨论幕后价值之前失去了客户，则需要费很大的力气才能把他们重新请回来。

为了说明这一点，假设有一个想要数据显示板应用程序的客户。他们有一些数据放在电子表中，且希望先把数据转换为某种企业解决方案，然后实现一个每天都自动将数据送到新的数据库的功能模块，最后在公司内网上用一个可浏览的 Web 应用程序显示对数据的分析。这是一个令人瞩目的项目，对负责交付这个新系统的小组意味着赞美与认可。结果，两个小组为设计新系统项目和将它呈现给领导班子而展开竞争。第一组花了大量时间进行数据转换，并创建了一个需要参数的自动更新系统。他们决定放弃花大量时间在项目界面上，而只用一些 Microsoft Office 图形组件来显示数据。他们呈现给管理层的示例如图 1-1所示。

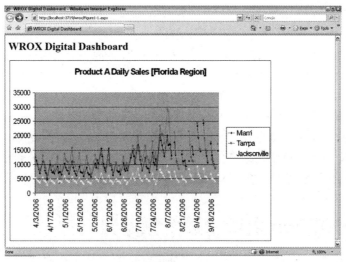

图 1-1

第二组也完成了初始数据转换，但是为了演示他们的提案，他们花时间拿出了一个既漂亮又直观的布局，希望项目管理层会喜欢。他们决定用 Adobe Photoshop 来表现自定义图形，并决定用 System.Drawing 命名空间创建自定义图形组件。他们密切关注站点的色彩方案，并努力使一切融合在一起。这使得他们没有时间来处理自动数据加载。他们呈现的示例如图 1-2 所示。

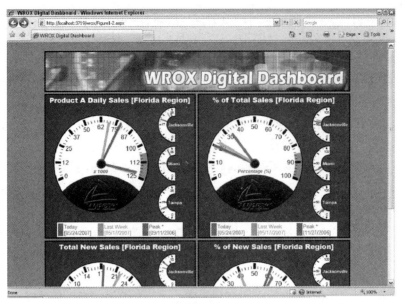

图 1-2

您认为在实际情况下，这两个项目中的哪一个会赢得管理层的首肯？

不要误会。表示层不是 Web 项目中唯一重要的组件。在上面的示例中，如果指定第二组来完成这个项目，项目开始以后不久，就会发现他们只能使站点看上去漂亮，而对于收集和分析数据却没有真正的价值，管理层对此是不会高兴的。仅使站点看上去漂亮无疑是不够的。不过本例主要是为了说明界面设计的重要性，提醒大家不要忽视它。

1.3　提高员工的期望

在如今快速发展的技术市场上，程序员被越来越频繁地要求成为编程方面的"多才多艺者"。这只是意味着客户和管理层希望程序员能处理 Web 项目的各个方面，从需求收集到应用程序开发，再到用户测试和文档化的协调。是的，甚至还有图形处理和设计。有多少工作是您希望公司不要都让您来做的呢？程序员已经发现完全不可能说"我不管数据库，那是 DBA 的事。"随着时间的推移，您又会发现很难开口说"我不做图，那是设计师的事。"

即使这种情况还不是真的，也肯定有其他理由让您成为关于.NET 应用程序的更好的 Web 设计师。理由之一是，它可以使您从同行和同事中脱颖而出。假设您在一个做大量.NET Web 应用程序的编程工作室工作，其中大部分程序员精通.NET。您的能力差不多处于中间水平。您不是小组中最优秀的，当然也不是最差的。如何使自己与众不同呢？您当然可以多花时间成为小组中的最佳.NET 开发人员。但是除此之外还能做什么呢？

Phillip Van Hooser(*Willie's Way: 6 Secrets for Wooing, Wowing, and Winning Customers and Their Loyalty* 一书的作者，领导能力和客户服务方面的专家)提出了一个可以让您鹤立鸡群的简单而直接的方式。您不必比别人出色太多，只要稍微多做一点即可。他解释道，哪怕只比别人多做了一点点，人们都会注意到您而且会记住您。

那么，如何才能做得比小组中的同行好一点点呢？如果您精通 Web 设计与布局，如果您会用 Adobe Photoshop 等图形处理软件创建自定义图形，您就可以脱颖而出了。如果您创建了美学上给人深刻印象的应用程序，而其他人创建的应用程序乏味且缺乏灵气，那么人们自然会记住您。

1.4　为 Web 站点创建一致外观：aesthNETics 要点

本书将尝试概述部分基本工具，主要是在 Visual Studio 2005 中可用的基本工具，.NET 开发人员可用这些工具来使站点的外观与它们幕后的编码同样精彩。如果说存在严格意义上的 Web 开发规则，那就是：使站点外观一致。打开一个站点，一个页面是这种样式，而另一个页面又是完全不同的样式，将令人非常讨厌。这并不是说不同页面的布局不能有变化，而是说"让用户感觉每个页面是统一的"应成为开发人员的目标。的确，有时候必须拉长标题来适应大型的数据表。或者根据用户在站点中的位置，您会在页面的某些部分放置一些边栏链接，以及链接其他页面的链接，以便适应一个有很多内容页面的大站点。但是，当用户导航时链接的位置向左或向右移动 5~10 个像素，或者一个页面用蓝底模式，而另一个使用褐色阴影，将会使站点看起来比较邋遢。

当然，创建外观一致的站点的第一步是实实在在地确定您想要的外观。事实上，如果外观(可以轻松地应用到所有页面的外观)只是一个空白页面以及上面的文本和各种控件，那么它并不真正符合优秀 aesthNETics 的标准。虽然精确定义优秀 aesthNETics 的标准可能比较难，但是可以用"哇"因素来测试自己是否在正确的轨道上。如果向客户展示您的项目，客户说"哇"，那么您就可以知道自己可能符合 aesthNETics 标准了。如果客户没有这么说，或是看上去不大感兴趣，则您可能要重新思考自己的方式了。由于不同的客户有不同的"哇"标准，所以这种测试也是一个挑战。找出这些标准是一个 aesthNETics 开发人员的职责所在。您应当知道潜在客户是谁，他们会如何访问您提供的内容。您应当对 Web 站点的设计与布局有一个基本的了解。为了标新立异，还应对图形和色彩的应用有一个基本的了解，而且要熟悉帮助创建这两者的工具。您应在开发过程的早期就挑选颜色和创建图形，这样才好决定站点中的其他必需组件。关于如何做这件事的详细解释以及有哪些可用工具，请参见第 2 章。

一旦决定了站点的外观，就需要确定一种在站点中实现这些外观的方式。大多数应用程序都有模板工具。例如，您可以轻易找到可以应用的皮肤，Windows Media Player 等应用程序甚至可以自己创建皮肤。有些 Web 设计器应用程序也包括了皮肤。不过历史上.NET 并没有真正明确地用模板制作页面的方式。

这一点在.NET 2.0 Framework 发布时发生了巨大的变化。Master Page 现在是 Framework 的一部分，而且应当成为每个.NET 开发人员的设计工具与技巧的工具库。Master Page 允许开发人员为站点的设计创建结构化模板。这意味着您可以说"我希望标题在这个位置，页脚在那个位置，导航放这里，内容放那里"，然后将它保存为项目模板(找不到更好的说法了)。然后其他页面就可以继承 Master Page，它们的内容可以放到在 Master Page 中创建的内容区里。第 7 章将详细介绍模板的创建。目前，只需要知道 Master Page 能创建可导入到 Web 页面中的项目模板就行了。

　　层叠样式表(Cascading Style Sheet，CSS)已经诞生十多年了，它是创建站点一致性的另一种很好的方法。使用 CSS，不仅能规定站点中 HTML 元素的外观，而且能规定 XML、XHTML、SVG、XUL，以及 SGML 的大多数派生元素的外观。例如，您想让整个站点的背景为灰色，就可以用 CSS 来实现。在新版 Visual Studio 2005 中，引入了一些帮助您在应用程序中创建精确样式表的工具。此外，还有几个将它们应用到站点的很酷的技巧，这将在第 4 章介绍。

　　然而，使用 CSS 的一个缺点是不能有效地用它创建 ASP.NET 元素的一致外观。这意味着单用样式表时不能说"我希望放在页面上的每个.NET 标签都是粗体红字，Arial 12 磅字体。"您只能创建一个格式化为这样的 CSS 类，然后在标签控件的"CssClass"属性中引用。但是，当您在该页面上放入另一个标签时会发生什么呢？如果没有在该标签的 CssClass 属性中对 CSS 类进行类似的引用，它就不会被应用；该标签只会使用标签的默认设置。然而，有了.NET 2.0 Framework 后，就能修改标签的默认设置。您可以告诉应用程序，对于放在任何页面上的每个标签，它应当应用某个特定的 CSS 类。更好的是，您可以说对于每个 GridView 控件，标题将是蓝色的，行样式将是灰色的，而交替行样式将是白色的。当您在页面上放下一个 GridView 时，不需要做其他任何事情，它就会被格式化。而且，您可以告诉应用程序，在一些情况下它应使所有的 GridView 都显示为上面描述的样子，而在其他情况下，它应使它们完全不同(基于配置文件、浏览器规范等)。您也可以基于控件 ID 让一些 GridView 看起来是这样，另一些看起来是那样。这些都是通过使用皮肤和主题来实现的，具体内容将在第 8 章和第 9 章介绍。

　　最后，开发人员需要确保客户可以轻松地访问他们的站点，而且用来导航站点的控件必须一致而直观。以前，开发人员不得不通过使用 JavaScript 或第三方控件来创建 Windows 样式的导航控件。某些勇敢者甚至试图为他们的.NET 项目编写自己的导航控件。然而，在.NET 2.0 Framework 中引入了站点导航控件，用来帮助开发人员在站点上创建一致且易用的导航元素。您希望采用在 Internet 上看到的导航控件(模仿 Windows 应用程序的控件种类)吗？现在它们已经包含在这个控件中了。您希望创建一个"breadcrumb"组件来显示用户在站点中的位置吗？现在这也是包含在这些控件中的默认行为的一部分了。开发人员现在能创建一个可被整个站点的导航控件所使用的 SiteMapDataSource 文件。更新该文件时，所有引用它的页面也会被更新。站点导航与.NET 2.0 Framework 的结合由来已久，第 6 章将介绍如何使用这些功能。

1.5　前提条件

　　无论是在.NET 上还是在任何其他开发平台上，学习优秀的 Web 设计原理并没有太多的前提条件。事实上，学习本书，至少表示了一种思考设计问题的意愿。不过从技术上来说，本书将对您的能力水平有一些要求。

　　首先，您应当相当熟悉 HTML 代码。如果下面的代码片段对您来说完全是陌生的，那么您可能难以理解本书所介绍的内容：

```
<strong>Hello world!</strong>
<br><br>
<p>This is my first paragraph for my first page!</p>
```

显然，如果您熟悉 HTML、CSS 和优秀的 Web 设计的基本概念，就能看懂相关章节。类似地，如果您有开发.NET Web 应用程序(使用任意版本)的经验，就比较容易理解很多新增的.NET 概念。不过，没有什么概念是热诚的读者不能掌握的。

另一个相当重要的要求是至少粗略地了解.NET 知识。该知识是来自.NET 1.0 还是 1.1 与本书的讨论倒确实没有关系。不过，如果是完完全全的初学者，那么对于本书提出的一些编程概念的理解可能会有困难。本书不会详细解释什么是命名空间、什么是对象或者什么是页面类。在相关的时候，自然会详细介绍这些功能是如何与手边要介绍的主题进行交互的。然而，不要指望本书会给出.NET Framework 的全面细目分类。市面上有的是更全面地解释 Framework 的图书；本书专门介绍.NET 2.0 Framework 的一些令人激动的新功能。为了从本书中获得最大的益处，读者至少应熟悉面向对象编码，而且应有一定程度的.NET 经验。同样地，如果缺少这样的经验，虽然仍能从本书获得一些知识，但是肯定会有一些妨碍(只有您自己能指出有哪些妨碍)。

不过，为了贯彻这一思想——熟悉 Visual Studio 2005 确实有助于理解后面的章节提出的概念，大多数代码演示将用 Visual Studio 2005 执行。当引入 Visual Studio 的新功能时，当然会详细解释这个功能。然而，如果该概念不是 Visual Studio 2005 的新概念，而且不一定会妨碍正在进行的讨论，就不会为从来没有见过此接口的读者进行充分解释。

应当注意，对于 Visual Studio 2005 中的所有演示，您可以在 Visual Studio Web Developer 2005 Express Edition 中重新创建。事实上，作者所描述的大多数内容都是通过这个免费开发工具完成的。显然，如果您有购买完整版 Visual Studio 2005 IDE 所需的必要资金，当然应该购买。它有更多的功能，也更强大。不过如果您只是刚开始学习，或者只是一个业余爱好者，则用这个免费版本也可以完成本书的学习。

不过，学习本书最大的要求是对自己开发的 Web 站点在美学上更令人愉悦真正感兴趣。学习的愿望是不应低估的，如果您有这个愿望，就能利用本书的概念。这里提出的概念应当是每个 Web 开发人员构建应用程序的基础，而不仅仅适用于.NET 开发人员。本书会展示.NET 特有的优点，但是概念是通用的。如果您正在开发 Web 应用程序，应能从本书中学到一些有用的东西。

1.6   小结

aesthNETics 的精髓概念其实并不是新概念。Web 开发人员几年来一直在努力使他们的站点看起来漂亮，同时又要强大而有用。市面上有数千本讨论基础 Web 设计概念的图书。如果您在 Google 上搜索 "Web design concepts"，将返回超过 100 000 000 条结果(字面上)。市面上有数百个应用程序声称它们能将普通人转变成专业的 Web 设计师，此外还有一些讲授 Web 设计基础的初级班。简而言之，我们根本不缺乏关于 Web 设计概念的资源。

缺乏的似乎是该信息的实际利用。很多开发人员(同样，这里也不仅是指.NET 开发人员)没有花时间使他们开发的站点更加美观。这些人在这里丢一个按钮控件，在那里丢几个文本框，甚至可能还在使用 10 年前为公司内网开发的色彩模式，然后就夸耀自己有了一个站点。

aesthNETics 所努力推行的是用.NET 2.0 Framework 的强大工具使站点在美学上更令人愉悦。本书重点关注的是.NET 开发团队。但是很多概念是通用的，因此其他开发人员也可能在本书的内容中发现一些有用的信息。本书主要面向.NET 开发人员，其中介绍的大多数工具是.NET 2.0 和 Visual Studio 2005 特有的。其他平台可能有类似的功能，但它们不是本书讨论的真正重点。本书的重点是使.NET 开发人员更加优秀。

所有程序员都有一些变得更优秀的理由，客户和管理层的期望就是最重要的理由之一。每个人都希望如今的开发人员是全能的。经典招聘广告的要求可能包括.NET 经验、数据库经验、nUnit 测试经验、项目管理经验，甚至还有图形图像处理经验。为了跟得上形势，开发人员需要不断地学习。他们需要拓展视野，挑战自我以学习本不属于自己擅长的领域的知识。对于认真的开发人员来说，这是学习 aesthNETics 的最佳理由。这样的挑战应当是学习新概念的实际吸引力。优秀开发人员与伟大开发人员之间的区别往往只在于不断学习的真正意愿。正如 Steve McConnell 在 *Code Complete 2nd Edition* 中所说的，"高级程序员的特征基本上与天才无关，而与亲自开发的承诺有关。"

那么，现在坐下来开始学习本书，力争使自己成为一名更优秀的.NET 开发人员吧。

Web 设计基础知识

Web 设计的精髓实际上就是 Web 设计本身。虽然这看起来似乎有些简单化，但很多人会忘记这一至关重要的理念。本书主要面向的读者是已经熟悉 ASP.NET 的程序员，他们阅读本书的目的是为了学习如何使他们开发的站点更令人印象深刻以及对用户更友好。不过，这种思想的核心并不只适用于.NET 程序员。为了使用户界面更炫目，程序员需要了解 Web 设计的基本概念，包括布局、色彩和图形等内容。

此外还要对将访问您开发的站点的用户有相当的了解。您的站点适合什么样的浏览器？如果用户关闭样式表，站点看起来会是什么样子？如果关闭 JavaScript 站点会如何？有什么样的带宽限制？客户会如何显示页面？还有什么需要考虑？

本章将详细描述 Web 设计的一些基本概念。我们会介绍样式、色彩和布局，以及关于 Web 设计的一些热点话题和发展趋势，其中有些内容您可能从未接触过。了解这些内容对创建优秀的 Web 设计大有益处。

然而，本章介绍的主题并不局限于 ASP.NET 领域。优秀的 Web 设计的概念是相通的，因此永远不应认为它完全只是关于某个特定编程语言的事情。显然，由于本书是关于 ASP.NET 设计的，因此以后的章节会集中介绍 Visual Studio 2005 中帮助开发人员综合运用这些设计概念的工具。然而，本章的概念对于任何 Web 设计/开发人员来说都是适用的，而不仅仅适用于.NET 开发人员。

2.1　设计基础

Web 设计要考虑的第一件事是"谁是我的用户，他们将如何使用我创建的页面？"这似乎十分简单，但在匆忙决定站点标准之前，应当先考虑这些问题。如果只是简单地认为"我的大多数用户可能会用 Internet Explorer 7，使用的屏幕分辨率至少为 1280×768"，那么这几乎永远无法带来成功的 Web 设计。诚然，如果您在为一个公司的内网设计应用程序，有政策和规定(以及预算)可以确保每个员工都有最先进的计算机，有最快的图形加速卡，以及最新的软件包，那么这种想法可能是适用的。但是为现实世界进行 Web 设计时，要考虑更多的事情。

2.1.1　屏幕分辨率

要考虑的第一件事就是目标显示器的屏幕分辨率。如果访问一个站点，却必须使画面向右滚动，然后向右再向左，然后再向右，然后再向下和向左，这样翻来覆去地滚动一定让人非常恼火。大多数用户愿意上下滚动页面来进行浏览：这在大多数 Web 应用程序中是必要的。与此相反，他们厌恶不得不左右滚动页面来看东西。

目前一般能接受的屏幕分辨率是 800 像素宽、600 像素高。然而，不应将它与您开发的 Web 应用的实际像素大小相混淆。必须把大多数浏览器上的滚动区域和可能默认保留的补白(padding)考虑进去。大多数 Web 应用程序的安全显示宽度大约是 750 像素。这通常足够让 Web 应用程序完全呈现在浏览器窗口中了。

但屏幕分辨率的高度怎么确定呢？这完全是另一件事。首先，必须考虑不同类型的浏览器。几乎所有浏览器默认的标准工具栏都有不同尺寸。例如，与 IE 6 浏览器的工具栏相比，IE 7 提供的浏览器工具栏就修剪过；这两者与 Firefox 的标准工具栏和按钮相比较又有所不同。每种浏览器都不一样，占用的屏幕实际像素数量也不同。此外很多用户可能会在浏览器中添加新工具栏或第三方工具栏。还必须考虑的是 Windows 操作系统的任务栏(或其他操作系统的类似功能区)。所有这些都会偷走您的 Web 应用程序的可用高度——即不滚动页面时的可用高度。正如前面所提到的，大多数 Web 用户能接受上下滚动以看到给定站点的所有内容这一事实。然而，如果真的决定将所有内容放在一个浏览器窗口中而根本不需滚动，则大约需要 400 像素的高度。

除了这种固定像素方法外，还可以考虑流体设计的思想。本质上，这种设计思想允许页面为适应各种浏览器和分辨率的设置而适当地增大或收缩。简言之，这意味着不是正好将站点的内容显示为 700 像素宽，而是将它显示为可用屏幕的 85%。或者将页面划分成 3 部分，每部分占屏幕宽度的 30%。为了便于计算，如果一名用户的显示器上有 1000 像素可用，则 Web 设计会占 900 像素，留下 100 像素的补白。如果另一名用户在可用屏幕分辨率为 700 像素宽的显示器上打开同一个的页面，该页面就自动收缩为 630 像素。

下面的统计信息可供参考：

分辨率	用户数量
1024×768	39 840 084(52%)
1280×1024	18 106 879(24%)
800×600	9 366 914(12%)
未知	4 812 017(6%)
1152×864	2 613 989(3%)
1600×1200	487 669(0%)
640×480	127 355(0%)

这些来自 TheCounter.com(www.thecounter.com/stats)的统计信息，显示了 2007 年 5 月访问该站点的所有用户的屏幕分辨率的细目分类。从上面的统计信息中可以看出，大部分用户使用的屏幕分辨率是 1024×768 (至少根据这些统计信息是如此)。然而，如果仅以这些用户为目标,则会对大约 10 000 000 名用户产生消极影响(屏幕分辨率为 800×600 和 640×480 的用户)。这 10 000 000 名用户将不得不向右滚动页面才能看到所有内容，他们甚至可能会到别处去寻找他们所需要的内容。

但这只是问题的一部分。设计人员应当假定人们会将他们制作的页面打印出来。知道这一点而没有满足它是不可原谅的。设计人员应当考虑一下这种需求，通过对页面进行编码使之可打印，或者采用适合打印的版本。像与屏幕分辨率有关的任何其他内容一样，它也没有一个确切的标准。您必须考虑要使用的打印机的 dpi、页面打印尺寸允许的边距、打印纸张的方向与大小，以及其他无法预知的因素。不过一般来说，大约 700 像素的固定像素宽度应该适用于大多数打印机的页面设置。这个宽度符合在标准大小的信纸上打印时获得最佳可读性的行长标准。采用这个标准，可以在打印文档上每行放进 50~80 个字符。在谈论屏幕分辨率时粗略地将它翻译为 500~800 像素宽。然而，即便采用了这样的宽度，还是必须考虑文本的实际可读性。如果有一个页面布局横跨了用户窗口的整个宽度(液体或流体设计)，而用户用分辨率为 1600×1200 像素的显示器来访问该页面，并且最大化浏览器，那么用户阅读您的文本就有困难；因为当他们读到文本的行末后，目光再跳回到文本的下一行时有麻烦——文本中一行的终点离下一行的起点太远。因此，即便可以在打印文档上设置大约 700 像素的 Web 内容，最好也尽量将有文本内容的区域限制为小于 700 像素，比如 500 像素，以确保文本的可读性。

屏幕分辨率可能是最有争议的 10 个 Web 设计话题之一。如果您询问一组 Web 设计人员目标分辨率应该是多少，会得到各种各样的答案，通常响应还非常激烈。有人打赌 800×600 像素是最安全的。有人认为 800×600 像素早过时了，新标准应该是 1024×768 像素。不过，越来越多的开发人员倾向于 Web 设计的流体设计概念。

但是这真的归结于您服务的客户。如果您认识您的用户，并且知道他们的平台和冲浪习惯(比如是否在浏览器上全屏浏览 Internet)，您可能侥幸逃脱 1024×768 像素的固定屏幕分辨率目标。然而，如果您不知道，则可能应当采用较小的分辨率目标，或者考虑完全迁移到 Web 设计的流体设计(liquid design)方法。

2.1.2　浏览器

许多开发人员在设计项目时考虑的一个要素是将打开他们的站点的浏览器类型。浏览器市场上有很多小浏览器在挑战 Microsoft Internet Explorer 的垄断地位，访问一下 TheCounter.com(www.thecounter.com/stats)上的统计信息将比较有趣。下面是对各种浏览器的利用率的分析数据：

浏览器	用户数量
MSIE 6.x	44 213 704(56%)
MSIE 7.x	11 839 333(15%)
FireFox	9 295 726(12%)
Netscape comp.	9 076 448(11%)
Safari	2 269 581(3%)
未知	825 539(1%)
MSIE 5.x	736 342(1%)
Opera x.x	495 033(1%)
Netscape 7.x	196 201(0%)
Netscape 5.x	128 764(0%)
MSIE 4.x	83 775(0%)
Netscape 4.x	42 532(0%)
Konqueror	16 334(0%)

Netscape 6.x	2 294(0%)
MSIE 3.x	679(0%)
Netscape 3.x	315(0%)
Netscape 2.x	86(0%)
Netscape 1.x	14(0%)

　　这些是 2007 年 5 月的统计信息，说明多年来 Internet Explorer 仍然在浏览器市场中占支配地位，也许令人惊奇的是，尽管 2006 年 11 月发布了 IE 7，IE 6 却仍然是用得最多的浏览器。如果将 Internet Explore 的所有版本加起来，总浏览器占有率将达到这些统计信息中的约 72%。然而，如果分析某个时间段内的该统计信息，就会注意到 FireFox 浏览器，至少呈现了上升的趋势。例如，在 2006 年 5 月，FireFox 浏览器的用户只有 1 200 000，占总数的 9%。在一年的时间内，用户数量已经上升到了 9 300 000，占总数的 12%。相反，2006 年 5 月 IE6 的用户有 113 000 000 名用户，占总数的 84%，但到了 2007 年 5 月却只有44 000 000 用户多一点了，占总数的 56%。

　　提示：

　　这里并没有列出 2006 年的完整统计信息，完整信息可以在 TheCounter.com(www.thecounter.com/stats/2006/May/browser.php)上在线查询。有兴趣的话，也可以访问 W3 Schools(www.w3schools.com/browsers/browsers_stats.asp)上从不同的角度统计的浏览器使用信息，与上面的示例中显示的 72%相比，它显示 IE 的用户大约只有 59%。

　　这意味着什么呢？开发应用程序时仅将 Internet Explorer 作为目标浏览器吗？如果这么做，您可能会后悔的。仅 FireFox 的用户在这个图中就占了 6 500 000 个；Safari 的用户又占了近 1 500 000 个。网上还有很多人不使用也不愿意使用 Microsoft 公司的产品，他们往往对兼容性产品的呼声最高。如果您开发的站点不能为这些用户正确地显示页面，就可能会失去他们的光顾。在竞争激烈的市场上，只是因为缺少远见和测试而失去用户是愚蠢的。

　　在项目规划中需要考虑的另一要素是浏览器配置。要知道，用户安装了最新和最好的浏览器并不意味着他们启用了所有功能。事实上，应当有一个备用计划来应付关闭了许多流行设置的情况。

　　例如，考虑来自 TheCounter.com2007 年 5 月的另一个统计信息：

JavaScript	用户数量
JavaScript 1.2+	75 354 907(95%)
JavaScript<1.2	92 922(0%)
JavaScript false	3 774 871(4%)

　　这是什么意思呢？简单地说，这意味着大约有 400 000 人关掉了浏览器设置中的 JavaScript。那么这对于您意味着什么呢？意思是，如果您使用了大量 JavaScript，可能会出现大量错误，或者更糟糕，出现很多损坏的页面。如果让所有表单例程都用 JavaScript 的 submit()方法在超链接上提交，会发生什么呢？如果用户关掉 JavaScript，您的表单会出

现什么情况？对那大约 4 000 000 人来说会发生什么呢？他们现在不用您的购物车能买您的产品吗(因为您没有考虑到这一点)？在您的测试中，需要考虑到这一点，比如关闭 JavaScript 看看会发生什么。即使不打算修复它，也应知道会出现什么结果，以便就如何处理这个问题做出更明智的决策。

> **提示：**
>
> 在本书列举的项目中，不会在关闭 JavaScript 的情况下作太多的测试。唯一的例外是附录 B，在那里将处理一个 Silverlight 项目，可以看到没有 JavaScript 的情况下 Silverlight 如何呈现的。然而，对于本书其余部分，并不专门测试 JavaScript。唯一可能考虑到 JavaScript 的地方是第 6 章，通过 IE 用户的 CSS Friendly Control Adapters 添加 JavaScript 代码时。因为那是唯一使用 JavaScript 代码的地方，而且它仅影响一种浏览器，所以本书就没有专门记录关于它的测试。然而，当学习到第 6 章时，如果所用的浏览器能用来测试，则可以关闭 JavaScript 看看 IE 6 中呈现的菜单控件会是什么样的。

这些统计信息没有显示无障碍化问题。在本章后面的"无障碍化"一节中将了解关于它的更多信息，但是应当意识到越来越多的人的浏览器使用文本阅读器或者关闭样式表。为了进行完整的测试体验，应当关闭 CSS 来通过浏览器运行应用程序，看看它如何显示。如果有一个这样的浏览器可用，则还应考虑使用某种类型的屏幕阅读器，只是为了看看站点对于盲人来说听起来会是什么样。

只有当目标为未知用户时才需要像本章一样考虑这些浏览器的事项。如果在严格限制为 10 个人的小公司建内网站点，并且完全了解每个人所使用的浏览器和浏览器设置，那么这些考虑事项可能与您没有太大的关系。但如果目标是任意数目的未知用户，就应当在项目规划中注意这些概念。即使自认为了解用户，还是必须思考一下"我真的了解他们吗？"如果公司内网向分布在全国的几个办事处开放，包括 20 000 名员工和未知数量的具有访问权限的公司合作伙伴，能确保他们都会启用 JavaScript 并打开 CSS 吗？例如，即使能确定他们都使用 Internet Explorer 7，能知道他们在 IE 7 内做了怎样的设置吗？您采用了附带代码以适应用户没有按通常方式配置浏览器的情况吗？如果没有，就可能遇到可用性和兼容性问题，而这些问题在规划中比在帮助台的情况下更容易解决。

2.1.3　色彩深度

在规划项目的外观时，还应当考虑在产生的页面中所使用的色彩深度。本质上，这是指某台特定计算机所能呈现的色彩总数。图形卡支持 24 位真彩色呈现吗？如果支持，就意味着它能显示 RGB 可表现的全部 16 777 216 种色彩。但其通用性如何呢？分析一下 2007 年 5 月 TheCounter.com 的统计信息可以得出一些结论。

色彩深度	用户数量
(32 位)	64 847 496(86%)
65K(16 位)	7 976 534(10%)
16M(24 位)	2 172 918(2%)
256(8 位)	335 044(0%)

未知	19 770(0%)
16(4 位)	3 145(0%)

该统计信息表明，大约有 88%的用户能显示 24 位或 32 位色彩。32 位和 24 位有什么区别呢？对于本节的讨论来说，它没有大的区别。32 位不会有更宽的色彩显示范围。本质上，多出的 8 位是为了图像的 alpha 通道，或者仅仅是为了用额外的 8 位空白来填充图像。这么做是为了与处理以 32 位为单元的数据的计算机保持一致。对于本节的讨论来说，24 位和 32 位的本质是一样的。

仍然有 12%的潜在用户不能呈现完整的 RGB 色谱。16 位色彩相当接近(它有 65 536 种不同的颜色)，分配 5 位给红色和蓝色，6 位给绿色，因为人的眼睛对绿色比较敏感。但是即使到了这种水平，还是丢失了许多人眼可区别的颜色变化。

那么，如果使用一种不在部分项目可接受范围内的颜色，会发生什么情况呢？比如说，假设使用一个黑色背景，它在 24 位模式可以呈现的 16 700 000 种色彩内，但是在 16 位模式下不可用，会发生什么情况呢？当某位使用 16 位图形卡的用户访问站点时，会发生什么情况呢？该用户会看到什么？

在这种情况下，计算机必须"猜测"站点中用的是什么颜色。该计算机访问站点时，发现一种它不认识的颜色，它会想"我该怎么处理这种颜色呢？"这种情况下的猜测有一个较正式的名称：抖动。抖动是指处理器用它的调色板中可用的颜色尝试重新创建它不可用的颜色。图 2-1 显示了抖动的工作过程。

图 2-1

第一块(最左边)显示了相当大的黑色与白色像素。当向右移动时，像素减少为前一个图像中的大小的一半。随着像素的逐次递减，图像慢慢成了灰色阴影，直到最后一个图像看起来基本上就是一块灰色，看不出来它实际上是由微小的黑色和白色像素组成的。这就是稀释所试图做的工作。在本例中，选择对访问页面的用户的图像卡不可用的颜色用灰色阴影。然后该计算机使用它本身的调色板中可用的黑色和白色来试着重新创建当前调色板中所没有的灰色阴影。

这可能会导致很多问题，而不仅是产生颗粒状的奇怪图像。实际上是依靠一块只知道 0 和 1 的设备，用一些事先编好的算法来确定它可能用哪些颜色组合来创建其一开始不能理解的颜色。

为了克服这些局限性，很多开发人员使用 256 色的调色板的一个子集，称为 Web 安全色。Web 安全色是 216 种颜色，它们最初被标识为应当相当通用地跨操作平台和至少支持 256 色呈现的色彩。这意味着纯黑色在运行 Netscape Navigator 6.2 的 Macintosh 机上和运行 Internet Explorer 7 的新 Windows Vista 上就是纯黑色。

显然，Web 安全色的优点是它们的平台和浏览器的无关性。其缺点是只能限为 216 种颜色。当考虑到人眼至少能看到 RGB 调色板上的 16 700 000 种颜色时，您会发现在自己的项目中放弃了相当可观的可用颜色。

那么，它到底有多重要呢？这些限制对图像有多大的影响呢？

为了说明这些，请参见图 2-2 与图 2-3。

图 2-2 用 24 位真彩色处理并呈现图像。可以看到位于图中各种各样的形状之间的颜色融合得很好。特别地，对狗身上的阴影的修改不易被人眼注意到。看到的图基本上与现实生活中的一样。

用来对比的图 2-3 仅使用了 Web 安全调色板。

图 2-2

图 2-3

尽管颜色抖动的难看程度不像草丛那么明显，但是应能注意到狗身上处理颜色的移动方式有明显的不同。颜色也没有彼此平滑地融合，照片看上去也比较差(抱歉，找不到更好听的说法)。可能有人认为这种效果是一种"艺术"，是某些站点想要的效果。但是仍然应当识别出这是 Web 安全色的效果，以便可以相应地在项目中进行规划。

那么如何解决呢？同样，必须了解用户。如果有一组已知的用户，使用一组已知的图形呈现功能，就可以用该平台作为目标。例如，如果知道应用程序的所有用户都有 24 位图形功能，则基本上可以在颜色模式与图形中使用完整的 RGB 色谱。然而，如果有任何未知的用户图形能力，则必须考虑到在 16 位(或更低)平台上使用 24 位色彩的后果。

在开发人员刚开始逐步远离 Web 安全色并开始关注 16 位或更高的色彩的几年里，情况确实如此。这是由于当今的计算机和笔记本上的高端图形卡的大量使用。大多数计算机甚至不再有使计算机降为 256 色的设置。

然而在最近几年里，Web 安全色又略略回潮。为什么？随着手持的设备和 PDA 的激增，其中的许多设备都对色彩有明显的限制，所以迫使开发人员不得不重新思考用在项目中的调色板。然而，即便是这种情况，也没有过去那么重要。Windows Mobile、BlackBerry 和 Palm 操作系统的最新版本现在支持 16 位色彩。随着时间的推移，对于以 Web 安全色为目标的需要会越来越少。

那么现在怎么样呢？像其他事物一样，它取决于用户。当然有些事情需要让当今的开发人员知道，以便对目标调色板作出更好的决策。参见本节前面的 2007 年 5 月的颜色深度表，使用 16 位色彩会保护 98%~99%的用户安全。问题变成"满足其余 1%~2%的用户有多重要？"一些人认为这 1%~2%是很重要的，而另一些人则认为他们无足轻重。是否将这 1%~2%的用户定为目标还无统一的答案。但是现在至少知道这 1%~2%，而且可以在规划中决定这些用户对项目的成功的重要程度。

提示：

类似地，有必要考虑一下 5%~10%的人是色盲。这部分用户在站点访问者中占有很大的百分比。虽然关于色盲问题的讨论超出了本书的范围，但是如果有兴趣，可参考一个很好的资源，其中有有用的信息和工具，即 Society for Technical Communication 的 Web 站点(www.stcsig. org/usability/topics/colorbilind.html)。

2.1.4　图像

对色彩有了相当的了解之后，就能更好地理解图像的基础知识，以及每个图像如何处理色彩。有了这些的理解后，就能够更好地在 Web 开发中鉴赏文件大小、功能和不同图像类型利用的区别，并且有希望对出现在项目中的各个场景使用什么类型的图像作出更明智的决策。尽管有许多种图像格式，但本章主要讲解用于 Web 应用程序开发的基本格式。

Web 图形的第一个真正的竞争者是图形交换格式(Graphic Interchange Format，GIF)。这种格式在 1987 年正式引进，被限制(现在仍然被限制)为 256 色。最初的格式只是一个不带任何真正自定义选项的图像格式。然而，在 1989 年，这种图像格式被改为可设置图像透明性、动画和进行隔行扫描。尽管透明性和动画相当直观，但隔行扫描就不那么直观了。隔行扫描在加载图像时允许图像跳行加载，然后回过来填充那些最初忽略的行。这样初始图像就可以更快地弹出屏幕，不过看起来会模糊。非隔行扫描图像每次从头到尾加载完整

的一行。因此虽然显示的图像部分更清晰，但是它们在初始呈现时会被分割成一段一段的
(即先看到一行，然后看到下一行，接着看到再下一行)。它会花更长的时间来填满图像尺
寸，但是当完成时，它就完全呈现了。

　　由于各种原因，Web 上仍然使用着 GIF 图像。一个原因是，它们仍然是唯一允许设置
动画的格式。一般来说它们产生的文件比较小。它们非常适合显示艺术线条和动画片，也
可以用来很好地显示文本对象。然而，对于现实世界的图像或在这方面需要精细细节的图
像来说，色彩局限性使它们不够理想。

　　为了尝试创建一种更好的用于 Web 的照片样式图像格式，在 20 世纪 90 年代初引进并
采用了 Joint Photographic Experts Group，即 JPEG。用这种格式可以创建详细得多的图像，
因为它允许高达 24 位的颜色处理。它还可以压缩，允许将图像压缩成更小的尺寸以便在
Web 上使用。当然，这样的压缩需要一定的代价。压缩是通过一种有损耗的算法完成的，
意味着为了减少图像尺寸，需要牺牲图像质量。这基本上表示，如果保存一个 JPEG 图像
时压缩了 50%，就只在文件中存储了图像算法的 50%。这样创建了更小的图像脚本，但也
导致了图像质量的严重降低。

　　JPEG 图像还可以逐步呈现图像，这与隔行的 GIF 图像非常类似。在隔行扫描中，图
像是每隔一行跳跃扫描，然后回到最上方填充首次扫描时跳过的那些行。同样，图像尺寸
的填充更快，但初始结果模糊。连续的 JPEG 逐行显示图像，它用更长的时间来填充图像，
但是当图像填充完时，图像也就完全呈现了。

　　JPEG 图像的一个局限性是，它们不支持透明性。为了帮助补救这一点，在 20 世纪 90
年代中期引入了 Portable Network Graphic，即 PNG。这种格式比 GIF 图像的压缩性更好，
色彩和透明性可高达 48 位。图像质量可与 JPEG 图像相媲美，甚至更好，并提供了 GIF 图
像的透明性。它还考虑到了 alpha 通道的透明性，比 GIF 图像中允许的单色透明颜色灵活
得多。本质上，这意味着可以设置透明度，而不仅仅让整个颜色对用户不可见。这好像是
完美的 Web 图形格式。

　　那么对它的采纳为什么这么慢呢？一个显而易见的理由是它缺少统一的浏览器支持。
例如，IE 7 之前的 Internet Explorer 版本本来不支持 alpha 通道的透明性。有一些补救措施
可从网上下载，但是那在很大程度上有待客户去做。IE 7 结合了 alpha 通道的透明性，当越
来越多的用户使用该浏览器时，PNG 图像格式的使用可能会更为广泛。

　　然而，还应当注意，PNG 图形与 JPEG 或 GIF 图像的输出略有不同。如果创建一个蓝
色的图，将它作为 PNG 生成时它会变成红色，虽然这不是太重要，但依然是值得注意的。
这会对 Web 设计人员产生一些在设计 Web 应用程序时必须跨越的障碍。例如，如果用
Photoshop 产生一个图像，并在那个图像内选择一些颜色来设置应用程序的背景色和着重
色，然后以 PNG 格式生成该图像作为站点的 logo，在 Photoshop 中选择的图像与站点中使
用的 logo 不完全相同。同样，这不是无法克服的问题，但是确实需要注意。

　　这两种图像格式的区别可从图 2-4 中看出。尽管是用灰度级表现的，但有些区别仍然
相当明显。

　　从左到右的图形(logo)格式分别为 GIF、JPEG 和 PNG。GIF 格式允许将初始背景色设
置为一种透明色。然而，如果仔细看一下文本的边缘，可以看出转换不是非常平滑；它相
当古怪，仍然可以看出一些没有变成透明的白色背景。虽然这个图像上的背景看起来不清

晰，但它对于大多数用途来说算是可以接受的了。压缩后的文件只有 3KB，它是 3 种版本
中文件大小最小的版本。

图 2-4

　　JPEG 图像不能进行任何透明性设置。然而，字体看起来非常清晰干净。虽然本例不
明显，但是颜色完全符合希望用在项目中的 RGB 色彩。这个图像的压缩文件被设置为
100%(没有丢失)连续呈现。该图像的文件大小为 23KB，它是 3 种版本中文件大小最大的
版本。

　　最后一个图像在此场景中看起来最好。图像上的文本清晰干净，并在该图中显示了
alpha 通道透明的效果(可以通过文本"Images"看到剥离的背景)。它的文本也没有古怪的
边缘。这个图看起来棒极了。然而，这是因为它是在 IE 7 中浏览的。如果使用的是 IE 7 浏
览器以前的版本，就看不到这种透明性了。

　　那么哪种格式是最好用的格式呢？这取决于使用图像的目的。如果制作带动画的任何
事物，GIF 是唯一的选择。它也可能是做艺术线条图形或卡通图像的最佳选择。如果需要
更具照片效果的图像，JPEG 可能仍然是标准格式。然而，如果要创建一些 alpha 通道透明
的照片效果图像，对颜色差异要求不高，并且具有的浏览器支持有限，则应使用 PNG。

2.1.5　文本

　　在考虑 Web 应用程序的布局与设计时，应当考虑到在整个页面上使用的通用字体。如
果没有成功地标识一种字体，浏览器会使用它配置的任何默认字体(包括字体样式和大小)。
如果浏览器安装在运行的计算机(客户的计算机)上，那么只能使用一种字体。开发人员应
当以任何看起来最美观的方式决定设计中使用的字体大小和类型。例如，在附加的 CSS 文
件中结合 Web 项目所使用的字体正在成为一种标准惯例。CSS 文件将在第 4 章中予以介绍，
在该文件中用一个优先级列表声明字体的名称。也就是说声明优先级是什么，然后当优先
级不可用时首先选择什么，等等。例如，可能在 CSS 文件中包括如下样式表声明：

```
body
{
        font-family: Arial, Helvetica, sans-serif;
}
```

　　在本例中，将项目的优先字体设置为 Arial，然后是 Helvetica，最后是 sans-serif。最后
一个选项 sans-serif 是将在访问页面的机器的操作系统上解析的通用字体名称。通用字体名
称应当总是在字体声明最后，这样可以确保页面不仅仅接受默认浏览器字体。

在 Web 项目中应建立如下通用字体名称：

- serif(如 Times New Roman)
- sans-serif(如 Arial)
- cursive(如 Comic Sans)
- fantasy(如 Western)
- monospace(如 Courier)

当声明字体时，还应确保用引号括起任何名称中含有空格的字体名称(如 Arial Black、Courier New、Times New Roman 等)。例如，下面的代码会添加一个 serif 样式作为主体字体：

```
body
{
    font-family: "Times New Roman", Times, serif;
}
```

当遇到跨操作系统和浏览器平台的通用应用程序时，下面的组合相当安全：

- Arial，Helvetica，sans-serif
- Geneva，Arial，Helvetica，sans-serif
- Verdana，Arial，Helvetica，sans-serif
- Georgia，Times New Roman，Times，erif
- Times New Roman，Times，erif
- Courier New，Courier，monospace

话虽如此，其实可能并没有真正的标准可接受字体。与其他一切事物一样，它取决于用户。如果能确保站点的所有用户都安装了(假如)Microsoft Windows XP SP2，那么可能能够侥幸成功地使用像 Algerian 这样的字体。然而，如果不能确保所有用户都安装了同样的系统，那么就必须思考"我的用户会不会都安装 Algerian 字体呢？"如果安装的是 Microsoft 操作系统以前的版本该怎么办；有没有安装这种字体？如果安装的是 Macintosh 操作系统呢？有没有默认要求安装该字体？如果没有，那么哪种字体是可接受的替代字体呢？

使用前面提供的列表可以保证用户以一种相当统一的方式体验页面。但是没有什么能完全确保访问站点的每个用户看到的站点都与您编程的站点完全相同。这当然包括字体，但也包括站点的几乎每个其他方面。

2.1.6　CSS 与表

如果不提一下关于在设计布局中使用 CSS 还是表的争议，那么关于 Web 设计标准和最佳实践的讨论就不完整。一般来说，关于这个话题有选择权的人对它有明确的主张。在这个特定问题上没有多少人采取模棱两可的态度。如果上网搜索这个争议，可能会发现像"An objective analysis of CSS versus tables and why using Tables is stupid(对 CSS 与表的客观分析，以及为什么使用表是愚蠢的)"这样的论文。

这需要回溯到 Internet 初期。当 HTML 中引入表时，开发人员最终有了一个可以用来布局页面的工具。很多人确实是这么做的。可以跨整个浏览器窗口布下一个表，布局跨所有列的一行来包括标题，然后在必要时打断其他行来放内容。为了更精确地控制布局呈现给终端用户的样子，开发人员可以在表中使用嵌套表。表用起来很快、很容易，而且它们对于不同的浏览器是一致的。

但是在最近几年里，Web 标准开始崭露头角。人们越来越多地使用层叠样式表(第 4 章将详细讨论)来控制 Web 页面的大多数方面。无障碍化(accessibility)对于不断增加的 Web 有声用户来说成了一个问题。表不再是新鲜的出色事物，也许正如预期的那样，开始获得了相当多的批评。

然而，相对于吹捧 Web 设计中 CSS 的优点的每个人，至少有同样多的人争辩说表对于 Web 设计不仅是可接受的，而且也是完美的。下面几节将概述这个争议双方的部分论点。

1. CSS 是未来的发展方向！

CSS 这一方的一个主要论点是解决可接受标准。基于文本的浏览器和屏幕阅读器在试图解释表时花了相当多的时间来解密页面布局。如果站点是用 CSS 布局的，用户可以简单地关闭浏览器中的 CSS，页面应当仍能提供同样的体验。您应当了解大多数帮助按源代码顺序阅读的技术。CSS 中可接受性功能的使用允许开发人员以线性风格布局内容，使得源代码顺序的阅读有意义。没有人强迫开发人员像使用表那样以矩阵思想去思考。CSS 允许开发人员在代码中沿着一条逻辑路径思考，而在那时，允许在启用 CSS 的浏览器中以任何顺序放置内容。表在基于文本的浏览器中通常都以很不合逻辑的方式呈现页面内容，以至于很多用户基本上都没法访问它。

另一个论点是采用表的结构会使 Web 页面大大膨胀。为了说明这一点，查看下面这个使用表的页面布局：

```html
<table width="100%" cellpadding="0" cellspacing="0" border="0">
    <tr>
        <td colspan="2" width="100%">
            <img src="/logo.jpg" border="0" alt="Corporate Logo">
        </td>
    </tr>
    <tr>
        <td width="200px" valign="top" align="center">
            This is our navigation area to the left...
        </td>
        <td width="100%" valign="top" align="left">
            <table border="0" cellpadding="5" cellspacing="0">
                <tr>
                    <td>
                        This is our content area
                    </td>
                </tr>
            </table>
        </td>
    </tr>
    <tr>
        <td colspan="2" width="100%">
            &copy; Copyright 2006-07
        </td>
    </tr>
</table>
```

这是一种相当常见的使用表的方式。为了将它与 CSS 相比较，下面的代码显示了如何用 CSS 创建同样的布局：

```
<div class="headerArea"><img src="logo.jpg" border="0" alt="Corporate
Logo"></div>
<div class="contentArea">
        <div class="navigationArea">This is our navigation area to the
      left...</div>
        <div class="textArea">This is our content area</div>
</div>
<div class="footerArea">&copy; Copyright 2006-07</div>
```

可以看出，CSS 示例中的代码比表的版本中的代码少得多。这是完全公平的比较吗？不是。您还必须为 headerArea、contentArea、navigationArea、textArea 和 footerArea 建立类。当创建了所有这些类后，文件大小的区别就很小了。然而，考虑的问题并不真正在于代码的行数；焦点应更多地放在速度和可维护性上。一个原因是，浏览器呈现 CSS 的速度比呈现嵌套表要快。这是因为当浏览器分析嵌套表时必须找到嵌套在最里面的表，然后在开始呈现之前找到解套的路径。然而，用 CSS 的话代码通常是线性的，这样浏览器可以立即开始输出和呈现代码。这样能节省一些带宽，但是真正的节省带宽的原因是浏览器能够缓存 CSS 文档。这意味着如果有 100 个页面全都引用同一个 CSS 文档，这个 CSS 文档会在第一次加载页面时被加载到内存中。接下来的所有页面的加载都会使用该 CSS 文档的这个缓存版本。如果站点的所有结构都存储在缓冲内存中，那么与必须为每个页面加载的一系列嵌套表相比，页面当然会加载得快得多。

还有可维护性这个论点。当 6 个月后必须回来对代码进行一些修改时，哪种方法会更容易导航以进行修改？大多数人可能会同意是 CSS 版本。此外，如果没有看到其差别，很可能是因为这个示例太小太简单了。想象一下有几十个嵌套表分散在代码中的情形吧。

如果在更新文本时不小心删除了闭合 TD 标记的一部分，而且它打断了一切，会怎么样呢？可维护性无疑是 CSS 优于表的一大优势。

CSS 支持者的另一个有效论点是将内容和布局分开保存。使用链接 CSS 文件后，就可以让设计人员在 CSS 文件中设计，开发人员在 HTML(或.NET)页面中填充内容。在上面的示例中，如果设计规范发生了改变，并要求对页面的布局进行大规模的修改(颜色、一些条目的位置、宽度等)，那么只需在 CSS 文件中作修改，而根本不涉及代码页面。而在表的示例中，则需完全重新设置使用表的页面来重新创建设计规范，然后提取出所有内容并将它放在新站点的适当区域中。为了扩展这一思想，甚至可以有不同的样式表用于不同的目的。例如，可能有一个样式表用于 Web 项目的结构/布局，然后有另一个 CSS 文档用来包含颜色、字体和其他样式规则。那样，您就知道了如果需要将标题区域改为 100 像素高，就打开结构文档；如果需要将站点的字体改为 Arial，就打开样式文档。这当然是一个值得认真对待的考虑事项。

值得一提的是，即使是纯粹的 CSS 支持者也认为用表存放表格数据是可以接受的。事实上，他们相信存放表格数据的首选是创建表而不是页面布局，表应当且只应当用于表格数据。因此没有人真的说表应当慢慢消亡(或快速消亡)。大多数人只是说，不应在页面布局中使用表。

2. 没有办法。就是应该使用表！

大多坚持使用表的人好像最经常提到的原因只是"如果没有被破坏，请不要修复它。"这句话有效吗？在几乎任何论据中，它都无效。不过，也没有为改变而改变。那么什么是有效的论据呢？

坚持使用表的最好的论据是它们有用。在大多数情况下，站点在哪个浏览器或哪个版本上运行并没有关系；它能运行并且看起来是相同的。这就是使用表的好处。如果在头脑中用 Internet Explorer 7 布局，那么它可能呈现的与在 Netscape 或 FireFox 中完全相同。但是 CSS 并非如此。用纯 CSS 布局一个页面可能潜在地在 Internet Explorer 中与 FireFox 中呈现的不同，在 Netscape 中呈现的更加不同。这是由于对 CSS 标准的支持程度不同。随着 Web 标准的流行，更多的浏览器跟上了这个潮流，并以相同的方式实现 CSS。但是它仍然不统一，如果使用 CSS，就一定要测试，测试，再测试。

另一个有效的论据是 CSS 有一个相当陡的学习曲线(至少从表的思维刚转过来时是如此)；表更容易学习。同样，表有表的好处。一旦了解了操作表的基本规则，花少量的精力就可以让它们在浏览器中发挥作用。使用 CSS 在实现前可能需要花很多时间。必须更多地考虑位置如何安排，屏幕宽度或补白会是什么样。而且要让所有这些部分协调工作也要花一些时间。然而，仅在阅读本书这一事实就表明您至少有花时间增加知识和理解力的意愿，因此这可能也不是太为难的事。只要意识到，要成为 CSS 专家(假设有这样的专家)，就要花大量的时间阅读和学习它的工作原理。如果相比于表更原意实现 CSS，可能要预先花比用表的版本建立页面布局更多的时间。

值得注意的是，大多数坚定的表支持者仍然相信 CSS 有一定的用处。对字体和段落格式使用 CSS 可以得到足够的跨浏览器支持。然而，由于不同浏览器处理其他格式的 CSS 时有各自的奇怪偏好，因此 Web 设计世界还没有完全准备好抛弃页面布局中的表。

3. 哪一方赢了？

这基本是一个主观判断。当然，这个时候支持表的论据是 CSS 在跨浏览器的支持方面的限制。然而 CSS 可能是更好的编码方式。它允许将设计从代码中分开，改善了无障碍化，并使维护更容易。对于 CSS 的每个论据，可能会有很多人提出相反的论据。对于表的所有论据也是如此。

其实没有真正的赢家。哪种方法都有优于另一种方法的绝对优势。两者各有优缺点。本书的重点不是为任何一方"扭转乾坤"。

然而本书会用 CSS 进行样式布局。这似乎是 Web 设计的未来发展方向。当然，如果对 Web 设计比较好奇，那么至少需要了解如何对样式实现 CSS。那样，即使是一名表支持者，至少也会对 CSS 方法有一个了解。

2.2　无障碍化

当与 Web 设计标准结合在一起使用时，无障碍化是什么意思呢？您可能听说过 508 compliance 这个词。美国残疾人法案称为 ADA 标准。但是归根结底它是指使所有有兴趣浏览站点的人都能访问它。这似乎是开发 Web 站点要达到的最基本要求，但是事实可能让人吃惊。您有没有试过没有鼠标时如何导航站点？如果关闭所有样式表会是什么样？您可能会非常震惊地发现在 Web 应用程序中到处浏览各页面是多么困难的事。但是这些困难对于很多 Internet 冲浪者来说却是每天要发生的事。而且，作为一名通情达理且负责任的 Web 开发人员，您应知道需要做些什么来确保给每个网上冲浪者带来愉悦的体验。

2.2.1　无障碍化之所以重要的原因

受 Microsoft 公司在 2003 年委托，由 Forrester Research, Inc 公司执行的一个研究中，评估出高达 1.004 亿名工作年龄的成年人(18~64 岁)得益于辅助技术与无障碍化设计。整整 60% 的人都以某种方式受到无障碍化问题的影响。表 2-1 是来自那个报告(www.microsoft.com/ enable/research/workingage.aspx)的细目分类：

表 2-1

无障碍化类型	喜欢(百万)	非常喜欢(百万)	总数
视觉	27.4	18.5	45.9
右手灵敏	31.7	12.0	43.7
听觉	32.0	4.3	36.3
认知	29.7	3.8	33.5
语音	4.3	1.9	6.2

因此，如果有人说，没有人会真正受到在设计中不考虑(比如)视觉无障碍化的结果影响，那么他们错了。至少整整 4590 万名用户喜欢视觉冲击；其中 1850 万名用户非常喜欢视觉冲击。在大多数情况下，这不等同于"没有人"。

还应注意到组成这些数字的人在其他研究中也没有被分类为"残疾"。他们不是法定的盲人或聋人。他们可能是与您一起工作或生活的人。这些您可能不认为是残疾人的人，最有可能同意您的看法。然而，当考虑到 Internet 上的无障碍化时，他们却是被遗忘的几百万人。

记住，这些还仅仅是工作年龄的成人。还有正在成长的新一代孩子呢？随着那些人群逐渐长大，他们会面对不断增长的影响其使用计算机的障碍。因此，这些数字很可能会继续上升，所以现在解决无障碍化问题是明智的事情。

还要考虑的一个要素是：身体有残疾的人的可随意支配收入正在增长。据 Employer's Forum on Disabilities (一个总部位于英国，重点放在影响业务的残疾人士身上的组织)报告，残疾人每年的购买力是 800 亿英镑(1580 亿美元)。这还仅仅是指在英国。在美国，司法部门估计美国残疾人大约有 1750 亿美元可随意使用的收入(www.usdoj.gov/crt/ada/busstat.htm)。仅仅因为缺少规划或测试就损失了可以买得起产品的这数千亿美元？这值得吗？

还要记住，这些美元评估是对于那些真正被标识为残疾的人，还不包括 Microsoft 调查中的 1.014 亿人的收入。那是相当数量的金钱损失。

2.2.2　不遵守法规的代价

那么如果站点不遵守 ADA 将会出现什么情况呢？除了失去潜在的数十亿美元收入外，会发生什么事呢？好吧，如果那仍然不是足够的理由，还有美国联邦和各州法规可能影响您的生活。

要遵守的第 508 条参照了 1973 年康复法案(Rehabilitation Act)的第 508 条 (29 U.S.C. 794d)。这是美国联邦的法律。这只是诸多规章制度之一。还有康复法案的第 501、502 和 505 条。有 1996 年的电信法案(Telecommunications Act)第 255 条。有 1998 年的辅助技术法案 (Assistive Technology Act)。有 1998 年的劳动力投资法案(Workforce Investment Act)。

而这些仅仅是少数几个联邦法规。许多州还实施了类似的，有时甚至更为严格的规章制度。

现在要求州机构确保在 2006 年 7 月 1 日以后创建的项目符合第 508 条，否则就要冒失去联邦提供的资金的风险。如果您是州或联邦机构的一名承包人或雇员，这可能会直接影响到您的生活。

一个更有趣的立法是联合国的残疾歧视法案(Disability Discrimination Act，DDA)。这个法案表明，所有网站，无论是私人网站还是公共部门的门户网站，都必须向残疾人士提供与访问该站点的其他任何人相同的服务。不这样做会导致公司被提起诉讼。当然，在出版本书时还没有发生这种情况(但是至少被提过两次(有两家公司由于不遵守法规被 Royal National Institute for the Blind 提名，最后它们都对站点进行了修改，没有被起诉)。将来网络上再发生这样的事可能会面临官司。

无障碍化支持者的声音越来越高，并获得了大量的支持。立法者正在倾听大众的声音。未来的几年里美国联邦政府和各州的规章制度可能还会增加。因此，如果失去受影响的用户的业务还不是足够的论据，那么面临失去州和/或联邦提供的美元的威胁将让人无话可说。

如果这些数据仍然没有说服您加入 ADA 潮流中来，也许您应该考虑不断增长的移动设备市场。虽然这类用户通常不被认为是遵守第 508 条的受益人，但他们却从中受益。移动设备的小屏幕和图形能力的历史性局限使其成为 Web 无障碍化编程优点的明显受益者。这群用户可能包括部分技术上最熟悉网络的用户(潜在的富裕用户)。如果没有满足他们，可能会把他们的业务推向能满足他们的竞争对手。

不要忘记孩子！如今的孩子用计算机的频率跟成人同样多(有时甚至比成人用得更多)。而这群用户往往缺乏年长的用户那么灵巧的手动能力，因此可能更明显地得益于无障碍化编程。

一个用户群没有被官方地指定为"残疾人"并不意味着他们不受您没有遵循 ADA 规则的影响。同样，如果他们用起来不方便，您或您的客户可能会继续与他们一起忍受痛苦。

2.2.3　确保无障碍化

虽然有很多建议，但是本书的主要来源是 World Wide Web Consortium(www.w3.org)及

其 Web Accessibility Initiative。这个立法提案的详细解释网址为 www.w3.org/TR/WAI-WEBCONTENT-TECHS。

下面是编制接下来的 Web 站点时应考虑的部分事项：

- 必须使页面上的每个非文本内容包括一个文本替代品。这一般通过 ALT 和 LONGDESC 属性实现，如<IMG>标记表示媒体。
- 巧妙地使用色彩。确保去掉所有颜色后或者用黑白色浏览页面时应用程序中什么也不会丢失。确保背景与文本有足够的对比度，使色盲或其他受颜色识别困扰的人也能浏览。
- 确保使用 HTML 标准，包括在页面上方使用 DOCTYPE 声明。
- 使用 CSS！虽然这回到了表与 CSS 对比的讨论，但在大多数情况下 WAI 标准是用 CSS 而不是用表进行结构布局的。
- 使用相对位置和大小，而不要使用绝对位置和大小，以确保页面在不同的显示器上和用各种辅助技术时恰当地显示。
- 提供清晰的导航控件，即使禁用 CSS 和 JavaScript 也要能正确地导航。
- 慎用或完全不用 JavaScript。如果确实要使用它，要确保在禁用 JavaScript 的情况下页面也能正常显示。
- 还有一件要记住的事是在站点上的每个控件有一个关联的标签。如果在页面上有一个(比方说)TextBox 控件，则要确保那个控件有一个标签，且在代码中也那样关联。例如：

```
<label for="inputBox">Search:
    <input type="text" id="inputBox" name="searchTerms" value="" maxlength="10">
</label>
```

在大多数情况下，如果不小心的话，它们就会成为大问题。虽然这并不是一个详尽的列表，但它给您提供了一个好的起点。与其他任何事物一样，您应当确保测试遵守法规。

2.2.4　测试是否遵守 ADA

很多人认为测试是否遵守 ADA 的唯一方式是通过购买昂贵的技术，如 JAWS。然而，这并不完全正确。如果资金足够而且得到了管理层的批准，去购买自然是一种好办法。但是绝不能让预算妨碍无障碍化 Web 设计。

曾经有人问一名 Web 开发人员，一个人应当如何对 ADA 进行测试。他说："关掉您的浏览器中的图形，拔掉鼠标。现在试试导航页面。"这似乎是非常初级的测试方法，但如果以前从来没有测试过 ADA，它会有一定的效果。想像一下所有图像都被关闭，所有颜色都被禁用，而且不许使用鼠标。您仍然能在站点中自如地游走吗？仍然能十分清醒吗？

幸运的是，如今有很多真正优秀的(而且是免费的)检验器可用。

首先，W3C 上有一些可用的检验器：

HTML 检验器：http://validator.w3.org

CSS 检验器：http://jigsaw.w3.org/css-validator

通过 HTML 检验器运行 www.google.com 将产生图 2-5 所示的结果。

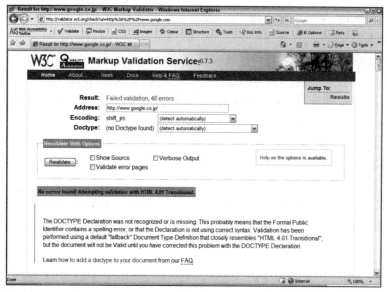

图 2-5

从图中可以看出，由于总共有 48 个错误，Google 实际上未能通过 HTML 检验。当考虑 Google 的布局实际上有多么简单时，这似乎特别有趣。

另一个类似的免费 HTML 检验工具是 WebAIM(Web Accessibility In Mind)提供的 The Wave：http://wave.webaim.org/index.jsp。这个检验器针对 Google 运行的结果，如图 2-6 所示。

图 2-6

从图 2-6 中可以看出，报告完全不同。几乎没有对错误的详细解释，页面看起来与它的正常显示方式相似。然而，这个标记的出色之处在于它们在界面中发生错误的地方会显示标记和错误的严重程度(红色显然代表最严重的错误)。

W3C 和 WebAIM 的所有工具都允许用户输入一个 URL，上传一个文件，或者简单地直接将相关代码复制到页面中来查看报告结果。

当然，实现这一目标的最佳方式是从网站 www.wat-c.org 上下载该插件，使用一个浏览器插件。Web Accessibility Tools Consortium 组提供的 Web Accessibility Toolbar 实际上在一个工具栏中集成了上面的工具，可以从 Internet Explorer 或 Opera 浏览器中下载这些工具，如图 2-7 所示。

AIS | Web Accessibility Toolbar ▾ | ✔ Validate | 🖺 Resize | 🗐 CSS | 🖼 Images | ◉ Colour | 🗐 Structure | 🔧 Tools | 🗐 Doc Info | 🔍 Source | 🖻 IE Options | 📗 Refs | 🗔

图 2-7

单击 Validate 按钮会出现一个下拉菜单，可以直接用上面的 WAI 检验器检验 HTML 或 CSS。在 Tools 菜单下会出现一个"The Wave"选项，可以直接通过该选项来检验 WebAIM 中的检验器。

提示：

虽然这里介绍了一些免费资源和工具，但是实际上远远不止列出的这些例子。例如，FireFox 提供了即时验证 CSS 和 JavaScript 的 Firebug(http://getfirebug.com)。虽然该工具是 FireFox 浏览器所特有的，但是如果使用 FireFox，只要动动手指就能进行大量免费而有用的无障碍化检查。

最后，还应当结合 Visual Studio 2005 自带的工具。如果打开了一个可以进行检查的页面(ASPX 或类似的页面，而不是任何一种后台编码(code-behind)的页面或类)，就会发现 Check Accessibility 选项为工具菜单下面的第一项，如图 2-8 所示。

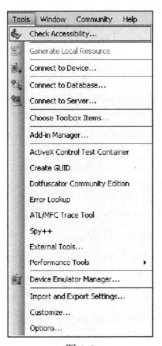

图 2-8

单击这个选项就可以针对 W3C 的 Web Content Accessibility Guidelines(WCAG)Priority 1 和 Priority 2 标准以及 Access Board Section 508 标准检验您的代码，如图 2-9 所示。

图 2-9

若将 Google 主页呈现的输出复制到 Visual Studio 2005 的 HTML 文档中，并用上面的选项运行报告，得到的输出结果如图 2-10 所示。

图 2-10

正如所看到的，这个报告在文档中生成了 108 个错误和 63 条警告，远远多于前面讨论的 W3C 或 WebAIM 产品提供的其他检验测试结果。它的出色之处在于您实际上是在源代码级别，当双击发现任何错误或警告时，Visual Studio 会直接把您带到出问题的代码行，并突出显示那一行中引起关注的片段。这使项目开发阶段的无障碍化测试容易得多了。

这应当被视为一个良好的开端，但不一定是个完整的检查。还应当用提供的其他免费工具运行测试。尽管 Microsoft 在遵守无障碍化方面前进了一大步，但它们不是该标准的创始人。每当有可能时，针对标准的来源进行实际验证总是一个好主意。在真正创建标准的特定 W3C 中，致力于无障碍化问题的 Web 站点可能是更好的更新的验证来源。在应用程序开发阶段使用的 Visual Studio 的工具，在到了用户或可接受性测试阶段，自然一定要通过本节前面讨论的一些检验器进行检验。在进行无障碍化测试时，测试永远不嫌多。

2.2.5　遵守 AJAX 508

要遵守 AJAX 508 吗？一句话：不用。

AJAX 代表 Asynchronous JavaScript And XML，是一个允许回送小块页面而不是整个页面的 Web 开发工具，节省了大量带宽，减少了提交页面的屏闪。它无疑是出现不久的最酷的工具之一。

然而，AJAX 中的第二个词是 JavaScript。任何时候看到它，都需要小心。JavaScript 不是完全不允许用，但应当仔细检查。我需要它放在 JavaScript 中吗？可以把这个功能放在服务器端吗？如果关闭 JavaScript 页面会发生什么情况？

AJAX 使 ADA 狂热者相当头疼。除了它是 JavaScript 这一事实外，您要了解 AJAX 的基本功能。当访问一个页面时，它的整个内容都加载到了浏览器中。这可能包括大量在不同的页面之间没有变化的图形和 HTML。它还可能包括引用的 CSS 文件和其他服务器端内容。例如，如果在加载的页面上有一个打开了标注页数的 GridView 控件，单击 Page2 后，会发生什么事？在正常情况下，回送时页面会闪烁，因为向服务器发送一个请求，它发送回整个页面，然后浏览器再次呈现整个页面。使用了 AJAX，当单击 Page 2 链接时，仅向服务器发送一个小请求，大致意思是 Page2 被单击了。然后服务器仅发送回 GridView 的数据，而不会发送整个 HTML 标题或其他相关信息。因此不会通过管道发送 100KB 或更多数据，也许只要发送 4K 数据即可。它的带宽和服务器需求要小得多，并向用户提供了更平滑的界面。

然而，它也不会触发页面的新页眉。在市面上的许多辅助技术上，当 AJAX 事务发生时，浏览器不知道发生了什么改变。这不利于无障碍化标准。

而且，由于它在标题中有 JavaScript，您猜要怎么办？必须启用 JavaScript 才能使这种技术生效。那么对于那些禁用了 JavaScript 的 380 万用户来说会发生什么呢？您为他们提供了应急备用计划吗？

AJAX 是一种非常酷的技术，通过足够的思考和规划，可以找到一种使它遵守 ADA 的方式。然而，要做到这一点，可能不得不提供没有安装 AJAX 的替代页面，这就需要很多的开发时间(可能维护起来也比较麻烦)。根据这些标准衡量 AJAX 的酷因素可能比较片面，但对于很多决定遵循 508 标准的开发人员来说，AJAX 是根本不值得购买的解决方案。

2.2.6　无障碍化的重要性

那么所有这些意味着什么呢？无障碍化是在短期内还不会消失的现实问题。数百万有数十亿美元随意支配的收入的人受到了与无障碍化有关的问题的影响。如果不满足这些用户可能会以失去您的业务客户为代价，而且在有些情况下可能使您的业务面临诉讼。网上有大量关于无障碍化的信息，还有很多免费资源可用来检验页面，因此没有借口不让页面更无障碍。

因此，在使站点无障碍，因为这样对业务更有利。应使站点无障碍，因为这是规则。应使站点无障碍，因为这是正确的要求。

2.3　小结

很多时候，当程序员开始一个新项目时，他们会马上跳到业务逻辑和数据访问设计概念与实现中。他们常常会想："那么，我将如何满足这些要求呢？接近客户的需求的方式有XYZ。"如果进行事后思考的话，可能会想："噢，我应该如何向客户显示最终项目。"很多程序员可能不会对项目的设计要素的各方面想得太多，更重要的是，往往不会预计使用站点的最终用户数量。

作为一名开发人员，希望您现在对应纳入新项目设计中的概念有相当的了解。应当至少对图形和色彩、浏览器使用与设置，以及 Web 设计中目前的一些争议有基本的了解。现在还应大致了解无障碍化设计以及如何确保向最广泛的全球用户交付产品。

这些概念对于学习接下来的章节至关重要。重要的是要在深入学习 ASP.NET 设计概念之前打下 Web 开发的基础。例如，如果不知道 JPEG 图像是什么，什么是 Web 安全色，以及什么图像格式支持透明性，那么第 3 章将介绍的用 Photoshop 创建自己的图可能就无从谈起。将来的许多主题都基于本章的 CSS 讨论。在后续章节的学习中，如果对讨论的主题感到不太适应，可以在继续学习前重温一下本章。若对本章讨论的主题没有很好的理解，可能会难以完全理解接下来的章节。

而且，更重要的是，如果没有掌握本章的内容，那么当您合上本书时可能还没有做好创建最出色项目的准备。

第 3 章

Photoshop：给开发人员的提示与技巧

在理想世界，开发人员也许只要写写代码即可。不需要与客户见面并收集他们的需求，因为那是项目经理的工作；不需要设计或确保数据库基础结构的完整性和安全性，因为那是 DBA 的工作；不需要担心 IIS 配置问题，或环境平台的分离(如开发、可接受性测试、生产)，因为那是网络工作人员的工作；当然也不需要操心在应用程序中使用的色彩模式、图形或 logo，因为那是图形设计人员的工作。

但是这种情况变得越来越不可接受。在面试时，用人单位往往想知道要雇用的开发人员是否能完全承担起一个项目从需求收集到生产和维护的各个方面的工作。对于软件开发生命周期中涉及到的任何步骤，您越来越难将这句话说出口："那不是我的工作。"一切都是您的工作。作为一名开发人员，人们会期望您收集客户需求、开发概念验证设计、决定要采用的应用程序和数据库平台、创建和维护项目的数据库、管理 Web 服务器的 IIS(至少在开发范围内)、与客户一起进行可接受性测试，以及最终完成项目并进行维护。

有很多证书可以证明开发人员掌握了这些技能中的很多技能。例如，项目管理专业人员认证(Certified Project Management Professional，PMP)指导开发人员如何收集需求并将项目按逻辑完成。拥有大量微软证书可以证明开发人员懂得 Microsoft 公司的技术。最近，这些证书又出现了一个专门针对 Web 应用程序的分支：微软认证技术专家(Microsoft Certified Technology Specialist，MCTS)。但是，看一下基于 Web 的客户端开发考试(70-528)的要求(www.microsoft.com/learning/exams/70-528.mspx)就可以发现，很多考试会要求开发人员证明自己知道如何实现.NET 2.0 Framework 中的工具。然而要注意的是，关于何时应实现这些控件并没有要求，对 Web 标准或样式和设计也没有进行讨论。

那么，为什么这么多开发人员虽然完全履行了软件开发生命周期的职责，但仍然说设计不是他们工作的一部分呢？这是大脑的左半球和右半球之间的斗争吗？很多开发人员似乎都是以一种非常线性和分析性的方式看待 0 和 1，这实际上对大量的编程非常有利。然而当要求其表现出创造性时，这些开发人员羞于这种挑战，要么创建出乏味的站点，要么完全依赖于购买的模板或者通过从第三方下载来填补这一空白。

为什么这样呢？是缺少动机或兴趣吗？是真的缺少能力或创造力吗？还是只是缺少图形艺术知识？本章基于后者这一假设。

关于图形的美妙之处在于，如果开发人员知道一些技巧，不需很有创造力就可以创建一些迷人的设计。本章将介绍一个图形设计应用程序 Photoshop CS2 的基本工作方式，以及您以后创建 Web 项目时可以用得上的窍门。学完本章后您会成为一名持有证书的图形设计人员吗(不管是什么证书)？不会。但是您可能会接触到一些过去回避的知识，并激发起寻找更多这些知识的兴趣。

3.1 前提条件

本章所有示例都用 Adobe Photoshop CS2 进行处理。然而，很多示例(如果不是全部)可以非常容易地移植到类似的应用程序中，如 Macromedia Fireworks。甚至在免费发布的 GIMP 中可以找到可比拟的功能，如果没有购买更多商业解决方案的预算，它是非常不错的。

公平地说，本章提供的大部分(如果不是全部)示例本质上与 Adobe Photoshop 以前的版本(Photoshop 6)中的示例相同。

因此，如果您有 Photoshop 以前的版本或者完全不同的图像操作程序，应当也可以使用。本章提出的概念相当通用，无论用的是哪个程序，只要做一点点辅助工作，就应能够在应用程序中应用这些概念。如果恰好有 Photoshop CS2，就可以直接用这些示例创建本书其余部分使用的图形。

提示：

请注意，使用不是 Adobe Photoshop CS2 的图形应用程序来重新创建本章的项目可能会导致相同的功能性。尽管我们作了一切尝试来保持这些示例的通用性，但不同的应用程序之间以及同一应用程序的不同版本之间仍然会有一些差别。在阅读本章时请记住这一点。

应当注意，本章不会过分深入地介绍图形设计的提示与技巧。比如，如果有一章是关于汽车维护的，您读完后肯定不会完全了解如何重新构建引擎。然而，读完后会很好地了解如何换油、空气过滤器和火花塞。

学习本章并不需要有任何创建图形的经验。因此这一章完全适合初学者学习。

本章使用的引擎是从 Photos To Go Unlimited(http://unlimited.phtostogo.com)获得的，并得到了作者的许可。Photos To Go Unlimited 是一个订阅服务，允许订阅者下载不限数目的免税版图片，并以合理的价格用在自己的项目中。当然，市面上有各种图片服务公司(比如 www.corbis.com 上的 Corbis 和 www.GettyImages.com 上的 Getty Images)，您可能已经有自己喜欢的图片服务公司。也可以采用来自另一个图片服务公司的图片，甚至可以使用自己的照片。本章的主要作用使您对 Photoshop 的使用有个初步了解，并能知晓它的基本工具和处理过程，而并不是一定要创建最终产品。然而，为了跟上本书的所有章节，最好使用这些图片。本书将提供来自 To Go Unlimited 的图片的标号，如果您选择订阅它们，就可以下载本书中使用的图片。如果想采用某家公司的图片，可以先搜索其数据库看看有什么类型的图片。

3.2　项目指南

本书中要构建的项目是为一个客户构建个人 Web 站点。这个项目将用来概述客户的出版物并进行演示，而不会用来进行任何商业活动。因此，实际上不需要任何公司品牌或其他营销事项。

然而，在创建这个项目时，将用一些较小的项目来说明 Web 站点的特定组成部分或方面。需要创建不同的标题图形和互补的色彩模式(本章)。需要确保站点是无障碍的，符合第 4 章提出的无障碍化准则。需要创建一个导航系统，其中有一些只针对该客户可用的链接(第 6 章)。需要创建一个贯穿所有页面的模板(第 7 章)，以及确保项目的.NET 控件采用已建立的色彩模式(第 8 章)。最后，需要保证站点的访问者能轻松地通过移动浏览器进行访问(第 10 章)。

唯一的设计指南是代号为"surfer5"的客户，该客户小时候玩过一种长板冲浪游戏，现在他长大了，玩的是 Internet 冲浪。在整个项目中应该使用这个主题。例如，Web 站点的网址为 www.surfer5.com 上，提议的门户名称是"surfer5 Internet Solutions"。按照这一构想，您应尝试将冲浪图片纳入该站点创建的图形页眉中。

为此，本章将介绍创建图形与色彩模式的各个步骤。首先从基本库存照片开始，并对它们进行操作，使之符合项目的需要。这些操作包括裁剪出部分图片(剪影)、绘制线条、用不同的透明度填充区域，以及添加文本。本章还将介绍如何剪切图形以满足布局的需要，并指出如何用这些图片创建贯穿全书的补色模式。

本章的意图是，如果您知道如何在 Photoshop 中使用这些常见的技巧，就可以将其应用到自己的项目中。当然，本章会有一些具体的示例。然而，如果知道了如何从图片中剪出背景，就能将该知识用于很多不同的用途。如果知道了如何在图中添加文字，就能在未来的大多数图形中应用这种技能。本书无法介绍 Photoshop 中的每个功能的使用。有些关于 Photoshop 的整个系列的的图书甚至都无法包括 Photoshop 的所有功能块。但是通过这些示例可以学到图形设计的基础知识。有了这些基础知识，您就可以进一步拓展这方面的知识了。

3.3　Photoshop 概览

显然，在深入介绍如何用 Photoshop 做图之前，应当对如何导航这个应用程序的部分功能有一个基本的了解。本节并不会介绍该应用程序的所有窗格和区域，但是会展示要用到的那些窗格和区域。

首先，图 3-1 显示了首次打开 Photoshop 时的界面。

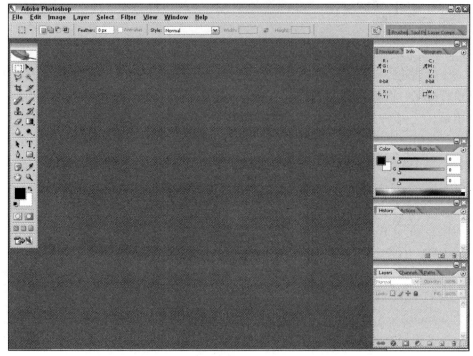

图 3-1

从图中可以看出，上方有一个标准工具栏。这看起来与您用过的其他应用程序非常相似，有 File、Edit、Window 和 Help 菜单，以及一些 Photoshop 特有的菜单，如 Image 和 Layer。这些下拉菜单提供了 Photoshop 的大部分功能。然而，这些功能中的大部分也可以通过工具箱(称为面板)实现，屏幕左侧显示了部分工具箱。

在图 3-1 显示的面板上，对这些教程起关键作用的可能只有 3 个工具。第 1 个是 Tools 面板(也称工具箱)，如图 3-2 所示。

这可能是这些项目中用得最广泛的面板。如果要选择照片的一个区域用来修剪，就可以利用这个面板。如果要给照片的一个区域着色，也会用到这个面板。如果要在图片上写文字，还会用到这个面板。本章将介绍这个面板中的一些对很多项目都有帮助的组件，但是还有一些功能本书不作介绍，建议您继续研究 Photoshop 以了解它的各种工具。一个不错的学习起点为 www.adobe.com/designcenter/tutorials 上的 Adobe Design Center。

第 2 个关键面板可能是 Photoshop 中最重要的面板，即 Layers 面板，如图 3-3 所示。

对于这些教程，您只用了该面板的 Layers 选项卡，随着您的 Photoshop 知识的增长，将会发现 Channels 和 Paths 选项卡上也有很多强大的功能可以使用。

然而，为了了解 Layers 选项卡/面板的用途，首先必须了解图形设计中的 Layer 是什么。从本质上讲，图层是看到的图形的层次，一层在另一层之上。换言之，如果有 4 个图层，一层在另一层之上，就会从最上面一层看到最下面一层。为了便于说明，假设有 3 个图层，如图 3-4 所示。该图像首先应用 Layer1，然后是 Layer2，最后是 Layer3 来得到最终的结果。

图 3-2

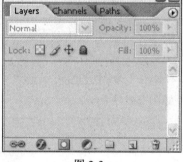

图 3-3

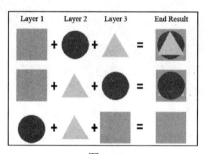

图 3-4

　　从图中可以看出，应用图层的顺序会大大影响最终的图像输出。例如，在第 1 个示例中，首先放下方块，然后在上面放圆形，最后在圆形上面放三角形。在结果图像中，可以很清楚地看到这 3 个组件。然而在第 2 个示例中，因为在圆形之前应用了三角形，所以只能看到三角形底部的两个尖角，其余部分都被圆形覆盖了。最后，在第三个示例中，因为方块是最后应用的，而且它比本例中的其他对象都大，所以只能看到方块，圆形和三角形完全看不到了。

　　下面用一个更现实的示例来加以说明，如图 3-5 中的照片(Image 904079)所示。

提示：

　　正如本章前面所提到的，这些图片来自 Photos To Go Unlimited(http://unlimited.photostogo.com)。提供图号是为了使您可以轻松地找到、下载和使用相同的图片。

图 3-5

　　假定这家人本身在一个图层上(可以通过将它们剪出图片来做到这一点，具体做法将在本章后面演示)，如图 3-6 所示。

图 3-6

　　现在可以把这个图层放在另一个背景上来创建一个完全不同的图像。例如，采用一个城市风光背景。用 Image 820439 作为背景幕，然后在它上面添加这个新图层，再在上面加一些文字，就得到图 3-7 所示的图片。

　　图 3-7 说明了另一个特性：将文字覆盖在图片上的红色框的透明度。这也是通过图层面板控制的。在 Photoshop 中，可以设置每个图层的透明度，不同的透明度会导致不同的效果。在本例中，在一个图层上绘制一个红色框，这个图层在背景(城市风光)和家人图层之上，文本图层之下。红色框被设置为不透明级别 41%(这是随意设置的——没有理由选择41%而不是 40%或 42%——将不透明性设置成这样只是为了使图像在幻灯片中看起来舒服)。本例中的其他图层的不透明性都设置为 100%。

图 3-7

需要了解的最后一个面板是 History 面板，如图 3-8 所示，不过它不是这些教程所必需的。

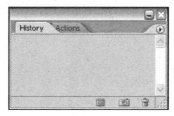

图 3-8

即使这个面板没有必要在整个教程中说明，它仍然是您应当熟悉的面板。每当想起 History 面板时，就会想到很多应用程序的 Undo 功能。这个面板就像一个高效的 Undo 工具。在开发项目时执行的大多数最近的动作都列在该面板中，每个动作旁边都有一个小图标，表示发生的动作类型(例如，剪切、调整大小、粘贴、应用过滤器等)。

默认情况下，Photoshop CS2 保存项目的 20 个历史状态。换言之，它保存您对 Photoshop 项目所做的最后 20 件事。因此，如果您做了一些事情，并意识到刚刚做的倒数第 5 步有错误，只要单击历史状态回去 5 步，项目就会回过头来采用那个版本。此时，您可以修复错误，然后再向前推进。不过要注意，一旦作了修改，在回到的历史状态之后发生的历史记录就丢失了。

还应知道，当关闭项目时会丢失项目的历史记录。假如您认为项目已经完成了——将完成后的项目导出为 JPG 文件，然后关闭项目。后来，意识到把有些东西弄混淆了。如果再打开项目，就会丢失返回的历史状态。因此，必须独立地修复问题，不能获得返回到项目的特定状态的帮助。虽然定期保存项目是好习惯，但是要意识到它对历史记录是没有作用的。换言之，虽然保存并不会立即删除历史记录，但是它也不会保留历史记录；它什么也不能做。因此记住要有定期保存项目的好习惯，但是也不要过分依赖历史状态。

还要记住，正如前面介绍的，Photoshop 默认会保存给定项目的 20 个历史状态。如果您认为有必要，可以修改这个数目。要修改这一设置，在 Photoshop 中选择 Edit | Preferences | General 命令，访问 Photoshop CS2 的 General Preferences(也可以通过按 Ctrl+K 键来访问该屏幕)。这样会打开如图 3-9 所示的屏幕。

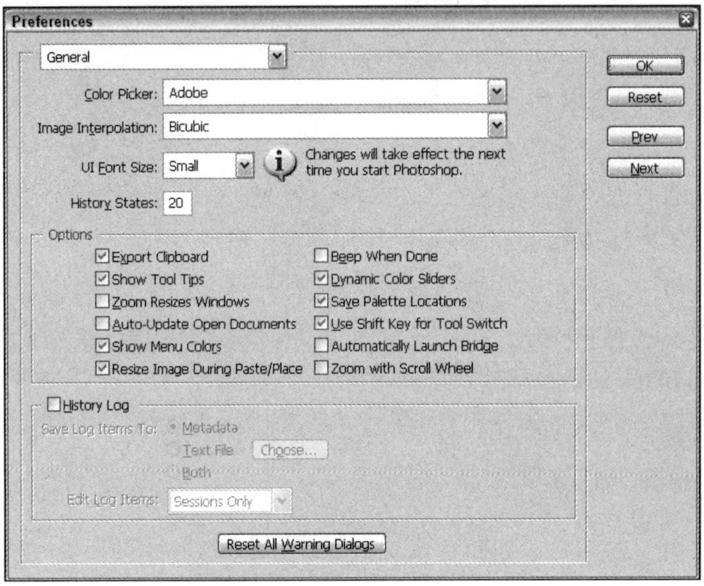

图 3-9

从图中可以看出名为 History States 的选项在本例中设置为 20。要保留更多的状态，只需增加这个数；要保留更少的状态，只需减少这个数。增加这个数的风险是 Photoshop 会将历史状态保存在 RAM 或硬盘中。因此增加历史状态数目可能会严重影响 Photoshop 的性能。如果不断地创建小文件或者有很多 RAM 可用，这可能不会对您造成太大的影响。然而，如果将这个设置改为 100 左右将会发现计算机似乎变慢了，现在您对可能的原因应该心中有数了。

实际上，History Log 这一部分的功能并不像其名称所暗示的那样。其名称至少暗示了能与文件一起保存历史，以便可以在下次打开时再次仔细检查。如果启用了这个功能，它会将历史记录的文本(如果作了相应选择，就像会议和动作信息一样)保存为文件的元数据。它不会对您产生太大的影响。如果通过类似 File | Open 的方式打开文件，不会注意到任何区别。事实上，在 History 面板中，只会看到打开的文件。查看文本的唯一方式是通过使用 Adobe Bridge 等工具，它有些像在一个目录中显示所有文件及其相关信息(如文件大小、格式等)的照片浏览器。如果使用的是 Adobe Bridge，就会有一个带 metadata 选项卡的面板。使用这个选项卡可以查看对文件所做的所有修改。然而，查看历史文本与能回溯历史并进行必要的修改不完全是同一回事。

如果清楚地理解了这些概念，就已准备好开始创建将用在全书中的项目了。

3.4　第一个图

本节将开始处理本书的项目的图形和色彩模式。首先从基本的库存照片开始，学习操作和调整图像以适合本书项目需要的技术。如果希望整个 Web 内容的宽度适合分辨率为 800×600 的显示器，则意味着需要重新调整图片的大小。此时需要向库存照片中添加文字和一些图形样式，使它适用于本项目。最后，需要在最终图片中用颜色来选择一个将用在本书其余部分的色彩模式。

然后，将介绍如何创建另一个页眉图。可以用这个图代替在本节创建的图。还将介绍如何将那个图片转换成与移动浏览器更兼容的图片。到本章末尾，就为桌面/笔记本式计算机浏览器创建了两个不同的页眉图，为移动设备创建了一个页眉图。还为这些图创建了互补的色彩模式，在项目开发时可以重用这些模式。

对于本例，需要找到一个很好的冲浪图片。使用 Photos To Go Unlimited，有几个图片可用于这一用途。对于本教程，可以用 Image 854489，在没有编辑的情况下，直接将它显示在图 3-10 中(如果要将这个图片保存到硬盘中，可以选择 File | Open 命令来查找图片，并在 Photoshop 中打开它)。

提示：
正如本章前面所提到的，这些图片来自 Photos To Go Unlimited(http://unlimited.photostogo.com)。提供图号是为了方便您轻松地查找、下载和使用相同的图片。

图 3-10

这是一幅漂亮的图，它将成为第一个 logo 的基础。

3.4.1　图片尺寸与操作

需要做的第一步是估计尺寸和调整图片大小使它适合本项目。宽度是这个图最重要的考虑事项，因为要确保它能适合分辨率为 800×600 的显示器的要求。不能把这个图片做成 800 像素宽，因为必须将浏览器的滚动条和边框考虑进去。尽管有不同的安全宽度可以选择，但它们都不低于 700 像素。因此，对于本例，希望页眉图的最终尺寸大约是 700 像素宽，300 像素高。300 像素高是一个相当随意的设置。只要看起来舒服，且没有使站点访问者不知所措就可以了。说实话，300 像素可能太大了。但对于本图，300 像素至少是一个起点。如果随着项目的成熟，您发现图片太大了，就可以用本章学到的技术来调整它的大小。

在 Photoshop 中打开这个图片，通过选择 Image | Image Size 命令就可以轻松得到照片的大小。这样将产生如图 3-11 所示的屏幕。

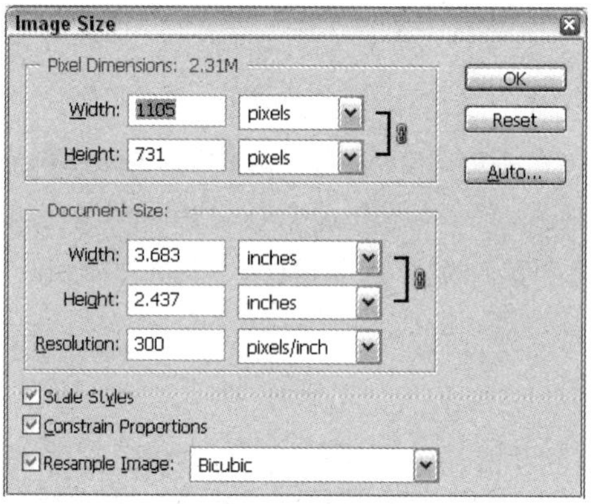

图 3-11

从图中可以看出，这个图片的尺寸是 1105 像素宽，731 像素高。第一步是将它的大小重新调整为 700 像素宽。这会自动使高度变成 463 像素，它高于所要求的 300 像素，意味着以后需要修剪这个图片。目前，单击 OK 按钮接受重定的这个大小。

现在可以看到 700×463 像素的图片，而且看起来与前面的版本相同。下面需要修剪图片以满足 300 像素高的要求。与编程中的大多数情况一样，有几种方式可以完成这件事。对于本例，可以用 Canvas Size 来自动修剪照片。为此，单击 Image | Canvas Size 命令以得到图 3-12 所示的对话框。

对于 Web 设计，英寸的意义不是太大。因此，在高度部分，选择 pixels。这样会将宽度与高度的单位都更新为像素，在本项目中将更容易使用。将 Height 的文本框改为 300。

Anchor 部分用来指出如何修剪图片的多余部分。例如，从一个 463 像素高的图片剪去 163 像素使它只剩 300 像素高。应用程序需要知道从哪里剪掉这 163 像素。全部从上面剪？还是全部从下面剪？默认是对半，上面和下面各剪掉一半像素，Anchor 区域的小白框表示当前图片的哪个部分将保留。因此，在图 3-12 中，它显示了将留下的部分是图片的中心。如果选择紧靠白框当前位置上面的框，得到的结果如图 3-13 所示。

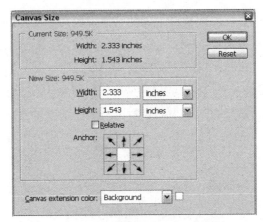

图 3-12

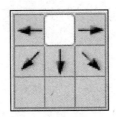

图 3-13

这样做会使得剪掉的所有 163 像素全部来自图片的下面，意味着新图片仅由图片的上面 300 像素组成。然而，在本例中想保留靠近图片中心的冲浪图。因此，对于这个特定图片，您要保留中间的部分。因此接受图 3-12 所示的默认情况。单击 OK 按钮以继续。这时会收到一条警告信息，告知新图片尺寸小于原始图片，因此会进行一些修剪。这是必需的行为，因此只要单击 Proceed 修剪图片即可。这应产生一个类似于如图 3-14 所示的图片。

图 3-14

3.4.2 半透明框

下一步是在图片的上面和下面添加几个半透明框。上面的框用来与文本结合分离出站点的标签(surfer5 Internet Solutions)。类似地，下面的框将用来区分出站点导航(将在第 6 章创建)。出于美观和格式的考虑，这些区域被严格地包括在内。然而，使用图片的半透明区域是提高对放在这些区域上的任何内容的注意力的一种好办法。

　　为了使它更容易一点，可以伸长这个框使它包围图片。要做到这一点，找到这个框的右下站上的小拖动区，如图 3-15 所示。

图 3-15

如果将这个框拖大一点儿，图片看起来就比较像图 3-16。

图 3-16

　　这么做允许单击实际图片周围的灰色区域，它使得下一步选择(0，0)的 x-和 y-坐标更容易实现。

　　需要先找到如图 3-17 所示的 Rectangular Marquee Tool。

图 3-17

　　它位于 Tools 面板的左上角。如果有内容显示在 Rectangular Marquee Tool 内，只要单击它，并按住鼠标，就应出现一个列表，它显示了这个按钮可用的选项，其中之一应当是 Rectangular Marquee Tool。当这些选项出现时，导航到恰当的工具并释放鼠标左键。选择该工具后，在图框上方的灰色区域的某处单击，并将图片的左上角向左拖。在拖动一个框时按住鼠标左键，一直拖到边界的另一边，使之位于图片下方 10%~15%处。这样会产生一个通过移动的虚线框标出的选区，通常称为"蚂蚁行军"，如图 3-18 所示。

图 3-18

3.4.3　图层

现在需要新建一个图层(到这时为止应当只有一个图层，即由上图组成的背景层)。如果还没有从本章学到其他东西的话，学会鉴赏和热爱图层也不错。图层允许在不破坏图片的情况下修改特定图片的外观。对于本例，要在它们自己的图层上放置半透明框。这样就可以透过半透明框显示库存冲浪照片，它会影响图片的整个外观。然而，如果删除或隐藏包含新框的图层，原始图像看起来就会与包含了框的图完全相同。记住，应该从上向下以线性方式来查看图层。因此每个图层都会覆盖它下面的图层。如果您现在对此还不是十分清楚，随着本章的学习，会越来越清楚的。

要新建一个图层，从菜单栏选择 Layer | New | Layer 命令，这样会出现如图 3-19 所示的屏幕。

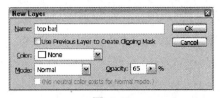

图 3-19

在 Name 框中，将默认值改成 top bar 或其他能提示您有关图层意义的名称(当图片有几十个图层时，您会喜欢这样的命名)。同样，因为这个图层将被设置成半透明，所以不透明度设置为 65%。单击 OK 按钮创建新图层。图层面板现在看起来如图 3-20 所示。

图 3-20

这表示现在有两个图层：一个冲浪图片背景层和一个将用作顶部条的新图层。在上方横幅图片所在图层处于活动状态时，给选定区域着色。为此，需要从 Tools 面板中选择 Paint Bucket Tool，如图 3-21 所示。

图 3-21

像前面的 Marquee Select Tool 一样，这个按钮可能隐藏在另一个按钮(Gradient Tool)后面。如果没有看到 Paint Bucket Tool，但确实看到了 Gradient Tool，单击 Gradient Tool 按钮并按住鼠标左键。这时应看到出现的选项，其中之一应当是 Paint Bucket Tool。导航到 Paint Bucket Tool 并释放您的鼠标左键。这样就可以启用那个工具了。

现在需要选取要用来着色的颜色。如果看一下 Tools 面板的下方，将看到设置前景色和背景色的工具，如图 3-22 所示。

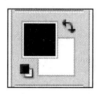

图 3-22

大框显示了当前选项，左上面的那个是前景色，右下面的那个是背景色。因此。默认情况下，前景色是 Black，背景色是 White。如果曾显示过其他颜色，而现在想恢复默认的黑白配置，可以单击左下角较小的框，这样会回到默认配置。然而，本例中希望它是白色前景，因为 Paint Bucket Tool 要用前景色着色。做到这一点最容易的方式是直接单击那个弯曲的双向箭头。这样可以反转当前选择的两种颜色(将前景色设置为背景色，反之亦然)，使前景为白色，背景为黑色。

在这种配置下，当 top bar 层活动时，单击选区中的任意位置。这样会将整个选区用前景色着色，在本例中是白色，结果如图 3-23 所示(着色后可以按 Ctrl+D 键去掉选区)。

图 3-23

现在应看到图片上方是一个白框，可以放上背景图的部分细节。要在图片的下方创建一个类似的横幅图，以便画入冲浪运动员。不用重复前面做的所有步骤，那样可能会产生大小不一致的框(如果在下方重新选择一个区域，则无法保证它与上方的尺寸完全相同)，因此，可以直接创建当前图层的一个副本。虽然有几种方式可以做到这一点，但是最简单的方式是选择 top bar 图层并按 Ctrl+J 键。这样可以创建该图层的一个精确副本，将它命名为 top bar copy。这个图层现在应当也是活动图层。问题是，作为一个精确副本，它与另一个图层位于完全相同的位置。因此要将它拖到图片的下方。为了做到这一点，需要在 Tool 面板上选择 Move Tool 命令，如图 3-24 所示。

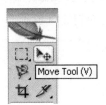

图 3-24

一旦这么做以后，会注意到出现在图层边界四周的手柄。这些手柄可以用来拉伸图片，或者旋转图片，或者做其他事情。然而，此刻要做的事是将该图层拖到图片下方。因此单击这个图层的任意位置(在手柄的界限内)，直接将该图层拖到下方。确保将这个图层一直向图片的下方拖，将产生如图 3-25 所示的图片。

图 3-25

现在图片上方和下方有了两个大小相同的半透明横幅图。您可能想重命名下方的横幅图，使其名称比 top bar copy 更有意义。为此，在该图层上单击并选择 Layer Properties 命令。这样会出现如图 3-26 所示的选项。

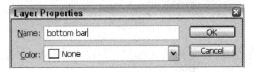

图 3-26

当 6 个月后回来编辑该文件时，可以将名称改为像"bottom bar"这样更有意义的名称。在 Name 栏中输入名称时，Photoshop 中的图层被自动更新了。输入想用的名称后，单击 OK 按钮。

接下来，要在半透明横幅图四周创建几个实心横幅图，以使它们与冲浪图片分离开来。要做到这一点，需要新建一个图层。因此，选择 Layer | New | Layer 命令来得到 New Layer 选项。将 Name 栏中的名称改为 solid lines 并保持不透明度为 100%。单击 OK 按钮创建这个图层。在 solid lines 图层活动的情况下，按 Ctrl 键并单击 top bar 层的小图(Layer 面板中文本 top bar 左边的小图片)。这样会在整个 top bar 图层四周创建一个选区，而仍然保持 solid lines 图层处于活动状态。之后，选择 Edit | Stroke 命令来得到 Stroke 属性(Stroke 只是在选区四周画线，无论是文字还是图像或绘制的对象)，如图 3-27 所示。

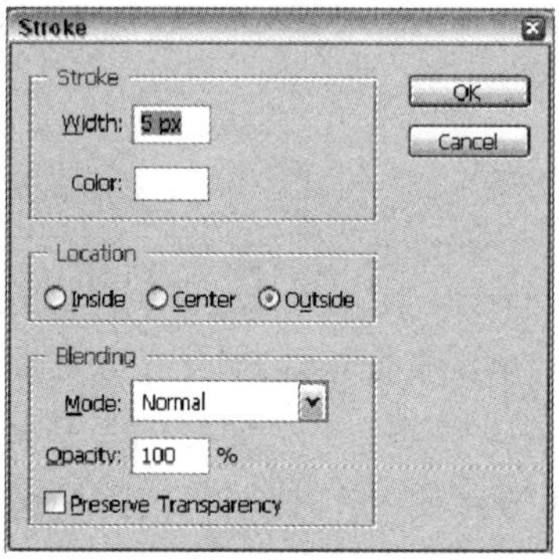

图 3-27

将宽度设置为 5px(5 像素)。只要输入 5，Photoshop 就会采用像素为单位；不必指定 px。对于这个特定用途，要确保 Location 设置为 Outside。这样会在选区外面绘制线条，因此在本例中，由于四边的选区外面和上面落在了图片本身之外，因此只会看到选区下方的效果。

对 bottom bar 选区重复这些步骤。这样将创建如图 3-28 所示的图片。

图 3-28

在此显示的黑白背景可能不容易引人注意，但是在 Photoshop 中应该可以注意到这个效果。

3.4.4　文本

在将这个图片导出为 Web 图形之前需要对它做的最后一个修改是添加一些文本。为此，在 Tools 面板上选择 Horizontal Type Tool 命令，如图 3-29 所示。

图 3-29

选择这个工具后，单击图片上方的中心附近的某处(以留出输入文本的空间)。单击完成后，Photoshop 的上方会显示文本编辑工具栏，如图 3-30 所示。

图 3-30

第一个下拉列表框允许设置要输入的文本的字体。在本章的示例中，使用 Viner Hand ITC。如果系统上没有这种字体，只要选择一种喜欢的字体即可。也可以用第三方下拉列表框设置字体的大小。这些选项中的一种比较好的设置是颜色编辑器，它看起来就像对齐选项后面的单色框。单击这个框内的任何地方都可以打开 Color Picker Tool，如图 3-31 所示。

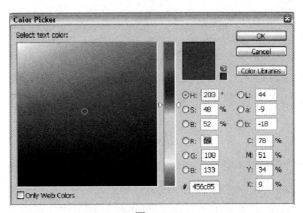

图 3-31

可以通过选择大框中的任意位置来选择想要的任何颜色。如果当前颜色不是所需的颜色，可以单击彩虹区域中的任何位置并移动到所希望的颜色(例如，移到橘色，这会将大框改为橘色阴影，这样您就可以选择橘色了)。但是更酷的选择颜色的方式是直接从图片本身中拾取颜色。

在 Color Picker 仍然打开的情况下，将它挪开一点点就可以看到图片。将光标悬浮在图片中，会注意到它变成了一个看起来像滴药管的图标。单击图片中的任何位置，Color Picker 就会使用该颜色。可以在图片中单击几次直到找到喜欢的颜色。完成以后，单击 OK 按钮。

这样拾取颜色的好处是能够确信所拾取的颜色可以补充图片的颜色，因为使用的是直接从图片中拾取的颜色。这是确保一切正常的很好的方式。不过要注意，拾取的颜色不会和背景色融合得太好。例如，如果选择一种真正的灯光颜色，文本"surfer5 Internet Solutions"就会消失在白色背景中。

关于 Color Picker 的另一个优点是它以几种有用的格式提供了颜色属性，包括 RGB 和十六进制。很多 Web 开发模式是基于十六进制颜色的。因此，当需要以十六进制为单位的颜色时，只要使用 Color Picker 即可；拾取一种颜色，查看最左下角的文本框，并复制这个值，现在就有了用于 CSS 文件或其他 ASP.NET 控件的十六进制值。它们是相当酷的。

提示：

要注意，CSS 也可以用 RGB()方法定义颜色(例如，背景色：rgb(0,0,0))。然而，向 CSS 文档中复制和粘贴一个值(十六进制)比复制并粘贴 3 个 RGB 值更容易。不过有必要知道的是，如果想使用 RGB 方法，CSS 中是支持 RGB 的。

一旦设置了所有选项，可以输入站点的名称：surfer5 Internet Solutions。做这件事时要确保选择文本工具栏右边的复选标记。完成后，就会发现出现了一些类似于如图 3-32 中所示的情景。

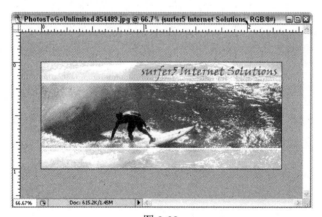

图 3-32

3.4.5 保存图片

在将图片保存为 Web 可接受的格式之前有不少工作要做。然而，在做这些工作之前，需要保存该图片(如果还没有这么做)。要保存 Photoshop 文件，选择 File | Save As 命令(如果以前保存过，就选择 File | Save 命令)，然后选择要保存文件的位置。确保以专属 PSD 格式保存结果文件。这样可以保留图层，以便在必要时可以返回去进行修改。

这种独特保存方法的棘手之处是要将这个图片分成两个较小的图。为什么？因为底部的横幅图区域将作为第 6 章要构建的导航区的背景。因此这意味着需要将一个图片放在底部横幅图区域，另一个图片放(除了底部横幅图区域外的部分)在其余地方。以后这些会无缝地拼在一起，使它看起来就像一个图，但是现在要分别保存它们。

要实现这一点其实没有看起来那么难。在任何活动图层上，按 Ctrl 键并单击图层中 bottom bar 层的 thumbnail 区域，从而可以选择那个图层中的所有内容。选择了底部区域后，再选择 Image | Crop 命令，Photoshop 会将图片剪成新的尺寸，仅包括 bottom bar 层的尺寸(这时您会非常庆幸曾经保存了图片……以防万一)。现在，为了将该图片导出为 Web 格式，

需要选择 File | Save For Web 命令来得到 Save For Web 属性屏幕。如果还没有选中，选择屏幕上方的 4-up 选项卡可以给出保存图片的 3 个不同选项的视图，如图 3-33 所示。

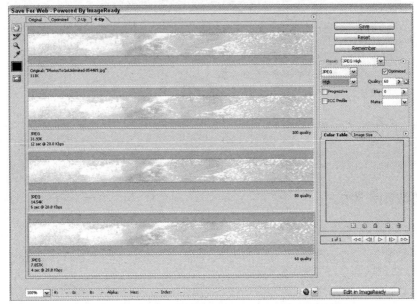

图 3-33

　　4-up 选项的好处是可以用 4 种不同的方式修改导出图片的设置，并比较各种设置的质量和文件大小。在本例中，有原始文件，它的大小从 111KB 一直到只有 7.857KB 的 High 质量的 JPG(60%)。为了修改这 4 个视图中某个视图的设置，单击它并将参数修改为恰当的值。可以选择 PNG、GIF、JPEG 或 BMP 格式。可以设置压缩比率。可以设置透明度。可以比较每次修改后的质量和文件大小来找到最能满足需要的设置。

　　对于本项目，可以在 High 设置上使用 JPG，它应产生可接受的质量和较小的文件。

　　单击 Save 按钮将图片保存在硬盘上。这会关闭 Save For Web 并返回到 Photoshop 项目中。

　　现在 History 面板会派上用场。在 History 面板中应看到一个长长的历史状态列表；最后两个列表项可能类似 Crop 和 Load Selection。如果单击 Load Selection 的历史状态，则会完全回到您的图片，它的 bottom bar 层的内容应仍然被选中。现在选择 Select | Inverse 命令反向选择(即除了选择的 bottom bar 层的内容之外现在将发现其他内容已被选择)。现在应修剪图片(选择 Image | Crop 命令)，然后用与以前相同的设置(JPEG High)保存图片。当回到 Photoshop 中的图片时，可能需要用 History 面板返回到完整图片，然后再次保存，以确保没有把任何内容弄乱。

　　最终结果应当是两个图，类似于图 3-34 和 3-35，它们在 Web 项目中拼在一起看起来就像一个图。这意味着会有一个页眉图形区域，有这个区域只是因为风格上的原因，然后导航区域无缝地跟在它后面。页眉图形区域将如图 3-34 所示，导航区域将具有图 3-35 中的背景。这些图片将在第 4 章生成的 CSS 代码中定义，并将在第 6 章被修改以包括站点导航，最后包括在第 7 章的站点模板中。

图 3-34

图 3-35

3.4.6 选取颜色模式

有了图片后，应当继续工作并选择一些组成 Web 页面的颜色。一般而言，页面内容中要用一种深色和一种浅色(例如，更改 GridView 控件上的行颜色，内容标题颜色等)以及在设计的 Web 站点内容之外显示的背景色。

首先，要创建一个新图片(其名称类似于 color_scheme.PSD)，用来存放颜色模式数据。尺寸大小其实没有关系，但是为了本教程的目的，可以使用宽度为 600 像素，高度为 150 像素。

使用已经介绍的工具可以相当轻松地做到这一点。首先，在图片仍然打开的情况下，选择如图 3-36 所示的 Eyedropper Tool。

图 3-36

当在图片上拖动光标时，将看到 Color Foreground 框中的颜色(工具箱中的较低位置)会随着光标的移动而发生变化，并反映当前所悬停的颜色。可以围绕图片移动光标来看看是否能找到 Web 站点的深色、浅色和背景色。

当位于颜色模式图片中时，用前面演示的 Rectangular Marquee Tool 拖一个框。现在，在 logo 图片中，找一种喜欢的颜色作为深色。这种颜色将作为页眉的颜色，甚至可能作为字体的颜色。现在可以用这种颜色在 color_scheme 中绘制一个矩形选择区。在寻找不同的颜色之前，双击工具框的 Color Foreground 区域。这样会打开本章前讨论的 Color Picker Tool。从该屏幕中复制十六进制颜色并保存，以便以后在 CSS 和 HTML 文档中使用。

重复这一过程，找到较浅的着重符号颜色和背景色。不需要特别在意矩形的位置，因为您是唯一看到这个文件的人。只需将它作为以后的 Web 设计过程中的一个参考。一定要记录本书以后章节所用的十六进制颜色。

在这一过程中使用的十六进制颜色如表 3-1 所示。

表 3-1

颜　色　名	十六进制颜色
深色	477897
浅色	bcdfa
背景色	4d6267

这时，应当有一个用于 Web 项目的 logo，以及一个使这一 logo 完备的颜色模式。还应对 Photoshop CS2 的部分基本功能有一定的了解。不过，在下一课中，将再介绍一些有关图形设计工具方面的提示和技巧。

3.5　第二个图

为了扩展在制作第一个标题图时学到的概念，本节将介绍另一组创建不同页眉图的提示和技巧。应当注意的是，本节创建的图形在本书其余章节中不能使用。在此提供它只是为了演示使用图形艺术时应熟悉的其他技术。然而，您还应知道这一事实：本章以后创建的移动图形依赖于本节创建的图形。

如果喜欢本节的图形，当本书的项目成熟时，可以自由地在以后的章节中用它们代替本章前面创建的图形。这有助于弄明白创建项目时实际上是在做什么，而不是单纯地从本书原稿中逐字复制和粘贴代码。Photoshop 中有一种人们随时会用到的通用技巧，那就是选择一个图片，并移到另一个地方。例如，在本章前面已介绍了如何从一个海滩场景中剪切一个家庭图片放到一个城市风景背景中。对于这种思想，有很多有趣的方法可以实现，至少在 Photoshop 中有很多方法可以实现它，且每种方法各有优缺点。例如，有些方法很快，但是留下了怪模怪样的图片，看起来粒度较粗而且不专业。其他方法虽然很费时间，但是能产生极佳的结果。在本课中，您将学到掌握这种技巧的较容易(而且较可靠)的方法。这些方法会产生较好的效果，但是较复杂且耗时。本方法将提供一种从图片中裁剪出轮廓的途径，利用它产生的图片精度易于接受和采用。

第一步是选取一个要从中提取一些内容的图片。由于这个项目的主题是冲浪，所以用一些与冲浪相关的内容较好。为此，可以使用 Image 495856，如图 3-37 所示。

提示：
正如本章前面所提到的，这些图片来自 Photos To Go Unlimited(http://unlimited.photostogo.com)。提供图片号是为了方便您可以容易地查找、下载和使用相同的图片。

因为它将作为 logo，所以只有 300 像素高，需要将该图片重新调整为这个尺寸。因此选择 Image | Image Size 命令，将高度设置为 300 像素，并单击 OK 按钮。这应产生一个 462 像素宽和 300 像素高的文件。

图 3-37

3.5.1　选择和提取图片

若想仅提取冲浪运动员和冲浪板，应将背景的其余内容全部去掉。有很多方式可以做到这一点，但是，最好且最容易使用的似乎是 Magnetic Lasso Tool(磁性套索工具)，如图 3-38 所示。

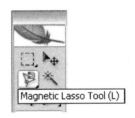

图 3-38

像前面介绍的很多其他工具一样，Magnetic Lasso Tool 可能不会立即在 Tools 面板中出现。事实上，默认情况下显示的是 Lasso Tool。如果是这种情况，单击该按钮并按住鼠标左键，直到出现选项，其中之一便是 Magnetic Lasso Tool。导航到 Magnetic Lasso Tool，然后释放鼠标左键。现在 Magnetic Lasso Tool 应处于活动状态。之后，Photoshop 上方的工具栏应当如图 3-39 所示。

图 3-39

Feather 值用来柔化选区边缘。但在本节的演示中不要这样做，因此让该值保持为 0px。其他可以修改的值有以下几个。

- Width——在本节的演示中，它用来选择工具的大小。当使用这个工具时，将出现一个十字丝图标，在部分图片上运行，并尝试选择。在这个十字丝部分进行对比分析。因此，这个字段中的数字越大，十字丝越大。对于没有太多隐藏处和裂缝的高度对比图片，可以使用较高的数值；否则应坚持使用较低的数值。要使用的图像在将选择和将不选择的内容之间有一个很好的显示对比，所以大部分选区非常平滑，因此使用较大的数值相当安全。然而，不应超过 10 像素。

- Edge Contrast——正如上面所指出的，这个工具通过探测选择内容和不想选择的背景之间的对比度而起作用。因此，如果有一个明亮的白色背景和一个彩色鲜艳的对象要选择，那么就是有高对比度(因此可以在这个字段中使用高数值)。然而，如果对比度不够明显，如深灰背景上的黑色对象，就需要用一个小得多的数值。开始使用这个工具时可以多尝试一下。如果发现抓不住要抓的边缘，那么可能需要调整这个数值。

- Frequency——这表示工具拖动选区周围的锚的速率。当制作选区时，会出现小框(它们看起来像图像周围的手柄)。这些是选区的锚，或称为固定点(fasten point)。如果选择的是一个相对平滑的图片，可能不需要这么频繁地选取它们。如果在使用一个有大量隐蔽处和角落的图片，则可能需要更频繁地选取它们。同样，必须多尝试以找到最符合需要的数值。

将它们设置成类似图 3-39 所示的样子后，就可以开始准备了。当在图片上悬停光标时，将看到光标非常像工具的图标。为了使它看起来像前面提到的十字丝，按 Caps Lock 键。在十字丝区域内，若想同时拥有选择的和没有选择的内容的图片。需要同时有这两者，以便工具可以决定对比移位并进行选择。图 3-40 显示了一个合理的布局。

图 3-40

可以看到这个工具基本上在冲浪板和背景的中心。实际交叉直接在所要选择的线上。虽然不必这么精确(让交叉在选择的线上)，但是要确保同时有要选择的区域和要在该工具的圆圈内忽略的区域。

现在已准备就绪，可以进行选择了。将光标悬停在图片上要开始选择的地方(可能是冲浪板上的某个地方)并单击。不需要按住鼠标左键。现在可以开始沿着正在试图裁剪的图片的边缘裁剪。当这样做时，应注意到固定点粘在图片的边缘上。图片选择可能开始看起来类似图 3-41 这样。

图 3-41

当回到原来的位置时，双击鼠标左键，选区会连接到起始点。现在您应当已拥有选区边缘(marching ants)内的整个选中区域，类似于图 3-42。

图 3-42

3.5.2 背景

现在要将选区放到一个不同的背景上(至少在本例中如此)。因此需要决定使用何种类型的背景。对于本例，用一个醒目的日落作为背景。使用的图片是 Image 603896，如图 3-43所示。

需要重新调整这个图片的大小并再次裁剪它。因此选择 Image | Image Size 命令，将宽度设置为 700 像素，然后单击 OK 按钮。这样会将图片的大小减少为 700 像素宽，468 像素高。现在需要将图片减少为 300 像素高。选择 Image | Canvas Size 命令，并将高度设置为 300 像素，单独留下 Anchor 区域(让像素平均地从上方和下方删除是比较好的)，单击OK 按钮。现在应当有一个 700 像素宽，300 像素高的图片，类似于图 3-44。

图 3-43

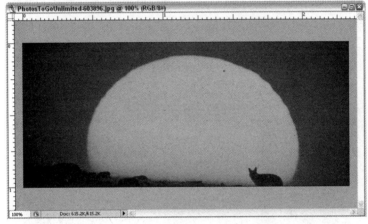

图 3-44

选择了冲浪运动员后，可以选择 Edit | Copy 命令将选区复制到剪贴板上，现在回到背景图片，选择 Edit | Paste 命令将冲浪动动员粘贴到图片中心。应当将他拖到左下角，图片现在类似于图 3-45。

图 3-45

3.5.3　轮廓

这还不是十分理想的效果，因此需要再次对冲浪运动员图片进行调整，使它成为一个轮廓。第一步是确保背景色为黑色，如图 3-46 所示。

图 3-46

前面讨论过，如果以前修改了这些属性，则必须将背景重新设置成黑色。为了将它调整为此状态，先单击左下角的小黑框和白框。这样会将颜色返回默认值(黑色前景和白色背景色)。为了颠倒它，单击弯双箭头，则得到一个白色前景和一个黑色背景。

然后，确保冲浪运动员图片是活动的，再同时按 Shift+Ctrl+Backspace 组合键，结果将类似于图 3-47。

图 3-47

显然，图中狼的位置放得有点不合适。使日落之外的一切内容成为轮廓(至少看起来像轮廓)将是一个好办法。做这件事最容易的方法是用 Brush Tool 将那些内容都用黑色刷子刷一遍，如图 3-48 所示。

图 3-48

这时需要用 Photoshop 上方的工具栏调整刷子的参数，如图 3-49 所示。

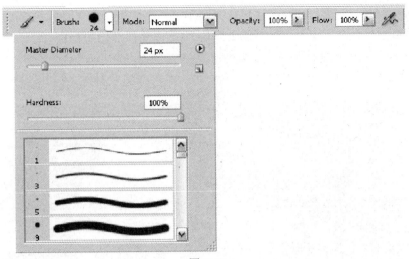

图 3-49

为了得到下拉菜单项，单击 Brush 图标旁边的箭头。将 Hardness 设置为 100%。较软的刷子会产生喷枪或涂抹效果。将硬度设置为 100%后，刷子的边缘将成为实线。虽然本例的主直径设置为 20 像素，但它是相当随机的。选择一个合适且看起来舒服的尺寸。

还需要将前景色重新设置成黑色(可以像前面几步所示，将颜色重置为默认值)。

所绘制的图层实际上并不重要。也许想仅在背景层上绘制。或者也许想在冲浪运动员层绘制，保持背景层完整不动，而将要隐藏的部分覆盖起来。这实际上取决于您自己。不管采用何种方法，都应通过按鼠标左键并在要覆盖的区域上移动光标来在图片的下方绘制。结果应类似于图 3-50。

图 3-50

3.5.4 文本

现在需要在图片的右上角添加与其他 logo 相同的文本，即添加 surfer5 Internet Solutions。

对于本 logo，采用 7 磅的 Pristina 字体作为文本字体。现在使用何种颜色都不要紧，因为在下一步会恢复。这时，图片应当类似于图 3-51(这时是用黑色字体)。

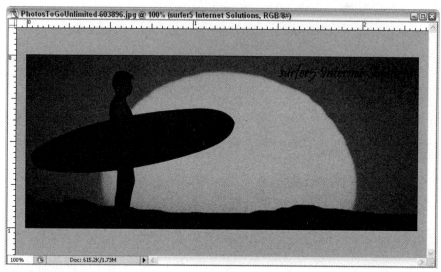

图 3-51

现在需要向字体上添加一些格式。因此，当文本图层是活动图层时，右击图层，并从出现的选项中选择 Blending Options 选项，然后选择 Outer Glow 复选框。现在应看到如图 3-52 所示的屏幕。

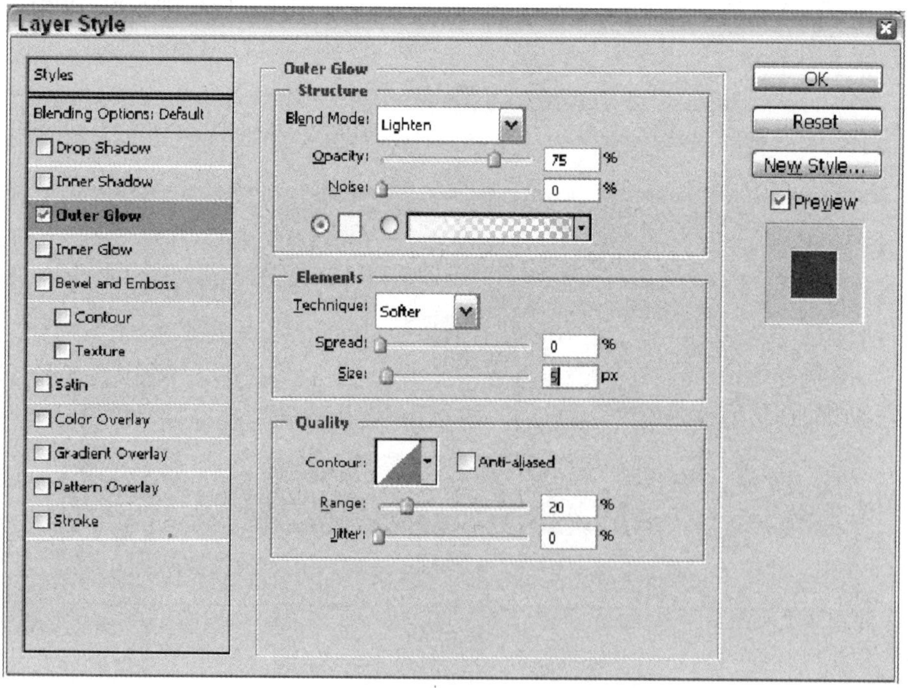

图 3-52

需要对这个屏幕上的属性略作调整，以得到所追求的效果。对于本例，尝试将 Spread

设置为 0，Size 设置为 5，Range 设置为 20。在 Layer Style 窗口后面应能看到应用到文本的效果。如果喜欢这种效果，单击 OK 按钮来应用它。现在应当有一个类似于如图 3-53 所示的图片。

图 3-53

这里说明一下关于图层的不透明度与填充之间的区别。如果看一下图层面板，将发现有一个 Opacity 设置和一个 Fill 设置。在很多方面，它们的作用似乎相同。在第一个把家庭图片放到城市背景中的示例中，如果将红框的 Opacity 设置为 50%，或者将 Fill 设置为 50%，就能基本上实现相同的效果。然而，由于在此对这种文本图层应用了图层样式，这两个属性就产生了完全不同的效果。例如，当将不透明度降为 10% 时整个图层的不透明度将下降到 10%，如图 3-54 所示。

图 3-54

然而，如果将不透明度保持在 100% 并将 Fill 改为 10%，文本的不透明度会降到 10%，但是图层样式的不透明度仍然是 100%，结果将类似于图 3-55。

图 3-55

可以看到辉光仍然在 100%，但是其中的文本减淡到了几乎没有。取而代之的是，可以通过文本看到背景的渐变。它可以提供一些相当酷的效果。

不过，对于本节演示中的 logo，将 Fill 一直设置为 0，并让不透明度为 100%。这样得到的效果如图 3-56 所示。

图 3-56

3.5.5 可选的修改

虽然图片可能是一张独立的图片，但是在图片所示的天空中添加一些二进制数字可能会显得非常酷，因为这是为一个计算机专家的个人站点设计的。而专家们热爱二进制代码。

要做到这一点，需要做几件事。首先，要注意到背景图层不同于其他图层，如图 3-57 所示。

图 3-57

很容易发现图层上有一个锁的图片。还会发现 Background 层的字体是斜体字，其他所有图层并不是这样的。这是一个被锁住的背景图层，它限制了所能进行的操作。首先，不能将任何图层放在它下面。也不能在这个图层上设置任何透明度。真正需要做的是将这个图层转换成标准图层。为此，右击图层面板中的图层上的任何地方。这样将打开如图 3-58 所示的属性窗格。

图 3-58

如图 3-58 所示，应将图层命名为容易记住的名称(在本例中是 sunset)，并将模式设置为 Darken。这是因为需要将这个图层覆盖在二进制代码文本的图层上方，单击 OK 按钮以继续。

现在应当看到背景层是标准图层。锁的图片已经消失，图层的名称也不再是斜体。现在已准备就绪，可以继续后面的操作了。

现在需要添加二进制代码作为文本。可以仅输入一串 0 和 1；反正没有人知道它的意思。或者，可以使用二进制代码转换器，并隐藏二进制中的一些比较酷的段落。即使您是唯一知道它的含义的人，它仍然是很酷的。

无论采用哪种方式，最终都会出现一个类似于图 3-59 的图层(使用了 7 磅的 Agency FB 字体)。

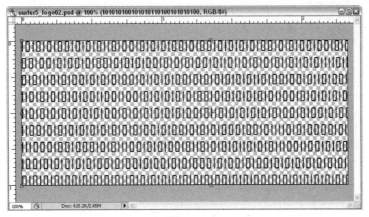

图 3-59

这个图层需要在图片的底部，因此，如果它在底部上面的任何地方，都需要在 Layer 面板中单击它，并将它拖到底部位置(在日落层下面)。这样可以创建一个类似于图 3-60 的图片。

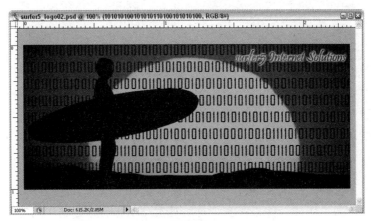

图 3-60

您可能想做的一件事是修改字体的颜色。有一些方式可以做到这一点，但是最容易的方式是向字体图层中添加一个图层样式。因此需要右击图层并选择 Blending Options 选项，然后，当出现 Layer Style 屏幕时，单击 Color Overlay 部分，如图 3-61 所示。

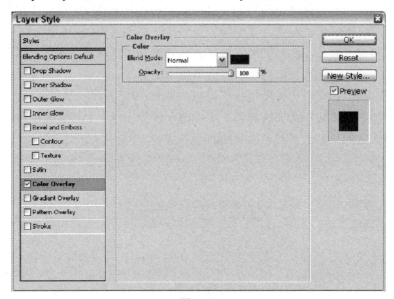

图 3-61

如果单击 Color 部分(下拉列表框旁边)中的纯色，会再次得到 Color Picker。您要做的事是选择图像中红色的较深阴影。这意味着，当红色的阴影达到较深的颜色时，二进制代码会渐渐淡去。一旦找到喜欢的颜色，就单击 OK 按钮。最后出现的图类似于图 3-62。

图 3-62

从图中可以看出，当二进制代码到达图的边缘时，才会淡出。剩下要做的唯一事情是从太阳中删除二进制代码，使得只有天空中才有二进制代码。这似乎并不简单，由于文本层的部分内容将无法删除，因此不得不先将它转换成标准图层。它的不利方面是您可能失去了修改类型的能力。因此，如果在几个月后有人发现您的二进制代码已转换为某些令人为难的内容，您就必须重做整个图层，而不是仅仅在一些关键地方添加一些 0 或 1(但愿这样不会让它表达一些更糟糕的内容)。

因此您要做的第一件事可能是制作该图层的一个副本，然后使它不可见。这是关于图层的优秀功能，不必在最终结果中显示。这是存储历史状态的好方法。换言之，如果要在转换为不能再编辑其类型的图层之前立即保留这个二进制代码层的历史状态，可以在那个特定状态下制作一个副本，然后关闭它，使其不再影响图像的其余内容。那样，当有人告知要考虑调整二进制消息所表达的意思时，就相当容易。

因此，当仍然在二进制代码文本层上时，直接按 Ctrl+J 键来对那个图层制作一个副本。然后，在要用来维护历史状态的图层上，单击图层旁边(左边)的小眼睛图标，如图 3-63 所示。这样可以使该图层不可见。

图 3-63

现在需要将这个文本层转换为图形层。在 Photoshop 中，这种操作称为栅格化图层。要做到这一点，右击要转换的图层并选择 Rasterize Type 选项。该图层现在是一个图形层，您可以像处理到目前为止使用的其他图层一样处理它。要注意到在图层面板中，修改后的这个图层看起来更像一个图形层而不是文本层，如图 3-64 所示。

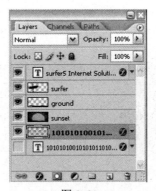

图 3-64

这时，应当删除图片在太阳中的部分。有几种方式可以实现。然而，对于本例，采用 Photoshop 技巧库中的一个较有争议的工具：Magic Wand(魔棒)。

在有些情况下，它被称为 Tragic Wand，因为结果是不可预知的，而且常常不是所寻找的内容。使用 Magic Wand 选择区域后，会看到图片四周的奇形怪状的粗糙边缘。然而，在有些情况下，这是完美的工具。对于本例，这是最适合的。只是要注意，它并不是对所有选项来说都是完美工具。它有它的用途，但是在使用时要小心，不要超出它的限制。

Magic Wand 具有自己的按钮，因此不必担心它被隐藏在另一个图标的后面，如图 3-65 中所示。

图 3-65

当选择它后，Magic Wand 在 Photoshop 上方的工具栏中会出现几个选项，如图 3-66 所示。

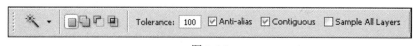

图 3-66

在这个用途中最重要的设置是容错度。如果将其设置为 10，Magic Wand 只会捕获与选择的颜色完全相同的临时像素。当增加容错度的值时，临时像素选区中的可接受颜色离原台像素颜色相差更远。因此如果有一个夏天天空的图片，而且将容错度设置成了 1，则可能仅抓到 5 个或 6 个像素，比如，所有颜色完全相同的蓝色。如果将容错度设置为 100，最终可能捕获整个天空，甚至如果场景中有非常小而轻的云也会被捕获到选区中，因为它们的颜色非常相似。这只是需要实践去适应。

不过在本项目中，只希望删除太阳所在的文本区域。这个图片的优点是太阳是亮黄色，直接与强对比的红色相遇。因此 Magic Wand Tool 会是极好的工具。只要简单地将容错度改成 100，然后单击太阳区域中的任何地方(确保日落层是活动图层)。这样将得到一个类似于如图 3-67 所示的选区。

图 3-67

现在，在图层面板中单击二进制文本图层(栅格化的图层)，并按 Delete 键。这样就删除了太阳上面的所有二进制代码文本，结果类似于图 3-68。

图 3-68

现在已完成了 logo 的设计，它非常酷而且非常专业。因此可以准备着手下面的步骤了。

3.5.6　保存图片

像以前一样，需要以 Web 浏览器可用的格式保存图片(导出它)。正如前面的示例，应保存为 High JPEG 格式，以便很好地在质量和文件大小之间取得折中。

不过，有一个问题。在前面的示例中，底部有一个区域被指定为第 6 章将添加的菜单。如果查看该图片，将发现它的高度为 54 像素。如果使用该图片底部的 54 像素，将撞上太阳和天空，在有些地方还会有不小的边空。因此它不是完全满足前面的图形示例设计的好方法。另外，该图片的底部是纯黑色，它可以在 HTML 代码中轻易地重新产生，为它用一个图片则没有必要(而且增加了站点的带宽问题)。

可以剪掉图片底部的一些黑色区域。做到这一点的最容易的方式是调整画布大小并移动锚使所有选中的像素都来自底部。对于本图片，这意味着需要将画布大小改为 275 像素高。这会产生一个类似于图 3-69 的图片。

图 3-69

当在 Web 项目中使用它时，只需为纯黑色的导航创建一个区域，并将它放在图片前面。这样将使 logo 图和导航区域无缝地结合在一起。

完成后，应将图片导出为与前面相同的 High JPEG 格式。所产生的最终图片如图 3-70 所示。

图 3-70

3.5.7　颜色模式

使用前面讨论的技术可以得到表 3-2 中十六进制颜色所示的颜色模式。

表 3-2

颜　色　名	十六进制颜色
深色	a20000
浅色	fb7171
背景色	520114

至此，您已经完成了图形的第二步，在这一步中完成了这样几件事。首先，揭示了可用在图形艺术探索中的其他工具和方法。其次，提供了可用在本书学习进度中的另一组图形和颜色。这会使部分示例的跟进更具挑战性，尽管不能完全使用代码，但是能在巩固一些概念方面带来帮助。最后，这个图形会被用作移动图形的基础，这一内容将在下一节介绍。

3.6　移动浏览器图形

如果有人试图在移动浏览器上访问一个站点，而且该站上有一个 700 像素宽、300 像素高的 logo，那么实际上在浏览器上除这个 logo 外什么也看不到。因此需要创建一个小得多的图，以便移动访问者访问站点时使用。为此，应选择一个已经创建的图形，并使它适合更正式的尺寸，如 75 像素高、300 像素宽。

在深入学习本节之前，首先要考虑使用移动浏览器时可能会遇到的困难。正如刚刚提到的，移动浏览器有一个减小后的屏幕尺寸(120×400 像素)，因此 700×300 像素的图形会独占整个屏幕。但是您还需要知道一些事情，如字体大小、颜色深度和带宽问题。例如，桌面浏览器上的标准字体被设置为 1024×767 像素，它在移动浏览器中看起来将有很大的不同。由于颜色深度与当前移动浏览器不是很匹配，因此仍然有一些因素应加以考虑。很多较老的移动浏览器只有非常有限的颜色，在设计移动界面时至少应将它们考虑进去。幸好现在有了移动设备模拟器(Visual Studio 2005 默认安装了一个系列，可以用 Compact Framework SDK 下载更多)。至少在几个模拟器(如桌面浏览器，越多越好)中测试移动 Web 页面是一个好主意。第 10 章将介绍关于这些考虑事项和模拟器测试的更多内容。

对于本例，使用已创建的第二个 logo 命令(二进制地平线冲浪运动员轮廓设计)。显然，第一步是缩小它。首先选择 Image | Image Size 命令将它缩小为 75 像素。这样会产生 75 像素高和 191 像素宽的图像。选择 Image | Canvas Size 命令将额外的 109 像素添加到图片的右侧，以将宽度增加到 300 像素，并将锚修改为如图 3-71 所示的那样。

图 3-71

这样会创建所需尺寸的图片，但是在图片右侧会出现一个大的透明区域(由灰色和白色棋盘格式图案表示)，如图 3-72 所示。

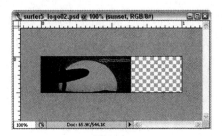

图 3-72

正如所看到的，二进制代码难以辨认且难以破解，因此没有理由保留它。它只是看起来像波浪线，并增加了图片的混淆度。因此，在日落层中，通过使用图层面板上方的下拉列表框将模式设置成 Normal(日落层是当前活动层)。这样会使图层面板看起来像图 3-73。

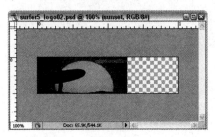

图 3-73

由于这里没有使用二进制代码层，因此可以删除它们，也可以通过单击图层面板中特定图层旁边的小眼睛图标来使它们不可见。

现在需要创建一个将是最底层的新图层(Layer | New | Layer)。这时应创建的是一个完全透明的图层(该图层上暂时什么也没有)。将这个图层拖到图层面板的底部，并用 Paint Bucket Tool 将该图层填充成黑色(确保先将前景色设置为黑色)。这样会创建一个如图 3-74 所示的图片。

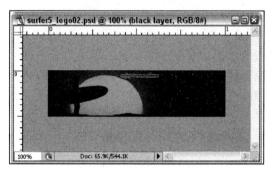

图 3-74

需要一个将原始图形淡化成它后面的黑色背景的方法。用图层蒙板可以相当容易地实现。图层蒙板是一种将图片改为显示或暴露图像的部分，而实际上并不破坏图像的方式。例如，将冲浪运动员从这个图片中剪去以后，就会剪掉整个背景。这意味着，如果将来再以同样的原因想使用这个背景，那就糟了；它已经没有了。然而，使用一个蒙板，就可以获得在图层中留下冲浪运动员，背景似乎已删除的同样效果。但是实际上并没有删除图层，只是用一个图层蒙板将它隐藏起来了。这样，如果需要这个背景时，再次删除或隐藏蒙板，就可以重新看到这个背景。由于它具有无破坏特性，因此是首选的方法。

为了在日落图层上应用一个图层蒙板(确保日落层是活动图层)，直接选择 Layer | Layer Mask | Reveal All 命令。这样就会在日落层上创建一个蒙板，如图 3-75 所示。

您也会注意到图层蒙板马上是活动图层了(缩略图四周有边框)。因此在这个图片上做的任何工作，只会对图层蒙板造成影响，而对该图层上的图形没有任何影响。

图 3-75

将图片淡化成它下面的图层是通过用 Gradient Tool(位于 Tools 面板的 Paint Bucket Tool 下)在图层蒙板上刷上渐变色填充来实现的，如图 3-76 所示。

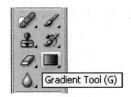

图 3-76

为了达到最佳效果，在颜色设置中，将前景色设为白色，背景色设为黑色(图层蒙板的默认设置)。为了淡化图片，本质上要隐藏日落图层的部分。当它被隐藏起来时，黑色图层透视。因此，为了通过图层蒙板隐藏图层的一部分，将图层的那个部分刷成黑色。仍然是白色的图层蒙板部分透视，黑色的部分被隐藏，淡化区域逐渐淡去。

为了了解它的工作原理，单击冲浪运动员的头部，并按住鼠标左键。然后向下拖动光标到日落 logo 的右下端。不要超过日落 logo 的边界(例如，不要进入黑色区域)。如果拖得太快，当应用渐变填充时将能直看日落图层和黑色图层之间有一条线。拖动区域应当看起来类似图 3-77。

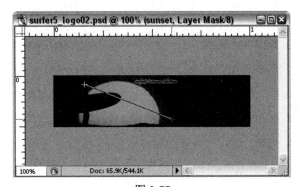

图 3-77

当释放鼠标左键时，渐变会填充图层蒙板，淡化效果将不引人注意，如图 3-78 所示。

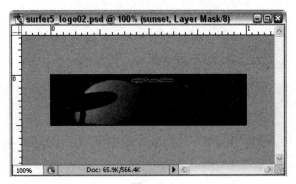

图 3-78

这个图片的最后一步是使文本清晰。有多种方式可以实现这一点。下面将介绍获得这一效果的最容易且最精确的方式。

首先，需要确保要修改的文本层是当前活动层。接着，需要在 Tools 面板上单击 Move Tool，如图 3-79 所示。

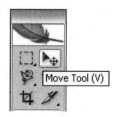

图 3-79

此时会注意到小手柄向上弹到图像中的文本周围。这时，可以拖动手柄重新调整图像的大小。例如，如果对角地拖动一个角的手柄，文本会增加宽度和高度。如果拖动一边的手柄，文本会变宽但不会增高。另外，如果拖动图片上方或下方的手柄之一，文本就会变高，但是不会变宽。

然而，如果对角地拖动一个角手柄的同时按住 Shift 键，图片就会按比例地增加到它的原始大小。这意味着不必担心将新图片弄得过小或过大；这样做可以恢复成原来的比例。

一旦满意新的尺寸大小，单击复选标记图标到屏幕上方的工具栏，或者简单地按 Enter 键。

如果重定大小后需要移动图片，简单地单击文本(在手柄中)内部，并在拖动文本到图像中的任何部分。

通过多次尝试这些工具，可以产生一个类似于图 3-80 的图像。

图 3-80

剩下的工作是用 File | Save For Web 保存图片，以及将图片保存为 JPEG 格式。然而，对于本例，当查看 4-up 时将发现，因为图片太小，在 High 设置上也许会有一些质量的降低。将格式向上移动到 Very High 甚至 Maximum 将会好得多，但仍然能呈现一个可管理的文件大小。使用 Very High 设置，最终图片如图 3-81 所示。

图 3-81

由于这个图片是从您以前创建的第二个 logo 的基础上开始创建的，因此不需要创建新的颜色模式。因为颜色是相同的，所以可以使用相同的模式。

在本节最后，开始思考关于移动 Web 开发的一些基本事项。第 10 章将更详细地介绍这一内容，但是至少您在开发过程的早期已开始思考这件事了。您已经学习了如何使图形适应更大的屏幕，以及将它改为适合移动浏览器的有限屏幕分辨率。希望您能够熟悉本章前面用过的部分工具，甚至了解一些新的工具。您现在已经准备好将重点转移到 Web 站点的布局和设计上，这将在第 4 章介绍。

3.7　扩展您的 Photoshop 技巧

至此，希望您已经掌握了大量有趣的新技术，以及进行图形艺术创作的工具。您已经创建了 3 个不同的页眉图形(两个用于标准浏览器，一个用于移动浏览器)以及各个图形的补色模式。学习了关于 Magnetic Lasso、颜色和渐变填充、Eyedropper 和 Color Picker Tools 命令，选择和取消选择图像的区域，以及最重要的图层。您已经学习了如何将图片导出为不同的 Web 格式以及如何重定图片的大小以满足设计的需要。

第 4 章为设计创建边条图形和第 10 章开始操作刚刚创建的移动图形时会再次用到这些技巧。

但是除此之外，您可以反复地用这些技巧以继续您的 Web 设计生涯或业余爱好。

总之，重要的是要意识到本章只涉及了使用 Photoshop 的基础知识。还有很多您需要熟悉的迷人工具，如滤镜、蒙板和动作。正如任何编码项目一样，可能有更好的方式，或者至少有不同的方式，可以用来完全本书概述的部分任务。但是您会发现唯一的方式是继续努力研究图形艺术。本章仅介绍了一些基础知识，市面上有大量资料可以帮助您达到更高的水平。

在这一方面，网上有大量的资源。正如以前提到过的，Adobe 的页面 www.adobe.com/designcenter/tutorials 有一些有用的提示和指导。除此之外，可以看看 National Association of Photoshop Professionals(NAPP)和与它相关的 Web 站点(www.photoshopuser.com)。这个组织是仅对会员开放的站点，它为会员提供了定期杂志、免费教程和相关链接与文章。

也有很多确实不错的书。比较有趣的有 Scott Kelby(NAPP 的主席)所著的 *Down & Dirty Tricks* 系列。这些书都提供了大量的提示和技巧，相当实用。而且这些提示相当短，读者很容易就能够上手。

重点在于，不要让本章成为您的图形艺术追求的终点，要让它成为您追求的起点。市面上已有许多关于 Photoshop 的图书，本书只应作为学习 Photoshop 要知识的开端。

3.8　小结

在 Web 设计中，您仅有一个有限的窗口来让人们停留在您的站点上。在理想世界里，这可能意味着您的所有顾客都会在分辨率为 1280×1024 像素的显示器上最大化浏览器窗口。然而，正如第 2 章间接提到的，几乎永远不会出现这种情况。很多人有更小的分辨率，众多上网冲浪者，尤其是那些有大显示器的人，往往不用最大化的浏览器窗口冲浪。由于这些限制，因此必须以他们能找到的方式来提供其需要的信息。您的站点必须在视觉上吸引人，并且不令人讨厌或烦恼。图形和颜色对于成功的 Web 站点是至关重要的。作为一名 Web 程序员，不管过去图形是否是您的工作，但它们总有一天会是您的工作。即便设计不是您的工作任务，知道如何使用 Photoshop 总是一件好事。

本章介绍了 Photoshop 的基础知识，包括如何使用 Tools 面板上的大量按钮，图层在 Photoshop 环境中的重要性和用法，还介绍了如何使用图层蒙板，以及如何在图片中使用字体。除此之外，本章还指出了不透明度和填充之间的关系，以及如何使用这两者来创建令人印象深刻的图形。

但愿您学会了大量技巧，至少要知道您在做什么(这是所有人都能做的事)。然而更重要的是，但愿您能够使用 Photoshop，甚至想学习关于 Photoshop 的更多知识。如果是这样，您可以参阅大量的相关书籍和访问大量的 Web 站点来提高自己。本章只是起个抛砖引玉的作用。

重要的是要记住，不管是使用 Photoshop 还是一些其他图形工具，都应保持良好的设计原则。希望本章能帮助您开始了解如何将这些原则应用到实践中。

层叠样式表(CSS)

有人认为层叠样式表(Cascading Style Sheet，CSS)是天赐之物；有人认为它是美誉过度的 HTML 格式，在如今的 Web 设计文化中用处不大。有很多人可能持中立态度，对这一争议热点既不发表意见，也不感兴趣。

层叠样式表的概念于 1994 年在 Hakon Wium Lie(www.w3.org/People/howcome/p/cascade.html) 著的 *Cascading HTML Style Sheets* 中正式提出。虽然这一提案的代码结构看起来远远比不上如今的 CSS 格式，但是这个文档首次提出了样式定义的链接文档，使 Web 站点中的代码和设计真正区分开来。由于它原来的目标是 HTML，因此它的作用域扩展到 XML、XHTML、SVG、XUL 和 SGML 的大部分衍生产品。现在，如果您必须回答关于 CSS 的来源问题，就可以据此回答。

提示:

目前的大多数浏览器都支持 CSS Level 2(CSS2)规范。访问位于 www.w3.org/TR/REC-CSS2 的 W3C 文档可以发现关于这一规范的更多信息。

本章的目的不是强迫以这样或那样的方式使用 CSS。正如第 2 章所介绍的，采用完全基于 CSS 的 Web 设计平台与采用完全不用 CSS 的平台有同样多的理由。本章的重点不是继续争论第 2 章已讨论过的这个问题，而是将介绍转向 CSS 的 Web 设计平台的步骤。您将了解如何创建类似基于表的设计的站点的结构布局，而且仅用 CSS 完成。学会如何将元素放在页面上，并根据需要伸展它们。您将学会如何创建与内容区域一起伸展的边条(或者至少看起来一起伸展)。

您还将学会 Visual Studio 2005 中的一些可帮助创建 CSS 文件的部分工具，以及如何向 Web 项目中应用这些文件。在本章末尾，应当有了完成 surfer5 设计的基本布局，而且准备好可以将那个设计放到第 7 章的 ASP.NET Master Page 中。

但是，同样，我们不会鼓吹 CSS 在 Web 设计中的优点或危险。本章更多地是介绍每个开发人员必须进行的公正判断。主要争论已经在第 2 章介绍过，关于该争论的每一方都有大量支持 Web 站点和其他书籍。本章不意味着要强迫支持一方或另一方；本章的目的是如果选择 CSS，则提供继续 CSS 设计所需的工具。不过，接下来的所有章节都会使用本章创建的设计，因此，如果要更好地理解那些章节中的内容，最好先弄明白本章的内容。但是，同样，是否在未来项目中使用本章提出的概念完全由自己决定。

4.1　前提条件

您至少应基本熟悉层叠样式表才能完全理解本章提出的概念。不要求您是 CSS 专家(要不然为何阅读本章呢)，但是至少应当对 CSS 是什么以及它如何在项目中使用有一个粗略的了解。

如果是新手，可以在其他书籍中阅读关于 CSS 的更多内容。Richard York 所著的 *Beginning CSS Cascading Style Sheets for Web Design*(Wrox 出版)是一本适合于初学者的实用书籍。关于 CSS 的细节，这本书介绍的比本章更多。如果打算学习关于 CSS 的更多内容，这本书将是很好的入门书。

网上还有大量优秀的资源，比如下面这些：

- **层叠样式表的主页**——www.w3.org/Style/CSS。
- **W2C 学校**——CSS 教程：www.2schools.com/css/default.asp。
- **Quirksmode**——CSS 内容和浏览器兼容性；www.quirksmode.org/css/contents.html
- **A List Apart**——www.alistapart.com。
- **CSS Zen Garden**——www.csszengarden.com。

在极大程度上，我们假定您基本熟悉 CSS，特别是关于文本格式化(比如设置颜色、样式或字体大小)。由于这个原因，本章根本不会提出这些主题。相反，本章将帮助您理解仅使用 CSS 规则的基本 Web 页面。如果需要对文本格式化和样式化有更好的理解，可能需要考虑不同的参考资料(比如上面提到的)来继续学习。

4.2　看上去就像基于表的设计的 Web 站点

本章将介绍如何组织站点，使之看起来很像一个用表创建的设计。它有典型的页眉和页脚，有一个侧边面板区域，还有一个内容区域。最后的结果如图 4-1 所示。

您将使用在第 3 章中创建的图形和颜色模式。如果没有创建这些文件，可以用其他可用图形替代。

除了这些文件外，还需要创建另一个将用于边条图形的文件。对于本演示，边条恰好是 150 像素宽。然而，与可能在基于表的布局中使用的边条图形一样，这个图形将是可重复的图形。因此，只需要 1 像素高，以便使文件大小最小，而又能给边条区域一个一致的外观。

在 Photoshop CS2 中，打开这个项目的模式文件(如果它原来没有打开)。在工具面板上使用 Color Picker 工具将前景色设置成要用于边条的颜色。在如图 4-1 所示的示例中，将使用由十六进制值#477897 表示的颜色。通过工具面板将该颜色设置为背景色。如果设置了默认颜色，则会意味着有一个黑色前景和一个深蓝背景。

设置好后，选择 File | New 命令来打开如图 4-2 所示的屏幕。

图 4-1

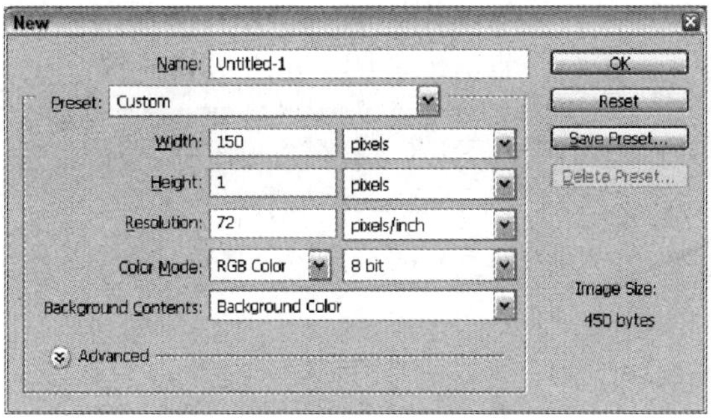

图 4-2

　　设置数值以反映如图 4-2 所示的内容，使宽度为 150 像素，高度为 1 像素，并将
Background Contents 设置为 Background Color，单击 OK 按钮。这样会创建一个文件，背
景图形都需要用到这个文件。简单地选择 File | Save for Web 命令，然后将图形保存到硬盘
驱动器上。这个文件是如此小，以至于使用 Maximum 设置也可以。

　　这时应准备好下面 3 个文件。

● 　第 3 章的 logo 图形的最上面部分，在本例中称为 logo01_top.jpg，如图 4-3 所示。

图 4-3

- 第 3 章的 logo 图形的最下面部分，称为 logo01_bottom.jpg，如图 4-4 所示。

图 4-4

- 刚刚创建的边条图形，称为 sidebarGraphic.jpg，如图 4-5 所示。

图 4-5

需要将所有这些文件都复制到要使用的项目文件夹的子目录中。例如，如果打算在
c:\surfer5 文件夹中创建该项目，则创建一个子目录 c:\surfer5\images 来存放图片。

提示：
虽然您可以选择有意义的任何目录结构，但是在本书其余部分，将用 c:\surfer5 作为本
书项目的目录。

建立了目录结构之后，在该文件夹中创建一个新 Web 站点。打开 Visual Studio 2005
并选择 File | New | Web Site 命令，将出现如图 4-6 所示的屏幕。

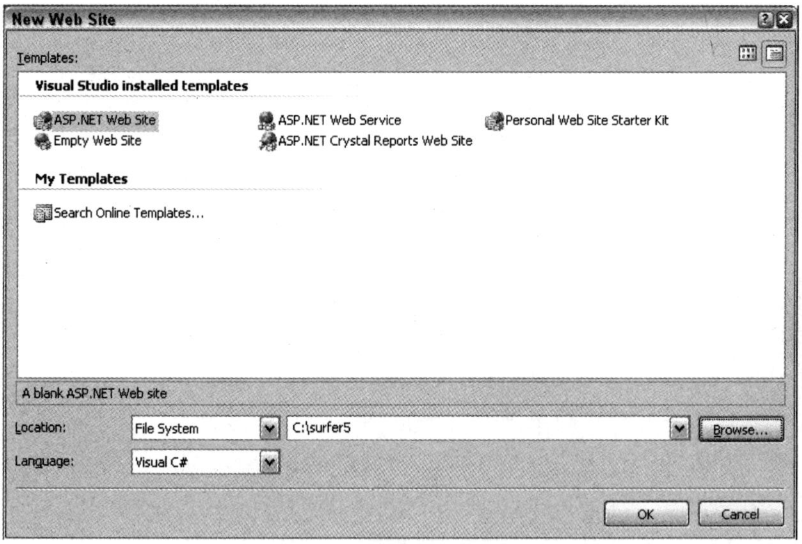

图 4-6

进行如图 4-6 所示的选择，选择 ASP.NET Web Site 作为模板，选择以前建立的目录结
构作为项目的位置。语言对于本书中的示例不是那么重要。本书的大部分示例甚至没有使
用 C#或 VB 之类的语言进行编程。然而，在使用它们的实例中，代码示例将以 C#语言提
供，但是如果更熟悉 VB 语言，应当相当容易转换成 VB 语言。而对于测试，使用一种您
最喜欢的语言就可以。不过要意识到，本书中的屏幕截图大部分是 C#语言的。因此，如果
在代码中看到页面声明，它会包括对 C#语言的引用。这并不表示应该用 C#语言编码，只
不过是本书项目的屏幕截图用了这种语言。

单击 OK 按钮来创建项目。如果使用的是已经存在的文件夹(例如，使用的是第 3 章创建图形时所用的文件夹)，则很可能看到如图 4-7 所示的对话框。

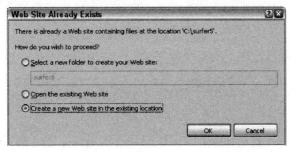

图 4-7

如果看到这个对话框，应选择第 3 个选项，"Create a new Web site in the existing location,"为了在目录中创建一个标准 Web 项目，单击 OK 按钮以结束项目设置。

这时应当有一个类似于图 4-8 的屏幕截图对应的初始项目。

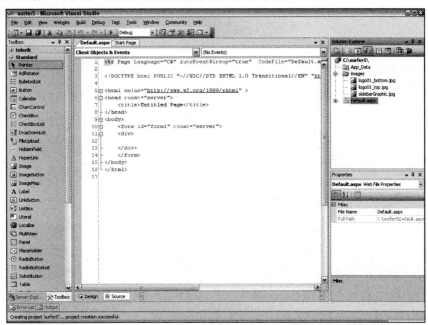

图 4-8

现在已设置了将在本书其余章节使用的项目。本章的余下部分将为其添加样式表，并开始在该文档中存储项目样式定义。

4.2.1　CSS 基础知识

在深入学习 CSS 之前需要了解的第一件事是 CSS 如何应用到页面中。一般来说，有 3 种方式可以将 CSS 格式带到 Web 页面中。

- **内联(Inline)**——这意味着将样式直接添加到特定元素的参数中(例如，<p style="color: Olive">Hello, World</p>)。

- 内部样式表(Internal stylesheet)——将样式定义安装在 Web 文档的<head>区域的
  <style>块中。
- 外部样式表(External stylesheet)——将样式定义安装在一个样式表文档中，它通
  过<link>标记链接到 Web 文档<head>区域的一个或多个页面中。

这些样式是以线性顺序应用的。这意味着它们将应用到特定元素中，且按照它们出现
在代码中的顺序。由于这一事实，Inline 定义将总是胜出，因为它是在 Web 文档的<body>
区域中声明的，而另外两种方法采用了 Web 文档<head>区域中的文档。

比较有趣的问题随着 Internal 和 External 样式表而出现。哪一个胜出？这要视情况而
定。在本例中，产生区别的是在<head>区域中进行引用的顺序。如果先声明对外部样式表
的链接，然后添加一个与该样式定义冲突的<style>块，<style>块就会胜出。然而，如果先
创建一个<style>块，然后在接下来的代码中添加一个有与之冲突的样式定义的外部样式
表，就会应用外部样式表中的样式。

对于本书的其余部分，本书项目将使用外部样式表来应用样式定义。

那么，样式定义是怎么回事呢？任何 CSS 文件中都有 3 个基本构建块：元素、类和 ID。
为了对 CSS 的工作方式有一个清晰的理解，需要对这些构建块中的每一个以及它们在 CSS
代码中的表示有清晰的了解。

元素本质上是对 Web 站点中所有特定 HTML 元素的引用。例如，如果要在代码中用
<p>标记表示 HTML 文档中的所有段落，并且有两端对齐的文本，则可以在 CSS 代码中写
如下代码：

```
p
{
    text-align: justify;
}
```

当应用到 Web 站点时，CSS 格式会将所有两端对齐应用到 HTML 代码中的所有<p>
标记。

但是如果有些段落有中心对齐该怎么办呢？您希望大多数图有两端对齐，但是在某些
情况下，又希望段落有中心对齐。这时就需要用到类。

使用类，可以将元素的一个"类"设置为与同一个元素的其他类(或者默认类)不同的
格式。因此，假设要为段落设置一个称为"centerAlign"的类。它看起来如下所示：

```
p.centerAlign
{
    text-align: center;
}
```

用这种方式编码，centerAlign 类将仅应用<p>标记(顺便说一下，这是不区分大小写的；
它也会应用到所有<p>标记)。如果希望这个属性对调用该类的任何元素可用，只要简单地
去掉声明前面的"p"即可。例如，可能有如下的代码：

```
.centerAlign
{
    text-align: center;
}
```

这会允许代码中的所有元素都采用 CSS 代码中设置的格式。下面的代码显示了使用该代码的完整页面：

```
<%@ Page Language="C#" %>

<!DOCTYPE html PUBLIC "-//W3C//DTD XHTML 1.0 Transitional//EN"
    "http://www.w3.org/TR/xhtml1/DTD/xhtml1-transitional.dtd">

<script runat="server">

</script>

<html xmlns="http://www.w3.org/1999/xhtml" >
<head runat="server">
    <title>Untitled Page</title>
    <style>
    p
    {
        text-align: justify;
    }
    .centerAlign
    {
        text-align: center;
    }
    </style>
</head>
<body>
    <form id="form1" runat="server">
    <div>

    <p>This paragraph does not call the centerAlign class.</p>

    <p class="centerAlign">This paragraph <b><i>DOES</i></b> call the
    centerAlign class.</p>

    <div class="centerAlign">This div tag also calls the centerAlign
Class.</div>

    </div>
    </form>

</body>
</html>
```

如果在浏览器中运行该代码，它将类似于图 4-9。

图 4-9

需要理解的 CSS 编码的最后一个部分是 ID。ID 类似于 CSS 中的类，因为它引用元素的一个特殊实例。然而，主要区别在于 ID 只能在 HTML 代码中使用一次，而类在必要时可以使用多次。IDs 主要用于每页仅有一个 ID 的页眉或页脚之类的地方。例如，您不需要多个页眉或页脚区域，对不？尽管肯定可以通过使用类来实现同样的效果，但是为了单次发生的格式化元素的可维护性，ID 一般首选 Classes(说"首选"是因为它不是强制的)。这意味着虽然在单个 Web 文档中多次应用相同的 ID 名并不会收到任何错误，而且页面照样会呈现，但是做任何类型的标记有效性验证都会失败。这样有助于其他开发人员接着辅助开发或者维护页面。

例如，如果修改之前的示例代码使之使用 IDs 而不是类，将得到如下代码：

```
<%@ Page Language="C#" AutoEventWireup="true"
    CodeFile="Default.aspx.cs" Inherits="_Default" %>

<!DOCTYPE html PUBLIC "-//W3C//DTD XHTML 1.0 Transitional//EN"
    "http://www.w3.org/TR/xhtml1/DTD/xhtml1-transitional.dtd">

<html xmlns="http://www.w3.org/1999/xhtml" >
<head runat="server">
    <title>Untitled Page</title>
    <style type="text/css">
    p
    {
        text-align: justify;
    }
    #centerAlign
    {
```

```
            text-align: center;
        }
    </style>
</head>
<body>
    <form id="form1" runat="server">
    <div>
    <p>This paragraph does not call the centerAlign class.</p>

    <p id="centerAlign">This paragraph <b><i>DOES</i></b> call the
    centerAlign class.</p>

    <div id="centerAlign">This div tag also calls the centerAlign Class.</div>

    </div>
    </form>
</body>
</html>
```

注意，样式块中的类的“.”现在改成了“#”。IDs 在 CSS 代码中用一个“#”符号标识。然后它们在 HTML 代码中用“id=”而不是“class=”引用。

如果在 Visual Studio 中查看这个项目，将会在错误列表中看到错误，如图 4-10 所示。

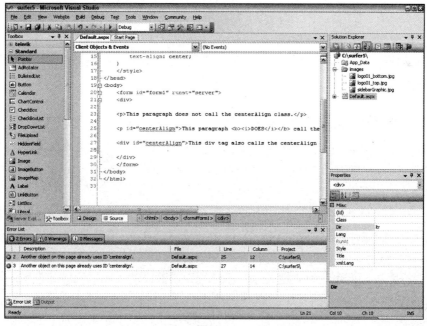

图 4-10

要注意到以下几件事。第一，HTML 代码中的两个 ID 声明下面都有红色波浪线，表示有一个错误。您还会注意到错误列表中有两个错误，都表示“Another object on this page already uses ID‘centeralign.’(该页面上另一个对象已经使用了 ID‘centeralign’)”。它们旁边甚至有正式的红 "×"。但是如果运行项目，它会进行编译，并加载和呈现图 4-11 所示的输出。

正如所看到的，图 4-11 看起来像图 4-9，它使用类而不是 IDs 来格式化文本。该代码显示了内联在源代码中的错误，错误列表中生成的错误，然而仍然能编译并呈现与使用类时看到的同样的 HTML 样式。这是否意味着用户用哪一种都可以?从技术上来说，也许是的。但是为了充分理解 CSS 设计，不应使用 IDs 表示一个页面上的多个条目。如果需要对相同的 CSS 块进行多个引用，请使用类。如果不是为了维护标准方法或者标记有效性验证，在开发项目时仍然应遵循一个页面一个 ID 的规则来帮助调试和故障检修。

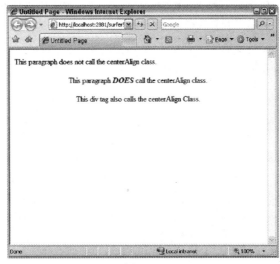

图 4-11

4.2.2 DOCTYPE

DOCTYPE 是 HTML 代码中的第一个内容，出现在 HTML 标记之前(但是在.NET 的页面声明之后)。这基本上说明浏览器如何严格地解释您提供的代码。例如，默认情况下是在 Visual Studio 项目中提出的 XHTML 1.0 Transitional，意味着您的代码不完全符合 W3C 标准。它允许某种程度的过时代码，比如<center>和<u>。它不完全符合 W3C 标准。为了做这件事，必须修改 DOCTYPE 以使用 HTML4.01 Strict 或者 XHTML 1.0 Strict。后者将用于本书的示例，它意味着文档遵循较严格的(与 HTML 相对)语法规则并且不接受过时的 HTML 标记和属性。

因此，根据这一思想，为了遵循这一语法规则，前面的代码示例应如下所示：

```
<%@ Page Language="C#" AutoEventWireup="true"
    CodeFile="Default.aspx.cs" Inherits="_Default" %>

<!DOCTYPE html PUBLIC "-//W3C//DTD XHTML 1.0 Strict//EN"
    "http://www.w3.org/TR/xhtml1/DTD/xhtml1-strict.dtd">

<html xmlns="http://www.w3.org/1999/xhtml" >
```

```
<head runat="server">
    <title>Untitled Page</title>
    <style type="text/css">
    p
    {
        text-align: justify;
    }
    .centerAlign
    {
        text-align: center;
    }
    </style>
</head>
<body>
    <form id="form1" runat="server">
    <div>

    <p>This paragraph does not call the centerAlign class.</p>

    <p class="centerAlign">This paragraph <b><i>DOES</i></b> call the
    centerAlign class.</p>
    <div class="centerAlign">This div tag also calls the centerAlign
Class.</div>

    </div>
    </form>
</body>
</html>
```

这段代码使用更稳固的 XHTML 1.0 Strict 准则并使用类而不是 ID 表示 centerAlign 格式的多个实例。

提示：

可 以 在 wikipedia.org 也就是 http://en.wikipedia.org/wiki/HTML#Transitional_versus_Strict 上看到 Strict 和 Transitional DTD 之间的区别。

4.3　创建样式表

在 Visual Studio 2005 中，有几个工具可以帮助生成 CSS 代码。然而，第一步是实际创建一个将从代码中引用的 CSS 文件。为了做这件事，在项目打开的情况下，选择 Website | Add New Item 命令以产生如图 4-12 所示的界面。

选择 Style Sheet，然后将文件命名为有某种意义的名称。由于这个项目是用于 surfer5 项目的，并考虑到 CSS 文件可能有多个版本，因此在本例中将其命名为 surfer5_v1.css。实际上，它可以是任何名称，但是在本演示中将使用这个名称。

应在项目中创建一个带 "body" 块设置的空白 CSS 文件，并且没有属性附加到它的上面。您还会注意到一个新的带选项卡的面板出现在屏幕的左边(工具箱驻留的地方)，称为 CSS Outline。它可以帮助掌握添加到 CSS 文件的很多格式块。

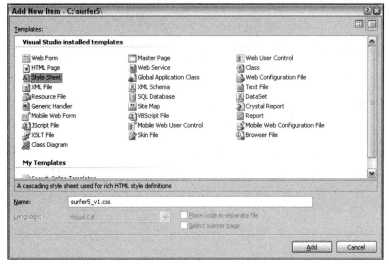

图 4-12

当仍在 CSS 文件中时，单击"body"以确保它是当前选中的块。也可以在 CSS Outline 选项卡中选择"body"。当在右边的区域中时，可以看到启用了 Build Style 按钮，如图 4-13 所示。

图 4-13

单击 Build Style 按钮将打开如图 4-14 所示的界面。

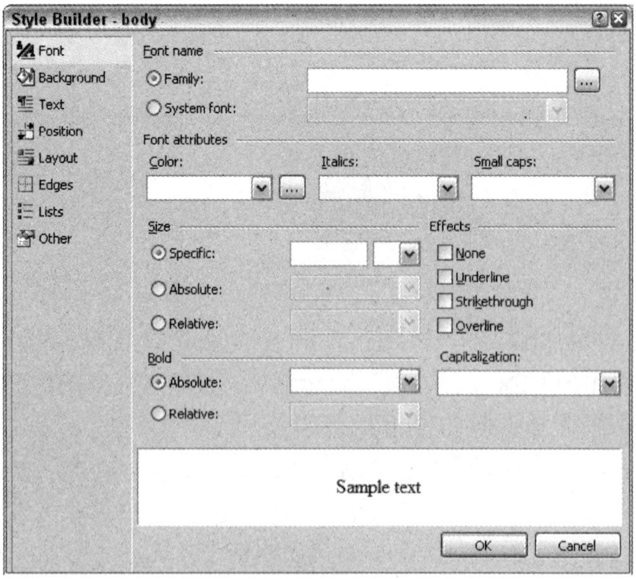

图 4-14

正如所看到的，这个界面提供了 CSS 文件的一个类似于 GUI 的外观。使用这个界面可以轻而易举地浏览字体和颜色。例如，单击屏幕左侧的 Background 进入 Background 选项卡。在 Background Color 部分，在 Color 文本框中输入十六进制值 "#4d6267"。这是从第 3 章的 logo 中拾取的背景色。屏幕现在看起来应如图 4-15 所示。

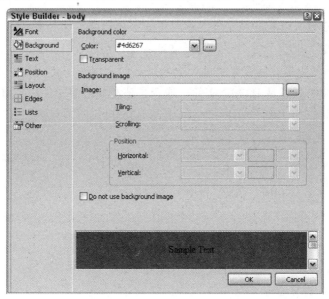

图 4-15

接下来，进入 Text 选项卡并选择 Alignment 部分的 Horizontal 字段中的 Centered。进入 Position 选项卡，并在 Height 文本框中输入 "98"，修改下拉列表以使单位为百分数(%)而不是像素(px)。最后单击 Edges 选项卡，并在所有边空值文本框中输入 0，在所有补白值文本框中输入 1，并将所有边空和补白参数改为百分数而不是像素。完成了这些步骤以后，单击 OK 按钮，将回到 CSS 文件，body 块的修改如下所示：

```
body
{
    padding-right: 1%;
    padding-left: 1%;
    padding-bottom: 1%;
    margin: 0%;
    padding-top: 1%;
    height: 98%;
    background-color: #4d6267;
    text-align: center;
}
```

提示:

前面的段落中进行的设置相当随意。这些步骤试图完成的是在所有浏览器窗口中有一个相当统一的外观。每个浏览器有一个应用到页面的默认样式表，并且，除非重写这些设置，否则会有页面显示方式的各种变体。因此边空用来设置浏览器窗口与屏幕之间的边外空白大小。接下来在浏览器窗口的各边增加 1% 的边内补白。在本例中使用 1%，因为并不知道可用窗口的宽度和高度是多少。百分数用来将补白与浏览器窗口的实际尺寸对齐。高度设置用来表示浏览器窗口的其余部分所占用的高度。由于上下各有 1%的补白，因此 Web 项目占屏幕的其余 98%。同样，这些设置是相当随意的，而且在其他情况下可以轻松地修改。

如果不了解 CSS，单看这个文件的话可能看不出这段代码在做什么。但是有了 Build Style Wizard 的帮助，就有了一个更容易看懂的界面，可以在其中进行样式选择。

然而，如果回过头来看 ASPX 页面，会发现这时并没有变化。为了使这些修改生效，必须引用 ASPX 文件(或者是 HTML 文件，或者是正在使用的文件)中的 CSS 文件。

无论采用何种方法，最终结果应产生一个在 HTML 代码的标题部分中引用的外部样式表，它看起来如下所示：

```
<%@ Page Language="C#" AutoEventWireup="true"
    CodeFile="Default.aspx.cs" Inherits="_Default" %>

<!DOCTYPE html PUBLIC "-//W3C//DTD XHTML 1.0 Strict//EN"
    "http://www.w3.org/TR/xhtml1/DTD/xhtml1-strict.dtd">

<html xmlns="http://www.w3.org/1999/xhtml" >
<head runat="server">
    <title>Untitled Page</title>
    <link href="surfer5_v1.css" rel="stylesheet" type="text/css" />
</head>
<body>
    <form id="form1" runat="server">
    <div>

    </div>
    </form>
</body>
</html>
```

从代码中可以看出，有一个引用 CSS 文件的部分在标题部分的下面。仅输入它也能起作用。

然而，添加这个链接的最简单和最可靠的方式是将样式表拖到 Web 页面中。要做到这一点，必须在 Visual Studio 2005 中打开页面的 Design 视图，而且，从 Solution Explorer 中，直接将 CSS 文件拖到页面上即可。如果回到 Source 视图，会注意到上面的代码已经输入到完全正确的地方了。这种方式很简单，因为只不过是将样式表拖到 Web 页面中。更重要的是，它是最可靠的方式，因为它自动将链接放到正确的位置，并添加所有强制属性，而不需要手动操作。

也可以将 CSS 文件从解决方案浏览器拖到 Source 视图中。然而，在做这件事时，在光标位于何处时释放鼠标左键，CSS 引用就会在何处输入。因此，如果在代码中的表单附近悬停,CSS 引用就会在那里输入。因此采用这种方式时要特别小心。

但是同样地,最容易的方式(也是最可靠的方式)是将 CSS 文件直接拖到文档的 Design 视图中。不必担心是否得到了正确的语法或者位置是否正确;Visual Studio 会自动考虑这些事情的。

4.3.1　CSS 页面布局

在深入地创建 CSS 文件之前,可能应当先修改 HTML(ASPX)文档以准备好格式化。需要在要演示的逻辑单元中创建页面的区域。先在 HTML 代码中做这件事然后在 CSS 中格式化可能更容易。

在这个项目中,需要一个页眉部分,一个导航部分,一个主体部分(它将包含一个边条区域和一个内容区域),以及一个页脚部分。因此,对于这些"分区"中的每个分区,需要在 HTML 代码中创建一个关联的<div>标记。代码如下所示:

```
<%@ Page Language="C#" AutoEventWireup="true"
    CodeFile="Default.aspx.cs" Inherits="_Default" %>

<!DOCTYPE html PUBLIC "-//W3C//DTD XHTML 1.0 Strict//EN"
    "http://www.w3.org/TR/xhtml1/DTD/xhtml1-strict.dtd">

<html xmlns="http://www.w3.org/1999/xhtml" >
<head runat="server">
    <title>Untitled Page</title>
    <link href="surfer5_v1.css" rel="stylesheet" type="text/css" />
</head>
<body>
    <form id="form1" runat="server">
    <div>

    <div id="headerGraphic"></div>
    <div id="navigationArea">| link1 | link2 | link3 |</div>
    <div id="bodyArea">
        <div id="bodyLeft">left text</div>
        <div id="bodyRight">right text</div>
    </div>
    <div id="footerArea">© 2006 - 2007: surfer5 Internet Solutions</div>

    </div>
    </form>
</body>
</html>
```

从代码中可以看出,所有新分区都使用了 ID 标记而不是类。这是因为每个分区严格地唯一,并且仅使用一次。例如,页面上应当不需要第二个 headerGraphic 部分(为何让 logo 散布在页面的不同区域呢)。

　　然而，这不会使站点看起来与它以前有什么不同。上面的代码添加了一些填充文本，以便可以看到内容落在何处，但是还没有应用格式。从图 4-16 中可以看到在一个浏览器中呈现的结果。

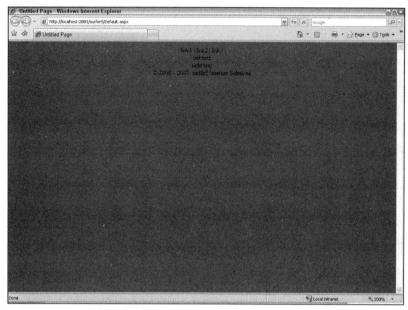

图 4-16

　　同样，从浏览器中可以看到所有的文本，但是没有格式化。现在该为这些新的部分添加格式了。

　　回到 CSS 文件中，将看到以前使用的 Build Style Wizard 旁边的小图标。如果悬停在图标上，将发现这是按钮，如图 4-17 所示。

图 4-17

　　单击 Add Style Rule 按钮将打开 Add Style Rule 对话框，如图 4-18 所示。

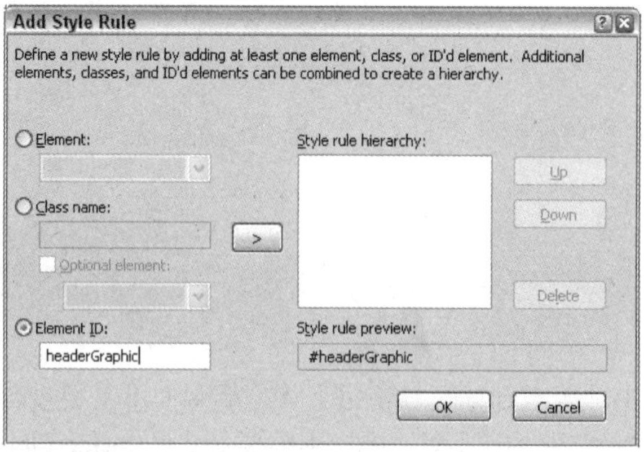

图 4-18

这仅包含可以添加元素、类或 ID 的格式块的选项，由于为该项目设置的格式化全部是 ID，因此单击 Element ID 单选按钮并输入 "headerGraphic"。您将看到 Style 规则预览也被更新为 "#headerGraphic"。单击 OK 按钮，CSS 文件现在应当看起来如下所示：

```
body
{
    padding-right: 1%;
    padding-left: 1%;
    padding-bottom: 1%;
    margin: 0%;
    padding-top: 1%;
    height: 98%;
    background-color: #4d6267;
    text-align: center;
}
#headerGraphic
{
}
```

本质上，所做的这些操作向 CSS 文件中添加了一个名为 "#headerGraphic" 的新部分。这是否节省了时间？可能没有。这是否使它更容易？难说。只要记得在 ID 前面输入一个 "#" 符号，在类前面输入一个 "."，它就可能与从 HTML 代码中复制类名到 CSS 文件中一样快。

然而，现在当在 headerGraphic ID 的样式块中时，要回到 Build Style Wizard 中，就要先单击 Background 选项卡。在 Background Image 部分中，单击 Image 字段旁边的按钮，以便查找将用于这个分区的背景的 logo 图像。出现的屏幕看起来应如图 4-19 所示。

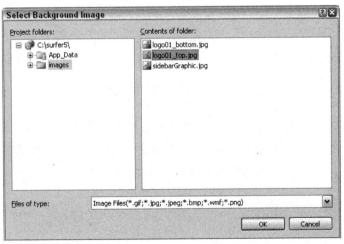

图 4-19

这个屏幕中显示了该项目的目录中的所有子目录和文件。选择 logo01_top.jpg 文件(或者您为第 3 章创建的 logo 文件的最上面部分的命名)，并单击 OK 按钮。重新激活 Position

选项卡，并设置高度为 246 像素，宽度为 700 像素。最后，在 Layout 选项卡上，查找顶部的 Flow Control 部分。将其中的下拉选项"Allow Text To Flow"设置为"Don't Allow Text On Sides"，以及将下拉选项"Allow Floating Objects"设置为"Do Not Allow"。这两个设置将确保页眉图位于它自己的位置，另一个悬停<div>的设置不会将自身轻推到这个<div>旁边。如果仍然按表的思维方式想问题，这本质上确保了页眉图会在它自己的行上，横跨所有列。完成后，单击 OK 按钮。修改后的 CSS 文件应当如下所示：

```
body
{
    padding-right: 1%;
    padding-left: 1%;
    padding-bottom: 1%;
    margin: 0%;
    padding-top: 1%;
    height: 98%;
    background-color: #4d6267;
    text-align: center;
}
#headerGraphic
{
    background-image: url(images/logo01_top.jpg);
    width: 700px;
    height: 246px;
    clear: both;
    float: none;
}
```

提示：

在本章前面用相当随意的百分数设置了主体元素的补白规则。本节则用非常具体的像素尺寸表示这个区域的高度和宽度。这是因为您在尝试完全匹配用于这个区域的图片的尺寸。对于 logo01_top.jpg，尺寸是 700×246 像素。如果不能确定图片的尺寸，可以在 Photoshop 中打开它，并在工具栏中单击 Image 然后选择 Image Size。

同样重要的是要意识到，将尺寸设置为固定像素宽度不会与主体元素以前的百分数设置相冲突。当呈现页面时，会将百分数转换为像素数量。因此，如果浏览器有 1000 像素的可用宽度，那么两边各有 10 像素的补白(1000 像素是 1%)，Web 内容仍然固定为 700 像素宽度。这将留下 280 像素，分布在 Web 内容的两边(由于内容集中在主体中)。

这时，设计界面应有些类似于图 4-20。

从图中可以注意到出现了页眉，就好像它是用<img>标记放到代码中的一样。然而，这样做的好处是，图片是通过 CSS 文件设置的，如果某个无障碍的浏览器在关闭 CSS 时访问站点，用户不会看到图片或占位符，比如[logo of surfer5 Internet Solutions]。您不会愿意始终这样做。有一些图形，您希望它们在无障碍浏览器中始终存在。例如，可能有一个图或者一些其他相关的业务图表，需要进行显示或通过图片标记的 ALT 属性中的文本表示。但是对于图片顶部的 logo 该怎么办呢？就让总是会关闭 CSS 和 Image 的无障碍访问者看不到也不要紧。去掉图形，基本上不会改变站点的内容或体验，也不会向浏览器添加多余的文本。那么，[logo for surfer5]究竟向用户的体验添加了什么益处呢？

图 4-20

现在需要为导航区域定义一个区域。这将使用 logo 图形 logo01_bottom.jpg 的下半部分作为背景，横跨站点的宽度，导航链接被推到了区域右边，字体为深蓝色。要做到这一点，可在 CSS 文件中创建#navigationArea，然后启动 Style Builder Wizard 并作如下修改。

- Font 选项卡——在 Font 命名区域中，将 Family 设置为 Arial；在 Font 属性区域中，将 Color 设置为十六进制值#477897；在 Size 区域中，选择 Specific 并将其大小设置为.8em；在 Bold 区域中，选择 Absolute 并选择 Bold。

- Background 选项卡——在 Background 图片部分，将 Image 设置为 images/logo01_bottom.jpg(或者适合项目的任何名称)，并将 Tiling 设置为 Do not tile。

- Text 选项卡——在 Alignment 部分中，将 Horizontal 设置为 Right，将 Vertical 设置为 middle。在两个部分之间的 Spacing 中，将 Letters 设置为 Custom，然后将它设置为.04em。

- Position 选项卡——将 Position 模式设置为 Position in normal flow，将 Height 设置为 26 像素，将 Width 设置为 690 像素。两者似乎都与直觉相反，因为图形本身实际上是 700 像素宽乘以 54 像素高。在接下来的几步中，将右边的补白设置为 10 像素。这样做是为了不让导航链接碰到图形的边。但是它不会完全按想象的那样去做。如果将分区的宽度设置为 700 像素，然后添加 10 像素的补白，整个分区仍然是 700 像素；然而在那个区域中只有 690 像素可用，因为边上有 10 像素。这不是 CSS 的工作方式。如果有 700 像素宽的分区，那个分区有 10 像素的补白，将需要 710 像素。在这种情况下，将块设置为 690 像素宽，向右边添加 10 像素的补白。因此，现在浏览器中的整个分区是 700 像素宽。因此以这种方式设置补白和边空时要稍微思考一下。至于宽度，真的没有很好的理由选择其他值。当首次加载图片时，54 像素看起来就太大了。因此为了美观，将这个分区减少为 26 像素。由于这个图片是背景，因此图片的与本主题无关的区域被剪掉了。这很像它在表单元格中的工作方式。如果有一个 100 像素宽的表单元格，背景设置为 400 像素宽的图，就只看到前面 100 像素，其余部分被隐去了。读者对这种概念应当并不陌生。

- Layout 选项卡——在 Flow 控件中，将 Allow text to flow 设置为 Don't allow text on sides，将 Allow floating objects 设置为 "Do not allow"。与以前一样，这只是为了确保这一行在它本身的位置上。

- Edges 选项卡——在 Margins 区域中，将所有值设置为 0%。在 Padding 区域中，将 Top 设置为 3em，左边和下面设置为 0%，右边设置为 10 像素。

完成了所有这些设置后，单击 OK 按钮，CSS 文件现在应该看起来如下所示：

```
body
{
    padding-right: 1%;
    padding-left: 1%;
    padding-bottom: 1%;
    margin: 0%;
    padding-top: 1%;
    height: 98%;
    background-color: #4d6267;
    text-align: center;
}
#headerGraphic
{
    background-image: url(images/logo01_top.jpg);
    width: 700px;
    height: 246px;
    clear: both;
    float: none;
}
#navigationArea
{
    clear: both;
    padding-right: 10px;
    padding-left: 0%;
    font-weight: bold;
    font-size: 0.8em;
    float: none;
    background-image: url(images/logo01_bottom.jpg);
```

```
    padding-bottom: 0%;
    margin: 0%;
    vertical-align: middle;
    width: 690px;
    color: #477897;
    padding-top: 0.3em;
    background-repeat: no-repeat;
    font-family: Arial;
    letter-spacing: 0.04em;
    position: static;
    height: 26px;
    text-align: right;
}
```

项目应看起来类似图 4-21。

图 4-21

注意到两个分区现在碰在一起了，中间没有间隙，这是为了众所周知的意图。如果不添加代码使它们之间有间隙，就不会有间隙。您还会注意到分区之外的文本对分区内的文本没有影响，也就是说文本"link1"、"link2"和"link3"不受影响。

4.3.2　CSS 的"圣杯"

下一节进入 CSS 设计中的热门讨论主题：可扩展列。它是指两个并排的列同比例增长。Web 专家式的说法是，有一个与 Web 页面的内容区域一起扩展的边条区域。问题是真的没有任何方式让一个分区向另一个分区大叫："喂！我正在变大，您最好也变大！"在一个表中，如果在同一行上有两个单元格，一行增长到 1000 像素高，另一行也会变成 1000 像素高。这只是表的情况，而它是 CSS 正在追求的目录。

很多热衷于表的人指出这个关键问题是完全采用 CSS 设计的明显缺陷。老实说，这种观点是有道理的。到目前为止，还没有办法让并排的列一同增长。在上面的示例中，如果内容分区增长到 1000 像素，但是边条区仅需要 100 像素来容纳它的数据，内容区域就会增加到所需的 1000 像素空间来存放它的数据，而边条区会增加到所需的 100 像素空间。因此，如果背景为边条的颜色，就会看到边条是 100 像素高，内容是 1000 像素高。这是一个问题。

网上有很多文章，还有很多出版物介绍了处理这个问题的各种方法。不过，完成这件事有两种主要的流行方式：伪列(faux column)和负边空。这里对这两种技术都会讨论，但是，本章的其余部分将使用伪列方法。这是因为它出现的时间更长，而且代码比较整洁，更容易维护。但是负边空也是非常酷的，值得了解它，这样当您处于一个极力宣扬 CSS 的社团中时不会显得太傻。而且，在现实世界里，您可能也很想利用这一技术。

1. 方法 1：负边空法

这个方法的基本原理是制作两个相同高度的列(不管它们包含什么内容)，以便向每个分区的底部添加一些补白，然后添加同样大小但是为负的边空，并剪掉重叠部分。这在本质上意味着将分区的高推向页面的末端，然后剪去多余的部分。因此，只要分区永远不能到达实际高度，它们就会表现为同比例增长，因为屏幕的 y 轴上显示了相同的像素，所以用这种方法，高度必须是多少像素才能容纳内容实际上并不太要紧；它会根据添加的补白来显示。因此，为了使用前面的示例，如果边条区仅需增加到 100 像素就可以包含该区域的内容，而内容区需增长到 1000 像素才能容纳它的内容，那么它们都将显示 1000 像素。这是因为两个列的底部都潜在地有任意数量的补白，仅对最大的分区(例如需要较大的高度才能存放内容的分区)的点可见。

那么，应添加多少补白呢？这要看项目的需要。例如，Apple 的当前 Safari 浏览器中有一个约束为 32 767 像素的浏览器。因此，内容可能永远不会达到那么多像素的高度(否则就应认真考虑将内容划分成不同的页面了)，这是一个很好的可用值。毕竟，这个设置是相当任意的；可以轻松地为这个设置拾取 20 000 像素或者甚至 2000 像素。只要尽量设置对 Web 页面合理的高度即可。然而，对于本讨论的其余部分，将使用一组 32 757 像素(为了空出 10 像素的补白，将调整为 32 767，缩小了 10 像素)。

这个过程的第一步是定义页面的 bodyArea 分区的规则。记住，设置一个包围分区，在设计中称为 bodyArea，它包围了 bodyLeft 分区(用于边条)和 bodyRight 区域(用于站点的主内容)。不管使用的是何种方法，都需要先定义 bodyArea 规则。不过，这种方法需要的规则是相当有限的。真正需要的是将区域的宽度设置为 700 像素，匹配这个项目和溢出方法的其他参数。溢出方法本质上告诉浏览器如何处理潜在地会超出控制块或区分范围的内容。在本例中，将告诉 bodyArea 块如何处理超出其范围的内容。本质上，在告诉它如何处理将超出设计的 32 757 像素。

为了建立这些规则，在 CSS 文件中为 #bodyArea 创建一个新块，然后启动 Style Builder Wizard。在 Position 选项卡上，将 Width 设置为 700 像素。激活 Layout 选项卡，并查找 Content 区域中的 Overflow；它大约在屏幕的中心。将这个下拉列表选项设置为 Content is clipped，单击 OK 按钮。这应导致 CSS 文件中产生一个如下所示的新区域：

```
bodyArea
{
    overflow: hidden;
    width: 700px;
}
```

　　这时重新运行此代码不会在浏览器中显示任何变化。它在很大程度上是下面几个步骤的准备步骤。

　　现在需要在 CSS 文档中为 bodyLeft 分区创建一个新定义，方法是在 CSS 文件中创建一个#bodyLeft 区域并启动 Style Builder Wizard。启动该向导后，进行如下修改：

- ● Font 选项卡——将 Font name 部分的 Family 设置为 Arial。在 Font 属性中，将 Color 设置为 White。在 Size 部分中，选择 Specific，并输入.7em。
- ● Background 选项卡——在 Background 颜色部分，将 Color 设置为十六进制值 #477897。
- ● Text 选项卡——在 Alignment 部分，将 Horizontal 设置为 Centered，将 Vertical 设置为 top。
- ● Position 选项卡——将 Position 模式设置为 "Position in normal flow"。还需要将 Width 设置为 130 像素。这个分区的实际宽度将为 150 像素，但是要在它周围添加 10 像素，意味着内容的左边和右边各 10 像素。为了将最终结果设置为 150 像素，需要从两边各缩回 10 像素，产生 130 像素的分区。
- ● Layout 选项卡——在 Flow 控制部分，将"Allow text to flow"设置为"To the right"。在 Content 区域，将 Overflow 设置为 "Content is clipped"。
- ● Edges 选项卡——这个选项比较有趣。在 Margins 部分，尝试将 Bottom 值设置为 －32757 像素(为了容纳 10 像素的补白，需要将 32 767 限制调整 10 像素)。它将值下降到仅剩－1024 像素。这是 Visual Studio 2005 中的设置(显然，1024 的任何值，无论是正值还是负值，都是禁止的)。目前，就让它为－1024。在 Padding 部分中，除了 Bottom 部分外将所有值设置为 10 像素。同样，尝试将它设置为 32767 像素，它会回复到 1024 像素。暂时接受 1024 这一设置；在本节后面将会在 CSS 文档中修改它，以及-1024 边空。

　　单击 OK 按钮来结束这个分区的规则设置，应在 CSS 文件中最终得到一个新的部分，如下所示：

```
bodyLeft
{
    padding-right: 10px;
    padding-left: 10px;
    font-size: 0.7em;
    float: left;
    margin-bottom: -1024px;
    padding-bottom: 1024px;
    vertical-align: top;
    overflow: hidden;
    width: 130px;
```

```
    color: white;
    padding-top: 10px;
    font-family: Arial;
    position: static;
    background-color: #477897;
    text-align: center;
}
```

这时，正如所料到的，下补白规则被设置为 1024 像素，下边空规则被设置为﹣1024 像素的偏移量。您要决定这对应用程序是否足够。当然，对很多应用程序来说，页眉和导航区下方留 1000+像素足够了。如果项目是这种情况，则可以采用这些数值。然而，如果要竖起障碍物，防止增长超过 1000 像素，则需要将这些数值调整为一个更高的像素值。记住这一点，需要修改#bodyLeft 的定义将下补白设置为"32767px"，而将下边空设置为"32757px"。这会使浏览器在内容的下方补白 32 767 像素，然后缩回边空 32 757 像素，在内容的底部留下 10 像素的补白。修改后的#bodyLeft 定义应当如下所示：

```
bodyLeft
{
    padding-right: 10px;
    padding-left: 10px;
    font-size: 0.7em;
    float: left;
    margin-bottom: -32757px;
    padding-bottom: 32767px;
    vertical-align: top;
    overflow: hidden;
    width: 130px;
    color: white;
    padding-top: 10px;
    font-family: Arial;
    position: static;
    background-color: #477897;
    text-align: center;
}
```

提示：

如果不打算做这种修改，则需要记住，使用 1024 这一数量，在下方不会留下任何补白。换言之，向下推 1024，然后又向上推 1024，所以在底部没有留下补白。这之所以是重要的，因为内容的所有其他三个边都有 10 像素的补白。因此，如果在较大的区域(强制列增长的区域)，内容将被下方的内容冲掉。因此，如果不打算按本节的建议调整边空，那么可能至少要修改下边空定义，以便它是"-1014px"，从而允许内容的底部有 10 像素的边空。

下面对 HTML 布局的 bodyRight 分区重复一项非常类似的过程。因此，在#bodyRight 的 CSS 文件中创建一个新块，启动 Style Builder Wizard，并选择如下选项。

- **Font 选项卡**——在 Font 名称部分，将 Family 设置为 Arial。在 Font 属性部分，将 Color 设置为十六进制值#477897。在 Size 部分，选择 Specific 选项，并输入 0.8em。

- Background 选项卡——在 Background 颜色部分，将 Color 设置为 White。
- Text 选项卡——在 Alignment 部分，将 Horizontal 设置为 Justified，并将 Vertical 设置为 top。
- Position 选项卡——将 Position 模式设置为 Position in normal flow。将 Width 设置为 530 像素。
- Layout 选项卡——在 Flow control 部分，将 Allow text to flow 设置为 To the right，将 Allow floating objects 设置为 Only on the left。在 Context 区域，将 Overflow 设置为 Content is clipped。
- Edges 选项卡——在 Margins 部分，将 Bottom 设置为-1024 像素(暂时)。在 Padding 部分，将 Bottom 设置为像素(也是暂时)，并将这一部分中的其他值设置为 10 像素。

单击 OK 按钮结束选项设置。现在 CSS 文件的新部分如下所示。

```
bodyRight
{
    clear: right;
    padding-right: 10px;
    padding-left: 10px;
    font-size: 0.8em;
    float: left;
    margin-bottom: -1024px;
    padding-bottom: 1024px;
    vertical-align: top;
    overflow: hidden;
    width: 530px;
    color: #477897;
    padding-top: 10px;
    font-family: Arial;
    position: static;
    background-color: white;
    text-align: justify;
}
```

与以前对#bodyLeft 定义的处理一样，需要将下补白规则调整为“32767”，将下边空规则调整为“－32757”，这样就可以产生 10 像素的下边空。修改后的 CSS 定义如下所示。

```
bodyRight
{
    clear: right;
    padding-right: 10px;
    padding-left: 10px;
    font-size: 0.8em;
    float: left;
    margin-bottom: -32757px;
    padding-bottom: 32767px;
    vertical-align: top;
    overflow: hidden;
    width: 530px;
```

```
    color: #477897;
    padding-top: 10px;
    font-family: Arial;
    position: static;
    background-color: white;
    text-align: justify;
}
```

此后，当运行应用程序时，页面如图 4-22 所示。

图 4-22

提示：

这个屏幕截图以及本节的其他截图使用的是 Internet Explorer 版本 7。如果使用的是不同的浏览器，可能会看到不同的结果。在本章最后的"浏览器检验"一节将完整地说明这一问题。

乍一看，这可能并未给人留下深刻的印象。这两个区域只是相邻而且高度相同。但是在 CSS 文件中，这是一个成就。如果曾尝试在 CSS 中使两个列同时增长，就会对现在当内容扩展时两个列能同时增长或者至少看起来是同时增长而感到高兴。为了证实这确实有效，可以向每个内容区域中添加一些额外的哑元文本来看看结果是什么。

提示：

很多时候，需要用文本填充站点原型。这时既不需要有任何内容，也不希望虚构的内容影响设计本身。毕竟，如果拼凑了大量无用的文本，项目的浏览者可能因受到诱惑去阅读幽默文字而不是关注您花了几个小时进行的布局。因此，使用一些几乎没有意义的文本总是好主意，它会填充页面以显示页面带文本时的样子，而不会实际提供分散精力的虚构内容。

做这件事的一种方式是提供称为 "Lorem Ipsum" 文本的内容，它通常由 Web 设计师、图形艺术家和其他媒体内容提供者用作标准哑元文本。它看起来非常像拉丁文，有人推测，可能实际上有其古老的拉丁文根源。关于 Lorem Ipsum，只要知道：(1)它是媒体内容中的标准；(2)有大量在线生成器可以免费提供的哑元文本。www.lipsum.com 是其中一个站点。如果想阅读关于它的更多知识，可以了解这个站点的其他历史；但是对于这里的讨论，重要的是知道它有一个 Lorem Ipsum 生成器。如果乐意提供的话，可以对内容的长度加以说明(词语、段落、字节或列表的数量)，它将会提供文件。然后，复制该文件，并将其添加到站点中。

因此为了使用它，可以自己拿出一些哑元文本，或者简单地从提供的资源中生成一段 Lorem Ipsum，并用该文本填充 leftArea 分区。HTML 代码如下所示。

```
<%@ Page Language="C#" AutoEventWireup="true"
    CodeFile="Default.aspx.cs" Inherits="_Default" %>

<!DOCTYPE html PUBLIC "-//W3C//DTD XHTML 1.0 Strict//EN
    "http://www.w3.org/TR/xhtml1/DTD/xhtml1-strict.dtd">

<html xmlns="http://www.w3.org/1999/xhtml" >
<head runat="server">
    <title>Untitled Page</title>
    <link href="surfer5_v1.css" rel="stylesheet" type="text/css" />
</head>
<body>
    <form id="form1" runat="server">
    <div>


    <div id="headerGraphic"></div>
    <div id="navigationArea">| link1 | link2 | link3 |</div>
    <div id="bodyArea">
        <div id="bodyLeft">Lorem ipsum dolor sit amet, consectetuer
adipiscing elit. Vivamus felis. Nulla facilisi. Nulla eleifend est at lacus.
Sed vitae pede. Etiam rutrum massa vel nulla. Praesent tempus, nisl ac auctor
convallis, leo turpis ornare ipsum, ut porttitor felis elit eu turpis.
Curabitur quam
turpis, placerat ac, elementum quis, sollicitudin non, turpis. Ut tincidunt
sollicitudin risus. Sed dapibus risus et leo. Praesent interdum, velit id
volutpat
convallis, nunc diam vehicula risus, in feugiat quam libero vitae
justo.</div>
        <div id="bodyRight">right text</div>
    </div>
    <div id="footerArea">© 2006 - 2007: surfer5 Internet Solutions</div>

    </div>
    </form>
</body>
</html>
```

将带这段新内容的 ASPX 文件保存其中(未填充 bodyRight 部分)。当刷新浏览器时，它应看起来类似图 4-23。

图 4-23

提示：

如果使用的浏览器不是 IE 7，可能看到的就不是同样的结果。在本章最后的"浏览器检验"部分会解决这一问题。

可以如期看到边条区域增长了，并用哑元文本填充。更令人印象深刻(至少在 CSS 的世界)的是，内容区域按同比例增长，使它们看起来像一起增长的一样。

同样要意识到它们并不是实际"增长"。现在有更多的填补内容可见了，因为哑元文本被推到了可见内容的边上。

现在，为了测试站点内容区的扩展将对边条区域有类似的影响，向 bodyRight 分区添加更多哑元文本。如果使用的是 Lorem Ipsum 生成器，可以生成 6 段内容，将它复制到 HTML 代码的 bodyRight 分区中，并保存文件。呈现的页面下方如图 4-24 所示。

提示：

如果使用的不是 IE 7，可能在浏览器中看不到相同的结果。这将在本章最后的"浏览器检验"一节得到解决。

正如所看到的，白色内容区域根据需要增长到可以容纳新文本，边条区与它一同增长。同样，无论如何两者似乎都增长了。

优缺点

主要优点是它很酷。这是处理这一问题的创新方式。创建足够大的内容区域来满足所有需要，然后隐藏没有用到的任何内容。在这种方法中也不需要创建要使用的图形；只要简单地分别为每个分区设置背景颜色即可，不需要为它操心。

话虽如此，这样处理事情的方式也有一些缺点。通过使用技巧和窍门可以轻易避开很多缺点，但是应当知道有这些缺点存在。

图 4-24

首先，大部分内容被向下推到看得见的区域底部，然后被隐藏起来。因此当向一个分区应用边框时会发生什么呢？下边框会使内容的其余部分消失。右边框也经常如此。为了亲自看看这种情况，向 bodyRight 分区的定义中添加 boder:solid 2pt#000，使代码如下所示：

```
bodyRight
{
    clear: right;
    padding-right: 10px;
    padding-left: 10px;
    font-size: 0.8em;
    float: left;
    margin-bottom: -32757px;
    padding-bottom: 32767px;
    vertical-align: top;
    overflow: hidden;
    width: 530px;
    color: #477897;
    padding-top: 10px;
    font-family: Arial;
    position: static;
    background-color: white;
```

```
        text-align: justify;
        border: 2pt solid #000;
}
```

保存 CSS 文件，并在浏览器中刷新页面。应当注意到分区的右边和下面没有黑色边框(见图 4-25)。

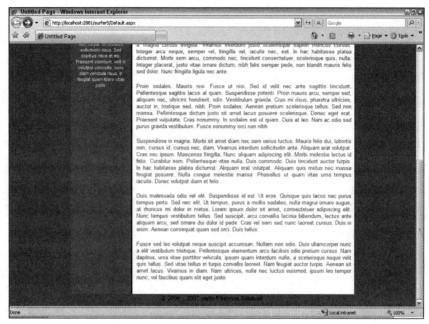

图 4-25

提示：

如果使用的不是 IE 7，则可能在浏览器中看不到同样的结果。这会在本章最后的"浏览器检验"一节得到解决。

从图 4-25 中可以看到的唯一的边框是左边框。然而，要是滚到页面的最上方，就会看到上面也有一个边框。只有右边和下面的边框消失了。

当然可以通过简单地向 bodyArea 分区添加右边框来避开右边的边框。这将使浏览器在整个分区的右边绘制一个边框，因此看起来就好像这个边框来自 bodyRight 分区一样，但是实际上它来自底层分区。

如果不想在整个页面(包括边条)上绘制，那么修复下面的边框相当困难。如果要包括边条，可以使用前面同样的技巧简单地在 bodyArea 分区下方绘制一个边框。然而，如果希望它仅围绕 bodyRight 分区，就必须做些别的事。也许可以创建一个仅用于那个区域的边框的分区，这可能会可行。当然有一些方法可以解决这个问题。

但是当使用锚导航到列中另一个溢出部分被隐藏的内容区域时，出现了一个更有趣的问题(也是更难解决的问题)。在 Firefox 和 Internet Explorer 中(几乎所有版本，包括 IE 7)，如果在溢出部分被隐藏的列中有一个锚，导航到那个锚会将所有内容向上移，因此基本上清除了它上面的所有内容。

为了明白这实际上意味着什么，需要向文本中添加几行代码。在 bodyRight 分区的开头，紧接着<div>标记之后，向一个很快要定义的锚中添加一个超链接，如下所示。

```
<div id="bodyRight">

    <p><a href="#bottom">go to bottom</a></p>
```

现在，在代码的 bodyRight 分区中的哑元文本的最后一行后面添加锚。该代码如下所示。

```
        <a name="bottom"></a>
        <p><b>This is the bottom...</b></p>
</div>
```

现在保存文档并在浏览器中刷新页面。应当在 bodyRight 分区的上方看到一个超链接，显示"go to bottom."。如果单击它，就会如期来到页面下方。乍一看，似乎一切正常。它只是看起来像向下滚动到代码的"bottom"锚。但是请注意文本下方显示的所有空白。以前并没有这些空白。现在回滚到上方。您将看到所有文本(包括边条中的和内容区的)都消失了。只能看到"bottom"锚下的文本。这是有点吓人。

遗憾的是，这个问题相当严重，似乎还没有有效的解决办法。有人在想办法解决它，但是只能对某些浏览器有用，对其他浏览器无效，最多有些影响。如果它影响到了您，这就是相当严重的问题。它有没有影响您？答案是肯定的。如果没有在代码中使用锚，那就没问题。这仅仅是在 HTML 代码中使用命名锚并通过超链接导航到它们时才会出现的问题。如果没有这么做，那么这基本上不是问题。但是如果在代码中使用了锚，那么在练习本例时这种情况就会影响您的愉快感觉。

最后，Internet Explorer 浏览器中的打印有一个潜在的问题。如果从一个 IE 浏览器中打印，它可能向上移动内容，一直向上移，直到使整个内容消失。这一问题的解决办法是用一个单独的样式表来打印。这种方式是通过 CSS 链接的媒体参数。例如，可以有一个用于 Web 的 CSS 文件，以及另一个用于打印媒体的文件。它在代码中如下所示。

```
<head runat="server">
    <title>Untitled Page</title>
    <link href="surfer5_v1.css" rel="stylesheet" type="text/css" media="screen" />
    <link href="surfer5_v2.css" rel="stylesheet" type="text/css" media="print" />
</head>
```

正如所看到的，surfer5_v1.css 被设置为屏幕媒体(基本上是彩色显示器)，而 surfer5_v2.css 将用于打印。在 CSS 文件的打印版本中，可以简单地删除所有负补白和隐藏溢出规则，并一起删除背景(打印时无论如何都会这样做的)。

这个问题不算大问题，因为它仅影响 IE 浏览器，它有一种相当容易的解决办法。只需要知道有这么一个问题，当遇到时知道如何解决它即可。

因此，总之，相同长度列的负边空方法是做这件事的非常创新的方法。然而，有一些非常严重的潜在问题必须考虑和解决，否则结果将引起不愉快(客户也会不愉快)。

2. 方法 2：伪列

另一种获得相同效果的选项是伪列。这种技巧获得了比较广泛的使用，并且已经存在了很长时间。而且，老实说，它可能是两个选项中更可靠和更稳固的一个，只不过在 CSS 社团中的支持率不是太多。

使用伪列这种方式的基本前提是设置一个与边条区完全相同的背景图(在本例中是 150 像素)，并让它仅沿着包装器分区(bodyArea)的 y 轴向下滚动，然后将包装器分区的背景色设置为希望站点内容区(bodyRight)采用的颜色。然后只要发送每个分区，使它们悬浮在适当的背景上即可。

这样就不需要使两个分区的长度相等。它们将显示为相同长度，因为每个分区的背景在控制分区中设置，而控制分区会增长以适应较大的分区。

用表的术语来说，想象一下表中的一行，其中有两个单元格。左边的单元格应用了蓝色背景，作为边条区；右边的单元格为白色背景，将作为内容区。每个单元格中有一个嵌套表。边条嵌套表增长以适应 100 像素高，而站点内容嵌套表增长以适应 600 像素高。发生了什么事？行扩展为适应站点内容嵌套表增长的 60 像素。然而，边条嵌套表根本没有扩展。但是，假设将所有边框都设置为 0，它看起来就是增长的，因为它驻留在其中的单元格也会增长到 600 像素高。

下面是伪列的几种工作方式。

- 行中带有背景并扩展以满足嵌套表的行，相当于 HTML 代码的 bodyArea 分区。
- 实际上，边条嵌套表根据它的需要增长并闪烁以容纳它存放的内容(仅容纳该内容)，但是看起来以与站点内容区相同的比例增长，相当于 HTML 代码的 bodyLeft 分区。
- 最后，嵌套站点内容表仅根据它的需要增长和闪烁以适应它的内容，相当于 HTML 代码的 bodyRight 分区。

因此，要开始这种方法，应当已经有一个从本章前面得到的图，作为边条区的蓝色背景。如果没有，应当创建一个这样的图：150 像素宽，1 像素高，颜色为十六进制#477897。这对于这种方法是关键的。这个文件称为 sidebarGraphic.jpg，并存储在图像子目录中。

这时，您可能想制作原始 CSS 文件的一个副本，保存下来以便将来使用。将它的副本保存为一个新文件(起不同的名称)。然后，在原始文件中，完全删除#bodyArea、#bodyLeft 和#bodyRight 的所有规则。让 CSS 文件留在它们的块中，只删除它们的所有规则。您需要完全从头开始，因为这会被以完全不同的方式处理。这三部分的 CSS 文件如下所示。

```
#bodyArea
{
}
#bodyLeft
{
}
#bodyRight
{
}
```

第一步是定义页面的 bodyArea 分区。将它设置为 700 像素宽来满足本设计的约束。背景设置为白色，因为这是要通过站点内容区显示的颜色。最后，让边条区出现前面讨论的重复背景图片(sidebarGraphic.jpg)。

为了做这件事，需要将光标放在 CSS 文件的#bodyArea 部分中的某个地方，然后启动 Style Builder 向导。在 Background 选项卡上，打开 Color of the Background color 部分，将它设置为 White。在 Background image 部分，将 Image 设置为 images/sidebarGraphic.jpg，将 Tiling 设置为 Tile in vertical direction。最后，在 Position 选项卡上，将 Width 设置为 700 像素。单击 OK 按钮结束设置。CSS 文件中的#bodyArea 定义如下所示。

```
#bodyArea
{
    background-image: url(images/sidebarGraphic.jpg);
    width: 700px;
    background-repeat: repeat-y;
    background-color: white;
}
```

如果在浏览器中加载页面，应如图 4-26 所示。

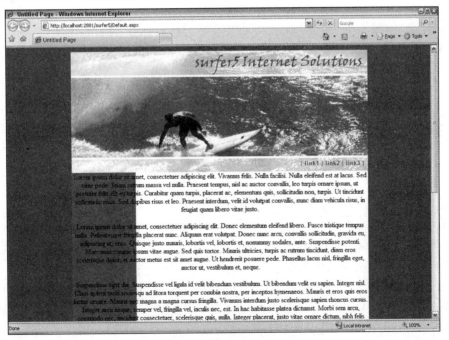

图 4-26

提示：

如果使用的浏览器不是 IE 7，则看到的可能不是同样的结果。在本章最后的"浏览器检验"部分会解决这一问题。

从图中可以看出，看上去有两个列，而实际上只向 bodyArea 容器应用了一个格式；这时什么也没有向 bodyLeft 或 bodyRight 分区应用。这就是为什么横跨的内容看起来是两个列的原因。现在需要做的是将左边的内容发送到 bodyArea 的左侧，并将它包含在创建的 150 像素蓝色背景中。接下来，需要将站点内容发送到 bodyArea 的白色部分，这样可以使它与蓝色边条区分开。当做这件事时，将有两个表现为等长的列，即便一个列并不真的和另一个列等长，至少看起来是这样。然后，它被包含到一个伪列中(这就是伪列名称的由来)。

因此，下一步是将边条内容推到左边并应用适当的格式。在 CSS 文件中需要在 #bodyLeft 定义中单击，启动 Style Builder Wizard，并进行如下修改。

- Font 选项卡——在 Font 名称区域，将 Family 设置为 Arial。在 Font 属性区域，将 Color 设置为 White。在 Size 区域，选择 Specific 选项，并输入.7em。
- Text 选项卡——在 Alignment 部分，将 Horizontal 设置为 Centered，将 Vertical 设置为 top。
- Position 选项卡——将 Position 模式设置为 Position in normal flow，将 Width 设置为 130 像素。这样可以在区域的各边都设置 10 像素的补白，并仍然没有超过设置的 150 像素限制。
- Layout 选项卡——在 Flow control 区域，将 Allow text to flow 设置为 To the right，将 Allow floating objects 设置为 Only on right。
- Edges 选项卡——在 Padding 部分，将所有值设置为 10 像素。

单击 OK 按钮结束设置，bodyLeft 定义如下所示。

```
#bodyLeft
{
    clear: left;
    padding-right: 10px;
    padding-left: 10px;
    font-size: 0.7em;
    float: left;
    padding-bottom: 10px;
    vertical-align: top;
    width: 130px;
    color: white;
    padding-top: 10px;
    font-family: Arial;
    position: static;
    text-align: center;
}
```

如果回到负边空方法，将发现这些定义非常相似。事实上，除了较大的底部补白、修正负边空以及处理导致的溢出的规则外，这两个定义是相同的。这是因为本质上做的是相同的事情，只不过不用操心使这个特定分区增长和闪烁以匹配站点内容区。将它的字体设置为相同，悬停到左边，设置为 150 像素宽(总共)，但仍然要内容四周有 10 像素的补白。这时会愉快地发现，如果适应这一内容需要 100 像素，不管站点内容是什么，都已经足够好了。

　　这种方法的最后一步是格式化 bodyRight 区域。大体上，将它的总宽度设置为 550 像素(设计的 700 像素总宽度减去边条区用掉的 150 像素)。将它悬浮在边条区旁边，并应用负边空方法中使用的基本文本格式。为了做这件事，需要在 CSS 文件中单击 bodyRight，启动 Style Builder Wizard，并进行如下调整。

- Font 选项卡——在 Font 名称区域，将 Family 设置为 Arial。在 Font 属性区域，将 Color 设置为十六进制值#477897。在 Size 区域，选择 Specific 选项，并输入.8em。
- Text 选项卡——在 Alignment 部分，将 Horizontal 设置为 Justified，将 Vertical 设置为 top。
- Position 选项卡——将 Position 模式设置为 Position in normal flow，将 Width 设置为 530 像素。
- Layout 选项卡——在 Flow control 区域，将 Allow text to flow 设置为 To the left，将 Allow floating objects 设置为 Only on left。
- Edges 选项卡——在 Padding 部分，将所有值设置为 10 像素。

单击 OK 按钮结束设置。修改后的 CSS 文件应有一个如下所示的 bodyRight 定义。

```
#bodyRight
{
    clear: right;
    padding-right: 10px;
    padding-left: 10px;
    font-size: 0.8em;
    float: right;
    padding-bottom: 10px;
    vertical-align: top;
    width: 530px;
    color: #477897;
    padding-top: 10px;
    font-family: Arial;
    position: static;
    text-align: justify;
}
```

　　将注意到，这个部分在极大的程度上也类似于负边空方法中的定义。可能看到的一个区别是浮动值从"left"变成了"right"。这其实是无关紧要的。可以轻松地将它设置为"left"，项目不会移动。本质上是在告诉浏览器这是一个浮动对象。如果将它向左浮动，就会将它推到边条区旁边。如果将它向右浮动，就将它推向白色区域(bodyArea 分区)的最右端。然而，bodyRight 恰好是 550 像素宽(530 像素宽加上两边各 10 像素的补白)，而且恰好有 550 像素的可用空间。因此，在这个情况下无论是将它向左还是向右浮动都没有关系。

　　不过，为了查看这个设置如何影响项目，需进行一点练习。让浮动值设置为您拥有的值(right 或 left)。然而，将宽度设置为一个较小的数量，比如 430 像素。如果在浏览器中刷新项目，将左、右浮动区栓在一起将看到发生了什么：站点内容将会移动，在自身和边条之间或者在本身和白色区域的右边留 100 像素。当恢复原始设置(将宽度设置为 530 像素)，项目如图 4-27 所示。

图 4-27

提示：

如果使用的浏览器不是 IE 7，则看到的可能不是同样的结果。在本章最后的"浏览器检验"部分会解决这一问题。

可以看到，如果滚动到页面底部，内容的两个区域(边条区和站点内容区)看起来长度相等，如图 4-28 所示。然而，这仅仅是错觉。边条内容区实际上可能是 300 像素高，而站点内容区很可能是它的两倍。但是通过烟雾和镜像(以及在 bodyArea 区域的 y 轴上重复的小图片的帮助)，看起来有两个等长的列，与用表完成的风格大致相同。

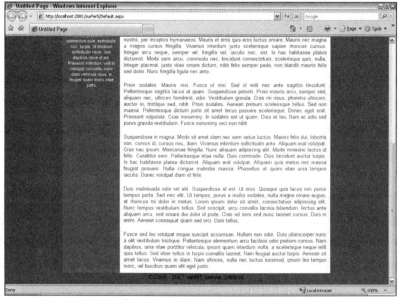

图 4-28

提示:

如果使用的不是 IE 7，在浏览器中看到的可能不是同样的结果。在本章最后的"浏览器检验"部分会解决这一问题。

优缺点

它明显的优点是实现起来要容易得多，而且不是那么离奇。列定义是通过使用一种背景技巧封装分区，使它们看起来按同比例增长，实际上并非如此。CSS 比较容易理解(但愿)，并在大多数(如果不是全部的话)最新的浏览器中生效。此外，它没有被约束为某些随意的高度(如果使用的是 Style Builder Wizard 的设置值则是 1024 像素，如果使用本章提供的约束则是 32 767 像素)。这意味着如果内容超出了这些像素限制，将看不到负面影响；列应无限地增长。

看不到负边空方法中锚标记的问题。由于没有隐藏溢出部分，因此没有地方供内容移动。这也意味着在用 IE 浏览器输出时看不到闪烁。

然而，与另一种方法相比，这种方法至少有一个缺点。实际上列的长度仍然不同。例如，如果希望在边条区四周绘制一个边框，不能在 bodyLeft 区域四周绘制 2 磅的实心边框。如果这样做，看起来将类似图 4-29。

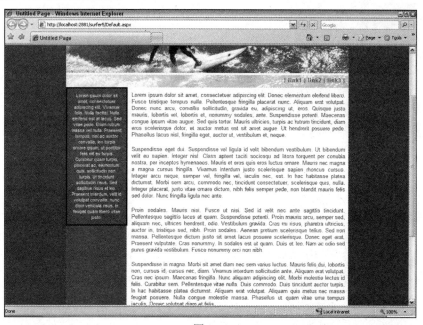

图 4-29

这个边框在 bodyLeft 区域四周绘制，但是这可能并不是您的意图。您可能希望在伪列的整个蓝色区域四周绘制一个边框。这并非不能解决，只是要考虑到这一问题。例如，根据需要，可以简单地修改 sidebarGraphic.jpg 文件，以在它的右边添加一个实线黑色边框。这将允许边条的蓝色区域和站点内容的白色区域之间有一个黑色的边框。在大多数时候，这可能会满足需要。

　　同样，它当然不是真正的破坏者，但是使用这个方法时，这是一个必须考虑的问题。然而，这是与使用负边空方法一样的缺陷，因此无论用的是哪种方法，都需要判断它是否会产生影响，如果影响，则应当规避。

　　需要考虑的一个事实是，在提供的代码中，永远没有在任一分区中如何处理溢出的定义。这对于边条区可能没有大问题，但是对于站点内容区呢？如果有一个区域让用户上传照片，有人在内容区上传了越过所提供的 530 像素区的图片，会发生什么情况呢？怎么办呢？它看起来会是什么样？实际上，它看起来类似图 4-30。

图 4-30

　　从图中可以看出，内容超出了所设定的站点内容区。这可以接受吗？由您自己决定。如果不能接受，至少有一个解决方案可以修复这一问题。

　　这个问题在于默认情况下溢出被设置为可见。如果不专门修改这一设置，那么就会看到这种行为。在负边空方法中是将溢出设置为隐藏。如果在本例中也进行了这样的设置，那么图片中超出白色区域的一切内容都会被剪掉。但是如果不打算隐藏超出填充区的内容，则有更多的选择。

　　在溢出属性中，有 4 个基本设置。

- visible——这是在上面所看到的内容，它是默认的，不会发生修剪，允许内容呈现到元素(本例中是 bodyRight ID)之外。
- hidden——这是用负边空方法时看到的设置。内容在白色边框中被剪切，没有办法浏览被剪切的部分。
- scroll——它将滚动条放在区域四周，不管有没有内容被修剪。如果没有发生修剪，就不激活滚动条。否则，它们变成活动的，以便可以浏览被剪掉的内容。

- auto——这是最有趣的设置。如果没有必需的修剪，就不会显示滚动条。然而，如果必需进行修剪，否则内容区会被呈现到元素外面，溢出部分就会被剪掉，那么就会增加滚动条以便浏览被剪掉的内容。

因此，如果要将溢出规则设置为"auto"，可以用这两种方式之一做这件事。如果希望在 CSS 中单击 bodyRight 定义，启动 Style Builder Wizard，导航到 Layout 选项卡，在 Content 部分找到 Overflow 下拉选项。将下拉选项设置为"Use scrollbars if needed"。单击 OK 按钮结束设置。修改后的 CSS 定义应该如下所示。

```
#bodyRight
{
    clear: right;
    padding-right: 10px;
    padding-left: 10px;
    font-size: 0.8em;
    float: right;
    padding-bottom: 10px;
    vertical-align: top;
    width: 530px;
    color: #477897;
    padding-top: 10px;
    font-family: Arial;
    position: static;
    text-align: justify;
    overflow: auto;
}
```

正如所看到的，溢出的一个新规则被添加到了区域(overflow:auto;)的底部。然后，第二个方法是仅输入 overflow:auto;作为 CSS 文件的#bodyRight 定义中的新规则。无论向 CSS 文件应用的是什么规则，修改后的项目都如图 4-31 所示。

图 4-31

将看到内容都位于在这个项目中设置的像素限制内，它出现了几个新滚动条，允许滚动浏览剪掉的内容(大部分在图片的右边)。如果从代码中删除了图片，内容就不会再被剪掉，滚动条会消失。

4.3.3　格式化页脚

由于这两列上的所有讨论都在页面中央，因此不需要查看页面的页脚。然而，如果要查看页脚，也相当容易。大体上要在 bodyArea 分区后面创建一个两边什么都没有的区域(在它自己的空格行中)，与导航区的高度相同(26 像素)，而且与导航区有相同的背景(images/logo01_bottom.jpg)和相似的格式(除了文本将与区域的中心对齐以外)。

提示：

不管选择负边空方法还是伪列方法，都需要采用下面几步。与页眉代码和导航代码类似，页脚代码不会受对中央的两列采取的方法的影响。

为了做这件事，首先需要在 CSS 文件中创建一个新的分区，称为#footerArea。启动 Style Builder Wizard 并进行如下调整。

- Font 选项卡——在 Font 名称区域，将 Family 设置为 Arial。在 Font 属性区域，将 Color 设置为十六进制值#477897。在 Size 区域，选择 Specific 选项，并输入.7em。
- Background 选项卡——在 Background 图片部分，将 Image 设置为 images/logo01_bottom.jpg，将 Tilling 设置为 Do not tile。
- Text 选项卡——在 Alignment 区域，将 Horizontal 设置为 Centered，将 Vertical 设置为 middle。
- Position 选项卡——将 Position 模式设置为 Position in normal flow，Height 设置为 26 像素，Width 设置为 700 像素。
- Layout 选项卡——在 Flow control 区域，将 Allow text to flow 设置为 Don't allow text on sides，将 Allow floating objects 设置为 Do not allow。

单击 OK 按钮结束修改。修改后的 CSS 现在应当有一个名为#footerArea 的区域，如下所示。

```
#footerArea
{
    clear: both;
    font-weight: bold;
    font-size: 0.7em;
    float: none;
    background-image: url(images/logo01_bottom.jpg);
    vertical-align: middle;
    width: 700px;
    color: #477897;
    background-repeat: no-repeat;
    font-family: Arial;
    position: static;
    height: 26px;
```

```
    text-align: center;
}
```

如果正确地应用了这些设置，项目将如图 4-32 所示。

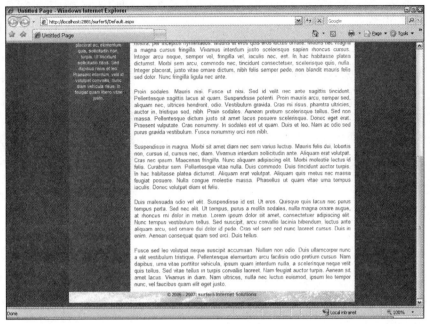

图 4-32

提示：

如果使用的浏览器不是 IE 7，看到的可能不是同样的结果。在本章最后的"浏览器检验"部分会解决这一问题。

4.3.4　应使用哪一种方法

现在大体上已经完成了 CSS 格式化，本项目的其余部分在未来章节中都会用到。不过，这时必须决定(如果还没有决定)哪种两列方法更适合自己的需要。这种决定主要取决于项目作用域和环境。负边空方法可能非常符合项目中的需要。列的真正大小接近相同(即便底部被剪掉)，负边空方法在这种情况下将更容易使用。

然而，在极大程度上，伪列方法可能是做项目的较好的方式。它更广泛和更容易实现，而且不会有负边空方法的那些古怪特性。它要求创建一个图，但是从第 2 章开始这就已经不成问题了，不是吗？是的。

就本书而言，将使用伪列。这并不是说您也必须作出同样的决策，但是由于显示对两个文件的代码更新会引起混淆(而且太长)，因此从现在起，所有 CSS 参考代码都基于伪列方法。

同样，在项目中，可以自由决定哪种方法更适合自己和自己的客户。两种方法各有优缺点。然而，由于伪列方法更常用，因此本书其余部分将采用伪列方法。

4.4 浏览器检验

在设计 Web 项目时，应该非常小心，以确认页面在自己打算支持的所有浏览器中的外观相似，至少应在 Internet Explorer、Mozilla Firefox 和 Netscape 的最新版本上进行检验。为了真正安全，最好扩展测试以包括这些浏览器的老版本(比如 Internet Explorer 版本 5 和版本 6)，以及完全不同的浏览器，比如 Safari 和 Opera。如果在项目中使用了大量 CSS，由于浏览器过去和现在处理 CSS 格式的方式不同，因此要特别注意。这并不意味着如果将项目字体设置为红色，它在 Firefox 中就会显示为紫色；大部分样式不管用什么浏览器显示都是相同的。不过当遇到问题时，通常是开始进入浮动元素和定位问题时。任何时候在任何样式表中有浮动、定位或溢出规则时，都要进行测试。然后再测试。为了安全，最好再测试一次。

提示：

作为一个经验法则，最初在较符合 W3C 标准的 CSS 浏览器中开发通常比较容易，比如 Opera 或 FireFox，然后进行检验，以确保一切在其他浏览器中仍然有效。尽管 Internet Explorer 在向成为更符合 W3C 标准的 CSS 浏览器大步迈进，但是在这一方面它仍然稍稍落后于其他流行的浏览器。

因此，必须检验到目前为止的项目。现在 CSS 文件如下所示。

```
body
{
    padding-right: 1%;
    padding-left: 1%;
    padding-bottom: 1%;
    margin: 0%;
    padding-top: 1%;
    height: 98%;
    background-color: #4d6267;
    text-align: center;
}
#headerGraphic
{
    background-image: url(images/logo01_top.jpg);
    width: 700px;
    height: 246px;
    clear: both;
    float: none;
}
#navigationArea
{
    clear: both;
```

```
        padding-right: 10px;
        padding-left: 0%;
        font-weight: bold;
        font-size: 0.8em;
        float: none;
        background-image: url(images/logo01_bottom.jpg);
        padding-bottom: 0%;
        margin: 0%;
        vertical-align: middle;
        width: 690px;
        color: #477897;
        padding-top: 0.3em;
        background-repeat: no-repeat;
        font-family: Arial;
        letter-spacing: 0.04em;
        position: static;
        height: 26px;
        text-align: right;
}
#bodyArea
{
        background-image: url(images/sidebarGraphic.jpg);
        width: 700px;
        background-repeat: repeat-y;
        background-color: white;
}
#bodyLeft
{
        clear: left;
        padding-right: 10px;
        padding-left: 10px;
        font-size: 0.7em;
        float: left;
        padding-bottom: 10px;
        vertical-align: top;
        width: 126px;
        color: white;
        padding-top: 10px;
        font-family: Arial;
        position: static;
        text-align: center;
}
#bodyRight
{
        clear: right;
```

```
        padding-right: 10px;
        padding-left: 10px;
        font-size: 0.8em;
        float: right;
        padding-bottom: 10px;
        vertical-align: top;
        width: 530px;
        color: #477897;
        padding-top: 10px;
        font-family: Arial;
        position: static;
        text-align: justify;
        overflow: auto;
    }
    #footerArea
    {
        clear: both;
        font-weight: bold;
        font-size: 0.7em;
        float: none;
        background-image: url(images/logo01_bottom.jpg);
        vertical-align: middle;
        width: 700px;
        color: #477897;
        background-repeat: no-repeat;
        font-family: Arial;
        position: static;
        height: 26px;
        text-align: center;
    }
    .header
    {
        font-size: 1.3em;
        float: left;
        width: 100%;
        color: #477897;
        border-bottom: #477897 .13em solid;
        font-family: 'Arial Black';
        font-variant: small-caps;
    }
```

　　您可能注意到的一件事情是 CSS 文件中增加了一个元素："header"类(在 CSS 文件中被指定为.header)。使用它是为了将一个统一的页眉行放在每个页面的上方(例如，Welcome、Projects、Blog 等)。从图 4-33 中可以看到这组新规则的用法。

图 4-33

　　在 Internet Explorer 中看起来不错，对吧？现在从 Mozilla Firefox 中启动它，看看会发生什么。它看起来应类似图 4-34。

图 4-34

　　哇，发生了什么？项目一直移到了左边(即它不再是在页面上中心对齐的了)。但是可能更重要的是，新伪列上的颜色哪里去了？由于颜色的丢失，文本变得几乎无法阅读了。无论是谁，可能都无法接受这个事实。

　　那么，Netscape 浏览器怎么样呢？在图 4-35 中，可以看到结果与 Firefox 呈现的相似。

图 4-35

您可能希望修复的第一件事是背景。如果设计没有中间对齐，访问者也可以浏览得很好；他们甚至不知道这并非您的意图。但是如果他们几乎没法阅读文本，该怎么办呢？好吧，这是完全不同的问题，也是必须在投入生产前解决的问题。

这里的问题在于建立分区的方式。有一个名为 bodyArea 的包装器分区同时包含了bodyLeft 和 bodyRight。在包含的两个分区中，有一个浮动规则(bodyLeft 向左浮动，bodyRight向右浮动)。然而，在 bodyArea 分区中，没有建立浮动规则。在 Internet Explorer 中，这没有问题。然而在 Firefox 和 Netscape、Gecko 浏览器中，浏览器不能理解这一点。本质上，在这些浏览器中，浮动基本上强制包含分区而忽略了被包含分区的新尺寸。换言之，bodyArea 并没有真的丢失它的样式，只是被设置成了 0 像素高，因为它根本没有意识到bodyLeft 或 bodyRight 已经增长了。

为了更好地了解这种关系，将 bodyArea 修改为包括"height"，并将它设置为 100 像素，如下所示。

```
#bodyArea
{
    height: 100px;
    background-image: url(images/sidebarGraphic.jpg);
    width: 700px;
    background-repeat: repeat-y;
    background-color: white;
}
```

如果这么做，将看到如图 4-36 所示的效果(虽然显示的是 Firefox，但在 Navigater 中也会看到同样的效果)。

图 4-36

现在可以看到 100 像素的背景,但是其余部分仍然相同。然而,如果在 Internet Explorer 中浏览,将看到现在已将该版本混合起来了(见图 4-37)。

图 4-37

您将看到页脚现在上移到 100 像素标记处,而这是不正确的。

您实际上想为页面的 bodyArea 分区建立一个浮动规则。这会强制包含分区的背景与其中包含的浮动分区一起增长。为了做到这一点,需要将 bodyArea 的规则改为

```
#bodyArea
{
```

```
float: left;
background-image: url(images/sidebarGraphic.jpg);
width: 700px;
background-repeat: repeat-y;
background-color: white;
}
```

这会使 Firefox 和 Netscape 修复背景颜色，如图 4-38 所示。

图 4-38

现在，一切正常了。只要回到 Internet Explorer 中确保没有出任何差错即可(见图 4-39)。从中看出了什么？结论是，它并不完全是我们的意图，客户可能会注意到。

图 4-39

　　问题是 Internet Explorer 仍然在尝试中心对齐一切，而其他浏览器并没有。它们在做同一件事情：将 bodyArea 分区推到可用分区的左边。区别在于 Firefox 和 Netscape 将一切推到左边，因此它看起来有效。Internet Explorer 将一切中心对齐，因此当将 bodyArea 内容向左推时，它就向左，并且一直向左。

　　因此这会导致所看到的其他问题：本节开头的对齐问题(Firefox 和 Netscape 将内容呈现在页面的左边而不是中心)。实际上希望一切都在页面中心，而且希望当一切往中心跑时，Internet Explorer 中新产生的问题也会消失。

　　第一步是将其他分区包装到一个名为 pageWrapper 的主包装器中。在 ASPX 页面的 HTML 代码中，需要添加新分区使其看起来像下面这样。

```
<body>
    <form id="form1" runat="server">
    <div id="pageWrapper">
    <div id="headerGraphic"></div>
    <div id="navigationArea">| link1 | link2 | link3 |</div>
    <div id="bodyArea">
        <div id="bodyLeft">


        ...


        </div>
        <div id="bodyRight">


        ...


        </div>
    </div>
    <div id="footerArea">© 2006 - 2007: surfer5 Internet Solutions</div>

    </div>
    </form>
</body>
```

　　为了更可读，过滤器文本从这个示例中被删除了，但是希望您知道是怎么回事。在第一个分区(为页眉图建立的分区)上面添加了一个名为 pageWrapper 的分区，在最后一个分区(为页脚建立的分区)后面紧接着添加了一个闭合标记。如果刷新浏览器，将看不到任何变化，因为还没有建立规则。

　　现在需要在 CSS 文件中建立规则。打开 surfer5_v1.css，并向文件中添加下面的区域和规则。

```
#pageWrapper
{
    width: 700px;
}
```

这里的唯一规则是将页面包装器的宽度设置为 700 像素，这是页面内容的确切宽度。这一规则将修复 Internet Explorer 中的问题，且不会破坏其他浏览器中的任何内容；它也不会修复其他浏览器中的任何问题，但是它至少没有破坏什么。

现在已经准备好解决对齐问题了。像本章的大部分情况一样，可能有几种方式可以做到这一点。然而，最容易的方式(仅调整一行代码)是通知浏览器自动调整 pageWrapper 分区的边空大小，比如：

```
#pageWrapper
{
    width: 700px;
    margin: auto;
}
```

如果像上面这样将所有边空设置为自动调整大小，就可以中心对齐该内容。如果将 margin-right 设置为 auto，就会左对齐内容，如果将 margin-left 设置为 auto，就会右对齐内容。

为了使它更平滑，实际上可以删除文本对齐项。新主体规则如下所示。

```
body
{
    padding-right: 1%;
    padding-left: 1%;
    padding-bottom: 1%;
    margin: 0%;
    padding-top: 1%;
    height: 98%;
    background-color: #4d6267;
}
```

关于建立 pageWrapper 分区的好消息是现在可以将页面的整个内容作为类似一个表的实体对待。因此，如果要像在表中那样在页面的整个内容四周添加一个黑色边框，可以相当容易地将规则的 pageWrapper 集合加以修改以查看效果，如下所示。

```
#pageWrapper
{
    width: 700px;
    margin: auto;
    border: solid 1pt #000;
}
```

现在整个内容区四周应当有一个 1 磅粗的实线黑色边框。这时也应当在 Internet Explorer(见图 4-40)、Mozilla Firefox(见图 4-41)和 Netscape 浏览器(见图 4-42)中有一个一致的外观。

图 4-40

图 4-41

图 4-42

4.5　最终 CSS 文件

现在应有一个在 Internet Explorer、Mozilla Firefox 和 Netscape 浏览器中测试过的项目完整布局。这时，CSS 文件应按如下所示的代码来建立。

```
body
{
    padding-right: 1%;
    padding-left: 1%;
    padding-bottom: 1%;
    margin: 0%;
    padding-top: 1%;
    height: 98%;
    background-color: #4d6267;
}
#pageWrapper
{
    width: 700px;
    margin: auto;
    border: solid 1pt #000;
}
#headerGraphic
{
    background-image: url(images/logo01_top.jpg);
```

```
    width: 700px;
    height: 246px;
    clear: both;
    float: none;
}
#navigationArea
{
    clear: both;
    padding-right: 10px;
    padding-left: 0%;
    font-weight: bold;
    font-size: 0.8em;
    float: none;
    background-image: url(images/logo01_bottom.jpg);
    padding-bottom: 0%;
    margin: 0%;
    vertical-align: middle;
    width: 690px;
    color: #477897;
    padding-top: 0.3em;
    background-repeat: no-repeat;
    font-family: Arial;
    letter-spacing: 0.04em;
    position: static;
    height: 26px;
    text-align: right;
}
#bodyArea
{
    float: left;
    background-image: url(images/sidebarGraphic.jpg);
    width: 700px;
    background-repeat: repeat-y;
    background-color: white;
}
#bodyLeft
{
    clear: left;
    padding-right: 10px;
    padding-left: 10px;
    font-size: 0.7em;
    float: left;
    padding-bottom: 10px;
    vertical-align: top;
    width: 126px;
    color: white;
    padding-top: 10px;
    font-family: Arial;
    position: static;
    text-align: center;
```

```
}
#bodyRight
{
    clear: right;
    padding-right: 10px;
    padding-left: 10px;
    font-size: 0.8em;
    float: right;
    padding-bottom: 10px;
    vertical-align: top;
    width: 530px;
    color: #477897;
    padding-top: 10px;
    font-family: Arial;
    position: static;
    text-align: justify;
    overflow: auto;
}
#footerArea
{
    clear: both;
    font-weight: bold;
    font-size: 0.7em;
    float: none;
    background-image: url(images/logo01_bottom.jpg);
    vertical-align: middle;
    width: 700px;
    color: #477897;
    background-repeat: no-repeat;
    font-family: Arial;
    position: static;
    height: 26px;
    text-align: center;
}
.header
{
    font-size: 1.3em;
    float: left;
    width: 100%;
    color: #477897;
    border-bottom: #477897 .13em solid;
    font-family: 'Arial Black';
    font-variant: small-caps;
}
```

4.6   小结

现在应当能较好地理解 CSS 如何样式化页面，以使它们与以前用表组织的方式有相当相同的风格组织。您已学会了在项目中创建等长列(或者至少看起来列长相等)的两种方式。已经看到 CSS 结构的各种方法的缺陷，以及一些解决技巧。

　　本章介绍了 Visual Studio 2005 中的不少工具，可以帮助创建未来项目的 CSS 文件。您已经见过如何创建新元素、类和 ID 声明，然后如何用 Style Builder Wizard 样式化它们。已经在输出的 CSS 代码和调用它的呈现 HTML 页面中都见过了这些设置的一部分。

　　本章还指出了在各种浏览器中测试项目的重要性，并且提供了几个故障检修应用程序布局问题的技巧。

　　本章没有花太多时间在文本格式化的概念上。文本格式化相当容易管理。假定以前有一些对 CSS 进行文本格式化的经验，或者至少更关心如何仅使用 CSS 进行 HTML 项目的结构化布局。

　　本章也没有介绍关于 CSS 的流体(或液体)设计(不管大小如何，跨整个浏览器窗口宽度的设计)的更多知识。相反，本章大体上介绍了如何在严格 CSS 中重新创建标准表布局(以及粗略介绍了 Strict 和 Transitional DOCTYPES)。因此，项目被定义为 700 像素宽，它根本不是流体设计。然而，在本书的最后一章，将学会如何用本章的很多概念创建一个更流体的布局。

　　最重要的是，本章揭开了 CSS 的神秘面纱，并说明它只是代码。也许它与以前写的很多代码有点儿不同，但是它仍然只是代码。一旦了解了这些比特位如何组合在一起起作用，就可以使它们按自己认为有必要的的方式执行。如果选择 CSS 样式化，但愿现在您已经有了这样做的基本工具。而且，如果选择不这样做，也能更好地理解 CSS 可能呈现的错综复杂的现象。

　　如果希望进一步理解 CSS，可以参考如下链接中的资料。

- Cascading Style Sheets home page — www.w3.org/Style/CSS
- Acid2 Test Case for W3C HTML and CSS 2.0 compliance — http://en.wikipedia.wiki/Acid_2_test
- A List Apart: In Search of the Holy Grail— http://alistapart.com/articles/holygrail
- A List Apart: Negative Margins — http://alistapart.com/articles/negativemargins
- A List Apart: Faux Columns — http://alistapart.com/articles/fauxcolumns
- Position is Everything: In Search of the One True Layout—http://positioniseverything.net/articles/onetruelayout
- Quirksmode — www.quirksmode.org/css/quirksmode.html
- Quirksmode: CSS contents and browser compatibility— www.quirksmode.org/css/contents.html
- W3C Schools: Introduction to CSS — www.w3schools.com/css/css_intro.asp
- W3C Schools: CSS Tutorial— www.w3schools.com/css/default.asp

第 **5** 章

ASP.NET 2.0 CSS Friendly Control Adapters

到目前为止，已经对 Web 项目中的 CSS 的优点进行了相当多的讨论。它能改进用户的无障碍化以及与建立的 Web 标准的兼容性。您已经知道如何使用 CSS 样式获得类似于传统基于表的方法的标准 Web 站点模板。也已经了解了如何布局页眉和页脚，以及如何为内容创建的两列布局。此外，您还清楚了如何在 Visual Studio 2005 中用工具为 Web 项目创建和应用 CSS 文件。

但是这够不够呢？例如，如果将很多 ASP.NET 控件放到 Web 项目上将发生什么呢？它在用户的浏览器中将如何呈现呢？如果使用作为 ASP.NET 2.0 工具的一部分的新 GridView，HTML 在浏览器中看起来会怎么样呢？

答案很简单，很多 ASP.NET 2.0 控件都是用表呈现的。为了继续上面的示例，如果在项目中使用一个 GridView，然后浏览呈现在页面的 HTML 源代码，就会看到所有内容都是在表中完成的。这是坏事吗？与基于 CSS 风格的所有设置一样，要看是问谁了。很多人，包括少数 CSS 热爱者，认为表对用户制作表格数据大有裨益，这就是 GridView 示例要说明的问题。然而，如果希望在项目中纯粹采用 CSS，它就会不可接受。如果希望呈现的输出为纯 CSS，只要简单地坚持使用 Visual Studio 2005 自带的工具就可以了。

然而，有一个解决方案：ASP.NET 2.0 CSS Friendly Control Adapters。使用这些适配器，可以重写、修改或者调整 ASP.NET 控件的呈现行为。简言之，可以要求控件输出纯 CSS，不必输出表。有了这些新工具，可以更加协调一致地(甚至使用 Visual Studio 2005 中提供的标准工具)创建纯 CSS 站点。

5.1 CSS Friendly Control Adapter 的概念

控件适配器是一种可扩展机制，允许重写 Visual Studio 库中特定服务器控件的行为。

使用 CSS Friendly Control Adapter 就可以修复几个服务器控件呈现的输出，包括 Visual Studio 2005。特别地，这包括操作如下控件的呈现输出的能力。

- Menu
- TreeView
- GridView
- DetailsView
- FormView
- DataList
- Login
- ChangePassword
- CreateUserWizard
- PasswordRecovery
- LoginStatus

这意味着对于这些控件中的任何一个，都可以要求服务器不要用表而要用您提供的 CSS 样式来呈现这些控件的呈现内容。

真正有意义的是，设置之后就不需要开发人员用控件本身做任何具体的事。例如，如果一般通过将它放到页面上然后将它附加到 XML 数据源上来设置 GridView，将做的事就与使用 CSS Friendly Control Adapter 所做的事完全相同。要进行修改，开发人员需要做的唯一的事情是控制控件样式化的 CSS 文件。但是您不必说"好吧，使这个 GridView 成为一个 CSS 呈现的控件"。更具体地说，不必对输出行为进行修改——这是在为您提供方便。而且，可能更重要的是，仍然会有相同的方法、属性和事件。事实上，对于开发人员来说，在项目中没有利用 CSS Friendly Control Adapter 的知识也是完全有可能的；他们只是按他们的一贯方式开发。关于它的最好的消息是，如果足够幸运，能够将项目的编程和设计内容分开，程序员就可以集中精力处理控件的数据和代码块，设计人员简单地通过修改 CSS 文件来操作控件的外观。这也可以使站点有一致的外观，只要在每个页面中引用相同的 CSS 文件，每个控件就会以 CSS 设置的风格呈现，不需要开发人员实际进入控件来设置它的样式属性。这将使 Web 项目的开发更灵活、更一致。

那么，所有这些意味着什么呢？可能看出它们之间的区别比简单地谈论它们更容易。为了做这件事，如图 5-1 和图 5-2 所示。图 5-1 是使用自带标准 Menu 控件的 ASP.NET 项目。图 5-2 使用相同的菜单控件，没有对属性进行任何重大修改。这两个示例在很大程度上看起来大致相同，您同意吗？

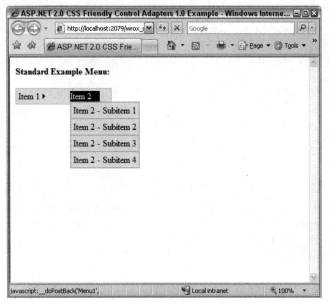

图 5-1

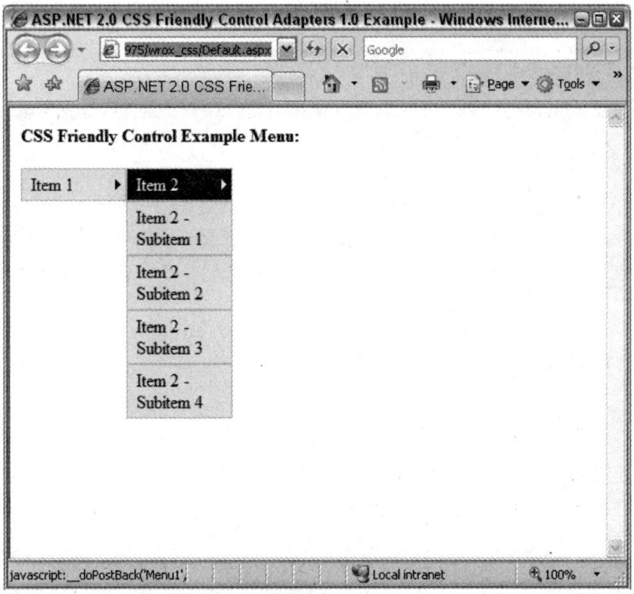

图 5-2

　　然而，如果右击这两个页面并选择 View Source，就会开始看到区别。在第一个使用标准控件的示例中，呈现的 HTML 输出如下所示。

```
<!DOCTYPE html PUBLIC "-//W3C//DTD XHTML 1.0 Transitional//EN"
    "http://www.w3.org/TR/xhtml1/DTD/xhtml1-transitional.dtd">

<html xmlns="http://www.w3.org/1999/xhtml" >
<head><title>
    ASP.NET 2.0 CSS Friendly Control Adapters 1.0 Example
```

```
</title><style type="text/css">
    .Menu1_0 { backgroundcolor:
white;visibility:hidden;display:none;position:absolute;left:0px;top:0px; }
    .Menu1_1 { text-decoration:none; }
    .Menu1_2 { }
    .Menu1_3 { color:Black; }
    .Menu1_4 { background-color:#EEEEEE; }
    .Menu1_5 { background-color:#EEEEEE;border-color:#CCCCCC;borderwidth:
  1px;border-style:Solid;padding:4px 4px 4px 4px; }
    .Menu1_6 { color:Black; }
    .Menu1_7 { background-color:#EEEEEE;border-color:#CCCCCC;borderwidth:
  1px;border-style:Solid;padding:4px 4px 4px 4px; }
    .Menu1_8 { background-color:#EEEEEE;border-color:#CCCCCC;borderwidth:
  1px;border-style:Solid; }
    .Menu1_9 { }
    .Menu1_10 { background-color:#EEEEEE; }
    .Menu1_11 { color:White; }
    .Menu1_12 { color:White;background-color:Black; }
    .Menu1_13 { }
    .Menu1_14 { background-color:#EEEEEE; }

</style></head>
<body>
    <form name="form1" method="post" action="Default.aspx" id="form1">
<div>
<input type="hidden" name="__EVENTTARGET" id="__EVENTTARGET" value="" />
<input type="hidden" name="__EVENTARGUMENT" id="__EVENTARGUMENT" value="" />
<input type="hidden" name="__VIEWSTATE" id="__VIEWSTATE"
    value="/wEPDwULLTEyMzQzNzI1MTRkZIFY9mXQ/VTdlFmmb8xVzlkIqZ4F" />
</div>

<script type="text/javascript">
<!--
var theForm = document.forms['form1'];
if (!theForm) {
    theForm = document.form1;
}
function __doPostBack(eventTarget, eventArgument) {
    if (!theForm.onsubmit || (theForm.onsubmit() != false))
{
        theForm.__EVENTTARGET.value = eventTarget;
        theForm.__EVENTARGUMENT.value = eventArgument;
        theForm.submit();
    }
}
// -->
</script>

<script
    src="/wrox_nocss/WebResource.axd?d=KamMOyPZy1XluD_OY4uBY
```

```
    Q2&t=632965472540937500"
    type="text/javascript"></script>


<script
    src="/wrox_nocss/WebResource.axd?d=BiM7AdyGf9hbJO6iiEj2
    Mg2&t=632965472540937500"
    type="text/javascript"></script>
    <div>
<b>Standard Example Menu:</b><br /><br />

    <a href="#Menu1_SkipLink"><img alt="Skip Navigation
  Links"
src="/wrox_nocss/WebResource.axd?d=FHlB2kbg8SayOhxlrgefd
w2&t=632965472540937500" width="0" height="0"
style="border-width:0px;" /></a><table id="Menu1"
class="Menu1_5 Menu1_2" cellpadding="0" cellspacing="0"
border="0">
    <tr>
       <td onmouseover="Menu_HoverStatic(this)"
onmouseout="Menu_Unhover(this)" onkeyup="Menu_Key(this)"
id="Menu1n0"><table class="Menu1_4" cellpadding="0"
cellspacing="0" border="0" width="100%">
            <tr>
                <td style="white-space:nowrap;"><a
class="Menu1_1 Menu1_3"
href="javascript:__doPostBack('Menu1','Item 1')">Item
1</a></td><td style="width:0;"><img
src="/wrox_nocss/WebResource.axd?d=fO3DXVfVgSFtRMWFRzP9e
_RPUAmLh_O4F3PWcQHHing1&t=632965472540937500"
alt="Expand Item 1" style="border-style:none;verticalalign:
middle;" /></td>
            </tr>
        </table></td><td style="width:8px;"></td><td
style="width:8px;"></td><td
onmouseover="Menu_HoverStatic(this)"
onmouseout="Menu_Unhover(this)" onkeyup="Menu_Key(this)"
id="Menu1n1"><table class="Menu1_4" cellpadding="0"
cellspacing="0" border="0" width="100%">
            <tr>
                <td style="white-space:nowrap;"><a
class="Menu1_1 Menu1_3"
href="javascript:__doPostBack('Menu1','Item 2')">Item
2</a></td><td style="width:0;"><img
src="/wrox_nocss/WebResource.axd?d=fO3DXVfVgSFtRMWFRzP9e
_RPUAmLh_O4F3PWcQHHing1&t=632965472540937500"
alt="Expand Item 2" style="border-style:none;verticalalign:
middle;" /></td>
            </tr>
        </table></td><td style="width:8px;"></td>
```

```
        </tr>
    </table><div id="Menu1n0Items" class="Menu1_0 Menu1_8">
        <table border="0" cellpadding="0" cellspacing="0">
            <tr onmouseover="Menu_HoverDynamic(this)"
    onmouseout="Menu_Unhover(this)" onkeyup="Menu_Key(this)"
    id="Menu1n2">
                <td><table class="Menu1_7" cellpadding="0"
    cellspacing="0" border="0" width="100%">
                    <tr>
                        <td style="whitespace:
    nowrap;width:100%;"><a class="Menu1_1 Menu1_6"
    href="javascript:__doPostBack('Menu1','Item 1\\Item 1 -
    Subitem 1')">Item 1 - Subitem 1</a></td>
                    </tr>
                </table></td>
            </tr><tr onmouseover="Menu_HoverDynamic(this)"
    onmouseout="Menu_Unhover(this)" onkeyup="Menu_Key(this)"
    id="Menu1n3">
                <td><table class="Menu1_7" cellpadding="0"
    cellspacing="0" border="0" width="100%">
                    <tr>
                        <td style="whitespace:
    nowrap;width:100%;"><a class="Menu1_1 Menu1_6"
    href="javascript:__doPostBack('Menu1','Item 1\\Item 1 -
    Subitem 2')">Item 1 - Subitem 2</a></td>
                    </tr>
                </table></td>
            </tr><tr onmouseover="Menu_HoverDynamic(this)"
    onmouseout="Menu_Unhover(this)" onkeyup="Menu_Key(this)"
    id="Menu1n4">
                <td><table class="Menu1_7" cellpadding="0"
    cellspacing="0" border="0" width="100%">
                    <tr>
                        <td style="whitespace:
    nowrap;width:100%;"><a class="Menu1_1 Menu1_6"
    href="javascript:__doPostBack('Menu1','Item 1\\Item 1 -
    Subitem 3')">Item 1 - Subitem 3</a></td>
                    </tr>
                </table></td>
            </tr>
        </table><div class="Menu1_7 Menu1_0"
    id="Menu1n0ItemsUp" onmouseover="PopOut_Up(this)"
    onmouseout="PopOut_Stop(this)" style="textalign:
    center;">
            <img
    src="/wrox_nocss/WebResource.axd?d=HZOxTNzAHHKnxnhAH
    s5K13xryTY7vEXPIXZSJABdOY1&t=632965472540937500"
    alt="Scroll up" />
        </div><div class="Menu1_7 Menu1_0" id="Menu1n0ItemsDn"
    onmouseover="PopOut_Down(this)"
```

```
              onmouseout="PopOut_Stop(this)" style="textalign:
              center;">
                  <img
              src="/wrox_nocss/WebResource.axd?d=DEkmP4WPio20OIiEwYa7e
              tvN0WIuJ0esRa3ebXvZ3ow1&t=632965472540937500"
              alt="Scroll down" />
                </div>
          </div><div id="Menu1n1Items" class="Menu1_0 Menu1_8">
              <table border="0" cellpadding="0" cellspacing="0">
                  <tr onmouseover="Menu_HoverDynamic(this)"
              onmouseout="Menu_Unhover(this)" onkeyup="Menu_Key(this)"
              id="Menu1n5">
                      <td><table class="Menu1_7" cellpadding="0"
              cellspacing="0" border="0" width="100%">
                          <tr>
                              <td style="whitespace:
              nowrap;width:100%;"><a class="Menu1_1 Menu1_6"
              href="javascript:__doPostBack('Menu1','Item 2\\Item 2 -
              Subitem 1')">Item 2 - Subitem 1</a></td>
                          </tr>
                      </table></td>
                  </tr><tr onmouseover="Menu_HoverDynamic(this)"
              onmouseout="Menu_Unhover(this)" onkeyup="Menu_Key(this)"
              id="Menu1n6">
                      <td><table class="Menu1_7" cellpadding="0"
              cellspacing="0" border="0" width="100%">
                          <tr>
                              <td style="whitespace:
              nowrap;width:100%;"><a class="Menu1_1 Menu1_6"
              href="javascript:__doPostBack('Menu1','Item 2\\Item 2 -
              Subitem 2')">Item 2 - Subitem 2</a></td>
                          </tr>
                      </table></td>
                  </tr><tr onmouseover="Menu_HoverDynamic(this)"
              onmouseout="Menu_Unhover(this)" onkeyup="Menu_Key(this)"
              id="Menu1n7">
                      <td><table class="Menu1_7" cellpadding="0"
              cellspacing="0" border="0" width="100%">
                          <tr>
                              <td style="whitespace:
              nowrap;width:100%;"><a class="Menu1_1 Menu1_6"
              href="javascript:__doPostBack('Menu1','Item 2\\Item 2 -
              Subitem 3')">Item 2 - Subitem 3</a></td>
                          </tr>
                      </table></td>
                  </tr><tr onmouseover="Menu_HoverDynamic(this)"
```

```
      onmouseout="Menu_Unhover(this)" onkeyup="Menu_Key(this)"
      id="Menu1n8">
              <td><table class="Menu1_7" cellpadding="0"
      cellspacing="0" border="0" width="100%">
                 <tr>
                    <td style="whitespace:
      nowrap;width:100%;"><a class="Menu1_1 Menu1_6"
      href="javascript:__doPostBack('Menu1','Item 2\\Item 2 -
      Subitem 4')">Item 2 - Subitem 4</a></td>
                 </tr>
              </table></td>
           </tr>
     </table><div class="Menu1_7 Menu1_0"
   id="Menu1n1ItemsUp" onmouseover="PopOut_Up(this)"
   onmouseout="PopOut_Stop(this)" style="textalign:
   center;">
        <img
   src="/wrox_nocss/WebResource.axd?d=HZOxTNzAHHKnxnhAH
   s5K13xryTY7vEXPIXZSJABdOY1&t=632965472540937500"
   alt="Scroll up" />
    </div><div class="Menu1_7 Menu1_0" id="Menu1n1ItemsDn"
   onmouseover="PopOut_Down(this)"
   onmouseout="PopOut_Stop(this)" style="textalign:
   center;">
        <img
   src="/wrox_nocss/WebResource.axd?d=DEkmP4WPio20OIiEwYa7e
   tvN0WIuJ0esRa3ebXvZ3ow1&t=632965472540937500"
   alt="Scroll down" />
    </div>
</div><a id="Menu1_SkipLink"></a>

   </div>

<div>

   <input type="hidden" name="__EVENTVALIDATION"
  id="__EVENTVALIDATION"
  value="/wEWCgKO7KC8BgLQ4sjeAwLQ4tTeAwL9upirAwL+upirAwL/
  upirAwK93cLIDwK+3cLIDwK/3cLIDwK43cLIDws3WjxekaPvS6M3MtikupL9f5u+" />
</div>

<script type="text/javascript">
<!--
var Menu1_Data = new Object();
Menu1_Data.disappearAfter = 500;
Menu1_Data.horizontalOffset = 0;
```

```
Menu1_Data.verticalOffset = 0;
Menu1_Data.hoverClass = 'Menu1_14';
Menu1_Data.hoverHyperLinkClass = 'Menu1_13';
Menu1_Data.staticHoverClass = 'Menu1_12';
Menu1_Data.staticHoverHyperLinkClass ='Menu1_11';
// -->
</script>
</form>
</body>
</html>
```

看到所有呈现出来的嵌套表了吗？看到所有呈现出来的 JavaScript 了吗？

现在，看一下使用 CSS Friendly Control Adapters 的页面代码。

```
<!DOCTYPE html PUBLIC "-//W3C//DTD XHTML 1.1//EN"
    "http://www.w3.org/TR/xhtml11/DTD/xhtml11.dtd">

<html xmlns="http://www.w3.org/1999/xhtml" >
<head><title>
    ASP.NET 2.0 CSS Friendly Control Adapters 1.0 Example
</title><link href="CSS/Import.css" rel="stylesheet"
   type="text/css" /><link href="SimpleMenu.css"
   rel="stylesheet" type="text/css" /><style
   type="text/css">
    .Menu1_0 { backgroundcolor:
   white;visibility:hidden;display:none;position:abso
   lute;left:0px;top:0px; }
    .Menu1_1 { text-decoration:none; }
    .Menu1_2 { }

</style></head>
<body>

<b>CSS Friendly Control Example Menu:</b><br /><br />

<div class="SimpleMenu" id="Menu1">
    <div class="AspNet-Menu-Horizontal">
            <ul class="AspNet-Menu">
                <li class="AspNet-Menu-WithChildren">
                    <a
   href="javascript:__doPostBack('Menu1','bItem 1')"
   class="AspNet-Menu-Link">
                        Item 1</a>
                <ul>
                    <li class="AspNet-Menu-Leaf">

                            <a
   href="javascript:__doPostBack('Menu1','bItem 1\\Item 1 -
   Subitem 1')" class="AspNet-Menu-Link">
                                Item 1 - Subitem 1</a>
```

```
                                    </li>
                                    <li class="AspNet-Menu-Leaf">
                                        <a
href="javascript:__doPostBack('Menu1','bItem 1\\Item 1 -
Subitem 2')" class="AspNet-Menu-Link">
                                        Item 1 - Subitem 2</a>
                                    </li>
                                    <li class="AspNet-Menu-Leaf">
                                        <a
href="javascript:__doPostBack('Menu1','bItem 1\\Item 1 -
Subitem 3')" class="AspNet-Menu-Link">
                                        Item 1 - Subitem 3</a>
                                    </li>
                                </ul>
                            </li>
                            <li class="AspNet-Menu-WithChildren">
                                <a
href="javascript:__doPostBack('Menu1','bItem 2')"
class="AspNet-Menu-Link">
                                    Item 2</a>
                                <ul>
                                    <li class="AspNet-Menu-Leaf">
                                        <a
href="javascript:__doPostBack('Menu1','bItem 2\\Item 2 -
Subitem 1')" class="AspNet-Menu-Link">
                                        Item 2 - Subitem 1</a>
                                    </li>
                                    <li class="AspNet-Menu-Leaf">
                                        <a
href="javascript:__doPostBack('Menu1','bItem 2\\Item 2 -
Subitem 2')" class="AspNet-Menu-Link">
                                        Item 2 - Subitem 2</a>
                                    </li>
                                    <li class="AspNet-Menu-Leaf">
                                        <a
href="javascript:__doPostBack('Menu1','bItem 2\\Item 2 -
Subitem 3')" class="AspNet-Menu-Link">
                                        Item 2 - Subitem 3</a>
                                    </li>
                                    <li class="AspNet-Menu-Leaf">
                                        <a
href="javascript:__doPostBack('Menu1','bItem 2\\Item 2 -
Subitem 4')" class="AspNet-Menu-Link">
                                        Item 2 - Subitem 4</a>
                                    </li>
                                </ul>
```

```
                    </li>
             </ul>

        </div>
</div>

</body>
</html>
```

从上述代码中可以看到其中根本没有表，呈现都是用纯 CSS 样式执行的。更有趣的可能是向浏览器呈现的代码大大减少。虽然不一定能够修复这里提供的 HTML 代码，但是它仍然使您意识到 CSS Friendly Control Adapters 在代码中产生的区别。

比这更重要的是，这些页面是如何做到适应无障碍浏览器的，特别是 CSS 被关闭后页面将如何呈现。图 5-3 是标准控件视图，图 5-4 是结合了 CSS Friendly Control Adapters 后的视图。这两者与之前所说的视图之间的区别在于浏览器中的 CSS 被关闭了。

在图 5-3 中，查看链接出现的顺序。首先看到的是最上面一行的 Item1 和 Item2，接着看到 Item1 的所有子条目，以及两个箭头图，最后是 Item2 的子条目。这直观吗？要是导航自己的站点，这些是必须打开的链接，它们有意义吗？假定每个链接的文本比较"现实"，您理解"Item2-Subitm1"是 Item2 的子条目吗？或者所有子条目看起来都确实是 Item1 的子条目，因为它们都位于特定的标题下吗？

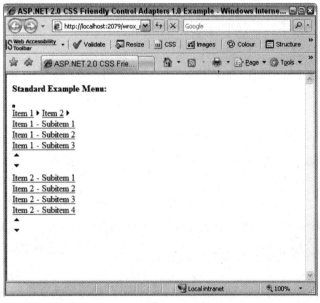

图 5-3

对比图 5-4，菜单项放在无序列表中(unordered list，UL)，因此子条目实际上列在适当的标题下面。这提供了一个非常容易的方式让使用无障碍化浏览器的访问者理解导航系统(或者任何不支持 CSS 的浏览器，或者因为任何原因关闭了 CSS)。

简言之，但愿这能说明 CSS Friendly Control Adapters 提供了对所创建项目的更多控制，使产生的站点更无障碍，以及在使用的控件的输出中更灵活。

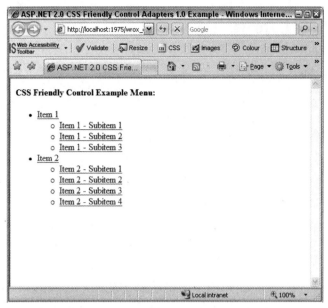

图 5-4

5.2 安装控件适配器

实际安装控件适配器几乎与使用它们一样简单。为了得到免费下载的适配器，只要打开 www.asp.net/cssadapters 即可。

您将下载一个 Visual Studio Installer(VSI)文件(比如 ASPNETCssFriendlyAdapters.vsi)到本地计算机上。将这个文件放在何处并不重要，但要记得它在哪里，以便下载完成后可以启动它。

本次安装的唯一前提条件是要先安装 Visual Studio 2005 或者 Visual Web Developer 2005 Express Edition。如果安装了其中一个或两个，就可以安装控件适配器了。

一旦文件完全下载到硬盘驱动器上，就可以运行文件。文件是一个可执行文件，因此，可以以与其他任何 EXE 文件相同的方式启动。例如，如果将文件下载到 C 盘根目录下，可以选择 Start | Run 命令，并输入 C:ASPNETCssFriendlyAdapters.vsi，然后单击 OK 按钮。也可以简单地在 Windows Explorer 中双击文件。不管如何启动安装该应用程序，都应出现如图 5-5 所示的屏幕。

显然，可以进行任何符合自己要求的选择，但是，建议考虑让所有选项保持选中状态。如果只打算安装其中的某个组件，请安装 ASP.NET CSS Friendly Web Site 语言特有的(VB 或 C#)版本。这将提供项目中所需的所有东西。然而，同样建议安装所有 4 个组件，以便可以应付将来出现的任何情况。

单击 Next 按钮，然后单击下一个对话框中的 Finish 按钮以安装适配器。

这时就安装了控件适配器，可以在 Web 项目中使用了。

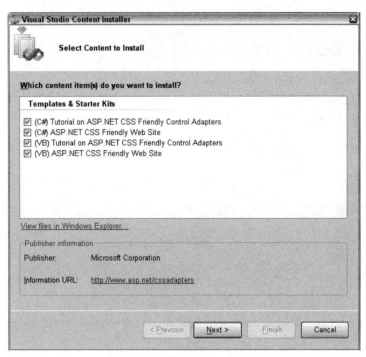

图 5-5

5.3 集成控件适配

由于已经安装了 CSS Friendly Control Adapters，现在应该将它们集成到 Web 项目中。现实中将遇到两种情况：全新的项目或者与现有项目集成的项目。两种情况都相当容易使用。然而，话虽如此，新项目似乎太简单，我们将先对它进行讨论。

5.3.1 新项目

安装了 CSS Friendly Control Adapters 后，实际上只要单击一下就可以创建一个使用适配器的新项目。首先，照以前那样(File | New | Web Site)创建项目以得到如图 5-6 所示的屏幕。

从图中可以看出，现在 My Templates 部分中应当有一个 ASP.NET CSS Friendly Web Site 的选项。因此，只要单击该选项并像以前一样填充其他字段，然后单击 OK 按钮即可。

就是这些。至此已创建了一个 Web 项目，可以用它使用刚安装的 CSS Friendly Control Adapters。这是不是很容易？

您会注意到，当创建项目时，该项目的加载内容与通常看到的默认 Web 站点略有不同，如图 5-7 所示。

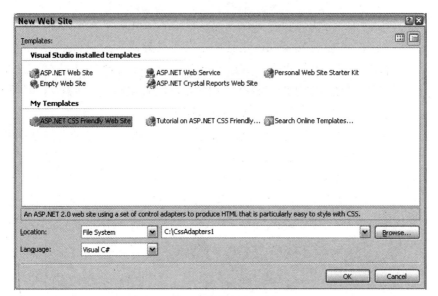

图 5-6

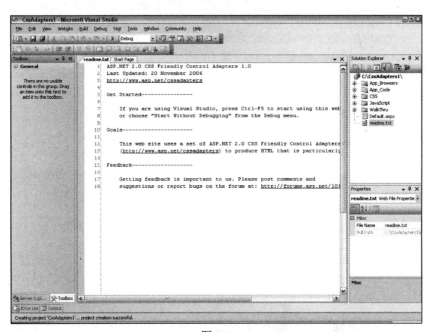

图 5-7

您可能注意到的第一件事情是打开了一个新的 readme.txt 文件，而不是 Default.aspx。在这个文件中，可以看到关于 CSS Friendly Control Adapters 的几个注意点。最有趣的部分是按 Ctrl+F5 键会启动站点并提供适当的控件适配器示例。特别地，启动该应用程序将提供 Menu 控件示例的链接和 TreeView 控件的几个变体。可能有必要启动应用程序并运行这些示例来看看其工作方式。

回到 Visual Studio 2005 中，可以看到 Solution Explorer 中还有几个新条目。很多新目录对于典型项目是不必要的。例如，不需要保留 WalkThru 目录。它只是用来存放本应用程序的示例项目。然而，在将控件用得顺手之前，最好保留这个目录至少可以作个参考。该目录中有 CSS 文件，显示了需要在应用程序中实施的类，以使控件适配器看上去是所希望表现的样子。很多类可能不够直观，比如.SimpleEntertainmentMenu ul.Aspnet-Menu。这些 CSS 文件中有大量组件可以帮助了解类规则的实际格式化方式。同样，在习惯于创建自己的样式规则之前，这个目录中的 CSS 文件确实是不错的起点。

您还会注意到有一个 JavaScript 和 CSS 目录。这两个目录中包含的可能是必要的文件，取决于使用的是哪个控件。例如，如果使用的是 Menu 控件，将需要在适当的位置有 MenuAdapter.js 文件。不需要操心如何编码页面来引用该 JavaScript 文件；控件适配器将完成这件事。但是确实需要确保这些文件仍然在那里。类似地，还有各种控件的 CSS 文件。为了继续使用 Menu 示例，需要确保 Import.css 和 BrowserSpecific/IEMenu6.css 在 CSS 目录中。然而，与 JavaScript 文件不同，将需要直接引用这些文件。还可能需要有一个严格地集成到另一个 CSS 文件中的控件或类规则的 CSS 文件。对于这两者，WalkThru 目录中的示例是相当宝贵的。

项目中还创建了两个永远不应删除的 ASP.NET 文件夹：App_Browsers 和 App_code。如果用过任何 Class 文件，则可能熟悉 App_Code，因为这也是存储它们的地方。因此，其内容可能不会那么令人吃惊：一系列语言特有的类文件。作为一个 Menu 控件的示例，这个目录中有一个称为 MenuAdapter.cs 或 MenuAdapter.vb 的文件。可能已经猜到了，这是控件的所有新呈现逻辑所位于的地方。进入这段代码，可以看到已实际写出了 CSS 分区。如果要修改这个呈现逻辑中的任何内容，可以在这里进行。控件适配器的一个优点是：它们完全是自定义的。正如前面提到的，它们可以做所需的任何事。它们当然会写出一个相对于表控件的纯 CSS 对应物。然而，如果发现需要调整什么，可以直接进入类文件并进行相应的修改，只是不要破坏控件适配器。进行修改会严重影响呈现逻辑的结果，因此，如果打算在这个类文件中进行修改，最好做一下文件的备份，以便在需要时可以回到原来的文件。

另一个目录 App_Browsers 可能比较陌生。从本质上讲，它用于在.browser 文件中建立 Web 应用程序的语言特有信息。然而，有了这个功能，现在允许指定控件适配器。例如，使用 Menu 示例，将发现 CSSFriendlyAdapters.browser 文件中的如下代码。

```
<adapter controlType="System.Web.UI.WebControls.Menu"
    adapterType="CSSFriendly.MenuAdapter" />
```

这段代码要求应用程序用控件的 CSS Friendly 版本重写标准 Menu 控件，该控件在以前提到的 MenuAdapter 类中定义。了解它不是语言特有的也很重要。换言之，代码在 C# 项目中与 VB 项目中看起来将完全相同。

本质上，Web 项目用其中的默认 CSS Friendly Control Adapters 定义完成了自定义浏览器文件。可以在这个文件中轻松地添加新控件适配器(假设知道如何写它们的代码)以重写 ASP.NET 工具箱中的其他适配器。

为了更好地理解这种关系，可将 CSSFriendlyAdapters.browser 文件中的上述代码改为下面这样。

```
<adapter controlType="System.Web.UI.WebControls.Menu"
    adapterType="CSSFriendly.MenuAdapterMod" />
```

如果尝试编译这个项目，将得到错误提示。Error List 中的最后一个错误信息应当类似于“Could not load type‘CSSFriendly.MenuAdapterMod.’”(无法加载 CSSFriendly.MenuAdapterMod 类型)。这表示它不能在当前项目中找到类 MenuAdapterMod。为了使它再次工作，可打开 MenuAdapter.cs 文件，并将文件上方的类声明改为如下所示的代码。

```
public class MenuAdapterMod :
    System.Web.UI.WebControls.Adapters.MenuAdapter
```

如果使用的是 VB 而不是 C#，则要将 MenuAdpater.vb 文件中的类声明改为如下所示的代码。

```
Public Class MenuAdapterMod
    Inherits System.Web.UI.WebControls.Adapters.MenuAdapter
```

实际上这只是将类名由 MenuAdapter 改为 MenuAdapterMod。修改过后应当能够编译项目了，Menu 控件示例应仍然像它原来那样能够生效。

提示：
不需要修改这个类文件本身的名称，保持其名称为 MenuAdapter.cs(或 MenuAdapter.vb)即可。引用的是类名本身，而不是文件名。

5.3.2　向现有项目中添加控件适配器

正如上面详细介绍的，建立一个现有项目使之与 CSS Friendly Control Adapters 结合不比创建一个新项目困难。不过话虽如此，步骤可能不是那么直观。下面的这些步骤将帮助您把 CSS Friendly Control Adapters 添加到第 4 章所创建的 surfer 5 应用中。

1. 步骤 1：安装 CSS Friendly Control Adapters

如果还没有安装，则需要用本章前面讨论的方法安装适配器。这样做将创建可用于新项目的 ASP.NET 项目，也会建立本过程后面的步骤所需的文件。

2. 步骤 2：创建引用目录

遗憾的是，没有建立任何可以直接将文件放进去的目录。换言之，不能简单地导航到相同的目录并将所有必需文件导入项目中。也没有任何一种更新项目的导出向导。因此，为了将必需文件放到项目中，需要将它们放到可以从中取文件的某个地方(例如硬盘驱动器上的某个位置)。基本上有两种方式可以做到这一点：创建一个新的 CSS Friendly Control Adapters 作为一个哑元项目以便从中取文件，或者解压缩文件到硬盘驱动器上的某个位置。下面分别介绍这两个方法。

选项 1：安装哑元项目

这可能是最容易的方法。只需执行前面创建新 CSS Friendly Control Adapter 项目的步骤即可。基本上，只要打开 Visual Studio 2005，并选择 File | New | Web Site 命令来得到如图 5-8 所示的屏幕。

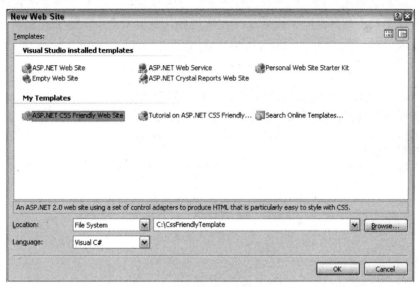

图 5-8

从图 5-8 中可以看出，应当用"ASP.NET CSS Friendly Web Site"模板和合适的语言(C#或 VB)来创建项目，并创建一个新文件夹，当需要导入必需文件时可以轻松地找到该文件夹；对这个目录的引用将使用"C:CSSFriendlyTemplate."，单击 OK 按钮。现在已经创建了一个哑元目录，可用来导入现有项目的必需文件。

选项 2：解压缩项目文件

另一个选项是从前面安装 CSS Friendly Control Adapters 时复制到系统中的压缩文件中解压缩。模板文件只是复制到系统中的压缩文件，Visual Studio 定位并用它来创建新项目。因此需要定位压缩文件并将内容提取到硬盘驱动器中。

项目模板应位于计算机的用户特有的 My Documents 文件夹中。例如，如果登录名是 Doe-John，可能会在下面的目录之一中找到压缩文件(根据要使用的语言)。

- C:\Documents and Settings\Doe-John\My Documents\Visual Studio 2005\Templates\ProjectTemplates\Visual Web Developer\CSharp
- C:\Documents and Settings\Doe-John\My Documents\Visual Studio 2005\Templates\ProjectTemplates\Visual Web Developer\VisualBasic

在任一目录中，应找到一个名为 ASPNETCssFriendlyAdaptersSlimCS.zip 或 ASPNETCss-FriendlyAdaptersSlimVB.zip 的文件。每个目录中可能至少有一个其他 CSS Friendly Control Adapter 模板压缩文件，这些目录将包含比您在项目中所需的多得多的文件。然而，话虽如此，如果想得到与该项目一起的其他文件，可以自由地使用这些文件。它包含两个可以调整出现在用户面前的样子的主题。这些主题将在第 8、9、10 章讨论。但是要知道另一个压缩文件，名为 ASPNETCssFriendlyAdatersCS.zip 或 ASPNETCssFriendlyAdaptersVB.zip，如果更适合需要，它会包含多得多的信息和示例。在本书的示例中，将对哑元项目使用简化版本。

提示：

如果无法在上面提到的目录中找到该文件，可在计算机中搜索文件名以找到它们的位置。文件有可能被复制到另一个位置了。如果仍然找不到文件，可能安装被破坏了，需要尝试重新安装过程。

定位到压缩文件后，用喜欢的压缩软件打开它，然后将所有内容提取到 C:\CSSFriendly-Template 目录中(可能需要先创建此目录)。这样应当会创建一个与在 Visual Studio 中生成的新项目所创建的目录(前面已概述过)非常相似的目录。

最终模板文件夹

不管用何种方法创建哑元目录，目录结构都应类似于图 5-9。

图 5-9

注意那里有本章前面讨论的文件夹：App_Browsers、App_Code(有一个 Adapters 子目录)、CSS(有一个 BrowserSpecific 子目录)、一个 JavaScript 目录及一个 WalkTru 目录。这

些目录包含将文件导入现有项目所需的所有文件。

3. 步骤 3：导入目录和文件

现在需要打开在第 4 章开始的项目。这个项目应位于 C:\surfer5 中，而且应包含那一章创建的基本布局和 CSS 文件。应当能通过启动 Visual Studio 2005 并选择 File | Open | Web Site 命令来打开这个项目。打开项目以后，Solution Explorer 窗口应类似于图 5-10。

图 5-10

第一步是创建适配器工作所必需的一个或多个文件夹。如果项目中还没有 App_Browsers 文件夹(很可能确实没有)，就需要以不同于其他文件夹的方式添加这个特定文件夹。当仍然在 Solution Explorer 中时，右击项目名(图 5-10 中的 C:\surfer5\)，出现下拉菜单时，选择 Add ASP.NET Folder 命令，然后选择 App_Browsers 命令。此外，如果项目中还没有 App_Code 目录，就需要以相同的方式添加这个文件夹(Add ASP.NET Folder | App_Code 命令)。

为了可维护性，以及为了模仿使用模板时建立项目的方式，可能想在 App_Code 系统文件夹中创建一个子目录来存放 CSS Friendly Control Adapter 类。然而，这是不必要的。可以直接将文件复制到这个文件夹的根目录下，它们会很好地工作。然而，为了使它比较像建立模板的方式，本书其余部分将使用创建的子目录作为标准模板的一部分。要建立子目录，单击 Solution Explorer 中的系统文件夹，当出现下拉菜单时，选择 New Folder 命令。这样会在系统文件夹中创建一个文件夹，并允许为文件夹输入一个新名称。用这种方法在 App_Code 目录中创建一个文件夹"Adpaters"。

类似地，还要为 CSS 和 JavaScripts 文件创建文件夹。因此，当仍然在 Solution Explorer 中时，右击项目，出现下拉菜单，选择 New Folder 命令，然后输入文件夹的名称。需要用这种方法创建一个名为"CSS"的文件夹，以及一个名为"JavaScript"的文件夹。还需要在名为"BrowserSpecific"的 CSS 文件夹中创建一个文件夹。

这时，项目看起来有些类似图 5-11。

图 5-11

现在需要将实际文件导入这些新创建的文件夹中。其具体步骤有如下几点。

- 右击 App_Browser 文件夹，当出现下拉菜单时，从出现的选项中选择 Add Existing Item...命令。这会打开一个相当经典的文件定位屏幕，以便可以找到要导入的资源。导航到哑元目录的 App_Browsers 文件夹(如 C:\CSSFriendlyTemplate\App_Browsers)，并选择 CSSFriendlyAdapters.browser 命令。单击 Add 按钮以向项目中添加这一资源。

- 右击 App_Code 目录中的 Adapters 文件夹，当出现下拉列单时，从提供的选项中选择 Existing Item 命令。导航到哑元目录(如 C:\CSSFriendlyTemplate\App_Code\Adapters)中的 App_Code/Adapters 文件夹，并选择所有文件(提示：当打开了适当的文件夹后，按 CTRL+A 键可以选择所有文件)，然后单击 Add 按钮。

- 右击 CSS 文件夹，并选择 Existing Item 命令。导航到哑元目录的 CSS 文件夹，按 CTRL+A 键选择所有文件，并单击 Add 按钮。当仍然在 CSS 文件夹中时，右击 BrowserSpecific 文件夹，并选择 Add Existing Item 命令。导航到 CSS 文件夹的 BrowserSpecific 子目录中，选择这个文件夹中的唯一文件，单击 Add 按钮。

- 右击 JavaScript 文件夹并选择 Existing Item 命令。导航到哑元目录的 JavaScript 文件夹，按 CTRL+A 键选择所有文件，并单击 Add 按钮。

现在应当在适当位置有了所有文件，因此，站点应当为该版本包括的控件创建 CSS Friendly 控件。这时的项目应如图 5-12 所示。

图 5-12

提示:

为了省事, 可能只想直接从 C:\CSSFriendlyTemplate 目录中复制选择的文件和目录, 并将它们粘贴到项目中。然而, 需要对所需的目录有一个扎实的理解, 什么文件进入什么目录, 以及它们如何一起工作。因为这个原因, 所以前几次应采用前面的创建目录的步骤, 建立一个 CSS Friendly 项目; 但是, 一旦适应这一过程后, 通过 Windows Explorer 直接将文件和文件夹复制和粘贴到项目中会更容易。

然而, 为了让 CSS 在项目中正确地显示, 需要向将使用适配器的页面的<HEAD>部分添加下列代码。

```
<link runat="server" rel="stylesheet"
    href="~/CSS/Import.css"
     type="text/css"/>
<!--[if lt IE 7]>
       <link runat="server" rel="stylesheet"
        href="~/CSS/BrowserSpecific/IEMenu6.css" type="text/css">
<![endif]-->
```

这会引进控制控件的基本操作的主 CSS 文件。第一个文件 Import.CSS 实际上只是对项目中所有其他 CSS 文件的引用。它实际上是一种通过仅创建一个引用来导入 11 个 CSS 文件的方式。为了理解它的含义, 分析这个文件的内容, 会看到如下代码。

```
@import "ChangePassword.css";
@import "CreateUserWizard.css";
@import "DataList.css";
@import "DetailsView.css";
@import "FormView.css";
@import "GridView.css";
@import "Login.css";
@import "LoginStatus.css";
@import "Menu.css";
@import "PasswordRecovery.css";
@import "TreeView.css";
```

提示:

可以通过访问 W3C 的 CSS 规范来了解关于@import 规则的更多内容, 网址为 www.w3.org/TR/CSS21/cascade.html#at-import。

因此, 不需要在 Web 页面上做 11 个不同的 CSS 链接, 只要对主 CSS 文件进行一个引用, 这个文件就会导入所有其他 CSS 文件。这样做可以使 Web 页面中的代码更整洁。然而, 如果要这么做, 可以直接将这 11 个文件中的一个引用到 Web 页面中, 并忽略 Import.CSS 的引用。甚至可以仅导入项目需要的文件, 而忽略其他文件。例如, 如果仅用适配器的 Menu 控件, 就不需要导入 LoginStatus.CSS 文件。因此在这种情况下, 删除对 Web 页面中的 Import.CSS 文件的链接, 并向 Menu.CSS 添加一个引用。当比较适应适配器及其工作方式时, 这非常有可能是在所设计的项目中看到的场景。

第二个文件 IEMenu6.CSS 只是 Internet Explorer 版本 6 用来处理 Menu 控件的部分功能的文件。这个文件意味着补充而不是代替这个控件使用的其他 CSS 文件。这只意味着需要在项目中的某个地方有另一个包含相同元素和类的 CSS 文件；这个文件中的规则意味着向这些类和元素中添加功能，而不是替换它们。代码的注释部分(<!—[if lt IE 7]>)，称为条件注释(Conditional Comments)，确保了样式表仅由 Internet Explorer 版本 7 之前的版本使用。

提示：
只有从 IE 版本 5 开始的 Internet Explorer 的当前版本支持条件注释。

4. 步骤 4：使用适配器

一旦完成了这些步骤，就可以开始在项目中使用控件适配器了。这个示例可能学习得过多了，有点奢侈了。从一个包含 3~4 个文件的项目开始。在一个子目录中有默认页面、CSS 文件和一些图片。采用该项目必须将至少 30 个文件导入必须创建的至少 6 个文件夹和子目录中。在本例中，如果用 ASP .NET CSS Friendly Web Site 模板开始一个新项目，就只需导入 3~4 个文件，这显然更轻松一些。然而，如果是含数百个(甚至数千个)文件的现实世界项目，则可能会庆幸只需导入大约 30 个文件。实际上，很多文件夹已经建立好了。在这种情况下，大大减轻了负担，不需要完全理解所导入的内容，也不需要对现有项目进行修改以使其生效。

修改了项目以使用适配器后，只需通过使用 CSS 样式来样式化要影响的控件即可。

5.3.3　在项目中使用控件适配器

一旦创建了项目并安装了适配器，就可能想实际使用它们，不是吗？关于适配器的好消息是它们是通过 CSS 样式来样式化的。这意味着逐个属性地控制所有 GridView 控件的外观，例如，通过 CSS 编码和各个 GridView 中的属性设置(必须告诉 GridView 或正在操作的其他任何控件，用哪些 CSS 类来样式化)。这样听起来不是那么吸引人，但是向创建一致外观的站点跨了一大步。过去，可能会用 CSS 格式化页面中的某些文本。也许会向 H1 应用某些标记，使它加粗，字段采用 Arial Black。或者也许在 Body 元素中编码以使其将页面一直冲到浏览器的窗口边缘之外。

然而，不能说"嗯，在 GridView 中的第一行，我希望颜色是灰色，第二行是白色。而且整体四周应有黑色边框。页眉应显示为黑色，字体为白色。"可以通过向 GridView 的每个组件应用单个样式来获得这一效果，并设置 GridView 本身的颜色等属性，甚至可以用这些块的 CssClass 属性来样式化它们。这样做之后看起来如下所示。

```
<asp:GridView ID="GridView1" runat="server"
 GridLines="None" BorderColor="Black" BorderStyle="Solid"
 BorderWidth="1pt">

  <HeaderStyle BackColor="Black" ForeColor="White" Font-
Names="Arial Black" Font-Size="Medium" />

  <RowStyle BackColor="Gray" Font-Size="Small" />
```

```
    <AlternatingRowStyle BackColor="White" Font-
  Size="Small" />

</asp:GridView>
```

当然，可以通过在每个组件中用 CssClass 属性替换大量代码，如下所示。

```
<asp:GridView ID="GridView1" runat="server"
  GridLines="None" CssClass="GridViewMain">

    <HeaderStyle CssClass="GridViewHeader" />

    <RowStyle CssClass="GridViewRow" />

    <AlternatingRowStyle CssClass="GridViewAlternatingRow" />

</asp:GridView>
```

但是直接用如下代码可能会更简单一些。

```
<asp:GridView ID="GridView1" runat="server"
  CssSelectorClass="MyGridView" />
```

　　能做的就是使用适配器。当然，仍然需要添加 GridView 的元素(将进入的数据)，但是用样式化来完成。可以简单地了解一下 GridView 控件，将它与数据源挂钩，将 CssSelectorClas 设置为 GridView 样式，这样就可以了。不需要操心样式化控件，它会正常工作的。也不需要担心这个 GridView 看起来与上个月编程的 GridView 是否相同。如果使用相同的 CssSelectorClass，它们会看起来相同。如果需要在某些地方修改 GridViews 的外观，只要修改 CSS 页面中的编码即可，它会应用到引用它的所有控件中。

　　在深入了解样式化之前要知道以下几点。第一，您将在控件的 CssSelectorClass 属性下面看到一条有点难看的绿色波浪线，如果将光标悬停在它上面，将看到消息 "Validation (ASP.NET): Attribute 'CssSelectorClass' is not a valid attribute of element 'GridView'"(有效性验证(ASP.NET)：属性 'CssSelectorClass' 不是元素 'GridView' 的有效属性)。看到这条消息不用紧张。这只是意味着 Visual Studio 还不了解这个属性。由于 CSS Friendly Control Adapters 不是 Visual Studio 安装的固有部分，因此应用程序不了解这个属性。所以不用对它太紧张。应用程序编译时会出现一条警告，但是仍然会编译的。应用程序不会有任何运行或编译错误。这只是意味着编译时总会在错误列表中看到一条警告消息(如果出现警告，至少会持续到 Visual Studio 在某处集成了适配器)。但是，无论如何，谁的代码不会有至少一条警告呢？

　　要意识到的另一件事情是，一旦使用了控件适配器，就不能再在控件的属性中设置控件的样式。因此，如果用上面的 GridView 代码的第一个或第二个示例，但是没有设置 CssSelectorClass 属性，和/或没有建立 CSS 规则，GridView 就不会被样式化。因此不要认为 CSS 规则是控件属性的补充。适配器不会先看看控件属性再进入 CSS，它们将结合起来，并显示它们认为您希望显示的内容。适配器会完全忽略控件的样式属性。现在，这是否意味着它们忽略了所有属性？当然不是。如果将 AllowPaging 设置为真，它们仍然会起作用。

AllowSorting 之类也是如此。基本上控件的任何非样式化属性仍会有效，应在控件本身上设置。只是不要花时间尝试样式化控件，因为那没有意义。

要意识到的最后一件事情是，一旦建立了在项目中运行的适配器，就没有真正关闭它们的方法。不能说"喂！GridView1，您使用适配器。但是 GridView2 呢？不要用。我会亲自样式化你。"如果它们打开了，就会一直打开。如果关闭了，就会一直关闭。真的没有办法开关自如。还有一个类似的异常是另一个非标准属性的使用：AdapterEnabled。由于它是Visual Studio 中的未知属性，因此它下面也会呈现难看的绿色波浪线。坏消息(实际上是最坏的)是这个属性的存在只是为了体验。它有用吗？不知道。控件的创建者 Russ Helfand 在CSS Friendly Control Adapters 白皮书中作了如下陈述。

注意，这是不支持的，通常也不能很好地运行。基本上，架构不支持以每个控件为基础禁用适配器。AdapterEnabled 属性只是用来体验的。

当设置 AdapterEnabled 属性时发生的事情是应用程序会试图使用控件的标准呈现方法。这只是意味着，如果一个 GridView 正常呈现了 HTML 表，则将 AdapterEnabled 设置为 false 会尝试强制应用程序呈现表并忽略您建立的 CSS 呈现。同样，这是不可靠的。沿着这条路走下去时应特别小心，结果将难以预测，可能带来麻烦，而这是不值得的。因此，在极大程度上，应在应用 CSS 呈现重写控件前问问自己，"我放到这个项目中的控件的每个实例都没有问题吗？"如果答案是肯定的，就可以自由地继续。然而，如果答案是"也许"或者"不"，那么可能需要在进行转换之前衡量一下使用适配器的优缺点。

话虽如此，记住 CSS Friendly Control Adapters 不是全有或全无的提议。它们是在App_Browsers 文件夹的.browser 文件中建立的。因此如果希望使用大多数适配器，但是特别想避免使用 GridView 重写，可以打开.browser 文件，查找下面的代码行并删除它。

```
<adapter controlType="System.Web.UI.WebControls.GridView"
    adapterType="CSSFriendly.GridViewAdapter" />
```

如果在.browser 文件中没有这行代码，应用程序就会以一贯的方式对待控件(以及该控件的每个实例)。

5.3.4　它能生效吗

现在已决定使用适配器了，成功地安装了它们，并建立了使用它们的项目，接下来该测试控件了。为了说明这一点，将使用一个附加了 XML 数据源的 GridView，以便了解其思想。因为所需要的第一个元素是 XML 文件。对于本例，在项目中创建一个名为GridViewSource.xml 的 XML 文件，并使用如下所示的代码设置它。

```
<?xml version="1.0" encoding="utf-8" ?>
<Links>
    <Resource Name="Wrox Press" URL="http://www.wrox.com" />
    <Resource Name="CSS Friendly Control Adapters"
  URL="http://www.asp.net/cssadapters/" />
    <Resource Name="Control Adapters Forum"
  URL="http://forums.asp.net/1018/ShowForum.aspx" />
```

```
        <Resource Name="Google" URL="http://www.google.com" />
        <Resource Name="CNN" URL="http://www.cnn.com" />
</Links>
```

现在，在项目中创建一个名为 GridView.aspx 的新文件，并在页面上放一个
XMLDataSource 控件。可以通过从 Visual Studio 的工具箱里拖一个控件到 Source 或 Design
视图中，或者简单地在工具箱中单击控件来向控件中添加属性 DataFile，并将它的值设置
为 GridViewSource.xml。数据源如下所示。

```
<asp:XmlDataSource DataFile="GridViewSource.xml"
        ID="XmlDataSource1" runat="server" />
```

现在向项目中添加一个 GridView。可以按向项目中添加 XMLDataSource 控件的方式
做这件事(在工具箱中拖动或双击控件)。需要添加 XMLDataSource 作为 GridView 的数据源。
做这件事最容易的方式是进入 Visual Studio 的 Design 视图中单击 GridView 右上方的悬浮
箭头。这应显示如图 5-13 所示的选项。

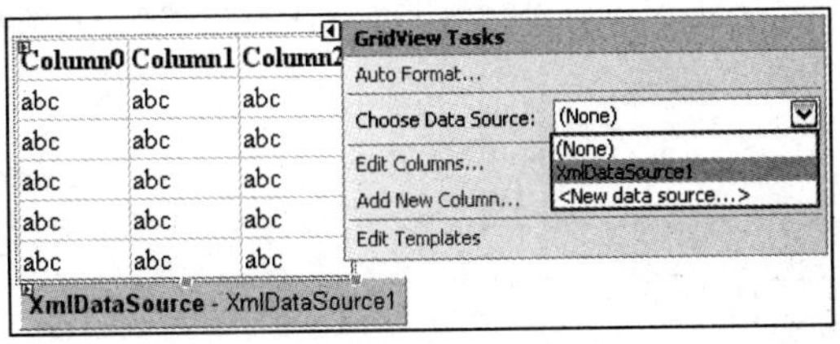

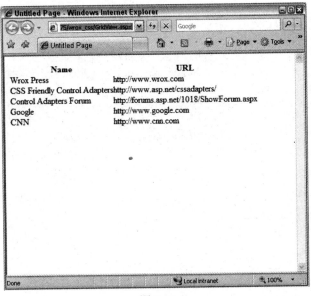

图 5-13

可以从 ChooseDataSource 属性显示的下拉列表中选择 XmlDataSource 控件。选择好后，
用 XML 文档中的条目填充 GridView。如果这时运行页面，GridView 看起来很令人讨厌，
但是如果它能运行，就意味着准备好开始样式化它了。按 F5(开始并调试)或 CTRL+F5(开
始但不调试)键，在浏览器中启动 GridView 示例，如图 5-14 所示。

图 5-14

153

同样，这是相当令人讨厌的示例。几乎确认了已设置的 CSS Friendly Control Adapters 属性。如果要检查呈现的 HTML，而页面仍然显示在浏览器中，则右击页面并选择 View Source。做这件事并确认 GridView 的所有内容现在都以 CSS 呈现，从而不会看到任何 HTML 表代码。如果对看到的内容感到吃惊，原因就在于此。

GridView 是与 CSS Friendly Control Adapters 类似的异常。这个控件适配器是两个实际上仍然呈现表的适配器(另一个是 DataList)之一。这是否意味着控件适配器不起作用了？既是也不是。它可能没有按预期的那样只生成纯 CSS。相反，它生成控件的表设计比.NET Framework 产生的本地设计更好。但是要知道：它仍然是表。

那么更好是什么意思呢？这意味着表的结构很好，包括表的固定区域(页眉、页脚和主体区域)。这些区域的样式是通过 CSS 而不是内联样式完成的，结果是得到更整洁和可访问的控件版本。

为了查看区别，分析 GridView 示例的代码。它应看起来如下所示。

```
<div class="AspNet-GridView" id="GridView1">
        <table cellpadding="0" cellspacing="0" summary="">
            <thead>
                <tr>
                    <th scope="col">Name</th>
                    <th scope="col">URL</th>
                </tr>
            </thead>
            <tbody>
                <tr>
                    <td>Wrox Press</td>
                    <td>http://www.wrox.com</td>
                </tr>
                <tr class="AspNet-GridView-Alternate">
                    <td>CSS Friendly Control Adapters</td>
                    <td>http://www.asp.net/cssadapters/</td>
                </tr>
                <tr>
                    <td>Control Adapters Forum</td>
                    <td>http://forums.asp.net/1018/ShowForum.aspx</td>
                </tr>
                <tr class="AspNet-GridView-Alternate">
                    <td>Google</td>
                    <td>http://www.google.com</td>
                </tr>
                <tr>
                    <td>CNN</td>
                    <td>http://www.cnn.com</td>
                </tr>
            </tbody>
        </table>
    </div>
```

从代码中可以看出，有一个包含列标题的表输出的页眉区域(<thead>)，以及存放 GridView 实际内容的主体区域(<tbody>)。在主体区域中每隔一行建立了一个特殊的类，而其他行没有建立。这只是进一步简化了代码；应用程序假定没有特殊类的行将被与该控件(AspNet-GridView)关联的表类中的默认行设置格式化。对于本书使用的特定示例，没有页脚行。然而，如果建立了一个 FooterRow，代码中也会有一个不同的页脚区域。

现在将它与同一个控件的自带呈现输出作比较。

```
<table cellspacing="0" rules="all" border="1"
    id="GridView1" style="border-collapse:collapse;">
        <tr>
            <th scope="col">Name</th><th
    scope="col">URL</th>
        </tr><tr>
            <td>Wrox Press</td><td>http://www.wrox.com</td>
        </tr><tr>
            <td>CSS Friendly Control
    Adapters</td><td>http://www.asp.net/cssadapters/</td>
        </tr><tr>
            <td>Control Adapters
    Forum</td><td>http://forums.asp.net/1018/ShowForum.aspx</td>
        </tr><tr>
            <td>Google</td><td>http://www.google.com</td>
        </tr><tr>
            <td>CNN</td><td>http://www.cnn.com</td>
        </tr>
    </table>
```

最容易注意到的事是表没有固定的区域，每个表行都是在表中设置的，表也没有 CSS Friendly 版本中那样的页眉或主体区域。说代码有点难对付可能也相当公平。

这个特定示例中不太明显的一件事情是样式的来源。如果将行设置为交替的灰色和白色，并将标题行设置为黑色，就会看到所有这些代码会贯穿在单个数据行的样式命令中，它不会被单独在一个分离的 CSS 文件中设置。然而，如果建立了 CssClss 属性，它仍然会引用外部的 CSS 文件。但是并不强迫去这么做。

关于 GridView 的 CSS Friendly Control Adapter 的好消息是它强制将样式放在一个独立的 CSS 文件中。很多设计人员都认为这样很恰当。

还应记得很多声称完全废弃表的热爱 CSS 的中坚分子仍然会为表扫描让步，可能会用来表示表数据，它是唯一进入 GridView 中的内容。

那么是否值得这样做呢？这样最稳妥。控件适配器清理了代码并强制它进入一个分层设计中，这样使代码的重用更方便。它将表格数据放在大多数人认为应该放的地方：表中。虽然这是对理想的妥协，但它是对两种方式的完美让步。这里仍然使用表但是使用较好的表，并在 CSS 样式化它们。

关于本主题的最后一个思想是：如果对控件不满意，可以修改它们。CSS Friendly Control Adapters 只是作为起点，而不一定是最终产品。这不意味着要将它们想象成难看的或者不完整的。当然可以就用提供的适配器得到它声称的所有好处。然而，对于还没有适配器的控件又如何呢？或者，如果要修改被包括的适配器的呈现输出该怎么办呢？关于这些适配器的好消息是它们的适应性很好。上面举的这些例子是用适配器可以做到的一些事情。这些类不打算编译，以便可以研究一下代码并查看它们的工作方式。创建者希望使用者了解并认为"嗨，我会做这个了"，然后离开去写自己的代码(或者修改要调整的代码)。

例如，进入项目并查找 GridView 的控件适配器，它应在项目的 App_Code 目录的 Adapters 子文件夹中，并称为 GridViewAdapter.cs(或 GridViewAdapter.vb)。如果开始浏览该代码，就会发现究竟是怎么回事。例如，查看 RenderContents()方法，它看起来如下所示。

```csharp
protected override void RenderContents(HtmlTextWriter writer)
{
    if (Extender.AdapterEnabled)
    {
        GridView gridView = Control as GridView;
        if (gridView != null)
        {
            writer.Indent++;
            WritePagerSection(writer, PagerPosition.Top);

            writer.WriteLine();
            writer.WriteBeginTag("table");
            writer.WriteAttribute("cellpadding", "0");
            writer.WriteAttribute("cellspacing", "0");
            writer.WriteAttribute("summary", Control.ToolTip);

            if (!String.IsNullOrEmpty(gridView.CssClass))
            {
                writer.WriteAttribute("class", gridView.CssClass);
            }

            writer.Write(HtmlTextWriter.TagRightChar);
            writer.Indent++;

            ArrayList rows = new ArrayList();
            GridViewRowCollection gvrc = null;

            ////////////////////// HEAD //////////////////////////////

            rows.Clear();
            if (gridView.ShowHeader && (gridView.HeaderRow != null))
            {
                rows.Add(gridView.HeaderRow);
            }
            gvrc = new GridViewRowCollection(rows);
            WriteRows(writer, gridView, gvrc, "thead");

            ////////////////////// FOOT //////////////////////////////
```

```
                          rows.Clear();
                          if (gridView.ShowFooter && (gridView.FooterRow != null))
                          {
                              rows.Add(gridView.FooterRow);
                          }
                          gvrc = new GridViewRowCollection(rows);
                          WriteRows(writer, gridView, gvrc, "tfoot");

              //////////////////// BODY //////////////////////////////////


                          WriteRows(writer, gridView, gridView.Rows, "tbody");

      /////////////////////////////////////////////////////////

                          writer.Indent--;
                          writer.WriteLine();
                          writer.WriteEndTag("table");

                          WritePagerSection(writer, PagerPosition.Bottom);

                          writer.Indent--;
                          writer.WriteLine();
                      }
                  }
                  else
                  {
                      base.RenderContents(writer);
                  }
              }
```

为了更好地说明到底是怎么回事，重点看上面呈现控件开头的代码。

```
writer.WriteBeginTag("table");
writer.WriteAttribute("cellpadding", "0");
writer.WriteAttribute("cellspacing", "0");
writer.WriteAttribute("summary", Control.ToolTip);
```

如果仅将精力集中于这一部分，将更充分地理解如何为自己的目的修改适配器。例如，查看第一行，即 writer.WriteBeginTag("table")；猜猜这句将干什么？您可能已经猜到了，它呈现 HTML 标记<table>。紧接着那一行的代码行设置表标记的属性。如果知道表，那么单元格补白和单元格空白对您来说并不陌生，正如在代码中看到的，将两者都设置为 0。因此代码的第三行有一个呈现的 HTML 标记，如下所示。

```
<table cellpadding="0" cellspacing="0">
```

第四行是真正有趣的。特别地，方法 Control.ToolTip 的最后一个属性显示了适配器可以有多酷。这时，来到 ASPX 页面上的 GridView 控件，并找到名为 ToolTip 的属性。如果没有在控件本身中设置 ToolTip 属性，那么用写代码的方式产生一个空字符串，表示 HTML 表的概要属性，如下所示。

```
<table cellpadding="0" cellspacing="0" summary="">
```

但是如果在控件中设置了 ToolTip 属性，想只生成概要属性该怎么办呢？可以实际进入类代码并修改功能。例如，为了设置 ToolTip 属性上的概要属性条件，可以将控件适配器中的这行代码加以修改，如下所示。

```
if (Control.ToolTip.Trim() != "") {
    writer.WriteAttribute("summary", Control.ToolTip); }
```

这只是表明如果 GridView 控件的 ToolTip 属性返回的字符串值为空(虽然放进 Trim 并不是必需的，但是它确实能防止不小心在那里放置空格)，然后不呈现该属性。因此当修改完成后，应刷新浏览器中的页面。假设这时没有设置 GridView 控件的 ToolTip 属性，则呈现的 HTML 表标记应如下所示。

```
<table cellpadding="0" cellspacing="0">
```

现在回到 GridView 控件，添加一个 ToolTip 属性并将它设置为"example"。刷新呈现的页面并查看代码，如下所示。

```
<table cellpadding="0" cellspacing="0" summary="example">
```

因此刚才修改了 CSS Friendly Control Adapters 的呈现输出逻辑。

虽然这是极小的修改，但是它说明了进入代码和进行实际修改是多么轻松。因此，假设要进入 GridView 控件并修改它以生成纯 CSS 代码(一个非常使人畏缩，但并非不可能的任务)，当然可以这么做。第一个代码块将可能如下所示。

```
writer.WriteBeginTag("div");
writer.WriteAttribute("class", "GridViewContainer");
```

这将建立基本 CSS 分区，在 CSS 文件中的一个名为 GridViewContainer 的类中样式化它。然后可能为每一行建立分区，这些行将控制数据行的交替背景色，然后创建更多嵌套分区以封装实际数据。必须多尝试才能发挥它的作用，它肯定能起作用。

同样，如果喜欢 CSS Friendly Control Adapters 显示的方式，那么永远不需要进入代码并修改它们。然而，如果希望使它们以略微不同的方式工作，那么完全有能力这么做。当然能用现有的样式作为创建将来的样式的模型。只要记住向.browser 文件中添加它们，以便应用程序知道应当如何使用它们。

还要记住，多数人都认为将表用于表格数据是可接受的，因此实际上不需要尝试创建 GridView 的完全 CSS 版本。然而，如果某一天厌烦了，希望有一个有趣的挑战，则可以试着玩玩，并且一定要将最终代码发布到关于 ASP.NET 的 Friendly Control Adapter 论坛上。

```
http://forums.asp.net/1018/ShowForum.aspx
```

5.3.5   Stylin' and Profilin

现在设置好了控件适配器的一切内容，如果真的有胆量，可以完全重写它们以符合自己的需要。这时已准备好对它们进行样式化，这基本上意味着建立 CSS 样式表并创建适当的规则。

一个优秀的经验法则是为每个控件创建单独的 CSS 文件。这样就可以将精力放在 CSS 文件中的控件上；如果按控件细分了 CSS 文件，当需要进行修改时，就可以比较容易地发现需要修改的区域。因此，假设需要修改 GridView 控件的隔行样式，只要打开 GridView 控件样式表进行修改即可，而不需要在数千行 CSS 规则中寻找需要在何处进行修改。

当然，像其他任何经验法则一样，可以完全自由地忽略这一个。当然可以将所有 CSS 规则放在一个文件中；程序上没有什么会阻止这么做。只是建议最好将它们细分。然而，如果这样不符合自己的需要(或个人风格)，可以按自己感到最舒服的方式去做。

记住，一旦建立了控件，就不需要在控件本身设置任何样式属性。事实上，说得更明白点，不能再在控件的属性中进行任何样式修改。当控件适配器工作时，它们将完全忽略在控件属性中的任何样式。因此如果将 ForeColor 设置为红色，它就不会显示在呈现的控件中。为了说明这一点，按如下所示的步骤修改 GridView.aspx 文件中的 GridView 代码。

```
<asp:GridView ToolTip="example" ID="GridView1"
   runat="server" AutoGenerateColumns="False"
   DataSourceID="XmlDataSource1">
   <Columns>
      <asp:BoundField DataField="Name" HeaderText="Name"
   SortExpression="Name" />
      <asp:BoundField DataField="URL" HeaderText="URL"
   SortExpression="URL" />
   </Columns>
   <RowStyle ForeColor="Red" />
</asp:GridView>
```

现在重新运行应用程序并看看发生了什么情况。它应看起来完全相同，即 ForeColor 属性被忽略了。对呈现的输出的样式的修改，需要在 CSS 中进行。

首先，对于 GridView 控件，应知道需要建立什么 CSS 类，以及它们的用途是什么。为了正确地做这件事，可参见下面这个 CSS 文件示例(来自 CSS Friendly Control Adapters 主页上的示例，网址为 www.asp.net/CSSAdapters/GridView.aspx)：

```
.foo {} /* W3C CSS validator likes CSS files to start with
   a class rather than a comment. Soooooo.... */

/* This style sheet is intended to contain OFTEN CHANGED
   rules used when the GridView control adapter is enabled.
   */
/* Empty rules are provided merely as a convenience for
```

```
 your future use or experimentation. */

.PrettyGridView .AspNet-GridView
{
    width: 100%;
}

.PrettyGridView .AspNet-GridView div.AspNet-GridView-
    Pagination,
.PrettyGridView .AspNet-GridView div.AspNet-GridView-
    Pagination a,
.PrettyGridView .AspNet-GridView div.AspNet-GridView-
    Pagination span
{
    color: #00FFFF;
    background: #284775;
    font-weight: normal;
    padding: 2px;
}

.PrettyGridView .AspNet-GridView table
{
    border: solid 1px #CCCCCC;
    width: 100%;
}

.PrettyGridView .AspNet-GridView table thead tr th
{
    color: #F7F6F3;
    background: #5D7B9D;
    font-weight: bold;
    border-bottom: solid 1px #CCCCCC;
    border-right: solid 1px #CCCCCC;
    padding: 2px;
}

.PrettyGridView .AspNet-GridView table thead tr th a
{
    color: #F7F6F3;
}

.PrettyGridView .AspNet-GridView table tbody tr td
{
    color: #333333;
    background: White;
    padding: 2px 20px 2px 2px;
```

```
        border-bottom: solid 1px #CCCCCC;
        border-right: solid 1px #CCCCCC;
        text-align: right;
}

.PrettyGridView .AspNet-GridView table tbody tr.AspNet-
    GridView-Alternate td
{
        background: #F7F6F3;
}

.PrettyGridView .AspNet-GridView table tbody tr.AspNet-
        GridView-Selected td
{
}

.PrettyGridView .AspNet-GridView table tfoot tr td
{
}
```

在解释每个块的作用前，应看看它如何影响 GridView 的呈现输出。为了应用这些样式，采取如下步骤。

(1) 确保按本章前面介绍的方法引用 Import.CSS 文件。

(2) 在项目中创建一个新的样式表(右击项目，选择 Add New Item…选项，并从出现的选项中选择 Style Sheet 选项)。将这个文件命名为 myStyleSheet.css。

(3) 用上面的代码填充 myStyleSheet.css，可以通过从该 URL 中提供的源代码复制，也可以手工录入，保存文件。

(4) 在 GridView.aspx 页面中引用这个样式表。做这件事最容易的方式是进入 Design 视图并从 Solution Explorer 中拖动 myStyleSheet.css 到页面中。也可以录入该引用。如果这样做了，应看到一些如下所示的代码：

```
<link href="myGridView.css" rel="stylesheet" type="text/css" />
```

(5) 向 CssSelectorClass 的 GridView 控件中添加一个新属性，并将它设置为"PrettyGrid-View"，这样将使它如下所示。

```
<asp:GridView CssSelectorClass="PrettyGridView"
  ToolTip="example" ID="GridView1" runat="server"
  AutoGenerateColumns="False"
    DataSourceID="XmlDataSource1">
```

如果看一下项目的 Design 视图，它似乎什么也没有发生，只是在浏览器中重启了页面，并显示了结果。您应看到如图 5-15 所示的对话框。

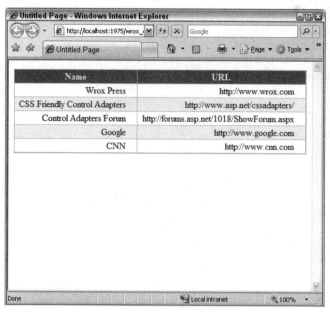

图 5-15

您将看到 GridView 被完全修改了。现在有一个不同的页眉和隔行颜色(虽然在本脚本中它们可能是不太明显的黑色和白色字体)。当向 GridView 控件中添加 CssSelectorClass 属性时，可能还会发现绿色波浪线，表示 GridView.aspx 文件中的错误。记住这只是这些特定控件适配器的一部分。CSS Friendly Control Adapters 需要建立特殊的 CSS 类才能生效。这是适配器编码方式。因此，为了通过编码使它生效，必须向控件中添加一个不存在的属性。

如果不喜欢这种工作方式，可以简单地进入控件适配器代码并修改这种方法。也许通过现有(有效)属性设置类名，比如 CssClass 属性。或者也许只是让它将应当使用的名称硬编码到控件适配器中，这意味着这种类型的所有控件将使用相同的样式。因为如果能动态地设置它，就可以对某一类控件应用一组规则，对完全不同的控件应用另一组规则。因此也许希望某些 GridViews 看起来是一个样子，而另一些 GridViews 看起来又是另一个样子。如果是这样，则需要有一种方式来指定使用哪一组规则。正如代码中所示，为了这个目的，使用了不存在的 CssSelectorClass 属性。但是同样地，当然可以修改代码以接受另一个属性值用在这种能力中，这完全由自己决定。

不过对于本演示，将按控件适配器本来的样子使用它。

浏览这些文件时要注意的第一件事情是类 PrettyGridView 的使用。首先在控件本身的 CssSelectorClass 属性中使用这个类。还应注意从这个类开始的 CSS 文件中的每一行。这并非偶然。如果将 CssSelectorClass 改为其他内容，控件适配器就会停止工作。必须修改 CSS 文件的每一行以使用新名称。不过这不难做到。如果 PrettyGridView 不够酷，希望用某些类似 myKickButtGridView 的名称，那么也可以这么做。只要将 GridView 控件改为使用新的 CssSelectorClass 属性 myKickButtGridView 即可，代码如下所示。

```
<asp:GridView CssSelectorClass="myKickButtGridView"
    ToolTip="example" ID="GridView1" runat="server"
    AutoGenerateColumns="False"
    DataSourceID="XmlDataSource1">
```

在进一步学习之前，在浏览器中重新加载页面。可以看到这样不会导致它崩溃。只不过 GridView 回到看起来很没有格式的状态——所有样式都被去掉了。原因是要求控件适配器在引用 CSS 文件中查找一个名为 myKickButtGridView 的类，但是没有找到，所以它没有应用任何样式规则。这不会得到编译错误或运行时的错误，只是得不到任何样式。

现在，回到 CSS 文件，对 PrettyGridView 的所有实例进行查找和替换，比如替换成 myKickButtGridView。保存文件并在浏览器中重新加载页面。现在应看到像以前一样的 GridView 样式。这表示不一定只能使用 PrettyGridView 作为样式化类。如果要使用其他类，可以修改这个名称，而不需要改变控件适配器中的任何代码。

提示：

在继续学习之前，应当将 CSS class 和 CssSelectorClass 的属性改为 PrettyGridView。这里使用 mKickButtGridView 只是为了说明并不是只能使用某个特定类名。然而，从这里开始的所有示例都将使用 PrettyGridView。

接下来，应理解每个部分是什么以及它们的作用是什么。唯一没有详细描述的部分是.foo 的第一部分，因为这个部分在代码本身中已进行了充分描述。

第一组规则如下所示。

```
.PrettyGridView .AspNet-GridView
{
    width: 100%;
}
```

这是相当简单的。这个规则应用到 GridView 的主类。如果回过头来查看页面的呈现 HTML，将记得 GridView 输出的前几行代码中有一行如下所示。

```
<div class="AspNet-GridView">
```

这只是表周围的包装器。这里表示它应被设置为 100%。如果愿意，可以多次尝试它(如建立一个边框，设置一个确定的宽度，等等)，但是真的没有必要这么做。

下一部分更有趣，如下所示。

```
.PrettyGridView .AspNet-GridView div.AspNet-GridView-Pagination,
.PrettyGridView .AspNet-GridView div.AspNet-GridView-Pagination a,
.PrettyGridView .AspNet-GridView div.AspNet-GridView-Pagination span
{
    color: #00FFFF;
    background: #284775;
    font-weight: normal;
    padding: 2px;
}
```

这一部分控制分页区域在您呈现的输出中的表现方式。迄今为止，示例还没有包括分页，因此看不出有什么受到了影响。然而，如果要看到它，可以将 GridView 控件的 AllowPaging 设置为 True，将 PageSize 设置为 3，如下所示：

```
<asp:GridView CssSelectorClass="myKickButtGridView"
    AllowPaging="True" PageSize="3" ToolTip="example"
    ID="GridView1" runat="server"
    AutoGenerateColumns="False"
    DataSourceID="XmlDataSource1">
```

这样做将呈现 GridView，如图 5-16 所示。

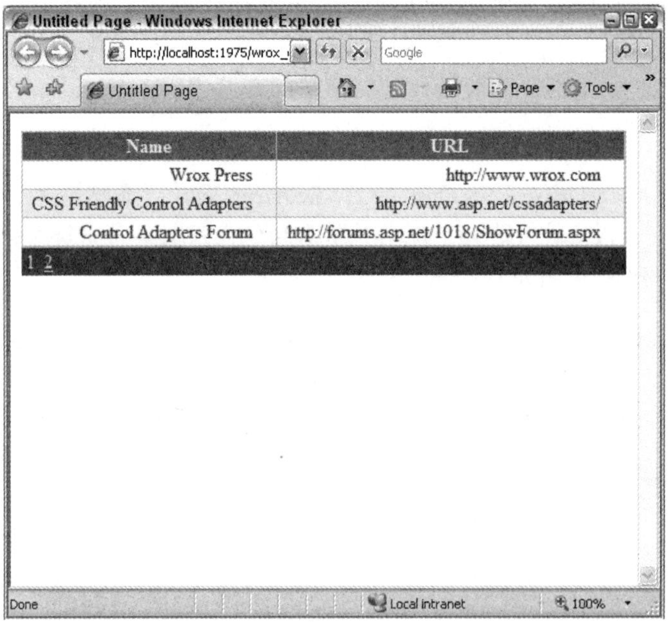

图 5-16

在 CSS 规则中，本质上是设置字体颜色(color:#00FFFF;)，分页区的背景色(background:#284775;)以及字体粗细(font-weight:normal;——与 "bold" 或其他粗细属性相对)。还在整个区域四周添加了一个 2 像素的补白。如果修改这个类的任何规则，将立即看到效果。例如，将背景规则修改为 background:#FF0000;看看发生了什么。

下一部分应当如下所示。

```
.PrettyGridView .AspNet-GridView table
{
    border: solid 1px #CCCCCC;
    width: 100%;
}
```

像第一部分一样，这一部分应相当容易理解。现在做的唯一的事情是表明呈现宽度应为 100%，表应有 1 像素的实线边框，颜色为#CCCCCC。注意，这仅影响呈现表的外边框，而不是表中的个别网格线；这将在后面介绍。它仅影响表。意识到这一点很重要，因为这意味着分页区不包括在这个边框中，因为它不是表本身的一部分，而是在它自身划分的独立 CSS 分区中。如果仔细观察，可以发现它在以前的示例中是明显的；如果之前没注意过，可以将边框规则改为 border:solod 1px #000000;来看看它对这个区域的影响。您将看到边框超过了表的内容的位置，但是它不会包括分页区。

接下来的两个部分应当放在一起，因为它们都应用于 GridView 控件的页眉区域：

```
.PrettyGridView .AspNet-GridView table thead tr th
{
    color: #F7F6F3;
    background: #5D7B9D;
    font-weight: bold;
    border-bottom: solid 1px #CCCCCC;
    border-right: solid 1px #CCCCCC;
    padding: 2px;
}

.PrettyGridView .AspNet-GridView table thead tr th a
{
    color: #F7F6F3;
}
```

第一组规则是建立行样式。这些规则用于设置该行的颜色、边框和粗体属性。第二组规则用于设置标题行中的任何超链接的字体颜色。这意味着如果行是可单击的，即有超链接，那么会用第二组规则中设置的颜色样式化它们。如果它们是不可单击的链接，那么会用第一组规则中建立的颜色样式化它们。在本例中，这两个规则将字体设置为相同的颜色。显然，它的意图是使字体无论是否是链接看起来都相同。

下面两组规则也可以一起查看。

```
.PrettyGridView .AspNet-GridView table tbody tr td
{
    color: #333333;
    background: White;
    padding: 2px 20px 2px 2px;
    border-bottom: solid 1px #CCCCCC;
    border-right: solid 1px #CCCCCC;
    text-align: right;
}

.PrettyGridView .AspNet-GridView table tbody tr.AspNet-GridView-Alternate td
{
    background: #F7F6F3;
}
```

这是将应用到数据的行的样式。第一组规则是 GridView 中的行的默认规则。可以看到这是在设置颜色和背景属性。您还会注意到将 text-align 设置为 right(如果想知道为什么应用 CSS Friendly Control Adapters 到 GridView 时，所有内容都移到了表单元格的右边，那么原因就在于此)。第二组规则告诉浏览器如何处理数据的隔行。这里必须设置的唯一属性是背景颜色，因为这是唯一不同于数据行的默认行样式化的地方。例如，如果还希望字体颜色在隔行中是红色，可以添加 color:#FF0000;到第二组规则上，这样会向字体应用该颜色。当没有第二组规则时，行采用第一组的默认定义集合中的规则。

正如 CSS 文件解释中指出的，最后一个部分暂时只是占位符。

```
.PrettyGridView .AspNet-GridView table tbody tr.AspNet-GridView-Selected td
{
}

.PrettyGridView .AspNet-GridView table tfoot tr td
{
}
```

如果考虑到 GridView 中选中的行，则应使用第一组；如果定义了一个页脚区域，则会应用第二组规则。无论这个区域中的哪一个都不会应用到这个特定示例中，因为这些区域不需要额外的规则。然而，如果想多试试这些区域，当然可以用第 4 章介绍的 Visual Studio 中的工具来建立规则并看看它们如何出现。只要记住需要建立 GridView 本身来正确地用这些区域工作即可。例如，为了允许选择行，需要按照下列代码来修改 GridView。

```
<asp:GridView CssSelectorClass="PrettyGridView"
    AllowPaging="True" PageSize="3" ToolTip="example"
    ID="GridView1" runat="server"
    AutoGenerateColumns="False"
    DataSourceID="XmlDataSource1">
    <Columns>
        <asp:CommandField ShowSelectButton="True" />
        <asp:BoundField DataField="Name" HeaderText="Name"
SortExpression="Name" />
        <asp:BoundField DataField="URL" HeaderText="URL"
SortExpression="URL" />
    </Columns>
</asp:GridView>
```

本例中的修改并不明显，它在 Selection 的 GridView 的<Columns>区域中增加了一个新列。还有另一种方式：进入 Design 视图，单击 GridView 上的悬浮箭头按钮，并选择 Enable Selection 选项，如图 5-17 所示。

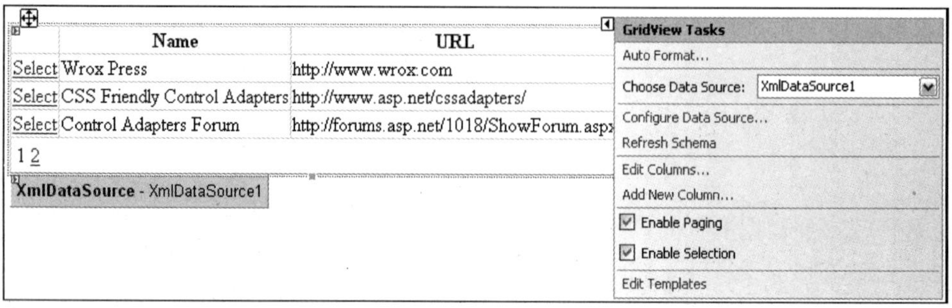

图 5-17

现在回到 CSS 文件中并进行如下修改：

```
.PrettyGridView .AspNet-GridView table tbody tr.AspNet-GridView-Selected td
{
    background: #FF0000;
}
```

如果重新运行应用程序，将看到每一行的新 Select 按钮。如果单击其中的某个按钮，将看到行变成了红色，如图 5-18 所示。

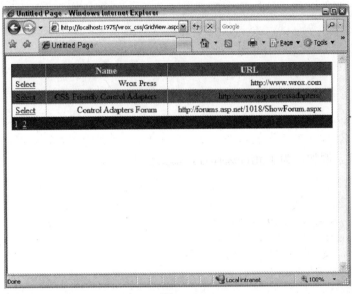

图 5-18

在使用样式表时要记住的一件事是不必使用 Build Style Wizard 来进行修改。事实上，当对 CSS 语言的熟悉程度大大增加后，仅输入样式表页面可能比使用该工具更容易、更有效率。您将发现 CSS 文档中包括了 IntelliSense，它使得进行快速的小修改非常容易。使用包括的 CSS 文件作为开始点，然后反复调试它们以使其按自己的意图操作。使用为每个控件建立的所有规则需要花点时间，但是一旦这样做了，就会做得非常快。

第 6 章将介绍关于一般导航控件的更多知识，还会介绍作为项目的一部分，如何样式化菜单控件。如果对这两个控件有了更好的理解，将很好地掌握.NET 2.0 Framework 的增强功能。

5.4　了解更多信息

本书提供了很好的 ASP.NET 2.0 CSS Friendly Control Adapters 1.0 的基础。然而，当在项目中深入利用这些适配器时，您可能想进一步了解它们。首选信息(尤其是关于格式化输出 HTML 的信息)的来源是适配器的主页：www.asp.net/cssadapters。

这个站点中包括了当前版本中所有控件的工作示例，并说明了如何样式化它们。教程和白皮书也给出了关于控件本身的其他信息。这也是查看增强功能和未来版本的首选位置。

对于站点(或本书)没有包括的问题，可以到相关支持论坛访问关于 ASP.NET 的主题：htpp://forums.asp.net/1018/ShowForum.aspx。

作为一般性规则，论坛是了解关于新技术或可能不熟悉的内容的极佳地方。真正出色的论坛，比如 ASP.NET 的论坛，由行业专家监控和巡逻，他们会例行回答论坛上发布的问题。ASP.NET 论坛的 CSS Friendly Control Adapters 部分一直是由适配器的创建者 Russ Helfand 监控的。他使它成为回答那些论坛中个人提出的问题的一个地方。如果有问题，可以在这个论坛上寻找，它很有可能已经被提出过并留下了答案。如果没有，可以发布一个新问题，他会回答的。如果他没有回答，也会有其他知道这些适配器的知识的某个人来回答的。这是寻找关于.NET 的一般问题的答案的很好的资源，而不仅仅是控件适配器。它无疑是寻找关于 CSS Friendly Control Adapters 的问题答案的首选位置。

5.5 小结

您想了解如何开始完全用 CSS 进行设计，不是吗？第 2 章已经介绍了关于无障碍化和 Web 标准。在第 4 章，介绍了如何仅用 CSS 规则和定义格式化页面来模仿样式化页面的老式表方式。本章继续介绍了如何重写几个 ASP.NET 的呈现方式以向客户的 HTML 中输出 CSS 代码而不是表。

但愿您从本章学会了什么是 CSS Friendly Control Adapters。本章介绍了它们的幕后工作方式以及如何修改它们，甚至在必要时如何创建一个新的适配器。还介绍了如何用 CSS 文件样式化在项目中使用的控件。您学会了如何影响控件，甚至忽略它们在 HTML 输出的呈现中的部分属性。学会了如何安装、集成和实现项目的适配器。

希望您还知道了 CSS Friendly Control Adapters 不是什么。它们不是完全的 CSS，因为这个包中的两个控件仍然呈现为表(请接受这一点)。

我们指出了它们不是封闭的源代码，不仅允许而且鼓励进行代码修改以符合自己的需要。而且，还指出了 CSS Friendly Control Adapters 不是作为最终产品发布的，主要是作为一个模板，显示了在项目中可以做什么以及应当做什么。

然而最重要的是，您必须明白这些适配器有多么酷，它们多么容易实现，功能多么强大。而且，如果没有它们，将无法完成后继的工作。

第 6 章

一致性导航

网页开发人员过去一直在努力实现在所有浏览器中都易于维护并且有效的一致性站点导航系统。虽然并不是关于这一方面的唯一可用语言，但是 ASP 和 ASP.NET 似乎不可能使菜单按照用户需要的方式正确运作。大多数人会购买第三方控件，或者依赖于直观的文本超链接或图像来创建他们的导航，而一些敢于尝试的人则会使用 JavaScript 或其他类似的语言编写自己的浮动下拉菜单。

这些问题都已经成为过去。如今的.NET 开发人员可以通过易于维护的站点导航系统和便于管理的各种工具来向他们的用户呈现内容，对于需要完成的项目，他们只需要查看 Visual Studio 的标准工具箱，就可以获得一组相当简单并且功能强大的导航工具。

6.1 ASP.NET 导航控件概述

随着.NET 2.0 Framework 的引入，Visual Studio 集成了一些控件来帮助开发人员在他们开发的项目中创建一致性的导航系统。具体来说，这些控件包括 TreeView 控件、Menu 控件和 SiteMapPath 控件。开发人员可以通过这些新的控件将复杂的导航系统直接拖放到自己的页面上，并且使这些控件保持灵活性和易修改性。最为重要的是，这些控件都有 CSS Friendly Control Adapter 重载版本，从而使它们呈现为更加易于理解的 HTML 代码，并且进一步扩展了对这些控件外观的控制。

对于这些新的控件，可能最引人注目的一个功能就是它们可以(并且应该)直接绑定到控制数据源中。一般而言，控制数据源是一个基于 XML 的后台文件，称为站点地图 (Sitemap)。站点地图文件的默认名称为 web.sitemap，它以大多数 Web 开发人员可能熟悉的格式创建站点的层次结构。

虽然所有导航工具都非常有用，但是本章将主要介绍下拉导航工具和 web.sitemap 集成，因为它们是大多数开发人员使用的站点导航的主要来源。此外，如果学会了如何将这些工具结合使用，也就具备了进一步学习其他工具所需的基础知识。

本章首先介绍菜单(Menu)控件的基础知识，如何建立菜单控件，如何格式化其默认安装，以及如何创建第一个菜单控件项。接下来，本章介绍站点地图文件以及如何将它连接到菜单控件。最后，本章介绍如何用第 5 章讨论的 CSS Friendly Control Adapters 来格式化菜单控件。如果掌握了所有这些理念，就可以很好地理解 ASP.NET 2.0 的导航功能，并且可以更好地理解如何在现实场景中使用 CSS Friendly Control Adapters。

6.2 开始学习 ASP.NET 导航控件

如果还没有打开或启动一个新项目，则现在就执行该操作。

提示：

如果试图继续使用本书项目，就会遇到一些问题，不过本章后面将会解决这些问题。因此，可以先创建一个临时项目来说明 Navigation 控件的优点。在本章的最后将打开本书项目的备份，并用本章中学到的理念更新该项目。

在浏览某个 ASPX 页面(比如 Default.aspx)时，应该会看到名为 Navigation 的工具箱部分，如图 6-1 所示。

图 6-1

可以通过如下方式添加 Menu 控件项：将该控件项拖动到 Visual Studio 的 Design 或 Source 视图中，或者直接双击工具箱中的该控件。执行该操作时应该会产生与在.NET 页面中生成的类似的代码：

```
<asp:Menu ID="Menu1" runat="server">
</asp:Menu>
```

为了查看菜单的工作方式，可直接在代码中添加两个菜单项。对于本示例，需要创建一个如下所示的层次布局。

- Page 1
- Page 2
  - Page 2 Subitem 1
  - Page 2 Subitem 2
- Page 3
  - Page 3 Subitem 1
  - Page 3 Subitem 2
- Page 4
- Page 5

为了创建这样的布局，应该修改控件代码，如下所示。

```
<asp:Menu ID="Menu1" runat="server">
<Items>
    <asp:MenuItem NavigateUrl="p1.aspx" Text="Page 1" />
    <asp:MenuItem NavigateUrl="p2.aspx" Text="Page 2">
        <asp:MenuItem NavigateUrl="p2s1.aspx" Text="Page 2 Subitem 1" />
```

```
            <asp:MenuItem NavigateUrl="p2s2.aspx" Text="Page 2 Subitem 2" />
        </asp:MenuItem>
        <asp:MenuItem NavigateUrl="p3.aspx" Text="Page 3">
            <asp:MenuItem NavigateUrl="p3s1.aspx" Text="Page 3 Subitem 1" />
            <asp:MenuItem NavigateUrl="p3s2.aspx" Text="Page 3 Subitem 2" />
        </asp:MenuItem>
        <asp:MenuItem NavigateUrl="p4.aspx" Text="Page 4" />
        <asp:MenuItem NavigateUrl="p5.aspx" Text="Page 5" />
    </Items>
</asp:Menu>
```

可以看到在 Menu 控件代码中添加了名为 Items 的新部分，这一部分定义了作为控件一部分的项。在 Items 部分中创建了 5 个项，其中 2 个项有与它们关联的 2 个子项。如果某一项没有子项，则可以使用 "/>"结束声明；如果想要包括子项，则不应以这种方式结束命令，而是使用 "></asp:MenuItem>"以及标签之间的任何相关子项结束声明。

采用这种方式添加菜单项时，Menu 控件中的每一项都有一些属性，如表 6-1 所示。在控件中输入代码时，可以通过 IntelliSense 看到这些属性。在 Visual Studio 的 Properties 窗口中也可以看到属性列表。

表 6-1

属　　性	说　　明
Enabled	设置项是否可单击/可展开。将 Enabled 属性设置为 false 可使菜单项显示方式类似于典型的可禁用控件(以灰色显示)。如果该项可禁用，则在光标悬停在其上时就不能展开它以显示子项
ImageUrl	设置显示项时在其旁边显示的图像。例如，如果希望在菜单项旁边显示软盘图标以指示该菜单项用于保存页面，则通过这个属性设置软盘图标的路径
NavigateUrl	设置当用户单击菜单项时将其导向到的 URL。如果不希望菜单项是可单击的链接(例如对于只是用于包含一些子项的项)，可以关闭这个属性
PopOutImageUrl	设置显示用于指示菜单项有子项的图像。例如，如果要在菜单项旁边显示一个小箭头图标以指示该项有子项，则可以使用该属性指示指向小箭头图标的 URL
Selectable	设置菜单项是否可选择/可单击。该属性不同于 Enable 属性，因为该项仍然被启用，只是不可以单击。当显示该项时，它会以纯文本格式显示(比如，如果它是默认值，则是黑色字体)，而不是显示为可禁用的文本。然而，最终结果是相同的(显示了链接的文本，但是没有任何关联的功能)
Selected	虽然该属性可以用来设置菜单项的选中状态，但是它更多地用于确定在后台编码中选中了哪个菜单项。然而，即使是这种用途也不常见，因为在后台编码中更多地使用 SelectedItem 属性来确定选中的菜单项
SeparatorImageUrl	设置指向用作菜单项之间可视分隔符的图像文件的 URL。该图像几乎可以采用任何图像格式(例如 JPG、GIF、PNG 等)，只要客户的浏览器能支持即可
Target	设置 NavigateURL 属性的目标。这类似于标准 HTML 超链接标签的 target 属性。例如，可以将该属性设置为 _blank 以打开一个新窗口，或者设置为_tp 以使其脱离当前所属的任何框架。也可以用这个属性设置希望 URL 重定向到其中的框架或窗口。该属性的默认值是 ""，表示 URL 会进入当前具有焦点的窗口或框架

(续表)

属　　性	说　　明
Text	设置菜单项的显示文本(即显示在呈现的菜单项中的文本)
ToolTip	设置当用户将光标悬停在菜单项上时显示的ToolTip。该属性类似于设置HTML超链接标记的 ALT 属性
Value	设置菜单项的值，该属性实际上是一个较为有趣的属性，通过对其进行设置可以显示关于菜单项的没有显示在代码中的额外信息。这些额外信息可以用于回送代码，因此也许会存储一个整数值，用来确定单击项时在 MultiView 控件中将显示何种视图。这个整数值不会显示，但是它仍然会被回送操作通过类似于 e.Item.Value 这样的代码进行处理。该属性非常有用

您可以练习使用这些设置，以便更好地理解它们在项目中的呈现方式。不过，在本示例中不需要设置任何属性；全部属性采用默认值即可。

然而，您可能想要使用菜单控件本身的一些属性。最关键的一个属性可能是 Orientation 属性(至少在本例中是如此)，根据希望采用的菜单方向类型，可以将该属性设置为 Horizontal 或 Vertical。显而易见的是，将该属性设置为 Horizontal 会使菜单项并排放在顶层；将该属性设置为 Vertical 会使菜单项从顶层项开始往下依次排列。该属性的默认设置是 Vertical，将其改为 Horizontal 可以得到如图 6-2 所示的菜单项。

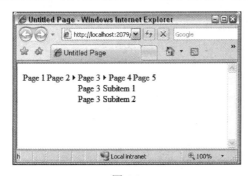

图 6-2

这种菜单项比较令人厌烦，为了进行补救，需要设置这个控件的一些样式属性。不过要注意，如果使用 CSS Friendly Control Adapters 重写菜单控件的功能(本章后面将执行该操作)，这些属性将不会保存。然而，如果不打算这样做，就需要使用控件的属性或者通过控件中引用的 CSS 样式来直接格式化样式(与 CSS Friendly Control Adapters 不同——在这种情况下，引用 CSS 类来控制呈现的菜单项的外观，而实际的呈现方法不受影响)。

要做的第一件事情是格式化顶层项。在菜单控件中，这些项称为"静态"项，可以通过几种方法向这些项添加样式。第一种方法是直接在菜单控件声明中设置属性。例如，可以用如下代码将静态菜单项的背景设置为米黄色：

```
<asp:Menu ID="Menu1" StaticMenuStyle-BackColor="Beige" runat="server"
    Orientation="Horizontal">
```

使用这种方法的问题在于可能需要为所有层次的菜单控件设置许多属性。如果在菜单控件层中需要设置 100 个属性，则很容易出现混淆。虽然您认为这种情况可能并不那么糟糕，但是可以设想一下在 6 个月后回过头来尝试查找静态菜单项的背景颜色设置，如果要逐个遍历 100 项，则会是相当痛苦的工作。

从可维护性的观点来看，处理这种类型格式化的较好方法是在菜单对象中设置该菜单对象对应的属性。采用这种方法，如果要设置静态菜单属性，只要查找控件的静态菜单部分即可。例如，将下面的代码复制到项目中以设置菜单控件的属性：

```
<asp:Menu ID="Menu1" runat="server" Orientation="Horizontal">
<StaticMenuStyle BackColor="Beige" BorderStyle="Solid" BorderColor="Tan"
    BorderWidth="2pt" HorizontalPadding="5px" VerticalPadding="5px" />
<StaticHoverStyle BackColor="BurlyWood" />
<StaticMenuItemStyle ForeColor="Brown" />
//the remainder of the menu control code is omitted for brevity but will
be shown in
    its entirety later in this section
```

可以看到现在有如下部分：通用的顶层菜单样式(StaticMenuStyle)、顶层菜单的项样式 (StaticMenuItemStyle)，以及顶层菜单的悬停效果(StaticHoverStyle)。在该示例中，在菜单对象属性中声明所有对应的属性。然而对于每个部分，可以方便地将属性 CssClass 设置为包括相应类的 CSS 文件中的 CSS 类名。这样就从页面结构代码中完全删除样式化代码，并将样式化代码放在其所属的 CSS 文件中。然而，为了进行说明，将在对象自身中声明性地设置样式属性。

通过使用上面的代码，现在应该有如图 6-3 所示的菜单。

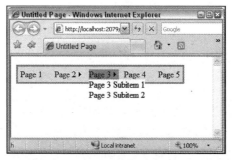

图 6-3

从图中可以看到，该示例中没有设置控件的宽度。然而，在现实情况中可能有一个预先定义的区域，导航结构应该适合该区域。在这种情况下，在 StaticMenuStyle 属性中将宽度设置为所需宽度，比如 700 像素，从而确保菜单横跨为其预先定义的整个宽度。可能也需要调整一些补白(Padding)，以确保其适合于为项目中控件设置的区域的高度。一旦相当熟悉这些属性，就可以很方便地将导航系统集成到任何 Web 项目中。

接下来要处理的是下拉项，它们称为动态菜单项。同样，可以在菜单对象中声明性地设置这些项，或者单独设置它们，代码如下所示。

```
<DynamicMenuStyle BackColor="Beige" BorderStyle="Solid" BorderColor="Tan"
    BorderWidth="1pt" HorizontalPadding="2px" VerticalPadding="2px" />
<DynamicMenuItemStyle HorizontalPadding="3px" VerticalPadding="3px"
    ForeColor="Brown" />
<DynamicHoverStyle BackColor="BurlyWood" />
//the remainder of the menu control code is omitted for brevity but will
be shown in
    its entirety later in this section
```

从代码中可以看出，这些属性看起来非常类似于为静态菜单设置的属性。使用了相同的颜色和类似的补白(在菜单层中有 2 像素，然后在项层中有 3 像素，总共 5 像素，而不是如同在静态菜单属性中那样仅在菜单层中设置 5 像素)。如果运行该代码，页面应该如图 6-4 所示。

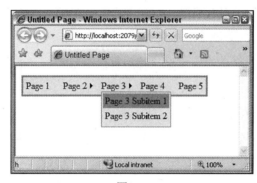

图 6-4

正如所看到的，已经设置了一个使用互补色的导航系统，看上去还不错。通过使用这些基本的属性，应该能够设置看起来相当专业的导航系统，该导航系统能与现有的或将来的项目进行无缝集成。

此时，代码看起来应如下所示。

```
<asp:Menu ID="Menu1" runat="server" Orientation="Horizontal">
<StaticMenuStyle BackColor="Beige" BorderStyle="Solid" BorderColor="Tan"
    BorderWidth="2pt" HorizontalPadding="5px" VerticalPadding="5px" />
<StaticHoverStyle BackColor="BurlyWood" />
<StaticMenuItemStyle ForeColor="Brown" />
<DynamicMenuStyle BackColor="Beige" BorderStyle="Solid" BorderColor="Tan"
    BorderWidth="1pt" HorizontalPadding="2px" VerticalPadding="2px" />
<DynamicMenuItemStyle HorizontalPadding="3px" VerticalPadding="3px"
    ForeColor="Brown" />
<DynamicHoverStyle BackColor="BurlyWood" />
<Items>
    <asp:MenuItem NavigateUrl="p1.aspx" Text="Page 1" />
    <asp:MenuItem NavigateUrl="p2.aspx" Text="Page 2">
        <asp:MenuItem NavigateUrl="p2s1.aspx" Text="Page 2 Subitem 1" />
        <asp:MenuItem NavigateUrl="p2s2.aspx" Text="Page 2 Subitem 2" />
    </asp:MenuItem>
```

```
    <asp:MenuItem NavigateUrl="p3.aspx" Text="Page 3">
        <asp:MenuItem NavigateUrl="p3s1.aspx" Text="Page 3 Subitem 1" />
        <asp:MenuItem NavigateUrl="p3s2.aspx" Text="Page 3 Subitem 2" />
    </asp:MenuItem>
    <asp:MenuItem NavigateUrl="p4.aspx" Text="Page 4" />
    <asp:MenuItem NavigateUrl="p5.aspx" Text="Page 5" />
</Items>
</asp:Menu>
```

6.3 SiteMapDataSource 控件

如果打算在整个站点上只使用一个菜单控件,该菜单控件可能驻留在母版页(Master Page,第 7 章中将讨论)中,那么前面的示例可能已经足够了。但是,如果想要在页面的顶端留下一些浏览路径记录(Breadcrumb Trail),让用户知道自己当前位于站点的层次模式(SiteMapPath 控件)中的具体位置,这时会发生什么? 或者,如果想要创建一个在其中也表示站点层次结构的 TreeView 控件,该怎么办? 如何完成这些工作? 答案是使用当前的设置并不能完成这些工作。

通过这种方式设置菜单控件,菜单控件会隐藏它对于站点层次结构的知识。菜单控件确实知道所有页面之间的关系以及如何将它们链接在一起,但是没有与其他任何控件共享这些信息。

那么如何使控件很好地协同工作? 通过本节的标题可以猜测到,答案是使用 SiteMapDataSource 控件。

SiteMapDataSource 控件的作用是链接到一个基于 XML 的站点地图文件,该文件包含站点页面的层次模式。这是一种流行的方式,该文件存储需要显示在导航控件中的页面,并且维护各个页面之间的关系。

6.3.1 web.sitemap 文件

默认情况下,SiteMapDataSource 控件链接到名为 web.sitemap 的站点地图文件。默认设置是文件必须为 web.sitemap。可以修改该设置,本章后面将对此进行介绍。但是,目前假设必须调用文件 web.sitemap。

建立 SiteMapDataSource 控件的第一步是向项目中添加 web.sitemap 文件。因此,在项目打开的情况下,单击工具栏上的 Website 图标,选择 Add New Item 命令以显示如图 6-5 所示的屏幕。

可以看到,基本上禁用了所有的选项(语言、后台编码和母版页)。能够修改的唯一选项是文件名,它默认被设置为 web.sitemap。暂时保留默认名称,单击 Add 按钮以向项目中添加新的站点地图文件。这将创建一个如下所示的文件。

```
<?xml version="1.0" encoding="utf-8" ?>
<siteMap xmlns="http://schemas.microsoft.com/AspNet/SiteMap-File-1.0" >
    <siteMapNode url="" title="" description="">
        <siteMapNode url="" title="" description="" />
```

```
            <siteMapNode url="" title="" description="" />
        </siteMapNode>
</siteMap>
```

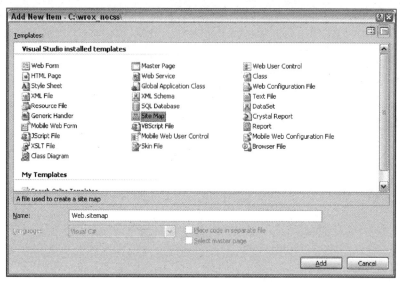

图 6-5

可以看到，这个文件仅仅是基本的 XML 结构。有一个 siteMapNode，该结点包含两个子结点。然而，这就是可能引起混淆的地方。站点地图文件中只能有一个 siteMapNode。在第一次使用这个文件时，很多开发人员都以为需要为每个页面建立一个新结点。尽管这在技术上是正确的，但是需要使所有页面成为主/控制节点的子结点。换言之，使用多个 siteMap 结点不会有效，并且在尝试将其用作 SiteMapDataSource 时会产生一个服务器错误。

```
<?xml version="1.0" encoding="utf-8" ?>
<siteMap xmlns="http://schemas.microsoft.com/AspNet/SiteMap-File-1.0" >
    <siteMapNode url="p1.aspx" title="Page 1" description=""/>
    <siteMapNode url="p2.aspx" title="Page 2" description="">
        <siteMapNode url="p2s1.aspx" title="Page 2 Subitem 1"
    description="" />
        <siteMapNode url="p2s2.aspx" title="Page 2 Subitem 2"
    description="" />
    </siteMapNode>
    <siteMapNode url="p3.aspx" title="Page 3" description="">
        <siteMapNode url="p3s1.aspx" title="Page 3 Subitem 1"
    description="" />
        <siteMapNode url="p3s2.aspx" title="Page 3 Subitem 2"
    description="" />
    </siteMapNode>
    <siteMapNode url="p4.aspx" title="Page 4" description=""/>
    <siteMapNode url="p5.aspx" title="Page 5" description=""/>
</siteMap>
```

从直觉上看，这段代码似乎应该起作用。分别为每个页面设置了结点，并且为子项设置了子结点。这些操作似乎应该起作用，但是实际情况并非如此。

为了使这段代码起作用, 需要将全部内容包装在一个结点中, 如下所示。

```xml
<?xml version="1.0" encoding="utf-8" ?>
<siteMap xmlns="http://schemas.microsoft.com/AspNet/SiteMap-File-1.0" >
    <siteMapNode url="" title="" description="">
        <siteMapNode url="p1.aspx" title="Page 1" description=""/>
        <siteMapNode url="p2.aspx" title="Page 2" description="">
            <siteMapNode url="p2s1.aspx" title="Page 2 Subitem 1"
            description="" />
            <siteMapNode url="p2s2.aspx" title="Page 2 Subitem 2"
            description="" />
        </siteMapNode>
        <siteMapNode url="p3.aspx" title="Page 3" description="">
            <siteMapNode url="p3s1.aspx" title="Page 3 Subitem 1"
            description="" />
            <siteMapNode url="p3s2.aspx" title="Page 3 Subitem 2"
            description="" />
        </siteMapNode>
        <siteMapNode url="p4.aspx" title="Page 4" description=""/>
        <siteMapNode url="p5.aspx" title="Page 5" description=""/>
    </siteMapNode>
</siteMap>
```

siteMapNode 的标准属性如下所示。

- url: 这是在单击菜单项时希望重定向到的页面。
- title: 这是显示在菜单项中的文本。
- description: 这是将光标悬停在菜单项上时显示的 ToolTip 文本。

这些都不是必须设置的属性(可以不填写这些属性), 但是应该尽可能填写这 3 个属性。此外, 表 6-2 中列出了其他可用属性。

表 6-2

属　　性	说　　明
provider	该属性允许向当前导航体系结构中导入第二个站点地图。例如, 假设有 standard.sitemap 和 extra.sitemap, 并且需要将 extra.sitemap 导入到 standard.sitemap 中。进入 standard.sitemap, 在 standard.sitemap 中的相应位置创建一个新的 SiteMapNode, 需要在该位置添加对 web.config 文件(稍后讨论)中创建的 extra.sitemap 文件名的引用。该操作看起来类似于 <siteMapNode provider = "extra"/>。同样, 必须在 web.config 文件中设置 "extra"来引用 extra.sitemap, 本章后面将介绍如何执行该操作
resourceKey	该属性允许通过在全局资源文件(RESX)中输入用于匹配的名称来本地化用户的菜单。通过这种方式, 可以让属性的显示文本为英国访问者显示一种文本, 而为西班牙访问者显示另一种文本
roles	该属性允许您向各种角色的访问者展示您的页面, 这些角色是由 Membership API 定义的。例如, 您可能希望一个页面只能被登录用户访问, 但是其链接可以被所有人看见。这种情况下, 只需将 roles 属性定义为*(允许所有人)即可。此时虽然页面仍被认证机制(在 Web.config 中定义)锁定, 但是其链接可以被所有人看见。如果一个未通过认证的用户单击链接, 他们会被要求进行认证。已认证用户单击链接则可以直接定位到目标页面。本章稍后将详述该概念

(续表)

属　　性	说　　明
securityTrimmingEnabled	该属性基本上告诉应用程序是否认可 roles 属性。必须将该属性设置为 true 才能在菜单中使用角色
siteMapFile	该属性类似于提供者，因为它允许向父站点地图导入子站点地图，而不必麻烦地检查 web.config 文件。为了使用上面讨论的提供者中显示的示例，只需在要导入子菜单的位置创建如下结点：<siteMapNodesiteMapFile = "extra.sitemap"/>

　　资源文件和角色将在本章稍后讨论，但是该表应该可以提供在创建节点时可以使用的设置的概览。正如前面所描述的那样，应该始终包括 url、title 和 description(如果它们可用)。其他设置比较高级，而且不一定与每个项目相关(但它们无疑是非常有用的设置)。

6.3.2　SiteMapDataSource

　　现在已经适当地设置了 web.sitemap 文件，接下来必须将该文件与菜单控件关联。第一步是在驻留菜单控件的页面上放置一个 SiteMapDataSource 控件。

　　首先，需要在工具箱的 Data 组中找到该控件，如图 6-6 所示。

图 6-6

　　可以直接将 SiteMapDataSource 控件拖动到页面上，或者双击工具箱中的该控件。这会在页面上生成如下代码：

```
<asp:SiteMapDataSource ID="SiteMapDataSource1" runat="server" />
```

　　为了使菜单控件与 SiteMapDataSource 建立关联，需要在菜单控件对象中设置一个属性：DataSourceID。该操作看起来类似如下代码：

```
<asp:Menu DataSourceID="SiteMapDataSource1" ID="Menu1" runat="server"
    Orientation="Horizontal">
```

这时，应该已经将两个控件关联起来，并且可以删除为菜单控件硬编码的所有 Item。
此时的代码如下所示。

```
<asp:Menu DataSourceID="SiteMapDataSource1" ID="Menu1" runat="server"
    Orientation="Horizontal">
<StaticMenuStyle BackColor="Beige" BorderStyle="Solid" BorderColor="Tan"
    BorderWidth="2pt" HorizontalPadding="5px" VerticalPadding="5px" />
<StaticHoverStyle BackColor="BurlyWood" />
<StaticMenuItemStyle ForeColor="Brown" />
<DynamicMenuStyle BackColor="Beige" BorderStyle="Solid" BorderColor="Tan"
    BorderWidth="1pt" HorizontalPadding="2px" VerticalPadding="2px" />
<DynamicMenuItemStyle HorizontalPadding="3px" VerticalPadding="3px"
    ForeColor="Brown" />
<DynamicHoverStyle BackColor="BurlyWood" />
</asp:Menu>
<asp:SiteMapDataSource ID="SiteMapDataSource1" runat="server" />
```

如果在浏览器中启动应用程序，结果应该如图 6-7 所示。

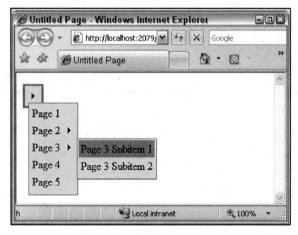

图 6-7

正如所看到的，已经对原始菜单的外观进行了一些修改。这段代码已经创建了容器结
点(存放所有实际节点的节点)作为顶层菜单，然后将其他所有结点放在该结点的下方。这
是必须在 web.sitemap 文件中声明一个顶层结点的结果。

好消息是有一种方法可以避免创建容器结点。SiteMapDataSource 对象有一个称为
ShowStartingNode 的 Boolean 属性，将该属性设置为 false 会按照如下代码所示更改
SiteMapDataSource 代码。

```
<asp:SiteMapDataSource ShowStartingNode="false" ID="SiteMapDataSource1"
    runat="server" />
```

现在如果重新运行应用程序，得到的结果如图 6-8 所示。

可以看到，通过将 ShowStartingNode 属性设置为 false 可以获得一个菜单控件，该菜单
控件看起来非常类似于最初通过在菜单控件对象的菜单项中硬编码创建的菜单控件。

图 6-8

6.3.3 不同的站点地图文件

现在假设要调用除了 web.sitemap 之外的其他站点地图文件。基本上，这样会使菜单控件停止运作。如果要让站点中有多个站点地图文件，就可能产生问题。或者，可能只是不喜欢这个名称。不管是什么原因，很可能会遇到需要向其中添加具有不同名称的站点地图文件的项目。下面将介绍具体的操作方式。

首先需要修改现有的项目。因此，为了模拟将来可能发生的情况，将 web.sitemap 文件重命名为 menu.sitemap。如果此时运行项目，将立即显示一个错误，表明不能找到 web.sitemap 文件。现在需要告诉项目如何找到最近命名的站点地图文件。

需要进入 web.config 文件，该文件看起来类似于如下代码：

```xml
<?xml version="1.0"?>
<configuration>
    <system.web>
        <compilation debug="true"/>
    </system.web>
</configuration>
```

提示：

如果此时没有作为项目一部分的 web.config，那么可以单击工具栏上的 Website 或 Project 按钮，并选择 Add New Item 命令，添加一个 web.config 文件。当弹出 Add New Item 对话框时，在可用模板的第三列上查找 Web Configuration File 选项。选择该选项并单击 OK 按钮。然后，在解决方案资源管理器中看到该文件位于项目的根目录中。

在 system.web 部分中，需要添加一个名为 sitemap 的新部分，如下所示。

```xml
<?xml version="1.0"?>
<configuration>
    <system.web>
        <compilation debug="true"/>
        <siteMap enabled="true">
            <providers>
                <add name="myMenu"
                type="System.Web.XmlSiteMapProvider"
```

```
            siteMapFile="menu.sitemap"/>
         </providers>
      </siteMap>
   </system.web>
</configuration>
```

可以看到在 sitemap 部分中添加了 providers 部分。在这个部分中，添加一个对 menu.sitemap 的引用，并将它称为 myMenu。一旦在 web.config 文件中有了这段代码，就可以通过调用 myMenu 来引用 menu.sitemap 文件。因此，返回到包含 SiteMapDataSource 对象的 ASPX 页面。需要向名为 SiteMapProvider 的对象添加一个属性并引用 myMenu，如下所示。

```
<asp:SiteMapDataSource SiteMapProvider="myMenu" ShowStartingNode="false"
   ID="SiteMapDataSource1" runat="server" />
```

这时，菜单控件应与具有自定义名称的站点地图文件(名为 menu.sitemap)关联起来。如果运行应用程序，现在应该看到菜单再次按照最初编码的方式工作。

在项目中可以根据需要使用该方法添加其他站点地图文件。

6.3.4　锁定

导航控件的一个最为有用的功能是它们可以与.NET 2.0 提供的 Membership API 集成。关于成员关系和角色的完整讨论超出了本书的介绍范围。然而，如果对 Membership API 有相当的理解，本书将给出充分的详细信息来显示如何向站点导航中实现角色。

.NET 中的成员和角色的基本原理是可以基于一些形式的身份验证来定义用户的。这可能意味着有一类访问者基本上是匿名访问，而另一类访问者必须登录一个或多个角色。例如，可能有一类已登录用户具有站点的基本权限，而另一类作为站点管理员的用户基本上具有所有权限。

在导航控件中基于用户角色限制对菜单中一些链接的访问，该过程称为安全调整(Security Trimming)。为了启用该功能，需要修改 web.config 文件的站点地图部分，如下所示：

```
<siteMap enabled="true">
   <providers>
      <add name="myMenu"
      type="System.Web.XmlSiteMapProvider"
      siteMapFile="menu.sitemap"
      securityTrimmingEnabled="true"/>
   </providers>
</siteMap>
```

正如所看到的，这段代码只添加了 securityTrimmingEnabled="true"，通知应用程序担任已经为该项目设置的角色管理。

还需要设置应用程序使用角色管理(Role Management)，并使用紧接着提供者部分的如下部分来完成该操作。

```
<roleManager enabled="true"/>
```

接下来，需要在 menu.sitemap 文件中的名为 Admin.aspx 的页面上建立一个新链接。然而，在执行该操作之前，需要先创建作为项目一部分的该页面。为了创建该页面，在 Visual Studio 中单击工具栏上的 Website 或 Project 按钮，然后选择 Add New Item 命令。当弹出 Add New Item 对话框时，从可用模板中选择 Web Form 选项(应该是第一列中的第一项)。在 Name 字段中输入 Admin.aspx。对于该项目，接受 Visual C#作为使用的语言，并确保选择 Place code in separate file 复选框。单击 Add 按钮以向项目添加这个页面。

在 Admin.aspx 中，应向页面的主体中添加作为占位符的一些文本，以便成功地完成该页面。为此，在页面主体中添加 Welcome to Admin.aspx!，如下所示。

```
<%@ Page Language="C#" AutoEventWireup="true"
    CodeFile="Admin.aspx.cs" Inherits="Admin" %>

<!DOCTYPE html PUBLIC "-//W3C//DTD XHTML 1.0 Transitional//EN"
    "http://www.w3.org/TR/xhtml1/DTD/xhtml1-transitional.dtd">

<html xmlns="http://www.w3.org/1999/xhtml" >
<head runat="server">
    <title>Untitled Page</title>
</head>
<body>
    <form id="form1" runat="server">
    <div>
    Welcome to Admin.aspx!
    </div>
    </form>
</body>
</html>
```

对于 Admin.aspx，需要只允许某个角色访问该页面，比如 Admin。相应的代码如下所示：

```
<siteMapNode roles="Admin" url="Admin.aspx" title="Admin Link"
    description="Admin Stuff" />
```

本例中，首先要做的事是在菜单中展示链接。这是因为主结点(位于最顶层，包括所有其他结点)并不提供与其相关的 URL。因此，Membership API 无法指出页面是否应对访问者可见。为了展示该链接(以及其包含的所有子链接)，必须将 roles 设置为对所有人可见。也就是说将 roles 设置为*，如下所示：

```
<?xml version="1.0" encoding="utf-8" ?>
<siteMap xmlns="http://schemas.microsoft.com/AspNet/SiteMap-File-1.0" >
    <siteMapNode roles="*" url="" title="" description="">
        <siteMapNode url="p1.aspx" title="Page 1" description=""/>
        <siteMapNode url="p2.aspx" title="Page 2" description="">
            <siteMapNode url="p2s1.aspx" title="Page 2 Subitem 1"
                description="" />
            <siteMapNode url="p2s2.aspx" title="Page 2 Subitem 2"
```

```
            description="" />
        </siteMapNode>
        <siteMapNode url="p3.aspx" title="Page 3" description="">
            <siteMapNode url="p3s1.aspx" title="Page 3 Subitem 1"
                description="" />
            <siteMapNode url="p3s2.aspx" title="Page 3 Subitem 2"
                description="" />
        </siteMapNode>
        <siteMapNode url="p4.aspx" title="Page 4" description=""/>
        <siteMapNode url="p5.aspx" title="Page 5" description=""/>
        <siteMapNode url="Admin.aspx" title="Admin Link"
            description="Admin Stuff" />
    </siteMapNode>
</siteMap>
```

接下来,需要将页面 Admin.aspx 锁定,这可以通过修改 Web.config 文件来完成。实质上,通过这种方式可以告诉应用程序以一种方式处理所有其他文件,而以略微不同的方式处理这个文件。在本例中,除了 Admin.aspx 文件中设定的用户外,其他的人都可以打开页面。修改后,导航控件将反映出这种安全设置(除非通过站点地图文件的结点的 roles 属性来打开页面)。为完成修改,您需要在 Web.config 文件中加入以下代码:

```
<location path="Admin.aspx">
    <system.web>
        <authorization>
            <allow roles="Admin"/>
            <deny users="*"/>
        </authorization>
    </system.web>
</location>
```

这一部分应位于 web.config 文件的典型 system.web 部分的外部。换句话说,</system.web>之后和</configuration>之前将是放置该部分的合适位置。同样,这一部分为该页面设置了相应的规则,拒绝除 Admin 角色之外的每个人访问该页面。

完整的 web.config 文件应类似如下代码:

```
<?xml version="1.0"?>
<configuration>
    <system.web>
        <compilation debug="true"/>
        <siteMap enabled="true">
            <providers>
                <add name="myMenu"
                type="System.Web.XmlSiteMapProvider"
                siteMapFile="menu.sitemap"
                securityTrimmingEnabled="true"/>
            </providers>
        </siteMap>
        <roleManager enabled="true"/>
    </system.web>
    <location path="Admin.aspx">
```

```
            <system.web>
                <authorization>
                    <allow roles="Admin"/>
                    <deny users="*"/>
                </authorization>
            </system.web>
        </location>
    </configuration>
```

如果现在运行应用程序，假设没有亲自设置 Admin 角色，并且没有登录到该账户，则应得到如图 6-9 所示的菜单。

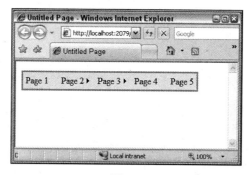

图 6-9

上面的修改可能看起来没有多大作用，因为至少看起来创建了一个与以前完全相同的页面。但是必须知道，完全隐藏了指向 Admin.asxp 的新链接。

此外，如果导航到 Admin.aspx，将看到一条如图 6-10 所示的错误消息。

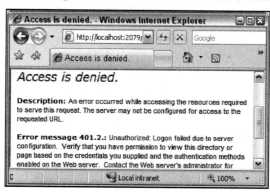

图 6-10

现在就完全锁定了该页面。不仅在菜单中看不到这个页面，而且如果用户偶然发现了，也会得到一条出错信息，被告知不允许访问该页面。

为了测试这种锁定的工作方式，可以向 Page_Load 事件中添加功能来向 Admin 角色添加所有用户，相应的代码看起来类似于如下代码。

```
protected void Page_Load(object sender, EventArgs e)
{
    //create the "Admin" account if it does not already exist:
```

```
if (!Roles.RoleExists("Admin")) { Roles.CreateRole("Admin"); }

//add all users to the Admin account:
if (!User.IsInRole("Admin")) { Roles.AddUserToRole(User.Identity.Name,
"Admin"); }
}
```

提示:

到目前为止,还没有在本书中看到过 Page_Load 事件,这是特定页面的后台编码文件的一部分。为了在 Visual Studio 2005 中访问这个文件,可以单击某个页面旁边的加号(+),展开该页面来查看它的页面。例如,如果单击 Default.aspx 旁边的加号(+),应该可以看到名称类似于 Default.aspx.cs 的后台编码文件。双击该文件以获得对 Page_Load 方法(以及其余的后台编码功能)的访问。

同样,不需要过分深入研究 Membership API,可以创建一个名为 Admin 的新角色(如果该角色不存在)。这需要逐个字母地匹配允许访问 web.config 文件中安全页面的角色名。然后,向这个新角色中添加所有用户。在现实情况中永远不会执行该操作,但是这应该有助看到作为管理员登录时发生的事情(见图 6-11)。

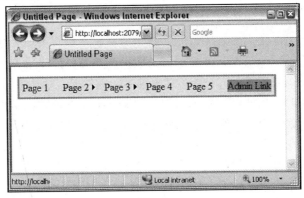

图 6-11

可以看出,现在已经向菜单中添加了 Admin Link。如果单击该链接,就可以转到 Admin.aspx 页面,如图 6-12 所示。

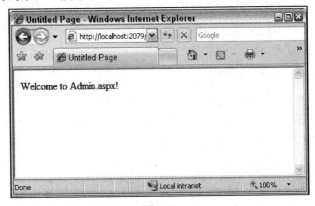

图 6-12

已经有效地使用在 menu.sitemap 和 web.config 文件中实现的设置，对不在 Admin 角色中的所有用户关闭了 Admin.aspx。如果没有作为具有 Admin 角色的用户登录，就看不到该页面或指向该页面的链接，但是可以看到和访问所有其他页面。一旦作为具有 Admin 角色的用户登录，则仍然能够看到所有其他链接，但是也可以看到新的 Admin.aspx 链接，并且能够访问 Admin.aspx 页面。

值得注意的是，可以用该方法锁定整个目录。没有在 web.config 文件的位置声明中放置文件名，而是直接放入目录的名称。通过这种方式，可以设置网站上的一个子目录作为管理目录，并对 Admin 角色锁定整个目录。

本节主要介绍如何将导航控件与 Membership API 集成。同样，讨论的重点在于导航控件而不是同样多的 Membership 功能。如果要了解关于 ASP.NET 2.0 Membership 的更多信息，可以阅读下列资料：

- How To: UseMembership in ASP.NET 2.0— http://msdn2.microsoft.com/en-us/library/ms998347.aspx
- Membership and Role Providers in ASP.NET 2.0— http://www.odetocode.com/Articles/427.aspx

6.3.5 本地化菜单

标准菜单控件的另一个优秀功能是能够基于访问者地设置本地化菜单。这意味着如果说英语的访问者访问站点，菜单就会显示英语文本。然而，如果说西班牙语的访问者访问站点，他或她就会看到菜单显示的是西班牙文本。

类似于前面讨论的安全调整，全球化和资源文件不在本书的讨论范围之内。如果需要本地化菜单，本书就会假设已经知道了如何本地化站点。本节主要介绍如何将这个控件与已经熟悉的技术结合在一起。如果对这个概念完全陌生，将简要提供 ASP.NET 全球化的概述，以便了解它的工作方式。但是同样要知道，本节的重点不是深入介绍全球化的一般性知识，而只是介绍如何用全球化来本地化菜单控件。

1. 步骤 1：建立站点地图文件

需要做的第一件事情是准备适合于执行本地化的站点地图文件。这涉及到两个不同的操作。第一步操作是允许在站点地图上执行本地化，在 sitemap 声明(与 sitemapnode 声明相对)上完成该操作。按照如下所示的代码通过 enableLocalization 属性执行本地化：

```
<siteMap enableLocalization="true" xmlns="http://schemas.microsoft.com/
AspNet/SiteMap-File-1.0" >
```

下一步操作是告诉节点应使用哪些资源文件。实际上可以通过几种方法完成该操作。第一种方法是可以为每个属性设置资源声明，使用下面的格式完成设置：$resources:RESOURCEFILE, CLASSNAME,DEFAULTTEXT。

例如，为了在名为 menu.sitemap 的资源文件中将 Title 属性映射为 plTitle，并将 Description 属性映射为 p1Dec，可以使用类似于如下所示的代码。

```
<siteMapNode url="p1.aspx" title=" $resources:menu.sitemap,
  p1Title, Page 1" description=" $resources:menu.sitemap,
  p1Desc,Go to Page 1"/>
```

需要设置适当的资源键(在下一节中将介绍资源键)，但是有更好的方法可以处理这个功能，即使用 resourceKey 属性。

设置 resourceKey 属性会使代码在相关资源文件中查找该键并返回值。因此，如果要用 resourceKey 属性执行前面的任务，则代码如下所示：

```
<siteMapNode url="p1.aspx" resourceKey="p1" title="" description=""/>
```

注意标题和描述都为空。实际上，可以删除所有这些属性，从而简化 sitemapnode 引用：

```
<siteMapNode url="p1.aspx" resourceKey="p1"/>
```

为了简洁起见，只修改 pl.aspx 菜单项来使用资源文件。因此， menu.sitemap 文件现在应类似于如下所示的代码(仍然包括上一步中的安全设置)。

```
<?xml version="1.0" encoding="utf-8" ?>
<siteMap enableLocalization="true" xmlns="http://schemas.microsoft.com/
   AspNet/SiteMap-File-1.0" >
     <siteMapNode roles="*" url="" title="" description="">
     <siteMapNode url="p1.aspx" resourceKey="p1"/>
     <siteMapNode url="p2.aspx" title="Page 2" description="">
        <siteMapNode url="p2s1.aspx" title="Page 2 Subitem 1"
        description="" />
        <siteMapNode url="p2s2.aspx" title="Page 2 Subitem 2"
        description="" />
      </siteMapNode>
      <siteMapNode url="p3.aspx" title="Page 3" description="">
        <siteMapNode url="p3s1.aspx" title="Page 3 Subitem 1"
        description="" />
        <siteMapNode url="p3s2.aspx" title="Page 3 Subitem 2"
        description="" />
      </siteMapNode>
      <siteMapNode url="p4.aspx" title="Page 4" description=""/>
      <siteMapNode url="p5.aspx" title="Page 5" description=""/>
      <siteMapNode roles="Admin" url="Admin.aspx" title="Admin Link"
   description="Admin Stuff" />
   </siteMapNode>
</siteMap>
```

2. 步骤 2：添加资源

现在需要为这个项目建立资源文件。首先，创建默认资源文件。资源文件的名称必须与使用它的文件同名，然后添加.resx 文件扩展名。

提示：

这个文件扩展名加在已经与该文件关联的文件扩展名之后。这意味着如果原来的文件名是 menu.sitemap，就需要创建名为 menu.sitemap.resx 的关联资源文件。

为了添加资源，单击工具栏上的 Website 并选择 Add New Item 命令，显示如图 6-13 所示的屏幕。

图 6-13

选择 Resource File 选项，并将文件命名为 menu.sitemap.resx"，如图 6-13 所示。然后单击 Add 按钮。如果到目前为止没有添加任何资源文件，则可能得到如图 6-14 所示的信息。

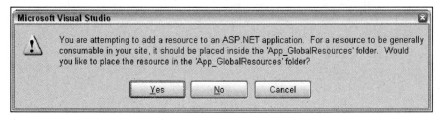

图 6-14

如果得到这条信息，单击 Yes 按钮以创建 ASP.NET 文件夹 App_GlobalResources，然后向该目录中添加新文件。

一旦创建了新的资源文件，就会出现一个网格，用于设置键名、值和注释。对于该文件，需要创建如图 6-15 所示的设置。

要注意到，将键命名为 p1.Title 和 p1.Description 会产生错误。然而，这是一个已知的问题，而且不会导致任何运行时错误。在相应的 MSDN 文章中(http://msdn2.microsoft.com/en-us/library/ms178427.aspx)，Microsoft 公司指出了以下几点。

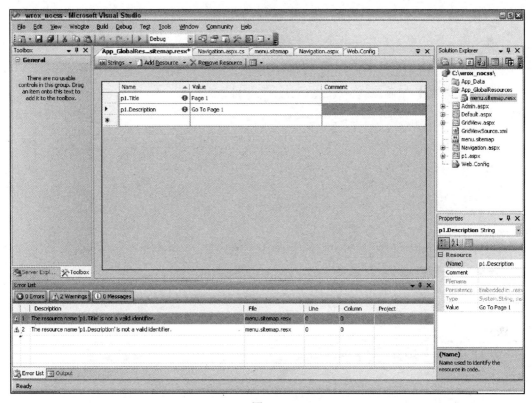

图 6-15

全局资源文件中的键名不应包括句点(.)。然而，当使用隐式的表达式在站点地图文件中引用全局资源文件时，则该全局资源中必须包含句点，这是因为 resourceKey 语法有这样的要求。在某些编辑环境中，如 Visual Web Developer，如果在键名中使用句点，可能会得到一个设计时错误。然而，这应该不影响编辑或保存文件的功能，所以可以忽略这个错误。

因此，一旦添加了资源键，就保存该文件。这个文件将作为放到站点地图文件中的默认设置。

为了举例说明，创建另一个资源文件，名为 menu.sitemap.es.resx(es 是指西班牙(espanol))。该文件将是默认资源键所对应的西班牙语资源键，以便西班牙语访问者访问站点，这时，其看到的是西班牙语，而不是这个默认文件中设置的英语。

因此，创建了文件后，添加如图 6-16 所示的键名、值和注释。

现在建立了两个资源文件，一个默认的资源文件(英语)和一个对应的西班牙语资源文件。

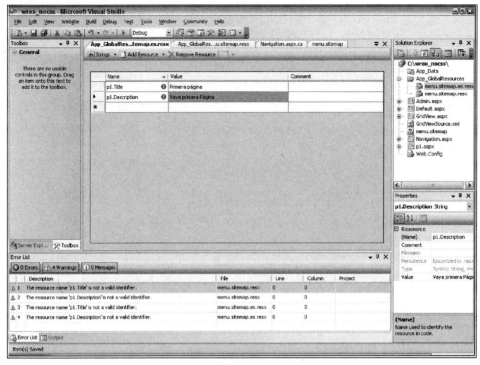

图 6-16

3. 步骤 3：告诉页面查找语言

需要执行的最后一步操作是修改引用菜单控件的页面的 Page 声明，从而自动检测 UICulture。这就意味着页面将查找访问者的语言首选项，并告诉菜单控件应使用哪种语言。为了做到这一点，Page 声明应看起来类似于如下代码：

```
<%@ Page UICulture="auto" Language="C#" AutoEventWireup="true"
    CodeFile="Default.aspx.cs" Inherits="_Default" %>
```

4. 步骤 4；测试！

此时应该已经完成了所有设置。启动应用程序，假设默认语言为英语，则该应用程序如图 6-17 所示。

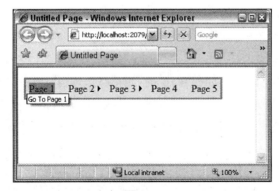

图 6-17

可以看到标题设置为 Page1，描述显示为 Go To Page1。显然，应用程序从默认资源文件中取出了键。

现在为了确认已经正确设置，可以将 Internet Explorer 中的语言设置改为西班牙语(例如，es-MX for Mexico)。如果不知道该语言设置在何处，可在 IE 7 中选择 Tool | Internet Options 命令，然后单击 Languages 按钮。可以添加一种新语言，然后将它移到列表的顶端，使其成为默认语言。选择 Spanish (Mexico) [es-MX]，将它移到列表顶端并单击 OK 按钮两次。现在刷新页面，菜单已经修改，如图 6-18 所示。

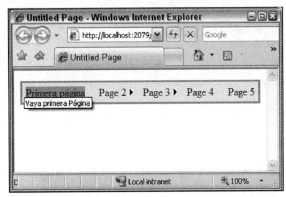

图 6-18

第一项的菜单(在本例中设置的唯一项)现在从创建的 Spanish 资源文件中取出它的值。

当然，需要设置所有资源键来处理项目中的所有菜单项，但是上述示例应该显示需要如何执行该操作，以便国际访问者访问应用程序。

6.4　使用 CSS Friendly Control Adapters

现在已经理解了 Menu 导航控件以及如何更好地定制它以符合需要，下面将该控件与 CSS Friendly Control Adapters 关联起来。

正如第 5 章中所述，Menu 控件的默认行为是呈现 HTML 表。这与 Web 标准指导原则完全相反，可能给访问者带来可访问性问题。由于这个原因，应该实际地考虑使用 CSS Friendly Control Adapters。该工具不仅能解决这些问题，而且将整个样式声明放在单独的 CSS 文件中，同时将样式和代码保存在完全不同的文件中。

因此，需要打开在第 4 章中创建的项目(最初在 C:\surfer5 中创建该项目)。设置这个项目以使用第 5 章中介绍的 CSS Friendly Control Adapters，并且现在应准备好向项目中添加菜单导航控件。

在深入研究该项目之前，确保在主页 Default.aspx 的<head>区域中进行了如下设置。

```
<link href="surfer5_v1.css" rel="stylesheet" type="text/css" />
<link runat="server" rel="stylesheet" href="~/CSS/Import.css"
    type="text/css" id="AdaptersInvariantImportCSS" />
```

```
<!--[if lt IE 7]>
    <link runat="server" rel="stylesheet"
      href="~/CSS/BrowserSpecific/IEMenu6.css" type="text/css">
<![endif]-->
```

基本上具有了指向第 4 章中创建的样式表(surfer5_v1.css)的主引用，然后链接到默认的 CSS Friendly Control Adapters 文件(Import.css 和 IEMenu6.css)。需要确保这些文件被放置在项目的目录结构中，并且必须特别注意包括 Conditional Comments，以向低于版本 7 的 Internet Explorer 浏览器提供 IEMenu6.css 样式表(第 5 章中讨论过 Conditional Comments)。

6.4.1 添加新的 web.sitemap 文件

这个项目将利用 web.sitemap 文件和 siteMapDataSource 来维护该站点的下列层次模式：

- Home (Default.aspx)
- Blog (Blog.aspx)
- Publications ( )
  - Books (Books.aspx)
  - Magazines (Magazines.aspx)
  - Online (Online.aspx)
- Presentations ( )
  - Upcoming Presentations (FutureEvents.aspx)
  - Past Events (PastEvents.aspx)
- Downloads (Downloads.aspx)
- Contact Me (ContactMe.aspx)
- Admin (Admin.aspx) [SECURE]

对于这个特定项目，不会使用特定语言的资源文件。记住这一点，应该创建如下所示的新 web.sitemap 文件(如果不记得如何添加 web.sitemap 文件，请参考本章前面"SiteMapDataSource 控件"的"web.sitemap 文件"部分)。

```
<?xml version="1.0" encoding="utf-8" ?>
<siteMap xmlns="http://schemas.microsoft.com/AspNet/SiteMap-File-1.0" >
    <siteMapNode roles="*" url="" title="surfer5.com" description="">
      <siteMapNode url="Default.aspx" title="Home"
  description="Main Page" />
      <siteMapNode url="Blog.aspx" title="Blog"
  description="Current Blog" />
      <siteMapNode url="" title="Publications" description="Current and
  Former Publications">
        <siteMapNode url="Books.aspx" title="Books" description="Books"/>
        <siteMapNode url="Magazines.aspx" title="Magazines"
    description="Magazines"/>
        <siteMapNode url="Online.aspx" title="Online Broadcasts"
        description="Online Broadcasts"/>
      </siteMapNode>
      <siteMapNode url="" title="Presentations" description="Presentations">
```

```
        <siteMapNode url="FutureEvents.aspx" title="Upcoming
        Presentations" description="Upcoming Presentations"/>
        <siteMapNode url="PastEvents.aspx" title="Past Events"
        description="Past Events"/>
    </siteMapNode>
    <siteMapNode url="Downloads.aspx" title="Downloads"
description="Available Downloads" />
    <siteMapNode url="ContactMe.aspx" title="Contact Me"
description="Contact Me"/>
    <siteMapNode roles="Admin" url="Admin.aspx" title="Admin"
description="Administrative Tools"/>
  </siteMapNode>
</siteMap>
```

注意，所有用户(注册或没有注册的)都具有对除了 Admin 页面以外的所有页面的访问
权限，而 Admin 页面仅限于 Admin 角色可以访问。当然，前提是在 web.config 文件中启
用了 securityTrimmingEnabled 属性。

6.4.2　设置 web.config 文件

需要做的下一件事情是对 web.config 文件进行调整。需要为这个项目添加站点地图和
角色信息。web.config 文件应类似于如下代码：

```
<?xml version="1.0"?>
<configuration>
    <system.web>
        <compilation debug="true"/>
        <siteMap enabled="true">
          <providers>
            <add name="myMenu"
            type="System.Web.XmlSiteMapProvider"
            siteMapFile="web.sitemap"
          securityTrimmingEnabled="true">
          </providers>
        </siteMap>
        <roleManager enabled="true"/>
    </system.web>
    <location path="Admin.aspx">
        <system.web>
            <authorization>
                <allow roles="Admin"/>
                <deny users="*"/>
            </authorization>
        </system.web>
    </location>
</configuration>
```

提供者部分包括对 web.sitemap 文件(与本章前面使用的 menu.sitemap 相对)的引用以及
roleManager 和 Admin 角色的属性。

6.4.3 添加 Menu 控件和 SiteMapDataSource

现在已经准备好向主页(Default.aspx)中添加 Menu 控件和 SiteMapDataSource 对象。需要将这些控件放在 navigationArea<div>标记中。记住，只需要将控件从工具箱拖动到页面上(可能需要删除当前在该页面中的任何无用文本)。当首次将这两个控件拖动到页面上时，会创建一个如下所示的部分。

```
<div id="navigationArea">
    <asp:Menu ID="Menu1" runat="server" />
    <asp:SiteMapDataSource ID="SiteMapDataSource1" runat="server" />
</div>
```

对于 SiteMapDataSource，需要进行两处调整。首先，需要将 SiteMapProvider 属性设置为 myMenu，该值应该对应于 web.config 中的 web.sitemap 文件设置的名称。还需要将 ShowStartingNode 设置为 false 以便菜单不显示容器结点。SiteMapDataSource 声明现在应如下所示。

```
<asp:SiteMapDataSource SiteMapProvider="myMenu" ShowStartingNode="false"
    ID="SiteMapDataSource1" runat="server" />
```

也需要对菜单控件声明进行两处调整。首先，通过 DataSourceID 属性将该控件与 SiteMapDataSource 结合在一起(将该属性设置为 SiteMapDataSouce1)。此外，需要将方向设置为 Horizontal，以使菜单横向排列而不是纵向排列。菜单控件声明现在应如下所示。

```
<asp:Menu DataSourceID="SiteMapDataSource1" Orientation="Horizontal"
    ID="Menu1" runat="server" />
```

现在应该已经设置基本的连接以运行项目，添加了新的菜单控件，并用 CSS Friendly Control Adapters 进行了格式化。

6.4.4 测试和调整

到目前为止，或许应该运行项目以确保所有代码正确运行。目前确实还没有应用任何样式，但是至少可以确保将控件放置在基本正确的位置，并且在该位置显示了希望看到的按钮(而没有显示不希望看到的按钮)。

因此，如果这时启动项目，应当有如图 6-19 所示的项目。

提示：

如果屏幕截图与图 6-19 所显示的不完全相同，则可能需要调整#navigationArea 规则中的 CSS 属性，该规则位于当前项目的 surfer5_v1.css 中。例如，可能需要将 text-align 设置为 left，将 height 设置为 30px。然而，在本章通篇均采用这种设置。如果要进行一些修改来匹配屏幕截图，则需要在继续操作之前将它们改回来。

好消息是 Administrative 链接像所希望的那样被隐藏。然而，坏消息是产生了具有下拉菜单的两个部分(Publications 和 Presentations)。这是因为当有一些没有关联 URL 的节点时，应用程序不会确保是否具有对该链接的访问权限。事实上，如果使用外部 URL(例如

http://www.wrox.com)，情况也是如此；应用程序无法知道访问者是否具有对该资源的访问
权限。

图 6-19

在这两种情况下，需要专门告诉应用程序(在 web.sitemap 文件中)哪些角色具有对这些
资源的访问权限。因此，既然这两个下拉菜单仅包含需要与所有角色共享的项，可以将角
色设置为*。修改后的 web.sitemap 文件应看起来如下所示。

```
<?xml version="1.0" encoding="utf-8" ?>
<siteMap xmlns="http://schemas.microsoft.com/AspNet/SiteMap-File-1.0" >
    <siteMapNode roles="*" url="" title="surfer5.com" description="">
      <siteMapNode url="Default.aspx" title="Home"
    description="Main Page" />
      <siteMapNode url="Blog.aspx" title="Blog"
    description="Current Blog" />
      <siteMapNode roles="*" url="" title="Publications"
    description="Current and Former Publications">
        <siteMapNode url="Books.aspx" title="Books" description="Books"/>
        <siteMapNode url="Magazines.aspx" title="Magazines"
    description="Magazines"/>
        <siteMapNode url="Online.aspx" title="Online Broadcasts"
    description="Online Broadcasts"/>
      </siteMapNode>
      <siteMapNode roles="*" title="Presentations"
    description="Presentations">
        <siteMapNode url="FutureEvents.aspx" title="Upcoming
```

```
Presentations" description="Upcoming
Presentations"/>
    <siteMapNode url="PastEvents.aspx" title="Past Events"
description="Past Events"/>
  </siteMapNode>
  <siteMapNode url="Downloads.aspx" title="Downloads"
description="Available Downloads" />
  <siteMapNode url="ContactMe.aspx" title="Contact Me"
description="Contact Me"/>
  <siteMapNode roles="Admin" url="Admin.aspx" title="Admin
description="Administrative Tools"/>
 </siteMapNode>
</siteMap>
```

如果重新启动应用程序，该应用程序现在应如图 6-20 所示。

图 6-20

正如所看到的，所有结点对所有来访的用户开放，并且锁定为仅有 Admin 角色用户可以访问的一个链接没有显示出来。当然，这时该应用程序还不是很美观。然而，下一节将对此进行介绍。

6.4.5 美化应用程序

您可能已经猜到了，需要使用 CSS 规则格式化新的菜单项。为了实现可维护性，建议创建仅包含定义控件样式的规则的新 CSS 文件。为此，在项目中创建一个新的样式表，将其称为 surfer5menu.css。

也需要修改菜单控件以引用将在这个文件中定义的新类。为了执行该操作，需要向菜单控件中添加非标准的(也就是说，会在其下方看到难看的红色波浪线)属性 CssSelectorClass，并将该属性设置为将设置的类名。对于该示例，可以称为 surfer5menu，但是不一定要匹配 CSS 文件的名称；可以将该类命名为任何所需的名称。无论如何，新的菜单控件声明应该类似于如下代码：

```
<asp:Menu CssSelectorClass="surfer5menu" DataSourceID="SiteMapDataSource1"
 Orientation="Horizontal" ID="Menu1" runat="server" />
```

还需要在 Default.aspx 的<head>区域中添加对新 CSS 文件的引用，类似于如下代码：

```
<link href="surfer5Menu.css" rel="stylesheet" type="text/css" />
```

现在，在 surfer5menu.CSS 中设置前两组规则：

```
.surfer5menu .AspNet-Menu-Horizontal
{
   position:relative;
   z-index: 300;
}
.surfer5menu ul.AspNet-Menu /* Tier 1 */
{
   float: right;
}
```

这些规则定义了菜单控件的第一层。告诉浏览器呈现与其他文本内联的菜单，并将其浮动到存放该菜单的容器的右边。此外，将 z-index 属性设置为 300，以使菜单浮动到其他浮动部分的上方。

规则的下一部分定义了菜单的第二层。

```
.surfer5menu ul.AspNet-Menu ul /* Tier 2 */
{
   width: 9em;
   left: 0%;
   background: #eeeeee;
   z-index: 400;
}
.surfer5menu ul.AspNet-Menu ul li /* Tier 2 list items */
{
   width: 8.9em;
   border:1px solid #cccccc;
   float: left;
   clear: left;
   height: 100%;
}
```

提示：

由于适合于该示例，因此将层(tier)定义为菜单的不同层。Tier1 是菜单控件的最顶层，在加载页面时可以看到这些项。Tier2 项是在每个 Tier1 项下展开的项，Tier 3 项从 Tier 2 中展开，以此类推。

第一组规则设置<ul>标记，为第二层产生的列表呈现该标记。在这些规则中，将宽度设置为 9em，背景颜色设置为#eeeeee(浅灰色)。在下一组规则中，定义呈现的无序列表中的实际列表项。为此，将宽度设置为比<ul>定义小 0.1em，并将颜色设置为#cccccc，比灰色阴影稍深一些。

下面两组规则定义第二层后的任意层的基本格式，然后定义了保持一致的所有层列表项的格式(不一定在层之间更改格式)。

```
.surfer5menu ul.AspNet-Menu ul ul /* Tier 3+ */
{
    top: -0.5em;
    left: 6em;
}
.surfer5menu li /* all list items */
{
    font-size: x-small;
}
```

在第一组规则中，要求呈现结果输出稍微覆盖原有列表的列表(即 Tier3 将稍微覆盖 Tier2)。最后一部分将所有列表项的字体定义为 x-small。

下面三个部分最终开始建立菜单控件应该具有的外观。

```
.surfer5menu li:hover, /* list items being hovered over */
.surfer5menu li.AspNet-Menu-Hover
{
    background: #477897;
}
.surfer5menu a, /* all anchors and spans (nodes with no link) */
.surfer5menu span
{
    color: #477897;
    padding: 4px 12px 4px 8px;
    background: transparent url(arrowRight.gif) right center no-repeat;
}
.surfer5menu li.AspNet-Menu-Leaf a, /* leaves */
.surfer5menu li.AspNet-Menu-Leaf span
{
    background-image: none !important;
}
```

提示：

您可能注意到在第三部分中的背景图像规则后面添加了"!important"。所有主要的浏览器都能识别这个命令，它说明不管接下来采用什么规则，都优先采用这个规则。例如，如果在下一行中添加 background-image:url(someimage.jpg);，所有浏览器都会保持"none"规则，并忽略产生冲突的"someimage.jpg"背景规则。应当注意，在 IE 7 之前的 Internet Explorer 版本中对!important 命令的支持有一定的限制。具体地说，如果在同一个选择器中有与其产生冲突的规则，就会忽略该规则。因此，如果计划使用这种便利的命令，应注意经常测试。

第一部分设置了悬停在其上的列表项的行为。在第 3 章中建立的调色板将背景颜色设置为深蓝色。在下一组规则中，使用相同的颜色定义菜单控件中的所有列表项的文本颜色。此处也创建了这些项的补白和背景规则。最后一组规则重新设置箭头图像，将其用于声明特定结点具有子结点 (也就是说，该规则重写了 arrowright.gif 规则，声明不应对没有子结点的结点使用图像)。如果还没有执行复制操作，则需要将 arrowRight.gif 和 activeArrowRight.gif 复制到根目录中(它们是 CSS Friendly Control Adapter 预演(walk-thru)文件的一部分)。

最后两部分看起来很长，但是实际上并非如此，它们执行一个简单的功能：定义文本颜色和悬停文本的箭头图像。

```
.surfer5menu li:hover a, /* hovered text */
.surfer5menu li:hover span,
.surfer5menu li.AspNet-Menu-Hover a,
.surfer5menu li.AspNet-Menu-Hover span,
.surfer5menu li:hover li:hover a,
.surfer5menu li:hover li:hover span,
.surfer5menu li.AspNet-Menu-Hover li.AspNet-Menu-Hover a,
.surfer5menu li.AspNet-Menu-Hover li.AspNet-Menu-Hover span,
.surfer5menu li:hover li:hover li:hover a,
.surfer5menu li:hover li:hover li:hover span,
.surfer5menu li.AspNet-Menu-Hover li.AspNet-Menu-Hover li.AspNet-Menu-Hover a,
.surfer5menu li.AspNet-Menu-Hover li.AspNet-Menu-Hover li.AspNet-Menu-Hover span
{
    color: White;
    background: transparent url(activeArrowRight.gif) right center no-repeat;
}
.surfer5menu li:hover li a, /* the tier above this one is hovered */
.surfer5menu li:hover li span,
.surfer5menu li.AspNet-Menu-Hover li a,
.surfer5menu li.AspNet-Menu-Hover li span,
.surfer5menu li:hover li:hover li a,
.surfer5menu li:hover li:hover li span,
.surfer5menu li.AspNet-Menu-Hover li.AspNet-Menu-Hover li a,
.surfer5menu li.AspNet-Menu-Hover li.AspNet-Menu-Hover li span
{
    color: #477897;
    background: transparent url(arrowRight.gif) right center no-repeat;
}
```

　　第一组规则将悬停文本的颜色设置为白色，并向所有菜单项添加箭头图形。然而，前面的重写版本删除不带子结点的结点图像。最后一组规则创建初始(顶层)结点的文本颜色，并设置它的箭头图像。与前面一样，前面定义的重写版本删除了没有子结点的结点的箭头图形。

　　这时，最终的 CSS 文件应该类似于如下代码。

```
.surfer5menu .AspNet-Menu-Horizontal
{
    position:relative;
    z-index: 300;
}
.surfer5menu ul.AspNet-Menu /* Tier 1 */
{
    float: right;
}
.surfer5menu ul.AspNet-Menu ul /* Tier 2 */
{
    width: 9em;
    left: 0%;
    background: #eeeeee;
    z-index: 400;
}
.surfer5menu ul.AspNet-Menu ul li /* Tier 2 list items */
{
    width: 8.9em;
    border:1px solid #cccccc;
    float: left;
    clear: left;
    height: 100%;
}
.surfer5menu ul.AspNet-Menu ul ul /* Tier 3+ */
{
    top: -0.5em;
    left: 6em;
}
.surfer5menu li /* all list items */
{
    font-size: x-small;
}
.surfer5menu li:hover, /* list items being hovered over */
.surfer5menu li.AspNet-Menu-Hover
{
    background: #477897;
}
.surfer5menu a, /* all anchors and spans (nodes with no link) */
```

```
.surfer5menu span
{
    color: #477897;
    padding: 4px 12px 4px 8px;
    background: transparent url(arrowRight.gif) right center no-repeat;
}
.surfer5menu li.AspNet-Menu-Leaf a, /* leaves */
.surfer5menu li.AspNet-Menu-Leaf span
{
    background-image: none !important;
}
.surfer5menu li:hover a, /* hovered text */
.surfer5menu li:hover span,
.surfer5menu li.AspNet-Menu-Hover a,
.surfer5menu li.AspNet-Menu-Hover span,
.surfer5menu li:hover li:hover a,
.surfer5menu li:hover li:hover span,
.surfer5menu li.AspNet-Menu-Hover li.AspNet-Menu-Hover a,
.surfer5menu li.AspNet-Menu-Hover li.AspNet-Menu-Hover span,
.surfer5menu li:hover li:hover li:hover a,
.surfer5menu li:hover li:hover li:hover span,
.surfer5menu li.AspNet-Menu-Hover li.AspNet-Menu-Hover li.AspNet-Menu-Hover a,
.surfer5menu li.AspNet-Menu-Hover li.AspNet-Menu-Hover li.AspNet-Menu-Hover span
{
    color: White;
    background: transparent url(activeArrowRight.gif) right center no-repeat;
}
.surfer5menu li:hover li a, /* the tier above this one is hovered */
.surfer5menu li:hover li span,
.surfer5menu li.AspNet-Menu-Hover li a,
.surfer5menu li.AspNet-Menu-Hover li span,
.surfer5menu li:hover li:hover li a,
.surfer5menu li:hover li:hover li span,
.surfer5menu li.AspNet-Menu-Hover li.AspNet-Menu-Hover li a,
.surfer5menu li.AspNet-Menu-Hover li.AspNet-Menu-Hover li span
{
    color: #477897;
    background: transparent url(arrowRight.gif) right center no-repeat;
}
```

如果现在在 Internet Explorer 中启动应用程序,应该看到如图 6-21 所示的图像。

现在已经将菜单控件与 web.sitemap 文件关联,完成了安全设置,并且使用 CSS Friendly Control Adapters 格式化整个控件,从而获得了更好的可访问性和可维护性。

图 6-21

6.5 浏览器检查

到目前为止就基本上完成了导航系统。然而，与以前一样，应当在所有相关浏览器中运行该应用程序。对于当前的讨论，至少应该在 Internet Explorer、Mozilla Firefox 和 Netscape Navigator 的最新版本上运行该应用程序。

第一个测试是在 Internet Explorer 中运行应用程序，如上一节最后一部分所示，该应用程序正常运行。然而，可能需要在 IE 6 中运行该应用程序，从而确保它在该版本上也能正常运作。

第二个测试是在 Mozilla Firefox 中运行应用程序，该应用程序似乎也能正常运作。所有内容都被格式化为接近于在 Internet Explorer 中看到的外观；只有有一些细微的区别，但是不会引起访问者的任何注意。菜单按照预期的情况运行，外表也很美观。

然而，最后一个测试引起了人们的关注。如果在 Netscape 浏览器中运行应用程序，会注意到悬停菜单似乎能运行——至少第一次能运行。然而，在开始实际使用这些菜单时，它们就会消失。它们最初似乎是随意消失，因为如果足够快速，它们也许会按照期望的方式运行。或者，有时这些菜单似乎能正常工作，而其他时候却不能。

问题在于在 CSS 文件中定义 bodyRight 分区的方式，在第 4 章中创建了该 CSS 文件。产生问题的命令是设置为处理超出区域范围的内容的覆盖规则。这个规则被设置为自动，意味着它在必要时会创建滚动栏，而在不适合的时候就隐藏滚动栏。

然而，该覆盖规则并不知道如何处理来自外部的溢出。当 Menu 控件侵入它的区域时，溢出规则就会删除重叠的菜单。

因此，为了在 Netscape 浏览器中进行补救，必须按如下代码所示修改 surfer5_v1.css 中的 bodyRight 声明的覆盖规则。

```
#bodyRight
{
    clear: right;
    padding-right: 10px;
    padding-left: 10px;
    font-size: 0.8em;
    float: right;
    padding-bottom: 10px;
    vertical-align: top;
    width: 530px;
    color: #477897;
    padding-top: 10px;
    font-family: Arial;
    position: static;
    text-align: justify;
    overflow: visible;
}
```

执行该操作应该不会影响其他任何浏览器中的菜单的整体功能，相反，会修复 Netscape 浏览器中菜单的悬停效果。然而，已经更改了应用程序处理大于为该区域定义的 530 像素的内容的方式。因此，如果放入一个 600 像素的图像，该图像就会跨出白色区域。

这可能是目前最好的备选方法。可以按照如下方式调整应用程序：添加功能以将 Netscape 浏览器的用户指向单独的 CSS 文件，该文件会为这些访问者重写覆盖规则。但是对于这种细微的影响，采用这种方式可能有些浪费。暂时可以让溢出规则保持有效，并且控制放在这个区域中的任何内容的宽度即可。

是否执行了充分的浏览器检查

至于其他方面，需要了解自己的观众。如果认为这些观众已经包括了潜在站点访问者，那么就不需要执行更多的浏览器检查。但是，如果不能确信这一点，就可能需要更深入地进行浏览器比较。例如，图 6-22 显示了使用 Internet Explorer 访问站点的访问者所看到的站点外观。

正如所看到的，菜单是完全隐藏的。您可能认为 IE 6 和 IE 7 会以相同的方式处理 CSS 规则，但实际情况并非如此。这进一步说明了使用 CSS 的固有风险：缺乏浏览器兼容性，甚至在相同浏览器的不同版本之间也缺乏兼容性。可以预期的是，在 Internet Explorer、Netscape 和 Firefox 中处理 CSS 规则的方式会有很大的区别。另一方面，人们可能直觉地认为浏览器不同版本的操作方式基本相同，但事实并非如此。

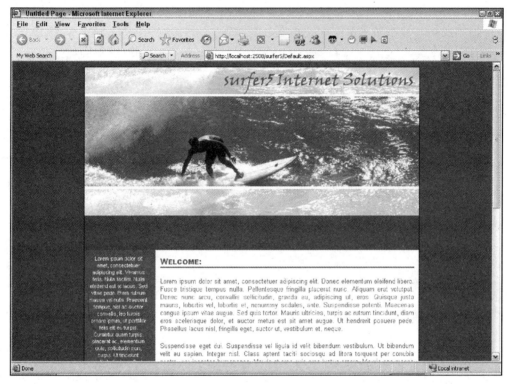

图 6-22

这里的问题是 IE 6 处理菜单的 LI 元素宽度的方式。由于没有特别设置宽度，浏览器隐藏了所有内容。例如，如果浏览器仅使链接的外观改变(例如，采用垂直平铺而非水平平铺)，这也许是可接受的改动。但是如图 6-22 所示，链接完全消失。此外，在第 2 章中提及，截止到 2007 年 5 月，IE 6 用户总计超过 4400 万，占浏览器用户总数的 56%。显然，当 IE 7 获得的市场占有率越来越多时，关注于 IE 6 这个版本就显得不太重要了。然而，至少目前应考虑采用一种使 IE 6 用户使用起来更为方便的方式。

这种修复实际上非常简单。只需要将链接的第一行(Tier 1 链接)增加到指定的宽度即可。如果将宽度设置得太小，它会扩展以容纳其中的内容。然而，如果没有指定宽度，就会向浏览器隐藏所有内容。

此处计划使用 IE 6 中的具体呈现方式，因此可能要建立一个新的 CSS 文件，该文件仅保存特定浏览器的重写规则。记住这一点，创建名为 surfer5menuIE6.css 的新 CSS 文件。在这个文件中需要的唯一规则是要重写原始 CSS 菜单文件(surfer5menu.css)中的现有规则。同样，需要做的只是重写第一行的菜单控件中 LI 元素的宽度。为了执行该操作，只需要添加如下规则。

```
.surfer5menu ul.AspNet-Menu li /* Tier 1 */
{
```

```
    width: 1em;
}
```

正如所看到的，只是将宽度设置为任意小的数量(在该示例中是 1em)。任何内容都不会有这么小的宽度，因此对于顶层的每个链接，宽度都会增长以容纳链接的内容。

然而，该操作潜在地带来一个小问题。内容会增长，但是如果文本中有空格，就会换到下一行显示文本。因此，在这个项目的菜单中，Contact Me 将被截断，使得 Contact 在一行上显示，而 Me 在另一行上显示。为了修复这个问题(假设想修复)，需要创建一个用于文本的规则，表明"不要将这个元素的内容换行"。可以通过该规则的空白属性完成该操作，如下所示。

```
.surfer5menu ul.AspNet-Menu li /* Tier 1 */
{
    width: 1em;
    white-space: nowrap;
}
.surfer5menu ul.AspNet-Menu ul li /* Tier 2 list items */
{
    white-space: normal;
}
```

在该示例中，告诉浏览器不允许对链接的第一行进行换行，但允许对第二层上的链接进行换行。如果不允许对第二层上的链接进行换行，菜单看起来就会比较奇怪，因为有些链接将扩展超出菜单的原始定义宽度，而其他链接则不会。为了修正该问题，只需对接下来的一系列链接重新启用换行。对于该项目，不能对超出两层的链接进行换行，但是如果这样操作，就需要修改更多层中的链接。

最后，为了将这些规则应用到项目中，需要修改 ASPX 页面中的 CSS 引用。具体地说，需要修改项目的 HEAD 部分的区域，该区域处理 IE 7 版本以前的 Internet Explorer，代码如下所示。

```
<!--[if lt IE 7]>
    <link runat="server" rel="stylesheet"
      href="~/CSS/BrowserSpecific/IEMenu6.css" type="text/css">
    <link href="surfer5menuIE6.css" rel="stylesheet" type="text/css" />
<![endif]-->
```

只有在访问者使用 IE 7 之前的 Internet Explorer 版本访问站点时，才会执行刚刚设置的重写规则。因此，不会看到这些规则对其他浏览器或 Internet Explorer 的其他版本产生任何影响。在 IE 6 中查看时，项目现在应该如图 6-23 所示。对于测试的所有以前的版本，应该没有任何明显的改动。

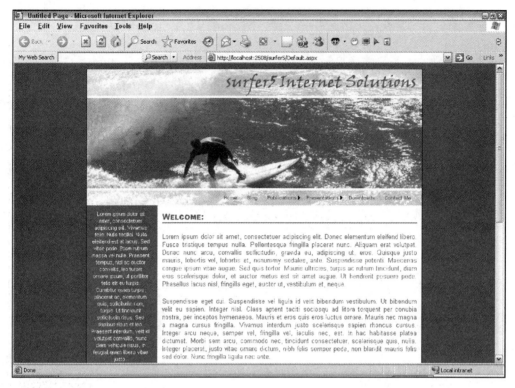

图 6-23

6.6 特别提示：面包屑

网站的一个逐渐流行的功能是面包屑(breadcrumb)。如果不能立刻知道它是什么，可以设想一个站点，该站点显示了所在的页面，以及站点中深入的层级。例如，该站点可能显示一些如下所示的信息：Home:: Publications::Books。

对于新的菜单控件，可以非常方便地向站点中添加这项功能。在 ASP.NET 中，该控件称为 SiteMapPath，它位于与 Menu 控件相同的 Navigation 工具组中。如果需要使用该控件，只要将其拖动到页面上以创建如下所示的代码(将这段代码放在页面的 bodyRight<div>区域中)即可。

```
<asp:SiteMapPath ID="SiteMapPath1" runat="server" />
```

由于使用了这些代码，现在站点中就有了浏览路径记录(Breadcrumb Trail)，如图 6-24 中所示。

关于这个控件的有趣的事情是不能手动将它与 web.sitemap 文件关联，该控件自动与 web.sitemap 文件直接关联。同样，不能关闭呈现的初始结点。如果需要的话，可以通过 CSS 或者控件的属性来修改样式。也可能想要修改结点之间的分隔符。例如，可能希望将分隔符改为某些类似于"::"的标记。为了执行该操作，按照如下所示的代码修改 SiteMapPath

控件声明：

```
<asp:SiteMapPath ID="SiteMapPath1" runat="server" PathSeparator=" :: "/>
```

图 6-24

在查看显示方式时，可能决定调整 CSS 文件中的头类(Header Class)，以使其与浏览路径记录更好地结合起来。例如，可能修改类规则，如下所示

```
.header
{
    font-size: 1.3em;
    float: left;
    width: 99%;
    color: #FFFFFF;
    font-family: 'Arial Black';
    font-variant: small-caps;
    background-color: #477897;
    padding-left: 1%;
}
```

执行上述代码将会创建如图 6-25 所示的网站。

现在您应该具有站点的完整外观，并且准备好学习更高级的主题：母版页(Master Page)。

图 6-25

6.7　小结

任何有多个视图或数据或关联页面的 Web 项目都需要某种类型的导航系统。该导航系统应该易于维护，易于被访问者理解和使用，并且使最多数量的用户进行访问。在过去，设计这种导航系统给没有使用过.NET 初始版本(1.0 和 1.1)的 ASP 开发人员带来了严峻的挑战。

然而，新的.NET 2.0 Framework 为开发人员提供了一系列工具，通过这些工具可以非常方便地创建和维护功能强大的导航系统。本章介绍了如何实现其中的两个控件：Menu 控件和 SiteMapPath 控件。对于 Menu 控件，本章介绍了如何将其与名为 web.sitemap 文件的基于 XML 的数据源关联在一起。本章还介绍了如何将 Menu 控件与成员关系 API 相关联，从而为世界各地的观众提供全球化的内容。最后，本章介绍了如何将控件与 CSS Friendly Control Adapters 集成，以使更多的人访问呈现的输出。

本章也详细介绍了 SiteMapPath 控件，该控件提供浏览路径记录以显示访问者现在位于站点层次模式中的何处。此外也介绍了浏览器兼容性问题以及解决方法。

到目前为止，应该对如何集成综合性的导航系统有了很好的理解，综合性的导航提供提供了您所喜欢的可维护性，以及访问者将欣赏的易用界面。您应当有一个外观整洁的项目，并准备好将它设置成所有页面的模板，这就是下一章将介绍的母版页(Master Page)的作用。

第 7 章

母 版 页

不论站点的设计多么优秀,如果不能一致地将该设计推广到整个站点,那么所有工作都是白费。到目前为止,本书简要地介绍了创建外表美观并且易于访问者使用的站点的基础知识,以及在设计 Web 项目时应该考虑的不同事项,例如不同浏览器的支持、潜在的访问者和无障碍性。此外,本书也介绍了创建和设计图像的基础知识,并且概述了层叠样式表(Cascading Style Sheet,CSS)以及如何使用 Visual Studio 的强大功能将这些规则集成到站点中。最后,本书介绍了如何为站点创建一致的、灵活的和可访问的导航。

但是,所有这些功能只在一个页面(Default.aspx)中使用。将这些代码复制到站点内的每个页面就会产生严重的维护问题。因为用户细小的设计调整就不得不更新数以千计的页面,您能够想象这种情况吗?您真正需要的是一种创建可重用模板的方法,这个模板可以合并到站点中的每个页面。这会让项目中的所有页面看起来具有相同的外观,并且随着项目的不断成熟,维护工作也会更为容易。如果在一年内需要重做整个站点,只需要改变模板,而不需要编码应用程序的所有页面。使用母版页完全可以做到这一点。

7.1 母版页的发展过程

创建模板化应用程序的思想并不新颖。多年以来,人们已经在大多数计算机软件和应用程序中使用模板。例如,最常见的实践工作是使用 Microsoft Word 中提供的模板来创建标准文档,如简历和传真封面。或者,也许更好的示例是创建新的 PowerPoint 演示文稿。创建新的演示文稿时,系统会提供一张空白幻灯片,并且会指定该幻灯片的标题和子标题区域,如图 7-1 所示。

然而在进行 Web 设计时,就不一定有这种简单的解决方案。早期的大多数开发人员都局限于使用服务器端嵌入指令(Server-side Include)给页面创建模板化外观。例如,开发人员可能创建 header.inc 和 footer.inc 文件,并通过下面的代码将它们导入每个页面。

```
<!--#include file="header.inc" -->

    Hello, world!

<!--#include file="footer.inc" -->
```

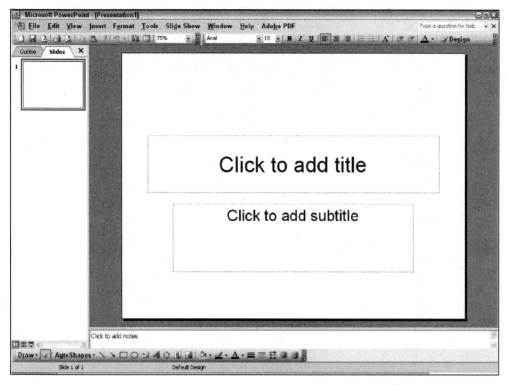

图 7-1

这就允许开发人员在分离的文件中包含页眉和页脚区的所有格式，这些文件会被一致地导入 Web 项目中。通过这种方式，如果要改变样式或者结构，只要调整一个或者两个文件就可以将改动传送到包含它们的所有页面。

许多开发人员仍然在使用这种方法，因为它一致并且可靠。然而，对于.NET 开发而言，这种方法有一些不足之处：首先，这不是真正意义上的模板。要为"模板"维护至少两个不同的文件，这些文件可能又导入其他一些文件。维护这种方法就会带来问题。

另外，对在导入文件中使用什么代码也要非常关注。例如，如果决定使用 ASP.NET 编码，就必须考虑一些新的事项。首先，在页面中只有一条@Page 指令。因此，如果有 3 个 ASPX 页面(一个用于页眉，一个用于页脚，最后一个用于导入另外两个文件的页面)，那么在最终呈现的页面中就有 3 个页面指令。从技术上说该页面不会呈现，因为它没有通过编译。但是，只要了解这种思想即可。

深入思考这个问题，还要关注在这 3 个文件中使用什么方法和函数。例如，如果在页眉和内容页面上有一个 Button 控件(都称为 Button1)，当单击这些按钮时，调用 Button1 _OnClick( )，那么页面不知道如何处理这种明显的差异。换句话说，当在内容页面中单击 Button1 按钮时，它并不知道应该调用哪种 Button1_OnClick 方法，当试图这样做时，就会出现运行时错误。

随着.NET 1.0 和.NET 1.1 的出现，开发人员开始尝试应用用户控件为页面创建一致的布局。方法之一是在知道内容去向哪个页面时，可以创建静态的 ASPX 页面，它提供所有页面都必须包含的布局，然后，放置创建的用户控件来表示不同的页面。例如，可以创建一个名为 Default.aspx 的页面，它包含页面的所有结构和设计方面，包括明确定义的内容区域。在内容区域内部，可以导入提供内容的用户控件(ASCX 文件)。可能有一个名为 ContactUs.ascx 的用户控件，它为 Contact Us 页面提供全部内容。相比于创建真正的页面(如 ContactUs.aspx)，可以通过实现下面的代码将 ASCX 文件加载到 Default.aspx 中(假设在页面上有一个名为 PlaceHolder1 的 PlaceHolder 控件)：

```
Me.PlaceHolder1.Controls.Add(LoadControl("ContactUs.ascx"))
```

当然，页面中必须有某种类型的逻辑来告诉 Default.aspx 导入哪个用户控件。通常通过 URL 查询字符串参数完成该操作。

正如所看到的，事情很快就会变得非常复杂。首先，要每次加载一个页面，并且必须告诉页面导入哪个控件。因此，程序员必须记住 Default.aspx?tab=1 应该表示什么，以及它与 Default.aspx?tab=12 有什么不同。使用这个示例，还需要代码来确定传递给页面的查询字符串是否有效(以某种方式确定是不是真正的用户控件)，在不合法时应该怎么做。当创建第一个页面时，这似乎还很直观，但如果 6 个月后需要添加新的"页面"，情况又如何？或者如果继承这个项目并且甚至以前从没有接触过，情况又如何？理解使用的所有控件以及如何将它们用于页面需要多长时间？对于负责维护使用这种方法构建网站的人而言，这些问题让人非常头疼。

另一个问题是，当设计用户控件时，在将它呈现在浏览器上之前，并不知道它在项目中看起来是什么样子。换句话说，独立于 ASPX 页面修改 ASCX 文件。当创建用户控件并查看 Design 选项卡时，只能看到为该控件设置的格式。例如，看不到 Default.aspx 的页眉和页脚区域。这就更难确保这些控件中提供的内容与站点的其他内容一致。当然，正确完成操作之后，可以通过 CSS 控制控件的外观(在大多数情况下)，但在项目的编码和设计阶段，这项工作还是很麻烦的。

需要一种更好的方法来创建站点模板，Microsoft 在.NET Framework 的 2.0 版本中提供了一种方法：母版页。母版页是 Microsoft 提供的第一个协商成果，用来处理目前面临的所有问题。母版页是单个 ASP.NET 页面，它包含站点的完整结构。这意味着没有将这个页面用作导入大量用户控件(以及通过查询字符串或者类似方法以编程方式使这些用户控件"页面"区别于所涉及的所有复杂工作) 的模板，而是采用单个模板页面，站点的其他所有页面都可以继承该页面。将该模板中的特定区域定义为内容区域(可以根据需要定义任意多多个区域)。可以在内容页面上放置 Button 控件，让母版页有相同的名称和相同的引用方法，并且不会产生冲突。不会有关于冲突页面声明的问题，因为在母版页中没有页面声明。导入母版页的编码相对简单，完成该操作之后，在 Visual Studio 2005 的 Design 选项卡中可以看到呈现的完整页面(在大多数情况下)。从界面的角度来看，母版页是.NET Framework 2.0 版本最重要的增强。

7.2　母版页的定义

　　母版页只是保存网站结构的一个页面。该文件通过.master 文件扩展名指定，并且通过内容页面的@Page 指令的 MasterPageFile 属性导入到内容页面。它们可以提供站点中所有页面都能使用的模板。实际上，它们并不保存单个页面的内容甚至是页面的样式定义，而只提供站点外观的蓝图，然后将该模板与分离的 CSS 文件(如果合适)中的样式规则集连接起来。

　　更好的示例可能是作者为 Wrox 出版社写书的过程。当程序员决定为 Wrox 写书时，出版社就会给他提供一组关于如何设计页面格式的指导原则，包括有关图像分辨率甚至字体大小和屏幕截图格式的具体规则，以及关于使用的标题样式和用来创建手稿的页面页边距的需求。Wrox 出版社的编辑为程序员提供了指导原则和可以在 Windows 环境中使用的主题文件，让手稿和所有相关屏幕截图与提供给出版社的其他手稿看起来一样。如果站在距离显示特定手稿的显示器 10 英尺的位置，就很难将它与其他手稿区分开来。屏幕截图的屏幕分辨率相同，都使用相同的字体和颜色。手稿使用相同的边框和字体。然而，这只是表面现象。很明显，如果靠近显示器阅读上面的内容，就很容易区分手稿。程序员使用自己的思想、概念和示例来填充原始页面，使用模板和出版社提供的指导原则作为起点。按照这种方法，程序员不需要考虑"标题使用什么字体？"或者"屏幕截图使用什么颜色？"这样的问题。遵循出版社提供的指导原则、模板和主题即可解决这些问题。也许更重要的是，该方法允许开发人员通过不同的计算机创建手稿，而不需要对最终手稿的外观进行较大的改动。更广泛地说，该方法允许不同的程序员从全球不同的地理位置创建一份手稿，至少从样式上来说，手稿的各个章节都是一致的，不论实际上由哪位作者创建哪一章。

　　这就为程序员在设计 Web 页面时提供了相同的原则。开始需要花时间提出特定应用程序所需的界面。重点关注图形、样式和布局。创建图像并确定颜色方案。创建样式规则并保存在 CSS 文件中。区域被定义为填充内容的内容区域，该内容出自后续过程中的程序员。可能有一些从内容页面继承的共享属性或者函数，但是在大多数情况下，母版页最好作为定义页面结构的一种方式。一旦完成这个阶段的工作，程序员就可以引用母版页，然后用特定页面的相关内容填充其内容区域。不必担心导入用户控件或者服务器端嵌入指令，也不需要为每个页面重新创建样式。其实也不必担心创建一致的布局；使用母版页的所有页面看起来都相同(至少类似)。很明显，程序员要知道应创建哪些样式规则，例如，如何称呼页面的标题文本分区(如< div class="header" > </div>)。一旦知道了这些规则，程序员就可以编写代码/内容。这会加速创建过程，并且有助于创建一致的和更易于维护(对于开发人员而言更为重要)的站点。可能最重要的是，一些编码人员可以参与同一个项目，并且会创建具有一致外观的页面，即使其不在同一个办公室甚至同一个国家工作。只要有他们都能够引用的共享母版页，最终使页面看起来都一样。

提示：

当然，如果为公司或者组织设计站点，还要适当考虑组织的现有徽标和颜色方案。

7.3 开始编码工作

既然已经理解母版页能够做什么以及 Web 开发如何导致母版页的创建，现在应该查看如何实际地使用母版页了。如果有创建网站的经验但从未使用母版页作为模板机制，则会很惊讶地发现使用它其实非常简单。

在更新 surfer5 项目之前，本章先详细讨论母版页的细节。应该启动一个新项目来实践这些新概念。因此，在 Visual Studio 2005 中打开一个新的 Web 项目，选择 Website | Add New Item 命令，得到的屏幕如图 7-2 所示。

图 7-2

需要选择母版页用作新项的模板。可以将页面命名为任何想要的名称，但应该保留.master 文件扩展名。应该选择编码的语言，虽然这并不是特别相关，除非要在母版页上进行任何后台编码。虽然在有些情况下需要选择编码的语言，但对于大多数项目来说并不需要执行该操作。还应该注意到，母版页文件的语言不会指定继承它的内容页面的语言。这就意味着可以有一个包含VB语言声明的母版页文件以及继承该母版页并且有C#语言的内容页面(或者相反)。为了说明这一点，假设一个设计人员负责创建项目的外观，并倾向于使用 VB.NET。她可以很容易地在 VB 中创建母版页，而不必担心团队其他人优先使用的编码语言。一旦完成 VB 母版页，团队中的开发人员可以用自己选择的语言(VB 或者

C#)来编码 VB 母版页。即使母版页中有一些公有属性或者方法是用 VB 编写的，C#内容页面也可以访问它们。这种独立于母版页的语言是母版页最优秀的特性之一。

然而对于该示例来说，只需要选择自己熟悉的语言，然后单击 Add 按钮。这会在项目中创建一个名为 MasterPage.master 的文件，如下所示：

```
<%@ Master Language="C#" AutoEventWireup="true" CodeFile="MasterPage.master.cs"
    Inherits="MasterPage" %>

<!DOCTYPE html PUBLIC "-//W3C//DTD XHTML 1.0 Transitional//EN"
    "http://www.w3.org/TR/xhtml1/DTD/xhtml1-transitional.dtd">

<html xmlns="http://www.w3.org/1999/xhtml" >
<head runat="server">
    <title>Untitled Page</title>
</head>
<body>
    <form id="form1" runat="server">
    <div>
        <asp:contentplaceholder id="ContentPlaceHolder1" runat="server">
        </asp:contentplaceholder>
    </div>
    </form>
</body>
</html>
```

对于提供的默认代码而言，有一些值得注意的元素。第一个就是@Page 声明，这里没有使用该元素。母版页的声明语句是@Master 声明。除此之外，该声明与在前面创建的其他页面中经常看到的@Page 声明完全相同。需要注意 Language、AutoEventWireup、CodeFile 和 Inherits 属性，它们被设置为直观的值。实际上，如果将@Master 声明与标准的@Page 声明进行比较，除了在刚才提到的属性值中使用的声明名称和文件名称之外，将看不到任何差异。这两种声明在这方面是相同的。如果深入研究所有属性，就会发现许多差别。然而，目前只需要知道它们有一些共享属性，并且在默认情况下，Visual Studio 使用@Master 或者@Page 声明创建新文件，这些声明的属性与初始声明中的属性相同。

另外值得注意的是文件中间的代码，如下所示：

```
<asp:contentplaceholder id="ContentPlaceHolder1" runat="server">
</asp:contentplaceholder>
```

这段代码在模板中创建一个填充内容的区域，这些内容来自程序员创建的内容页面。每个内容页面在其代码中都要引用该占位符的 ID，并且将页面中的内容粘贴到这个特定区域内。

值得注意的是，在母版页中并不仅限于一个占位符。实际上，可以根据需要为页面建立许多占位符。然而，应该将使用的数量限制为实际需要的数量。例如，如果在母版页中有 100 个占位符，那么内容可能不够集中，更重要的是，维护起来非常麻烦。默认情况下使用一个占位符，而在实践中使用 2~3 个占位符很常见。如果使用更多的占位符，就应该评估如何使用母版页，以及是否有更简单的方法来处理内容。

然而，为了弄清楚在项目中如何使用这些占位符，请查看下面的代码：

```
<%@ Master Language="C#" AutoEventWireup="true" CodeFile="MasterPage.master.cs"
    Inherits="MasterPage" %>
<!DOCTYPE html PUBLIC "-//W3C//DTD XHTML 1.0 Transitional//EN"
    "http://www.w3.org/TR/xhtml1/DTD/xhtml1-transitional.dtd">

<html xmlns="http://www.w3.org/1999/xhtml" >
<head runat="server">
    <title>Untitled Page</title>
</head>
<body bgcolor="navy">
    <form id="form1" runat="server">
    <div>
    <table border="0" width="700">
    <tr>
        <td colspan="2" height="150" bgcolor="gray" valign="middle" align="center">
         HEADER
        </td>
    </tr>
    <tr>
        <td width="150" bgcolor="silver">SIDEBAR</td>
        <td width="550" height="400" bgcolor="white">
          <asp:contentplaceholder id="ContentPlaceHolder1" runat="server">
          </asp:contentplaceholder>
        </td>
    </tr>
    <tr>
        <td colspan="2" align="center" height="20" bgcolor="gray">
         FOOTER
        </td>
    </tr>
    </table>

    </div>
    </form>
</body>
</html>
```

您已经创建了一种非常典型的布局，有页眉、边条、内容和页脚区域。为了简化起见，本示例使用表格来创建布局。如果在 Visual Studio 2005 中查看 Design 选项卡，得到的结果如图 7-3 所示。

可以看到，在页面顶部和底部分别创建了页眉和页脚区域，然后为边条创建一个分区，为内容创建另一个分区。在内容区域内有一个内容占位符控件。如果将该母版页发送给所有程序员，他们就可以引用它，然后用自己开发的页面的内容填充内容占位符。

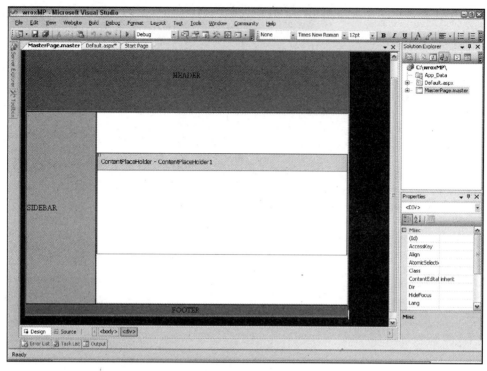

图 7-3

如果需要为边条区域和内容区域创建单独的内容占位符，可以像下面这样修改代码的边条部分。

```
<tr>
  <td width="150" bgcolor="silver">
    <!-- SIDEBAR REGION -->
    <asp:contentplaceholder id="ContentPlaceHolder2" runat="server">
    </asp:contentplaceholder>
  </td>
  <td width="550" height="400" bgcolor="white">
    <!-- CONTENT REGION -->
    <asp:contentplaceholder id="ContentPlaceHolder1" runat="server">
    </asp:contentplaceholder>
  </td>
</tr>
```

这会在内容区域中创建一个名为 ContentPlaceHolder1 的内容占位符，它在页面的主内容区域内；还会创建一个名为 ContentPlaceHolder2 的单独的内容占位符，它驻留在边条区域内。程序员可以访问这两个区域，并依据开发的页面填充相应的内容。

在母版页层次中，还可以设置放入每个占位符的默认内容。例如，当内容页面上没有设置区域内容的代码时，如果要让边条显示"this is the sidebar"，那么可以通过在内容占位符控件的开始和结束标记之间插入内容来实现该操作，如下所示。

```
<asp:contentplaceholder id="ContentPlaceHolder2" runat="server">
this is the sidebar
</asp:contentplaceholder>
```

编码引用该母版页的内容页面时，开发人员可以选择为此占位符设置内容，如果执行该操作，就会在最终呈现的页面中显示此内容。然而，如果开发人员因为某种原因没有在内容页面上设置内容，就会显示母版页中的默认内容。

大多数开发人员将内容占位符看作一个位置，用来保存最终呈现页面中显示给终端用户的内容。然而，这不是内容占位符的唯一用法。例如，如果在页面的<head>区域内放置内容占位符，就可以在 Child Page 层次上访问该区域。这就意味着 Child Page 可以插入指向 CSS 文档的链接，应该在呈现页面的<head>区域内设置这些文档。因此，在链接的样式表下面的<head>区域内，母版页可能包含一个空白的内容占位符。在默认情况下，该区域没有添加任何内容。然而，可以根据需要使用与该页面相关的自定义 CSS 文档填充该内容占位符。随着项目的不断成熟，这会为设计内容页面提供更大的灵活性。

现在，Design 视图中的母版页如图 7-4 所示。

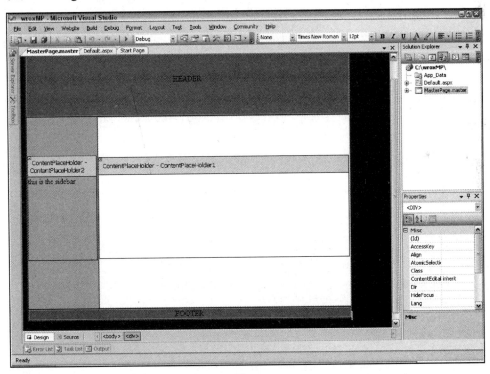

图 7-4

尽管可以在 Visual Studio 的 Design 选项卡中看到页面的外观，但不应该产生错误的印象：将该页面放在浏览器中它就会运行。情况并不是这样的。母版页并不会自己显示，它们只适合作为对有效.NET 页面的引用而被包括。因此，如果在浏览器中查看该母版页，就会看到如图 7-5 所示的错误。

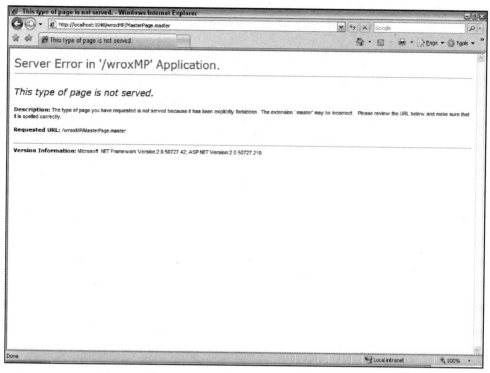

图 7-5

既然已经有熟悉的母版页，那么就可以在内容页面中实现模板。有几种方法可以实现该操作。第一种方法是给项目添加新的项(选择 Website | Add New Item 命令)，得到的屏幕如图 7-6 所示。

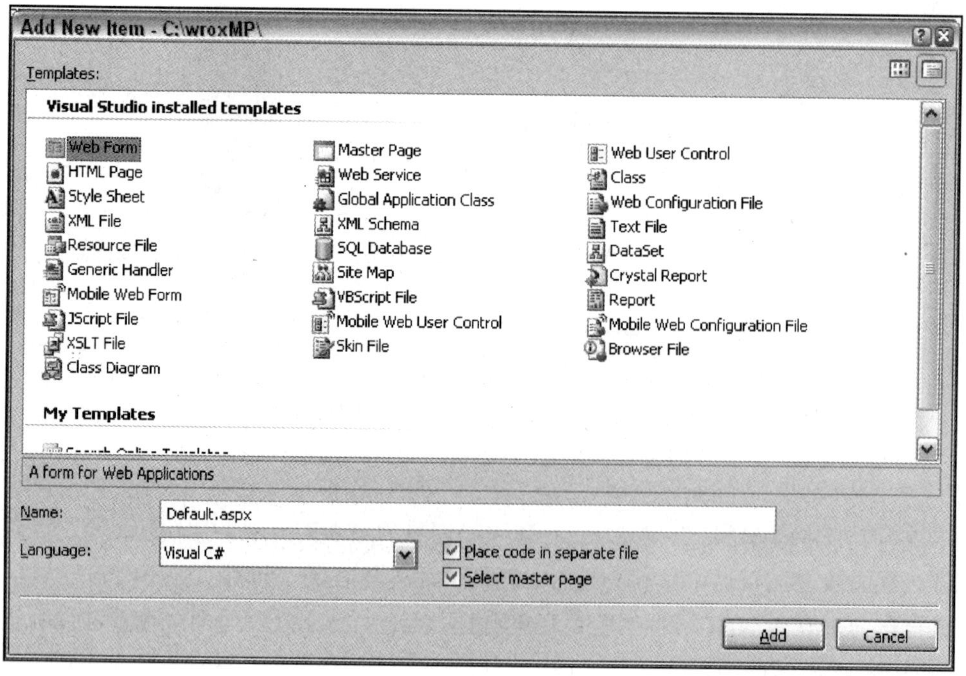

图 7-6

如图 7-6 所示，需要为模板选择 Web Form 模板，在前面的项目中已经执行过相同的
操作。然而，需要确保选择靠近屏幕底部的 Select Master Page 选项。执行该操作可以完成
两件事：它会提示选择使用哪个母版页，会设置 ASPX 页面来使用这个特定的母版页。通
过如图 7-7 所示的屏幕完成第一项工作。

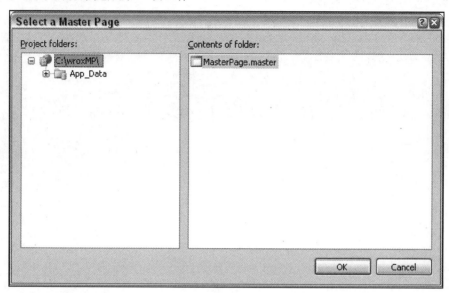

图 7-7

该屏幕显示可用的母版页，它实际上是只允许看到母版页的目录浏览器。在本示例中，
只有一个选项：MasterPage.master。选择要使用的母版页，单击 OK 按钮。这样会生成一
个 ASPX 文件，它被设置为通过下面的代码来使用这个母版页：

```
<%@ Page Language="C#" MasterPageFile="~/MasterPage.master"
   AutoEventWireup="true" CodeFile="Default.aspx.cs" Inherits="_Default"
   Title="Untitled Page" %>
<asp:Content ID="Content1" ContentPlaceHolderID="ContentPlaceHolder2"
   Runat="Server">
</asp:Content>
<asp:Content ID="Content2" ContentPlaceHolderID="ContentPlaceHolder1"
  Runat="Server">
</asp:Content>
```

当与没有使用母版页的 ASPX 页面比较查看该文件时，注意的第一件事情就是@Page
声明。这里有一个称为 MasterPageFile 的新属性，它引用新的母版页 MasterPage.master。
您会发现母版页属性值以波浪线(~)开始，这就指示 Web 应用程序在 Web 应用程序或者虚
拟文件夹的根目录中查找文件。这意味着如果在子目录中有包含这种引用的 Web 页面，当
Web 应用程序试图呈现最终的页面时，它会在 Web 应用程序的根目录中查找母版页。删除
波浪线就会强制应用程序在 ASPX 驻留的所有文件夹中查找母版页。在许多项目中这并不
重要，特别是如果所有.NET 文件都在根文件夹中。然而，重要的是要知道波浪线的作用以
及它如何影响呈现。

应注意的下一件事情可能是页面的简洁性。只有一个@Page 声明，然后是与在母版页中建立的占位符相关的内容占位符。例如，没有表单标记(或者任何 HTML 标记)。然而，如果现在浏览该页面，得到的结果如图 7-8 所示。

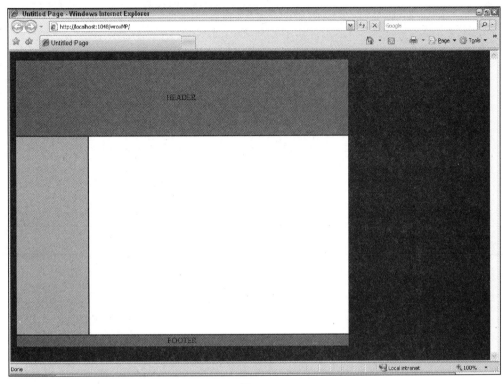

图 7-8

正如所看到的，所有 HTML 标记都显示正常。连同表单标记和其他相关格式及属性，HTML 布局通过母版页传递给内容页面。

但是请考虑一下，边条中的默认内容为何没有显示？该默认内容应该是在母版页的ContentPlaceHolder2 中设置的默认内容，但是此处并没有内容。这说明手稿中有错误吗？或者有些内容不一定直观？您可能已经假设是后一种情况。

发生的情况是实际上重写了建立 Default.aspx 方式的默认值。如果您认为实际情况不是如此，请再次查看表示 Default.aspx 中该内容占位符的代码。

```
<asp:Content ID="Content1" ContentPlaceHolderID="ContentPlaceHolder2"
    Runat="Server">
</asp:Content>
```

看看开始和结束标记之间有什么内容？其实什么也没有，没有任何内容来替换默认内容。这并不是表明不会替换默认内容，而是用空白替换默认内容。要查看默认内容，只需要从 Default.aspx 中删除内容占位符代码即可，如下所示。

```
<%@ Page Language="C#" MasterPageFile="~/MasterPage.master"
    AutoEventWireup="true" CodeFile="Default.aspx.cs" Inherits="_Default"
    Title="Untitled Page" %>
```

```
<asp:Content ID="Content2" ContentPlaceHolderID="ContentPlaceHolder1"
    Runat="Server">
</asp:Content>
```

您会发现除了删除 ContentPlaceHolder2 的内容占位符，代码完全相同。浏览新的页面，产生的结果如图 7-9 所示。

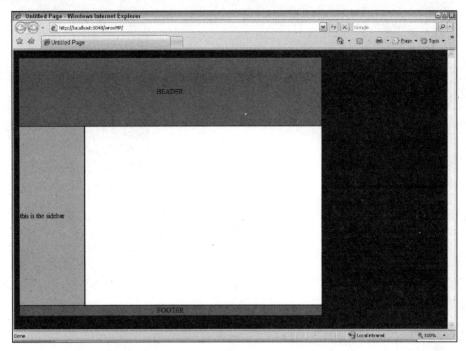

图 7-9

从 Default.aspx 中删除 ContentPlaceHolder2 的内容占位符之后，默认内容就会出现。当在母版页中设置内容占位符的默认内容时，需要记住这个重要区别。如果在内容页面上创建一个空的占位符控件，它与母版页上设置默认内容的占位符相关，就会使用空白重写默认内容。这就允许在大多数页面上创建具有静态内容的页面(和在本示例中使用的页面的左边窗格中一样)，但可以选择将内容设置为所需的其他内容。这就产生了一种在继承母版页的内容页面中重写母版页的某些方面的简单方法。

现在，要将内容放入特定的内容占位符中，就要在该特定内容占位符的开始和结束标记之间插入内容。在本示例中，修改前面的页面，如下所示。

```
<%@ Page Language="C#" MasterPageFile="~/MasterPage.master" AutoEventWireup="true"
    CodeFile="Default.aspx.cs" Inherits="_Default" Title="Untitled Page" %>
<asp:Content ID="Content2" ContentPlaceHolderID="ContentPlaceHolder1"
    Runat="Server">
this is the content area!
</asp:Content>
```

现在已经为 ContentPlaceHolder1 设置了一些内容，它预留作为页面的主要内容。浏览页面，产生的页面如图 7-10 所示。

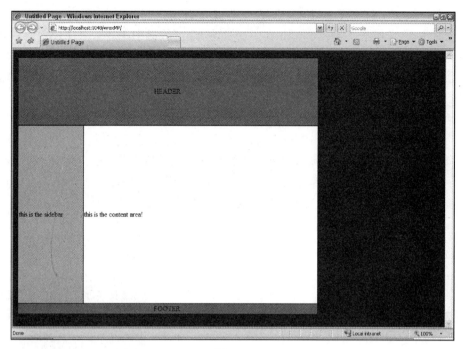

图 7-10

现在就出现这样一个页面，用内容页面填充页面的内容区域，用默认内容填充边条的内容区域，集成来自于母版页中 HTML 编码的该页面的所有结构化设计。

对该主题的最后思考是，在 Design 视图中单击 ContentPlaceHolder 右上角的箭头，可以选择是否在内容页面上的 Content-PlaceHolder 中放置内容，如图 7-11 所示。

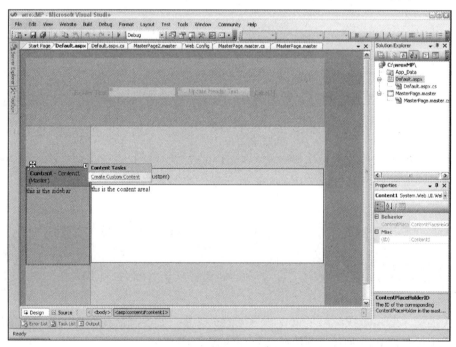

图 7-11

如果在母版页中有 ContentPlaceHolder，但是没有在内容页面中设置它，就会看到如图
7-11 所示的选项(Create Custom Content)。这会在内容页面中添加一个可以进行编辑的新
ContentPlaceHolder 区域。然而，如果在该占位符中有内容，选项会改为 Default to Master's
Content。选择该选项就会在不发出警告的情况下从内容页面删除占位符以及该占位符中放
置的所有内容，因此要谨慎选择。如果在该占位符中放置了许多内容，并且无意中选择了
这个选项，就会将这些内容全部删除。

还要注意的是 Design 视图中占位符的描述。假设将边条区域设置为母版页的默认区
域，其页眉应该显示为"Content - Content1 (Master)"。这只是说明占位符的 ID 为 Content1，
其默认为 Master。而在内容区域占位符中，其标题应该是"Content -Content2 (Custom)"。
同样，这说明 ID 是 Content2，它有自定义内容(而不是默认为 Master)。

7.4 部分类

此处出现的一种问题是母版页与内容页面中相同名称的控件/类/任何内容之间的冲突
如何解决。例如，如果两者都在 Page_Load 事件中实现代码会怎样？或者，如果两者都包
含名为 Button1 的按钮，当单击该按钮时激活 Button1_OnClick 事件，情况又如何？如果将
母版页和内容页面在运行时呈现在一个输出文件中，是否存在冲突？或是产生大量错误？
为了解决这个问题，ASP.NET 2.0 引入了部分类(Partial Class)的概念。

部分类允许类(以及相关事件和方法)延伸到多个页面。这意味着 Page_Load 事件的一
部分在母版页中，一部分在内容页面中。.NET 2.0 Framework 能够智能地表明"这分配给
这一块，那分配给那一块"，并且能够阻止冲突发生。

要测试这一点，可以修改母版页的页眉区域(MasterPage.master)，如下所示。

```
<td colspan="2" height="150" bgcolor="gray" valign="middle" align="center">
    Header Text:
      <asp:TextBox ID="TextBox1" runat="server" />
      <asp:Button ID="Button1" runat="server" Text="Update Header Text"
  OnClick="Button1_Click" />
      <asp:Label ID="Label1" runat="server" Text="" />
</td>
```

这只是添加了一些文本以及 TextBox、Button 和 Label 控件。您还会发现 Button 控件
的 OnClick 属性被设置为 Button1_Click。为了使其正常运行，将下面的代码添加到母版页
的代码中。

```
protected void Button1_Click(object sender, EventArgs e)
{
    Label1.Text = TextBox1.Text;
    TextBox1.Text = "";
}
```

该代码用 TextBox 控件中的文本填充 Label 控件，然后清空 TextBox 控件。此时，应
该启动应用程序，并确保所有方面按照预期的方式运行。

现在进入内容页面，修改页面代码，如下所示。

```
<%@ Page Language="C#" MasterPageFile="~/MasterPage.master" AutoEventWireup="true"
    CodeFile="Default.aspx.cs" Inherits="_Default" Title="Untitled Page" %>
<asp:Content ID="Content2" ContentPlaceHolderID="ContentPlaceHolder1"
    Runat="Server">
  Content Text:
    <asp:TextBox ID="TextBox1" runat="server" />
    <asp:Button ID="Button1" runat="server" Text="Update Header Text"
  OnClick="Button1_Click" />
    <asp:Label ID="Label1" runat="server" Text="" />
</asp:Content>
```

如果仔细观察就会发现，这完全是母版页中代码的副本，除了静态文本改为 Content Text 而不是 Header Text。TextBox 控件具有相同的 ID；Button 控件有相同的 ID 和 OnClick 属性；Label 控件也有相同的 ID 和属性。所有方面都相同。

因此，从母版页代码中复制 Button1_Click 事件，不做任何修改，将它直接粘贴到内容页面中。换句话说，内容页面中的代码应该如下所示。

```
protected void Button1_Click(object sender, EventArgs e)
{
    Label1.Text = TextBox1.Text;
    TextBox1.Text = "";
}
```

注意，没有说明设置哪个 Label1 控件的文本属性，TextBox1 控件也是如此。代码只是引用内容页面中的控件，就像对其他任何 ASPX 页面所执行的操作一样。

需要了解的是，您将有一个类，该类由两个部分类组成。这两个部分类包含具有相同代码的 Button1_Click 事件。该事件会修改相同名称的控件而不区分 Master 或者 Content，因此似乎应该会失效。这段代码不应该正常运行，但它确实能够运行。

浏览内容页面并检查控件，查看发生的情况。例如，在标题文本框中输入 HEADER TEXT，单击该区域中的按钮。这些内容都包含在母版页中，应该看到只有母版页中的文本发生了改变。现在执行类似的试验，但使用 CONTENT TEXT 作为该区域的文本。执行该操作应该可以创建如图 7-12 所示的页面。

幸运的是，得到了相似的结果，并且可以看到控件——甚至是具有相同名称和事件处理程序的控件——在同一个呈现的页面上独立运作(例如，没有相互冲突)。如果要了解呈现过程中发生的情况，可能要查看该页面的输出 HTML 的源代码。

```
<!DOCTYPE html PUBLIC "-//W3C//DTD XHTML 1.0 Transitional//EN"
    "http://www.w3.org/TR/xhtml1/DTD/xhtml1-transitional.dtd">

<html xmlns="http://www.w3.org/1999/xhtml" >
<head><title>
    Untitled Page
</title></head>
<body bgcolor="navy">
    <form name="aspnetForm" method="post" action="Default.aspx"
```

```
id="aspnetForm">
    <div>
    <input type="hidden" name="__VIEWSTATE" id="__VIEWSTATE"
        value="/wEPDwUKMTc1NTQ3OTY4MA9kFgJmD2QWAgIDD2QWBAIFDw8WA
        h4EVGV4dAULSEVBREVSIFRFWFRkZAIJD2QWAgIFDw8WAh8ABQxDT05UR
        U5UIFRFWFRkZGT/SKdL82kyg27thzvvkpw5hAI5MQ==" />
    </div>

        <div>
        <table border="0" width="700">
        <tr>
            <td colspan="2" height="150" bgcolor="gray" valign="middle"
                align="center">
            Header Text:
                <input name="ctl00$TextBox1" type="text" id="ctl00_TextBox1" />
                <input type="submit" name="ctl00$Button1" value="Update Header
    Text" id="ctl00_Button1" />
                <span id="ctl00_Label1">HEADER TEXT</span>
            </td>
        </tr>
        <tr>
            <td width="150" bgcolor="silver">
                <!-- SIDEBAR REGION -->

            this is the sidebar

            </td>
            <td width="550" height="400" bgcolor="white">
                <!-- CONTENT REGION -->

    Content Text:
    <input name="ctl00$ContentPlaceHolder1$TextBox1" type="text"
    id="ctl00_ContentPlaceHolder1_TextBox1" />
    <input type="submit" name="ctl00$ContentPlaceHolder1$Button1"
    value="Update Header Text" id="ctl00_ContentPlaceHolder1_Button1" />
    <span id="ctl00_ContentPlaceHolder1_Label1">CONTENT TEXT</span>

            </td>
        </tr>
        <tr>
            <td colspan="2" align="center" height="20" bgcolor="gray">
                FOOTER
            </td>
        </tr>
        </table>

        </div>

    <div>
```

```
    <input type="hidden" name="__EVENTVALIDATION" id="__EVENTVALIDATION"
    value="/wEWBQL16KKbBQK33sGJAQL197ftDQLc3uCnBAKA4sljxH8gd
    1miEmvDP8poX/i5jMl1JK0=" />
</div></form>
</body>
</html>
```

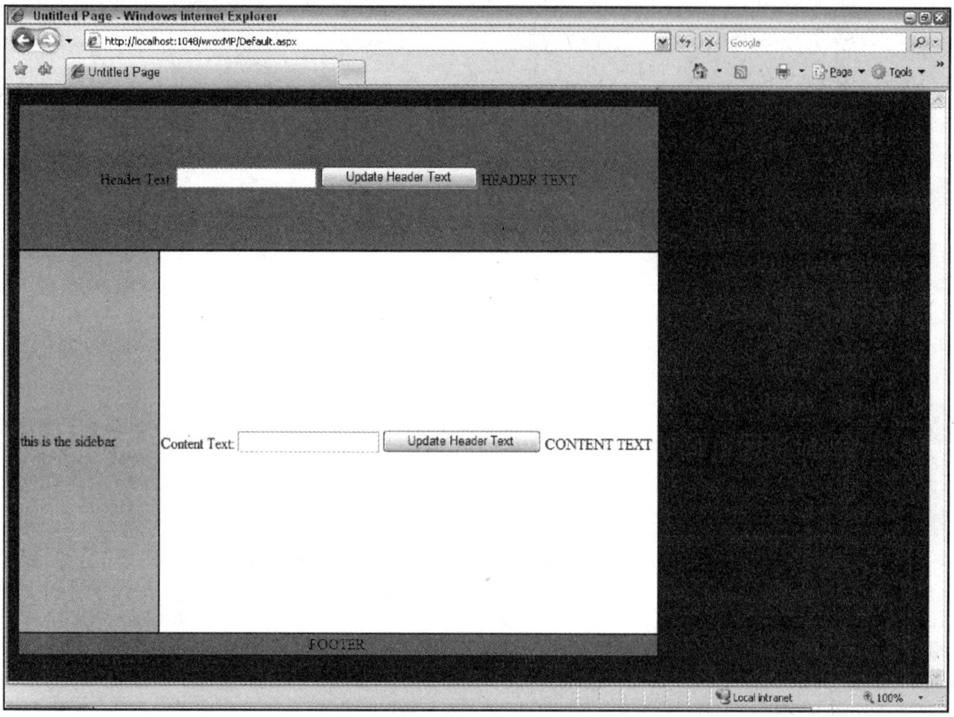

图 7-12

注意第一个按钮的名称：ctl00$Button1。现在注意第二个按钮，该按钮称为 ctl00$-ContentPlaceHolder1$Button1。其实，ASP.NET 的呈现逻辑是将内容占位符的名称(这里是 ContentPlaceHolder1)附加到这些控件的名称上。第一个控件在母版页中，因此不在内容占位符内，从而呈现的名称不包含内容占位符的名称。内容区域的按钮驻留在内容占位符区域内，因此为其附加内容占位符的名称。您还会发现没有关于按钮的事件(如 OnClick)信息。该信息包含在 ViewState 的加密文本中，由服务器端处理。

这段代码会正常运行。

现在关于部分类有许多相关讨论，并且这种讨论都很长，大多数都概述了部分类的细节和分支。然而，对于该主题而言，目前只需要了解部分类是.NET 2.0 Framework 引入的最佳创新之一。更公平地说，部分类成就了母版页。请思考并确保母版页和内容页面的代码中没有多余事件或者方法所涉及的所有烦琐工作。如果要让在 Page_Load 事件上发生的事情同样发生在母版页上，同时仍然能够在继承母版页的每个内容页面上自定义 Page_Load 事件，会出现什么情况？如果要记住母版页上使用的每个控件并确保在内容页面上不会重用它，情况会怎样？有一种命名模式可将页面的名称合并到控件的名称中，是否要采取这种类型的命名模式？如果没有编码母版页，而是必须依赖一位设计人员为项目创建母版页,您能想象这有多大的困难吗?如果所有这些都是每个开发人员需要考虑的问题,而又没有出现部分类,母版页就可能不像现在这样普及。部分类成就了母版页。

提示:

虽然没有必要为理解母版页详细讨论部分类,但是可能想进一步理解部分类是什么以及如何运行。如果要扩展对部分类的理解,在下面的 URL 上可以找到更多的信息。

Wikipedia — Partial Classes: http://en.wikipedia.org/wiki/Partial_class

MSDN — Partial Class Definitions (C#): http://msdn2.microsoft.com/en-us/library/wa80x488(vs.80).aspx

7.5 在母版页和子页面之间传递数据

如果使用母版页的时间足够长,就会发现迟早要弄明白如何在母版页和它的子页面之间来回传递数据。这有许多原因。也许想在整个网站上使用公有属性(如公司名称或者口号),但又不希望重复输入它们或者错误地输入它们。也许属性可能随着时间的推移而改变,会在整个站点上使用,而您不希望浏览每个页面,然后用新的值替换原有的值。也许要让某个方法对某些内容页面可用,但因为某种原因而不想在子类中包含它。也许只是想看看这种数据传递是否可行。

简短的答案是这绝对可能。较长的答案是,可以通过几种方法来实现,如下所述。

7.5.1 首先介绍重点

需要建立要共享的数据。对于所有示例而言,都要阅读在母版页中设置的公共字符串值,可以用下面的代码设置公共字符串值。

```
public string myValue
{
   get { return "My Master Page String Value"; }
   set { }
}
```

实际上并不需要这种设置区域,这里只是为了显示正确的形式。重要的是,在母版页中有一个公共字符串值,当调用该字符串值时将其设置为某个值(本示例中是"My Master Page String Value")。为了便于参考,假设在母版页中有前面示例中的代码,那么母版页的后台编码文件应该如下所示。

```
using System;
using System.Data;
using System.Configuration;
using System.Collections;
using System.Web;
using System.Web.Security;
using System.Web.UI;
using System.Web.UI.WebControls;
```

```
using System.Web.UI.WebControls.WebParts;
using System.Web.UI.HtmlControls;

public partial class MasterPage : System.Web.UI.MasterPage
{

    public string myValue
    {
        get { return "My Master Page String Value"; }
        set { }
    }

    protected void Page_Load(object sender, EventArgs e)
    {

    }
    protected void Button1_Click(object sender, EventArgs e)
    {
        Label1.Text = TextBox1.Text;
        TextBox1.Text = "";
    }
}
```

还要在内容页面上设置一个标签，用母版页的公共字符串值填充该标签。要做到这一点，可以像下面这样修改内容页面中的代码。

```
<%@ Page Language="C#" MasterPageFile="~/MasterPage.master" AutoEventWireup="true"
  CodeFile="Default.aspx.cs" Inherits="_Default" Title="Untitled Page" %>
<asp:Content ID="Content2" ContentPlaceHolderID="ContentPlaceHolder1"
  Runat="Server">

    <asp:Label ID="mpLabel" runat="server" Text="" /><br /><br />

  Content Text:
    <asp:TextBox ID="TextBox1" runat="server" />
    <asp:Button ID="Button1" runat="server" Text="Update Header Text"
  OnClick="Button1_Click" />
    <asp:Label ID="Label1" runat="server" Text="" />
</asp:Content>
```

这样就添加了一个 ASP.NET Label 控件，其 ID 为 mpLabel。在本示例中，将这个标签与母版页中的 myValue 公共字符串属性结合在一起使用。

提示：
您会看到在母版页和继承它的子页面之间传递数据的 3 种方法。每个示例都从相同的基本代码(到目前为止应该有的代码)开始。例如，如果改变方法 1 的代码，那么在讨论方法 2(或者方法 3)之前要恢复这些改动。

7.5.2 方法 1：引入数据

第一个示例需要最少量的设置。需要做的工作就是将母版页返回的对象强制转换为实际对象。一旦完成该工作，就可以访问其公有属性和方法。例如，在 Default.aspx (Default.aspx.cs) 的后台编码中，可以通过下面的代码来实现该操作：

```csharp
protected void Page_Load(object sender, EventArgs e)
{
    MasterPage mp = (MasterPage)Page.Master;
    mpLabel.Text = mp.myValue;
}
```

正如所看到的，创建了一个新对象 mp 作为母版页的实例。完成之后，就可以访问其公有成员，甚至在 IntelliSense 中也可以进行这种访问，如图 7-13 所示。

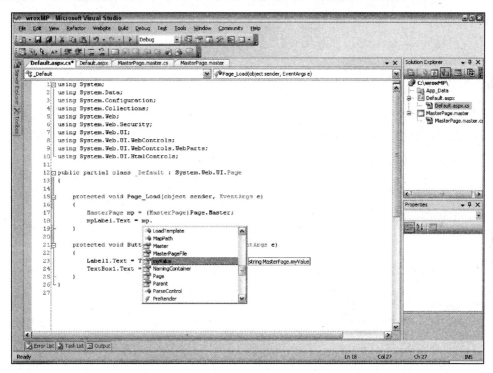

图 7-13

应该注意，本示例中使用的 MasterPage 值也许与您的值不同。这是母版页中类的名称，在母版页的类声明中可以看到该名称。

```csharp
public partial class MasterPage : System.Web.UI.MasterPage
```

如果最初建立的页面使用不同的名称(当创建母版页时依据母版页文件的名称自动生成)，那么这个值可以使用母版页中类的名称。例如，如果类的名称为 myMasterPage，内容页面上的代码可能如下所示。

```
myMasterPage mp = (myMasterPage)Page.Master;
```

7.5.3 方法 2：改变类名

对于大多数示例而言，使用上面的方法就可以完成操作。但是，如果要改变正在转换类型的类名，应该如何操作呢？这是否暗示不改变类的实际名称？也许将 myMaster 引用为类而不是实际类名更为方便。可以通过母版页的@Master 指令的 Classname 属性实现该操作。

首先，如果用上面的方法改变母版页或内容页面，就需要恢复为该示例的原始版本。每个方法都假设以前从未尝试执行其他方法。

在默认情况下，.NET 运行库会依据文件的名称创建标准的类名，其格式为 ASP.XYZ_master，其中 XYZ 表示母版页文件的名称。因此，在到目前为止的示例中，引用类的名称应该是 ASP.masterpage_master。这个名称很长，不方便记忆，为了便于记忆，需要改变提供给母版页的类名。

第一步是将 Classname 属性添加到母版页文件中的母版页指令，如下所示：

```
<%@ Master Language="C#" AutoEventWireup="true" CodeFile="MasterPage.master.cs"
    Inherits="MasterPage" ClassName="myMaster" %>
```

在本示例中，将该属性的值设置为 myMaster。保存母版页，并且进入内容页面的后台编码(Default.aspx.cs)。此时应该能够访问新的类名。例如，进入 Page_Load 事件，开始输入 "ASP."，就会看到当前可用的选项，包括刚刚命名的 myMaster，如图 7-14 所示。

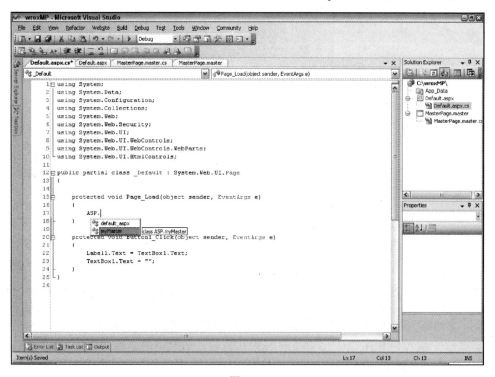

图 7-14

因此，此时应该能够在内容页面中编写下列代码行，这不会造成任何错误。

```
mpLabel.Text = ((ASP.myMaster)Master).myValue;
```

同样，将返回的对象转换为 Master 类型，并且在此过程中获得其属性和方法的访问权。因此，可以使用下面的代码，它与方法 1 中的代码非常类似。

```
protected void Page_Load(object sender, EventArgs e)
{
    ASP.myMaster mp = (ASP.myMaster)Page.Master;
    mpLabel.Text = mp.myValue;
}
```

通过使用这种方法，当查看可用类的下拉选项时就可以获得更好的名称。如果有许多页面和一些母版页，可能很难遍历所有这些页面，并且将类名设置为更直观(或更易于查找)的名称(它们可能让人感觉更舒服)可能需要付出一些努力。然而，如果只有少量页面和一个母版页，则没有必要执行这样的操作。毕竟，将名称改为 myMaster 有什么好处呢？可能没有什么好处。因此，该方法可能是一种更好的解决方案，但也可能不是，这取决于项目的规模。

7.5.4   方法 3：MasterType

传递变量最简单的解决方案可能是将页面直接连接到特定母版页，设置页面的 Master 属性，而不需要进行任何类型转换。在默认情况下，Page 类提供 Master 属性，让开发人员能够访问母版页的成员。然而，如果对特定母版页的引用不是强类型，就必须进行强制类型转换，并且潜在地混淆代码来访问母版页的属性和方法。很明显，如果引用母版页的强类型，那么它更简单。使用这种引用，就可以通过 Page 类的 Master 属性直接访问特定母版页的属性和方法。可以使用内容页面的 MasterType 指令完成该操作。

因此，对于本章使用的示例而言，可以修改内容页面，如下所示。

```
<%@ Page Language="C#" MasterPageFile="~/MasterPage.master" AutoEventWireup="true"
    CodeFile="Default.aspx.cs" Inherits="_Default" Title="Untitled Page" %>
<%@ MasterType VirtualPath="~/MasterPage.master" %>
<asp:Content ID="Content2" ContentPlaceHolderID="ContentPlaceHolder1"
    Runat="Server">

    <asp:Label ID="mpLabel" runat="server" Text="" /><br /><br />

    Content Text:
    <asp:TextBox ID="TextBox1" runat="server" />
    <asp:Button ID="Button1" runat="server" Text="Update Header Text"
    OnClick="Button1_Click" />
    <asp:Label ID="Label1" runat="server" Text="" />
</asp:Content>
```

正如所看到的，新的 MasterType 指令紧跟在 Page 指令后面。MasterType 指令只有两个属性：VirtualPath 和 TypeName。然而应该注意到，这些属性相互排斥。这就意味着只能使用其中一个属性，而不能同时使用两个。如果定义了两个属性，就不能编译页面。

那么这两个属性有什么作用？最明显的差别是，VirtualPath 引用页面的相对位置，并会生成强类型引用(例如~/MasterPage.master)。使用 TypeName 属性可以为母版页引用提供类型名称(例如 MasterPage)。使用 TypeName 属性的好处是，可以实际地将引用设置为在 App_Code 文件夹中建立的继承基类(本章稍后将介绍相应的示例)。使用这种强类型引用可以提供一些灵活性。然而，对于本示例而言，最好使用前面介绍的 VirtualPath 引用。

适当地使用引用，就能够通过访问 Page 类的 Master 属性来访问母版页的公有成员。可以看到，通过 IntelliSense 可以访问 Master Property 中的公有属性 myValue，如图 7-15 所示。

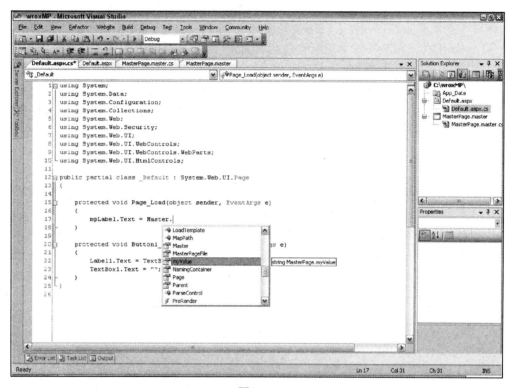

图 7-15

因此，可以使用下面(更简单的)代码行来设置 mpLabel 的文本。

```
mpLabel.Text = Master.myValue;
```

很明显，这段代码更易于阅读和编码，因为不涉及类型转换。这就意味着不需要在页面上创建新的对象，再将它转换为要访问的母版页类；这个引用已经通过 MasterType 指令强类型化。

7.6 全局设置母版页

如果创建一个 Web 应用程序，它只有一个母版页，那么为站点内的每个页面设置母版页似乎有点过分。如果只是将@Page 指令的 MasterPageFile 属性设置为与数千个页面的对应属性相同，那么为什么每次都要强制设置该属性？在一个位置设置该属性，然后就不用担心它，这不是更方便吗？可以使用下面的代码在 web.config 文件中建立对母版页的引用来实现该操作：

```
<system.web>
    <pages masterPageFile="~/MasterPage.master" />
</system.web>
```

正如所看到的，只要在 web.config 文件 system.web 部分的 pages 元素中设置 masterPageFile 属性即可。

为了测试该操作，可以回到内容页面，取出@Page 指令的 MasterPageFile 属性，该属性现在看起来如下所示：

```
<%@ Page Language="C#" AutoEventWireup="true" CodeFile="Default.aspx.cs"
    Inherits="_Default" Title="Untitled Page" %>
```

现在运行应用程序。如果设置得正确，页面仍然会运行，并且应该能够看到预料之中的页面。这说明没有错误，内容被正确地放置在母版页的正确区域中。

这种方法也有一些问题。第一个错误如图 7-16 所示。

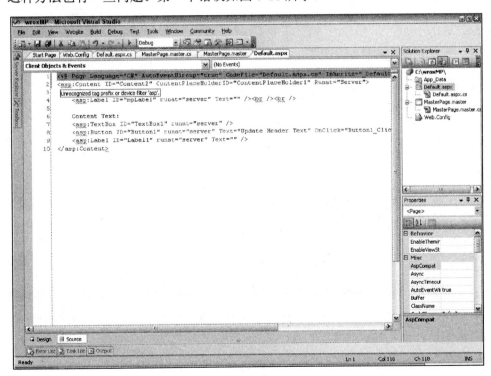

图 7-16

可以看到，最初显示完美代码的页面现在有一些带有令人讨厌的红色波浪线的内容；第一个这种醒目显示的内容是 "Unrecognized tag prefix or device filter 'asp'"。页面上所有 asp 控件标记都有这种错误；页面上的最后一个错误是抱怨页面上没有任何<html>标记。

为什么会出现这种情况？因为页面不知道它是母版页的一部分；在运行之前不知道这些信息。

　　这些表明错误的波浪线令人讨厌，但不会产生严重的反作用。然而，请看图 7-17。

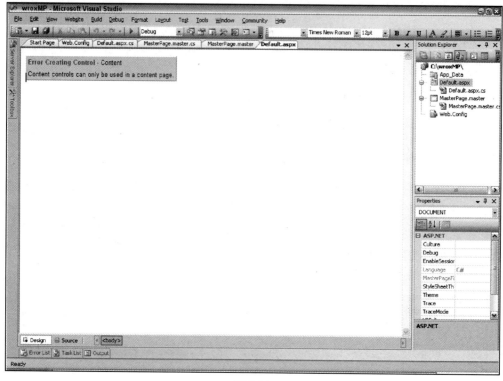

图 7-17

　　作为开发人员，应该在这里暂停一下。您不仅看不到母版页的内容(如果承认内容页面不再认为自己与母版页相关，这可能很直观)，而且看不到内容页面本身的实际内容。所看到的只是一条错误，它说不能有 ContentPlaceHolder，除非有引用的母版页。

　　有办法使其运行吗？有可能。对于大多数开发人员而言，这种方法可能不能解决这个问题，但可能帮助少数人。如果将 MasterPageFile 属性添加回内容页面的@Page 指令，并将它设置为空值，就可以纠正这个问题。例如，新的@Page 指令应该如下所示：

```
<%@ Page Language="C#" MasterPageFile="" AutoEventWireup="true"
        CodeFile="Default.aspx.cs" Inherits="_Default" Title="Untitled Page" %>
```

　　在 Visual Studio 2005 的 Source 视图中，这样做会改变红色波浪线出现的原因，如图 7-18 所示。

　　第一个错误行表明这个属性需要值，而第二个错误行表明在引用的母版页中没有相关的 ContentPlaceHolder1。这是因为它查找称为 " " 的母版页，是您告诉页面应该使用该母版页的。然而，保留这种设置，现在切换到 Design 视图，如图 7-19 所示。

　　正如所看到的，现在可以看见页面的内容。虽然仍然看不到母版页提供的布局，但至少可以看见为页面创建的内容。

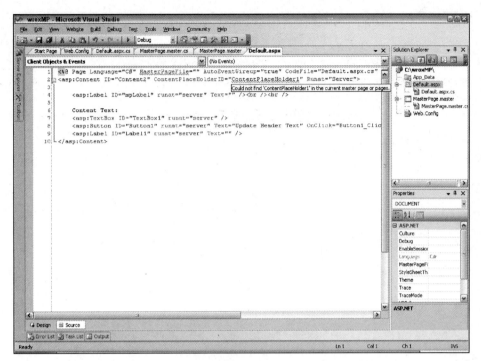

图 7-18

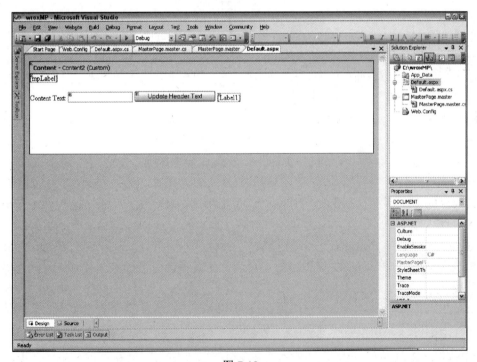

图 7-19

然而，不要高兴得太早。不做任何改动，试着再次运行页面。应该得到一条错误消息，如图 7-20 所示。

这是因为页面现在相信它的母版页是" "而不是在 web.config 中设置的"~/MasterPage.master"。

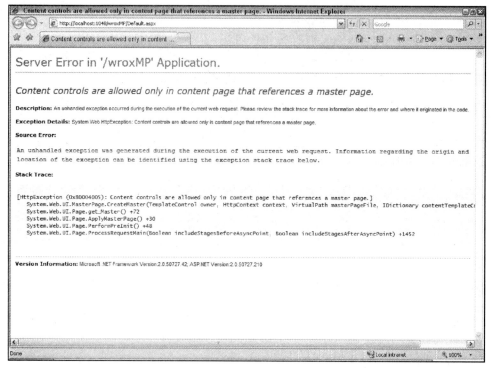

图 7-20

这个新错误部分说明了与母版页相关的.NET 2.0 的呈现层次结构。它首先查找 web.config 以便获得母版页引用，然后允许在@Page 指令内重写页面上的该值。完成该操作之后，就会有默认/全局母版页，但是如果需要，仍然可以为某些文件或者文件夹设置不同的母版页。这种逻辑很合理，但是这种解决方案也带来了如下问题：正在使用在页面上设置的空白引用重写 web.config 母版页引用。

因此，如果在 Design 视图中查看内容非常重要，并且仍然需要在 web.config 中设置母版页引用，则您的选择相当有限。实际上，实现该操作的唯一方法是，在开发页面时将 MasterPageFile 引用设置为空白值，然后在测试或者发布页面之前清除它。也可以将 MastePageFile 属性设置为实际的母版页，但是如果这样做，在 web.config 文件中从全局设置它又有什么意义？

其实，如果在 web.config 中设置母版页，就很可能将自己限制于在 Visual Studio 的 Source 视图中进行操作。使用这种方法不会产生任何编译错误或者运行时错误，内容页面会像期望的那样继承母版页。所有方面正常运作，只是在 Source 视图中必须面对一些令人讨厌的红色波浪线。但是总体来说，所获得的体验与在@Page 指令中声明母版页的体验非常类似。但是，需要知道这种方法的局限。

7.7 以编程方式设置母版页

在许多情况下，需要依据对项目有意义的标准来设置多个母版页。也许对文本浏览器使用 CSS 版本,对其他浏览器使用表格版本。或者需要用于移动浏览器的某种布局,以及用于其他浏览器的另一种完全不同的外观。或者公司的某些部门需要使用一个母版页,而其他部门则使用另外一个母版页。不管是什么原因,很可能需要——在某种程度上——在代码中设置母版页。为了完成该操作,先要熟悉 Page_PreInit( )事件。

在.NET 2.0 中为页面生命周期(Page Lifecyle)添加了一个新事件:PreInit。在其他事件(包括 Page_Load( )或者 Page_Init( ))之前激活这个事件。必须依据令人讨厌的错误消息"在'Page_PreInit'事件之中或者之前"设置母版页,如果在 Page_Load 事件中设置它就会出现这种错误消息,如图 7-21 所示。

图 7-21

如果考察.NET 中的页面生命周期,就会发现这是一条有趣的错误消息:

1. PreInit
2. OnInit
3. LoadViewState
4. LoadPostBackData
5. Page_Load
6. Control event handlers
7. PreRender
8. SaveViewState
9. Render
10. Unload

在 PreInit 事件之中或者之前？因为在 PreInit 之前没有事件发生，所以错误消息应该表明"在 PreInit 事件之前设置"。但是无论如何，就从 PreInit 事件开始操作。

因此，为了设置母版页，需要在内容页面代码中包含下面的代码：

```
protected void Page_PreInit(object sender, EventArgs e)
{
    Page.MasterPageFile = "~/MasterPage.master";
}
```

确保在 web.config 文件中或内容页面的@Page 指令中没有引用 MasterPageFile 的 <pages>元素(如果在本书前面的章节中设置过这些属性，这里需要删除它们)，然后运行应用程序。这样应该会得到成功加载的页面，并且引入了母版页。

其实这个概念很容易理解，唯一可能违反常规的事情是必须用来设置母版页的事件。如果认真思考一下就会发现这很有用。母版页可能——也许会——需要在页面加载之前安排整个控件的层次结构。如果等到 Load( )事件发生再设置该层次结构，那就太晚了。

然而，和到目前为止看到的其他许多事情一样，如果要沿着这条路走下去，还需要考虑其他一些事项……

7.7.1　需要考虑的第一个事项：设计时支持

和在 web.config 文件中设置母版页一样，当以编程方式设置母版页时，基本上没有对应用程序的设计时支持。实际上，如果取出内容页面上@Page 指令的 MasterPageFile 属性，得到的结果就会如图 7-16 和图 7-17 所示。

然而，和 web.config 方法不一样的是，可以将 MasterPageFile 属性设置为项目中真正的母版页。在 web.config 方法中这样操作没有意义，因为对所有项目只使用一个母版页。因此，如果在每个单独的内容页面的@Page 指令中设置 MasterPageFile 属性，那么在 web.config 文件中再设置它又有什么好处呢？

然而在这种情况下，规则略有不同。可能很想建立一个大多数页面使用的默认母版页，并且能够依据自己的标准将它设置为不同的母版页。因此，将 MasterPageFile 设置为默认母版页，然后在相关页面上，将母版页设置为所需的不同逻辑文件。这样在 Source 视图中就看不见红色波浪线，但看得见内容，包括默认母版页的内容(在 Visual Studio 的 Design 视图中)。

为了实现这一点，可以在 Visual Studio 中依次单击工具栏上的 Website 和 Add New Item 按钮，创建一个辅助母版页。当显示 Add New Item 窗体时，选择母版页，将语言设置为首选的语言，将文件命名为 MasterPage2.master。这只是便于演示，因此不需要给这个特定母版页添加其他任何格式；它只是一个白色页面，上面有一些控件。然而，还要添加一个辅助 ContentPlaceHolder，因为原来的母版页有两个该控件，如果在这两个母版页之间来回切换，不会发生错误，因为两个母版页中的内容占位符的数量不同。

现在，在内容页面(Default.aspx)中将@Page 指令中的 MasterPageFile 引用改为指向 MasterPage2.master。如果有@MasterType 指令，现在要删除它(7.7.2 节"需要考虑的第二个事项：@MasterType 指令"中将进一步讨论)。此时代码应该如下所示。

```
<%@ Page MasterPageFile="~/MasterPage2.master" Language="C#"
    AutoEventWireup="true" CodeFile="Default.aspx.cs" Inherits="_Default"
    Title="Untitled Page" %>
<asp:Content ID="Content2" ContentPlaceHolderID="ContentPlaceHolder1"
    Runat="Server">

    <asp:Label ID="mpLabel" runat="server" Text="" /><br /><br />

  Content Text:
    <asp:TextBox ID="TextBox1" runat="server" />
    <asp:Button ID="Button1" runat="server" Text="Update Header Text"
  OnClick="Button1_Click" />
    <asp:Label ID="Label1" runat="server" Text="" />
</asp:Content>
```

在后台编码中，需要删除所有引用，设置这些引用是为了从母版页中获得公有属性。
如果依据本节前面的信息添加了设置母版页的代码，还要删除这些代码。后台编码应该如
下所示。

```
using System;
using System.Data;
using System.Configuration;
using System.Collections;
using System.Web;
using System.Web.Security;
using System.Web.UI;
using System.Web.UI.WebControls;
using System.Web.UI.WebControls.WebParts;
using System.Web.UI.HtmlControls;

public partial class _Default : System.Web.UI.Page
{
    protected void Page_Load(object sender, EventArgs e)
    }
    }

    protected void Button1_Click(object sender, EventArgs e)
    {
        Label1.Text = TextBox1.Text;
        TextBox1.Text = "";
    }
}
```

如果运行项目，页面应该如图 7-22 所示。

该项目似乎没有导入任何母版页，但实际上已经导入了母版页；它导入了一个上面没
有任何内容的母版页(记住，MasterPage2.master 是空白母版页)。

图 7-22

此时，进入后台编码，为内容页面添加下面的事件代码。

```
protected void Page_PreInit(object sender, EventArgs e)
{
    Page.MasterPageFile = "~/MasterPage.master";
}
```

这段代码将母版页设置回原始母版页。重新运行项目，得到的结果应该如图 7-23 所示。

首先，这表示后台编码中的代码能够运行，但也进一步说明了母版页中应用的层次结构。在前面了解到，可以通过在内容页面的@Page 指令中进行设置来重写 web.config 中的母版页设置。现在已经看到，以编程方式设置母版页会重写在@Page 指令中设置的引用。因此，依据应用它们的顺序来设置母版页，如下所示。

1. web.config
2. @Page 指令
3. 以编程方式(Page_PreInit()事件)

正如所看到的，获得母版页的设计时支持的唯一方法是在@Page 指令中设置它。在 web.config 中或在 PreInit 事件中以编程方式进行设置，这将至少不允许在 Design 视图中看到母版页内容，并且可能实际地造成令人讨厌的错误，它们让您在 Design 视图中根本看不到任何内容。

在@Page 指令中为每个内容页面设置一个默认母版页对于 web.config 方法没有意义，但是对采用编程方式的方法而言就可能有意义。因此，如上面的步骤所述，已经设置 MasterPage2.master 作为项目的默认母版页，然后，在后台编码类的 PreInit 事件中，将母版页设置为 MasterPage.master。在现实情况下，可能有某种类型的标准(例如 if/then 语句)，它们确定是否需要调整母版页引用，但即使在这种情况下，还是可以看到图 7-24 和图 7-25 中的显著差异。

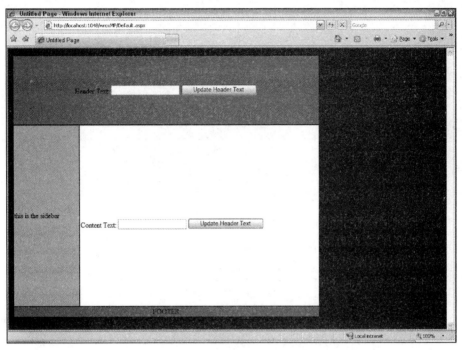

图 7-23

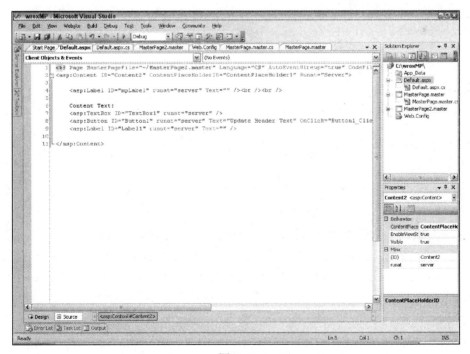

图 7-24

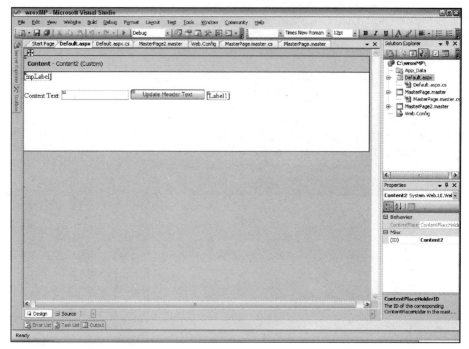

图 7-25

正如所看到的，在 Visual Studio 的 Source 视图中不再有红色波浪线。此时没有错误(如果愿意，可以随意添加自己的错误)。还可以看到，在 Design 视图中可以查看添加到内容占位符的内容。在本示例中，可能认为没有看到母版页布局，但是请记住，被设置为默认的母版页只是一个保存内容占位符的白色页面。因此，实际上它也显示母版页内容；只是本示例中的内容没有吸引力而已。

7.7.2 需要考虑的第二个事项：@MasterType 指令

以前，如果使用@MasterType 指令来创建对母版页的强类型引用，那么在以编程方式设置母版页引用时就会出现问题。为了说明这一点，可以在@Page 指令中将内容页面改为引用原始母版页 (MasterPage.master)，然后添加@MasterType 指令，并将 VirtualPath 属性设置为相同的母版页，如下所示。

```
<%@ Page MasterPageFile="~/MasterPage.master" Language="C#\
AutoEventWireup="true"
     CodeFile="Default.aspx.cs" Inherits="_Default" Title="Untitled Page" %>
<%@ MasterType VirtualPath="~/MasterPage.master" %>
```

回到内容页面的后台编码中，修改 PreInit( )和 Load( )事件，如下所示。

```
protected void Page_PreInit(object sender, EventArgs e)
{
    //Page.MasterPageFile = "~/MasterPage.master";
}

protected void Page_Load(object sender, EventArgs e)
```

```
{
    mpLabel.Text = Master.myValue;
}
```

在这些改动中，只是将代码改为 7.7.1 节修改之前的形式。如果运行它，就会发现呈现的页面没有错误，内容区域的标签现在是“My Master Page String Value”，在母版页中设置该标签。

现在继续分解这段代码。

修改 PreInit( )事件，如下所示。

```
protected void Page_PreInit(object sender, EventArgs e)
{
    Page.MasterPageFile = "~/MasterPage2.master";
}
```

现在重新运行应用程序。情况不是太好。开始呈现页面时就会出现如图 7-26 所示的错误。

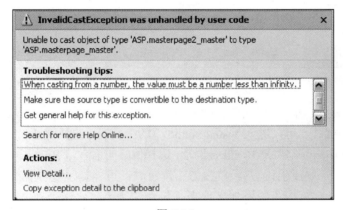

图 7-26

如果忽略该错误并继续，在浏览器中就会得到如图 7-27 所示的错误。

记得前面设置@MasterType 指令的属性的相关知识吗？只有两个属性——VirtualPath 和 TypeName，它们相互排斥。现在，设置这种引用的方法就是产生当前问题的原因。要坚持使用母版页的强类型，在@MasterType 指令中执行的引用就必须应用于最终以编程方式设置的所有母版页。不能以编程方式设置@MasterType 指令的属性，这样做会让事情变得更复杂。

如果将@MasterType 指令设置为引用 MasterPage.master，当突然将 MasterPage2.master 作为母版页时，应用程序就不知道如何处理它。因为无法在运行时切换母版页，所以就出现了问题。

处理这个问题的最佳方法是改变引用的方式。需要做的是建立派生所有母版页的基类，然后将@MasterType 指令中的 TypeName 属性设置为该类(相对于在 VirtualPath 属性中硬编码母版页文件)。

图 7-27

因此，第一步是创建整个项目都要使用的基类，这个类需要继承 System.Web.UI.MasterPage class。为了完成该操作，可以进入 Visual Studio 中的工具栏，选择 Website | Add New Item 命令，打开 Add New Item 屏幕。选择 Class 选项，选择偏好的语言，将文件命名为 MasterBase.cs 或者 MasterBase.vb (取决于语言)。单击 OK 按钮时，可能提示建立 App_Code 文件夹(如果没有的话)。单击 Yes 按钮，添加文件夹，将新的基类放入这个新文件夹。默认代码如下所示。

```
using System;
using System.Data;
using System.Configuration;
using System.Web;
using System.Web.Security;
using System.Web.UI;
using System.Web.UI.WebControls;
using System.Web.UI.WebControls.WebParts;
using System.Web.UI.HtmlControls;

/// <summary>
/// Summary description for MasterBase
/// </summary>
public class MasterBase
{
    public MasterBase()
    {
        //
```

```
      // TODO: Add constructor logic here
      //
   }
}
```

需要更改公有类声明，让其继承 MasterPage 类。还要将公有字符串变量 myValue 从 MasterPage.master 移动到新的基类。类代码块应该如下所示。

```
public class MasterBase : System.Web.UI.MasterPage
{
   public string myValue
   {
     get { return "My Master Page String Value"; }
     set { }
   }
}
```

下面有一个公有字符串变量，它是刚刚创建的 MasterBase 类的一部分。现在要让页面符合这个新的基类。

需要修改当前拥有的两个母版页，以便它们在各自后台编码的文件中有类似的类声明。

```
public partial class MasterPage : MasterBase
```

当然，这是 MasterPage.master 后台编码中的代码。这段代码告诉部分类，它应该继承新建的 MasterBase 类。如果使用后台编码模式(而不是内联地编写代码块)，请确保没有改变@Master 指令的 Inherits 属性。当主文件有后台编码部分时，Inherits 属性必须指向作为后台编码文件的类。这就是在该级别而不是在母版页本身继承新基类的原因。然而，如果没有后台编码文件，并且内联编码，那么就应该为基类改变(或者添加)Inherits 属性，如下所示。

```
<%@ Master Language="C#" Inherits="MasterBase" %>
```

应该对项目中的所有母版页(此时，应该只包括 MasterPage2.master)重复这种改动。

现在要修改内容页面 Default.aspx，让它指向新的基类和@MasterType 指令的一部分，如下所示。

```
<%@ MasterType TypeName="MasterBase" %>
```

现在要测试一切是否正常运行，可以在 Default.aspx 的后台编码中添加或者更新 PreInit 事件，如下所示。

```
protected void Page_PreInit(object sender, EventArgs e)
{
   Page.MasterPageFile = "~/MasterPage.master";
}
```

现在运行应用程序，结果如图 7-28 所示。

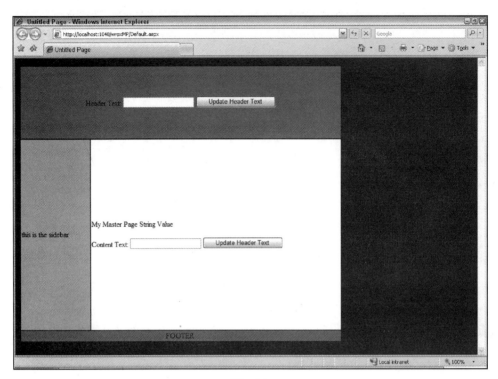

图 7-28

现在回到 Default.aspx，将 PreInit 事件更改为使用 MasterPage2.aspx，如下所示。

```
protected void Page_PreInit(object sender, EventArgs e)
{
    Page.MasterPageFile = "~/MasterPage2.master";
}
```

现在重新运行应用程序，结果如图 7-29 所示。

关于这个选项值得注意的是，当使用 MasterPage2 时标签被一致地设置。以前，当使用 MasterPage.master 时，通过来自母版页的文本填充标签。这是因为在该页面中只设置公有字符串变量。但是现在，因为在基类中设置公有字符串变量，并且两个母版页都继承这个基类，所以两个母版页都在标签中生成文本。

还会注意到，不需要改变任何代码来在内容页面中设置标签。

```
protected void Page_Load(object sender, EventArgs e)
{
    mpLabel.Text = Master.myValue;
}
```

对母版页内容的引用仍然是强类型，这就意味着使用"Master"就可以访问其方法和属性。该引用持续使用基类(而不是单个母版页文件)，即使在不同的母版页之间来回切换也是如此。

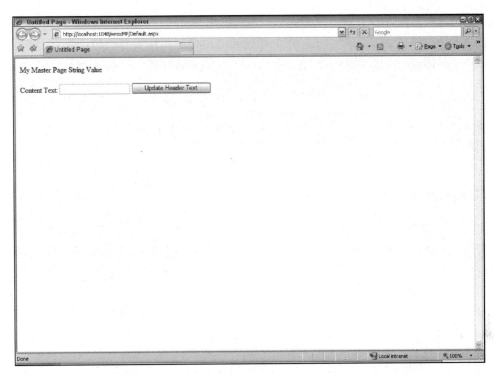

图 7-29

提示：

这一节在一定程度上简要概述了基类化，在面向对象编程中这是一种常见的实践操作，通过其建立在后面可以扩展到对象的额外抽象层。

7.8 嵌套母版页

嵌套母版页是 Visual Studio 2005 和.NET 2.0 Framework 引入的一个有趣概念，虽然它们只是部分支持这一概念。嵌套页面最简单的定义是有一个引用另一个母版页的母版页。听起来有点混淆？想象一下如果需要 3 个不同(尽管很类似)的模板用于开发。假设 3 个模板有相同的页眉和页脚，甚至在页眉上水平设置的导航系统也相同，但是在页眉和页脚之间的内容区域需要安排 1 列、2 列和 3 列布局。对于大多数公司内部网或者 Internet 站点而言，确实发生过这种情况。也许对于企业数据矩阵页面而言(这个页面上有许多数据以矩阵排列，该矩阵有许多行和列)，开发人员可能只想到使用空白画布(单个内容区域)。在其他大多数页面中，页面左侧有自定义工具栏，内容应该在其右侧(2 列)。在这些页面的子集中，可能要醒目显示浮动在内容区域右边第 3 列中的特定数据(3 列)。如果不使用嵌套，就必须创建 3 个不同的母版页，并且重叠许多内容。所有 3 个母版页页面的页眉、导航和页脚区域的代码都相同。例如，如果要改变导航区域的布局(例如，让它浮动在右边而不是左边)，就必须调整全部 3 个页面中的代码。如果使用嵌套的母版页，实际上要创建 4 个而不是 3 个母版页。需要创建一个通用母版页，它确定页面的基本结构。在本示例中，这包括页眉区域、站点导航区域和控件以及页脚区域。然后在页眉/导航和页脚之间包含一个内容占位符。接下来创建 3 个不同的母版页，它们都使用通用母版页作为自己的母版页。在这 3 个母版页中，只需要设计填充内容区域的格式；不需要<html>或者<body>标记，因为这些标记应该在通用母版页中。可以将@Master 指令的 MasterPageFile 属性设置为通用母版页，让内容控件连接到通用母版页上的内容占位符。在内容控件内，可以将这 3 个页面格式化为应该显示的布局。例如，在单列母版页中，可以让内容扩展到内容占位符的整个宽度。在两列母版页中，可以在左边建立一个区域用于自定义导航，然后让内容区域浮动到右边。同样，对于 3 列模板而言，可以将内容划分到 3 个不同的区域中。

7.8.1 继续编码工作

实际运行这个示例可能更有意义。对于这个嵌套示例而言，开始时较为容易，不需要使用为本章创建的其他虚构母版页。因此，在 Visual Studio 中启动一个新网站，删除它开始时包含的 Default.aspx 文件(从而可以更容易地在后面创建新的该文件)。现在给项目添加一个新的母版页 (选择 Website | Add New Item 命令)，将其命名为 UniversalMaster.master。可以将语言设置为所偏好的语言，然后单击 Add 按钮。如果未选择 Place code in separate file 选项，此时的代码应该如下所示。

```
<%@ Master Language="C#" %>

<!DOCTYPE html PUBLIC "-//W3C//DTD XHTML 1.0 Transitional//EN"
  "http://www.w3.org/TR/xhtml1/DTD/xhtml1-transitional.dtd">

<script runat="server">

</script>

<html xmlns="http://www.w3.org/1999/xhtml" >
<head runat="server">
    <title>Untitled Page</title>
</head>
<body>
    <form id="form1" runat="server">
    <div>
        <asp:contentplaceholder id="ContentPlaceHolder1" runat="server">
        </asp:contentplaceholder>
    </div>
    </form>
</body>
</html>
```

下面需要修改该代码，给它添加一些样式(主要创建页眉区域、导航区域和页脚区域)。代码应该如下所示。

```
<%@ Master Language="C#" %>

<!DOCTYPE html PUBLIC "-//W3C//DTD XHTML 1.0 Transitional//EN"
```

```
            "http://www.w3.org/TR/xhtml1/DTD/xhtml1-transitional.dtd">

<script runat="server">

</script>

<html xmlns="http://www.w3.org/1999/xhtml" >
<head runat="server">
    <title>Nested Master</title>
<style>
    html{height: 100%;}
    body{height: 100%; margin: 0; padding: 0;}
    #pageWrapper{position: relative; min-height: 100%;
    height: auto; margin-bottom: -25px;}
    #header{width: 100%; height: 50px; background-color: steelblue; color: white;
    font-size: x-large; font-family: Arial Black; text-align: right;
    padding-top: 25px;}
    #navigation{width: 100%; height: 25px; background-color:
    gray; color: white; font-size: small; font-family: Arial;}
    #content{padding: 5px 5px 5px 5px;}
    #footer{width: 100%; height: 15px; background-color: steelblue; color: white;
    font-size: x-small; font-family: Arial; text-align: center;
    padding-top: 5px; border-top: solid 5px gray;}
</style>

</head>
<body>
    <form id="form1" runat="server">
    <div id="pageWrapper">
    <div id="header">Corporate Logo</div>
    <div id="navigation">| Link 1 | Link 2 | Link 3 |</div>
    <div id="content">

        <!-- THE CONTENT WILL GO IN THIS PLACEHOLDER -->
        <asp:contentplaceholder id="ContentPlaceHolder1" runat="server">
        </asp:contentplaceholder>


    </div>
    </div>
    <div id="footer">© copyright 2007</div>
    </form>
</body>
</html>
```

提示：

　　这段代码用来说明嵌套页面如何运行，并且专门针对 IE 7。因此，该代码不一定在所有浏览器中都能正确呈现。此外，这段代码只是用来说明嵌套的母版页，不一定是 CSS。如果要在其他浏览器中运行，还需要对代码进行调整。

使用该代码，就可以创建继承该页面的内容页面。可以通过一般方法(选择 Website |
Add New Item 命令)创建该页面，或者右击 Solution Explorer 中的母版页，然后选择 Add
Content Page 命令。不需要给页面添加任何内容。运行项目，得到的结果如图 7-30 所示。

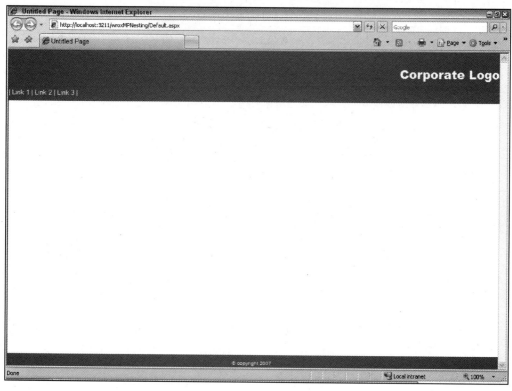

图 7-30

这就给应用程序提供了基本架构。下一步要做的就是用其他模板填充白色区域。可能
要创建两个新的母版页(不需要创建全部 3 个母版页；两个就能说明这种方法的复杂性)。因
此，添加第一个母版页(选择 Website | Add New Item 命令)，将该文件命名为 OneColumn.master。
将发现选项 Select Master Page 未激活。不必担心；后面可以添加另一个母版页。现在只需
要单击 Add 按钮。此时不做任何修改，母版页的代码如下所示。

```
<%@ Master Language="C#" %>

<!DOCTYPE html PUBLIC "-//W3C//DTD XHTML 1.0 Transitional//EN"
    "http://www.w3.org/TR/xhtml1/DTD/xhtml1-transitional.dtd">

<script runat="server">

</script>

<html xmlns="http://www.w3.org/1999/xhtml" >
<head runat="server">
    <title>Untitled Page</title>
```

```
    </head>
    <body>
        <form id="form1" runat="server">
        <div>
            <asp:contentplaceholder id="ContentPlaceHolder1" runat="server">
            </asp:contentplaceholder>
        </div>
        </form>
    </body>
    </html>
```

此时，为了使该母版页正常运行，还要做一些改动。首先，要删除所有重复代码(例如，HTML 格式已经存在于通用母版页之中)。完成之后，代码应该如下所示。

```
<%@ Master Language="C#" %>

    <asp:contentplaceholder id="ContentPlaceHolder1" runat="server">
    </asp:contentplaceholder>
```

您会发现有些令人讨厌的红色波浪线再次显示。这是因为已经删除建立的所有引用，但是还必须继承通用母版页。为了修正这一点，可以将 MasterPageFile 属性添加到@Master 指令，如下所示。

```
<%@ Master Language="C#" MasterPageFile="~/UniversalMaster.master" %>

    <asp:contentplaceholder id="ContentPlaceHolder1" runat="server">
    </asp:contentplaceholder>
```

红色波浪线现在从<asp: 转换到占位符控件的 contentplaceholder 部分。这意味着它能够识别 asp 标记前缀，但又出现了新的错误。在内容页面中，不允许有任何无关的内容。这意味着在内容标记没有封装的所有区域中都不允许有格式/代码。因此，为了解决这个最后的错误，需要再次修改代码，如下所示。

```
<%@ Master Language="C#" MasterPageFile="~/UniversalMaster.master" %>
<asp:Content ID="Content1" ContentPlaceHolderID="ContentPlaceHolder1"
    Runat="Server">
    <asp:contentplaceholder id="ContentPlaceHolder1" runat="server">
    </asp:contentplaceholder>
</asp:Content>
```

现在母版页在另一个母版页内部。为了说明该母版页如何运作，可以稍微修改这段代码，添加一些专用于该母版页的内容。

```
<%@ Master Language="C#" MasterPageFile="~/UniversalMaster.master" %>
<asp:Content ID="Content1" ContentPlaceHolderID="ContentPlaceHolder1"
    Runat="Server">
    <div style="color: SteelBlue; font-family: Arial Black; font-size:
x-large;">
```

```
        One-Column Master
    </div>
    <asp:contentplaceholder id="ContentPlaceHolder1" runat="server">
    </asp:contentplaceholder>
</asp:Content>
```

这里要做的就是添加页眉。不一定要有页眉，但通过页眉可以在视觉上确定在继承它的页面内提取了哪个母版页。

为了确定这些页面是否能够协同工作，可以将 Default.aspx 设置为指向新的 OneColumn.master 文件，并在其内容占位符中添加一些虚构文本，看看所有这些方面如何协同工作。代码如下所示。

```
<%@ Page Language="C#" MasterPageFile="~/OneColumn.master" Title="Untitled
Page" %>
    <asp:Content ID="Content1" ContentPlaceHolderID="ContentPlaceHolder1"
        Runat="Server">
        Hello, world.
</asp:Content>
```

如果运行此页面，该页面现在应该如图 7-31 所示。

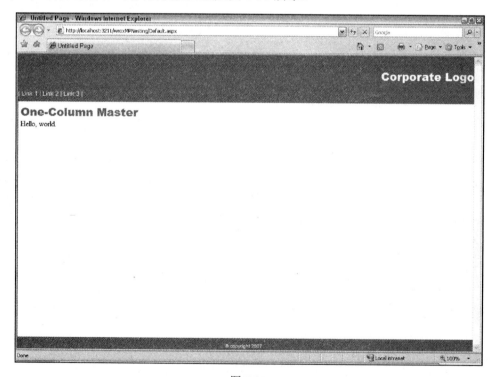

图 7-31

继续深入研究该示例就会发现，页眉、导航和页脚区域都来自 UniversalMaster.master，标题“One-Column Master”来自嵌套的主文件 OneColumn.master，文本“Hello, world.”来自内容页面 Default.aspx。这样就创建了一个嵌套的母版页示例。

　　为了扩展该示例,可以使用与前面一样的方式创建另一个母版页,称为TwoColumn.master。
接下来修改代码,如下所示。

```
<%@ Master Language="C#" MasterPageFile="~/UniversalMaster.master" %>
<asp:Content ID="Content1" ContentPlaceHolderID="ContentPlaceHolder1"
    Runat="Server">
    <div style="color: SteelBlue; font-family: Arial Black; font-size:
x-large;">
        Two-Column Master
    </div>

    <div style="width: 130px; min-height: 150px; background-color:
LightGrey;
    padding: 10px 10px 10px 10px; color: SteelBlue; position: static;
    float: left; text-align: center;">
    <asp:contentplaceholder id="ContentPlaceHolder1" runat="server">
    </asp:contentplaceholder>
    </div>

    <div style="position: static; padding-left: 160px; clear: right;">
    <asp:contentplaceholder id="ContentPlaceHolder2" runat="server">
    </asp:contentplaceholder>
    </div>

</asp:Content>
```

　　可以发现,在此母版页中已经建立了两个内容占位符,它们位于从通用母版页继承的
内容控件内部。这两个新的占位符会组成这种特定样式的两列。同样,应用 CSS 规则让它
们变成两列。

　　为了查看其外观,可以创建一个新的内容页面(右击 Solution Explorer 中的 TwoColumn.
master 文件,选择 Add Content Page 命令——其默认名称为 Default2.aspx)。这会在该页面
中创建两个内容控件,它们引用 TwoColumn.master 文件中的内容占位符。修改代码,给这
些控件添加一些内容,如下所示。

```
<%@ Page Language="C#" MasterPageFile="~/TwoColumn.master" Title="Untitled
Page" %>
    <asp:Content ID="Content1" ContentPlaceHolderID="ContentPlaceHolder1"
        Runat="Server">
    left stuff
    </asp:Content>
    <asp:Content ID="Content2" ContentPlaceHolderID="ContentPlaceHolder2"
        Runat="Server">

<p style="text-align: justify;">Lorem ipsum dolor sit amet, consectetuer
    adipiscing elit. Morbi elit enim, auctor id, vestibulum eu, aliquam ut, augue.
    Duis at magna. Pellentesque viverra venenatis tellus. Vestibulum at lacus.
    Ut et lectus sed lacus lobortis aliquam. Quisque vitae felis sit amet
```

```
            velit pharetra gravida. Nunc scelerisque mi sed massa. Mauris iaculis
            faucibus massa. Nunc dictum, sapien eu adipiscing auctor, ligula risus
            dictum ipsum, id tincidunt tellus nisl in quam. Ut velit tellus, blandit
            et, luctus nec, congue in, libero. Nullam cursus. Donec pharetra. Donec
            sit amet metus eget enim elementum vulputate. Aenean at augue eget tellus
            pellentesque mollis. Class aptent taciti sociosqu ad litora torquent per
            conubia nostra, per inceptos hymenaeos. Suspendisse id dolor tristique
            quam suscipit commodo. Vestibulum nunc. Vivamus commodo dignissim nulla.
            Curabitur rhoncus, pede a aliquet pharetra, elit pede tincidunt erat,
            vitae cursus ligula elit vel lorem. </p>

    <p style="text-align: justify;">Nunc nisl augue, consequat et, pulvinar ac,
            placerat ac, pede. Aenean ante sem, euismod eu, venenatis sed, consequat
            ut, dui. Praesent faucibus, dui id vestibulum ullamcorper, orci diam
            congue sem, varius ultrices justo dolor malesuada nunc. Vivamus interdum,
            nunc id tristique faucibus, diam tortor lacinia arcu, nec interdum est
            lacus et urna. Mauris pulvinar turpis eu tellus. Curabitur vel lacus et
            elit lacinia molestie. Proin eros ligula, adipiscing ac, tincidunt quis,
            adipiscing sed, massa. Phasellus elit mi, malesuada ut, ullamcorper sed,
            dapibus sed, velit. Integer dolor. Donec commodo sollicitudin odio. </p>

    <p style="text-align: justify;">Etiam dolor. Cras condimentum posuere felis.
            Sed tincidunt. Etiam id orci. Suspendisse aliquet fermentum neque. Sed
            cursus, justo sit amet adipiscing commodo, velit nisl blandit nibh, quis
            scelerisque purus leo eget nulla. Praesent aliquam pharetra nulla.
            Suspendisse aliquam tristique nunc. Integer augue nunc, sodales nec,
            sollicitudin ut, hendrerit at, arcu. Morbi mauris ligula, auctor in,
            cursus quis, auctor id, arcu. </p>

</asp:Content>
```

本示例会填充许多虚构文本来说明当区域中有正常数量的文本时的外观。

提示：
Lorem ipsum 文本是用虚构文本填充空间的标准方法，在第 4 章中讨论过该技术。

如果运行新页面，它应该如图 7-32 所示。

现在已经创建了两个完全不同的母版页，它们从进行控制的通用母版页继承项目的整体结构。需要横跨整个内容窗口的这些页面可以使用 OneColumn.master。对于其他所有页面而言，可以使用 TwoColumn.master，这样就有一个区域，可以在这个区域内放置边条区域的自定义内容。但是如果更新通用母版页，从 UniversalMaster.master 继承的这两个母版页同样会受到影响。例如，如果决定给页眉添加图像或者将颜色改为土色方案，那么页眉、导航和页脚区域都会调整，内容——不管是在一列还是在两列中——仍然在这些区域之间显示良好，不需要修改这些母版页中的相应区域。这是许多 Internet 和/或内部网 Web 解决方案中解决典型问题的好方法。

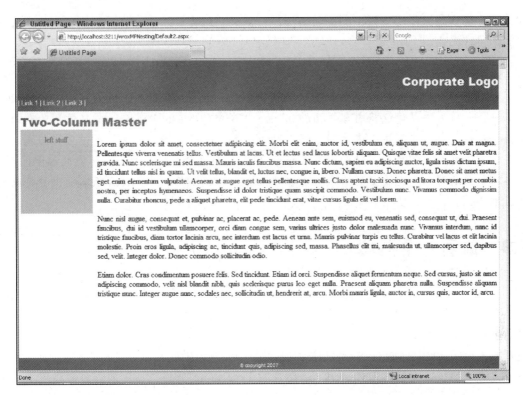

图 7-32

7.8.2 是否已经解决所有问题

此时并没有解决所有问题。任何事情都要付出代价。关于嵌套式母版页，遇到的问题是 Visual Studio 2005 内的设计时支持。基本上没有这种支持。如果从某个内容页面(本示例中是 Default.aspx 或者 Default2.aspx)切换到 Design 视图，就会出现如图 7-33 所示的错误消息。

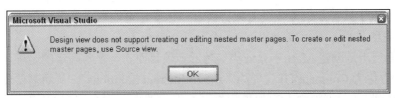

图 7-33

甚至不允许执行这种切换，只能在 Design 视图本身中看到错误消息，就像本章前面遗漏 MasterPageFile 引用的情况一样。Visual Studio 2005 甚至不允许切换视图。当使用嵌套母版页时，不会出现任何编译错误或者运行时错误，在 Source 视图中也看不到任何显示错误的红色波浪线。当在 Visual Studio 2005 中使用嵌套母版页时，只是不允许进入 Design 视图。但也有可能进入该视图。这种麻烦的关键是"在 Visual Studio 2005 中"。随着 Visual Studio 的下一个计划发布版本(代号为 Orcas)的出现，Microsoft 公司承诺完全支持嵌套的母版页，甚至是在 Design 视图中。在本书的附录 A 中，可以看到 Orcas 的最新 beta 版本，并且了解最终版本中应该包含的一些特性，包括嵌套母版页支持。但是现在只能在 Source 视图中进行操作。

提示：

Web 上有一些示例可以说明如何"欺骗"Visual Studio 以便在 Design 视图中使用嵌套母版页。一种方法是建议将内容页面的 @Page 指令中的 MasterPageFile 属性设置为有效的非嵌套母版页或空字符串，然后创建一个新的基类，它重写 PreInit 事件并设置母版页。虽然这种方法可行，但只是有助于进入 Design 视图，而且会产生其他一些可能的继承问题，如本章前面所述。可能最安全的方法是暂时使用 Source 视图，当 Orcas 版本发出时再改到 Design 视图。

7.9 最后一个概念

母版页最优秀的特性之一是它们具有混合层(Mixed Level)支持。这意味着母版页的语言不会规定内容页面的语言，反之亦然。因此，如果有一个母版页使用 C#语言，那么内容页面也可以使用 VB 语言。这允许一位程序员负责特定 Web 项目的模板化，并且允许与其他开发人员(可以用任何自己喜欢的语言进行编码)共享该模板。

更进一步说，将包含 @MasterType 指令的 TypeName 属性的 VB 内容页面设置为引用 C#基类，该操作完全可以接受。因此，可以使用 C#或者 VB 创建站点的架构(母版页及其引用的基类)，而不必担心将其合并到页面的开发人员如何使用它。

7.10 合并所有概念：更新 surfer5 项目

本书已经介绍了关于母版页是什么以及如何将它们应用于项目的许多概念。现在可以将某些信息集合到本书项目中(C:\surfer5\)。关于母版页，暂时要创建单个母版页，它建立了一个基类。对于只有一个母版页的项目而言，该操作可能有点多余，但将来如果需要，它允许扩展站点。

因此，第一步是创建 Master Base 类。对于本项目而言，需要确定的是应该创建一个公有字符串变量(称为 Company)并设置为"sufer5 Internet Solutions"，从而需要使用公司名称的所有页面都可以方便地访问它(如果将来名称发生改变，也允许在站点中改变它)。为了实现这一点，可以在项目中创建一个基类，称为 MasterBase.cs (或者 MasterBase.vb，取决于语言偏好)，并像下面这样设置该基类。

提示：

在本章后面以及接下来的几章中，本书项目都使用 MasterBase.cs 作为基类。如果选择使用 MasterBase.vb，在讨论本书余下部分时，自然要记住这个差异。

```
using System;
using System.Data;
using System.Configuration;
```

```
using System.Web;
using System.Web.Security;
using System.Web.UI;
using System.Web.UI.WebControls;
using System.Web.UI.WebControls.WebParts;
using System.Web.UI.HtmlControls;

/// <summary>
/// Summary description for MasterBase
/// </summary>
public class MasterBase : MasterPage
{
    public string company
    {
        get { return "surfer5 Internet Solutions"; }
    }

    protected override void OnLoad(EventArgs e)
    {
        Page.Title = "surfer5 Internet Solutions";
    }
}
```

这里唯一要介绍的是 OnLoad 事件的重写版本，它将继承该类的所有页面的 Page Title 都设置为"surfer5 Internet Solutions"。它将应用于继承母版页的内容页面，而母版页继承该基类。很难说使用该基类的所有内容页面都会为它设置标题。这只是不需要在内容页面的@Page 指令中设置 Title 属性(或者在内容页面的 Page_Load( )事件中设置 Page.Title)。添加这种功能之后，就可以确保页面不会显示 Untitled Page，它是默认设置(@Page 指令中的 Title 属性被设置为 Untitled Page，除非将它设置为其他内容)。顺便说一下，如果在这里设置该属性，在页面层就不会重写它。这说明如果要在@Page 指令中或者在页面 Load( )事件中设置该属性，就会执行这里的重写。

现在需要创建空白的母版页，称为 surfer5.master。需要添加一些代码来继承 MasterBase 类。此时 surfer5.master 的代码应该如下所示。

```
<%@ Master Language="C#" AutoEventWireup="true" CodeFile="surfer5.master.cs"
    Inherits="surfer5" %>

<!DOCTYPE html PUBLIC "-//W3C//DTD XHTML 1.0 Transitional//EN"
    "http://www.w3.org/TR/xhtml1/DTD/xhtml1-transitional.dtd">

<html xmlns="http://www.w3.org/1999/xhtml" >
<head runat="server">
    <title>Untitled Page</title>
</head>
<body>
    <form id="form1" runat="server">
    <div>
        <asp:contentplaceholder id="ContentPlaceHolder1" runat="server">
```

```
        </asp:contentplaceholder>
      </div>
      </form>
</body>
</html>
```

同样，surfer5.master (surfer5.master.cs)的后台编码应该如下所示。

```
using System;
using System.Data;
using System.Configuration;
using System.Collections;
using System.Web;
using System.Web.Security;
using System.Web.UI;
using System.Web.UI.WebControls;
using System.Web.UI.WebControls.WebParts;
using System.Web.UI.HtmlControls;

public partial class surfer5 : MasterBase
{
    protected void Page_Load(object sender, EventArgs e)
    {

    }
}
```

现在需要修改母版页，以便引入最初在 Default.aspx 中设置的所有 HTML 格式。新的 surfer5.master 应该如下所示。

```
<%@ Master Language="C#" AutoEventWireup="true"
CodeFile="surfer5.master.cs"
      Inherits="surfer5" %>

<!DOCTYPE html PUBLIC "-//W3C//DTD XHTML 1.0 Strict//EN"
    "http://www.w3.org/TR/xhtml1/DTD/xhtml1-strict.dtd">

<html xmlns="http://www.w3.org/1999/xhtml" >
<head id="Head1" runat="server">
    <title>Untitled Page</title>
    <link href="surfer5_v1.css" rel="stylesheet" type="text/css" />
    <link href="surfer5menu.css" rel="stylesheet" type="text/css" />
    <link runat="server" rel="stylesheet" href="~/CSS/Import.css"
    type="text/css" id="AdaptersInvariantImportCSS" />

<!--[if lt IE 7]>
    <link runat="server" rel="stylesheet"
       href="~/CSS/BrowserSpecific/IEMenu6.css" type="text/css">
    <link href="surfer5menuIE6.css" rel="stylesheet" type="text/css" />
<![endif]-->
</head>
```

```
<body>
    <form id="form1" runat="server">
    <div id="pageWrapper">
    <div id="headerGraphic"></div>
    <div id="navigationArea">
        <asp:Menu CssSelectorClass="surfer5menu"
DataSourceID="SiteMapDataSource1"
    Orientation="Horizontal" ID="Menu1" runat="server" />
        <asp:SiteMapDataSource SiteMapProvider="myMenu"
ShowStartingNode="false"
    ID="SiteMapDataSource1" runat="server" />
    </div>
    <div id="bodyArea">
    <div id="bodyLeft">Lorem ipsum dolor sit amet, consectetuer adipiscing
    elit. Vivamus felis. Nulla facilisi. Nulla eleifend est at lacus. Sed vitae pede.
    Etiam rutrum massa vel nulla. Praesent tempus, nisl ac auctor convallis,
leo turpis
    ornare ipsum, ut porttitor felis elit eu turpis. Curabitur quam turpis,
placerat
    ac, elementum quis, sollicitudin non, turpis. Ut tincidunt sollicitudin risus. Sed
    dapibus risus et leo. Praesent interdum, velit id volutpat convallis, nunc diam
    vehicula risus, in feugiat quam libero vitae justo.</div>
    <div id="bodyRight">
        <asp:SiteMapPath ID="SiteMapPath1" runat="server"
PathSeparator=" :: " />

        <asp:contentplaceholder id="ContentPlaceHolder1" runat="server">
        </asp:contentplaceholder>

    </div>
    </div>
    <div id="footerArea">&copy 2006 - 2007: surfer5 Internet Solutions</div>

    </div>
    </form>
</body>
</html>
```

现在已经完全建立了母版页。唯一需要做的事情是创建引用这个新母版页的内容页面。需要修改 Default.aspx 文件，如下所示。

```
<%@ Page Language="C#" MasterPageFile="~/surfer5.master" AutoEventWireup="true"
    CodeFile="Default.aspx.cs" Inherits="_Default" Title="Untitled Page" %>
<%@ MasterType TypeName="MasterBase" %>
<asp:Content ID="Content1" ContentPlaceHolderID="ContentPlaceHolder1"
    Runat="Server">

    <div class="header">Welcome to <asp:Label ID="myCompany"
    runat="server" Text="" />:</div>
```

```
        <p>Lorem ipsum dolor sit amet, consectetuer adipiscing elit. Donec elementum
    eleifend libero. Fusce tristique tempus nulla. Pellentesque fringilla
placerat nunc.
    Aliquam erat volutpat. Donec nunc arcu, convallis sollicitudin, gravida eu,
    adipiscing ut, eros. Quisque justo mauris, lobortis vel, lobortis et, nonummy
    sodales, ante. Suspendisse potenti. Maecenas congue ipsum vitae augue. Sed
quis
    tortor. Mauris ultricies, turpis ac rutrum tincidunt, diam eros scelerisque
dolor,
    et auctor metus est sit amet augue. Ut hendrerit posuere pede. Phasellus
lacus nisl,
    fringilla eget, auctor ut, vestibulum et, neque. </p>

        <p>Suspendisse eget dui. Suspendisse vel ligula id velit bibendum vestibulum.
    Ut bibendum velit eu sapien. Integer nisl. Class aptent taciti sociosqu ad
litora
    torquent per conubia nostra, per inceptos hymenaeos. Mauris et eros quis
eros luctus
    ornare. Mauris nec magna a magna cursus fringilla. Vivamus interdum justo
scelerisque
    sapien rhoncus cursus. Integer arcu neque, semper vel, fringilla vel, iaculis
nec,
    est. In hac habitasse platea dictumst. Morbi sem arcu, commodo nec, tincidunt
    consectetuer, scelerisque quis, nulla. Integer placerat, justo vitae ornare
dictum,
    nibh felis semper pede, non blandit mauris felis sed dolor. Nunc fringilla
    ligula nec ante. </p>

        <p>Proin sodales. Mauris nisi. Fusce ut nisi. Sed id velit nec ante sagittis
    tincidunt. Pellentesque sagittis lacus at quam. Suspendisse potenti. Proin
    mauris arcu, semper sed, aliquam nec, ultrices hendrerit, odio. Vestibulum
gravida.
    Cras mi risus, pharetra ultricies, auctor in, tristique sed, nibh. Proin
sodales.
    Aenean pretium scelerisque tellus. Sed non massa. Pellentesque dictum justo
sit amet
    lacus posuere scelerisque. Donec eget erat. Praesent vulputate. Cras nonummy.
    In sodales est ut quam. Duis et leo. Nam ac odio sed purus gravida vestibulum.
    Fusce nonummy orci non nibh. </p>

        <p>Suspendisse in magna. Morbi sit amet diam nec sem varius luctus. Mauris
felis
    dui, lobortis non, cursus id, cursus nec, diam. Vivamus interdum sollicitudin
ante.
    Aliquam erat volutpat. Cras nec ipsum. Maecenas fringilla. Nunc aliquam
    adipiscing elit. Morbi molestie lectus id felis. Curabitur sem. Pellentesque
vitae
    nulla. Duis commodo. Duis tincidunt auctor turpis. In hac habitasse platea
dictumst.
    Aliquam erat volutpat. Aliquam quis metus nec massa feugiat posuere. Nulla
```

```
congue
    molestie massa. Phasellus ut quam vitae urna tempus iaculis. Donec volutpat
    diam et felis. </p>

    <p>Duis malesuada odio vel elit. Suspendisse id est. Ut eros. Quisque quis
lacus
    nec purus tempus porta. Sed nec elit. Ut tempus, purus a mollis sodales,
nulla
    magna ornare augue, at rhoncus mi dolor in metus. Lorem ipsum dolor sit amet,
    consectetuer adipiscing elit. Nunc tempus vestibulum tellus. Sed suscipit,
arcu
    convallis lacinia bibendum, lectus ante aliquam arcu, sed ornare dui dolor
id pede.
    Cras vel sem sed nunc laoreet cursus. Duis in enim. Aenean consequat quam
    sed orci. Duis tellus. </p>

    <p>Fusce sed leo volutpat neque suscipit accumsan. Nullam non odio. Duis
    ullamcorper nunc a elit vestibulum tristique. Pellentesque elementum arcu
    facilisis odio pretium cursus. Nam dapibus, urna vitae porttitor vehicula,
ipsum
    quam interdum nulla, a scelerisque neque velit quis tellus. Sed vitae tellus
in
    turpis convallis laoreet. Nam feugiat auctor turpis. Aenean sit amet lacus.
    Vivamus in diam. Nam ultrices, nulla nec luctus euismod, ipsum leo tempor
nunc,
    vel faucibus quam elit eget justo. </p>

</asp:Content>
```

文件 Default.aspx.cs 的后台编码现在应该如下所示。

```
using System;
using System.Data;
using System.Configuration;
using System.Collections;
using System.Web;
using System.Web.Security;
using System.Web.UI;
using System.Web.UI.WebControls;
using System.Web.UI.WebControls.WebParts;
using System.Web.UI.HtmlControls;
public partial class _Default : System.Web.UI.Page
{
    protected void Page_Load(object sender, EventArgs e)
    {
        myCompany.Text = Master.company;
    }
}
```

这段代码从原始页面中导入内容，然后给题头添加一个新标签 myCompany，最后从母版页基类中导入标签的文本。

如果已经建立了所有页面，那么此时的项目应该如图 7-34 所示。

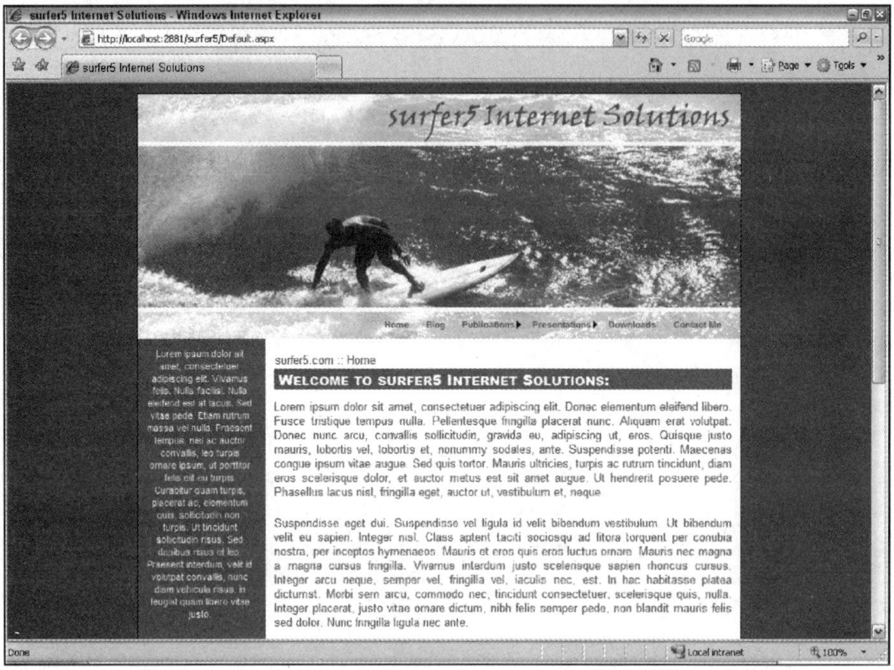

图 7-34

您会发现标题栏和内容区域的题头都会反映在引用的母版页基类中设置的代码中；标题文本来自公有字符串变量，标题栏来自 OnLoad 重写。除了这些微小变化之外，页面与第 6 章结束时呈现的页面完全相同。只是在后台执行了改动。当准备创建下一个页面时，可以从下面的架构开始。

```
<%@ Page Language="C#" MasterPageFile="~/surfer5.master" AutoEventWireup="true"
    CodeFile="Default2.aspx.cs" Inherits="Default2" Title="Untitled Page" %>
<%@ MasterType TypeName="MasterBase" %>
<asp:Content ID="Content1" ContentPlaceHolderID="ContentPlaceHolder1"
    Runat="Server">
</asp:Content>
```

现在要做的就是在内容控件预留的区域中填充内容，得到的页面与初始页面非常类似……只是内容不同而已。

7.11　小结

本章很长，但它介绍了许多新概念。您可能已经进一步理解了什么是母版页以及它如何为 Web 设计中的老问题提供解决方案，并且知道了母版页的基本约定以及如何设置母版页的某些元素属性。本章还探讨了尝试在内容页面和母版页之间来回传递变量的复杂性。既发现了最有用的特性是嵌套的母版页，同时也发现了一些问题。创建了基类，它可以被继承到母版页中，从而使以编程方式切换母版页变得更加天衣无缝。本章最后介绍了如何将所有这些概念合并到现实项目 surfer5 中。

但这只是技术方面的讨论。幸运的是，您已经知道如何回答关于母版页的问题，知道母版页提供的强大功能，同时更加熟悉其用法的内在局限性。也许已经知道一到两种诀窍可以避开这些限制。但最重要的是，如果实际上没有使用母版页或者很少使用它们，那么知道它们是很好的开发工具之后，就会在将来从事的所有.NET Web 项目中使用它。它们是创建外观一致的网站的典型工具。如果 ASP.NET 2.0 中有一种特性对于 aesthNETics 必不可少，那么这种特性可能就是母版页。现在应该知道其中的原因所在了。

第 **8** 章

主　题

如果读者是海盗迷(或者至少与此相关)，那么就可以将本书看作是一幅现代版的藏宝图。大多数藏宝图中都有一棵棕榈树，从那里走 300 步就会遇到一棵有 3 根树干的树，再向南走 150 米就会看到一个瀑布，瀑布里巧妙地隐藏着一个山洞，山洞里就是传说中的宝藏。然而，在本书中主题就是被埋藏的宝藏。和藏宝图一样，在准备使用主题(至少是成功的主题)之前，必须完成一些中间步骤。必须了解 Web 设计和标准需要考虑的事项。必须掌握图形和颜色的基本知识。需要了解层叠样式表(Cascading Style Sheet，CCS)的概念以及它们在项目中的用法。必须理解站点导航和.NET 中的工具，这些工具能够让站点保持一致。最后还要理解如何使用前面的思想和概念来创建标准模板，从而实现站点中所有页面的整体布局。因此现在必须进入瀑布，向北走 10 步，开始挖掘；最终就会理解主题。一旦打开这个新的宝藏盒，就会发现它里面有 CSS、皮肤和图像，可以将它们应用于站点的所有页面。

8.1　主题的定义

主题是.NET 2.0 Framework 引入的最有用的思想之一。使用主题就可以创建完全可换肤的网站。这是什么意思呢？请考察一些 Windows 应用程序，例如考察 Windows Media Player。知道如何进入应用程序并且确定应用哪种皮肤吗？首先要知道什么是"皮肤"。简单地说，皮肤是查看应用程序时看到的设计。因此，例如 Windows Media Player，有的皮肤可能让播放器看起来像新的 Windows Vista Media Player，有的皮肤可以让它看起来像埋藏的宝藏(例如 Windows Media Player 的 Aquarium 皮肤)。因此在很多应用程序中，如果应用皮肤，就会彻底改变该应用程序的外观。这可能意味着给它提供不同的背景和尺寸，也可能意味着完全改变标准按钮的位置，或者意味着删除一些组件，从而让界面变得更简洁。这些元素组成了相同应用程序的不同皮肤。有多种皮肤可供选择的应用程序就是可换肤的应用程序。

使用 ASP.NET 2.0 Themes，就可以实现与可换肤的应用程序相同的功能。实际上，主题有一个组件称为 Skins，它们对于形式良好的主题而言至关重要，尽管 ASP.NET Themes 中 Skins 的内涵略有不同。在.NET 中，Skin 文件只是属性的集合，这些属性让页面上的控件显示为默认。例如，可以让 ASP.NET 应用程序中包含的所有按钮控件具有相同的边界、背景色、前景色和字形。实际上可以定义 Skin 文件中的所有属性，它们会应用于 ASP.NET Theme

中所有的按钮控件。也可以使用相同的方法将主题专用的 CSS 文件和图像应用于页面。

使用 ASP.NET 2.0 Themes，就可以创建完全可以换肤的网站。也就是说，可以为移动用户建立一个主题，这个主题不同于为认证用户建立的主题，为认证用户建立的主题又不同于为管理员建立的主题。可以为站点创建多种皮肤，这样用户就可以自己选择如何体验站点，而不是您替他们选择(在某种程度上说还是您在指导，但至少允许用户自己选择遵循哪种指示)。甚至可以单独为 ADA 访问者建立一个主题，这个主题可以删除 CSS 样式、JavaScript 依赖关系和图像。还可以通过用户选择或者其他预定义标准，在站点里设置某种逻辑以确定应用哪个主题，这样站点就会呈现这种皮肤的外观。使用主题，还可以在一次创建内容之后，依据自己的需要让它呈现各种不同的外观。

但是就这样吗？这是创建可换肤站点的好方法吗？这意味着要创建多种皮肤来实现主题吗？绝对不是。虽然主题可以(并且应该)约束 CSS 的样式标准来格式化站点，但它们远不止这些功能。这是什么意思呢？CSS 样式化 HTML；主题不仅样式化 ASP.NET 控件，而且为它们设置程序化默认值。因此，虽然好的主题会使用 CSS 的标准来设计控件的一般样式，但它也会使用 Skin 文件来控制分页、排序以及 GridView 控件的其他属性，一般来说，需要它们来处理项目中包含的每个 GridView 控件。

为了更好地理解这一点，可以考虑在网站中添加 GridView 控件。完成该操作的代码如下所示。

```
<asp:GridView ID="GridView1" runat="server">
</asp:GridView>
```

现在要给 GridView 控件添加一些样式。也许想让标题具有特别的样式，让栅格中各交替行具有不同的样式。控件开始可能如下所示。

```
<asp:GridView ID="GridView1" runat="server">
    <HeaderStyle CssClass="GridViewHeader" />
    <RowStyle CssClass="GridViewRow" />
    <AlternatingRowStyle CssClass="GridViewAlternateRow" />
</asp:GridView>
```

继续操作，假设建立分页以及控件的宽度和其他属性。现在 GridView 控件可能如下所示。

```
<asp:GridView ID="GridView1" runat="server" AllowPaging="true" PageSize="10"
    AllowSorting="true" CssClass="GridView" Width="500">
    <HeaderStyle CssClass="GridViewHeader" />
    <RowStyle CssClass="GridViewRow" />
    <AlternatingRowStyle CssClass="GridViewAlternateRow" />
</asp:GridView>
```

您会看到它变得越来越大、越来越混乱。假设整个站点分布着几十个甚至几百个 GridView 控件，每个 GridView 控件都重复相同的代码。在本示例中，使用 CSS 来样式多个控件，因此如果要改变任何元素，在附加的样式表中就要注意很多问题。例如，如果突然要将标题的背景色从深蓝色转换为钢青色，可以在 CSS 中完成。但是如果有人要让所有多页 Web 栅格每页包含 15 行而不是本示例中允许的 10 行，那么情况又会怎样呢？这就不得不回到每个 GridView 控件来改变这个属性。如果能只在一个位置改变这种属性，而这种改变会渗透到所有相关控件，这样不是更好吗？这就是主题和皮肤的作用。使用这种新技术，可以省去上面的所有代码，同时在网站上看不到任何差别。

```
<asp:GridView ID="GridView1" runat="server" />
```

所有标题、行和交替行 CSS 引用都有皮肤，所以不需要再次输入它们。本示例中，GridView 控件有一种默认皮肤，它会应用于所有 GridView 控件，除非特别告诉这个控件不需要这样操作(或者告诉这个控件忽略皮肤设置，或者专门为 GridView 控件引用不同的皮肤，可以通过控件的 SkinID 属性完成该操作)。在.NET 2.0 Framework 中引入主题之前，ASP.NET 开发人员为开发站点需要用到的控件努力创建默认程序和样式默认。CSS 在这方面非常强大，但如果说“嗨，CSS!我想让交替行的行背景色变成淡蓝色，而其他行的背景色变成白色”，想象一下情况会怎样？CSS 不能用于这种类型的程序化设置。在 CSS 中可以设置行和交替行的属性，但不能将 GridView 控件放入页面，不能单独引用 CSS 类，也不能明确指出将哪种样式应用于第一行、第二行或者第三行，等等。而使用主题就完全可以实现这些操作。可以在页面上放入新的 GridView 控件。自动处理所有行和交替行的样式，前提是已经建立皮肤来实现该操作。

此外，也会处理 GridView 控件的其他属性以及分页和排序，并且完成 GridLines 的外观(或者没有)。可以在皮肤中设置这些方面，然后在控件中继承。

请不要误会。主题只是强化了 CSS 在站点中的作用，决没有否定 CSS 的重要性。CSS 是一种重要工具，可以与主题结合使用。只使用其中一种而不同时使用两者，这是一种目光短浅的行为。这些工具注定要一起使用，并且应该这样做。主题只是将 CSS 提高到了另一个层次。

8.2 第一个主题

既然已经理解了主题的优点，下面可以创建一个主题。创建主题其实非常简单，对此可能会感到惊讶。首先，可以创建一个使用主题的新项目。对于本示例而言，这个项目位于 C:\Themes 目录下。可以随意替代自己的目录；但要知道，本示例的余下部分也会用到它。

打开项目，右击解决方案，选择 Add ASP.NET Folder 选项，再选择 Theme 命令，如图 8-1 所示。

完成之后，就会在 Solution Explorer 中看到一个名为 App_Themes 的新文件夹，在该文件夹下面还有一个名为 Theme1 的临时文件夹，如图 8-2 所示。

正如所看到的，创建该文件夹的名称，可以将它命名为任何想要的名称。这里请输入myFirstTheme，并按 Enter 键。

提示：

命名主题时不要使用保护字，例如 Default。如果使用这些名称，在后面以编程方式设置主题时就会产生问题。

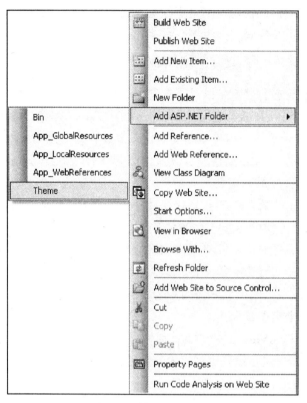

图 8-1

图 8-2

现在您创建了自己的第一个主题，其名称为 myFirstTheme。

听起来不可能？先进入 Default.aspx，单击@Page 指令的开放区域，添加 Theme 属性。一旦输入等号，就会得到项目可用主题的下拉列表，如图 8-3 所示。

选择 myFirstTheme 选项作为主题。现在将第一个主题应用于项目。的确，这个主题不会立刻发挥作用。但是，实际上已经创建 ASP.NET Theme，并将它应用于页面。其他的只是细节。

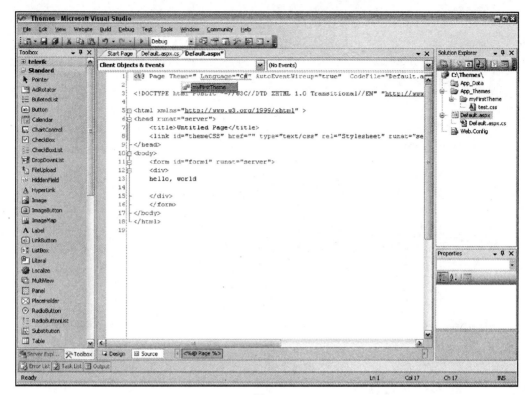

图 8-3

8.2.1　接下来讨论细节

很明显，拥有一个实际上什么也不做的主题毫无益处。因此，为了让主题实际地完成一些操作，就需要给相应主题文件夹添加一些文件。这意味着，如果要将文件添加到 myFirstTheme 主题，那么必须将它添加到项目的 App_Themes 目录下的子目录中。主题中可能包含的典型文件有以下几种。

- CSS 文件
- Skin 文件
- 图像

实际上，这并不是主题中可以包含的文件的范围。从图 8-4 中可以看到 Microsoft 公司认为最适合于主题的文件类型(右击 Theme 目录，选择 Add New Item 选项，也可以看到相同的选项……)。

正如所看到的，还有其他默认选项，例如 Report、Class Diagram、XML 文件、XSLT 文件和文本文件。这些只是默认选项。如果需要，也可以在这个目录中添加很多文件。毕竟，这只是项目的子目录。虽然它是特殊类型的子目录，但仍然是子目录。

然而如前面所述，大多数开发人员通常使用的 3 种主要组件是 CSS、皮肤和图像。因此，本章可划分为这些话题，有助于更好地理解每个组件。

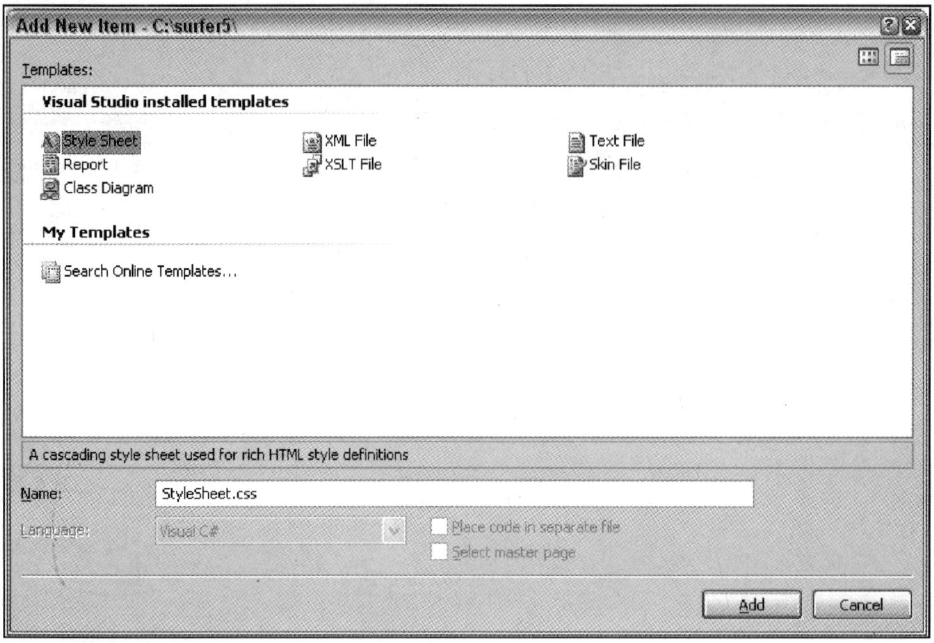

图 8-4

8.3 主题中的 CSS

作为本章的第一部分，将使用 CSS。希望您已经熟悉 CSS 的概念；新手请参考第 4 章。

要将 CSS 文档合并到主题中，需要知道的第一件事就是主题处理 CSS 的方式不是很直观。正如所看到的，在主题应用包含的 CSS 文档方面有一些特殊行为，这种行为限制了这些 CSS 文档的性能。开始将 CSS 文档添加到主题时，需要考虑这种行为。对于在主题中使用 CSS 而言，这种特殊行为产生了许多轻视的观点。实际上，由于主题处理 CSS 的方式，许多开发人员在自己开发的项目中根本不选择使用主题。因此，在讨论如何在主题中使用 CSS 之前，可能需要先了解一下这种特殊行为。不要担心，虽然随着在主题中使用 CSS 这种讨论的继续，将找到绕开这种行为的方法，但在开始之前理解它仍然很重要。

8.3.1 问题：主题如何应用包含的样式表

在主题中使用 CSS 时，有一些非常现实的问题，这要求我们思考不同的方法来回避它们。本章只讨论其中一种方法，通过搜索 Web 还可以找到其他方法。

所有这些问题都围绕一点，即无法控制 CSS 文件应用于项目的方式。当将 CSS 文件添加到 Theme 文件夹时，所有文件都按系统顺序应用于项目(按字母顺序分析根目录，然后按字母顺序分析每个子目录)。没有指定按哪种顺序应用文件，也没有指定应用文件的条件；实际上都是按照母顺序应用它们。这就制造了一些障碍：

- 从 CSS 中去除了 Cascading(层叠)特性。CSS 中的第一个单词就是 Cascading(Cascading Style Sheets，如果还记得的话)。将其称为层叠的原因是它们在彼此的基础上构建。

例如，有一个主要的 CSS 页面，它有许多颜色和布局规则，也许还有一组只应用于 Internet Explorer 浏览器的重写规则。使用主题 CSS 文件时，则不可以再应用这些规则；主题里的所有 CSS 文件都会被应用。

- 不能再使用 Microsoft 的条件性注释(Conditional Comments)。这一点与上一点相关，但也值得单独讨论。在第 5 章学习 CSS Friendly Control Adapters 时，介绍过这些条件性注释的示例。例如，要插入"＜　!--[if lt IE 7]＞"来包含某些 CSS 文件，它们用于 IE 7.0 版以前的浏览器。这种插入能够控制 CSS 文件只应用于 IE 特定浏览器和特定版本。因为现在无法控制应用哪些文件，所以如果将 CSS 文件放入 Theme 文件夹中，这种功能就不再可用。

- 失去对媒介类型的控制。CSS 文件最具有独创性的特性是，可以指定媒介类型(例如打印、屏幕、便携式和盲文(Braille))，该类型控制应用于特定 CSS 文件的媒介。例如，可能有一个 CSS 文件，可以将它当作站点的主要 CSS 规则。然而，这很可能意味着它控制屏幕版本的 CSS(当一般观察者访问站点时看到的情景)。这里，可以将媒介类型设置为"屏幕"，这样它只影响查看页面的显示器。然后，可以为可打印版本的站点建立一组新规则，同样将媒介类型设置为"打印"。这样，屏幕版本就有一组特有规则，与打印版本的规则完全不同。而主题不可能采用这种方式。再次说明，应用所有 CSS。如果主题中有屏幕 CSS 文件和打印 CSS 文件，它们都按字母顺序应用。这时将无法控制是否应用文件，因此也无法控制对每种媒介类型应用什么。当然，可以在 CSS 文件内部使用媒介类型(例如"@media print")，但不能依据特定媒介类型应用整个文件。

当考虑使用 CSS 作为主题的一部分时，这些限制非常重要。然而，如果就问题达成协议，就有一些方法可以绕开它们。在本章中的"一种解决方案"一节中可以看到其中一种解决方案。但是现在理解这些限制是什么即可，这样就可以理解本章所述的替代方法。

8.3.2　给主题添加 CSS 文件

首先，给主题添加一个名为 test.css 的样式表，然后确定它的格式，如下所示。

```
body
{
    background-color: steelblue;
    color: Silver;
    font-size: xx-large;
}
```

回到 Default.aspx，添加一些虚构的文本(例如"hello, world")。现在运行项目，页面如图 8-5 所示。

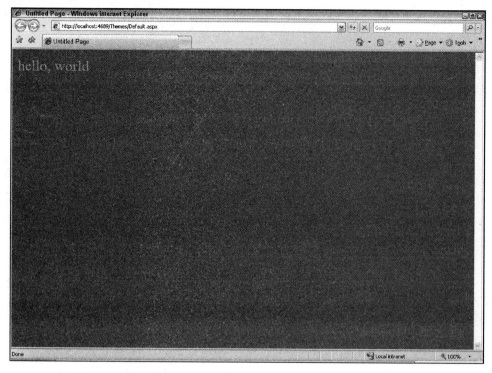

图 8-5

您可能对.NET 2.0 引擎生成的代码很有兴趣。在浏览器中，查看页面的源代码。它应该如下所示。

```
<!DOCTYPE html PUBLIC "-//W3C//DTD XHTML 1.0 Transitional//EN"
    "http://www.w3.org/TR/xhtml1/DTD/xhtml1-transitional.dtd">

<html xmlns="http://www.w3.org/1999/xhtml" >
<head><title>
    Untitled Page
</title><link href="App_Themes/myFirstTheme/test.css" type="text/css"
    rel="stylesheet" /></head>
<body>
    <form name="form1" method="post" action="Default.aspx" id="form1">
<div>
<input type="hidden" name="__VIEWSTATE" id="__VIEWSTATE"
    value="/wEPDwUJNzgzNDMwNTMzZGQWnrxOLLuhzvowLtiG0obZpuix0A==" />
</div>

    <div>
    hello, world

    </div>
    </form>
</body>
</html>
```

大多数代码与所料到的相同。但是请注意在结束标题和头标记之间插入的内容。

```
<link href="App_Themes/myFirstTheme/test.css" type="text/css" rel="stylesheet" />
```

正如所看到的，现在物理引用刚刚创建的样式表。文件的目录结构已经自动填充(App_Themes/myFirstTheme)，不需要考虑它。这意味着要做的就是创建主题，将 CSS(或者其他内容)添加到该主题，将页面主题设置为自己的主题即可。您不需要花时间编码某种类型的逻辑，以便依据应用的主题来确定到 CSS 文件的相应路径。除了主题之外，不需要设置任何类型的属性来说明要应用这个 CSS。已经自动完成该操作。不需要再执行任何操作，主题里的每个 CSS 文件都被应用于使用该主题的所有页面。

这是好事吗?

和很多事情一样……视具体情况而定。例如，可能没有理由得到任何类型动态设置的 CSS 规则。换句话说，可能要将相同的 CSS 规则(用于给定主题)应用于没有资格访问站点的每个人。例如，如果要在公司内部网上运行，而网络策略只允许雇员使用 IE 7 来访问站点，那么就很可能只有一组 CSS 规则用于该站点。因此，不需要针对移动设备或者其他浏览器发出警告; 所需要的只是应用于 IE 7 的规则而已。这里并不关心是否通过主题应用站点的所有 CSS 文档，因为应该将它们应用于访问站点的所有浏览器。

但如果不是这样，情况又如何? 一个很好的示例是，是否要让页面保持一种真正流畅的 CSS 布局，包括页面底部或者内容底部的页脚。如果要使用 CSS 解决这个问题，并且没有为不同的浏览器建立不同的规则，就没有可靠的方法可以实现。IE 7 不会像 Firefox 那样处理实现这一点所需的浮动命令。也许更让人沮丧的是，IE 7 没有采用与 IE 6 相同的方式处理这种情况。因此，如果想要这种类型的布局，就要告诉项目依据指定的标准使用哪些 CSS 规则。

那么该怎么做呢? 简单地说，不需要做什么。也就是说，如果要依据主题里的某种浏览器检测为某些浏览器应用某些规则，那么没有办法完成该操作。该示例假设使用 CSS 文件，或者更具体地说是使用具有 CSS 文件扩展名的文件。毫无疑问的是，没有使用 CSS 页面就不能打破这条规则。

8.3.3 一种解决方案

主题将 CSS 文档应用于页面会涉及许多问题，避免这些问题的方法之一就是创建一个 ASPX 页面，该页面将内容类型设置为"text/css"，并将它应用于主题页面。这种解决方法能够集成托管代码(.NET)和 CSS 的功能。在此过程中，可以依据使用集成的.NET 代码时做出的决定来操作 CSS 属性。

为了说明如何操作，首先将一个新的 ASPX 页面(名为 style.aspx)添加到项目(而不是主题; 将 ASPX 页面添加到 Theme 文件夹并不容易)，然后指定不想让代码保存在单独文件中(这是可选的操作，但如果将所有内容都保存在一个页面中，这样就更易于操作)。继续删除页面的全部 HTML 内容，并将代码添加到文件中，让它看起来如下所示。

```
<%@ Page ContentType="text/css" Language="C#" %>
```

```
<script runat="server">

    protected string browser = "";

    protected void Page_Load(object sender, EventArgs e)
    {
        browser = Page.Request.Browser.Browser;
    }

</script>

body
{
    font-size: xx-large;
<% if (browser == "IE") {%>
    background-color: black;
    color: white;
<%} else {%>
    background-color: steelblue;
    color:silver;
<%}%>
}
```

在此代码中需要注意一些内容。首先，这里将@Page 指令的 ContentType 属性设置为 text/css，这意味着浏览器会作为 CSS 处理页面的呈现输出。

第二件要注意的事情就是，创建了一个名为 browser 的保护字符串变量，在 Page_Load 事件上设置该变量。本示例中，没有深入研究浏览器版本，但是也很容易执行该操作 (Page.Request.Browser.MajorVersion 会返回浏览器的主要版本，7 表示 IE 7)。现在，最好知道这是相对于 IE 以及其他类型的浏览器。

最后要注意的是，为页面(该页面引用新的 ASPX CSS 页面)的主体元素建立 CSS 规则。在该代码中，为所有浏览器设置的字体大小都相等。依据浏览器是不是 IE 来改变页面的背景颜色和字体颜色(如果是 IE，就是黑色页面、白色字体；如果是其他浏览器，就是钢青色页面、银色字体)。

下面可以测试代码。现在要禁用主题引用，然后给新页面添加引用。Default.aspx 的代码最后如下所示。

```
<%@ Page Language="C#" AutoEventWireup="true"
    CodeFile="Default.aspx.cs" Inherits="_Default" %>

<!DOCTYPE html PUBLIC "-//W3C//DTD XHTML 1.0 Transitional//EN"
    "http://www.w3.org/TR/xhtml1/DTD/xhtml1-transitional.dtd">

<html xmlns="http://www.w3.org/1999/xhtml" >
<head runat="server">
    <title>Untitled Page</title>
    <link href="style.aspx" type="text/css" rel="Stylesheet" />
</head>
```

```
<body>
    <form id="form1" runat="server">
    <div>
    hello, world

    </div>
    </form>
</body>
</html>
```

提示:

本节禁用主题引用,这样就不能使用添加到 myFirstTheme 的样式表重写 style.aspx 的行为。本章稍后链接文档或母版页,并从主题回到相同页面时,将看到应用 CSS 文档的层次结构。然而此时需要知道的是,如果在@Page 指令中包含主题,那么来自 myFirstTheme 的 CSS 文档的属性就会重写 style.aspx 的属性。

此处依然没有为该页面建立主题,但可以引用新建的 style.aspx 页面,它里面有基于浏览器的 CSS 规则。如果在 IE7 中运行页面,结果如图 8-6 所示。

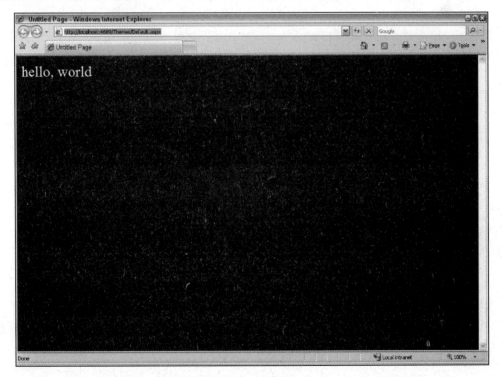

图 8-6

然而,如果在 Mozilla Firefox 中加载这个页面,那么结果如图 8-7 所示。

正如所看到的,在 IE 中是黑色和白色,而在 Firefox 中是蓝色和银色(在本书这种黑白背景下可能不是很明显,但能够看到一些细微的差别)。有趣的是,实际上已经克服了最具有挑战性的 CSS 障碍之一: CSS 常量。

图 8-7

在 CSS 的世界中，很多时候需要在 CSS 文件中插入变量，因此，如果有必要，可以改变一到两种颜色变量，并且在整个 CSS 文件中都使用这些颜色(也许要改变页面的颜色方案)。许多 CSS 开发人员都认为像下面这样的代码就已经很好了。

```
$mainColor = SteelBlue;
$secondaryColor = Silver;

body
{
    background-color: $mainColor;
    color: $secondaryColor;
}
```

很明显，在这个特定示例中使用这些变量没有多大好处。然而，在更大的 CSS 文件(包含对颜色方案主要颜色的许多不同引用)中，使用这些变量就很有价值。然而，实际上在 CSS 的限制内无法完成该操作。如果搜索像 CSS variable 或者 CSS Constant 这样的内容，就会得到数以百万计的返回记录，这是使用 CSS 的开发人员面临的普遍问题。如果没有像操作 CSS 的.NET 这样的平台，常量就不可以单独与 CSS 共存。

因此，虽然这个示例还会继续成长，并且脱离常量的思想，但是将这些有用的信息保存在某个地方是个好主意，因为不管是否使用主题，只要使用 CSS 就必须知道这些信息。

1. 添加回主题

使用到目前为止已经编码的示例，就可以依据规则(或者其他标准)将浏览器应用于

CSS 文件。例如，如果有一组布局规则，想将它们应用于所有项目，这些项目有适用于页面不同区域或元素的位置和尺寸，那么这就是实现它的一种好方法。

然而，如果在 style.aspx 中建立了一些样式规则，而在主题中建立了一些不同的规则，情况又会怎样？如果两者发生冲突，谁会胜出？这还是要视具体情况而定。在当前情况下，取决于如何应用主题。

首先，为了说明默认情况，可以将 Theme 属性添加回@Page 指令，和前面一样将其设置为 myFirstTheme。不做其他任何改变，在 IE 7 中再次运行项目并查看输出。(也许)遗憾的是，输出结果如图 8-8 所示。

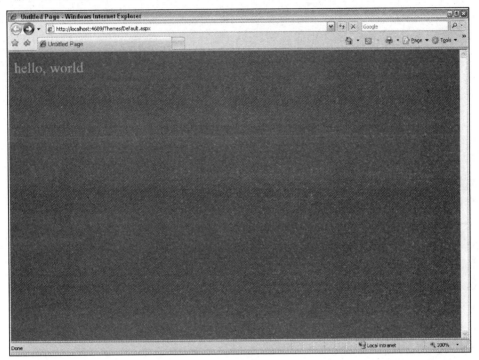

图 8-8

发生了什么情况？为什么现在又显示钢青色背景？如果在浏览器中查看页面的源代码，就会知道答案。

```
<!DOCTYPE html PUBLIC "-//W3C//DTD XHTML 1.0 Transitional//EN"
    "http://www.w3.org/TR/xhtml1/DTD/xhtml1-transitional.dtd">

<html xmlns="http://www.w3.org/1999/xhtml" >
<head><title>
    Untitled Page
</title><link href="style.aspx" type="text/css" rel="Stylesheet" />
<link href="App_Themes/myFirstTheme/test.css" type="text/css"
    rel="stylesheet" /></head>
<body>
    <form name="form1" method="post" action="Default.aspx" id="form1">
<div>
<input type="hidden" name="__VIEWSTATE" id="__VIEWSTATE"
```

```
      value="/wEPDwULLTE0MDkxNzYwNDNkZPoRs+E6QsVq0JGJDvHOD49xfpUz" />
   </div>

      <div>
      hello, world

      </div>
      </form>
</body>
</html>
```

如果查看 HTML 代码标题部分的 CSS 声明，就会发现问题：在定期声明版本之后应用主题 CSS。按照声明 CSS 规则的顺序应用它们。因此，如果在第一个调用的 CSS 文件里声明规则，那么后面声明的引用中相冲突的 CSS 规则就会重写它。因此，发生的情况是，先应用 style.aspx CSS 规则，然后它被 Theme 目录中的 test.css 文件重写。

2. CSS 文件呈现顺序

可以解决这个问题吗？当然可以。问题在于将 CSS 文件放入项目的顺序。最后在项目中调用 CSS 是主题的行为。请再次查找这个麻烦的关键字 Themes。也许对问题"我可以调整主题来首先放置主题 CSS 文件吗？"的技术回答是"不能"。然而，可以使用一种不太知名的方法应用主题：StyleSheetTheme。

使用 StyleSheetTheme 引用就可以获得与主题相同的功能，只是它按照不同的顺序应用 CSS 文件：优先应用它们。这让 StyleSheetThemes 和 Themes 的加载顺序遵循下面的基本结构。

- 首先应用 StyleSheetTheme 属性。
- 接着应用页面中的 Control 属性，重写 StyleSheetTheme 属性。
- 最后应用 Theme 属性，重写 Control 属性和 StyleSheetTheme 属性。

为了说明这一点，可以从@Page 指令中提取 Theme 引用，然后添加 StyleSheetTheme 属性，并将它设置为自己的主题 myFirstTheme，接下来返回项目，在 IE 7 中的页面如图 8-9 所示。

下面考察呈现代码(在浏览器中查看源代码)。

```
<!DOCTYPE html PUBLIC "-//W3C//DTD XHTML 1.0 Transitional//EN"
    "http://www.w3.org/TR/xhtml1/DTD/xhtml1-transitional.dtd">

<html xmlns="http://www.w3.org/1999/xhtml" >
<head><link href="App_Themes/myFirstTheme/test.css"
    type="text/css" rel="stylesheet" /><title>
    Untitled Page
</title><link href="style.aspx" type="text/css" rel="Stylesheet" /></head>
<body>
    <form name="form1" method="post" action="Default.aspx" id="form1">
<div>
<input type="hidden" name="__VIEWSTATE" id="__VIEWSTATE"
    value="/wEPDwULLTE0MDkxNzYwNDNkZPoRs+E6QsVq0JGJDvHOD49xfpUz" />
```

```
    </div>

      <div>
      hello, world

      </div>
      </form>
</body>
</html>
```

图 8-9

现在，在开始题头和标题标签之间应用主题 CSS 文件，在为 style.aspx 建立的 CSS 引用之前执行该操作。因为首先应用主题 CSS，所以它的规则会被 style.aspx 中的规则重写。这样就能够控制先应用哪个 CSS 文件，至少提供了更多的控制权。

提示：

如果提交 Theme 和 StyleSheetTheme 的引用，似乎只会应用 Theme 参数。尽管实际上这两者都会应用。在 StyleSheetTheme 的 Title 标记之前给 CSS 添加引用，然后在 Theme 的头标签结束之前添加另一个引用。因此如果代码中有引用的 CSS 文件，HTML 就会处理 StyleSheetTheme CSS，然后使用引用的 CSS 页面重写它，再使用 Theme CSS 重写(这和 StyleSheetTheme 一样——相同的文件被引用了两次)。

3. 在主题中合并 style.aspx

可以在主题中放置 style.aspx 吗？答案既肯定又否定。当然可以在主题中放置它，实际上可以在主题里放置任何内容。.NET 引擎会将该文件当作 CSS 文件对待吗？不会。没有出现任何编译错误，一切正常运行，不会应用 style.aspx 中的规则。为了说明这一点，可以将 style.aspx 拖动到 Theme 目录中，如图 8-10 所示。

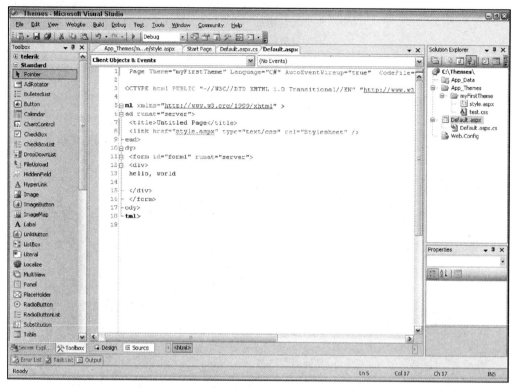

图 8-10

注意，执行该操作会在对 style.aspx 的硬编码引用中引入一条红色波浪线。这是因为没有文件位于它期望的位置：根目录。现在不要担心这一点，直接启动应用程序，可以看到和前面一样的蓝色页面，如果在浏览器中查看页面的源代码，就会发现没有添加对 style.aspx 的引用。因此，下一步要尝试直接硬编码对文件的引用。现在假设没有多个主题，所以不需要在 Default.aspx 中限定链接引用以便包含不同的主题。考虑到这种假设，可以像下面这样修改链接引用。

```
<link href="App_Themes/myFirstTheme/style.aspx" type="text/css"
rel="Stylesheet" />
```

现在 CSS 规则会起作用，对吧？从理论上来说，如果运行应用程序，style.aspx 中的 CSS 规则就会应用于页面。毕竟，唯一改变的是文件的位置，因此改变了链接引用，以便它指向新的位置。因此，再次运行应用程序，看看会出现什么情况。

您会发现页面仍然是钢青色和银色的颜色方案，没有所期待的黑色和白色。也许在两组 CSS 规则之间有规则存在冲突？为了测试这种理论，请将 test.css 拖回到应用程序的根目录。这不会导致任何冲突，因为没有对该文件的硬编码引用；只在运行时通过主题的应用程序将它引用到页面。现在再运行应用程序，看到的图像如图 8-11 所示。

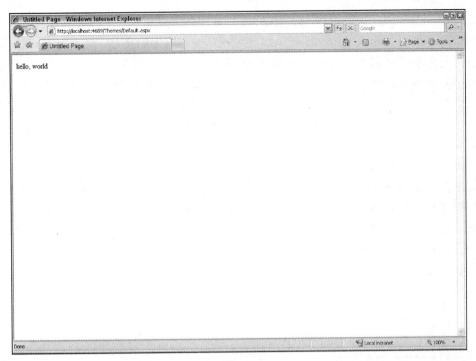

图 8-11

现在没有 CSS 应用于页面。到底发生了什么？为了弄清楚这一点，请在浏览器中导航到 style.aspx 页面的位置(很可能类似于 http://localhost:4689/App_Themes/myFirstTheme/style.aspx，只是端口号不同)。如果这样做，看到的图像如图 8-12 所示。

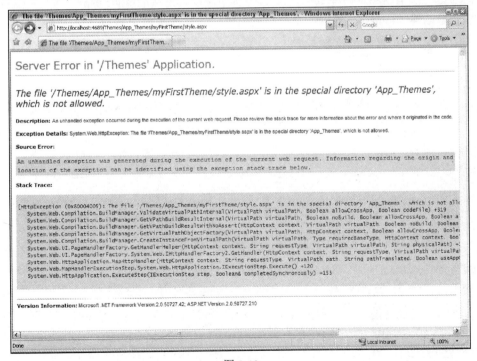

图 8-12

这里有一个问题：不会显示 App_Themes 目录中的 ASPX 页面。这是因为 App_Themes 是 ASP.NET 专用目录，因此禁止从 Web 浏览器访问它里面的文件。这可能有点误导。在其他专用目录中，例如 App_Code，不能从浏览器中直接查看任何文件的任何内容。然而，在 App_Themes 中，可以直接查看某些文件(例如，图像、文本文件或者 CSS 文件)。但即使使用这种扩展功能，也不能从 Web 浏览器中直接查看 App_Themes 目录中的 ASPX 文件。这是什么意思？这主要意味着不能将 ASPX 页面作为 CSS 页面，也不能自动从主题专用目录中应用它。

因此与该讨论相关的是，style.aspx 的情况又如何？不能从 Theme 子目录中使用它；因此这意味着 style.aspx 不知道当前主题，对吗？不对。不得不再考虑这个问题。到此时为止我们知道什么？知道不能将 style.aspx 放在 Themes 文件夹中；这明显不是一种选项(当然，从物理上说可以将它放在此处，但它不会起作用)。知道可以在非专用文件夹中(或者根目录下)使用 style.aspx，在其中设置条件，依据是否满足条件来应用不同的 CSS 规则。在前面使用该方法来确定浏览器。但如果要确定主题，情况又如何？是否可能？

简短的答案是，如果不调整页面，就不可能真正地知道项目的主题。这是什么意思呢？请记住，已经创建的伪 CSS 页面实际上还是 ASPX 页面。此时，只在 Default.aspx 的@Page 指令中设置了 Theme 属性(下一章将介绍应用主题的不同方法)，该主题只用于该页面。因此，当加载 Default.aspx 时，它会引入主题信息。然而，style.aspx 没有继承 Default.aspx，因此在加载时它不知道主题是什么。如上所述，使用 style.aspx 无法确定应用于页面的主题，因此要找到将主题从 Default.aspx 传递到 style.aspx 的方法。

选项 1：查询字符串方法

也许将当前主题名从所在的页面(Host Page)传递到链接的 style.aspx CSS 文档的最简单方法就是创建 style.aspx 的查询字符串的引用。这是什么意思呢？这表示在对 style.aspx 的链接引用中，不是直接链接到 style.aspx，而是链接到像"style.aspx?theme = myFirstTheme"这样的对象。如果这样做，就很容易通过分析 style.aspx 中的查询字符串来确定主题，并直接改变 CSS 规则。

为了测试这一点，需要对页面做一些改变。首先，在 Default.aspx 中更新链接引用，准备接收更新后的查询字符串引用，如下所示。

```
<link id="themedCSS" href="" type="text/css" rel="Stylesheet"
runat="server" />
```

可以看到，已经为链接引用建立了 ID 字段，将 href 设置为空属性(这是可选的属性，可以不管它或者将它设置为某个已有文件)，添加 runat 服务器属性。现在准备通过.NET 代码来更新该链接。因此，在后面的代码中添加一些代码，如下所示。

```
using System;
using System.Data;
using System.Configuration;
using System.Web;
using System.Web.Security;
using System.Web.UI;
using System.Web.UI.WebControls;
```

```
using System.Web.UI.WebControls.WebParts;
using System.Web.UI.HtmlControls;

public partial class _Default : System.Web.UI.Page
{


   protected void Page_Load(object sender, EventArgs e)
   {
       themedCSS.Href = "style.aspx?theme=" + Page.Theme;
   }
}
```

这里假设使用 Theme 而不是 StyleSheetTheme。如果使用 StyleSheetTheme，修改设置查询字符串的代码行，如下所示。

```
themedCSS.Href = "style.aspx?theme=" + StyleSheetTheme;
```

现在运行应用程序，在浏览器中查看页面的源代码。不管使用哪种方法(Theme 或 StyleSheetTheme)，显示的代码都应该如下所示。

```
<link id="themedCSS" type="text/css" rel="Stylesheet"
   href="style.aspx?theme=myFirstTheme" />
```

正如所看到的，链接引用现在有 querystring 参数"theme"，它被设置为当前主题的名称。因为页面应用了不同的主题，它会自动更新。

现在要更新 style.aspx 来告诉其如何处理查询字符串改动。为了做到这一点，可以修改代码，如下所示。

```
<%@ Page ContentType="text/css" Language="C#" %>

<script runat="server">

   protected string browser = "";
   protected string myTheme = "";

   protected void Page_Load(object sender, EventArgs e)
   {
       browser = Page.Request.Browser.Browser;
       if (Request.QueryString["theme"] != null) { myTheme
       = Request.QueryString["theme"].ToString(); } else { myTheme = ""; }
   }

</script>

body
{
   font-size: xx-large;
<% if (myTheme == "myFirstTheme") { %>
   <% if (browser == "IE") {%>
```

```
    background-color: black;
    color: white;
     <%} else {%>
    background-color: steelblue;
    color:silver;
     <%}%>
<%} else { %>
    background-color: white;
    color: black;
<%}%>
}
```

使用这些改动，就可以添加新的保护字符串变量 myTheme。在 Page_Load 事件中，可以通过 querystring 参数 " theme " 依据引入的内容设置此值。然后，在 CSS 规则内部可以将以前所有的代码都放入一个代码块中，只有在主题设置为 myFirstTheme 时才应用这个代码块；其他所有请求会得到包含黑色文本的白色页面。

现在将 Theme 或者 StyleSheetTheme 设置为 myFirstTheme，再运行应用程序，在 IE 7 中显示的页面如图 8-13 所示；在 Mozilla Firefox 中显示的页面如图 8-14 所示(注意，如果使用 Theme 而不是 StyleSheetTheme，并且主题中仍然有 test.css，控制如何应用 CSS 的层次结构会让 test.css 重写 style.aspx 中的规则，这会产生钢青色和银色的颜色方案，而不是如图 8-13 所示的黑色和白色的颜色方案)。

图 8-13

现在，在 Default.aspx 中删除对 Theme 或者 StyleSheetTheme 的引用，再运行应用程序。这次浏览器显示的页面如图 8-15 所示(IE 7)或者如图 8-16 所示(Firefox)。

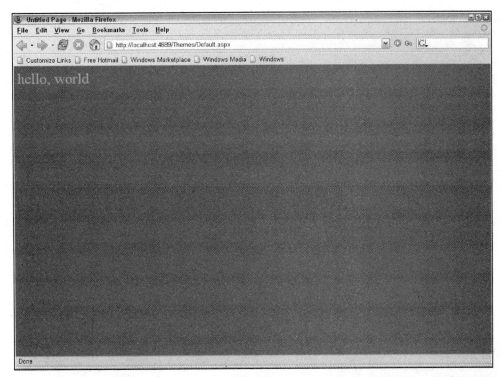

图 8-14

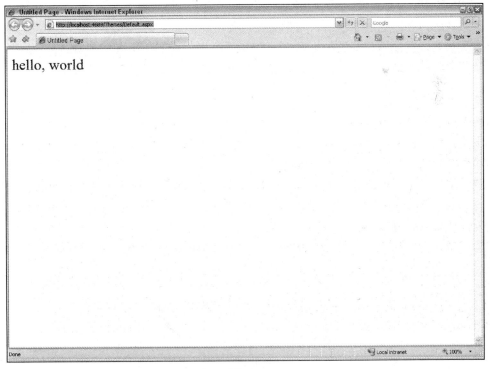

图 8-15

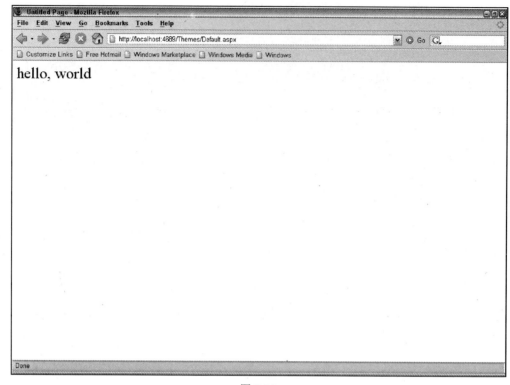

图 8-16

可以看到，使用这种方法时，依据是否设置主题建立了第一个打破 CSS 规则的标准，如果设置主题，就应该建立其他标准来适应 IE 7 浏览器和其他所有浏览器。将 querystring 参数从引用它作为链接样式表的页面传递到 style.aspx，这样就可以实现该操作了。

选项 2：页面继承

将主题名称传递到 style.aspx 的另一种选项是：合并基类，将主题名称传递给继承它的所有页面，然后在 style.aspx 中继承该基类。这种方法在本书的总体方案中有点次序颠倒，因为第 9 章才会讨论在基类中设置主题。然而，在本章中讨论使用继承模型在页面中设置主题更为合适。这并不是完全无关的，因为必须知道如何通过第 7 章中讨论的继承基类来设置母版页。为了说明其工作方式，本示例假设要在继承的基类中为 Default.aspx 设置 StyleSheetTheme，称为 PageBase.cs。

第一步是给 App_Code 目录添加一个名为 PageBase.cs 的新类，如下所示。

```
using System;
using System.Data;
using System.Configuration;
using System.Web;
using System.Web.Security;
using System.Web.UI;
using System.Web.UI.WebControls;
using System.Web.UI.WebControls.WebParts;
using System.Web.UI.HtmlControls;
```

```
/// <summary>
/// Summary description for PageBase
/// </summary>
public class PageBase : Page
{
    public override string StyleSheetTheme
    {
        get
        {
            return "myFirstTheme";
        }
        set
        {
            base.StyleSheetTheme = value;
        }
    }
}
```

正如所看到的，这将重写页面的 StyleSheetTheme 属性，并将它设置为 myFirstTheme。将 _Default 部分类改为从新的 PageBase 基类继承，就可以将 Default.aspx 设置为从该基类继承，如下所示。

```
public partial class _Default : PageBase
```

现在，在 style.aspx 中需要做出类似调整，以便页面从相同的基类 PageBase 继承，方法就是修改@Page 指令来包含 Inherits 属性，如下所示。

```
<%@ Page ContentType="text/css" Language="C#" Inherits="PageBase" %>
```

如果修改代码来合并查询字符串方法(选项 1)，那么就需要调整设置 myTheme 的值的代码，将它从查找 querystring 参数改为直接使用 StyleSheetTheme 属性。style.aspx 版本应该如下所示。

```
<%@ Page ContentType="text/css" Language="C#" Inherits="PageBase" %>

<script runat="server">

    protected string browser = "";
    protected string myTheme = "";

    protected void Page_Load(object sender, EventArgs e)
    {
        browser = Page.Request.Browser.Browser;
        myTheme = StyleSheetTheme;
    }

</script>

body
```

```
{
    font-size: xx-large;
<% if (myTheme == "myFirstTheme") { %>
    <% if (browser == "IE") {%>
 background-color: black;
    color: white;
    <%} else {%>
    background-color: steelblue;
    color:silver;
    <%}%>
<%} else { %>
    background-color: white;
    color: black;
<%}%>
}
```

现在请加载 Default.aspx。假设将 test.css 放回主题中，如果在 IE 7 中浏览，就会看到如图 8-17 所示的结果。

图 8-17

没有必要在其他浏览器中查看该页面，因为如果记得这些代码，就知道它不会运行。如果使用 IE 7 查看，页面应该是黑色背景和白色文本，因此有些代码没有运行。为了说明发生的情况，可以在浏览器中直接浏览到 style.aspx，看到的结果如图 8-18 所示。

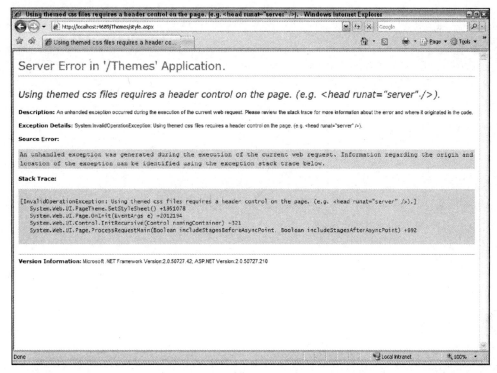

图 8-18

这有点像使用主题 CSS 文件的奇怪条件，这就是 style.aspx 的作用。为了使其起作用，必须有头标记，并且为服务器设置 runat 属性。设置该属性时要小心；这是页面上的最后一项操作，否则它就不会运行。从技术上来说，style.aspx 能够运行(如果提前在页面中放置头标记，就不会出现任何错误)；如果在 Default.aspx 中作为 CSS 页面，它就不会运行。

因此，要修改这个解决方案，就应该修改 style.aspx，如下所示。

```
<%@ Page ContentType="text/css" Language="C#" Inherits="PageBase" %>

<script runat="server">

    protected string browser = "";
    protected string myTheme = "";

    protected void Page_Load(object sender, EventArgs e)
    {
        browser = Page.Request.Browser.Browser;
        myTheme = StyleSheetTheme;
    }

</script>

body
{
    font-size: xx-large;
<% if (myTheme == "myFirstTheme") { %>
```

```
    <% if (browser == "IE") {%>
    background-color: black;
    color: white;
     <%} else {%>
    background-color: steelblue;
    color:silver;
     <%}%>
<%} else { %>
    background-color: white;
    color: black;
<%}%>
}
<html><head id="Head1" runat="server" /><body /></html>
```

正如所看到的，在样本中添加了头标记作为代码的最后一行。因此没有波浪线，同时还添加了 html 和 body 标记。实际上这没有必要；这只是让代码更清晰。

提示：

本示例使用 StyleSheetTheme 而不是 Theme，这样做是为了说明最终结果。记住，如果使用 Theme，页面会先加载硬编码的 CSS，然后使用主题 CSS 重写所有相冲突的规则。因此在本示例中，先加载主题 CSS 作为 StyleSheetTheme 的一部分，然后使用硬编码的 CSS 文件 style.aspx 重写所有冲突的 CSS 规则。在 IE7 中运行该应用程序的结果，如图 8-19 所示(本示例中没有显示 Firefox 中的情况，但也能在该浏览器中运行)。

图 8-19

此时有一个样式表，它实际上是 ASPX 页面，通过手动继承基类并相应地修改 CSS 规则，该 ASPX 页面可以自动检测何种 Theme (或 StyleSheetTheme)被应用于站点中的页面。而且，它还可以检测正在使用什么浏览器，如果有必要，还可以进行其他调整。在 Web 设计中，这可能是一种非常强大的工具。

其他选项

当然不是只有这些选项可用。例如，可以使用各种方法来共享页面之间的信息，从而与 style.aspx 共享主题信息。例如，可以在会话变量中保存主题名称，然后在 style.aspx 中选择会话变量。这种方法可能比查询字符串方法更简单。当然还有其他方法可以完成该操作。提供的两种选项只是进行说明，如果要给 ASPX CSS 文件添加主题信息，可以采取许多不同的方法。

8.3.4 style.aspx 的优缺点

对于所有"替代"解决方案而言，肯定有一些优点和缺点，style.aspx 解决方案也不例外。使用它有很多理由，但不使用它也有很多理由。本节将讨论这两种观点。

1. 优点

使用 style.aspx 方法来解决主题在项目中应用 CSS 文档的方式问题，这有许多理由，包括以下几种。

- **主题专用**——在这个伪 CSS 文件里，项目中的每个主题都可以有不同的规则。与使用标准的 CSS 文件相比，这种方法更加灵活。
- **层叠控制**——因为在父页面(母版页或者其他 HTML 或 ASPX 页面)中硬编码对 style.aspx 的引用，所以可以重新控制将样式表应用于页面的顺序，当应用样式表和主题时会失去这种控制。记住，主题的主要限制之一是无法控制应用 CSS 文件的顺序。实际上不会在项目中调用 CSS 文件，认识到这一点很有意义；这由.NET 引擎自动完成。因此，在引擎内部必须有以某种顺序放入文件的基本原则。记住这一点，引擎经目录结构的字母顺序引入 CSS 文件(先分析主题的根目录，并以字母顺序应用 CSS 文件，然后以字母顺序分析各子目录，以字母顺序分析这些目录中的各个 CSS 页面)。使用 style.aspx，就要硬编码加载页面的顺序，因此要继续控制 CSS 的层叠组件。
- **媒介控制**——使用 style.aspx 的硬编码引用，就能限制不同媒介类型的不同样式。在主题中自动包含 CSS 文件的缺点之一是，不能为不同媒介指定单独的 CSS 文件。例如，通常使用媒介类型——例如"打印"或"屏幕"——来确定打印机或显示器使用什么 CSS 文件。使用主题就不能这样；应用 CSS 文件时没有考虑媒介。然而，由于在页面中通过典型的链接引用硬编码 style.aspx，所以仍然可以设置媒介类型。
- **没有或者/或者**——这说明可以在主题中设置不需要通过.NET 代码进行调整的样式，会自动应用它们。不管样式最先出现还是最后出现，通过指定 Themes 或 StyleSheetThemes，都可以应用它们。然后可以使用 style.aspx 页面的逻辑将.NET

代码放入 CSS 文件，进行所需的调整。优秀的混合方式是将应用于所有对象的样式(例如颜色、字体大小等)放入主题，然后将在浏览器(或者媒介类)之间不同的样式放入引用的 ASPX CSS 文件，这样就两全其美。

- **常量**——实际上这种优点并不是主题特有的，但还是值得讨论。如前面所述，许多 CSS 开发人员很感激能够在 CSS 页面中包含常量/变量，这些 CSS 页面允许其通过改变顶部的标记来更新许多代码行，使用这种方法完全可以做到这一点。在文件开头可以建立一些名为 MainColor 的字符串变量，并将它设置为某种十六进制颜色。这样就可以在 CSS 代码中引用 MainColor，它会自动引入十六进制颜色代码。这会避免成千上万次地输入(或者复制和粘贴)颜色引用。而且，当一年后决定改变站点的主颜色时，不需要在 CSS 文件中找到引用的所有实例。这就使得这种方法值得考虑，即使其超出了主题的范围。

- **简化性**——如果深入研究 ASP.NET 2.0 中的主题，就会很好地理解所有这些限制。许多网站和博客都在深入地讨论各种限制。它们还讨论了一些替代方案(本章 8.4 节将简要讨论其中一些)，这些替代方案告诉如何在主题的限制范围内让 CSS 正常运行。然而，其中许多方法技巧性很强，不只是通过.NET 代码添加 ASPX CSS 页面和控制所有这些限制。当如何使用它不重要时，在 CSS 中使用主题；当如何应用它很重要时，使用 ASPX CSS 文件。这非常简单。

2. 缺点

很明显，style.aspx 解决方案并不是解决主题问题的万能药，它也有一些非常实际的限制，如下所示。

- **没有设计时支持**——Visual Studio 认为它不是 CSS 文件。这也有一些实际限制。例如，不能使用第 4 章讨论的 Add Style Rule 和 Build Style Wizards。在 Visual Studio 的 Design 视图中，看不到应用 CSS 规则后的效果。最后可能最重要的是，当输入 CSS 规则时得不到 IntelliSense。如果不适应 CSS，最终结果就是拒绝使用它。必须知道，代码和 Visual Studio 不会表明在 CSS 文件或属性名称中是否出现错误(例如，如果为主题元素设置一种属性称为 alwefkljwef，它不会显示任何错误)。这有点让人畏惧。绕开这种问题的方法之一是，在 Visual Studio 中设计实际 CSS 文件中的页面，让它获得所有设计时支持，例如 IntelliSense 和向导。一旦有了要在页面中设置的规则，就可以将它们复制到 ASPX CSS 文件中，然后应用.NET 代码来控制当时的输出。对于很多开发人员而言，实现该方法有点费力，可能让其失去许多吸引力。这是在采用这种方法之前肯定要知道的事情。

- **未能实现目标**——不久以后，阅读过此处的人就会说"它未能实现主题的整体目标"。是这样吗？仍然还要使用主题，在本章 8.4 节将进一步介绍主题可以做什么。确实没有在特定 Theme 目录中放置文件，但它们还是(可能)会受到为页面应用的主题的影响；仍然有主题标准，它与主题协同工作，并且克服了其 CSS 限制。

- **潜在的混乱**——必须考虑 ASPX CSS 文件中包含的所有代码。开始是@Page 指令，然后是.NET 代码，接下来是 CSS 规则(可能使用更多的.NET 代码来增强它们)，最后在底部有一些 HTML 代码(如果使用主题/继承方法)。在一个文件中有许多代码。其中很多甚至不是 CSS。维护这些代码可能有问题。

- **分离文件**——这个问题实际上并不重要，但需要提醒的是，在根目录中有文件(这些文件随着主题的改变而改动)，但它们不在 Theme 文件夹中。对于某些开发人员而言，这可能有点分离。这可能并不重要，但它是这种方法的结果。

与实际使用它们相比，很难找出好的理由可以不在主题中使用 style.aspx 方法。使用这种方法的原因很重要，至少可能说服许多人尝试这种方法。然而，第一个限制(设计时支持)就是一种很严重的不足。对于 CSS 新手而言，这一点可能很难克服。现在就是每个开发人员决定这种方法在满足需要和专业层次方面表现得如何的时候。这也取决于 ASP.NET 2.0 Themes 在 CSS 处理的限制上对项目的影响有多大。

8.3.5　其他可能的解决方案

虽然 style.aspx 解决方案解决了与通过 ASP.NET 2.0 Themes 应用 CSS 文档相关的许多问题，但它不是唯一的解决方案。这个问题一直是 Web 上许多博客和文章的话题，并且会持续讨论，直到 Microsoft 提供更持久的解决方案作为.NET Framework 的一部分。

实际上更好的解决方案之一是，使用自定义 VirtualPathProvider 重写主题的行为，强迫主题忽略 App_Themes 文件夹中的 CSS 文件。这样就可以将母版页中的链接直接放置到样式表里，在此操作过程中可以控制链接的顺序，并且可以再次访问媒介类型。

当然，这意味着要在母版页(或者其他 ASPX 页面)中硬编码外部 CSS 引用。这种方法也有不足之处。主要是需要让链接引用变成动态的，以便它正确指向应用到页面的当前主题的 CSS 文档。该操作可能很简单，就像在反映主题驻留的子目录的 URL 路径中包含变量一样，如下所示。

```
<link href="App_Themes/<%=themeDirectory%>/style01.css"
    type="text/css" rel="Stylesheet" />
```

可以看到其中有一个变量 themeDirectory，可以在 Page_Load 事件上修改该变量以反映当前主题。当然，假设 CSS 文档在每个主题中的名称都相同。如果不同，就必须改变每个应用 CSS 文档的整个 href 属性。

这并不是否定自定义 VirtualPathProvider 解决方案；只是表示没有完美的补救方法——只有解决相同问题的不同方法。

关于这种方法的更多信息，请参考"Themes and Skins"类别中的"A Resolution to the Problems with Themes, Skins, and Cascading Style Sheets (CSS) — Putting the Cascades back into ASP.NET 2.0 Themes (taking control over CSS Cascades/Load Order, Media Types, and Overrides)"(http://adam.kahtava.com/journal/CategoryView,category,Themes%20and%20Skins.aspx) of Adam Kahtava's blog。

8.3.6　关于主题中 CSS 的最后思考

使用传统方法给主题添加 CSS 文件时需要记住的一件事情是，CSS 内包含的所有文件路径引用都与 CSS 文件的位置相关。这不是主题中 CSS 的特有行为，但人们实际遇到主题中的 CSS 时，可能会忘记这一点。

  例如，假设有一幅图像，要重复它作为页面的平铺背景图像。在前面的示例中，需要将背景图像添加到主题，因此它只应用于该特定主题。在 Theme 文件夹中，应该添加文件夹(选择 Website | New Folder 命令)，并将其命名为 images。在该文件夹内添加名为 background.jpg 的新平铺背景图像，如图 8-20 所示。

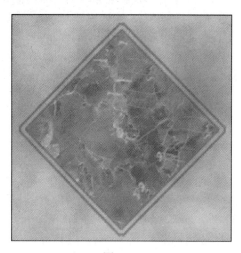

图 8-20

  此时，应用程序的目录结构如图 8-21 所示。

图 8-21

  现在，在 test.css 内修改主体元素规则，让它包含下面的代码。

```css
body
{
    background-color: steelblue;
    color: Silver;
    font-size: xx-large;
    background-image: url(Images/background.jpg);
}
```

  现在运行应用程序，它应该如图 8-22 所示，Images 文件夹中的图形平铺在页面背景上。

图 8-22

遗憾的是，如果要将背景图像移动到应用程序根目录上的 Images 文件夹，就不能使用"~"占位符来表示要从根目录开始查找。例如，下面的代码就不会运行。

```
body
{
    background-color: steelblue;
    color: Silver;
    font-size: xx-large;
    background-image: url(~/Images/background.jpg);
}
```

如果要回到根目录，就要像下面这样修改代码。

```
body
{
    background-color: steelblue;
    color: Silver;
    font-size: xx-large;
    background-image: url(../../Images/background.jpg);
}
```

对于许多熟悉 CSS 的开发人员而言，这非常直观；但如果不熟悉 CSS，并且在根目录下开发 CSS 文件，然后将它移动到 Theme，可能不知道它为什么不能运行。当引用文件路径时，要确保知道想要告诉应用程序您所需的内容。应用程序会确切地提供所请求的内容，即使它不认为是所请求的内容，因此要很小心。

提示：

第二个示例使用页面 "../../Images/background.jpg"，它使用相对 URL 路径，意思是它试图链接到相对于当前位置的路径。使用绝对 URL 路径就可以避免这个问题。例如，可以将背景图像属性修改为 "http://localhost/Themes/Images/background. jpg"，不需要担心建立引用的 CSS 文档驻留的物理位置(换句话说，CSS 文档可以位于应用程序的根目录、Theme 文件夹中或其他子目录中，引用总是会运行的)。

8.4   皮肤

在讨论主题中相对复杂的 CSS 之后，下面讨论更简单的主题特性之一：皮肤。皮肤是新的.NET 2.0 Framework 引入的少数新文件类型之一，它们只与 Themes(或者 StyleSheetThemes)相关。如本章前面所述，皮肤是主题的组件，它们设置页面上使用的 ASP.NET 控件的默认外观及其功能。

那么这是什么意思呢？如本章前面所述，这意味着使用 Skin 文件可以管理控件的所有特性和属性。的确，这意味着可以控制主题中包含的某些设计特性，例如高度、宽度和边界，通过 CSS 使用简单的 CssClass 引用就可以实现。但是除此之外，可以添加属性，例如 AllowPaging、AllowSorting 和 GridLines。而且，还可以设置 Row 和 AlternatingRow 属性的所有特性。不管在控件中设置什么属性，都可以通过 Skin 文件变成模板。

然而要学习皮肤，最好从更简单的内容入手，例如标签控件。创建标签控件，就会知道如何创建 Skin 文件，以及它如何与页面上的控件交互。

8.4.1   添加 Skin 文件

将 Skin 文件添加到主题非常简单。单击 Theme 文件夹，然后从工具栏中选择 Website，再选择 Add New Item 选项，就会得到 Add New Item Wizard，如图 8-23 所示。

从可用模板中选择 Skin File 选项，然后保留名称 SkinFile.skin(对于该示例)。对于将来的项目而言，这个名称并不相关。然而，重要的是让文件的扩展名保持为 skin，这样.NET 2.0 引擎就会将它识别为 Skin 文件，并适当地处理它。

一旦添加 Skin 文件，该文件如下所示。

```
<%--
Default skin template. The following skins are provided as examples only.

1. Named control skin. The SkinId should be uniquely defined because
   duplicate SkinId's per control type are not allowed in the same theme.

<asp:GridView runat="server" SkinId="gridviewSkin" BackColor="White" >
   <AlternatingRowStyle BackColor="Blue" />
</asp:GridView>

2. Default skin. The SkinId is not defined. Only one default
control skin per control type is allowed in the same theme.
```

```
<asp:Image runat="server" ImageUrl="~/images/image1.jpg" />
--%>
```

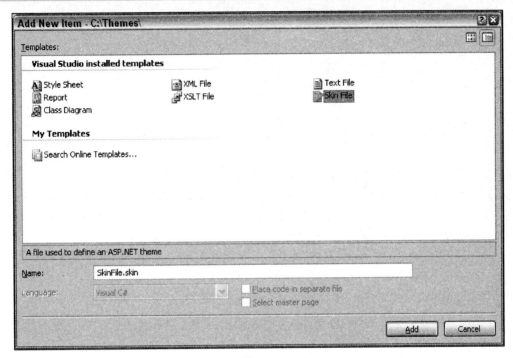

图 8-23

这些注释为在项目中如何使用 Skin 文件提供了通用指导。对于这个示例而言，删除所有这些注释(或者保留它们，但要知道本章剩下的示例中没有包含它们)。为了理解 Skin 文件的工作方式，简单地说，可以在皮肤中添加下面的代码。

```
<asp:Label
    BackColor="Wheat"
    ForeColor="Olive"
    Font-Size="XX-Large"
    Font-Names="Arial Black"
    runat="server"
/>
```

该代码建立了标签控件的一些属性，它们大多数可能很直观，符合项目中设置的习惯。然而，当建立这些属性时，至少需要确保遵循两条规则。第一条就是确保一定要包含 runat="server"属性。如果不这样做，在运行项目时就会产生编译错误，该错误表明 Skin 文件的文字控件存在问题。要记住的第二条规则就是，决不要在 Skin 文件中包含 ID 属性。这也会产生编译错误，它说明不能从 Skin 文件中应用控件类型的 ID 属性。如果能够理解设置的所有属性都会应用于项目中的所有适用控件则非常有意义，这样就不会给它们提供相同的 ID。然而，如果只是将在 ASPX 页面中设置的控件属性复制和粘贴到皮肤文件中，它就有 ID 属性，如果没有做好准备，这个错误就会出现。

现在，要理解这些设置如何运行，可以回到 Default.aspx，然后修改代码，如下所示。

```
<%@ Page StylesheetTheme="myFirstTheme" Language="C#" AutoEventWireup="true"
    CodeFile="Default.aspx.cs" Inherits="_Default" %>

<!DOCTYPE html PUBLIC "-//W3C//DTD XHTML 1.0 Transitional//EN"
    "http://www.w3.org/TR/xhtml1/DTD/xhtml1-transitional.dtd">

<html xmlns="http://www.w3.org/1999/xhtml" >
<head id="Head1" runat="server">
    <title>Untitled Page</title>
    <link id="themedCSS" href="style.aspx" type="text/css"
        rel="Stylesheet" runat="server" />
</head>
<body>
    <form id="form1" runat="server">
    <div>

        <asp:Label ID="Label1" runat="server" Text="hello, world" />
    </div>
    </form>
</body>
</html>
```

唯一的不同之处是在.NET 2.0 Label 控件内包含文本 "hello, world"。现在运行应用程序，得到的结果如图 8-24 所示。

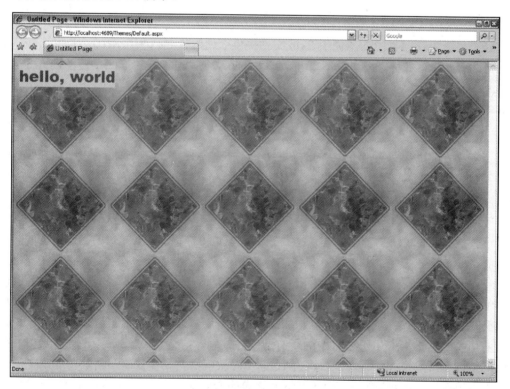

图 8-24

正如所看到的，在 Label 控件上没有设置任何属性，它只是使用在主题中设置的属性。此时，不需要指定应用哪些设置；它会应用 Skin 文件中标签设置的属性。这是主题中皮肤的基本功能。

8.4.2　有选择地应用 Skin 属性

可能会问的前几个问题之一是"如果单个控件需要不同的格式，情况又如何？"希望一组格式规则适用于 Web 应用程序中控件的所有实例，这并不太现实。例如，如果将前面示例中的格式应用于应用程序中的所有 Label 控件，能想象会出现什么情况吗？您可能想让标签有一些默认行为，但又能够区分其他标签，因此希望能够以不同的方式格式化它们，与建立 CSS 元素的类的方法类似。将控件的 SkinID 和设置合并到 Skin 文件中，就可以做到这一点。

为了执行该操作，首先修改 Skin 文件，如下所示。

```
<asp:Label
    BackColor="Wheat"
    ForeColor="Olive"
    Font-Size="XX-Large"
    Font-Names="Arial Black"
    runat="server"
/>

<asp:Label
    SkinID="SecondLabel"
    BackColor="Olive"
    ForeColor="Wheat"
    Font-Size="Medium"
    Font-Names="Arial"
    runat="server"
/>
```

正如所看到的，对前面的设置没有做任何改动。然而，确实添加了另一组标签控件规则，其中对相同的属性设置不同值。这两个示例中的另一个重要的区别是，第二个示例使用 SkinID 属性。

现在，为了说明该方法在项目中如何运作，在"hello, world"标签示例下添加下面的代码。

```
<asp:Label ID="Label2" runat="server" SkinID="SecondLabel">
This is the second line of text. This is set through the second set of Skin
    control settings.
</asp:Label>
```

可以看到，这个示例与设置的第一个标签至少在属性上非常类似。然而，不同点是这个标签将 SkinID 属性设置为 SecondLabel(如果在@Page 指令上设置 Theme 或 StyleSheetTheme，在属性中输入 SkinID=就会在 IntelliSense 选项中看到这个选项)。运行该示例，结果如图 8-25 所示。

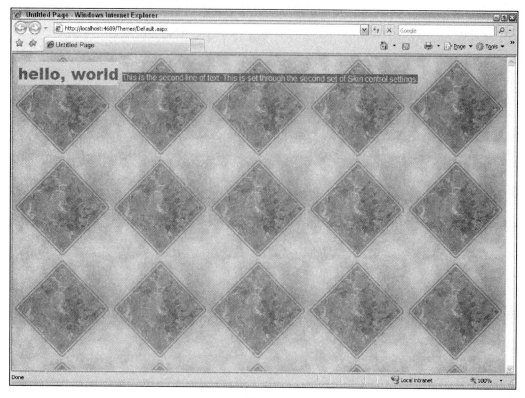

图 8-25

因此在此过程中已经实现了两件事：第一，使用该主题建立了所有标签控件的默认行为；第二，建立了这些控件的可选行为，这种行为由控件的 SkinID 属性触发。这两点都是可选的。如果没有建立任何默认属性集(对 Skin 文件中的所有控件设置应用 SkinID 的属性集)，并在没有 SkinID 属性集的页面上放置 Label 控件，它不会合并任何自动格式。如前面所述，只能有应用于所有标签控件的规则默认集。最后，没有设置 Skin 文件中的特定控件，因此没有设置会自动应用于控件的属性(这并不排除控件从其他来源获得格式，例如CSS；它只是不会从 Skin 文件中获得任何格式而已)。

1. 解决冲突

那么，如果在 Skin 文件中设置属性，然后在页面上的控件里设置相冲突的属性，会出现什么情况呢？谁会胜出？和其他事情一样，这要视具体情况而定，这里取决于是使用Theme 还是使用 StyleSheetTheme。

首先，为了说明这种情况，修改第一个控件的属性，如下所示。

```
<asp:Label ID="Label1" runat="server" Text="hello, world"
    ForeColor="White" BackColor="Transparent" />
```

如果运行本章中到目前为止所写的代码，得到的结果如图 8-26 所示。

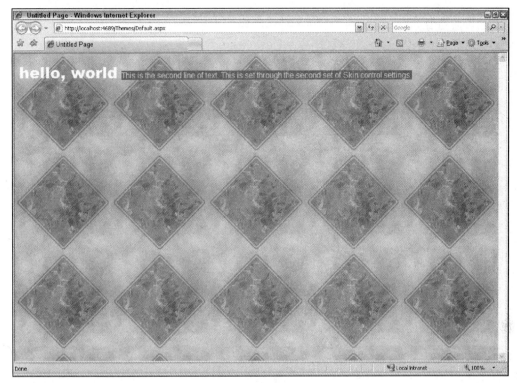

图 8-26

在本示例中，即使受到本书黑白印刷的限制，但还是能够知道第一个标签的背景颜色消失，字体颜色改为白色，而不是更暗的橄榄色。因此，似乎是页面上的控件胜出。

但是不一定。或者更准确地说，这要看情况而定。到目前为止，有一个关键因素还没有澄清：此时在项目中使用的是 StyleSheetTheme。查看本节前面发出的@Page 指令。

```
<%@ Page StylesheetTheme="myFirstTheme" Language="C#"
AutoEventWireup="true"
    CodeFile="Default.aspx.cs" Inherits="_Default" %>
```

现在改变@Page 指令来使用 Theme 属性而不是 StyleSheetTheme 属性，如下所示：

```
<%@ Page Theme="myFirstTheme" Language="C#" AutoEventWireup="true"
    CodeFile="Default.aspx.cs" Inherits="_Default" %>
```

现在回到项目，它应该如图 8-27 所示。

正如所看到的，标签已经回复为 Skin 设置，完全忽略了 Default.aspx 中在控件上设置的属性。但这也不太准确。这个控件没有完全忽略它自己的设置；它只是允许皮肤里的设置重写控件本身的设置。例如，如果在控件上设置了其他属性，而它们与皮肤并不冲突，那么还是会显示它们。例如，修改第一个 Label 控件来包含所有的属性，如下所示。

```
<asp:Label ID="Label1" runat="server" Text="hello, world" ForeColor="White"
BackColor="Transparent" BorderStyle="Solid" BorderWidth="5px" />
```

图 8-27

现在回到应用程序，它应该如图 8-28 所示。

图 8-28

正如所看到的，Skin 文件中的设置会重写控件的 ForeColor 和 BackColor 属性。最新添加的属性——BorderStyle 和 BorderWidth——作为控件的一部分显示。在 Skin 文件中没有相冲突的属性，因此它们显示为控件上的设置。如果通过 Theme 而不是 StyleSheetTheme 来应用主题设置，情况才会如此；如果使用 StyleSheetTheme，控件属性会胜过 Skin 文件内设置的属性。

2. 关闭主题

值得注意的是，如果这样选择，请关闭页面上控件的主题。实际上，可以在控件层甚至页面层中通过 EnableTheming 属性关闭主题。

要关闭 Default.aspx 中第一个 Label 控件的主题，可以修改其代码，如下所示。

```
<asp:Label ID="Label1" runat="server" Text="hello, world" ForeColor="White"
    BackColor="Transparent" BorderStyle="Solid" BorderWidth="5px"
    EnableTheming="False" />
```

再次运行应用程序(在@Page 指令中保留 Theme 设置来显示其工作方式)，得到的结果如图 8-29 所示。

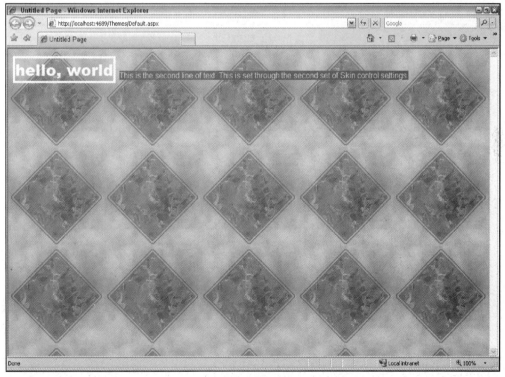

图 8-29

如果运行 StyleSheetTheme，这就是在控件上没有禁用主题时看到的结果。然而，如果关闭整个页面的主题就更为有趣，可以通过@Page 指令完成该操作，如下所示：

```
<%@ Page Theme="myFirstTheme" EnableTheming="False" Language="C#"
    AutoEventWireup="true" CodeFile="Default.aspx.cs" Inherits="_Default" %>
```

现在，假设只在@Page 指令中设置主题，而没有在第 9 章将要介绍的任何方法中设置它。因此，如果情况确实如此，所看到的结果如图 8-30 所示。

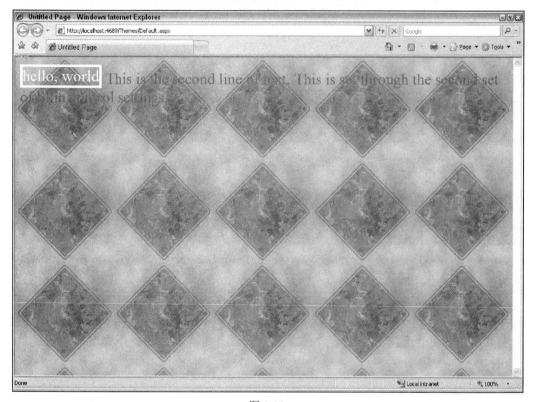

图 8-30

发生的情况是，主题仍然应用来自于主题子目录中 test.css 的 CSS 规则。然而，不允许主题在任何控件上出现。在控件本身上设置第一个标签的白色边界和字体(如本节前面所示)。第二个标签的银色字体和大小实际上是为 CSS 文件中主体元素设置的规则。Skin 文件中的属性都没有应用于这些控件。

如果愿意，可以决定在控件层重写这种行为。例如，如果要给第二个标签建立主题，可以启用这个控件的主题，如下所示。

```
<asp:Label ID="Label2" runat="server" SkinID="SecondLabel"
EnableTheming="True">
    This is the second line of text. This is set through the second set of
    Skin control settings.</asp:Label>
```

现在如果运行应用程序，得到的结果如图 8-31 所示。

正如所看到的，第二个标签将主题的样式应用于它。这说明可以在页面层或者控件层设置 EnableTheming，如果在页面层设置，那么在控件层的设置就可以进行重写。这就能够更好地控制项目中主题的运行方式。

图 8-31

3. 打开 IntelliSense

开发 Visual Studio 2005 时需要做出的最有问题的决定之一是，从 Skin 文件的开发环境中排除 IntelliSense。这导致开发一些不同的解决方案，包括在 IntelliSense 的帮助下使用临时页面(例如 scratch.aspx)来构建控件的属性，然后将最终控件参数直接复制到 Skin 文件里。这种方法非常难以实现，并且可能产生某些维护性问题，因此最好首先打开 IntelliSense。下面是在 Skin 文件中打开 IntelliSense 的步骤。

- 在 Visual Studio 2005 中，单击 Tools 菜单，选择 Options 选项，打开的屏幕如图 8-32 所示。
- 展开 Text Editor 选项，然后单击 File Extension，如图 8-32 所示。
- 在 Extension:字段中输入 skin，在 Editor 字段中选择 User Control Editor 选项，单击 Add 按钮。这样会在扩展名列表框中添加一个新条目。
- 单击 OK 按钮应用设置。

完成之后，就应该为 Skin 文件打开了 IntelliSense，如图 8-33 所示。

如果仔细观察图 8-33 就会发现，在 Skin 文件中引入了新的蓝色波浪线。如果查看项目的错误消息，可能会看到如下的信息。

C:\Themes\App_Themes\myFirstTheme\SkinFile.skin: ASP.NET *runtime error:*
There is no build provider registered for the extension '.skin'. You can register
one in the <compilation><buildProviders> *section in machine.config or web.config.*
Make sure is has a BuildProviderAppliesToAttribute attribute which includes the

value 'Web' or 'All'.

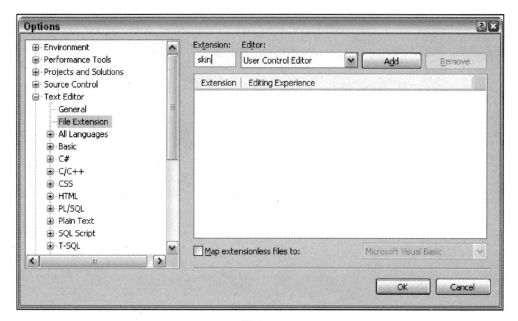

图 8-32

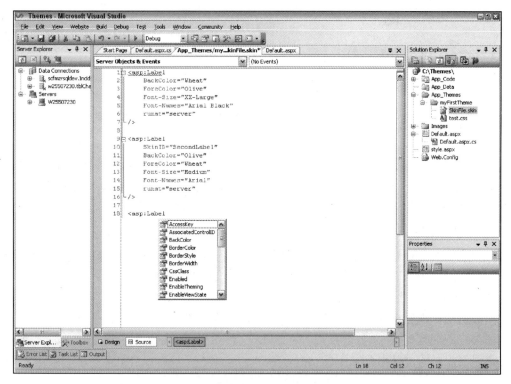

图 8-33

即使该信息表明有运行时错误，但项目可以进行编译，并且不会出现错误，当项目加载时也不会看到任何运行时错误。然而，如果觉得这很麻烦，可以将下面的代码添加到项目的 web.config 文件，这样就可以解决这个问题了。

```
<compilation>
   <buildProviders>
      <add
         extension=".skin"
         type="System.Web.Compilation.PageBuildProvider"
     />
   </buildProviders>
</compilation>
```

添加该代码就会删除 Skin 文件中的蓝色波浪线，可能更重要的是，从 Visual Studio 中的错误列表中删除错误消息。

8.4.3 关于皮肤的最后思考

虽然本章只讨论了 Label 控件，但也可以用相同的方法来处理其他控件。例如，如果要在皮肤中设置 GridView 控件的属性，可以将下面的代码添加到 Skin 文件。

```
<asp:GridView GridLines="None" AllowPaging="True" PageSize="10"
AllowSorting="True"
     runat="server" BorderColor="DarkKhaki" BorderStyle="Solid"
BorderWidth="2px">
     <HeaderStyle BackColor="DarkKhaki" ForeColor="Khaki" />
     <RowStyle BackColor="Olive" ForeColor="Wheat" />
     <AlternatingRowStyle BackColor="White" ForeColor="Olive" />
</asp:GridView>
```

在页面上添加 GridView 控件后，它会自动呈现所有这些设置，包括分页和排序参数。最后，依据是否启用主题或者用来应用主题的方法(Theme 或 StyleSheetTheme)，可以修改控件本身的这些属性。

注意，处理皮肤与处理主题中的 CSS 略有不同。Skin 文件必须包含在 Theme 子目录的根目录下。这与 CSS 不同，它可以包含在主题的任何子目录下。然而，使用 Skin 文件，如果创建 Skins 子目录来包含所有 Skin 文件，那么根本不会应用它们，因为.NET 2.0 引擎不会在根目录之外查找 Skin 文件。

然而，如果在主题中的 CSS 给定主题可以(可能也应该)有多个 Skin 文件。使用 Skin 文件的方式随着开发人员的不同而不同，随着项目的不同而不同。然而不难想象，我们希望项目的 Label 控件有许多定义，它们由不同的 SkinID 属性区分。其他控件也一样，例如 TextBox 控件。当需要修改标签的单个属性时，如果大概知道设置控制规则的位置，就会更简单。

因此，依据项目大小和要通过 Skin 文件管理的控件，为要设置的各种类型的控件创建不同的 Skin 文件，然后为文件中控件的各个变体设置全部规则，这可能是个好主意。例如，有一个名为 labels.skin 的 Skin 文件，它包含项目的 Label 控件建立的所有不同规则。可能还有另一个名为 textboxes.skin 的 Skin 文件，它包含项目中文本框的规则。

　　然而，如果要管理许多控件，这种方法就不太实用。如果在.NET Framework 中试图为每个可用控件保存不同的 Skin 文件，会有相当繁重的维护工作，并且产生许多麻烦。在这种情况下，可能想要一种包含所有控件的所有默认设置的皮肤，可能是一些所需的组织良好的自定义皮肤。

　　随着皮肤开发的不断推进，您会找到适合的最佳皮肤方案。而且，很有可能随着项目的不同而采用不同的最佳皮肤方案。

　　最后需要指出的是在 Visual Studio 2005 中关于 Themes 和 StyleSheetThemes 的额外注意事项。如果使用 StyleSheetTheme 设置主题，那么在 Design 视图中就有设计时支持；如果使用 Theme 应用主题，那么就没有这种设计时支持。因此，如果在皮肤和 CSS 中为主题设置所有属性，然后使用 Theme 将主题应用于项目，那么很可能看到白色页面，其中包含控件的一些基本设置。然而，如果使用 StyleSheetTheme 将@Page 指令上的设置转换为设置主题，那么现在就可以看到页面控件上主题的效果。不能从主题上看到 CSS 的效果，但至少可以看到为控件设置的属性如何显示(至少从 Design 视图中可以看到——在启动应用程序并且在不同的浏览器中查看它之前不会知道这些信息，但如果在项目中使用 Design 视图，就有必要知道这些信息)。

8.5　图像

　　这里的图像与前面对主题中 CSS 和皮肤的讨论中看到的图像一样多。关于这些示例，可以有一些图像，它们是特定主题的一部分，并且可以应用于该特定主题。和 CSS 一样，这些图像可以驻留在根目录中或者驻留在脱离根目录的子文件夹中。然而，与 CSS 和皮肤不同，图像不会自动应用于任何主题；必须用某种方法专门引用它们。本节将介绍在主题中使用图像的一些常见方法。

8.5.1　从 CSS 引用

　　正如所看到的，在主题中可以从 CSS 引用图像。记得在前面的示例中，可以在主题 myFirstTheme 的根目录中设置 test.css。在这个文件中，建立了如下规则。

```
body
{
    background-color: steelblue;
    color: Silver;
    font-size: xx-large;
    background-image: url(Images/background.jpg);
}
```

　　由于背景图像规则中 URL 的路径是相对的，所以希望在脱离主题根目录的 Images 子目录中找到 background.jpg，如图 8-34 所示。

　　正如前面所见，这会创建平铺背景，如图 8-35 所示。

图 8-34

图 8-35

本章前面已经见过这个示例，这里值得再次强调，因为它可能是在主题中使用图像最常见的方法之一。这并不表示设置平铺背景图像的实践就是在主题中使用图像的最常见用法。相反，这是在主题中放置图像的常见实践，主题专用的 CSS 文件会使用这些图像。例如，如果在 CSS 中指定页眉区域(在本书项目中就执行了该操作)，然后可能在主题中包含 CSS，并将页眉图形放入 Images 子目录中。这样，主题专用的 CSS 和图像都被包含在 Theme 目录结构中。

8.5.2　在 Skin 文件内集成图像

将图像合并到主题中的一种不常用的方法是，将它们作为在主题的 Skin 文件中建立的控件规则的一部分。为了说明其工作方式，首先按以下方式修改规则，清除 test.css 的平铺背景(删除 background-image 规则)。

```
body
{
    background-color: steelblue;
    color: Silver;
    font-size: xx-large;
}
```

这是因为要使用 background.jpg 文件作为 Skin 文件中控件的一部分，如果没有将平铺图像从页面的背景中删除，就看不到效果。图像包含在 CSS 中，然后再包含在皮肤中，这样做没有任何结果；这纯粹是样式修改。现在要创建新的 Skin 文件(在 Solution Explorer 中单击 Theme 文件夹，然后单击工具栏上的 Website 按钮，选择 Add New Item 命令)，将它命名为 Images.skin。在这个新文件内部，像下面这样修改其内容。

```
<asp:Image
    SkinID="backgroundImage"
    ImageUrl="Images/background.jpg"
    runat="server"
/>
```

已经建立为 Image 控件设置的主题控件，Image 控件使用值为 backgroundImage 的 SkinID。注意，ImageUrl 属性设置为 Skin 文件的相对路径。background.jpg 位于脱离主题根目录的 Images 子目录中，这是存放 Images.skin 的位置。

现在，在 Default.aspx 中添加图像控件，添加 SkinID 属性，将该属性的值设置为 "backgroundImage"，如下所示。

```
<asp:Image ID="Image1" SkinID="backgroundImage" runat="server" />
```

现在回到项目，此时项目如图 8-36 所示。

正如所看到的，Default.aspx 中的图像控件合并了 Images.skin 中引用的背景图像，即使 Skin 文件中的引用只引用主题中图像的相对路径。如果查看页面的呈现输出，特别是图像引用，可以看到如下代码。

```
<img id="Image1" src="App_Themes/myFirstTheme/Images/background.jpg"
    style="border-width:0px;" />
```

正如所看到的，主题将指向图像的 URL 解析为应用主题的一部分。这意味着不需要花时间思考文件在项目结构中的位置；如果它在主题中，就可以使用相对引用。

这种方法与在 CSS 中使用图像的一个有趣的区别是，允许在文件路径中使用 "~" 特殊字符。例如，如果在 Images.skin 中使用下列代码，也可以得到与上面相同的效果。

```
<asp:Image
    SkinID="backgroundImage"
    ImageUrl="~/App_Themes/myFirstTheme/Images/background.jpg"
    runat="server"
/>
```

图 8-36

　　知道这一点后，就不会强制使用包含在主题目录结构中的图像来通过皮肤样式化控件；可以使用包含在根目录结构中的图像(不需要使用 ".." 标记回退目录)。因此，如果不是将 background.jpg 放置在脱离主题根目录的 Images 子目录中，而要从脱离整个项目根目录的 Images 子目录引用它，就要像下面这样修改代码。

```
<asp:Image
    SkinID="backgroundImage"
    ImageUrl="~/Images/background.jpg"
    runat="server"
/>
```

提示：

　　如果不熟悉路径中的 "~"（波浪号)指令，那么需要知道这是 .NET 中的特殊字符，用来告诉 .NET 要从应用程序的根目录(或者虚构的根目录)开始路径，不管引用驻留在哪里。在上面的示例中，它表示"~/Images/background.jpg"将路径回退到应用程序的根目录，即使从位于"~/App_Themes/myFirstTheme/Images.skin"的 Skin 文件进行引用。

8.5.3　硬编码到主题图像的路径

　　记住，当处理主题中的对象时，它们只是驻留在脱离项目根目录的子文件夹中。因此在 ASPX HTML 代码内，完全能够提供图像的硬编码引用。例如，使用下面的代码就可以方便地引用上面示例(位于脱离 myFirstTheme 目录的根目录的 Images 子目录中)中的图像。

```
<img id="Image1" src="App_Themes/myFirstTheme/Images/background.jpg" />
```

注意，这看起来与上面示例中显示的 HTML 非常类似。毕竟，.NET 引擎将 ASP.NET Image 控件转换中的路径转化为 HTML img 标记。因此可以绕开该过程，硬编码到图像本身的静态引用。

如果位于 ASPX 代码内部，那么也可以通过使用页面主题改动 Theme 文件夹来建立动态引用，如下所示。

```
<img id="Image1" src="App_Themes/<%= StyleSheetTheme %>/Images/background.jpg" />
```

或者，如果使用 Theme 属性而不是 StyleSheetTheme 属性，代码就会略有不同，如下所示。

```
<img id="Image1" src="App_Themes/<%= Page.Theme %>/Images/background.jpg" />
```

该代码允许硬编码到 Theme 图像的引用，而且让它保持动态，以适应项目中主题的改变。在主题中使用图像，对这种方法的需求可能不如前面讨论的另外两种方法，但这种方法仍然很有趣，可能为在创建页面内的主题中使用对象的其他方法提供思路。

8.6 更新 surfer5 项目

具有概念和主题指导原则方面的牢固基础之后，就可以更新本书项目，其位置应该是 C:\surfer5。如果只阅读本章(或者本章的这一节)，那么已经使用前面各章介绍的概念更新过这个项目。此时页面有基本布局(CSS)和图形，有通过 CSS Friendly Control Adapters 添加的导航系统，并且被模板化为母版页。现在可以将可主题化的组件集合为第一个主题。

因此，第一步就是打开项目，添加名为 sufer5BlueTheme 的主题(在 Solution Explorer 中选择项目，单击工具栏上的 Website，选择 Add ASP.NET Folder 选项，然后选择 Theme 命令)。

8.6.1 给主题添加图像

创建主题之后，可以将 Images 文件夹从根目录拖动到主题中，它会让目录结构如图 8-37 所示。

图 8-37

需要首先完成该操作，因为其他所有变更取决于适当位置的图像。另外，这是最简单的方法，为什么不先完成它呢？

可能想要解决一个问题，在本书前面可能已经解决该问题了，但实际上它并不重要：将文件夹根目录中的箭头图像移动到新主题的图像子目录中。这些图像无论如何都不应该在根目录中，因此现在最好清除它们。在继续操作之前，先将这两个文件(activeArrowRight.gif 和 arrowRight.gif)拖动到主题的图像子目录中。

8.6.2 给主题添加 CSS

既然可以给主题添加图像，那么就可以添加 CSS。第一步是在主题中创建一个 CSS 文件夹。这一步不是必需的，但它有助于保持文件独立，从而便于以后维护它们。创建文件夹之后，将两个与浏览器无关的 CSS 文件(surfer5_v1.css 和 surfer5menu.css)拖动到主题的新建 CSS 子目录中，确保暂时将 surfer5menu IE6.css 保留在根目录中，因为所有 CSS 文件都会被应用，而不会考虑设置的任何标准。为了详细说明该示例，不能指定这个文件只适用于 IE6 浏览器，这就意味着必须以不同的方式来处理。

因此，此时的主题目录应该如图 8-38 所示。

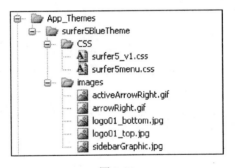

图 8-38

需要遍历 CSS 文件，更新图像路径来反映图像现在驻留的新目录层次结构环境。对于 surfer5_v1.css 而言，代码应该如下所示。

```
body
{
    padding-right: 1%;
    padding-left: 1%;
    padding-bottom: 1%;
    margin: 0%;
    padding-top: 1%;
    height: 98%;
    background-color: #4d6267;
}
#pageWrapper
{
    width: 700px;
    margin: auto;
    border: solid 1pt #000;
```

```
        }
    #headerGraphic
    {
        background-image: url(../images/logo01_top.jpg);
        width: 700px;
        height: 246px;
        clear: both;
        float: none;
    }
    #navigationArea
    {
        clear: both;
        padding-right: 10px;
        padding-left: 0%;
        font-weight: bold;
        font-size: 0.8em;
        float: none;
        background-image: url(../images/logo01_bottom.jpg);
        padding-bottom: 0%;
        margin: 0%;
        vertical-align: middle;
        width: 690px;
        color: #477897;
        padding-top: 0.3em;
        background-repeat: no-repeat;
        font-family: Arial;
        letter-spacing: 0.04em;
        position: static;
        height: 26px;
        text-align: right;
    }
    #bodyArea
    {
        float: left;
        background-image: url(../images/sidebarGraphic.jpg);
        width: 700px;
        background-repeat: repeat-y;
        background-color: white;
    }
    #bodyLeft
    {
        clear: left;
        padding-right: 10px;
        padding-left: 10px;
        font-size: 0.7em;
        float: left;
        padding-bottom: 10px;
        vertical-align: top;
```

```
    width: 126px;
    color: white;
    padding-top: 10px;
    font-family: Arial;
    position: static;
    text-align: center;
}
#bodyRight
{
    clear: right;
    padding-right: 10px;
    padding-left: 10px;
    font-size: 0.8em;
    float: right;
    padding-bottom: 10px;
    vertical-align: top;
    width: 530px;
    color: #477897;
    padding-top: 10px;
    font-family: Arial;
    position: static;
    text-align: justify;
    overflow: visible;
}
#footerArea
{
    clear: both;
    font-weight: bold;
    font-size: 0.7em;
    float: none;
    background-image: url(../images/logo01_bottom.jpg);
    vertical-align: middle;
    width: 700px;
    color: #477897;
    background-repeat: no-repeat;
    font-family: Arial;
    position: static;
    height: 26px;
    text-align: center;
}
.header
{
    font-size: 1.3em;
    float: left;
    width: 99%;
    color: #FFFFFF;
    font-family: 'Arial Black';
    font-variant: small-caps;
```

```
    background-color: #477897;
    padding-left: 1%;
}
```

同样，surfer5menu.css 应该如下所示。

```
.surfer5menu .AspNet-Menu-Horizontal
{
    position:relative;
    z-index: 300;
}
.surfer5menu ul.AspNet-Menu /* Tier 1 */
{
    float: right;
}
.surfer5menu ul.AspNet-Menu ul /* Tier 2 */
{
    width: 9em;
    left: 0%;
    background: #eeeeee;
    z-index: 400;
}
.surfer5menu ul.AspNet-Menu ul li /* Tier 2 list items */
{
    width: 8.9em;
    border:1px solid #cccccc;
    float: left;
    clear: left;
    height: 100%;
}
.surfer5menu ul.AspNet-Menu ul ul /* Tier 3+ */
{
    top: -0.5em;
    left: 6em;
}
.surfer5menu li /* all list items */
{
    font-size: x-small;
}
.surfer5menu li:hover, /* list items being hovered over */
.surfer5menu li.AspNet-Menu-Hover
{
    background: #477897;
}
.surfer5menu a, /* all anchors and spans (nodes with no link) */
.surfer5menu span
{
    color: #477897;
    padding: 4px 12px 4px 8px;
```

```
    background: transparent url(../images/arrowRight.gif) right center no-repeat;
}
.surfer5menu li.AspNet-Menu-Leaf a, /* leaves */
.surfer5menu li.AspNet-Menu-Leaf span
{
    background-image: none !important;
}
.surfer5menu li:hover a, /* hovered text */
.surfer5menu li:hover span,
.surfer5menu li.AspNet-Menu-Hover a,
.surfer5menu li.AspNet-Menu-Hover span,
.surfer5menu li:hover li:hover a,
.surfer5menu li:hover li:hover span,
.surfer5menu li.AspNet-Menu-Hover li.AspNet-Menu-Hover a,
.surfer5menu li.AspNet-Menu-Hover li.AspNet-Menu-Hover span,
.surfer5menu li:hover li:hover li:hover a,
.surfer5menu li:hover li:hover li:hover span,
.surfer5menu li.AspNet-Menu-Hover li.AspNet-Menu-Hover li.AspNet-Menu-Hover a,
.surfer5menu li.AspNet-Menu-Hover li.AspNet-Menu-Hover li.AspNet-Menu-Hover span
{
    color: White;
    background: transparent url(../images/activeArrowRight.gif) right center
    no-repeat;
}
.surfer5menu li:hover li a, /* the tier above this one is hovered */
.surfer5menu li:hover li span,
.surfer5menu li.AspNet-Menu-Hover li a,
.surfer5menu li.AspNet-Menu-Hover li span,
.surfer5menu li:hover li:hover li a,
.surfer5menu li:hover li:hover li span,
.surfer5menu li.AspNet-Menu-Hover li.AspNet-Menu-Hover li a,
.surfer5menu li.AspNet-Menu-Hover li.AspNet-Menu-Hover li span
{
    color: #477897;
    background: transparent url(../images/arrowRight.gif) right center no-repeat;
}
```

8.6.3　更新根文件

　　现在要修改母版页来删除对 CSS 文件的硬编码，前面才将这些文件移动到新的主题文件夹中。surfer5.master 的代码如下所示。

```
<%@ Master Language="C#" AutoEventWireup="true"
    CodeFile="surfer5.master.cs" Inherits="surfer5" %>

<!DOCTYPE html PUBLIC "-//W3C//DTD XHTML 1.0 Strict//EN"
    "http://www.w3.org/TR/xhtml1/DTD/xhtml1-strict.dtd">
```

```html
<html xmlns="http://www.w3.org/1999/xhtml" >
<head id="Head1" runat="server">
    <title>Untitled Page</title>
    <link runat="server" rel="stylesheet" href="~/CSS/Import.css"
  type="text/css" id="AdaptersInvariantImportCSS" />
<!--[if lt IE 7]>
    <link runat="server" rel="stylesheet"
href="~/CSS/BrowserSpecific/IEMenu6.css"
  type="text/css">
    <link href="surfer5menuIE6.css" rel="stylesheet" type="text/css" />
<![endif]-->
</head>
<body>
    <form id="form1" runat="server">
    <div id="pageWrapper">
    <div id="headerGraphic"></div>
    <div id="navigationArea">
        <asp:Menu CssSelectorClass="surfer5menu"
DataSourceID="SiteMapDataSource1"
    Orientation="Horizontal" ID="Menu1" runat="server" />
        <asp:SiteMapDataSource SiteMapProvider="myMenu"
ShowStartingNode="false"
    ID="SiteMapDataSource1" runat="server" />
    </div>
    <div id="bodyArea">
        <div id="bodyLeft">Lorem ipsum dolor sit amet, consectetuer
    adipiscing elit. Vivamus felis. Nulla facilisi. Nulla eleifend est at lacus.
    Sed vitae pede. Etiam rutrum massa vel nulla. Praesent tempus, nisl ac
    auctor convallis, leo turpis ornare ipsum, ut porttitor felis elit eu turpis.
    Curabitur quam turpis, placerat ac, elementum quis, sollicitudin non, turpis.
    Ut tincidunt sollicitudin risus. Sed dapibus risus et leo. Praesent interdum,
    velit id volutpat convallis, nunc diam vehicula risus, in feugiat
    quam libero vitae justo.</div>
        <div id="bodyRight">
            <asp:SiteMapPath ID="SiteMapPath1" runat="server"
PathSeparator=" :: " />

        <asp:contentplaceholder id="ContentPlaceHolder1" runat="server">
        </asp:contentplaceholder>

        </div>
    </div>
    <div id="footerArea">&copy 2006 - 2007: surfer5 Internet Solutions</div>

    </div>
    </form>
```

```
</body>
</html>
```

此时需要做一个决定。surfer5menuIE6 中的代码需要修改吗？例如，需要修改它以适应可能应用于其中的各种主题吗？如果是这样，可能需要做一些事情，与本章前面所示的 style.aspx 代码一样。然而，至少目前应用的任何主题都不会对规则产生必然的影响；实际上，只有某些只会在版本 7 之前的 Internet Explorer 浏览器中显示的尺寸规则。对于该示例而言，不需要对该文件做任何改动(也就是说，将文件及其引用保留在 surfer5.master 中就很好了)。

唯一要做的工作就是声明页面的主题。第 9 章将详细讨论设置主题，但是目前只需要在 Default.aspx 的@Page 指令中声明它即可。同样，现在使用 Theme 属性就很好，如下所示。

```
<%@ Page Language="C#" Theme="surfer5BlueTheme"
MasterPageFile="~/surfer5.master"
    AutoEventWireup="true" CodeFile="Default.aspx.cs" Inherits="_Default"
    Title="Untitled Page" %>
```

8.6.4　集合所有概念

到目前为止已经为主题设置了所有参数。目前已经执行了如下操作。

- 在项目中创建了主题文件夹。
- 将图像文件夹复制到新的主题项目中。
- 在主题文件夹中创建了新的 CSS 文件夹(可选)。
- 将与浏览器无关的 CSS 文件复制到主题。
- 更新母版页来删除对已移动的 CSS 文件的引用。
- 更新 Default.aspx 以便将 Theme 属性添加到@Page 指令中。

因此，如果现在运行项目，得到的结果如图 8-39 所示。

图 8-39

8.7　浏览器检查

对于其他主要(次要)改动而言，需要确保在不同的浏览器上测试新的变更。
首先检验 Mozilla Firefox，如图 8-40 所示。

图 8-40

可能还需要检验在 IE 6 中有没有混淆任何内容，如图 8-41 所示。

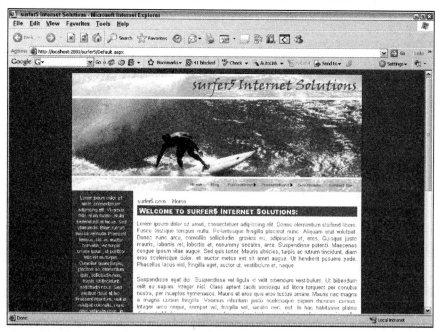

图 8-41

此时一切正常。页面在 IE 7、IE 6 和 Firefox 中都显示正常。通过这种测试后，可以相当自信地说没有破坏任何内容，现在可以使用适当主题来开发新的页面了。

8.8　小结

通过本章的学习，应该相当自信地开始将主题合并到 Web 项目中。您已经知道什么是主题，并且知道如何将它们合并到未来的项目中。还知道主题中 CSS 的一些非常重要缺点，并且可以找到一些克服这些缺点的解决方案。您已经知道如何通过使用皮肤模板化 ASP.NET 控件，知道如何将图像用作主题的一部分，并且知道如何使用这种信息将现有的现实应用程序更新为新的主题模型。

第 9 章将详细介绍如何将主题应用于项目，进一步说明这些方法的优缺点。到目前为止，应该有许多 aesthNETic 工具能够应用于将来的.NET Web 设计项目。

第 **9** 章

应 用 主 题

到目前为止，读者已经深入地理解了主题的概念，知道了在计划主题开发方法时需要考虑的一些问题，并且很可能已经知道了主题的强大功能，即使实际上它们的确有一些限制。

但是到目前为止，对应用主题的相关知识的了解还十分有限。为了重点突出介绍的概念，第 8 章中并没有过多提及主题在项目中的实际应用。实际上，第 8 章中讨论过的唯一方法是在@Page 指令中声明 Theme 或 StyleSheetTheme 属性。虽然间接提到可以通过编程方式应用主题，但没有说具体怎么做，而且没有讨论或者说明任何概念。然而，这是有理由的，读者需要全面理解 Themes 的工作方式、它们与 StyleSheetThemes 之间的区别以及需要在项目中使用哪些主题。

在完全理解主题后，就可以进一步讨论如何将主题应用于项目。了解这一点后，就应该能够熟练地将主题合并到未来所有的项目中。

9.1 开始之前：在母版页中设置主题

开始讨论在应用程序中设置主题的复杂性之前，有必要理解一种基本约定：不能在母版页中设置主题。大多数开发人员在处理主题的过程中都可能会决定要在母版页中设置主题。毕竟在考虑使用该方法时，它确实有意义。母版页是为项目创建并且用来继承样式和设计的模板。站点上的所有页面都会继承母版页(至少理论上如此)。因此，在页面已经继承的母版页中设置主题，这样就不需要在页面层关心主题，这难道没有意义吗？

答案是"不，这确实有意义，然而实现该方法非常困难"。

可以肯定的一件事情是，有些开发人员在读到本节时就会尝试证明这种声明是错误的。其中某些人是否有解决方案？可能有。但事实是建立母版页不是为了设置主题。如果是这样，那么该方法就可能有意义，但实际情况并非如此。有什么方法可以避开这一点吗？很可能有。但也有完全合法的解决方案，这些解决方案将完成相同的任务(在继承的对象或类中设置主题)。

因此，可能有一些方法能够直接从母版页中设置 Theme (或者 StyleSheetTheme)，但是没有必要采用这些方法。还有更好的方法可以实现这一点，本章中将介绍这些方法。重要的是，本章中介绍的方法可能被普遍理解，并且被您在职业生涯中遇到的开发人员、项目和团队广泛采用。虽然试图证明可以在母版页中设置主题是有趣的个人追求，但如果尝试将新发现的方法应用于项目中，它实际上会产生反效果，因为可能必须教会团队中的每个人如何做以及为什么这么做，并且阐明这种方法为什么比其熟悉的方法更好。

9.2 默认方法：刷新程序

开始操作主题时，在页面层——更具体地说是在@Page 指令中——设置主题可能最为简单。在第 8 章中已经讨论过这种方法，但是作为刷新程序，可以使用@Page 指令中的 Theme 属性来设置主题，如下所示。

```
<%@ Page Theme="myFirstTheme" Language="C#" AutoEventWireup="true"
    CodeFile="Default.aspx.cs" Inherits="_Default" %>
```

同样，可以使用@Page 指令的 StyleSheetTheme 属性来设置 StyleSheetTheme，如下所示。

```
<%@ Page StyleSheetTheme="myFirstTheme" Language="C#" AutoEventWireup="true"
    CodeFile="Default.aspx.cs" Inherits="_Default" %>
```

这可能是设置主题的最简单的方法。@Page 是页面上的顶层指令，因此很容易设置，不需要进行太多的思考。关于在 ASP.NET 2.0 中设置主题的大多数指南都可能使用这种方法开始操作。

该方法还有其他一些优点。这是在 Visual Studio 2005 的 Design 视图中获得主题支持的一种方法(至少在使用 StyleSheetTheme 时，此时没有任何针对主题的 Design 视图支持)。实际上，当开始使用主题并使用不同方法设置它们时，可以选择在@Page 指令中设置主题，这样就可以在 Design 视图中看到效果。

然而，也有一些非常重要的限制。首先，不能为应用哪个主题建立任何类型的标准。例如，如果要为移动浏览器设置一种主题，为其他浏览器设置另一种主题，就不能在@Page 指令层上实现这一点。可能更重要的限制是，必须在开发的每个页面上设置主题。因此，如果有 1000 个页面，就必须在这 1000 个页面上分别设置主题。因此，如果因为某种原因需要改动主题，那么就必须改动一千多次。虽然对于新的开发人员而言，这可能是设置主题的最简单方法，但是在建立和维护主题方面，它的确有很大的限制，也最令人头疼。

9.3 部分解决方案#1：以编程方式设置主题

在@Page 指令中设置主题的第一个问题是，不能依据需要实现的任何标准设置主题。因此，如果要让移动用户有一种主题，让其他用户有另一种主题，那么就不能在@Page 指令中实现这一点，需要做的工作是以编程方式设置主题。

然而，在讨论如何操作之前，首先必须决定如何应用主题：通过 Theme 还是 StyleSheetTheme。遗憾的是，这个决定会影响如何以编程方式设置主题(或者如何访问代码内的当前主题)。

9.3.1 Theme 方法

第一种讨论假设要通过 Theme 方法设置主题。后面将介绍如何通过 StyleSheetTheme 方法设置主题。

对于 Theme 方法而言,重要的是熟悉页面生命周期中的 Page_PreInit 事件。Page_PreInit 事件是.NET 2.0 Framework 中引入的新事件,是在代码中能够访问的第一个事件(它在 Page_Load 或者 Page_Init 事件之前激活)。和母版页一样,如果要以编程方式设置主题,那么就必须在 Page_PreInit 事件中设置它们。

为了说明其工作方式,可以建立一个新项目(这里使用 C:\Themes2)。该项目包含 Default.aspx 页面,其代码如下所示。

```
<%@ Page Language="C#" AutoEventWireup="true" CodeFile="Default.aspx.cs"
    Inherits="_Default" %>

<!DOCTYPE html PUBLIC "-//W3C//DTD XHTML 1.0 Transitional//EN"
    "http://www.w3.org/TR/xhtml1/DTD/xhtml1-transitional.dtd">

<html xmlns="http://www.w3.org/1999/xhtml" >
<head runat="server">
    <title>Untitled Page</title>
</head>
<body>
    <form id="form1" runat="server">
    <div>
    hello, world
    </div>
    </form>
</body>
</html>
```

实际上这只是回复到第 8 章中 Themes 示例的最早版本(典型的"hello, world"示例)。在新项目内,创建一个新的主题专用文件夹(App_Themes),通过在 App_Themes 中添加子目录来为项目添加一个主题(myFirstTheme)。在新的主题子目录内,添加一个新的名为 StyleSheet.css 的样式表文档,其中包含下面的规则。

```
body
{
    background-color: SteelBlue;
    color: Silver;
    font-size: xx-large;
}
```

可以猜想到,页面的 Theme 属性是 Page 对象的一部分,因此为了设置主题,代码中需要包含如下所示的代码。

```
Page.Theme = "myFirstTheme";
```

为了说明在页面生命周期中设置主题太晚会发生什么情况，可以尝试在 Page_Load 事件中定义主题，如下所示。

```
protected void Page_Load(object sender, EventArgs e)
{
    Page.Theme = "myFirstTheme";
}
```

现在运行应用程序，就会得到如图 9-1 所示的错误信息。

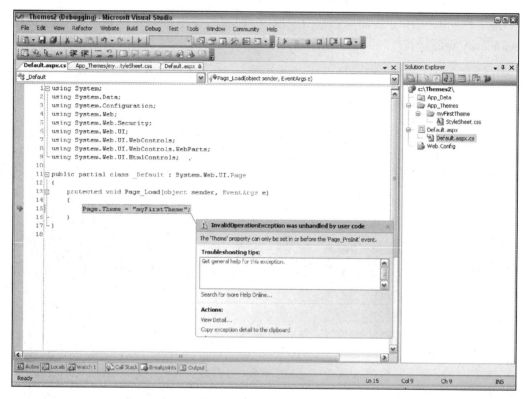

图 9-1

这条错误信息表明"只能在 Page_PreInit 事件内或者该事件之前设置 Theme 属性"。这条错误消息可能不像所熟悉的其他消息，不需要过多地对其进行解释。实际上，它只是说明了本章已经介绍的内容：必须在 Page_PreInit 事件中设置主题。因此将修改代码，如下所示。

```
protected void Page_PreInit(object sender, EventArgs e)
{
    Page.Theme = "myFirstTheme";
}
```

现在如果运行应用程序，页面就会顺利通过编译，如图 9-2 所示。

现在，可以更好地控制如何为页面设置主题。例如，如果需要 Internet Explorer 的简单浏览器检测，只为 IE 浏览器应用该主题，那么可以修改代码，如下所示。

```
protected void Page_PreInit(object sender, EventArgs e)
{
    if (Page.Request.Browser.Browser == "IE")
    {
        Page.Theme = "myFirstTheme";
    }
    else
    {
        Page.Theme = "";
    }
}
```

图 9-2

执行该操作最初看起来可能没有完成任何工作。例如，如果将项目加载到默认浏览器，而该浏览器刚好是某个版本的 Internet Explorer，那么就会看到与图 9-2 完全相同的结果。

然而，如果在不同的浏览器中(例如在 Mozilla Firefox 中)重新加载该页面，就会发现根本没有设置主题，它看起来像白色页面，没有格式应用于页面上的任何元素，如图 9-3 所示。

用于获得这种结果的代码有点多余，因为其实不需要将主题设置为非 IE 浏览器的空字符串值，这样做只是为了便于思考。在项目中可以实现什么样的 if...then...else 逻辑来设置不同的主题？注册用户还是非注册访问者？管理员还是其他任何人？基于文本还是 GUI

(为了便于用户访问)？Internet Explorer 访问者还是其他浏览器访问者？夜晚还是白天？冬天还是夏天？美国还是英国？配置文件设置？一旦控制设置主题的实际过程，就可以依据对项目有意义的实际标准来设置主题。

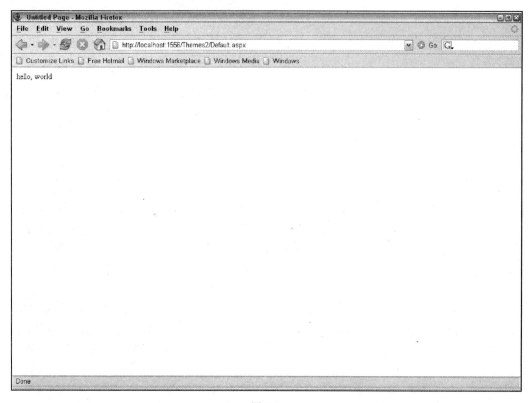

图 9-3

另外有必要指出的是，这种方法允许在项目中使用 Theme 设置作为自身的标准。例如，可以在 Page_Load 事件中使用下面的代码将实际设置的主题写入浏览器。

```
protected void Page_Load(object sender, EventArgs e)
{
    if (Page.Theme != "")
    {
        Response.Write("<p>Theme: " + Page.Theme + "</p>");
    }
    else
    {
        Response.Write("<p>Theme: No Theme Has Been Set</p>");
    }
}
```

在第 8 章中已经介绍过其中一些代码，但现在可以更实际地了解在 Page_PreInit 事件中如何使用 Page.Theme 以编程方式设置主题。

这也提醒了用户注意母版页的限制之一：没有 Page_PreInit 事件。这就是不能在母版页上设置主题的原因。

9.3.2 StyleSheetTheme 方法

如果对 StyleSheetThemes 不太了解，可能认为设置这种属性的方式与将 Theme 属性应用于页面的方式相同。但幸运的是，您已经知道这两种方法之间存在一些重大区别，将这两种属性设置到页面时，直观上这些差别会转移。

例如，修改上面的 Page_PreInit 事件，使用 StyleSheetTheme 取代 Theme。

```
protected void Page_PreInit(object sender, EventArgs e)
{
    if (Page.Request.Browser.Browser == "IE")
    {
        Page.StyleSheetTheme = "myFirstTheme";
    }
    else
    {
        Page.StyleSheetTheme = "";
    }
}
```

输入该代码时可能会注意到，在输入 Page 之后(或者至少在输入属性的一些字母之后)，IntelliSense 中就会出现 StyleSheetTheme。完成这些改动之后，可能就会发现代码中没有出现错误。但是如果尝试运行代码，就会得到如图 9-4 所示的错误信息。

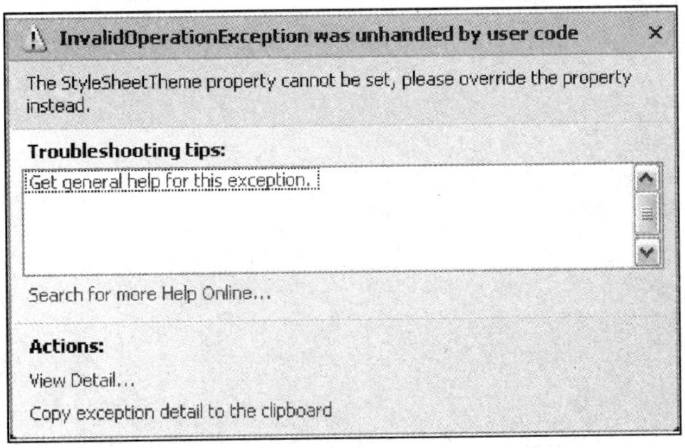

图 9-4

如同所预测的那样，该错误消息表明不能按照设置 Theme 的方法来设置 StyleSheetTheme。那么应该如何设置 StyleSheetTheme 呢？正如错误消息所说明的那样，必须在页面中重写 StyleSheetTheme 属性。为了实现这一点，需要在代码中合并下列代码。

```
public override string StyleSheetTheme
{
    get
```

```
    {
        return "myFirstTheme";
    }
    set
    {
        base.StyleSheetTheme = value;
    }
}
```

根据.NET编码的经验可知，使用get{} set{}存取器通过页面中的代码重写页面的属性。这里使用代码重写页面的 StyleSheetTheme 属性。

然而更有意思的是，不能使用这种方法合并 Page_PreInit 事件。这可能在"不能在母版页中设置主题"原则中找到了一个漏洞：可以在母版页中重写 StyleSheetTheme 属性。

遗憾的是，该方法也不可行。如果这样做，就会得到下面的错误信息。

Compiler Error Message: CS0115: 'MasterPage.StyleSheetTheme': no suitable method found to override

因此，与 Page_PreInit 事件非常类似，在母版页层中不可以使用 StyleSheetTheme 属性，这就意味着这种方法也不起作用。

回到上面的示例——像下面这样修改 Default 页面的代码。

```
using System;
using System.Data;
using System.Configuration;
using System.Web;
using System.Web.Security;
using System.Web.UI;
using System.Web.UI.WebControls;
using System.Web.UI.WebControls.WebParts;
using System.Web.UI.HtmlControls;

public partial class _Default : System.Web.UI.Page
{
    public override string StyleSheetTheme
    {
        get
        {
            if (Page.Request.Browser.Browser == "IE")
            {
                return "myFirstTheme";
            }
            else
            {
                return "";
            }
        }
```

```
    set
    {
        base.StyleSheetTheme = value;
    }
    }

    protected void Page_Load(object sender, EventArgs e)
    {
        if (Page.StyleSheetTheme != "")
        {
            Response.Write("<p>StyleSheetTheme: " + Page.StyleSheetTheme +
"</p>");
        }
        else
        {
            Response.Write("<p>StyleSheetTheme: No StyleSheetTheme
    Has Been Set</p>");
        }
    }
}
```

正如所看到的，将浏览器标准添加到 StyleSheetTheme 重写的 get{}存取器，从而依据客户端是不是 Internet Explorer 来设置主题。运行该代码，对于 Internet Explorer 而言，输出结果如图 9-5 所示；对于其他浏览器而言，输出结果如图 9-6 所示。

图 9-5

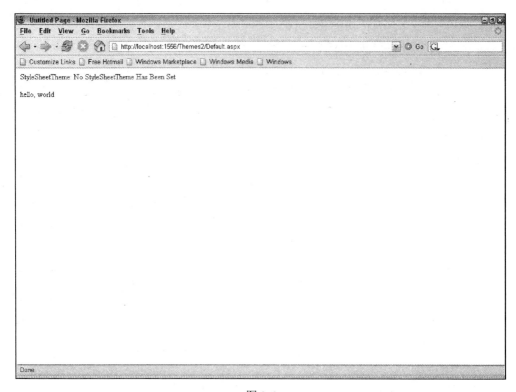

图 9-6

9.3.3　程序化方法的缺点

　　将程序化标准集成到 Theme 逻辑的应用程序中，这种思想有许多优点。通过执行该操作，就可以重新控制主题以及应用它的方式。可以依据需要设置的任何标准来设置主题。

　　但是该方法至少有一个严重的缺点：代码驻留在每个页面上。在项目每个页面的代码中都要设置在这些示例中看到的逻辑，不管是用于 Theme 还是 StyleSheetTheme。可以设想如下的情况：在公司内部网上有 1000 个页面，您负责维护这些页面。现在假设内部网的开发被分配给不同办公室的几名(或许多)开发人员，这些办公室位于不同城市、不同州甚至不同的国家。每名开发人员创建的每个页面都必须包含这种逻辑。下面设想代码需要区分浏览器的特定版本(例如，区分是否是 IE 已经不再充分，现在需要区分 IE 6 和 IE 7)。那么会出现什么情况？您不得不到每个页面上添加新标准。需要联系所有分散的开发人员，让其更新页面以包含这种新逻辑：事实证明，对于最小的项目而言，这项工作已经很困难，而对于由分散的开发人员维护的分布式企业系统而言，则完全不可能完成这项工作。这种方法有一些优点，但还不如在@Page 指令中设置主题。对于小型站点而言，该方法可行。但对于较大的站点而言，则需要更好的方法。如果继续阅读本章，就会找到一些方法，它们有助于避免这种方法的缺点。

9.3.4　不同主题的优先级

　　如果在每个页面上的@Page 指令中设置 Theme(或者 StyleSheetTheme)，但是在某些页面上，通过引入 Page_PreInit 事件中的逻辑来引入将主题应用于页面的逻辑，谁会胜出？在@Page 指令中声明主题会胜出吗？还是 Page_PreInit 事件中的程序化代码会胜出？

在本示例中，Page_PreInit 胜出。

为了说明这一点，可以创建第二个主题 mySecondTheme，该主题中有一个样式表，其中有不同的规则(因此知道谁会胜出)。例如，将下面的规则添加到 mySecondTheme 子目录中的样式表文档内。

```
body
{
    background-color: Silver;
    color: SteelBlue;
    font-size: xx-large;
}
```

在@Page 指令中将 Theme 属性设置为 myFirstTheme，然后在 Page_PreInit 事件中添加代码，将主题设置为 mySecondTheme(例如，Page.Theme = "mySecondTheme";)。浏览项目，就会看到新主题胜出。该规则也可应用于 StyleSheetThemes (Page_PreInit 重写@Page 指令中的设置)。

9.4 部分解决方案#2：全局设置主题

到目前为止所述方法的主要缺点之一是，必须在每个页面上设置主题。使用第一种方法，必须在项目每个页面的@Page 指令的 Theme 或者 StyleSheetTheme 属性中硬编码。使用程序化方法，可以更好地控制应用主题的方法，但必须将逻辑编码到项目中的每个页面。在许多情况下，较为容易的方法是声明一次 Theme 或者 StyleSheetTheme，在开发人员不需要进行任何修改的情况下，将它传递到项目的所有页面。换句话说，需要从全局设置主题。有两种方式可以实现这一点：通过 web.config 或者通过 machine.config 文件。

9.4.1 web.config

如果有一个主题要设置为 Theme 或者 StyleSheetTheme，并且想将它应用于没有使用任何标准的特定项目中的所有页面，那么就可以在 web.config 文件中完成该操作。在关于 Themes 和 StyleSheetThemes 的整个讨论中，它们在这一点上是相同的(基本相同)。

为了建立主题，只需要在 pages 部分中将属性添加给"Theme"的 web.config 文件，如下所示。

```
<system.web>
    <pages theme="myFirstTheme"/>
</system.web>
```

现在对 StyleSheetTheme 使用相同的逻辑，只需要将 theme 改为 styleSheetTheme，如下所示。

```
<system.web>
    <pages styleSheetTheme="myFirstTheme"/>
</system.web>
```

要记住的一件事情是，web.config 文件区分大小写，因此如果将这种属性命名为 StyleSheetTheme，就会出现错误，页面不会通过编译。如果尝试通过 IntelliSense 输入，它能够提示这一点；但在 web.config 文件中输入属性时，要特别注意这条规则。

完成该操作之后，就不需要在页面中为应用程序声明 Theme 逻辑。但如果在页面上声明主题，情况又如何？谁会胜出？

在本示例中，结果是页面胜出。web.config 为项目建立了默认主题，所有页面都在使用它，但它不包含相反的主题设置。

因此，如果像上面的示例那样在 web.config 文件中声明 myFirstTheme，项目中的所有页面都会应用该主题。然而，如果进入 Default.aspx，然后在@Page 指令上将 Theme 设置为 mySecondTheme，该页面就会应用 mySecondTheme 而不是 myFirstTheme。记住前面讨论的逻辑，如果决定在 Default.aspx 的 Page_PreInit 事件中将主题设置回 myFirstTheme，就会覆盖@Page 指令中的声明。

为了以更合适的顺序(至少在此讨论中)说明这一点，应用 Themes 和 StyleSheetThemes 的顺序是：

- web.config 属性。
- @Page 指令属性。
- Page_PreInit 事件中的程序化设置。

在现实情况中，这种顺序的真正含义是，可以在 web.config 中为整个项目设置默认主题，但仍然保留为特定页面自定义主题的能力(如果公司需要的话)。

一个主题是否是一种浪费

下面讨论一个问题，在全局层中设置主题时难免会出现这个问题：只有一个主题会如何？毕竟，关于主题的许多要求必须依据不同标准改变外观。相关的示例是为移动用户建立一个主题，为其他所有用户创建另一个主题。主题最强大的功能之一是，可以像开关一样改变网站的整个外观。在这一秒内网站是这种外观，几毫秒之后它就是另一种完全不同的外观(不同的颜色、字体乃至布局)。那么这是从全局设置主题的原因吗？

简短的答案是，使用单个主题肯定有好处。

较长的答案需要查看主题提供的所有内容。使用移动主题作为示例，可以通过 CSS 文件的媒介类型实现许多格式和样式区别。但是对于主题而言，这只是开始。CSS 以及与之关联的标准是任何优秀主题的重要部分。然而，正确创建的主题的更大卖点是，可以给页面中的所有 ASP.NET 控件添加皮肤。可以设计各种日历视图来显示站点的外观。如果要将每个 TextBox 控件中的默认字体大小设置为 8pt，并且背景为亮灰色，那么可以在主题层中做到这一点。如果愿意的话，可以设置每个 GridView 控件，允许按照每个页面 5 条记录进行分页。完成该操作之后，开发人员就能够以合适的方式(绑定到数据源、插入默认文本，等等)在页面和程序上放置控件。不需要担心格式化控件的颜色或者行为，在主题中已经定义了控件。

因此，当考察这种方法时，就很容易知道从全局应用经过慎重考虑的主题的好处。有没有在项目的生命周期内的某个时候计划切换主题并不重要。重要的是，在开发人员开始添加控件之前，将所有设计元素包装到页面中。如果项目是几名开发人员共同完成的，那么毫无疑问的是，其在页面中使用的控件必须有相同的外观。这些开发人员只能使用合适的材料填充内容。

很明显，建立有用的主题需要一定的时间。必须了解优秀的 Web 设计布局所需的全部设计元素。需要创建站点的基本外观，包括导航控件和母版页。然后开始格式化主题中的控件，让它们符合创建的模板。完成这些工作之后，就可以将模板化的项目部署给开发人员小组。他们可以开始放置控件，然后对这些控件编写代码，站点会在不需要开发人员干涉的情况下配合这些控件；主题会自动起作用。

现在，如果项目需要的话，添加多个主题以及在它们之间转换的能力会提供一些实际创新点。即使在项目中使用单个主题，付出的努力也是值得的。

9.4.2 machine.config

那么在 web.config 层从全局设置主题还不够吗？毕竟，这只影响单个 Web 应用。如果要影响特定 Web 服务器上的所有 Web 应用，又该如何呢？可以在该层中设置 Theme (或者 StyleSheetTheme)吗？这就要在 machine.config 层中设置主题。

可能(也许不能)令人惊讶的是，实现这一点的方法与 web.config 文件中的方法完全相同。幸运的是，这是有意义的，即使以前没有考虑到这一点。machine.config 与 web.config 文件的作用基本相同，仅仅是更具全局性(保存配置参数，这些参数通用于 Web 服务器上的所有应用程序，而不是用于特定应用程序)。即使典型 machine.config 里面包含的参数比标准 web.config 文件中包含的参数多，但实际上它们并不相互排斥。也就是说，machine.config 建立通用默认主题，web.config 建立应用程序默认主题，要么在 machine.config 中根本没有建立这些默认主题，要么 web.config 条目会重写它们。

这有助于理解在 machine.config 中建立 Theme(或者 StyleSheetTheme)，然后在 web.config 文件中建立不同的 Theme (或者 StyleSheetTheme)时会出现的情况。可以猜测到，web.config 重写 machine.config。因此，在该服务器的 machine.config 文件中为特定 Web 服务器上的所有 Web 应用程序建立全局默认主题。然后 web.config 文件会在应用程序层上重写这些设置，接下来@Page 指令在页面层上重写它们或者以编程方式通过 Page_PreInit 事件重写它们。因此，网站中主题设置的层次结构扩展列表是：

- machine.config。
- web.config。
- @Page 指令。

● Page_PreInit 事件。

不管是通过站点的 Theme 属性还是通过 StyleSheetTheme 属性来设置 Theme，该层次结构都保持不变。

了解所有这些信息之后，就能够十分自信地在 machine.config 文件中设置主题了。

```
<system.web>
    <pages theme="myFirstTheme" />
</system.web>
```

设置 StyleSheetTheme 与此类似，如下所示。

```
<system.web>
    <pages styleSheetTheme="myFirstTheme" />
</system.web>
```

虽然该 web.config 中显示的示例可能非常类似于 web.config 文件中的示例，但这个示例与 machine.config 文件中的示例可能不同。如果要在 machine.config 中设置该属性，就需要查找 system.web 部分，它很可能在文件的底部，看起来如下所示。

```
<system.web>
    <processModel autoConfig="true" />
    <httpHandlers />
    <membership>
        <providers>
            <add name="AspNetSqlMembershipProvider"
type="System.Web.Security.SqlMembershipProvider, System.Web, Version=2.0.0.0,
Culture=neutral, PublicKeyToken=b03f5f7f11d50a3a"
connectionStringName="LocalSqlServer"
enablePasswordRetrieval="false" enablePasswordReset="true"
requiresQuestionAndAnswer="true" applicationName="/"
requiresUniqueEmail="false" passwordFormat="Hashed"
maxInvalidPasswordAttempts="5" minRequiredPasswordLength="7"
minRequiredNonalphanumericCharacters="1" passwordAttemptWindow="10"
passwordStrengthRegularExpression="" />
        </providers>
    </membership>
    <profile>
        <providers>
            <add name="AspNetSqlProfileProvider"
connectionStringName="LocalSqlServer" applicationName="/"
type="System.Web.Profile.SqlProfileProvider, System.Web,
Version=2.0.0.0, Culture=neutral, PublicKeyToken=b03f5f7f11d50a3a" />
        </providers>
    </profile>
    <roleManager>
        <providers>
            <add name="AspNetSqlRoleProvider"
```

```
connectionStringName="LocalSqlServer" applicationName="/"
type="System.Web.Security.SqlRoleProvider, System.Web,
Version=2.0.0.0, Culture=neutral, PublicKeyToken=b03f5f7f11d50a3a" />
        <add name="AspNetWindowsTokenRoleProvider" applicationName="/"
type="System.Web.Security.WindowsTokenRoleProvider, System.Web,
Version=2.0.0.0, Culture=neutral, PublicKeyToken=b03f5f7f11d50a3a" />
    </providers>
  </roleManager>
</system.web>
```

因此在代码中的某个地方，需要插入页面的属性(如果这些属性还不存在——取决于如何设置 Web 服务器，可能已经适当地设置了该 Web 服务器，只需要添加 Theme 或者 StyleSheetTheme 属性)。

为了在 Web 服务器上(或者在本地开发机器上)定位 machine.config 文件，代码应该如下所示。

```
%WINDIR%\Microsoft.NET\Framework\%VERSION%\CONFIG\
```

例如，系统路径可能像下面的实际路径。

```
C:\WINDOWS\Microsoft.NET\Framework\v2.0.50727\CONFIG\
```

machine.config 的特殊性

在 machine.config 文件中设置主题需要记住的一件事情是，这确实是全局应用程序设置。在 web.config 层中设置主题时，只为特定 Web 应用程序设置该主题。然而，在 machine.config 层中设置主题时，就是为 Web 服务器的所有 Web 应用程序设置主题。这可能会使人思考"主题驻留在哪里"。

简短的答案是它必须驻留在 Web 应用程序可以访问的位置。

但这是什么意思呢？这的确有几层意思。首先，它可能表示到目前为止所看到的方式：可以将主题定位为特定 Web 应用程序的一部分。例如，如果在特定应用程序内创建一个名为 myFirstTheme 的主题(正如前两章所述)，可以在 machine.config 中将 Theme 属性设置为 myFirstTheme，在该特定应用程序内它会正常运行。这种方法存在的不足之处是，除非在 Web 服务器上的所有 Web 应用程序中都有相同名称的主题，否则就会出现问题。例如，如果没有在某个应用程序内建立 myFirstTheme，当编译该应用程序时就会出现错误。

因此，在 machine.config 中建立主题需要特别考虑的一点是，它们驻留在哪里？确保 Theme 可用于 Web 应用程序的最简单方法是，在所有 Web 应用程序可以访问的全局位置建立它。幸运的是，.NET 2.0 Framework 考虑到了这种需要。因此，可以在 Windows 目录(类似于 machine.config 文件本身的位置)中的.NET 文件夹里创建 Theme 文件夹，这就使主题可被访问。这个文件夹应该是：

```
%WINDIR%\Microsoft.NET\Framework\%VERSION%\ASP.NETClientFiles\Themes\%THEME%
```

注意该结构的最终子目录(Themes)。在当前目录结构里，这个文件夹可能不存在，因此必须添加它。注意，该文件夹名为 Themes 而不是 App_Themes，这是在 Web 应用程序内创建的主题与全局创建的主题之间的重要区别。如果将这个文件夹命名为 App_Themes，Web 应用程序就不能访问在该文件夹内创建的主题。

然而，除此之外，建立主题的方式与在典型 Web 应用程序中一样。需要在每个主题的 Themes 子目录里创建文件夹(文件夹名称应该是主题的名称，就像在 Web 应用程序中一样)，在该子目录内，可以添加主题文件(CSS、Skin 文件和图像)。

因此，如果要创建一个名为 myThirdTheme 的新主题，可以像下面这样创建目录结构。

```
C:\WINDOWS\Microsoft.NET\Framework\v2.0.50727\ASP.NETClientFiles\Themes
\myThirdTheme\
```

完成之后，在 machine.config 文件中就有一个新主题可用，称为 myThirdTheme，可以从全局设置该主题，它会自动应用于该 Web 服务器上的所有 Web 应用程序。当然，可以在 web.config、@Page 或者 Page_PreInit 层中重写主题，但至少将该主题设置为所有应用程序的默认主题。现在可以使用 CSS、Skin 和 Image 文件填充目录，这些文件会自动进入应用程序，前提是没有在应用程序内重写这种行为。不需要在项目中维护重复的主题。开发人员根本不需要担心设置主题。会从全局建立主题，并且将其设置为全局主题；需要注意这一点。这是主题最优秀的特性之一。

提示：

第 7 章中没有专门提到关于母版页的 machine.config 方法，因为它们的工作方式不同。虽然在 machine.config 文件的 pages 部分可以设置 masterPageFile 属性，但母版页实际上必须驻留在应用程序内；不允许在应用程序之外引用母版页。虽然有解决方法，但它涉及在所有应用程序中建立解决方案，这似乎没有实现全局设置属性的目标。因此，关于在 machine.config 文件中设置全局属性的讨论，对于主题而言可能是好主意，但对于母版页而言则不是那么有用。

9.4.3　全局方法的缺点

很明显，这种方法的不足之处是，在没有任何标准的情况下在某个位置中设置主题；因此，无法实现全局程序化逻辑来确定在各种与项目相关的情况下应用哪个主题。很难说不能将任何类型的决策引入全局主题。不能说将有些主题应用于 IE 浏览器，将不同的主题应用于其他浏览器；至少在全局上是如此。要求为 Web 应用程序或者在后台没有任何逻辑的 Web 服务器中的每个页面提供一个默认主题。诚然，可以在页面层重写这种默认行为，但如果这样做，就会否定全局设置主题的优点(必须在页面上重新设置主题，从而重复应用程序的主题设置逻辑)。许多应用程序都不需要多个主题，对于这些应用程序而言，这不是问题。然而，如果负责某个项目，这些项目需要依据某种标准设置主题，这就是很严重的限制，在决定使用这种方法之前应该慎重考虑。

9.5　部分解决方案#3：继承的基类

在考虑如何应用主题时，我们知道有两种完全不同的方法可以在@Page 指令之外设置主题，这两种方法都有自己的优缺点。

第一种方法是通过 Page_PreInit 事件(用于 Themes)或者通过重写其属性存取器(StyleSheet-Theme)来以编程方式设置 Theme。这种方法的主要优点是，可以通过建立自己的业务逻辑来确定应用哪个主题。

然而，这种方法也有严重的缺陷，因为每个页面仍然必须在自己的代码内设置主题。这说明逻辑不能贯穿所有页面，即使能实现这一点，如果主题的业务标准发生改动，也必须找到每个页面来修改代码。

第二种方法是通过 web.config 或者 machine.config 文件(或者两者)从全局设置主题。这种方法的优点是，可以在一个地方设置主题，从而在特定应用程序内的所有页面中甚至在整个 Web 服务器上自动应用这个主题。这种方法存在的不足是，无法将任何类型的业务逻辑引入应用主题的方法中。因此，如果应用程序需要依据不同的业务规则来应用主题，就必须在页面层上以编程方式重写主题。如果是这样，这就意味着仍然在每个页面上编码所有逻辑(假设每个页面都需要继承设置主题的业务逻辑)，这样就完全否定了从全局设置主题的优势。

因此，考虑到这些概念，需要使用一种混合方法来设置主题：使用继承的基类。您至少在较高层面上已经知道如何做——在第 7 章中已经创建母版页基类，在母版页中继承它们，并且在页面上继承它们作为@MasterType 指令的一部分。在第 7 章的示例中，在共享的基类文件中设置属性和变量，通过这种方法可以在这两者(母版页和子页面)之间方便地传递信息。

对于主题，方法略有不同。在该示例中，需要在基类文件中设置主题的程序化业务逻辑，然后在站点的每个页面里继承基类。这有什么作用？完成该操作后，可以控制在继承类的每个页面中设置主题的逻辑。例如，如果站点有一千个页面，所有页面都继承了这个基类，那么可以在一个文件中实现逻辑，它会影响所有页面。这就意味着，当逻辑不可避免地需要调整或者需要添加新的主题时，可以调整一个文件中的逻辑，然后将其传播到整个站点。

因此，这种方法称为前面提到的两种方法的混合方法。可以依据以编程方式设置主题的逻辑来设定标准，而在一个位置中获得的主题逻辑的效果会应用于应用程序中的许多(如果不是所有)页面。这样就两全其美了。

然而，和其他方法一样，这种方法也存在重大缺陷，至少开始必须修改每个页面来继承该基类，可能更令人畏惧的是，要求参加应用程序页面开发的所有人员都这样做。因此，虽然这种方法与上面所述的其他方法相比有一些优点(至少是在应用程序中需要设置主题的业务逻辑时)，但它还不是完美的解决方案。但是对于在 ASP.NET 2.0 中设置主题而言，这可能是最接近完美的解决方案。

9.5.1 少说多做

第一步是将新的基类添加到项目中。要做到这一点，在 Visual Studio 中工具栏上，选择 Website | Add New Item 命令，此时屏幕显示如图 9-7 所示。

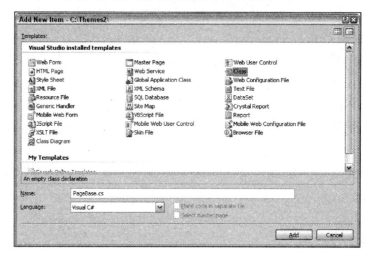

图 9-7

如图 9-7 所示，将类命名为 PageBase.cs，单击 Add 按钮。如果没有为类建立 ASP.NET 2.0 文件夹 App_Code，就会得到警告信息，如图 9-8 所示。

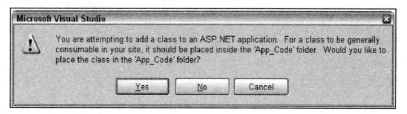

图 9-8

可以单击 Yes 按钮继续设置专用文件夹，并且将新的基类添加到该文件夹。类在加载时应该有默认代码，如下所示。

```
using System;
using System.Data;
using System.Configuration;
using System.Web;
using System.Web.Security;
using System.Web.UI;
using System.Web.UI.WebControls;
using System.Web.UI.WebControls.WebParts;
using System.Web.UI.HtmlControls;

/// <summary>
/// Summary description for PageBase
```

```
/// </summary>
public class PageBase
{
    public PageBase()
    {
        //
        // TODO: Add constructor logic here
        //
    }
}
```

需要做的第一件事情就是，通过按如下所示的代码修改类行，从代码中的 Page 对象继承。

```
public class PageBase : Page
```

也可以删除默认方法 PageBase()，除非打算使用它(本示例中不需要，它只会添加更多的代码，因此本示例的余下部分省略了此代码)。

现在，在 PageBase 类里需要添加 Page_PreInit 事件，然后将 Theme 设置为 myFirstTheme，如下所示。

```
protected void Page_PreInit(object sender, EventArgs e)
{
    Page.Theme = "myFirstTheme";
}
```

此时，完整的基类文件应该如下所示。

```
using System;
using System.Data;
using System.Configuration;
using System.Web;
using System.Web.Security;
using System.Web.UI;
using System.Web.UI.WebControls;
using System.Web.UI.WebControls.WebParts;
using System.Web.UI.HtmlControls;

/// <summary>
/// Summary description for PageBase
/// </summary>
public class PageBase : Page
{
    protected void Page_PreInit(object sender, EventArgs e)
    {
        Page.Theme = "myFirstTheme";
    }
}
```

现在要做的就是删除该应用程序中到目前为止所有的主题设置逻辑 (machine.config、web.config、@Page、Page_PreInit 或者 StyleSheetTheme 属性)。

最后一步是在页面中继承新的 PageBase 类 Default.aspx，实现方法与前面继承 PageBase 类中的 Page 对象一样。换句话说，只要修改页面的类声明中的继承逻辑即可，如下所示。

```
public partial class _Default : PageBase
```

如果正确执行所有操作，应该能够运行程序，结果如图 9-9 所示。

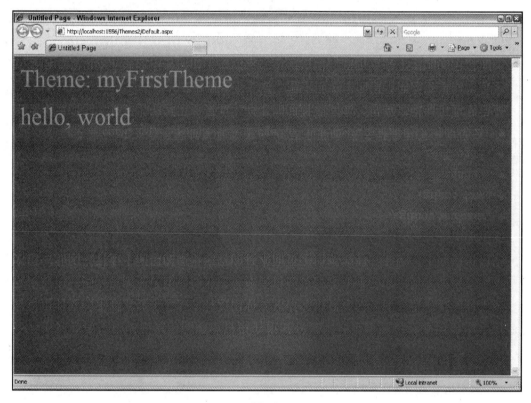

图 9-9

现在如果要通过 StyleSheetTheme 设置主题，可以将基类文件修改为下面的代码。

```
using System;
using System.Data;
using System.Configuration;
using System.Web;
using System.Web.Security;
using System.Web.UI;
using System.Web.UI.WebControls;
using System.Web.UI.WebControls.WebParts;
using System.Web.UI.HtmlControls;

/// <summary>
```

```
/// Summary description for PageBase
/// </summary>
public class PageBase : Page
{
    public override string StyleSheetTheme
    {
        get
        {
            return "myFirstTheme";
        }
        set
        {
            base.StyleSheetTheme = value;
        }
    }
}
```

除了主题名没有任何文本之外，使用该代码运行应用程序时会产生与图 9-9 所示相同的结果，因为页面上的逻辑取回 Page.Theme 的值，如果使用 StyleSheetTheme 就什么也没有。

9.5.2 基类的层次结构

在考虑使用基类设置主题时，最好知道在设置主题的层次结构中它适合放在什么位置。为了理解这一点，需要知道发生的情况。使用这种方法，主要在继承的文件里设置全局逻辑，更详细地说，实际上要编写页面将会继承的代码。因为要编写代码，所以实际上位于程序化层面上。因此，要在类似于页面本身的程序化层的层面上运行。因此，层次结构如下所示。

- machine.config。
- web.config。
- @Page 指令。
- Page 基类。
- 在页面内采用编程方式(如果重写 Page 基类或者如果不存在 Page 基类)。

最后两项可能最有意思。如同所预期的那样，如果使用程序化元素，它们就会胜出。但问题是"如果在这两个层面中声明主题，哪一个会胜出"。

上面显示的顺序不完全正确。坦白地说，这取决于如何使用这些元素以及如何建立这两个元素的类的继承(基类和继承它的页面类)。然而，优秀的实践是建立 Page 基类作为默认值，然后允许页面重写自己代码里的逻辑。

对于基类部分而言，可以通过下面的事件代码来完成该操作。

```
protected void Page_PreInit(object sender, EventArgs e)
{
    Page.Theme = "myFirstTheme";
}
```

在该示例中，已经在代码中建立了典型的 Page_PreInit 事件。如果在页面中重写这种行为，就需要使用更具技巧的方式，但遗憾的是，如果不熟悉这些概念，其工作方式就不太直观。例如，使用上面 Default.aspx.cs 的代码，但将 Theme 设置改为 mySecondTheme，如下所示。

```
protected void Page_PreInit(object sender, EventArgs e)
{
    Page.Theme = "mySecondTheme";
}
```

如果此时运行程序，看到的结果如图 9-10 所示，这会让人认为该程序正常运行。然而，如果注释掉 Default.aspx.cs 中将 Theme 设置为 mySecondTheme 的代码行，然后重新运行应用程序，则结果如图 9-11 所示。

在 Visual Studio 中同样会注意到，在 Page_PreInit 事件中引入了一些蓝色波浪线，如图 9-12 所示，在将该引用添加到基类之前并没有这些波浪线。

提示：

如果没有看到蓝色波浪线，可能是因为多次生成项目。第一次生成项目时，它会显示蓝色波浪线来表示有警告——而不是错误。因此，下一次生成项目时，这些波浪线就不会出现，警告也随之消失。如果不选择 Build Web Site 命令，而选择 Rebuild Web Site 命令，就会再次得到警告消息，蓝色波浪线也会重新出现。

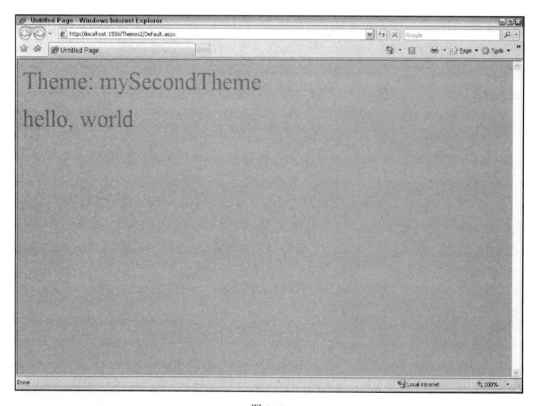

图 9-10

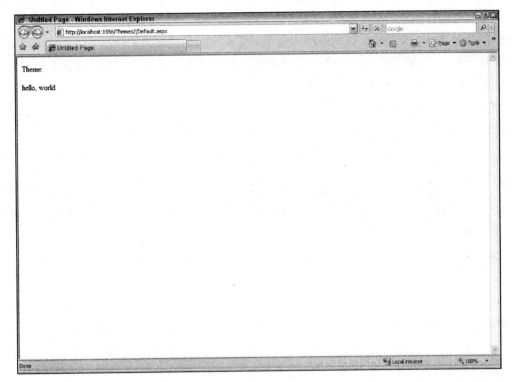

图 9-11

图 9-12

那么发生了什么情况？从图 9-10 中可以看出的第一个问题是，对基类隐藏了整个 Page_PreInit 事件。考虑该问题的简单方法是，如果在两个位置声明该事件，其中一个事件会胜出，而另一个则会被完全忽略。以这种方式建立页面，在页面层中的事件会胜出，因此页面会忽略基类层中的整个 Page_PreInit 事件。

有什么方法可以解决这个问题吗？当然有。可以从 Default.aspx.cs 内的 Page_PreInit 事件调用基类中的 Page_PreInit 事件，如下所示。

```
protected void Page_PreInit(object sender, EventArgs e)
{
    base.Page_PreInit(sender, e);
    //Page.Theme = "mySecondTheme";
}
```

这段代码从页面的 PreInit 事件中提取变量(sender 和 e)，并将它们发送到基类，在基类中触发 PreInit 事件。当然，位置决定一切，因此将这段代码作为页面 PreInit 代码的首行，以确保在页面层中运行该调用之后，首先运行基类，然后运行代码行。如果将新行作为页面的 PreInit 事件中的末行，按顺序它就会最后运行，并且重写它前面所有相冲突的声明。

是否会产生混淆？只需要记住首先调用基类中的 Page_PreInit 事件，这样基类中的内容就会首先运行，然后再运行需要在页面中重写的所有代码。

此时，如果再次运行该应用程序(在 Default.aspx.cs 中注释掉 Theme 声明)，就会看到应用了 myFirstTheme 的页面。如果取消对 Default.aspx.cs 中 Theme 逻辑的注释，就会看到加载应用 mySecondTheme 的页面。因此，这样做就允许基类逻辑作为默认逻辑进入页面，然后重写这些值(这里只是 Theme 声明，但在现实情况下可能包含其他内容)。

现在继续讨论波浪线。实际上，这不会产生什么问题。页面会编译，不会出现任何运行时错误。其实这只是一个警告，而不是真正的错误。但作为一名优秀的开发人员，可能需要排除这种警告。为了实现这一点，先要理解发生的情况。

有两个 Page_PreInit 的实例；一个在页面层中，另一个在继承的基类中。在默认情况下，页面层上的实例会隐藏基类中的实例。这正是所需的行为(另一种行为是覆盖基类中的实例)。问题是没有明确告诉页面如何处理这种冲突。因此，为了使代码更为清晰，需要在 Default.aspx.cs 中的 Page_PreInit 事件里引入 new 关键字，如下面修改后的代码所示。

```
protected new void Page_PreInit(object sender, EventArgs e)
{
    base.Page_PreInit(sender, e);
    //Page.Theme = "mySecondTheme";
}
```

通过执行这种细微的改动，就可以删除蓝色波浪线警告行，因此不需要再为这件事担心。结合最后的一些改动，就可以清楚地从基类继承 Page_PreInit 逻辑，并且在操作过程中对该逻辑附加代码(而不是完全覆盖该逻辑)。

StyleSheetTheme 的相关注意事项

上面几步中的重写逻辑重点关注单独通过 Theme 属性设置主题，而没有讨论通过 StyleSheetTheme 属性设置主题。这是因为 Theme 比较棘手，而 StyleSheetTheme 则比较简单。使用 Theme 时，必须担心冲突的 Page_PreInit 事件，这无论如何都是个问题，至少需要大概知道各个部分如何协同运作。

使用 StyleSheetTheme 就不会产生这种冲突。记住，使用 StyleSheetTheme 设置主题时，只是重写公有属性 StyleSheetTheme；不需要尝试在任何事件或者方法内设置该属性。因此，不需要担心在上面示例中设置主题时遇到的所有问题。

为了说明这一点，取出项目中的所有主题设置逻辑(包括项目的基类或 Default 页面中已经设置的所有内容)。现在进入基类，添加下面的代码。

```
public override string StyleSheetTheme
{
    get
    {
        return "myFirstTheme";
    }
    set
    {
        base.StyleSheetTheme = value;
    }
}
```

如果运行项目，就会发现 StyleSheetTheme "myFirstTheme" 已经应用于页面。现在回到 Default.aspx.cs，添加相同的代码，将返回值设置为 mySecondTheme，如下所示。

```
public override string StyleSheetTheme
{
    get
    {
        return "mySecondTheme";
    }
    set
    {
        base.StyleSheetTheme = value;
    }
}
```

如果再次运行该项目，就会发现页面现在已经应用 mySecondTheme。现在要考虑这两个声明之间的冲突。不需要从基类中继承任何逻辑，因为所有需要执行的操作只是设置主题，无论如何这都是需要重写的行为。

这只是说明，在这种情况下 StyleSheetTheme 方法比 Theme 方法更简单。然而，这只是关于在项目中以编程方式设置主题采用哪种方法更为简单的声明，而不是否定在现实情况中这两种方法的有用性。从第 8 章中可以知道，Themes 和 StyleSheetThemes 在引入页面的方式上有所区别(StyleSheetTheme 最先引入，Themes 最后引入)。因此，使用这两种方法都有其各自的原因。然而，其他方面都相同，通过使用 Page 基类以编程方式设置 Theme 或者 StyleSheetTheme 时，StyleSheetTheme 更为简单，因为它不会遇到以编程方式设置 Theme 时产生的任何事件冲突。

9.6　更新 surfer5 项目

既然理解了将主题应用于项目的不同方法，就可以知道各种方法的某些优缺点，这样就可以预想在现实情况下哪种方法可能比其他方法更适合。因此，接下来可以采用比设置每个页面的 Page 指令更好的方式将主题应用于本书项目。

对于任何项目而言，应用主题的方式取决于项目的需要和可用的资源。例如，如果认为在 Web 服务器的 machine.config 中设置主题更容易，但是如果在驻留账户的共享 Internet 上驻留网站，那么事实上该方法就不可能实现(因为它们可能不允许访问并修改服务器的 machine.config 文件)。另外，如果只是将一个主题应用于整个项目，实际上不需要完成如下复杂的工作：添加 Page 基类，然后让所有页面继承它；可以在 web.config 中设置主题，并且使用该主题完成操作。因此，决定如何应用主题时，必须考虑所有这些情况。然而，在继续完成 surfer5 项目的过程中，应该进行如下假设。

- 页面驻留在 Internet 上的某个租用空间上(不能直接访问服务器)。
- 最终有多个主题(如第 10 章所述)。
- 需要有某种类型的逻辑，该逻辑将应用于所有页面以确定相应的主题。

了解这些信息之后，最好使用什么方法呢？首先排除 machine.config 方法，因为首先可能无法访问该文件。另外，存在多个主题以及用于切换这些主题的必要逻辑，这一事实也是排除 machine.config 方法的原因。同样，这种逻辑也排除 web.config 方法。

因此，按照这些需求，需要建立程序化的逻辑来应用该主题，随着项目的不断成熟而在多个主题之间切换。由于可能不需要在项目的每个页面上更新逻辑(即使项目可能很小)，所以合理选择可能是继承基类的方法。这样就可以暂时应用所有页面都会继承的基类中的主题。当添加新主题时，可以只在一个位置更改逻辑，而不需要在开发的所有页面中更改。

因此使用这种方法，打开项目(C:\surfer5)以实现所需的改动。

第一件事情就是创建新的基类(单击 Visual Studio 工具栏上的 Website 按钮，再选择 Add New Item 选项)，将该基类命名为 PageBase.cs。添加该基类之后，修改代码，如下所示。

```
using System;
using System.Data;
using System.Configuration;
using System.Web;
```

```
using System.Web.Security;
using System.Web.UI;
using System.Web.UI.WebControls;
using System.Web.UI.WebControls.WebParts;
using System.Web.UI.HtmlControls;

/// <summary>
/// Summary description for PageBase
/// </summary>
public class PageBase : Page
{
    protected void Page_PreInit(object sender, EventArgs e)
    {
        Page.Theme = "surfer5BlueTheme";
    }
}
```

现在回到 Default.aspx，删除@Page 指令中的 Theme 声明(在第 8 章结束时设置)。在页面后面的代码中，需要从新的基类 PageBase 继承。现在，不需要涉及继承的 PreInit 事件，因此不需要添加任何重写事件代码(记住该事件，以便将来引用)。

后面的代码如下所示。

```
using System;
using System.Data;
using System.Configuration;
using System.Collections;
using System.Web;
using System.Web.Security;
using System.Web.UI;
using System.Web.UI.WebControls;
using System.Web.UI.WebControls.WebParts;
using System.Web.UI.HtmlControls;

public partial class _Default : PageBase
{
    protected void Page_Load(object sender, EventArgs e)
    {
        myCompany.Text = Master.company;
    }
}
```

现在从页面中取出应用主题的逻辑，再将它放入继承的基类中，项目中的每个页面都会继承该基类。如果编译项目，看到的结果如图 9-13 所示。

图 9-13

"更新 surfer5 项目"这一节很简短，因为实际上并没有过多需要更新的内容。此时的项目与第 8 章结束时的项目之间存在的唯一区别是，使用不同的方法应用主题。因此，在项目中不需要执行太多的改动。但是，通过这些细微的改动，就可以在项目的余下部分继续使用该主题(不管建立了什么主题)。

9.7 小结

当开始阅读本章时，您可能会想"有必要用一整章来讨论设置主题吗？"不过我坚信，读完本章之后，对这个问题的答案肯定是"有必要"。虽然许多人认为其实没有太多方法可以将主题应用于项目，但在理解了 Theme 和 StyleSheetTheme 的复杂性以及以编程方式或者从全局设置项目的不同方法之后，就不再会这样认为了。

现在您已经知道可以通过许多不同的方法将主题应用于项目。可以将主题设置为StyleSheetTheme 或者 Theme。在这些分类中，可以在@Page 指令中以编程方式或从全局设置主题。在以编程方式设置主题的过程中，可以在页面层中设置主题，也可以在某个继承的基类中设置主题。考虑从全局分配主题时，可以选择在 web.config 或 machine.config 中完成该操作。

可以通过许多方法应用主题。

可能更迫切的问题是，没有一种方法是开发的所有项目的完美解决方案。每种方法都有自身的某些优缺点。可以设置一次主题，然后忘记该主题；或者可以以编程方式控制应用主题的逻辑，但不能两者兼顾(虽然可以非常接近)。

幸运的是，通过本章的学习，您会欣赏到将主题应用于项目的所有不同方法。如果认为不同的实际情况能够让每种解决方案变得完美，那么本章就达到了预期目标。如果考虑到可以使用主题编程的新方法或者更多的方法，这样就更好。

此外，学习完本章后，现在应该相当适应 Web 设计的 aesthNETics，并且已经准备好将这些思想和概念引入自己的项目中。本书开始只讨论主题。然而为了实现主题，实际上需要讨论所有设计方面，这些方面应该(但不是必须)包含该方法的一部分。实际上，在讨论主题之前，需要理解基本的 Web 设计原则，知道如何使用这些概念创建在审美上令人愉快的站点，知道如何使用 ASP.NET 2.0 中的工具将这些抽象的概念转换为可感知的实体，可以将这些实体合并到项目中，甚至在开发小组中共享。一旦拥有页面的模板，就可以将模板包含在补充主题中，然后以业务需要的方式应用该主题。

第 10 章将为 surfer5 创建一个新的移动主题，然后讨论如何适当改变该主题(当移动用户浏览站点时)。理解这一点之后，就可以使用 ASP.NET 2.0 中的工具(也许还需要其他工具(例如 Adobe Photoshop)的帮助)，继续创建一致的、引人注目的站点。您将成为一名真正的 aesthNETics 开发人员。

第 **10** 章

集合所有概念——新的主题

如果已经从本书开头阅读到本章，读者应该会欣赏应用于每个项目的工具，在将第一个连接对象写入所选择数据之前，可以并且应该实现这些工具。首先从较高层面查看当前 Web 设计的基本考虑事项，从屏幕分辨率到 Web 上的浏览器统计。您已经开始理解 Web 上所讨论的"可访问性"背后的某些含义，并且这种"可访问性"可能不再是其他开发人员必须担心的抽象概念。掌握了这些知识之后，就能够更好地理解当前 Web 设计方面最热门的辩论之一：使用 CSS 还是 Web 布局表。您已经看到在通往完全 CSS 实现的道路上还有许多坎坷，但幸运的是，也看到了考虑使用 CSS 的一些极好的原因。接下来，从布局的基本元素开始工作，创建徽标图形，并且挑选应用于整个站点的颜色方案。

前面几章介绍了一般 Web 设计的必要知识，有了这些知识就可以理解可用的.NET 工具，这些工具会将您带入 aesthNETics 开发人员的行列。您已经了解到，如果要成为一名真正的 aesthNETics 开发人员，仅仅知道.NET 代码还远远不够。还需要具备良好的 aesthNETics 基础知识，了解优秀的 Web 设计概念，例如目标分辨率、颜色深度、跨浏览器支持和可访问性。这些概念对于所有 Web 开发人员而言都至关重要，而不是专门针对.NET 开发人员。因此，知道这些概念之后，就可以将.NET 放入 aesthNETics 之中。这就意味着需要熟悉一些控件(它们可用作 Visual Studio 2005 的一部分)的内部工作原理，从而帮助创建一致的、流行的网站(不同的开发团队可以方便地对其进行开发)以及数百个甚至数千个页面。

作为本书的一部分，您已经知道如何使用包括在.NET Framework 中的基于 XML 的菜单系统，从而能够显示、锁定和本地化站点上所有页面的导航系统。在此之后，了解到如何通过免费的控件适配器让导航系统更具访问性，这些控件适配器重写呈现导航系统行为的表，并且输出 CSS 友好的等价物。接下来，获得网站的基本框架，并且知道如何方便地将其包装在母版页中，从而转换为可以在站点中的每个页面上使用的真正模板。最后，学习了如何塑造所有.NET 控件，通过使用主题使这些控件具有相同的外观。

在此过程中，您会看到这些概念的某些缺点和不足，以及如何利用这些缺点或者避开它们。您已经知道这些工具如何运行，即使这种方法不一定直观。到目前为止，已经创建了一致的外观，并且准备好将这种外观部署到整个站点。

10.1 浏览器检查

在本书中已经多次看到，在不同浏览器中进行的测试对于布局的成功至关重要。在将 CSS 用于站点的许多布局和设计时，情况更是如此。然而，现在可以在流行的浏览器上查看到目前为止本书项目的呈现外观。

因此，在 Microsoft Internet Explorer 版本 7 (IE 7)、Microsoft Internet Explorer 版本 6 (IE 6)和 Mozilla FireFox 版本 1.5 (FireFox)中查看站点，分别如图 10-1、图 10-2、图 10-3 所示。

图 10-1

所有内容显示正常，是吗？在整个项目一直使用的浏览器中，站点的最终布局看起来不错。

还有什么应该考虑到，但是还没有进行测试(不妨看看本章的标题)？站点在移动浏览器中的外观如何？要回答这个问题，请查看图 10-4 和图 10-5，它们在移动浏览器中显示相同页面中的两个位置(图 10-4 显示页面顶部，图 10-5 显示向下滚动到页面中间的视图)。

提示：

使用 Windows Mobile 5.0 SDK for Pocket PC 附带的 Windows Mobile 5.0 Pocket PC Emulator 捕获这些图像 (www.microsoft.com/downloads/details.aspx?familyid=83A52AF2-F524-4EC5-9155-717CBE5D25ED&displaylang=en)，该软件是用于 Windows Mobile 设备的 Internet Browser 的最新版本之一。

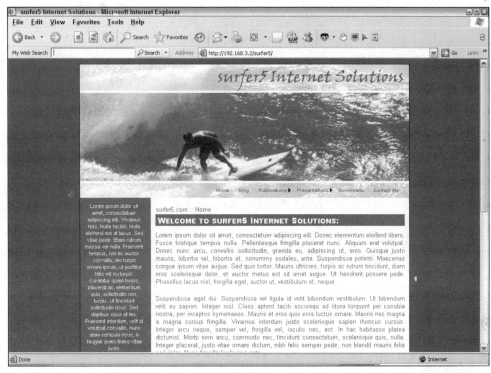

图 10-2

图 10-3

图 10-4

图 10-5

您可能会意识到，不是所有生成通用模板的艰难工作都适用于移动用户。在讨论 CSS 的过程中，整章从头到尾多次讨论和说明过不同浏览器在处理 CSS 的方式上存在的差异。然而，其中没有讨论移动浏览器处理 CSS 究竟有多大差异。从图 10-4 和图 10-5 中可以看出，移动浏览器处理 CSS 的方式完全不同于其他所有主要浏览器。为了详细说明这一点，下面介绍为移动设备提供内容时必须考虑的一些事项：

- 移动设备的屏幕大小可能各不相同。记住，它可能是包含 Internet Explorer 的移动电话(100~320 像素宽)或者是 PDA(320~640 像素宽)。许多设备支持屏幕以肖像或者风景模式显示。100 像素宽和 640 像素宽之间的差别非常大(屏幕分辨率相差 6 倍多)。与典型的屏幕浏览器相比，这更是个问题。如果确定为 100 像素，站点在

640 像素的浏览器中看起来就会很小；如果确定为 640 像素，那么在较小的浏览器窗口中，前 100 个像素之后的内容会被删除。因此，相比于屏幕浏览器，对移动设备采用容易改动的设计非常重要。

- 由于受到屏幕尺寸的限制，必须重新考虑某些布局选项。在 surfer5 项目中，有一个 150 像素宽的边条。在移动浏览器中呈现时，如图 10-4 和图 10-5 所示，150 像素完全覆盖了浏览器窗口。想象一下，如果使用只有 100 像素宽度可用的移动电话导航会出现什么情况。因此，考虑到这一点，是否确实需要边条？如果需要边条中包含的内容，那么有更好的方法能够在有限的屏幕尺寸中显示它吗？继续思考，页面的哪些部分实际上与移动设备用户无关？可不可以隐藏这部分内容以便提供更少的内容，从而让移动用户能够更方便地导航和阅读站点？如果情况是这样，可能要考虑引入像 display:none 这样的规则来对移动设备隐藏这些内容。

- 与屏幕浏览器相比，用户导航移动浏览器的方式发生了重要的转变。没有鼠标，并且在许多设备中键盘也是可选的。设备依赖铁笔、导航轮或者触摸屏来导航浏览器中的内容。如果链接的是图像，它们在屏幕上的显示很小并且彼此接近，那么使用触摸屏来导航站点就很困难(手指会触摸到两个相邻的链接图像)。因此，许多设备不支持水平滚动(如果使用滚轮，如何水平滚动)。

- 如果认为呈现标准是屏幕浏览器中的一项挑战，那么在解决移动浏览器兼容性问题之前，也许需要坐下来休息一下。专用的浏览器特别遵循制造商的规范和标准。这就意味着 Sony 公司的移动设备不会遵循 Motorola 公司的设备所遵循的标准。使情况更为混淆的是，在某个制造商内部，标准也不一定一致(两个 Sony 手机呈现信息的方式可能也不一样)。这种情况现在有所好转，特别是随着第三方浏览器(Opera、IE 等)使用量的增加，并且这种问题有可能随着时间的推移而自行解决。但是现在，因为在移动设备中测试站点，这并不意味着站点在不同的移动设备中具有从远处看起来类似的外观。

- CSS 和样式在不同移动设备中有所区别。使用像 @Media 这样的指令不能确保移动设备会使用“媒介”样式表。实际上，移动设备可以使用“屏幕”和“便携式”样式表(或者两者都不用)。区分样式定义最可靠的方法(仍然不完全一致)是使用附加特定媒介属性的链接标记。这在大多数情况下可行，但不是在所有情况下都可行。

- 有些设备支持字体颜色规范，其他设备则不支持(它们只支持黑色文本，在确定页面的背景色时需要考虑到这一点)。有些设备允许超链接标记(当超链接标记是静态时，将超链接改为钢青色，没有下画线；当用户将光标悬停在超链接标记上方时，它们改为红色，而且有下画线)，其他设备则将所有超链接设置为默认的蓝色下画线文本，而不考虑 CSS 中的定义。

- 与传统的台式机或者笔记本式计算机相比，移动设备的内存较小而且带宽有限。因此，如果要提供大的图像、流媒体或者其他大型文件，移动用户可能打不开这些文件。

- 许多移动设备在呈现表时会弄乱它们(如果支持表的话)。这也是在设计中人们倾向于使用 CSS 而不是表的原因之一。

- 许多移动设备用户会关闭 CSS 和图像以便让浏览器运行得更快。需要准备应对这种情况，以便它们看到的内容还可以接受。

那么这些考虑事项会产生多大的问题呢？

和本书讨论的其他问题一样，这取决于自己的需要。如果是全局观众，也许从全局来看移动浏览器并不重要。图 10-4 和图 10-5 中所示的示例浏览器是 MSIE(相对于表示 IE 6 和 IE 7 的 IE)，版本为 4.01。如果查看 TheCounter.com 上关于全球浏览器统计的统计数据，就会发现在跟踪的 80 000 000 个浏览器中，已注册的 MSIE 4.x 少于 85 000 个，只占总量的 0.11%。确实还有其他版本的移动浏览器。例如，Palm 和 BlackBerry 设备具有专门的操作系统和 Internet 浏览软件。然而从全球来看，移动浏览器的数量很少。

但是这个理由足以轻视移动浏览器吗？可能不行。随着人们的生活变得越来越移动化(以及技术的不断进步)，越来越多的人开始使用便携式设备。即使现在这个数量很小，但情况不会始终如此。

该问题取决于客户。如果要创建一个公司内部网，公司里许多董事和其他管理人员会使用它处理日常工作，那么其中的许多人很可能会通过某种移动界面查看所创建的页面。即使这些人只占公司人数的 2%或者 3%，但也要使其感到满意。如果能用相对较少的工作使其感到满意，很可能会得到升职的机会。

因此这就是本章要关注的重点：移动用户。本章将为 surfer5 项目建立一个新的主题，该主题专门用于移动浏览器。本章将从头开始创建这个主题，以确保所有部分都与这种特殊用途有关并且有效。具体工作包括新的图形(已经在第 3 章中创建)、新的颜色、新的导航、新的母版页以及将所有部分组合在一起的新主题。有些方面可能是作为概念的更新，并且显示如何将这些部分集合在一起的现实示例。

需要注意的是，本章不会深入讨论提出的概念，而是假设已经了解本书前面几章提出的概念。这意味着已经提出的这些概念会直接应用于本章，不会有过多的解释。然而，如果提出新概念，还是会详细地讨论它。在很大程度上，本章只是回顾而不是新的学习经历，但仍然提出了一些新概念。

因此，为了添加移动主题，首先要再次深入研究本书项目，这个主题允许移动用户有一个相似的、在审美观点上令人愉快的经历。

10.2　准备工作

本章与本书前面几章有所不同，因为其目的略有区别。本书前面的章节具体介绍了 Web 设计 aesthNETics 方法的特定方面。第 2 章介绍了一般 Web 设计需要考虑的问题。第 3 章简要介绍了 Photoshop。后面几章强调了 aesthNETics 开发人员可用的特定工具，它们可以为 Web 项目创建一致的和可理解的设计。

然而本章略有不同，因为其目标是用一章来概述创建新主题的整个过程。本章将从头到尾构建一个新的主题，最后要创建下面几个部分(这些应该是前面几章的回顾，如下面各项所示)：

- 思考该项目的 Web 设计方面的考虑事项(第 2 章)。
- 修改图形页眉(第 3 章)。
- 为项目修改/创建新的 CSS 规则(第 4 章)。
- 禁用 CSS Friendly Control Adapters 来重新启用标准控件行为(第 5 章)。
- 创建新的站点地图文件，通过默认站点地图文件更改引用(第 6 章)。
- 创建新的母版页(第 7 章)。
- 创建新的主题(第 8 章)。
- 更改应用主题的基类规则以包含新的主题和用于应用主题的一般标准(第 9 章)。

本章的关注点是以简化和汇编的形式回顾本书中介绍的所有概念。这并不是说这是处理本章已经提出的移动问题的唯一方法。本章将介绍处理移动设备考虑事项的方法，而不是介绍处理这些问题的方法。如果过于关注这是不是处理自己项目中移动设备问题的最佳方法，那么就会错过本章的重点。

为此，应该认识到有许多不同的解决方案适用于移动设备。然而，如本章前面所述，与典型的屏幕 Web 项目相比，移动设备有更多的绊脚石。特别是在不同设备和操作系统之间没有统一的标准，对 CSS 和媒介类型的支持也不同。需要考虑完全不同的浏览器窗口分辨率、内存和带宽。

那么，本章所述的方法有哪些优缺点呢？优点包括可以完全修改为移动浏览器服务的页面的 HTML 标记。这意味着，如果母版页中有图像，就不必担心尝试使用 dispay:none 规则对浏览器隐藏这些图像(该操作可能有用，但也可能没有用)；可以完全删除该引用。如果不再需要边条，也不必担心将其调整为 0 像素或者改变呈现内容区域背景的规则(与伪列方法(Faux Column)相同)；可以完全删除 HTML 标记左边的边条区域。修改 HTML 标记的能力还有另一个附加的优点：涉及移动设备的代码可能更少。以边条为例，如果删除所有对页面边条区域的引用，那么在实际页面中 HTML 标记就更少。但是除此之外，还可以在 CSS 文档中删除用于该区域的规则。这就意味着 HTML 文档和 CSS 文档可能更小，从而使它们在移动浏览器中更快速地呈现。最后，不必担心 CSS 文档或者它们的链接引用中对媒介类型的支持。在新的移动母版页中有一个到外部 CSS 文档的链接，它不需要提供任何媒介类型(可能支持媒介类型，也可能不支持)，因为只有使用该母版页的用户才是使用移动设备的人。因此，不需要将某些外部 CSS 文档专门用于便携式媒介类型，而将其他外部 CSS 文档只用于屏幕媒介类型。根本不需要包含屏幕版本，因为没有屏幕版本会使用该母版页；也不需要将链接限制为只用于便携式媒介类型的移动 CSS 文档。这是确保将正确的 CSS 文档应用于移动用户的最可靠的方法。

这种方法的明显不足是其可维护性。使用这种方法时，不仅有单独的外部 CSS 文档(所有方法可能都是这样)，还有不同的母版页和完全不同的主题。因此，如果要改变项目的显示方式，会出现什么情况？可能需要更新两个不同的母版页和两个不同的主题(以及所有相关的皮肤文件、CSS 文档和图像)。从可维护性的角度来看，这种方法并不理想。正是这种缺陷导致该解决方案不适用于所有浏览器(这不是这种解决方案独有的问题——所有移动解决方案都要解决这个问题)。

因此如何选择？当然有许多不同的方法可以应对这种挑战。例如，可以尝试下面这些方法：

- 使用 CSS Media Types 添加新的 Handheld 样式。
- 添加新的导航 Styles (也使用媒介类型)和新的 Mobile Sitemap。
- 结合所有方法：依据 Request.Browser. IsMobileDevice 属性连接 Sitemaps 和 AdapterEnabled。

从可维护性的角度来看，这种方法当然更简单，并且可以更快速、更方便地实现。然而，这种解决方案也不理想。首先，当使用主题时，使用媒介类型就会遇到一些现实问题，如第 8 章所述。特别是，如果在 Themes 子目录里包含 CSS 文档，那么就没有媒介类型可以使用(它们都应用于所有浏览器)。有一些方法可以避开这种问题(第 8 章介绍了一种方法，但还有其他方法)。但是，即使这一点没有问题，不同浏览器支持媒介类型的方式仍然存在严重分歧。前面声明过，一些浏览器依据 CSS 媒介类型来相应地应用 CSS 文档，一些浏览器会应用所有 CSS 文档(忽略媒介类型)，还有一些浏览器不会应用 CSS 文档。这种方法也给移动设备发送完全相同的 HTML 标记，并且为了隐藏某些元素，必须在移动 CSS 文档中引入新的代码(可能对 CSS 自身进行补充)。

因此理想情况是什么呢？和本书的其他问题一样，视具体情况而定。有访问页面的移动设备的明确列表吗？例如，如果只能通过公司内部网才能访问网页，并且公司员工的所有移动设备都使用 Windows Mobile 5.0，那么就可以专门以该平台为目标。如果不是这种情况，您愿意冒险改变对媒介类型的支持吗？或者愿意承担显示完全不同母版页和主题的额外责任吗？这是每名开发人员都要考虑的问题，正如本章开头所述，这不是本章讨论的重点。

本章将从头到尾展示如何组成一个完整主题。为了执行该操作，需要创建一个移动主题来实现这个目标。这不是关于什么样的移动主题最理想的陈述，而只是一种达到目标的方法(这个目标就是回顾遍布于本书前面 9 章 300 多页中的概念)。

10.3　第一步：回到制图板

第一步就是回到开头重新开始。您已经知道项目在移动浏览器中如何显示，并且可能庆幸不需要为这种媒介保留多少内容。徽标其实没有显示，导航恢复为许多整行层叠列表项，边条只用于隐藏某些内容，几乎没有多少屏幕实际使用面积，也就是说 150 像素的边条图形覆盖了大半部分的可用屏幕区域。

因此现在必须考虑的是，需要保留哪些内容？是所有内容吗？

唯一真正值得保留的是页面的实际内容，其他内容都需要重新处理。页眉需要翻新，导航需要某些改造，边条需要重新考虑。内容不需要改动，但需要更改某些格式以便阅读，并且不会被边条掩盖。

下面的讨论将从最顶层开始，按逻辑单元向下进行。首先是页眉，然后是导航，接下来是边条和内容，最后是页脚。

在开始操作之前，需要创建基本框架以便启动所有格式改动。需要创建新的模板。

10.4　第二步：新的母版页

许多主题不需要新的母版页。毕竟对于大多数项目而言，只需要更改颜色或者布局，大多数改动在原始母版页的范围内就可以完成。

然而，这个特殊主题有所不同。随着本章内容的深入，您会发现这些差异，但在母版页中提供的控件和布局方案方面存在一些冲突，使用新主题重写时需要解决这些冲突。适合于说明该问题的示例是导航控件。使用移动主题时，不会太多地关注是否有下拉外观，而可能只希望提供高级选项。这就意味着在页面上要有完全不同的 SiteMapDataSource 控件，在原始母版页的范围内就很难实现这一点。

因此，可以给项目添加新的母版页 (选择 Website | Add New Item 命令)，将其命名为 surfer5Mobile.master。打开项目之后，确保该母版页从项目以前创建的 MasterBase 基类继承。现在只能在页面间共享公司名称，但是为了保持一致，重要的是还要在移动主题中继承该信息。

可以在页面中定义页面的基本区域(例如 headerArea、contentArea 等)；将在本节后面格式化这些区域。现在，surfer5Mobile.master 的代码如下所示。

```
<%@ Master Language="C#" AutoEventWireup="true"
CodeFile="surfer5Mobile.master.cs"
    Inherits="surfer5Mobile" %>

<!DOCTYPE html PUBLIC "-//W3C//DTD XHTML 1.0 Transitional//EN"
    "http://www.w3.org/TR/xhtml1/DTD/xhtml1-transitional.dtd">

<html xmlns="http://www.w3.org/1999/xhtml" >
<head runat="server">
```

```
    <title>Untitled Page</title>
</head>
<body>
    <form id="form1" runat="server">
    <div id="headerArea"></div>
    <div id="navigationArea"></div>
    <div id="contentArea">
        <asp:contentplaceholder id="ContentPlaceHolder1" runat="server">
        </asp:contentplaceholder>
    </div>
    <div id="footerArea">&copy 2006 - 2007: surfer5 Internet Solutions</div>
    </form>
</body>
</html>
```

该母版页与本书前面创建的母版页之间的主要区别之一是，只有一个已定义的ContentPlaceHolder。这样设计是有意的。至少对这个应用程序而言，边条没有什么价值，也没有服务于任何实际目标。因此，为了适应有限的屏幕尺寸而删除边条。这样，内容区域就能覆盖整个屏幕宽度，从而为用户提供更大的阅读区域。这意味着不再需要第二个ContentPlaceHolder，因此母版页中已经删除它了。

新母版页后面的代码应该如下所示(目前是如此)。

```
using System;
using System.Data;
using System.Configuration;
using System.Collections;
using System.Web;
using System.Web.Security;
using System.Web.UI;
using System.Web.UI.WebControls;
using System.Web.UI.WebControls.WebParts;
using System.Web.UI.HtmlControls;

public partial class surfer5Mobile : MasterBase
{
    protected void Page_Load(object sender, EventArgs e)
    {

    }
}
```

随着项目的不断推进，母版页也会得到加强，但这只是开始。

提示：

当然，也有一些方法能够避开本章中母版页的辩解。例如，可以在原始母版页中以编程方式建立 SiteMapData 源代码。也可以通过 CSS 或者在 ASP.NET 代码中方便地隐藏ContentPlaceHolder 部分。然而，接下来需要添加代码到基类和/或后台编码来应对这些挑战。在现实情况中，必须确定哪种方法更有意义。

10.5　第三步：移动主题

现在可以添加移动主题。对于母版页而言，此时只需要建立框架。在进一步研究新的设计之前，要确保所有方面都正确连接。

因此，需要在项目中添加新的主题(选择 Website | Add ASP.NET Folder | Theme 命令)，并将新主题命名为 surfer5MobileTheme。

现在只需要完成这些工作。已经建立了主题，并准备将它与母版页一起应用于页面。现在可以结合主题和母版页，看看会出现什么情况。

10.6　第四步：结合主题和母版页

既然已经建立了母版页和主题，接下来就可以将逻辑放入应用程序中以确定将何种逻辑应用于每个用户。幸运的是，已经在 Page 基类 PageBase.cs 中建立了这种逻辑的框架。

```
protected void Page_PreInit(object sender, EventArgs e)
{
    Page.Theme = "surfer5BlueTheme";
}
```

此时，只会应用主题。然而，在相同的事件(PreInit)中应用母版页，因此引入代码来应用母版页是完全合理的。现在需要创建应用相应主题/母版页的标准。在该示例中，如果访问者是移动用户，就要应用某种主题和母版页；如果是其他用户，就要应用其他主题和母版页。

为了实现该操作，需要修改逻辑，如下所示。

```
protected void Page_PreInit(object sender, EventArgs e)
{
    if (Request.Browser.IsMobileDevice == true)
    {
        Page.Theme = "surfer5MobileTheme";
        Page.MasterPageFile = "surfer5Mobile.master";
    }
    else
    {
        Page.Theme = "surfer5BlueTheme";
        Page.MasterPageFile = "surfer5.master";
    }
}
```

使用 if 语句来确定用户是不是移动用户。这个代码与前面用来检测浏览器及其相关版本的代码类似。然而，我们实际上并不关心使用哪种浏览器或者哪个版本(至少在本案例中是如此)；此处只关注用户是不是移动用户。如果客户端是移动设备，就应用 surfer5Mobile-Theme 主题和 surfer5Mobile.master 母版页；如果是其他用户，则应用本书其他章节创建的

surfer5BlueTheme 和 surfer5.master 组合。

现在需要查看该项目能否正常运行。为了实现这一点，请将项目加载到一些浏览器中，并确保没有什么会阻止实现这些改动。例如，可以看到此时显示的页面与在 IE 7 中的完全相同，如图 10-6 所示。

图 10-6

为了简短起见，没有包含其他浏览器屏幕截图，它们应该与图 10-6 所示的屏幕截图相同。

然而，现在在移动浏览器中重新加载该项目，看到的结果如图 10-7 所示。

图 10-7

对于粗心的观察者而言，看起来好像列出的步骤中断了某些内容，然而事实并非如此。已经创建了新的移动架构，并且准备填充新的设计。我们知道"surfer5 Internet Solutions"在页面顶部这一点让它运行。这直接来自于母版页基类。文本来自于内容区域，没有相冲突的边条文本。已经建立移动架构；现在需要为其添加样式。

10.7　第五步：添加样式

既然已经建立架构，现在可以添加某种样式。这种方法的一个优点是，不必担心项目主题中 CSS 的限制。这是因为前面许多问题都与建立条件规则、媒介差异和层叠规则冲突有关。对于该特殊主题而言，这些并不重要。因为专门面向移动浏览器，所以不需要媒介差异或者条件规则。同样，层叠冲突也不是问题，因为将 CSS 规则专门应用于移动浏览器，从而会排除这个障碍。

然而，现在可以将 CSS 文件添加到主题(选择 Website | Add New Item 命令)，并将该主题命名为 surfer5Mobile.css。现在还要为主题创建一个 images 子目录，然后在其中放入第 3 章中创建的移动徽标(logo02_mobile.jpg)。

需要修改 CSS 文件，使其包含这个新的徽标。现在 surfer5Mobile.css 中的规则应该如下所示。

```
body
{
    width: 100%;
    padding: 0px;
    margin: 0px;
}
#headerArea
{
    height: 75px;
    width: 100%;
    background: #000 url(images/logo02_mobile.jpg) no-repeat;
}
```

这段代码将页面设置为可用屏幕的 100%，然后设置页面 headerArea 区域的基本属性。记住，徽标的尺寸为 75 像素高、300 像素宽，这就是需要将区域的高度定义为 75 像素以确保捕获整个徽标的原因。注意，背景色设置为#000(黑色)，徽标设置为不重复。这意味着徽标只在区域的左上角出现一次，图形没有覆盖到的区域采用黑色背景。宽度设置为100%，以使该图形横跨整个屏幕。

此时，最好在浏览器中检查样式以确保所有的效果达到最佳。项目增强后的结果如图 10-8 所示。

此时就具有较好的外观，但图像还不完全正确。该区域的尺寸为 75 像素高、300 像素宽，因此徽标显得有点高，但即使不是如此，它也肯定太宽；甚至无法看到整个徽标。

图 10-8

　　幸运的是，很容易修正该问题。在 Photoshop 中打开图像，然后在工具栏上选择 Image | Image Size 命令，打开 Image Size 对话框。在 Pixel Dimensions 区域(位于对话框顶部)中将宽度改为 200 像素。该操作会自动将高度调整为 50 像素，如果没有自动执行这种调整，可以在后面更改图像高度。单击 OK 按钮，调整图像大小。现在重新保存图像(选择 File | Save 命令)，此时的徽标应该更适合主题。

　　提示：

　　在该步骤中将图像的大小调整为 200 像素。然而，这个数字是随意设置的。选择 200 像素的大小是因为该尺寸应该最适合放入移动设备浏览器窗口中。在后面，该图像将成为页面页眉区域的一部分，用黑色背景扩展到浏览器窗口的整个宽度。这会将 200 像素图像设置到屏幕左边，然后逐渐淡入到黑色背景中。只要浏览器窗口小于 200 像素宽，页面的页眉区就非常优美，类似于无缝隙的图像。

　　还需要修改 headerArea 定义的 CSS 规则，将高度设置为 50 像素而不是 75 像素。这样就会生成移动主题的新外观，如图 10-9 所示。

图 10-9

该外观更好地适合移动浏览器窗口。首先，整个短语"surfer5 Internet Solutions"很适合窗口，也没有覆盖内容区域，这就意味着访问者可以浏览更多的内容。

为此，需要为移动主题修改页面的其他区域。可能需要为主题建立的样式规则的示例如下所示。

```
body
{
    width: 100%;
    padding: 0px;
    margin: 0px;
}
#headerArea
{
    height: 50px;
    width: 100%;
    background: #000 url(images/logo02_mobile.jpg) no-repeat;
}
#navigationArea
{
    width: 100%;
    height: 20px;
    background-color: #000;
    color: #fff;
    text-align: right;
    padding: 1px 1px 0px 1px;
}
#contentArea
{
    width: 100%;
    padding: 10px 5px 10px 5px;
    color: #750001;
    font-size: .8em;
}
#contentArea.header
{
    width: 100%;
    background-color: #BFAB4E;
    color: #750001;
    padding: 5px 0px 5px 5px;
    font-size: .5em;
    border: solid 1pt #750001;
}
#footerArea
{
    width: 100%;
    background-color: #750001;
    color: #BFAB4E;
    padding: 5px 1px 5px 5px;
    font-size: .75em;
```

```
        font-weight: bold;
        text-align: center;
}
```

适当使用这些规则，刷新移动浏览器，显示的结果应该如图 10-10 所示。

图 10-10

现在主题真正地开始与页面结合到一起。很容易看到内容的开头，而不需要向下滚动，这是该主题本身的主要优势。内容布局从逻辑上更适合该浏览器的限制。即将引入的导航会进入徽标下方的黑色区域。当用户打开页面时，会立刻看到徽标、导航和内容。我们希望用户获得这种体验，而不是默认主题所产生的不能理解和导航的版本。这绝对是朝着正确方向在前进。

10.8 第六步：添加导航

本示例的最后一步是给新的母版页模板添加站点导航，并让它适合移动浏览器的限制。因此，首先需要将 SiteMapDataSource 控件和 Menu 控件拖动到母版页 (surfer5Mobile.master)上。最终的代码应该如下所示。

```
<%@ Master Language="C#" AutoEventWireup="true" CodeFile="surfer5Mobile.master.cs"
    Inherits="surfer5Mobile" %>

<!DOCTYPE html PUBLIC "-//W3C//DTD XHTML 1.0 Transitional//EN"
    "http://www.w3.org/TR/xhtml1/DTD/xhtml1-transitional.dtd">

<html xmlns="http://www.w3.org/1999/xhtml" >
<head runat="server">
    <title>Untitled Page</title>
</head>
<body>
    <form id="form1" runat="server">
    <div id="headerArea"></div>
    <div id="navigationArea"><asp:Menu ID="Menu1" runat="server"
```

```
   DataSourceID="SiteMapDataSource1" /></div>
      <div id="contentArea">
         <asp:contentplaceholder id="ContentPlaceHolder1" runat="server">
         </asp:contentplaceholder>
      </div>
      <div id="footerArea">&copy 2006 - 2007: surfer5 Internet Solutions</div>
      </form>

      <asp:SiteMapDataSource ID="SiteMapDataSource1" runat="server" />
</body>
</html>
```

正如所看到的，Menu 控件驻留在前面定义的页面的 navigationArea 区域内。SiteMapDataSource 可以在页面上的任何位置；它用来引用站点地图文件，并且不会在浏览器中呈现。

如果按照现在的情况在浏览器中运行页面，结果如图 10-11 所示。

遗憾的是，Menu 控件和原始设计一样糟糕(见图 10-4)，必须重新关注在移动浏览器中呈现 CSS 的问题。从原始示例中可以看出，移动浏览器没有考虑到尺寸规则，因此创建垂直菜单而不是水平菜单。还会发现，浏览器呈现无序(项目符号)列表，而不是使用 CSS Friendly Control Adapter 设置的代码块样式。很明显，在原始示例以及这个新修改的示例中存在过多的链接，因此不能认为这是有用的导航系统。这与如下事实有关：在代码中不能有任何类型的"悬停"活动，如果考虑到这一点，认为这不是有用的导航系统就非常有意义。毕竟，是什么触发悬停？用户在移动设备上悬停指示笔？有什么方法检测它吗？便携式设备通常没有鼠标，因此滚动方式没有任何作用。这排除了隐藏菜单项的可能性，只有用户在父节点上悬停时，这些选项才会出现。因此从本质上说，必须显示所有菜单项，这就意味着可能要适当地裁减该列表。

图 10-11

为了让这种混乱的状态变得井然有序，需要执行一些操作。首先要删除所有链接，这些链接与移动浏览器无关(至少在本示例中是这样的)。现在，假设要给移动用户显示的唯一链接是 Home、Blog 和 Contact Me。在现实情况中，可能重新考虑这些选项，此处选择显示这些链接只是提供一个开始点。

那么，如何告诉应用程序让其只显示这 3 个链接呢？可能有一些方法，但是对于当前讨论，可以创建辅助站点地图文件，它只用于移动浏览器，因此其中只有相当少的链接。

还要给项目添加一个新的站点地图文件，该文件称为 mobile.sitemap。可以使用原始的 web.sitemap 作为指导来列举选项，但最终应该如下所示。

```xml
<?xml version="1.0" encoding="utf-8" ?>
<siteMap xmlns="http://schemas.microsoft.com/AspNet/SiteMap-File-1.0" >
    <siteMapNode roles="*" url="" title="surfer5.com" description="">
        <siteMapNode url="Default.aspx" title="Home" description="Main Page" />
        <siteMapNode url="Blog.aspx" title="Blog" description="Current Blog" />
    <siteMapNode url="ContactMe.aspx" title="Contact Me"
description="Contact Me"/>
    </siteMapNode>
</siteMap>
```

正如所看到的，只可以保存父结点(surfer5.com)和 3 个子结点(Home、Blog 和 Contact Me)。

下一步是设置项目以处理多个站点地图文件。必须在 web.config 文件中完成该操作。如果遵循本书的项目，在 web.config 中可能已经有用于站点地图的某个部分。现在需要修改这一部分，让它包含新的移动站点地图文件，然后建立默认站点地图作为原始 Web.sitemap(以便不破坏其他页面)。这一部分如下所示。

```xml
<siteMap enabled="true" defaultProvider="myMenu">
    <providers>
        <add name="myMenu"
            type="System.Web.XmlSiteMapProvider"
            siteMapFile="web.sitemap"
            securityTrimmingEnabled="true"/>
        <add name="mobileMenu"
            type="System.Web.XmlSiteMapProvider"
            siteMapFile="mobile.sitemap"
            securityTrimmingEnabled="true"/>
    </providers>
</siteMap>
```

您仍然有前面建立的 myMenu，它仍然是应用程序的默认站点地图提供者，这会让其他页面像以前那样运行。然而，已经将新的指定站点地图——称为 mobileMenu，并且指向 mobile.sitemap——添加到提供者列表，从而能够选择使用新的移动站点地图而不是默认的站点地图。

引入这种新站点地图的最后一步是让 SiteMapDataSource 控件指向母版页中的这个新站点地图。因此，在 surfer5Mobile.master 中修改 SiteMapDataSource 控件，如下所示。

```xml
<asp:SiteMapDataSource SiteMapProvider="mobileMenu" ID="SiteMapDataSource1"
    runat="server" ShowStartingNode="False" />
```

在本示例中，和以前一样地删除了起始结点。此处仅仅删除 surfer5.com 父结点，防止在页面上显示它。

　　因此，如果现在再次加载页面，就会看到内容本身相当整洁，选项被精减为 3 个，如图 10-12 所示。

　　此处的外观看起来更好，但还需要做一些工作。特别是导航系统需要添加某种样式。现在它还不是非常吸引人的导航系统，并且没有与页面其他部分的外观融合在一起。

　　然而，问题在于该控件被第 5 章中讨论的 CSS Friendly Control Adapters 所重写，并且在第 6 章中应用于本书项目。这种重写行为导致呈现引擎显示 Menu 控件的 CSS 而不是提供 HTML 表的默认行为。在其他测试的浏览器中，这种呈现方式相当美观，但在移动浏览器中则会产生不合适的效果。最好能够为移动版本关闭 CSS 重写，但是，如果记得第 5 章的讨论，只能在试验基础上禁用适配器重写，实际上 .NET 2.0 Framework 并不支持这个概念。

　　这就表示接下来需要试验。

图 10-12

要开始这个试验，请将 AdapterEnabled 属性添加到控件，并将其设置为 false，如下所示。

```
<asp:Menu ID="Menu1" runat="server" DataSourceID="SiteMapDataSource1"
    AdapterEnabled="False" />
```

执行这种细微的改动之后，在移动浏览器中重新加载页面，得到的结果如图 10-13 所示。

图 10-13

初看起来并没有什么特别，但仔细查看该页面就会欣赏所做的改动。项目符号已经消失，并且这些项移动到左边。这意味着不再呈现控件的 CSS，也意味着具有默认垂直菜单，将 Menu 控件项拖动到页面上就可以获得这种菜单(不需要 CSS Friendly Control Adapters)。然而，该方法的真正意义是，能够在控件层上访问该控件的样式属性。总之，这意味着可以通过控件的属性样式化控件，而不需要依赖 CSS。

为了理解该方法的工作方式，首先查看控件的样式属性。在移动浏览器中立刻可以看到这些样式属性的效果。例如，修改控件，使其具有下面的属性。

```
<asp:Menu ID="Menu1" Font-Size="XX-Small" ForeColor="White"
    StaticMenuStyle-Width="130px" StaticMenuItemStyle-HorizontalPadding="5px"
    Orientation="Horizontal" runat="server" DataSourceID="SiteMapDataSource1"
    AdapterEnabled="False" />
```

这里做的主要事情是将方向设置为水平，并添加一些颜色和尺寸属性。然而，简单进行适当的改动之后，在移动浏览器中重新加载项目，得到的结果如图 10-14 所示。

图 10-14

此时已经有融入主要主题的项目的样式化移动版本，但是同时具有明显不同的外观。具有完全不同的布局、不同的图形甚至是完全不同的站点地图文件。已经禁用 CSS Friendly Control Adapters，因此移动用户可以使用导航控件。已经创建了全新的模板，如果移动浏览器打开页面，它会自动应用于页面。

那么，该方法与移动 CSS 媒介类型有什么区别呢？不久之后某个人就会指出，可以按媒介类型制作 CSS，包括设置只应用于移动浏览器的某些 CSS 规则甚至整个文件。因此，如果情况确实如此，人们就想知道为什么设置完全不同的移动主题比使用 CSS 媒介类型更好。

到本章结束时就能够回答这个问题。使用 CSS 的媒介类型可以为移动浏览器调整页面的 CSS 规则。虽然这种功能很强大，但也有很多的限制。为了适用于移动浏览器，对项目所做的所有改动不能只通过调整 CSS 规则实现。有些改动可以这样实现，但是许多改动都不能。例如，您添加了只适用于移动浏览器的全新的站点地图文件，并且删除了 Menu 控件的 CSS Friendly Control Adapters。不能只通过 CSS 完成这些操作。您确实可能已经隐藏左边的边条区域(只是可能——CSS 在移动浏览器中完全不同,通过菜单控件中的子节点可以看出这一点,试图隐藏内容会产生有问题的结果)。明确地调整了页眉图形和新的尺寸。实际上,对项目执行的许多样式改动都通过 CSS 完成。然而,有些事情 CSS 无法完成,这就是引入主题的原因。主题将 CSS 用于样式,但是接下来接管完成项目所需的程序化改动,CSS 从来没有计划处理这些改动。

提示:

本节中的一些内容只是起说明作用,因此可能不满足现实需要。例如,可能创建水平菜单控件,其格式与使用 CSS Friendly Control Adapters 的最终产品和通过外部样式表的 CSS 格式完全一样,并且合并了第 6 章中概述的相同方法。实际上,可能更希望让 CSS 起作用,因为许多移动设备并不支持表。因此,即使返回到 ASP.NET 呈现默认行为(重写 CSS Friendly Control Adapters),如本节所述,可能仍然更愿意在外部样式表中保持样式定义,通过菜单控件的 CssClass 属性引用类。然而,对于本节而言,使用的方法专门用来说明如何关闭控件适配器的重写,如何访问控件的属性(如果需要)。这样不仅是回顾第 5 章学习的内容,而且扩充说明:如果需要的话,实际上可以在控件层上禁用适配器。

10.9 浏览器检查:最后的外观

完成所有改动之后,最好仔细检查一下,以确保所有方面都按预定的方式运行。首先,需要确保原始浏览器的所有内容都能正常显示。可以查看它们在 IE 6、IE 7、FireFox 和 Netscape 中的示例,分别如图 10-15、图 10-16、图 10-17 和图 10-18 所示。

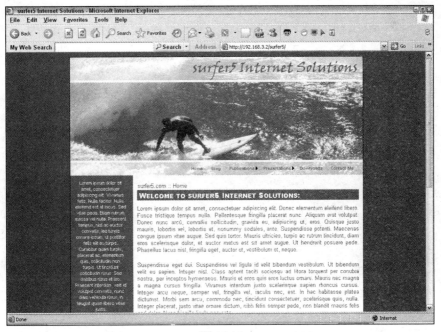

图 10-15

图 10-16

图 10-17

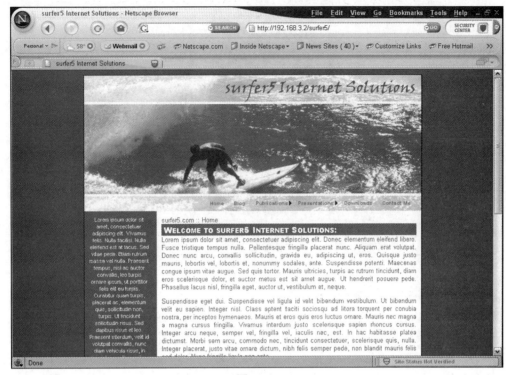

图 10-18

正如所看到的，对新主题所做的改动没有影响在前面测试过的其他浏览器中的可视化输出。很明显，这是好事。

现在进行最后的比较，停止本章测试的移动版本，如图 10-19 所示。

作为最后的测试，在不同的移动浏览器中重新加载页面。在 Pocket PC 2003 操作系统中的页面显示如图 10-20 所示。

图 10-19

375

图 10-20

在您自己的情况中，可能想在其他浏览器上运行应用程序，查看其工作方式。例如，可能要求页面在 BlackBerry 设备上显示良好，因此可以通过 BlackBerry 浏览器(或者也可能是 Palm 浏览器)运行该 Web 页面。然而，如果包含所有可用浏览器的屏幕截图，那么本章就会变得很长。即使如此，从上面显示的一些屏幕截图中可以知道，最终项目适用于访问站点的大多数用户。由于非移动版本建立在 CSS 的基础之上，所以具有某种限制的用户应该可以访问它。站点看起来不错，并且能够运行。现在可以为其填充内容。

10.10　小结

本章介绍了可以应用于本书项目的移动主题的可运作示例。这样做有几个原因，最明显的原因是显示在移动平台设计过程中需要考虑的一些事项。本章开头关于移动浏览器的讨论以及说明如何创建全新移动主题的步骤，揭示了在 Web 项目设计过程中决定针对移动设备进行设计时应该结合的许多方面。如果情况确实是如此，那么本章的重点似乎是如何在.NET 应用程序中设计优秀的方法来处理移动浏览器。

然而，比概述移动浏览器应考虑事项更为重要的是，回顾如何成为一名真正的 aesthNETics 开发人员。从这种意义上说，您经历了优秀的 aesthNETics 开发人员需要经历的所有步骤，通过这些步骤在 Visual Studio 2005 中创建一致并且从审美上令人愉快的 Web 设计。您从头开始进行设计(的确有模板，但它对于移动浏览器而言是失败的，因此不得不从头开始设计)。从可以测试的图像开始，发现它不满足自己的需求，然后重新调整它的尺寸以满足自己的需要。接下来，将新的母版页和主题添加到项目中，然后用相应的内容以及 CSS 规则和定义填充它们。最后考虑导航系统，调整前面使用控件的方法以适应移动浏览器。因而，您知道如何建立不同的站点地图文件，并根据自己的需要调用它们，还尝试了关闭 CSS Control Adapter 重写。在这一章中，至少了解了本书各章中提出的主要概念。在某些情况下，例如试验关闭 CSS Friendly Control Adapters 时，实际上扩展了前面几章所学的某些知识。

　　幸运的是，此时您大概已经知道如何创建主题以及将它们应用于项目，并且知道作为 aesthNETics 开发人员，在创建主题的过程中需要做出哪些调整。主题是令人惊叹的概念，但是如果没有合理计划，它也毫无用处。如果没有组成所有优秀网站的通用构件，例如 CSS、颜色和可访问性，主题就不会像想象的那样吸引客户和赞助商。为了使主题网站给人留下深刻的印象，便于维护并且从审美上令人愉快，除了这些通用构件外，aesthNETics 开发人员还需要结合使用.NET 专用工具，例如 Menu 控件、控件呈现重写和母版页。虽然本书不会像食谱那样逐行实现每个项目，但它有助于更好地理解 Web 设计和使用.NET 工具，从而有助于向正确的方向前进。完成本书的学习之后，就会发现设计优秀主题需要付出劳动和认真思索，但在项目中添加页面并且维护这些页面时，就会发现这种努力是值得的。这时，您可以自称为 aesthNETics 开发人员了。

附 **A** 录

代号为 Orcas 的
Microsoft Visual Studio

如果已经阅读到本书的附录，说明您具有作为优秀开发人员唯一真正必需的工具：学习的愿望。也许选择本书是为了更好地处理 Web 设计的一般问题，或者是希望能更好地理解.NET 如何帮助处理这些问题。也许您想得到一本关于主题或母版页的图书，或者甚至是关于 CSS Friendly Control Adapters 的图书。或者，也许有人告诉您这本书非常有用，您时刻也离不开它(这显然是最好的设想)。但是不管原因是什么，花钱购买这本书的用户可能是希望学到一些尚未了解的知识，并且将本书作为将来开发工作的参考。

作为学习的一部分，重要的是不仅要了解技术的当前状态，还要了解其将来的状态。在很大程度上，购买这本书可能是想学习如何使用当前市面上开发.NET 2.0 Web 项目的工具。希望通过阅读本书的其他章节帮助读者确实地掌握这些工具。

但是，作为职业(或业余)程序员，最好的帮助是为将来做好准备。在 1970 年，通常被认为是面向对象编程之父的 Alan Kay 说，"预测未来最好的办法是创造未来。"这应该是每个专职程序员的核心理念。知道来自哪里或在哪里还不足够，重要的是还要意识到要去向何处。最优秀的人甚至可以决定未来。

那么如何为未来做准备，甚至决定未来呢？有哪些软件即将面市。您开始查看将要发布的软件，加快学习速度，以便当产品发布时已经准备好使用这种新技术，从而领先于竞争对手。在这些将要发布的版本中，您可以指出哪些方面运作较好，而哪些方面需要改进，以及在有可能的情况下将这些信息告诉正在开发未来版本的人员，使他们可以有针对性地进行改进。

考虑到这一点，重要的是至少对未来的几个月内(2008 年底)将出现的技术有一个相当的了解。至于本书提供的工具，这意味着现在应该特别注意 Microsoft 最新推出的 Visual Studio 的下一个版本，目前代号为 Orcas。

虽然这个即将出现的版本不一定适合于本书的某一章，但是对 Visual Studio Orcas 的研究确实值得讨论。这个版本有大量的改进，以至于实际地使用这些新工具会很有乐趣。对 Microsoft AJAX、LINQ 的即装即用支持以及其他一些方面的改进，将成为许多博客、文章和书籍的讨论主题。

然而就本书内容而言，有一些增强功能直接改进了读者在使用前面章节中的项目或示例时可能注意到的事情。虽然对 Visual Studio 的所有改进可能要用包含大量篇幅的一整本书来描述，但是本附录将至少概述一些直接影响本书中项目和示例的改进。

提示：

编写本附录时使用的是当前可用的软件，即 2007 年 4 月 26 日发布的 Visual Studio Code Name Orcas Beta 1。虽然最终版本(甚至其后的任何试用版)肯定有很多改变和改进，但相信本附录的讨论将仍然有用，并且有可能就是最终版本中的情况。然而，不能保证最终的情况肯定是如此。本附录包含的示例、屏幕截图或讨论并不意味着与最终版本或 Beta 1 之后的任何后续版本(或当前版本之前的版本)中可用的示例、屏幕截图或讨论相同。我们使用的毕竟是测试版软件。

A.1 感觉就像在家里

关于这个 Visual Studio 版本以及 2005 版本的最佳方面是，第一次打开该软件时，会出现一个熟悉的欢迎页面(如果使用过 2003 或 2005 版本的话)，如图 A-1 所示。

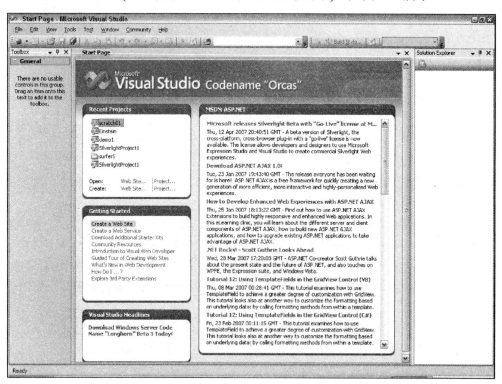

图 A-1

然而，不久之后就会发现情况并不相同，而且有很大区别。

例如，分析如图 A-2 所示的屏幕截图。

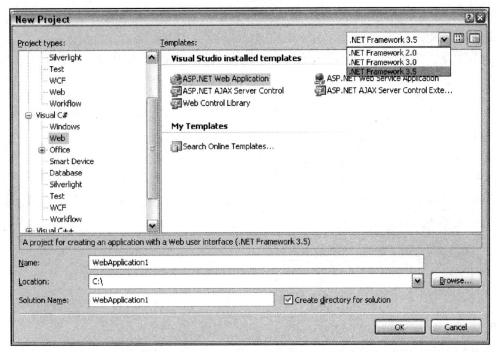

图 A-2

注意右上角的下拉列表框。您的眼睛并没有欺骗您：Orcas 允许使用 Framework 的多个版本。

然而，看起来.NET 2.0 以前的版本不可用。例如，这个屏幕截图取自一个安装了如下版本的系统(其中部分版本作为 Orcas 安装的一部分)：

- V1.0.3705；
- V1.1.4322；
- V2.0.50702；
- V3.0；
- V3.5.20404。

这台计算机上还安装了 Visual Studio 2003 和 Visual Studio 2005(除其他.NET 技术外)。即便如此，真正可以运行的最早版本是.NET 2.0。

这确实是严重的问题吗？也许是。该特性相当创新，但是有用吗？毕竟，大多数编写代码的人如今仍然是以.NET 2.0 为核心，即使在.NET 3.0 和 3.5 版本中也依然以.NET 2.0 为核心。这至少应当意味着如果在.NET 3.0 或.NET 3.5 Framework 上运行.NET 2.0 应用程序，仍然能正常运行。

那么，该特性有多大用处？决定使用哪个.NET Framework 版本可能有助于确定可用的对象和方法。如果只是在编写.NET 2.0，就可以很容易地针对.NET 3.0 或 3.5 Framework 进行编码。类似地，如果正在通过 3.0 中引入的新模块和特性编写代码，那么为什么还要以 2.0 Framework 为目标呢？

这个特性虽然在概念上很创新，但是它似乎没有向开发人员提供太多的功能。该特性能派上用场的唯一可行情况是只允许针对.NET 2.0 Framework 编写代码的情况，在 Orcas

中坚持以.NET 2.0 Framework 为目标，可以防止无意中使用会在生产过程中产生崩溃的.NET 3.0 功能。

比较好的方面可能是允许用户回到 1.0 或 1.1 版本中编程。这样可以使新手较容易在版本之间切换，因为大多数人已经知道，这些版本之间的对象模型有相当大的变化。允许开发人员回到 1.0 或 1.1 版本就可以维护传统的软件应用程序，以及相同软件包中更新的版本。然而，由于其仅回到.NET 2.0 中，因此这是相当不合逻辑的特性。

话虽如此，随着越来越多的未来版本的发布，引进这一概念可以提供更好的向后兼容性。这意味着当未来版本成为现实时，这种增强将对开发人员有实际的好处。然而，在当前版本中，这只是一个比较"酷"的特性。

如果要在现有项目中切换目标.NET Framework 平台，可以在 Project Property Pages 窗口中实现该操作，如图 A-3 所示。

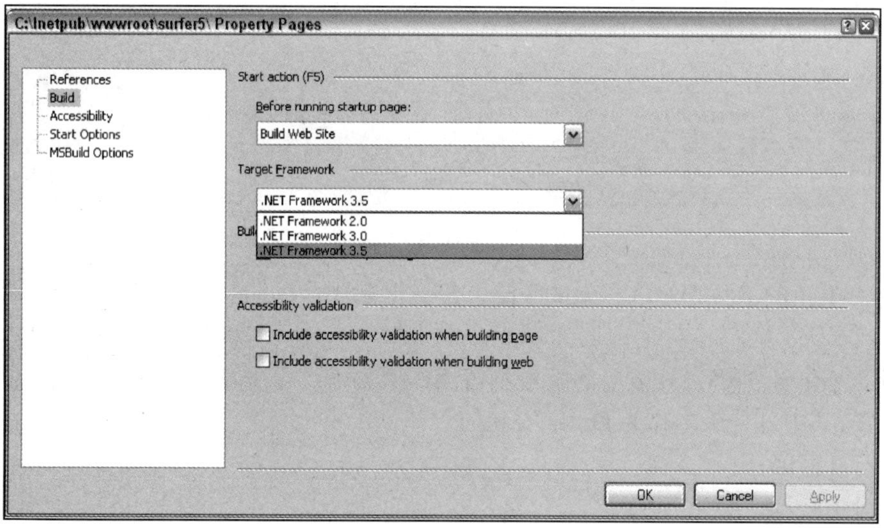

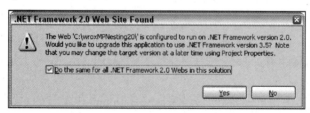

图 A-3

一个有趣的相关特性是，当第一次在 Orcas 中打开一个现有的 2.0 项目时，将会询问是否想要将该项目升级到 3.5 版本(如果在该对话框中单击 No 按钮，以后打开这种项目时就不会看到该对话框)，如图 A-4 所示。

图 A-4

也许该特性可以带来如下潜在的优点：不必为.NET 2.0 应用程序使用 Visual Studio 2005。当引入 Visual Studio 2005 时，如果不先转换(或者尽量转换)为新的.NET 2.0 Framework，就不能打开在 Visual Studio 2003 中创建的 1.0 或 1.1 版本应用程序。然后，这种多平台的目标将允许开发人员方便地使用该架构引入的新功能，而不需要在 Visual Studio 版本之间切换以维护现有应用程序。该特性无疑有利于从 Visual Studio 2005 转换为 Orcas，但是并没有表面上那么有用或者那么酷。

A.2 CSS 和 Orcas

CSS 是 Orcas 真正显示其作用之处，至少就本书的章节而言是如此。Visual Studio 在处理和支持层叠样式表方面进行了大量改进，这些改进应当对在项目中使用 CSS 的开发人员有实际的帮助。在 Visual Studio 2005 中，包括了一些在项目中开发 CSS 的优秀工具。然而，对于 Orcas 中包括的最新工具，Visual Studio 2005 中的工具看起来只能算是业余的工具。对于想认真采用 CSS 的.NET 开发人员，这些工具是最新 Visual Studio 版本中的最激动人心的改进。

A.2.1 CSS Properties 窗口

为了开始使用这些新工具，应当在 C:\orcasCSS\目录中启动一个新 Web 作为发挥这些新功能的位置。对于本项目，以.NET 的哪个版本为目标并不重要；接受默认的 3.5 版本即可。当打开项目时，应该看到一些类似于如图 A-5 所示的内容。

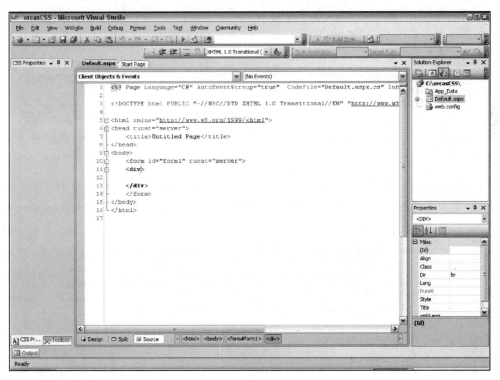

图 A-5

在这个屏幕截图中，可以看到屏幕左边是一个新的 CSS Properties 窗口(这是 Toolbox 窗口的一个选项卡)。如果没有看到这个窗口，只要在工具栏上选择 View | CSS Properties

命令，如图 A-6 所示。

图 A-6

问题在于(至少在最初阶段)CSS Properties 窗口在可见时是禁用的。这是测试版软件的"怪事"之一，希望在最终版本中能够解决这个问题。为了启用这个视图，必须切换为一个 WYSIWYG 视图。在 Visual Studio 的以前版本中，这意味着切换到 Design 视图。然而，在 Orcas 中有另一个选项：Split 视图。这个 Split 视图允许使源代码和设计视图同时可见。

因此，为了启用 CSS Properties 窗口，切换到另一个视图。例如，切换到 Split 视图后，Orcas 应如图 A-7 所示。

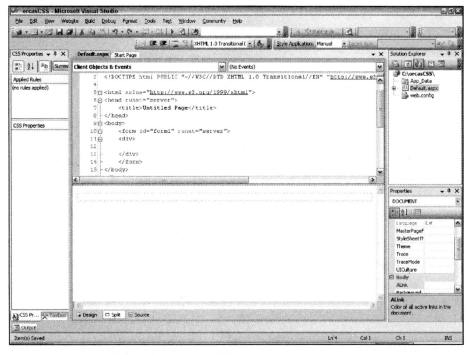

图 A-7

虽然仍然没有令人印象深刻，但是要有耐心；接下来就介绍该窗口的作用。

为了开始查看 CSS Properties 窗口如何开始发挥作用，将<div>标记改为如下所示：

```
<div style="background-color: Olive; color: White;">
```

当开始在 Source 窗格中输入内容时，将注意到在 Split 视图的两个窗格之间将出现一条消息，如图 A-8 中所示。

图 A-8

这是测试版的另一件"怪事"；同步的情况还没有完成，因此必须迫使两个窗格进行同步。可以通过几种方式完成该操作。首先，可以简单地单击消息。其次，可以仅保存项目(例如，按 Ctrl+S 键)。最后，也可以选择 View | Synchronize View 命令(按 Ctrl+Shift+Y 键)。

因此，无论哪种方式对您最有意义，都要同步视图。一旦这么做以后，将开始看到这个新窗口的作用(见图 A-9)。

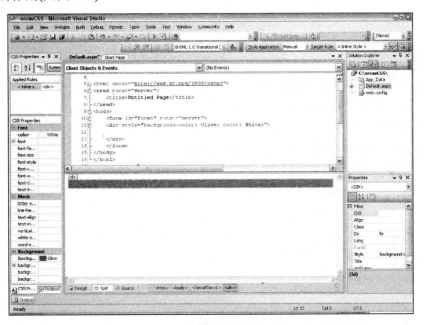

图 A-9

也许初看起来这可能像一个"最好有"的特性，它仅显示受影响的 CSS 的属性。但是，这只是表面现象。也可以在该窗口中实际地设置属性。例如，向下滚动到 Position 部分，并将 Height 和 Width 都设置为 200 像素(如果在 CSS Properties 窗口中没有看到滚动条，可能需要加宽窗口)。您将看到几件事情。第一，一旦设置了一个属性，属性的标题就会转换为粗体蓝色字体，这在试图快速查找 CSS 规则属性集的一些情况下可能有帮助。然而，更为强大的功能是 Split 视图的 Design 和 Source 视图，它们会被自动更新(不需要同步)。项目应该类似于如图 A-10 所示。

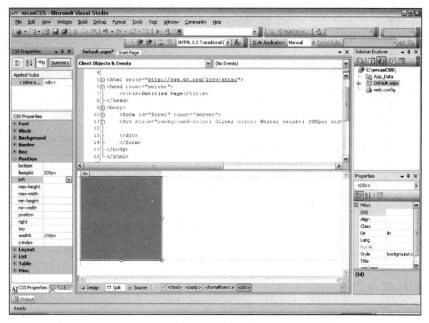

图 A-10

关于这个特性需要注意如下的方面。如果从特定选择器的 CSS 属性离开，然后返回到这些属性，就会对这些属性重新排序，从而设置过的属性会显示在最上方。为了查看这种行为，可在 Source 视图中单击页面的</form>标记。现在回过头来单击要设置属性的分区中的任何部分(在<div>标记、</div>标记或它们之间的空白处)，将看到属性再次可见。然而，当它们再次出现时，您将看到高度和宽度现在移到了 Position 下面的属性列表顶部，如图 A-11 所示。

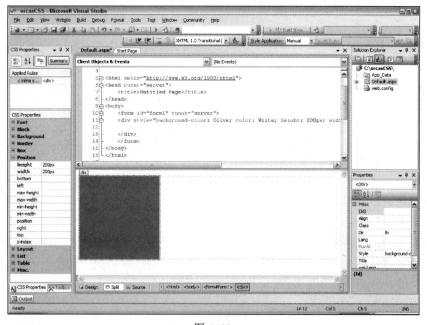

图 A-11

这种特性实际上很有意义，而且使得 CSS 代码的维护和更新更简单、更直观。已经设置的属性位于上方，而没有设置的属性仍然在原位置，但是用逻辑分区分隔这两种属性。当您开始越来越多地使用 CSS 时，将会发现这种特性非常有用。

A.2.2　添加新样式定义

虽然修改现有样式定义的能力非常强大，但这只是 CSS Properties 窗口中的一个窗格。为了开始真正深入了解这个新窗口能完成的工作，必须开始查看 Applied Rules 窗格。这可能是 Visual Studio 在项目中使用 CSS 的最强大的增强功能。

首先，右击列表框中的<inline style>行(此时它应是唯一的行)，将看到一系列选项，如图 A-12 所示。

图 A-12

如果选择了 New Style 命令，将得到如图 A-13 所示的对话框，可以用其建立一个新样式。

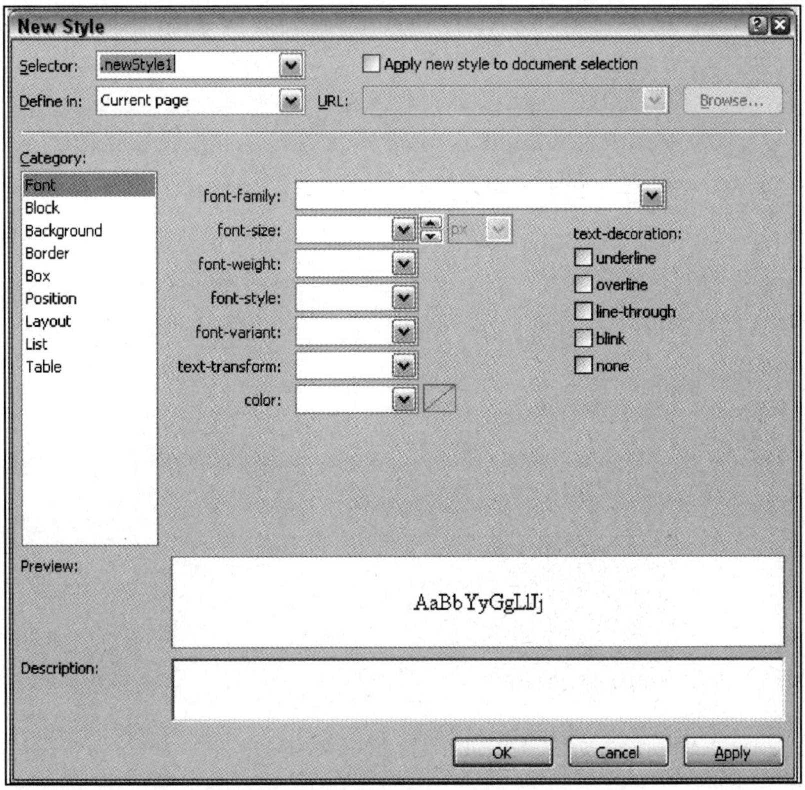

图 A-13

这与 Visual Studio 2005 中的 Build Style Wizard 非常相似。然而，其中集成了一个非常独特的功能。首先，可以设置选择器，这意味着可以将其设置为一个元素、类或 ID 定义。更令人印象深刻的是选择将样式规则放在何处的能力。这意味着可以将规则放在当前页面的一个样式块、它会创建的新样式表或者现有样式表中。因此，了解这一点后，将设置修改为类似如图 A-14 所示。

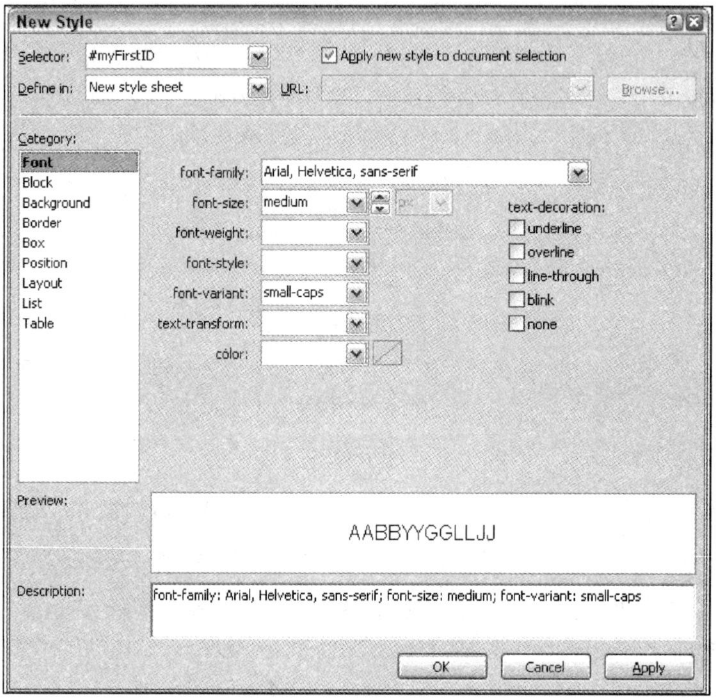

图 A-14

这只是设置了一些基本 Font 属性。然而，必须选择"Apply new style to document selection"选项，否则会在一个新文档中创建全新的样式，它不会被应用到 div 选择器中。它会被创建和可用；只是还没有被使用。因此，必须选择这个选项来向当前选择器应用新规则。单击 OK 按钮继续。

由于选择了这个选项来在一个新样式表中定义这个新规则，因此应用程序将首先创建新样式表(名称类似于 StyleSheet.css)，然后它会提示选择是否希望新样式表链接到文档，如图 A-15 所示。单击 Yes 按钮继续。

图 A-15

完成这个过程后，就会进入新样式表。然而，暂时只要保存该文件并关闭它；在本附录后面将介绍关于这个视图的更多内容。现在回到 Default.aspx 以查看其中发生了什么。

首先，在分区选择器中添加一些虚构文本("Hello World")，目的是为了查看所做的修改产生的影响。然后，代码现在应该如下所示。

```
<%@ Page Language="C#" AutoEventWireup="true"
    CodeFile="Default.aspx.cs" Inherits="_Default" %>

<!DOCTYPE html PUBLIC "-//W3C//DTD XHTML 1.0 Transitional//EN"
    "http://www.w3.org/TR/xhtml1/DTD/xhtml1-transitional.dtd">

<html xmlns="http://www.w3.org/1999/xhtml">
<head runat="server">
    <title>Untitled Page</title>
    <link href="StyleSheet.css" rel="stylesheet" type="text/css" />
</head>
<body>
    <form id="form1" runat="server">
    <div style="background-color: Olive; color: White; height: 200px;
    width: 200px;" id="myFirstID">
    Hello World
    </div>
    </form>
</body>
</html>
```

这里需要注意两件事情。第一，向 HEAD 区域添加了 StySheet.css。第二，向所用的 DIV 选择器中添加了 ID 属性。Orcas 现在看起来如图 A-16 所示。

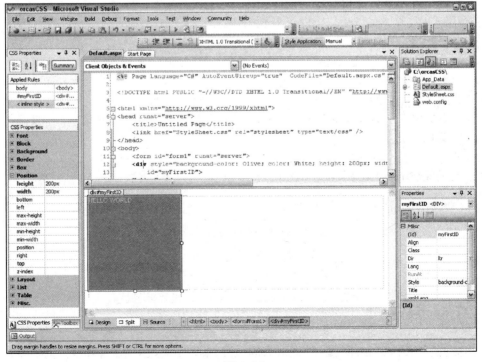

图 A-16

这时 CSS Properties 窗口的 Applied Styles 窗格中增加了几个新条目。这个窗口显示了影响这个特定选择器的所有样式规则。在本例中，现在添加了来自新样式表的主体元素和 myFirstID。可以在窗格中选择其中一个条目，来自于该条目的规则将显示在下面的属性窗口中。

正如从前面的内联样式中看到的那样，该窗口真正有用的一个部分是可以实际地从这个属性窗口中修改链接样式表中的属性。当单击页面的区域(比如#myFirstID 部分)时，将看到该区域有多个 Applied Rules。如果单击#myFirstID，它会打开刚才在新样式表中设置的属性。现在可以更新这些属性中的任何一个(更新已经设置的属性或者向样式定义中添加新属性)，它们将被添加到样式表中。如果还没有打开样式表，Orcas 会打开它并进行修改。可以证明该特性是对 Visual Studio 处理 CSS 方式的非常有用的增强功能。

更新链接样式表中特定选择器的样式定义的另一种方式是右击需要影响的列表框选项(比如#myFirestID)，并从弹出菜单中选择 Modify Style 命令。这样将打开与图 A-14 显示的 New Style 屏幕完全相同的界面。然而，它现在将被标为 Modify Style，而且会有为该规则集设置的预先选中的选项。为了方便说明，将 font-weight 属性设置为 bold 并单击 OK 按钮。

在单击 OK 按钮之后，文本"Hello World"就会立即采用新的加粗样式规则。如果查看 StyleSheet.css 中建立的定义，它应看起来如下所示。

```
body {
}
#myFirstID {
    font-family: Arial, Helvetica, sans-serif;
    font-size: medium;
    font-variant: small-caps;
    font-weight: bold;
}
```

这时，自动向 ID 定义 myFirstID 添加了 font-weight 的一个新规则。

这意味着根本不需要实际打开样式表，就可以修改样式表的代码。如果要这样做，可以通过 Visual Studio 在页面层中提供的各种工具来维护所有 CSS 规则，而不需要努力记住哪个样式表影响了选择器并在各个文档中进行修改。这可能潜在地减少了为单个项目维护多个样式表所带来的维护麻烦。

A.2.3　CSS Properties 窗口中的按钮和设置

在 CSS Properties 窗口中可以发现窗口上方有几个按钮，如图 A-17 所示。

图 A-17

应注意到在默认情况下选择了第一个和第三个按钮。这创建了在本节到目前为止所看到的 CSS Properties 的视图。第一个按钮 Show Categorized List 保持按照类别分组的 CSS 属性。这就是为什么在属性列表中看到 Font、Block 和 Background 等部分，每个部分中列出了相关的属性。这个按钮实际上与第二个按钮 Show Alphabetized List 互相排斥。顾名思义，单击这个按钮将按字母表顺序排序和组合属性(不管它们属于什么类别)。不需要修改其他内容，这也会在列表顶端放置设置的属性。这意味着所有设置的属性都按字母表顺序排列在顶端，然后所有未设置的属性都按字母表顺序排列。

记住，只有当没有修改其他任何内容时才会是这种情况。这就给出一个有趣的延续："Show set properties on top"选项。这个选项是从左数起的第三个选项，负责先出现在列表中的设置属性，并且对 CSS Properties 的 Categorized 和 Alphabetized 视图都适用。如果取消选择这个选项，将看到设置属性以视图的正常流程列出。

最后一个按钮 Summary 在维护现有 CSS 时将会用到。当选择该选项时，CSS Properties 仅列出那些被设置的属性。因此，如果仅有特定选择器的高度和宽度属性集，只会在 CSS Properties 窗口中看到那两个属性。当尝试在一个 Web 项目中维护现在 CSS 样式时，它使得仅单击正在使用(Design、Source 或 Split)的视图中的选择器更容易，然后看到只有 CSS 规则应用到了该特定选择器上。应用到特定选择器上所有规则(而且只有这些规则)只要动动手指就可以应用。这使得 CSS 维护几乎简单得过分。

A.2.4　冲突与解决办法

那么在前面的示例中，定义了一个区域的事件(向它应用了一个内联样式，从一个链接样式表应用了样式)中发生了什么事呢？或者，如果区域实际嵌套在另一个区域中并且两个都应用了相同的规则，会发生什么事呢？这就是在页面的特定区域定义了潜在冲突的规则时会发生的事。这是 CSS 中的单词"cascading"(层叠)发挥作用的地方；样式一直向下层叠到特定选择器。这在以前是不可能的，但是在 Orcas 中能够做到。

例如，回到前面的示例中，标记中建立了如下部分：

```
<div style="background-color: Olive; color: #FFFFFF;
    height: 200px; width: 200px;" id="myFirstID">
Hello World
</div>
```

在本例中，建立了通过 DIV 的样式属性应用的内联样式，以及进一步通过链接样式表 Stylesheet.css 通过 myFirstID 应用的样式。目前没有冲突；在每个样式中定义的属性是互斥的。但是当您试图在每个样式中定义相同的属性时会发生什么呢？

为了进行测试，打开 Stylesheet.css 并添加"for"的一个定义，将其设置为 Silver，使得样式表的内容类似如下所示。

```
body {
}
#myFirstID {
    font-family: Arial, Helvetica, sans-serif;
    font-size: x-large;
    font-variant: small-caps;
    font-weight: bold;
    font-style: italic;
    color: Silver;
}
```

现在回到 Default.aspx，并查看#myFirstID 的 CSS Properties 窗口中的颜色属性(如图 A-18 所示)。

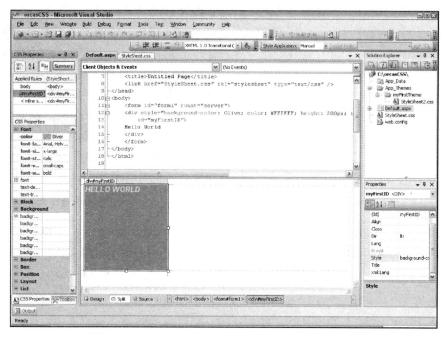

图 A-18

在图 A-18 中，color 现在被移到了设置属性列表的顶端，并且应用了加粗蓝色字体，表示它是在这个 ID 定义中设置的属性。然而，注意到该属性中间也有一条红线。如果将光标悬停在其上方，将显示如图 A-19 所示的信息。

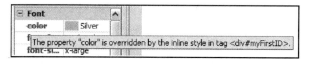

图 A-19

这就表明，即使在链接样式表中定义颜色属性，它仍然会被应用到页面相同区域的内联定义所重写。对于这个简单示例，可能看不出其便利之处。但是，当您开始进入嵌套选择器中并且有多个样式表影响页面显示上的任一区域时，通过该功能就可以看到哪些样式表应用到某个特定区域，而哪些样式表会被覆盖。当您几个月后返回到这个项目进行基本的(或较大范围的)维护和改进时，将更容易发现该功能的方便之处。

A.2.5 管理和应用样式

除了 CSS Properties 窗口外，还有两个新窗口可以帮助 CSS 开发人员维护它们的样式：Manage Styles 和 Apply Styles。如果 Visual Studio 中没有这些窗口，那么找到链接并启用这些窗口需要费些脑筋。例如，它们没有列在 Visual Studio 工具栏的 View 菜单下的其他可用窗口(比如 Solution Explorer 或 Properties Window)中。相反，这些窗口位于工具栏上的一个新链接下方，即 Format 链接。

但这还不是最棘手的部分；Format 并不总是工具栏上的活动(甚至可见)选项。例如，如果打开了 Toolbox 窗口，并且将它激活成活动窗口，那么在工具栏上看不到 Format 选项。然而，如果切换到 CSS Properties 窗口，Format 会变成 Visual Studio 工具栏上的一个新选项，如图 A-20 所示。希望在未来的版本中，Format 在工具栏上仍然是有效的。

图 A-20

继续向前，并向项目(选择 Format | CSS Styles 命令，然后选择 Manage Styles 和 Apply Styles 命令)中添加这两个窗口，从而在 IDE 中添加这些窗口。对于本例中的这些屏幕截图，两个窗口都作为 CSS Properties 窗口中的选项卡，但在实际项目中不一定是如此。

1. 管理样式

首选需要查看新的 Manage Style 窗口，如图 A-21 所示。

图 A-21

这个窗口作为一种应用到打开的文档的 CSS 样式的仪表板，它实际上不能直接在窗格中执行太多操作；用户只能看到正在格式化什么内容，以及从何处执行格式化。然而，使用 CSS Properties 窗口可以添加一个新样式(使用本附录前面显示的相同界面)，用户可以附加一个样式表。这些选项提供了在该窗格中浏览内容的两种不同的方式(例如，可以查看应用到页面的所有样式，或者仅仅是查看当前选中的元素或选择器)，但是这个视图在极大程度上只是一个视图。

不过这个窗格的一个有趣功能是浏览特定选择器的所有代码的能力。例如，如果将鼠标悬停在 StyleSheet.css 下的清单中的#myFirstID 上，将看到通过外观熟悉的 ToolTip 应用的样式规则，如图 A-22 所示。

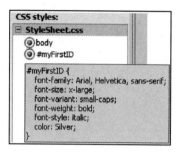

图 A-22

如果右击任一选择器，就会出现在本附录中见过的熟悉选项。例如，可以选择 Modify Style 来得到在本附录前面看到的相同修改样式向导。

此外有必要注意的是，从这个视图中看不到应用到特定选择器的内联样式。例如，当重新查看图 A-21 时，将看到向页面应用了 body 和#myFirstID 选择器。然而，没有应用显示内联样式的区域。即使在代码中(例如在 Design 视图中)选择<div>标记，仍然不具有通过这个窗口访问内联样式表的权限。这不一定是好事，但也不一定是坏事；这只是比较有趣，由于一些原因而在这个窗口中省略了内联样式。

但是同样地，这个窗口大部分只是用于在非常高的层面上管理样式。

2. 应用样式

在这两个新窗口中，比较值得注意的是 Apply Style 窗口，如图 A-23 所示。

使用这个窗口得到的第一个优点是，拥有应用于特定元素的 Inline 样式的访问权限(为了得到这个屏幕截图，将光标放在选择器区域中从<div>到</div>的某个位置，在 Visual Studio 的 Split 视图的 Source 窗格中)。

虽然这个窗口也有向 Web 文档添加新样式或附加一个样式表的能力，但是它具有比 Manage Styles 对应物更强大的功能，它足够强大，以至于需要谨慎地尝试使用它们。

例如，若无意中单击了窗格的相当不具威胁性的 Clear Styles 区域，如图 A-24 所示，将从选择器中删除所有内联和类样式引用(奇怪的是留下了 ID 引用，但删除了所有其他样式规则和引用)。没有发出任何警告；就是消失。幸运的是，由于除本讨论之外的许多理由，Visual Studio 有一个非常方便的重做功能，可以找回代码引用。但是，当第一次无意中清除了样式时，肯定会感到非常惊讶。

图 A-23

图 A-24

样式表下面以及该窗格的内联区域有类似的选项可用。为了查看这些选项，将光标悬停在其中某个区域上方(例如，将光标悬停在 StyleSheet.css 下的#myFirstID 区域上方，可看到屏幕显示如图 A-25 所示)。

图 A-25

执行该操作时可以注意到发生了两件事情。第一，可以再次在 ToolTip 中看到样式规则。第二，对本讨论关系更为密切的是，下拉箭头出现在区域右边。如果单击该区域，会出现如图 A-26 所示的选项。

Apply Style
Select All 1 Instance(s)
New Style...
New Style Copy...
Modify Style...
Delete
Remove Link
Attach Style Sheet...
Remove Class
Remove ID
Remove Inline Style

A-26

大多数选项应该看起来类似于本附录前面讨论的 CSS 属性。然而，值得注意的是最后启用的选项(倒数第二个选项)：Remove ID。

如果查看 Inline 样式区域的下方，就会看到启用了 Remove Inline Style 的一个类似选项。在 CSS Properties 窗口中操作时可能会注意到该选项(其他选项也在此处)。但是如果当时没有注意该选项，那么现在应注意到。这些选项的功能名副其实：从选择器中删除样式。

然而，该选项没有在本节的 Clear Styles 部分看到的那么具有破坏性。这是因为使用 Remove ID(或者 Remove Class，如果在该项目中建立了一个类)只是删除选择器中的引用，而不是删除支持代码(无论其可能位于何处)。例如，如果在 Default.spx 中 Remove<div>选择器中的#myFirstID 的 ID，这会采用<div>标记中的 id 引用，但是不会涉及 StyleSheet.css 中的代码。因此，在这种方式中不会实际删除任何样式，而只是将适当位置的引用移向一组样式规则。这比仅删除代码的吃惊程度要小一些，但是如果选择这个选项只是为了看看它会做什么，当 ID 不再显示在视图中时，用户可能还是会有一瞬间的恐慌。

然而，还是有一个功能会实际删除其源位置的代码。如果仔细查看图 A-26 中的选项，将会看到 Delete 选项。选择这个选项将从引用的样式表中物理删除样式规则。为了继续分析前一段，如果实际选择了#myFirstID 的 Delete，而不是 Remove ID，StyleSheet.css 中的整个代码块会被删除。幸运的是，Visual Studio 会在执行该操作之前提示确认是否执行删除(见图 A-27)。

Microsoft Visual Web Developer

⚠ Are you sure you want to delete this style?

Yes   No

图 A-27

关于该选项值得注意的事情是，该功能没有从选择器上删除 ID，这意味着可能留给您一个被破坏的链接。例如，如果在本例中单击 Yes 按钮，StyleSheet.css 中的#myFirstID 的所有样式规则都会被删除，但是<tag>标记会仍然包含包含对 myFirstID 的 ID 引用集合。为了完成该删除操作，显然需要单独删除 ID(通过选项或手动操作)。

A.2.6 主题和新的 CSS 工具

在 Visual Studio 的新 CSS 工具中，遗漏的功能是使用新的 CSS Properties 窗口集成通过主题应用的 CSS。例如，创建名为 myFirstTheme 的主题，添加名为 StyleSheet2.css 的样式表，并在该文档中建立如下规则。

```
body
{
    background-color: Silver;
}
```

现在进入 Default.aspx 的@Page 指令，并添加对 myFirstTheme 的 Theme 或 StyleSheet-Theme 引用，相应的代码类似于如下。

```
<%@ Page Language="C#" AutoEventWireup="true" CodeFile="Default.aspx.cs"
    Inherits="_Default" Theme="myFirstTheme" %>
```

通过执行该操作，有人会认为将具有对 CSS Properties 窗口中的这些规则的访问权限。然而，至少在 Beta 1 版本中，这个功能还不可用。可以编译、重新编译、生成和重新生成项目，但该功能仍然不可用。甚至可以同步视图但仍然什么都没有。使该功能有效的唯一方式是向样式表中添加硬编码引用，并完全拒绝主题的功能。

这个问题可能会在最终版本中解决，但是在 Beta 1 版本中还没有得到解决。为此，必须实际从 Theme 文件夹中打开 CSS 文件并在那里修改该文件。能够在页面层中通过与链接样式表相同的方式修改 Theme CSS 文件的 CSS 规则自然很好，但是至少现在还不能这样做。

A.2.7 修改 CSS 文档

如果用户处于上面描述的情况中(修改一个 Theme CSS 文档)，或者如果只是选择在 CSS 文档层中(而不是在页面层中)修改 CSS 规则，则仍然可以这么做。IntelliSense 在文档本身中仍然是可用的，而且仍然有一个可用界面，可以通过更加向导化的方法来更新规则。然而从 Visual Studio 2005 开始，这个界面经历了明显的改进，如图 A-28 所示。

这时，界面应看起来非常熟悉；它与在本附录以前用来创建新样式的界面相同，只是修改了现有样式定义。您以前可能注意到的一个改进是可以设置的选项标签更加密切地与实际的 CSS 属性名关联。例如在 Visual Studio 2005 中，可以通过进入 Font 选项卡的 Font Name 区域来设置 font-family 属性，并修改 Family 的选项(在 System Font 的这一部分中还有另一个选项)。然而在 Orcas 中，可以在 Font 选项卡上修改选项 font-family。

这是否真的有改进呢？很能判断这一点。一方面，界面上的字段名与在 CSS 中的属性名很接近。如果希望很好地手动写出 CSS 规则内联或写进样式表文档，就需要知道(或者至少需要熟悉)CSS Property 名称。因此，习惯于通过 GUI 工具使用名称可能使开发人员更适应那些名称，因而扩展自己的知识和能力。

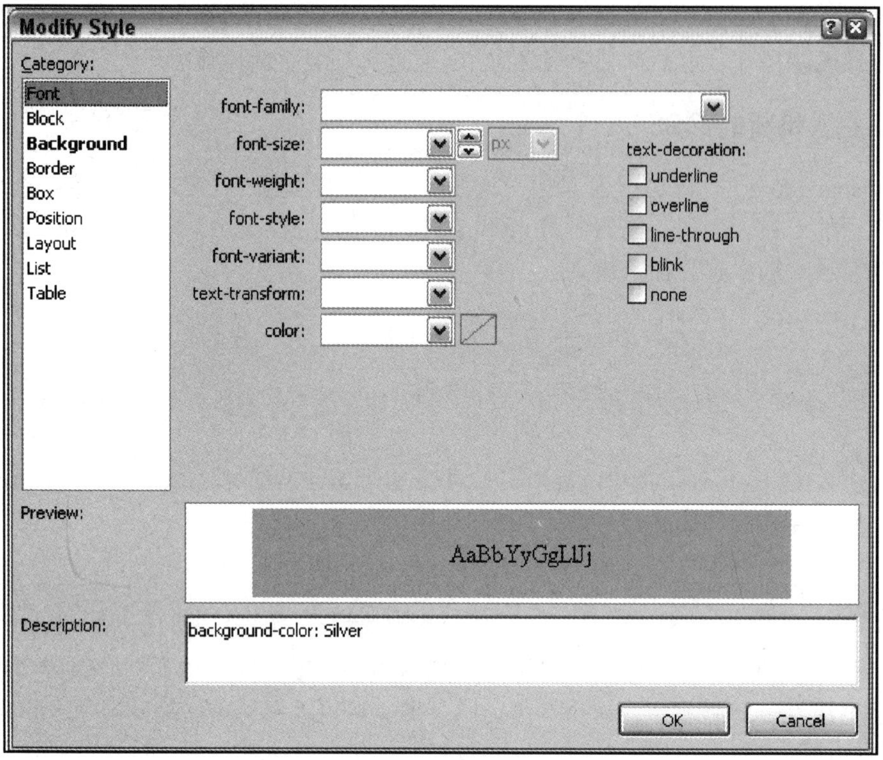

图 A-28

　　但是完全的新手怎么办呢？提供带有 font-variant 和 text-transform 等字段名的初级屏幕吗？他们会如何反应？关于 Visual Studio 2005 的一个非常好的事情是可以帮助完全的 CSS 新手转变成比较熟悉 CSS 的开发人员。带有字段名的界面比较适合缺乏经验的 CSS 开发人员，它感觉更像某个字处理软件或其他桌面应用程序的典型样式属性界面。名称是有意义的，并且按照逻辑组合起来。新的 CSS 开发人员可能比较喜欢这样的界面，当他们的经验越来越丰富时，可以在保存设置时通过查看 CSS 文档中实际编写的规则来开始了解属性名。

　　观察这个新布局和命名模式将如何被社团接受将很有意思。新界面似乎更适合中等熟悉的 CSS 开发人员，而不是绝对的新手。也许大多数人员喜欢这种改变。但是，可能也有大量开发人员不会对它大唱赞歌。这是好事吗？时间将会证明一切。

A.2.8　CSS Outline 窗口

　　直接修改样式表时，还会注意到当在 CSS 文档中时 CSS Outline 窗口仍然是可用的，如图 A-29 所示。

　　如果看不到该窗口，可能需要单击 Orcas 工具栏上的 View 按钮，并选择 Document Outline。

　　这个窗口提供了开放 CSS 文档的大纲视图，根据选择器是元素、类、Element ID 还是块来划分列表。在这些分区中可以发现定义的所有选择器。例如，可以看到在 Elements 分共中只列出了一个条目：body。这是因为在样式表中，主体元素是定义的唯一元素。还可以看到，External IDs 分区中列出了 #myFirstID。

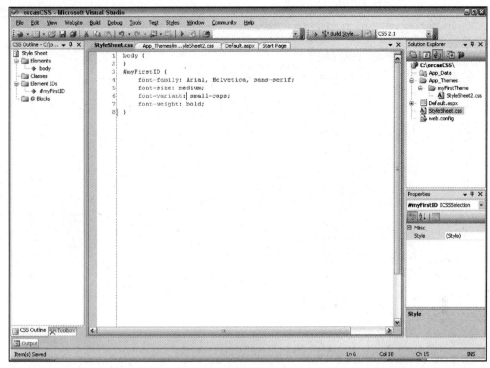

图 A-29

关于这个功能的一个优点是提供了文档的精简版本，当寻找特定组的规则时，只要浏览选择器名就可以了，更方便的是，只要浏览选择器所属的类型就可以。因此如果在 6 个月后回到项目中并修改 ID 为 myFirstID 的一个规则，可以查找 External ID 分区，然后查找 #myFirstID 的清单。

定位了所需的选择器后，可以简单地在 CSS Outline 视图中单击它，导航系统会显示 CSS 文档中的相应规则。因此如果有一个定义了数百个或更多 CSS 选择器的文档，可以搜索大纲并较为容易地标识所寻找的对象。这时，只要单击 CSS outline 中的名称，就会直接进入 CSS 文档中定义了这个特定选择器的区域。这样极大地改进了 CSS 文档的可维护性，尤其是那些特别长的文档。

然而，从 Visual Studio 2005 以来已经消失，并且在 Orcas Beta 1 版本中仍然消失的一个特性是 CSS Outline 视图中选择器名的逻辑排序，从图 A-30 中就可以看出这一点。

从图 A-30 中可以看出，选择器以线性顺序列出在大纲中；即它们出现在文档中的顺序。例如，在 ID 中有 myFirstID、aSecondID 和 thirdID。如果按字母表顺序排序，顺序将是 aSecondID、myFirstID 和 thirdID。然而，在大纲视图中，浏览器出现的顺序与在 CSS 文档中的顺序完全相同。这意味着如果要查找 aSencondID，它在大纲列表中不是直观顺序，所以可能查找起来有点困难；尤其是如果用户几个月没有见过该文档，而且不记得在文档中添加了哪些内容。

图 A-30

本例只不过是一个非常小的示例，但是想像一下，如果定义了非常多的选择器。例如，如果建立了 50 或 60 个类，而且需要修改一些类似 sectionHeader 的内容。则必须查看大纲中的所有 50 或 60 个类来查找特定类。如果能够默认按字母表顺序排列或者禁止大纲按字母表顺序排列选择器，那么情况会好很多。通过这种方法，在查找 sectionHeader 这样的类时，就会准确地知道在大纲提供的类的长列表中的何处去寻找。

提示：

本节不提倡在 CSS 文档中以任何强制顺序排列选择器。CSS 选择器必须在某种程度上(如果不是绝对)保留在 CSS 文档中的顺序。这是因为开发人员依靠 CSS 文件的层叠样式表来使其有效。本节的意思是给定文档中的选择器的大纲表示应按开发人员能够查找的顺序排列。这种排列顺序对 CSS 文档本身并没有影响。该大纲只是一种帮助容易导航到给定 CSS 文档中的不同选择器定义的工具。由于 CSS 文档中的规则，其本身的性质是按字母顺序排列，如果文档的 Outline 视图按字母表顺序排列，使得在处理一个文件中的数百个定义时更容易，就很不错。

A.2.9　最后一个提示

开始使用 Orcas 的 Beta 1 版时，会发现周期性地失去 CSS Properties 值。这通常发生在使用 ASPX 页面然后切换回一个 CSS 文档时。当回到 ASPX 页面时，CSS Properties 窗口变成空白似乎是常见的事情。如果发生了这样的事，可能需要切换到不同的 WYSIWYG 视图(例如，切换到 Design 视图)。很多时候，这将立即带回属性。如果没有，请在 Design

视图中尝试单击页面上的几个区域。一般来说，属性将很快回来。如果没有回来，就关闭 ASPX 页面然后再打开。这可能只是测试版安装的行为，但是如果在安装的版本中看到同样的事情，至少应有一种解决办法。

A.2.10　CSS 超链接

虽然进行大量预测可能还不成熟，但至少有一个令人振奋的增强功能应该讨论：CSS 超链接。这些超链接将直接显示在 HTML/ASPX 页面中，并且将链接到定义的位置(即使它不在页面本身中)。实际超链接可能是“class=”或“id=”。单击该链接(或按下链接名下面的 F12)会将您直接带到定义本身中。可能在页面层(例如，在 HEAD 区域中定义)上或者链接样式表中进行该操作。这样可以帮助开发人员更容易地在编码或维护特定 Web 项目时跳转到正确的样式定义中。目前，这是为 Beta 2 版本安排的功能。

A.2.11　CSS 和 Orcas 小结

Visual Studio 使用 CSS 文档的方式确实有显著的改进。也就是说自 Visual Studio 以来已经提供了许多真正方便的工具，用于在其以前的版本中进行 CSS 操作。不过，Orcas 中的新工具应使 CSS 开发人员感到在 Visual Studio 中工作时像在家里一样舒服。改进包括：

- 向页面的特定区域应用允许查看和编辑 CSS 属性的 CSS Properties 窗口。这个工具允许直接在 CSS Properties 窗格中编辑内联样式定义和链接样式表，或者通过一个新的 Modify Style 界面来完成。它还允许创建新的样式定义，甚至是新的样式表。
- 新的 Manage Styles 和 Apply Styles 窗口允许在较高层面上管理 CSS 文档。
- 样式操作界面(Add Style 和 Modify Style)已更新为不同于 Visual Studio 2005 中前一个迭代。这些属性逻辑上根据其 CSS 属性名命名。
- 新 CSS 超链接的引进被安排为与 Beta 2 版一起发布。这些新的超链接将允许从特定页面直接跳到样式定义中，即使其已经在一个链接样式表中。
- 然而要知道，使用这些新工具时几个限制：
- 直到切换到一个 WYSIWIG 视图(Design 或 Split)，CSS Properties 窗口才会变成启用。
- 如果失去焦点，CSS Properties 窗口往往一片空白。可以通过打开不同的 WYSIWYG 视图找回。
- Split 视图中还没有完成同步的情况。然而，直到同步视图之前，CSS Properties 窗口不会影响修改。这意味着必须在修改反映到 CSS Properties 窗口中之前强制在视图之间同步。
- CSS Properties 窗口不会与任何主题样式表交互，即使专门通过 Theme 或@Page 指令包括主题也是如此。用户根本看不到这些设置，样式定义的所有操作必须直接在 Theme 目录下的 CSS 页面中进行。
- CSS Outline 视图不会以有用的方式排序选择器。不是按更容易在长列表中查找的字母表顺序排序，而是按在 CSS 文档中出现的顺序排列。这并不是 Orcas 新增的，但仍需列入议程。

不过，当查看这些列表时，不应只数一下有几条，说"噢，问题比增强多。"这真是不公平的比较。当在一个概要视图中查看时，增强的数目似乎没有那么长的列表。然而，它们在与 CSS 互动和支持方面有了极大的增强。同样重要的是要记住大多数的限制并不完全是 bug；它们只是限制。它们没有破坏 Visual Studio 以前版本的任何功能；它们只是部分新增强的限制。还要记住，这只是测试版。同样，有些条目可能在最终版本中修复。这些条目中没有哪个条目可被视为"被长时间的掌声所打断的表演"；这些条目只不过是开始研究 Visual Studio Orcas 时必须知道的事情。

A.3　嵌套母版页

通读本书各章时您已经看到了专门为客户设计强大 Web 界面的各种工具。不过本附录的目的是为了介绍 Visual Studio 的 Orcas 版本中对这些工具的主要改进。在这方面，您已经看到了对 Orcas 中的 CSS 集成和工具的一系列改进。本附录范围中的另一个重要改进是嵌套母版页。

在第 7 章曾经创建了一个项目，说明对 Visual Studio 2005 中的母版页的有限制的支持。因此，为了查看 Orcas 中有什么改进，再打开该项目。记住，如果是第一次在 Orcas 中打开该项目，则会询问是否将该项目升级为.NET 3.5 Framework(见图 A-4)，对本例来说选择哪个选项都可以。

打开 Orcas 的 Split 视图中的 Defaut.aspx，会发现与图 A-31 所示的界面类似。

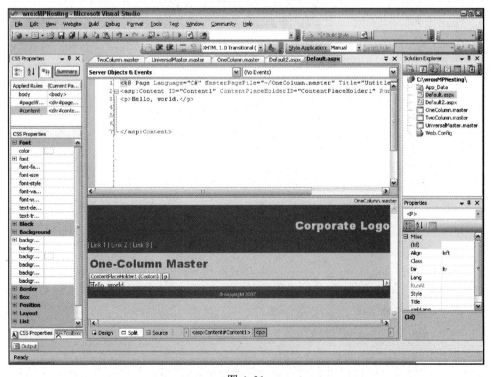

图 A-31

从图 A-31 中可以看到页面的视觉外观。嗯，与从 Visual Studio 的 IDE 中可以看到的很像。您显然需要在打算支持的每个浏览器中测试在 Visual Studio 中产生的一切。但是至少可以看到该页面基本布局。可以看到全部由统一的母版页建立的蓝色页眉、灰色导航区以及蓝色页脚区域(UniversalMaster.master)。还可以看到 One Column Mater Page 提供的标题"One-Column Master"(oneClunm.master)。最后，可以看到作为内容来源的实际页面 Default.aspx 都落在了其中。

如果打开使用了 TwoColumn.master(继承 UniversalMaster.master)的 Default2.aspx，则显示的界面如图 A-32 所示。

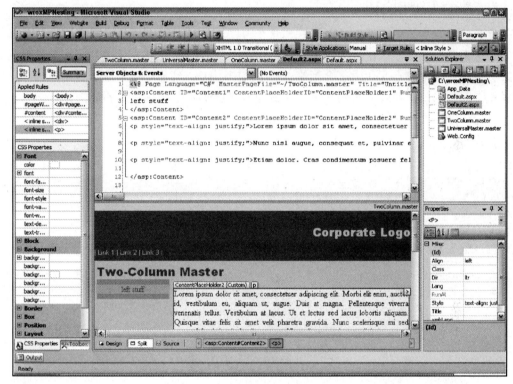

图 A-32

同样，在 Split 视图(如果向下滚动可以看到页脚)的 Design 窗格中可以看到在统一母版页中定义的页眉和导航区。还可以在两列的 master(TwoColumn.master)文件中定义的两列。最后，在 Split 和 Design 视图中都可以看到用 Default2.aspx 插入的内容。

作为一个补充说明，查看 CSS Properties 窗口中的 Applied Rules 窗格有多少条目。这适用于页面的右后列部分中的任何段落(带 Lorem Ipsum 文本的段落)。条目内容从主体元素和 pageWrapper 应用样式，以及从链接样式表应用内容 ID。条目还向个别段落应用了内联样式。有趣的是，它还显示了直接来自 TwoColumn.master 页面的内联样式，内容放在离页面的左边空 160 像素的地方。这里可以看到 CSS Properties 窗口的实际功能，但是有一些细微的修改。

首先，注意到您可以看到来自所有来源的所有 CSS 属性。然而，如果试图编辑其中的任何属性(除了当前页面的内联样式)，就会发现无法编辑。主要是因为不能修改在母版页的代码中定义的样式。这意味着，如果样式是内联定义或是在 HEAD 区域中的样式块中定义的，就不能从内容页面中修改。不仅在内容页面层中是如此，在继承自不同母版页的母版页层中也是如此。如果在继承的母版页的标记中定义代码，就不能在内容页面的 CSS Properties 窗口中编辑该代码。

提示：

Microsoft 公司表示，Beta 1 不支持从 Content Page 的 CSS Properties 窗口中直接修改样式块，但是应列入以后的所有版本(Beta 2 及更高版本)。因此在读到这里时，这种行为已经在用户使用的 Visual Studio 安装中得到了修复。

幸运的是，有一个不是办法的办法。这个办法不是在标记中而是在链接样式表中定义代码。这不是办法的原因是因为，老实说，这本来就是应当采用的工作方式。内联的或者在母版页的任何地方定义代码都会拒绝 CSS 的很多优点。然而，对于这个哑元项目，没有这样做。因此用户需要修改代码使它更像最初创建它使它达到 Web 标准的方式。

首先，修改 Universal.master 以删除 CSS 规则。修改后应如下所示。

```
<%@ Master Language="C#" %>

<!DOCTYPE html PUBLIC "-//W3C//DTD XHTML 1.0 Transitional//EN"
    "http://www.w3.org/TR/xhtml1/DTD/xhtml1-transitional.dtd">

<script runat="server">
</script>

<html xmlns="http://www.w3.org/1999/xhtml" >
<head runat="server">
    <title>Nested Master</title>
    <link href="StyleSheet.css" rel="stylesheet" type="text/css" />
</head>
<body>
    <form id="form1" runat="server">
    <div id="pageWrapper">
    <div id="header">Corporate Logo</div>
    <div id="navigation">| Link 1 | Link 2 | Link 3 |</div>
    <div id="content">

        <!-- THE CONTENT WILL GO IN THIS PLACEHOLDER -->
        <asp:contentplaceholder id="ContentPlaceHolder1" runat="server">
        </asp:contentplaceholder>

    </div>
    </div>
    <div id="footer">© copyright 2007</div>
    </form>
</body>
</html>
```

注意，<style>块被完全替换了，而且在其位置上添加了一个对"StyleSheet.css"的新链接。在原始 Universal.master 中提供的所有定义应当被移到新样式表中。这使得 StyleSheet 应如下所示：

```
body{width: 100%; height: 100%; margin: 0; padding: 0;}
#pageWrapper{width: 100%; min-height: 100%; height: auto; margin-bottom: -25px;}
#header{width: 100%; height: 50px; background-color: steelblue; color: white;
    font-size: x-large; font-family: Arial Black; text-align: right;
    padding-top: 25px;}
#navigation{width: 100%; height: 25px; background-color: gray; color: white;
    font-size: small; font-family: Arial;}
#content{padding: 5px 5px 5px 5px;}
#footer{width: 100%; height: 15px; background-color: steelblue; color: white;
    font-size: x-small; font-family: Arial; text-align: center; padding-top: 5px;
    border-top: solid 5px gray; clear: both;}
```

对于本例，只要关注两列布局，因此需要对 TwoColumn.master 文件作类似的修改。然而，在该页面中定义的样式是内联的，因此没有类或 ID 选择器可以移到这个新样式表中。为了矫正它，需要修改代码去掉所有内联样式定义，并添加名为"TwoColumnLeft"和"TwoColumnRight"的新 ID，同时还要添加一个名为"PageHeader"的新类。修改后的定义应如下所示：

```
<%@ Master Language="C#" MasterPageFile="~/UniversalMaster.master" %>
<asp:Content ID="Content1" ContentPlaceHolderID="ContentPlaceHolder1"
    Runat="Server">

    <div class="PageHeader">
        Two-Column Master
    </div>

    <div id="TwoColumnLeft">
    <asp:contentplaceholder id="ContentPlaceHolder1" runat="server">
    </asp:contentplaceholder>
    </div>

    <div id="TwoColumnRight">
    <asp:contentplaceholder id="ContentPlaceHolder2" runat="server">
    </asp:contentplaceholder>
    </div>

</asp:Content>
```

此时需要将更正式的内联样式移到适当选择器下面的新样式表下，如下面所示(这是修改后的 StyleSheet.css 文件)：

```
body{width: 100%; height: 100%; margin: 0; padding: 0;}
#pageWrapper{width: 100%; min-height: 100%; height: auto; margin-bottom: -25px;}
#header{width: 100%; height: 50px; background-color: steelblue; color: white;
    font-size: x-large; font-family: Arial Black; text-align: right;
```

```
      padding-top: 25px;}
#navigation{width: 100%; height: 25px; background-color: gray; color: white;
      font-size: small; font-family: Arial;}
#content{padding: 5px 5px 5px 5px;}
#footer{width: 100%; height: 15px; background-color: steelblue; color: white;
      font-size: x-small; font-family: Arial; text-align: center; padding-top: 5px;
      border-top: solid 5px gray; clear: both;}
.PageHeader{color: SteelBlue; font-family: Arial Black; font-size: x-large;}
#TwoColumnLeft{width: 130px; min-height: 150px; background-color: LightGrey;
      padding: 10px 10px 10px 10px; color: SteelBlue; position: static;
      float: left; text-align: center;}
#TwoColumnRight{position: static; padding-left: 160px; clear: right;}
```

这有点儿混乱，因此最好整理一下使其更易理解，希望读者可以理解这段代码的意思。可将在各个母版页中定义的所有内联样式移到了一个链接样式表中。这样做意味着所有样式定义都包含在一个链接样式表中，而不是在任何一个或多个页面中的内联代码中。同样，这真的应首先执行，但是在这种初级项目中，这不是重点。

无论如何，现在在 Visual Studio Orcas 中重新加载 Default2.aspx 并看看发生了什么。乍一看，似乎什么也没有发生。视图看上去都一样，而且在 CSS Properties 窗口的 Applied Rules 窗格中包括了相同的条目。看起来都相同，然而，如果进入 Applied Rules 窗格中的任何区域，包括在母版页层中定义的所有样式规则，就具有了对属性的所有访问权限，并且可以设置为令人满意的值。这意味着读者有能力查看和修改在 Universal.master、TwoColumn.master 和 Default2.aspx 中调用的样式定义。真的只需要修改 StyleSheet.css 中的样式以及在 Default2.aspx 中内联定义的所有规则，便可具有对 StyleSheet.css 中的某些选择器的访问权限，因为这些选择器是专门在通过 Default2.aspx 继承的页面中调用的。

当在众多嵌套母版页中使用越来越多的样式定义时，这个功能变得越来越有价值。用户不必记住定义了哪些内容；无论它们在何处定义，只要打开内容页面，就立即可以访问样式定义。这是非常有用的功能。

A.4　小结

本附录的目的只有一个：为了让读者对 Visual Studio Codename Orcas 有一个初步了解。该版本对现有 IDE 添加了很多新功能，并且进行了增强，而本附录只能涉及少量关键功能。具体地说，本附录介绍的基本上是直接影响本书各章节中展示的项目的功能。尽管.NET 3.0 和 3.5 版有很多令人惊异的新功能，比如 LINQ、WPF、WF、WCF 和 Cardspace，这些功能极大地改进了开发人员使用.NET 和 Visual Studio 的方式，但是这些并没有真正影响本书中介绍的项目。

与本书相关的 Visual Studio 的主要增强都是对 Visual Studio 与 CSS 交互方式的改进，包括新的 CSS Properties 窗口以及这个工具与页面的 CSS 代码交互的所有不同方式。现在已介绍了这些新功能在 Beta 1 中如何使用，以及在最终版本发布之前在何处进行改进。本附录还介绍了看起来很细微的改进(只是一个新窗口和几个界面增强)如何对在未来的 Web 项目中使用带有 CSS 的 Visual Studio 的方式产生巨大的区别。

毫无疑问,世界上最强大的 CSS 工具都无法取代对 CSS 语言的深入理解。因此,虽然这些工具能改变.NET 开发人员与 CSS 交互的方式,但是如果您的所有 CSS 知识都是通过使用任何 IDE 中的工具学习而来,那么受损失的还是您自己。尽量走出来亲自学习 CSS;它将成为 Web 的未来。然后回到 Visual Studio Orcas,您就会对这些新工具的优点有更好的理解。

本附录中还介绍了 Visual Studio 处理嵌套母版页的方式的改进。在前面的版本中,可以没有错误地创建这些嵌套母版。然而,如果试图在 Design 视图中浏览这些嵌套母版页,就会发现无法浏览。现在不仅可以在 Design 视图中看到它们,也可以在新的 Split 视图中看到它们,这就允许同时查看 Source 和 Design 视图。而且,可以在内容页面层中通过 CSS Properties 窗口实际地手动修改这些母版页带来的 CSS 规则。您会发现嵌套母版页非常有用,而且管理容易,因为不需要在三四个页面之间切换以便对整个页面的布局进行样式化修改。现在可以在一个内容页面中进行统一的修改,这些修改能够对所有页面生效。

然而肯定有一些事情还不完美,还有一些事情可能会持续到最终版本中才能得到改进。但即使是在这个测试版中执行操作,您仍然会发现有了 Orcas 的帮助,在学习本书过程中需要完成的很多工作会变得轻松许多。

如果想了解关于 Visual Studio Orcas 的更多信息,请参见如下链接:

- MSDN: Visual Studio Future Versions — http://msdn2.microsoft.com/en-us/vstudio/aa700830.aspx
- MSDN: Feature Specifications for Visual Studio and .NET Framework ''Orcas''—http://msdn2.microsoft.com/en-us/vstudio/aa948851.aspx
- Scott Guthrie's blog — http://weblogs.asp.net/scottgu

附 **B** 录

Microsoft Silverlight 简介

如果您是一名 Web 开发人员，可能需要负责在一个 Web 项目上展示某种具有动画欢迎的醒目页面或页眉区域。或者，如果现在还没有这一要求，但可能将在未来的某一时刻会有这样的要求。这种要求的默认解决方案一般是使用 Adobe Flash。Microsoft 公司从来没有真正推出解决这种类型问题的解决方案，而是一直在改进其 Web 编程语言(比如，从传统的 ASP 到.NET，再到最新的.NET 3.5 增强)和工具来开发这些技术，比如最新的 Visual Studio 产品。Microsoft 公司在过去的几年里开始弥补界面和设计技术，例如母版页和 AJAX。Microsoft 公司甚至还在 CSS 和 Web 标准方面许下了更大的承诺，其方式是改进 IDE 及 Internet 浏览器中对 CSS 的支持(还没有实现，不过正在取得进展)。但是至少到目前为止，它们对在 Web 上提供丰富用户界面方面还没有太多涉足。但是随着 Microsoft Silverlight 的引进，Microsoft 公司开始在市场上占据一席之地。

Microsoft 公司声称"Silverlight 是一个跨浏览器、跨平台的插件，提供了下一代的基于 Microsoft.NET 的媒介体验和用于 Web 的丰富交互式应用程序。"如果阅读过 Microsoft 公司提供的关于 Silverlight 的任何介绍，将会到处看到这段内容。这段内容可能有些难以理解，但是大体上的意思是 Microsoft 公司打算与市场上占主导地位的 Adobe Flash 竞争。Microsoft 公司正试图提供一种可以导入电影、音频文件和其他媒介内容的播放软件。这种播放软件也允许使用与以前的 System.Drawing 命名空间类似但却更容易的方式来绘制图形对象和设计动画。而且，最有利于.NET 开发人员的是，所有静态代码都是基于 XML 的 XAML 文件，可以通过各种编程语言添加动态代码，包括 JavaScript、Visual Basic .NET 和 C#。这意味着您可以通过 C#托管代码创建类似 Flash 动画的动态表现。

简而言之，Microsoft Silverlight 添加了创建基于矢量的图形、媒体、文本和动画的能力，并创建了一种新的交互式 Web 体验，整合了.NET 托管代码和 XML 设计的简单性。只要访问站点的访问者使用的是主流浏览器之一，就会有与其他任何用户相同的体验(下载一个小于 2MB 的插件之后)，如果 Adobe 公司没有将这个产品作为一个重要的竞争对手，则应该从现在起重视起来。Microsoft 公司向这个市场推出了首款非常令人印象深刻的产品。在学习本附录以后，希望您可以对 Silverlight 的用途和在项目中使用该插件能完成什么工作有一个适当的了解。

B.1 先决条件

与本书其余部分相比，本附录是一个独立的实体。这意味着本附录并不是建立在本书其余章节和附录讨论的技术基础上。相反，本附录介绍的是完全不同的技术，但是却很快会成为对 Web 界面设计人员非常重要的工具。由于阅读本书的大部分读者可能至少部分地负责设计他们使用的 Web 站点项目的外观，因此这种新技术对于持续改进工作非常重要。

本附录的要求与本书其余部分有些不同之处。

如果在一台运行 Windows 的计算机上开发，则至少应该安装和设置下面这些工具：

- 操作系统——Windows Vista 或 Windows XP Service Pack 2。
- 浏览器——Microsoft Internet Explorer 6、Windows Internet Explorer7、Mozilla Firefox 1.5.0.8 或 Firefox 2.0.x。
- 硬件——Intel Pentium III 450 MHz 或更快的 CPU，至少 128MB RAM。
- 开发 IDE——Visual Studio 2005 Service Pack 1。
- Silverlight——Microsoft Silverlight 1.0 Beta Software Development Kid(SDK)。

然而，对于本附录而言，这些工具有点前瞻性。为了充分展示 Microsoft 提供的最新最好的工具，使用了上面列出的操作系统、浏览器和硬件规范，但是对开发环境进行了如下升级：

- 开发 IDE——Visual Studio Codename " Orcas " Beta 1。
- Silverlight——Microsoft Silverlight 1.1 Alpha Software Development Kid(SDK)。
- 其他工具——Microsoft Silverlight Tools Alpha for Visual Studio Codename " Orcas " Beta 1。

这种开发环境允许将所有最新 Silverlight 工具完全集成到 Orcas IDE 中。在本附录中，尤其是在建立新项目的开始，这可能会至少提供稍稍不同于前面显示的最小安装需求的体验。然而，Silverlight 的基本技术和用法应仍然保持相同。事实上，本附录显示的很多代码(如果不是全部)可以在 Silverlight 的前身 WPF/e 中使用。

可以在下面这些位置中找到系统需求的完整列表，并可以下载相关内容：

- **Downloads/requirements** — www.microsoft.com/silverlight/downloads.aspx
- **Tools/SDKs** — www.microsoft.com/silverlight/tools.aspx

在深入研究本附录之前，最好完全配置好开发环境。这意味着需要选择要采取的路径(最小需求或 Orcas 的较高级工具)并进行安装。同样，本附录将使用 Orcas 和 Silverlight Alpha 安装版本，但也能使适用较简易的安装版本。

本附录的另一个要求是对.NET(将采用 C#，但是可以相当容易地转换成 VB)有相当的理解，并且要有学习这方面的最新技术的愿望甚至是渴望。

B.2 项目简介

本附录的目标很简单：向读者传授足够的知识，使读者能够开始使用 Microsoft 公司的最新 Web 界面增强插件：Microsoft Silverlignt。在本附录的规划阶段，关于用哪种类型的项目以易于理解和可复制的格式来展示 Silverlight 的许多功能产生了很多思想。一种思想是媒体播放器，但是简单播放器不能在后台综合很多控件或信息管道以形成非常详尽的教程，而比较复杂的播放器又难以浓缩到一个简单的附录中。

此处确定从基础开始创建至少一个现实世界的有效示例，因此构建一个工作时钟。工作时钟将涵盖 Silverlight 的许多方面，对大多数开发人员都会有益。具体地说，该工作时钟会包括：

- 绘制对象，比如直线、多边形和椭圆形。
- 导入静态图像并利用图像 alpha 通道(PNG)。
- 通过代码生成绘制的对象(某种循环)。
- Silverlight 动画。
- 通过代码管理 XAML 代码(动画)。

最后一条是最关键的内容。时钟需要显示当前时间，并且相应地在 XAML 文件中设置动画对象，否则就会得到一个徒具外表的无效时钟。这意味着表示秒针的直线对象需要被设置为当前时间的准确秒数。类似地，时钟需要被设置为当前时间的小时，分针需要被设置为当前时间的分钟。总之，后两个元素的准确位置需要受其他指针的影响。换言之，时针需要根据该小时中已经过去的分钟数指向两个不同钟点标记之间的适当位置(也就是说，在 1:30 时，时针应在时钟的 1:00 和 2:00 小时标记中间)。

一旦确定了项目并标识了特定的目标，就可以开始进行研究，查看是否有关于如何通过某种代码设置动画对象的代码样本。在研究过程中发现了两篇文章中有类似的示例：

- http://dotnetslackers.com/articles/silverlight/SilverlightFirstStepsAnalogClock.aspx。
- http://msdn2.microsoft.com/en-us/library/bb404709.aspx。

这两个示例具有类似的作用范围，都是用于本附录的规划项目，因此两者都具有结合到本项目最终手稿中的优秀思想。例如，时钟界面的很多设置基于 MSDN 上的文章。虽然不完全相同，但是倾斜时钟边缘的基本思想便是从阅读这篇文章后获得的。还有一些关于如何通过 XAML 文件背后的托管代码设置当前时间的代码。然而，执行该操作的方案似乎不太完美。例如，分针不随已经过去的秒数而移动，也就是说即使是 12:55，分针仍然指向 12。这种时钟表示法似乎有点奇怪——至少不直观。这里有一些优秀的思想，但是任何一种都不是完美的实现。

DotNetSlackers 示例的目标为 Silverlight 的前身 WPF/e，但是其中仍然有一些有用的方法。举例来说，该示例用多边形表示时钟和分针，看起来似乎是很好的解决方案(原来的思想是使用图像表示指针，但是这似乎比较容易，而且能更好地说明绘制对象)。该示例也围绕时钟绘制了刻度线。然而，这些刻度线是用 JavaScript 绘制的，不在本项目的范围内。尽管 JavaScript 比较强大、有益，而且对于 Silverlight 的成功较为关键，但是对于对象的操作基本上是通过后台编码完成的。本示例也设置了当前时间，但是没有通过 JavaScript 完成。这种方案似乎好于 MSDN 示例(绘制分针时考虑到了秒针的移动)，但是没有给出大量解释来说明如何推导出这种方法，而只能进行查看。对很多人来说，推导过程没有太大的意义。

虽然两者都是优秀的思想，但是似乎哪一种实现都不理想。因此本书提取这些实现中的灵感，但最终必须为这个项目构建很多新功能。可以注意到一些具体的区别：

- 通过项目的托管代码将当前时间设置得更准确。
- 在项目的托管代码中绘制刻度线。
- 背景(钟面之外的一切)被制作成透明。

● 外部静态图像和 alpha 通道透明性使用的结合。

Web 上有其他示例 Silverlight 时钟，有些时钟可能结合了这些功能中的一部分。然而本附录中列出的文章是使很多内容得到灵感的文章，如果需要了解创建时钟的几种不同方法，可能需要先阅读一下这些文章。

B.3 滴嗒时钟项目

使用 Microsoft Silverlight 可以完成很多工作，因此难以在一个项目中描述其所有的功能。虽然这个项目不能覆盖可以完成的一切工作，但是会显示可能在很多项目中使用的最常见的功能。至少可以学会如何完成下面这些工作：

● 使用 Orcas 创建一个新的 Silverlight Project。
● 绘制几何图形，比如多边形、椭圆形和直线。
● 对形状使用渐变和实心填充。
● 向项目中导入图像。
● 将基本动画结合到项目中。
● 使用 XAML 文件的托管后台编码将时钟设置为正确的时间。

最终结果是产生一个设置为当前时间的模拟时钟，并通过带时针、分针和秒针的动画时钟保持时间同步。在实际项目中可能不会用到这个时钟，但是在完成该项目之后，应该可以相当顺手地使用 Silverlight 工具。

B.3.1 步骤 1： 在 Orcas 中创建项目

显然，在开始项目时需要做的第一件事情是实际创建项目。为了完成该操作，在 Visual Studio Orcas 的 Visual Studio 工具栏上选择 File | New Project 命令，打开如图 B-1 所示的对话框。

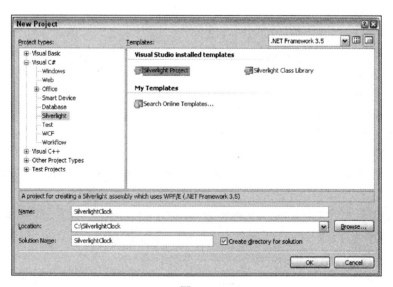

图 B-1

从图 B-1 中可以看出，在 Visual Basic 和 Visual C#的 Silverlight 结点下有两个供选择的模板。对于本示例，选择 Silverlight Project 作为模板，并将模板的 Name 和 Solution Name 设置为 SilverlightClock，位置为 C:\SilverlightClock，如图 B-1 所示。单击 OK 按钮创建项目。完成该工作后，就应该有一个类似于如图 B-2 所示的新项目。

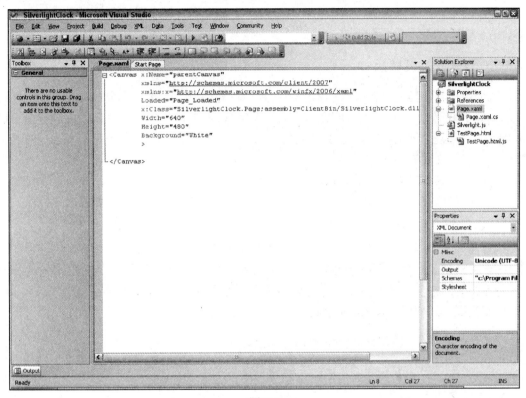

图 B-2

提示：

如果没有与本附录中相同的开发环境(带 Silverlight Tool 的 Orcas)，可能不会得到自动生成的 XAML 文件。如果是这种情况，可能需要通过添加一个新条目来添加 XAML 文件(在 Orcas Toolbar 上选择 Project | Add New Item 命令，当出现 Add New Item 对话框时，选择 Page 选项并单击 OK 按钮)。

要注意的主要事情是有一个附加 Page.xaml.cs 后台编码文件的 Page.xaml 文件，当创建时钟及其动画时，在该文件中完成主要工作。还有一个附加 TestFile.html.js 的 TestPage.html 文件，这个 JavaScript 文件作为 Silverlight 控件的基本属性(例如，呈现的 HTML 页面上的控件高度和宽度)。最后，有一个包含了 JavaScript 许多功能的 Silverlight.js 文件。因此，可能不需要对这个文件进行修改(如果有这个文件的话)。如果需要进行修改，最好将所修改的代码以注释的形式存在并在该行的前后添加新功能。这样，如果破坏了任何一个功能，不用费太大力气就可以恢复原来的版本。

提示：

本附录中的文件名基于 Orcas 的默认文件名。如果使用的不是 Orcas，默认名可能会不同。例如，在 Visual Studio 2005 中，主要的 HTML 文件称为 Default.html，XAML 文件称为 Page1.xaml。这些文件的内容应该分别与 TestPage.html 和 Page.xaml 相同，只是名称不同。如果使用的不是 Orcas，就需要在本附录整个过程中都记住这些差异，本附录中给定的 Orcas 默认名称仅用作参考。

B.3.2 步骤 2：设置尺寸

这个项目将相当大，在最终副本中将看到项目的细节。因此，这个时钟的尺寸应被设置为 590×590 像素。这些数值可以使时钟在具有 1024×768 分辨率并且最大化浏览器窗口的 IE7 中占据整个浏览器窗口。在实际项目中，该数值可能太大，但是对于本项目的其余部分，将采用这样的尺寸。

这意味着这个时钟将采用圆形，放在 590×590 像素的尺寸内。因此，暂时在项目中放置一个椭圆占位符，并以灰色背景填充。这样做可以在呈现的项目中看到圆，并确保其适合浏览器窗口(或者项目中的任何约束)。Page.xaml 应被修改为如下所示：

```
<Canvas x:Name="parentCanvas"
        xmlns="http://schemas.microsoft.com/client/2007"
        xmlns:x="http://schemas.microsoft.com/winfx/2006/xaml"
        Loaded="Page_Loaded"
x:Class="SilverlightClock.Page;assembly=ClientBin/SilverlightClock.dll"
        Width="640"
        Height="480"
        Background="White"
         >

    <Ellipse Height="590" Width="590" Fill="Gray"/>

</Canvas>
```

添加的唯一内容是一个 Ellipse 对象，该对象的高和宽都设置为 590，并且 Fill 颜色设置为 Gray。同样，这些设置是相当随意的，但是这会看到椭圆，以确保所有内容都适合浏览器窗口。如果运行这个项目，结果应类似于如图 B-3 所示。

该项目现在看起来似乎有效。然而，这个项目的另一个要求是时钟本身必须是 Silverlight 对象的唯一不透明部分，时钟外部的所有内容(比如椭圆外的区域)都要求透明，这样就能看到 Web 项目的背景。

为了测试这一点，修改 TestPage.html 中的代码以添加主体背景颜色 SteelBlue：

```
<html xmlns="http://www.w3.org/1999/xhtml">
<!-- saved from url=(0014)about:internet -->
<head>
    <title>Silverlight Project Test Page </title>
    <script type="text/javascript" src="Silverlight.js"></script>
    <script type="text/javascript" src="TestPage.html.js"></script>
</head>
```

```
<!-- Give the keyboard focus to the Silverlight control by default -->
<body onload="document.getElementById('SilverlightControl').focus()"
    style="background-color: SteelBlue;">
        <div id="SilverlightControlHost" >
            <script type="text/javascript">
             createSilverlight();
            </script>
        </div>
</body>
</html>
```

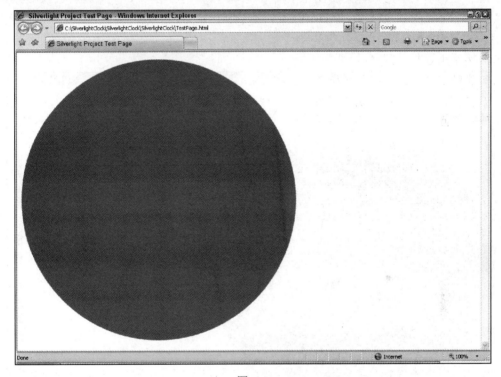

图 B-3

添加到默认 HTML 代码的唯一内容是向<body>标记添加的"style = "background-color: SteelBlue""。

现在，重新运行项目以查看度是否正确地设置了不透明性。呈现的项目现在应如图 B-4 所示。

从图中可以看出，不透明性还不正确。实际上需要修改一些内容以得到正确的不透明性。

首先，应注意到项目现在跨越了整个窗口。在 JavaScript 文件 TestPage.html.js 中通过 height 和 width 属性设置这一点，这两个属性都被设置成 100%。此时需要将这些设置改为 "590"，修改后的文件类似如下所示。

```
// JScript source code

//contains calls to silverlight.js, example below loads Page.xaml
```

```
function createSilverlight()
{
    Sys.Silverlight.createObjectEx({
        source: "Page.xaml",
        parentElement: document.getElementById("SilverlightControlHost"),
        id: "SilverlightControl",
        properties: {
            width: "590",
            height: "590",
            version: "0.95",
            enableHtmlAccess: true
        },
        events: {}
    });
}
```

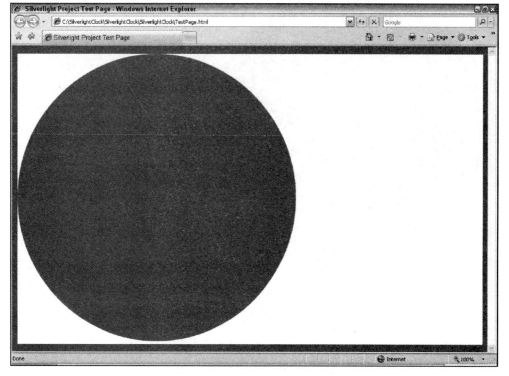

图 B-4

还要修改在 Page.xaml 中定义的画布大小(默认设置为 640×480，应改为 590×590)。Page.xaml 代码现在将如下所示。

```
<Canvas x:Name="parentCanvas"
        xmlns="http://schemas.microsoft.com/client/2007"
        xmlns:x="http://schemas.microsoft.com/winfx/2006/xaml"
        Loaded="Page_Loaded"

x:Class="SilverlightClock.Page;assembly=ClientBin/SilverlightClock.dll"
```

```
         Width="590"
         Height="590"
         Background="White"
          >

    <Ellipse Height="590" Width="590" Fill="Gray"/>

</Canvas>
```

再次声明，刚刚将 Width 和 Height 属性改成了 590。现在运行项目将导致产生如图 B-5 所示的输出。

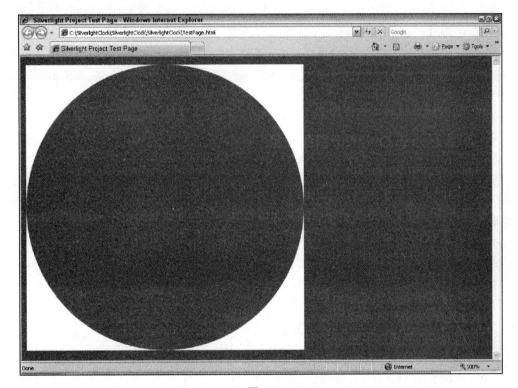

图 B-5

该项目现在看起来更加接近所要实现的目标，但仍然不够。至少对象现在被限制为 590 ×590 像素，可以在屏幕的所有其他区域中看到钢青色背景。

然而，仍然能看到该区域中 Silverlight 对象的白色背景没有被椭圆所覆盖。

为了解决该问题，需要再次调整 Page.xaml 中的 Canvas 属性，将 Background 由 White 改为 Transparent，如下所示。

```
<Canvas x:Name="parentCanvas"
        xmlns="http://schemas.microsoft.com/client/2007"
        xmlns:x="http://schemas.microsoft.com/winfx/2006/xaml"
        Loaded="Page_Loaded"

x:Class="SilverlightClock.Page;assembly=ClientBin/SilverlightClock.dll"
```

```
         Width="590"
         Height="590"
         Background="Transparent"
           >

   <Ellipse Height="590" Width="590" Fill="Gray"/>

  </Canvas>
```

然而，如果再次运行该项目，将发现以前在图 B-5 中看到的同样问题；仍然有白色的边角。这是因为有两个方面在妨碍操作。第一个方面是刚刚修复的 Silverlight 画布的背景色。然而，另一个方面是 Silverlight 对象的背景颜色本身，它被硬编码成白色(方法调用或 XAM 文件中没有默认修复其属性)。

那么如何修复背景颜色呢？如果回过头来查看文件 TestFile.html.js，可以看到其内容基本上是创建 Silverlight 对象的一个函数调用。当前，该函数调用的参数部分中只列出了几个参数(宽、高、版本和 enableHtmlAccess)。为了清理背景，需要添加两个新参数：isWindowless 和 background。

通过 JavaScript 函数 createSilverlight 的 isWindowless 参数设置 SilverLight 对象的 Windowless 属性，该属性告诉 Silverlight 对象是应该作为无窗口控件还是有窗口控件运行。不需要深入了解具体的含义，对于本示例来说，最重要的是需要知道如果将该对象设置为无窗口，则可以包括一个 alpha 值表示背景色。这意味着将背景色设置为一个 8 字符的颜色设置；其中前两个字符表示 alpha 等级，另外 6 个字符表示要使用的十六进制颜色设置。对于本示例，希望 alpha 等级为 0(即完全透明)，因此后面的 6 个字符相当无关紧要。然而，仅仅为了在其中放置一些内容，可以放置十六进制的白色(FFFF)。修改后的 TestFile.html.js 应如下所示。

```
// JScript source code

//contains calls to silverlight.js, example below loads Page.xaml
function createSilverlight()
{
   Sys.Silverlight.createObjectEx({
      source: "Page.xaml",
      parentElement: document.getElementById("SilverlightControlHost"),
      id: "SilverlightControl",
      properties: {
         width: "590",
         height: "590",
         version: "0.95",
         enableHtmlAccess: true,
         isWindowless:'true',
         background:'#00FFFFFF'

      events: {}
   });
}
```

如果现在再次运行项目，则应看到如图 B-6 所示的结果。

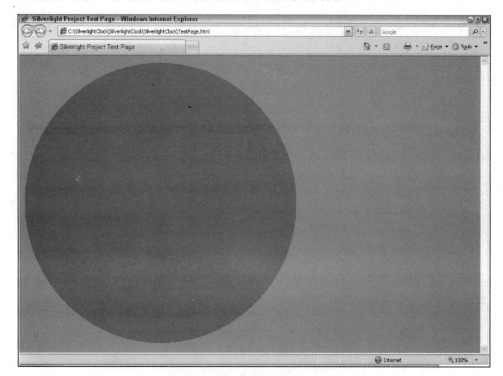

图 B-6

因此，在本节最后就有了一个呈现在页面上的 Silverlight 对象，该对象在设置的大小限制(590×590 像素)内，并且有一个完全透明的背景(仅显示您在代码中添加的内容)。现在就准备好开始绘制时钟。

B.3.3 步骤 3：绘制时钟

精简版 Silverlight(与完整版 WPF 相对)特别排除的一个内容是任何类型的三维建模。同样，如果要试图包括任何类型的三维特效，就必须进行一些设置方面的尝试。

为此，需要对这个时钟尝试在钟面外部创建一种倾斜效果。为了创建这种效果，需要在原来的椭圆中创建一个从浅色到深色的渐变色填充，然后在该椭圆中绘制一个带相反渐变填充(从深到浅)的较小的椭圆。这样就会在时钟边缘出现一个小斜面的外观。

如果记得第 3 章中关于层的讨论，那么就应该熟悉完成该操作的方式。此时将创建一个带有渐变填充的层，然后在这一层上面放置稍微小一些的另一层，该层带有相反方向的渐变效果。最后，应该将另一层放置在将作为钟面的实心颜色层上方。

因此，第一步是修改<Ellipse>定义以结束标记，如下所示：

```
<Ellipse Height="590" Width="590" Fill="Gray"></Ellipse>
```

如果熟悉 XML 格式，这应该对读者来说有意义。此处执行的操作是提供向刚才绘制的 Ellipse 对象添加更多属性的能力。然而，在开始执行该操作之前，需要删除 Fill 属性并添加 Stroke 属性。在下一步中通过线性渐变填充进行填充。至于描边，将在椭圆四周添加一个小边框来将其隔开。修改后的椭圆代码应看起来如下所示。

```
<Ellipse Height="590" Width="590" Stroke="#000000" StrokeThickness="3"></Ellipse>
```

注意，此处也添加了一个 StrokeThickness 属性，该属性将确定围绕椭圆对象绘制的线的粗细。

对该椭圆执行的最后一步操作是用线性渐变填充来填充的，可以用类似如下所示的代码来实现该操作。

```
<Ellipse Height="590" Width="590" Stroke="#000000" StrokeThickness="3">
  <Ellipse.Fill>
    <LinearGradientBrush StartPoint="0,0" EndPoint="1,1">
      <GradientStop Color="#eeeeee" Offset="0"/>
      <GradientStop Color="#444444" Offset="1"/>
    </LinearGradientBrush>
  </Ellipse.Fill>
</Ellipse>
```

添加的第一个对象 Ellipse.Fill 只是建立其父对象 Ellipse 的填充属性。在该设置中，为 LinearGradientBrush 添加属性。在 LinearGradientBrush 声明中直接设置的属性只有 StartPoint 和 EndPoint。为了更好地理解这些修改的意义，如图 B-7 所示。

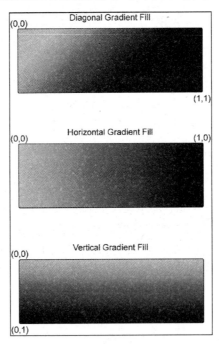

图 B-7

绘制完成所有对象之后，按如图 B-7 所示建立坐标。坐标与对象的具体高度和宽度无关，而始终以 0 或 1 或这两者之间的任何数值为参考(至少对于 LinearGradinetBrush 是如此)。例如，可以有一个坐标(0.283,0.875)，但不能有小于 0 或大于 1 的坐标。虽然从技术上来说可行，但这样做会将参照点与图像分离。因此，如果有一个起点(10,10)和一个终点(1,1)，就不会显示任何效果，因为整个效果发生在对象的画布之外。

因此，如果要有一个竖直渐变填充，就会有一个起点(0,0)和一个终点(1,0)。然而，对于本示例来说，需要有一个起点为(0,0)、终点为(1,1)的对角渐变填充，这会使渐变色沿着对角线从图像的左上角向右下角填充。

接下来，通过 GradientStop 属性可以描述使用什么颜色组成渐变填充。对于使用几种颜色没有限制，但是应至少使用两种颜色。毕竟，如果只使用一种颜色就看不出渐变效果。

对于本示例，创建的渐变色的左上方位置是非常浅的灰色(#eeeeee)，并逐渐变成右下角的深灰色(#444444)。偏移量表示在 0~1 之间的哪一点出现这些颜色。对于本示例，希望浅色从 0 位置开始，深色在渐变的最后结束，或者在 1 的位置结束。同样，可以移到大于 1 或小于 0 的位置，只是这样做会在画布之外的空间中出现颜色。这样做不会得到错误，并且如果开始使用这些设置，将看到渐变色受到影响(如果将第二个停止位置设置为 10 而不是 1，则整个椭圆看起来几乎是白色的，因为渐变坡度太平缓，以至于几乎看不到)。

完成这些设置之后，重新运行项目，如图 B-8 所示。

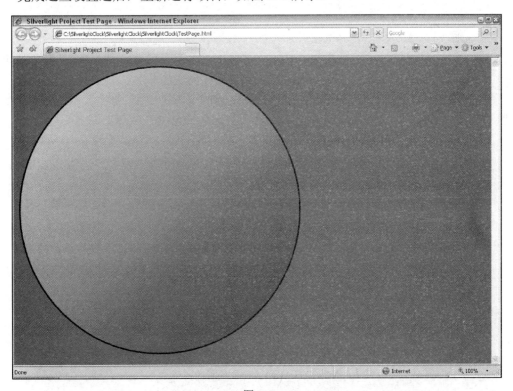

图 B-8

现在有了一个包含黑色边框及渐变填充的椭圆。

下一步是在现有椭圆内包括一个相反的椭圆。这意味着新椭圆应该位于现有椭圆的上方，略小于现有椭圆(因此可以从现有椭圆上看到渐变效果)，并且有一个相反的渐变填充(渐变的方向相反)。

为了创建这个新的椭圆，可以复制和粘贴现有代码并进行如下调整。

- 将椭圆的 Height 和 Width 调整为 550 像素。这会在两个椭圆对象之间提供一个 20 像素的补白(允许原有椭圆的 20 像素显示在这个新椭圆的外面)。
- 将 StrokeThicknes 调整为 1，使两个椭圆具有不同的线宽。
- 将新椭圆在 x 轴和 y 轴方向分别向左上方位置移动 20 像素。使用 Ellipse 对象的 Canvas.Left 和 Canvas.Top 属性进行这种调整；Canvase.Left 将对象沿 x 轴向左移动，Canvas.Top 将对象沿 y 轴向上移动。
- 反转 LinearGradientFill 设置的 StartPoint 和 EndPoint 设置(设置 StartPoint="(1,1)"，EndPoint= "(0,0)")。

进行这些修改应使第二个椭圆的代码类似于如下所示。

```
<Ellipse Height="550" Width="550" Stroke="#000000" StrokeThickness="1"
    Canvas.Left="20" Canvas.Top="20">
  <Ellipse.Fill>
    <LinearGradientBrush StartPoint="1,1" EndPoint="0,0">
      <GradientStop Color="#eeeeee" Offset="0"/>
      <GradientStop Color="#444444" Offset="1"/>
    </LinearGradientBrush>
  </Ellipse.Fill>
</Ellipse>
```

一定要确保这段代码出现在原来的椭圆之后。如果顺序颠倒，将导致这个椭圆被更大的椭圆挡住。如果恰当地按正确顺序设置了所有代码，项目现在应该如图 B-9 所示。

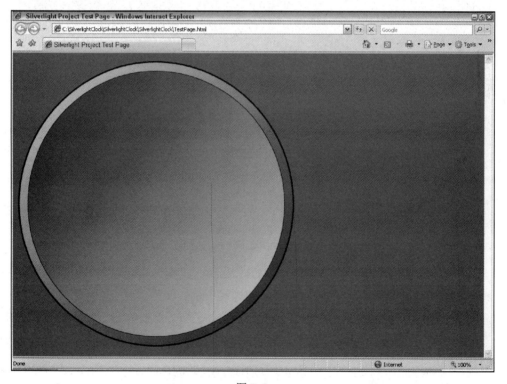

图 B-9

接下来，需要向绘制的图形中添加实际钟面。这应该是具有实心颜色的第三个椭圆，这个椭圆比第二个椭圆略小，并且从画布的左上角偏移足够的位置以使对象在另一个椭圆中居中。使用与应用于第二个椭圆相同的理论，直接在第二个椭圆后面添加第三个椭圆。这个新椭圆的代码应类似于如下所示。

```
<Ellipse Height="520" Width="520" Stroke="#000000" Canvas.Left="35"
    Canvas.Top="35" Fill="#333333" />
```

这段代码只是创建一个高和宽都为 520 像素的椭圆，并将在 x 轴和 y 轴方向都向左上角偏移 35 像素。如果现在运行项目，应如图 B-10 所示。

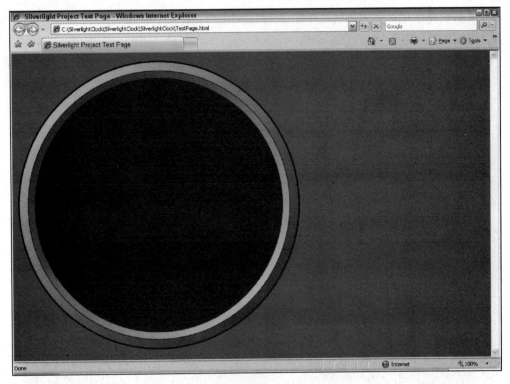

图 B-10

该项目的钟面的最后一个元素是向背景添加一个图像作为时钟的商标。对于本示例，将导入一个类似于其中使用的图像。这个项目的示例使用一个 200×171 像素的 PNG 图像，该图像有透明的背景色，但是除了徽标之外的其他内容都是完全透明的。由于 Silverlight 完全支持 PNG 及其 alpha 透明性，因此这意味着在该 PNG 图像中看到的相同透明度将被带到 Silverlight 对象中。

本示例使用的文件名是 wrox_logo，带到 Silverlight 项目中的代码为

```
<Image Source="images/wrox_logo.png" Canvas.Left="195" Canvas.Top="209.5"/>
```

如果以前编码过 HTML，则应该非常熟悉这段代码的基本参数。从 Image 开始，这相当于 HTML 中的 img；添加一个 Source 属性，非常类似于 HTML 中的<img>标记的 src 属

性。实际上，这就是需要带到图像中的所有内容。然而，该图像应该在已经在画布上绘制的对象的中心位置。

为了得到如何移动该图像的设置，需要执行一些算术计算。如果知道图像是 590×590 像素，这意味着该对象的准确中心点为(295,295)。因此，为了使图像在 x 轴的中心，需要移动中心点(295 像素)，然后退回图像宽度的一半(200 像素)。这意味着需要从图像的中心 x 坐标中减去 100 像素(也是 200 像素宽图像的一半宽度)，也就是需要将图像在 x 轴上移动 195 像素。类似地，需要将图像从 y 轴的中心退回高度的一半。由于图像是 171 像素高，因此这意味着需要从 y 轴的 295 像素中心点减去 85.5 像素。结果是在 y 轴上调整了 209.5 像素。

至于本项目中的椭圆对象，需要确保正确地将代码放在 XAML 文件中。如果图像的代码位于在任何椭圆对象之前，该图像会被这些椭圆对象覆盖。因此，需要确保将代码放在 XAML 代码的最后一个椭圆对象之后。如果将所有对象都以正确顺序放置，并设置为恰当的值，项目现在应如图 B-11 所示。

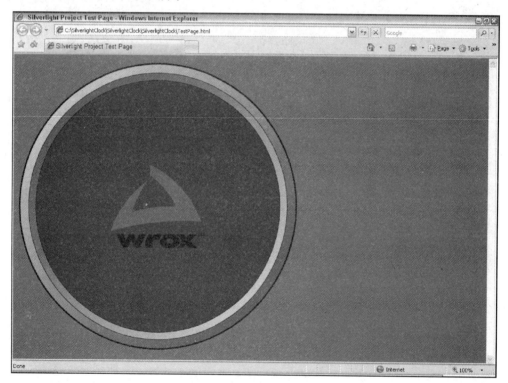

图 B-11

此处就有了绘制的时钟的基本背景图像，此时的 XAML 文件应如下所示。

```
<Canvas x:Name="parentCanvas"
        xmlns="http://schemas.microsoft.com/client/2007"
        xmlns:x="http://schemas.microsoft.com/winfx/2006/xaml"
        Loaded="Page_Loaded"

x:Class="SilverlightClock.Page;assembly=ClientBin/SilverlightClock.dll"
```

```
      Width="590"
      Height="590"
      Background="Transparent"
       >

  <Ellipse Height="590" Width="590" Stroke="#000000" StrokeThickness="3">
    <Ellipse.Fill>
      <LinearGradientBrush StartPoint="0,0" EndPoint="1,1">
        <GradientStop Color="#eeeeee" Offset="0"/>
        <GradientStop Color="#444444" Offset="1"/>
      </LinearGradientBrush>
    </Ellipse.Fill>
  </Ellipse>

  <Ellipse Height="550" Width="550" Stroke="#000000" StrokeThickness="1"
  Canvas.Left="20" Canvas.Top="20">
    <Ellipse.Fill>
      <LinearGradientBrush StartPoint="1,1" EndPoint="0,0">
        <GradientStop Color="#eeeeee" Offset="0"/>
        <GradientStop Color="#444444" Offset="1"/>
      </LinearGradientBrush>
    </Ellipse.Fill>
  </Ellipse>

  <Ellipse Height="520" Width="520" Stroke="#000000" Canvas.Left="35"
    Canvas.Top="35" Fill="#333333" />

  <Image Source="images/wrox_logo.png" Canvas.Left="195" Canvas.Top="209.5"/>

</Canvas>
```

B.3.4　添加刻度线

现在已经有了钟面的基本形状和设计，下面在钟面上添加一些指示时间的刻度线。该操作的基本要求是用 60 个小刻度线表示分和秒，然后用 12 个较大的刻度线表示小时；这种刻度线的每个版本都会平均分散到钟面四周。12 个较大的刻度线将出现在与 60 个较小刻度线的其中 12 个相同的位置。当发生这种情况下，较大的刻度线应该完全隐藏较小的刻度线，从而只有较大的刻度线可见。这个过程的最终结果应如图 B-12 所示(虽然在单色印刷的书中不容易表达较小的刻度线)。

有几种方式可以完成这一需求。基于到目前为止所看到的内容，可以在 XAML 文件中创建一条线，比如 12 点的位置，然后将这条线复制粘贴 59 次来创建所有小刻度，接下来将所有 59 个新刻度线调整为不同的起点和终点(在计算出 59 条线的起点和终点位置之后)，以便使这些刻度线没有都列在 12 点的位置。然后，对 12 个较大的刻度线重复该过程。这样操作虽然可以，但是会将非常耗时并且会使人有挫败感。

通过编程来绘制这些线是更好的方法，甚至不必实际考虑其位置。关于这一方面，至少有两种可行的办法：可以通过 JavaScript 在客户端完成该操作，或者通过托管代码(如 C#)完成该操作。人们当然会争论使用哪种方法更好。然而一般而言，托管代码运行得较快，

425

尤其是开始遍历记录时。当然，只要总共使用 72 个循环(针对 60 个较小的刻度线和 12 个较大的刻度线)，在性能上不会有太大的区别。

图 B-12

然而，由于本书主要关注.NET，因此可能使用托管代码有少量性能改进，本示例将集中使用托管代码解决方案。

应该了解本示例是完成该操作的一种方式，当然也有其他方式。再次声明，可以使用 JavaScript。但是除此之外，读者可能发现在 C#语言中完成相同任务的不同方式。不过这种方式确实有效，如果读者喜欢，它也适用于将来其他类似的功能。

需要做的第一件事情是建立这个工作的关联。一种方式是在 XAML 代码中添加一个新画布对象，并在该画布中通过后台编码(也是需要建立的代码)中调用一个方法。需要将画布对象放在已经为该项目创建的其他绘图对象之后，以便在该画布上发生的任何事情都会显示在其他绘制对象之上；记住，对象是以线性顺序呈现的。

因此，记住这一点后，向其他对象之后的 Page.xaml 添加如下代码(但仍然在父画布中)。

```
<Canvas Name="TickMarks" Loaded="TickMarks_Loaded"/>
```

此时添加了一个新画布对象，它只有两个属性：Name 和 Loaded。需要有 Name 属性集，以便可以从托管代码中引用该对象。Loaded 属性允许在加载该对象时采用一个方法调用。换言之，每当加载这个画布时，Silverlight 都会调用 TickMarks_Loaded 方法。然而，这时不存在这样的方法，因此需要进行添加。

为了向这个项目中添加一个新方法，应在 Solution Explorer 中展开 XAML 文件。当对 Page.xaml 执行该操作时，应看到有一个名为 Page.xaml.cs 的附加后台编码文件。打开该文件，其代码应该如下所示。

```
using System;
using System.Windows;
using System.Windows.Controls;
using System.Windows.Documents;
using System.Windows.Ink;
using System.Windows.Input;
using System.Windows.Media;
using System.Windows.Media.Animation;
using System.Windows.Shapes;

namespace SilverlightClock
{
    public partial class Page : Canvas
    {
        public void Page_Loaded(object o, EventArgs e)
        {
            // Required to initialize variables
            InitializeComponent();
        }
    }
}
```

到目前为止，后台编码中的唯一方法是 Page_Loaded，根据以前编码.NET 应用程序的经验，读者此时应该已经熟悉该方法。这个方法只是在加载 XAML 页面时调用 Initialization 内容。

这时需要在页面的局部类中添加新方法 TickMarks_Loaded。暂时，只要按如下所示保留一个空方法即可：

```
public void TickMarks_Loaded(object sender, EventArgs e)
{
}
```

现在就有了直接从 XAML 文件中调用托管代码的功能。当然，该功能现在还做不了什么事情，但是它已经允许编写自定义代码来构建 XAML 文件。这是 Silverlight 的一个真正出色的功能。

前面提到过，可以在后台编码中采用几种方式编码直线。然而，这可能需要一些技巧。如果在代码中的一个新直线对象中编码，绘制它，然后将画布旋转一定的度数，并再次绘制直线，那么画面中仅显示最后的直线。后台编码处理图形对象的方式需要一点技巧。

比较容易的方式是在 XAML 中创建一个虚构的直线对象，然后在后台编码中用该代码反复添加同样的直线。也许听起来类似于执行相同的操作，但是至少有一个细微的区别：工作方式。

因此添加直线对象的第一步是在 XAML 文件中创建直线对象，代码如下所示。

```
<Line X1="295" Y1="50" X2="295" Y2="60" Stroke="#777777"
    StrokeThickness="1"></Line>
```

属性 X1 和 Y1 建立第一个坐标(295,50)，X2 和 Y2 建立第二个坐标(295,60)。这意味着在从 50 像素的刻度线沿 y 轴移动到 60 像素的刻度线，在 x 轴的 295 像素点上。最终结果是具有沿 x 轴上下 10 像素的直线，如图 B-13 所示。

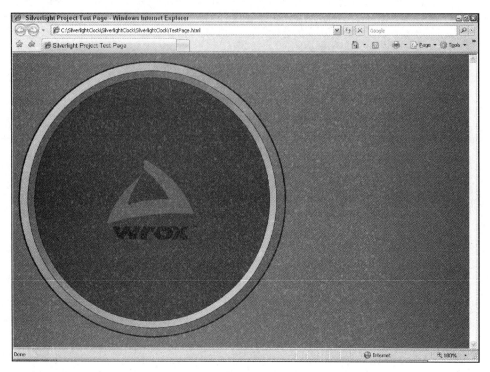

图 B-13

在本书的黑白背景中很难看到这条直线，在实际运行的钟面的 12 点位置处有一个小灰色直线，其颜色由直线对象的 Stroke 属性确定(#777777)，宽度由 StrokeThickness(1)属性确定。

在对该项目设置动画时，将采用该直线，然后绕着钟面旋转，并在不同的角度重新绘制。因此，现在也需要适当地设置旋转。可以通过将代码改为如下所示来完成该操作：

```
<Line X1="295" Y1="50" X2="295" Y2="60" Stroke="#777777" StrokeThickness="1">
  <Line.RenderTransform>
    <RotateTransform CenterX="295" CenterY="295" Angle="90"/>
  </Line.RenderTransform>
</Line>
```

在这段代码中，用 RotateTransform 设置建立了一个 RenderTransform 属性。如果在以前的 System.Drawing 命名空间(或者其前身 Graphics Device Interface，简写 GDI)中进行过任何图形编码，就应该熟悉这些术语。基本上，在这段代码中建立了封装该属性的 Line 对象的一个旋转(例如，在<Line>和</Line>标记之间出现的 RenderTranform)。

在 RotateTransform 中需要设置几个属性。前两个属性 CenterX 和 CenterY 设置绕其旋转的轴点。对于本示例，将绕时钟的中心点旋转直线，这也是 Silverlight 对象的中心点。由于从本附录前面知道时钟是 590×590 像素，因此中心点是(295,295)。如果时钟是 640×480 像素，就要将 CenterX 设置为 320，将 CenterY 设置为 240，以绕着这些尺寸的中心点旋转。但是，由于时钟是 590×590 像素，所以需要将 CenterX 和 CenterY 都设置为 295。

需要进行的另一个设置是 Angle 属性。为了便于说明，将该属性设置为 90，结果如图 B-14 所示。

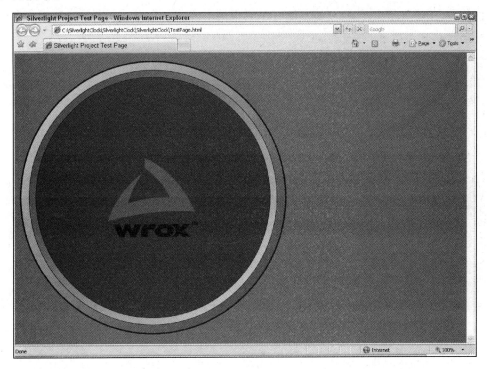

图 B-14

同样，如果由于书的色彩问题而看不到该直线，现在 10 像素的直线移动到 3 点钟的位置。现在，就有了用来创建其他 59 条直线所需的所有代码(当然有一些细微的调整)。

需要执行的操作是复制这段代码，以不同的角度插入 60 次。需要做的第一件事情是更新 TickMarks_Loaded 方法以包括将在这一步中使用的变量:

```
public void TickMarks_Loaded(object sender, EventArgs e)
{
    Canvas parentCanvas = (Canvas)this.FindName("TickMarks");
    string xaml = "";
    float angle = 0;
    Line line = new Line();
}
```

第一行是获取已经添加的 TickMarks 画布，因为它是需要在其上绘制所有直线的对象。

下一个变量 xaml 将存放刚才创建直线的 XAML 代码的字符串表示。接下来一个变量 angle 将用来存放绘制的当前直线的角度(绕时钟旋转时将修改该变量)。最后一个变量 line 存放将添加到画布的实际 Line 对象。

为了测试将采用的方法，需要用这个方法添加一条新直线。第一步是从 XAML 代码中修改 Line 对象，以使它适合于实际的字符串变量。为了完成该操作，需要在一行中放置所有代码(删除回车符)，并在所有引号前面插入一个反斜杠符号(以便引号不会断开字符串变量)。可能需要 Notepad 之类的软件来完成该操作，以便多次使用这段代码，而不会破坏其他任何代码(在将 XAML 代码再次复制到后台编码中之前，先将其复制到文本编辑器中)。代码应该看起来类似于如下所示。

```
<Line X1=\"295\" Y1=\"50\" X2=\"295\" Y2=\"60\" Stroke=\"#777777\"
    StrokeThickness=\"1\"><Line.RenderTransform><RotateTransform CenterX=\"295\"
    CenterY=\"295\" Angle=\"90\"/></Line.RenderTransform></Line>
```

现在需要向方法中添加该字符串，并用角度属性的占位符替换硬编码的角度。所用的方法现在应该类似于如下所示。

```
public void TickMarks_Loaded(object sender, EventArgs e)
{
    Canvas parentCanvas = (Canvas)this.FindName("TickMarks");
    string xaml = "";
    float angle = 0;
    Line line = new Line();

    xaml = "<Line X1=\"295\" Y1=\"50\" X2=\"295\" Y2=\"60\" Stroke=\"#777777\"
    StrokeThickness=\"1\"><Line.RenderTransform><RotateTransform CenterX=\"295\"
    CenterY=\"295\" Angle=\"" + angle + "\"/></Line.RenderTransform></Line>";
}
```

现在，为了使该项目实际地呈现一条直线，需要在 XAML 条目后面添加两行代码。

```
public void TickMarks_Loaded(object sender, EventArgs e)
{
    Canvas parentCanvas = (Canvas)this.FindName("TickMarks");
    string xaml = "";
    float angle = 0;
    Line line = new Line();

    xaml = "<Line X1=\"295\" Y1=\"50\" X2=\"295\" Y2=\"60\" Stroke=\"#777777\"
    StrokeThickness=\"1\"><Line.RenderTransform><RotateTransform CenterX=\"295\"
    CenterY=\"295\" Angle=\"" + angle + "\"/></Line.RenderTransform></Line>";
    line = (Line)XamlReader.Load(xaml);
    parentCanvas.Children.Add(line);
}
```

由于实例化变量时没有从 0° 开始修改角度，因此这段代码会在 0 位置绘制一条直线，如图 B-15 所示。

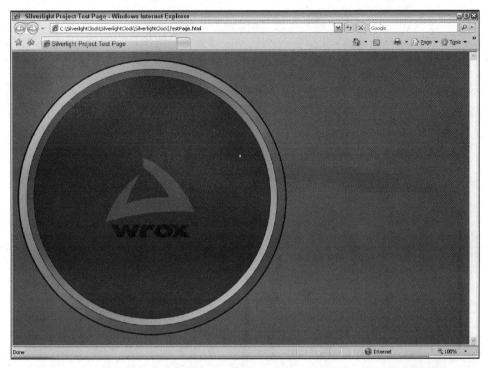

图 B-15

此时应该能够看到两条直线：一条在 12 点钟的位置，另一条在 3 点钟的位置。12 点钟处的直线通过 TickMarks_Load 方法绘制，而 3 点钟位置的直线通过 XAML 代码中仍然具有的硬编码版本绘制。此处不再需要 XAML 条目，因此可以删除 Page.xaml 中的相应代码行。至于 TickMarks_Loaded 方法，现在将新功能设置到一个 for 循环中，迭代 60 次，每次在一个新角度绘制一个新直线。为了完成该操作，应该将方法修改为如下所示。

```
public void TickMarks_Loaded(object sender, EventArgs e)
{
    Canvas parentCanvas = (Canvas)this.FindName("TickMarks");
    string xaml = "";
    float angle = 0;
    Line line = new Line();

    for (int x = 0; x < 60; x++)
    {
        angle = x * (360 / 60);
        xaml = "<Line X1=\"295\" Y1=\"50\" X2=\"295\" Y2=\"60\" Stroke=\"#777777\"
StrokeThickness=\"1\"><Line.RenderTransform><RotateTransform CenterX=\"295\"
CenterY=\"295\" Angle=\"" + angle + "\"/></Line.RenderTransform></Line>";
        line = (Line)XamlReader.Load(xaml);
        parentCanvas.Children.Add(line);
    }
}
```

使用这些附加的代码，现在遍历代码 60 次，并在每次迭代时更新角度。正如在本示例中看到的那样，需要更新代码，根据 360° 除以 60 条直线来修改角度。可以方便地编写代码如下。

```
angle = x * 6;
```

如果再次运行项目，现在则应如图 B-16 所示。

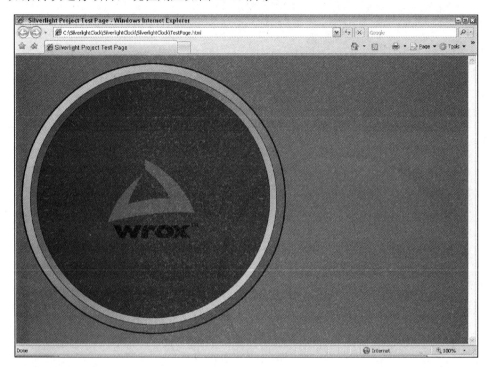

图 B-16

现在应该看到绕着钟面绘制了 60 条小直线。在这些直线上方，可以绘制 12 条更粗更长的直线以表示小时。为了完成该操作，需要复制和粘贴原始的 for 循环，并修改 xaml 变量以增加该直线的大小。更新后的 TickMarks_Loaded 方法应该如下所示。

```
public void TickMarks_Loaded(object sender, EventArgs e)
{
    Canvas parentCanvas = (Canvas)this.FindName("TickMarks");
    string xaml = "";
    float angle = 0;
    Line line = new Line();

    for (int x = 0; x < 60; x++)
    {
        angle = x * (360 / 60);
        xaml = "<Line X1=\"295\" Y1=\"50\" X2=\"295\" Y2=\"60\" Stroke=\"#777777\"
StrokeThickness=\"1\"><Line.RenderTransform><RotateTransform CenterX=\"295\"
CenterY=\"295\" Angle=\"" + angle + "\"/></Line.RenderTransform></Line>";
        line = (Line)XamlReader.Load(xaml);
```

```
        parentCanvas.Children.Add(line);
    }

    for (int y = 0; y < 12; y++)
    {
        angle = y * (360 / 12);
        xaml = "<Line X1=\"295\" Y1=\"40\" X2=\"295\" Y2=\"70\" Stroke=\"#CCCCCC\"
StrokeThickness=\"8\"><Line.RenderTransform><RotateTransform CenterX=\"295\"
CenterY=\"295\" Angle=\"" + angle + "\"/></Line.RenderTransform></Line>";
        line = (Line)XamlReader.Load(xaml);
        parentCanvas.Children.Add(line);
    }
}
```

复制和粘贴 for 循环后应修改的主要内容是在该示例代码中以粗体显示。具体地说，将 Y1 改为 40，将 Y2 改为 70。这将使直线为 30 像素长，而不是较短刻度线的 10 像素。也需要修改描边颜色和粗细以进一步分离刻度线。

如果现在重新运行项目，应该看到如图 B-17 所示的图像。

图 B-17

因此，适当添加新的代码，现在所有的刻度线已在时钟上各就各位。下面应该添加时针、分针和秒针，并使其绕着时钟转动。最后，将时钟设置为正确的时间。但是，第一件需要完成的事情是：添加时针。

B.3.5　添加钟针

在开始使钟针转动或将其设置为正确的时间之前，需要先实际绘制。为此，需要绘制 3 根"针"。第一根是秒针，可以是一根长直线，两端都超出时针和分针。为了美观，秒针末端应呈圆形，看起来比矩形好。可以用下面的代码添加秒针(确保在 TickMarks 画布后添加它)：

```
<Line Name="SecondHand" Stroke="#1D2BF2" StrokeThickness="5" X1="295" Y1="50"
    X2="295" Y2="340" StrokeEndLineCap="Round" StrokeStartLineCap="Round"></Line>
```

即便以后在代码中不会引用，也应设置 Name 属性：这是一个良好的习惯。X1、X2、Y1 和 Y2 坐标应该看起来比较熟悉，因为在刻度线示例中使用过这些坐标。它们只是绘制一条通过刻度线并延伸到图像中轴的直线。此外，也添加了 StrokeStartLineCap 和 Strokde-EndLineCap 属性，并将其都设置为 Round(具体的选项是 Flat、Square、Round 和 Triangle)。虽然颜色可随意设置，但是在本示例中，将该直线连同其他指针一起设置为略带紫色(都是基于蓝色)。

如果此时运行项目，应该看到如图 B-18 所示的外观。

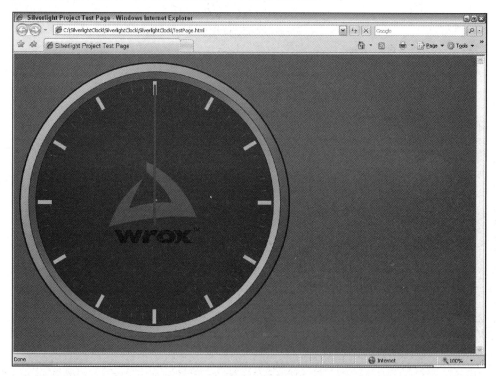

图 B-18

这时，秒针给人的印象并不深刻；它只是一条直线。然而，随着项目的成熟，就会看到它如何变成时钟的秒针。

下一步是添加分针。对于该图像，需要绘制一个三角形，该三角形指向较大刻度线的下方，并稍微超出时钟中轴的下端。可以通过 Polygon 绘图对象来完成分针的绘制，代码如下所示。

```
<Polygon Name="MinuteHand" Stroke="#0E528C" StrokeThickness="3" Fill="#167ED9"
    Points="295,90 310,315 280,315"></Polygon>
```

这个对象有很多您已经熟悉的设置，如 Name、Stroke、StrokeThickness 和 Fill。事实上，唯一的新属性是 Points 属性。这个属性允许输入很多组点(两个数字之间通过逗分隔)，每组之间通过空格分隔。本示例使用 3 个点——(295,90)、(310,315)和(280,315)——来绘制一个三角形，将该三角形用作分针。如果再次运行应用程序，它应如图 B-19 所示。

在本书中可能看不清楚创建的图像，但是在项目中应该能够看到创建了一个三角形图像，它作为分针以及超出其上和其下的秒针(虽然当图像是静态的时候超出其上的部分确实很难看出来)。

现在需要重复一些创建指针的过程。为此可以使用如下代码。

```
<Polygon Name="HourHand" Stroke="#0E1573" StrokeThickness="2" Fill="#1A27D9"
    Points="295,140 310,310 280,310"></Polygon>
```

图 B-19

可以看到这段代码几乎与 MinuteHand 示例的代码完全相同。设置了相同的属性；只是值设置得略有不同。例如，重点是仍然通过 3 个点绘制了一个三角形，只是这个三角形要小一些(顶点在 x 轴上略向下一些，底边在 x 轴上稍高一些)。

如果这时运行项目中的示例，应该如图 B-20 所示。

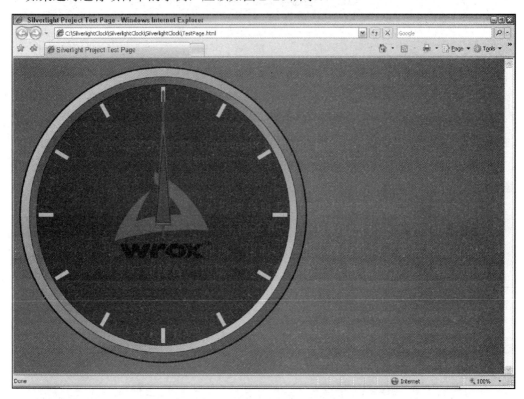

图 B-20

与前面一样，可能在书中难以看到不同的指针。然而在构建的项目中，应该能看出有3 个指针(即使区别很小)。随着项目的逐渐完善，图像的这种相似性应该不是大问题(钟针始终会转动)。然而，此时可能有些难以注意到其区别。如果靠近观察，可以看出分针比时针长，秒针比分针和时针都长。目前能观察到这些区别即可。

最后，可能需要在时钟的中轴上放置一个小型中心圆帽，以显示旋转发生的位置。这可以是一个位于针对象上方的小型椭圆对象，代码很简单。

```
<Ellipse Name="ClockCenter" Canvas.Left="289" Canvas.Top="289" Height="12"
    Width="12" Fill="#000000"/>
```

这段代码在时钟的中心添加一个 12×12 像素的黑色椭圆(必须从中心 x 和 y 坐标或 295像素处退回椭圆大小的一半，即 6 像素，以确保图像以图像的中轴为中心)。添加这个中心圆帽之后，结果如图 B-21 所示。

图 B-21

现在可以开始使指针转动。

B.3.6   使钟针转动

目前已经具有时钟的指针，但这些指针是静态的。需要添加一些动画，使其在钟面上转动。

为了开始了解如何完成该操作，需要修改秒针代码以包括 RotateTransform 属性，这段代码类似于在本附录前面创建刻度线时使用的代码：

```
<Line Name="SecondHand" Stroke="#1D2BF2" StrokeThickness="5" X1="295" Y1="50"
   X2="295" Y2="340" StrokeEndLineCap="Round" StrokeStartLineCap="Round">
    <Line.RenderTransform>
     <RotateTransform Name="SecondHandRotation" CenterX="295"
    CenterY="295" Angle="90"/>
    </Line.RenderTransform>
</Line>
```

如果遵循本附录到目前为止的指导，那么对这段代码应该非常熟悉。它做的唯一事情是将直线绕时钟的中轴旋转 90°。如果这时运行项目，应看起来如图 B-22 所示。

图 B-22

现在已经设置了旋转对象，接下来就需要让它转动，方法是向代码中添加如下代码来为直线建立 DoubleAnimation。

```
<Line Name="SecondHand" Stroke="#1D2BF2" StrokeThickness="5" X1="295" Y1="50"
   X2="295" Y2="340" StrokeEndLineCap="Round" StrokeStartLineCap="Round">
  <Line.RenderTransform>
    <RotateTransform Name="SecondHandRotation" CenterX="295"
CenterY="295" Angle="90"/>
  </Line.RenderTransform>
  <Line.Triggers>
    <EventTrigger RoutedEvent="Line.Loaded">
      <BeginStoryboard>
        <Storyboard>
          <DoubleAnimation Name="SecondHandAnimation"
Storyboard.TargetName="SecondHandRotation"
Storyboard.TargetProperty="Angle" From="0" To="360" Duration="0:1:0"
RepeatBehavior="Forever"/>
        </Storyboard>
      </BeginStoryboard>
    </EventTrigger>
  </Line.Triggers>
</Line>
```

这段代码中所做的第一件事情是建立一个将强制执行封装代码的触发器。在本示例中，希望在加载直线时触发该触发器。因此，在 EventTrigger 中将 RoutedEvent 属性设置为 Line.Loaded。再次声明，这将要求 Silverlight 应用程序在加载这个特定直线对象时运行封装代码。

下面几行建立情节串连图板（storyboard），情节串连图板封装了一个或多个动画对象。不需要为 BeginStoryBoard 或 StoryBoard 设置属性，而只需要适当地放置它们即可。

下一部分 DoubleAnimation 是完成实际工作的位置。DoubleAnimation 建立了一个动画，从一点向另一点移动一定的距离。这可能意味着在画布中从一点向另一点移动，也可能意味着从一个图像向另一个图像变动一个不透明的百分度(渐浅或渐深)。然而对于本示例，它用来将 SecondHandRotation 的角度从 0°旋转到 360°。因此，需要设置如下属性作为 DoubleAnimation 的一部分。

- Name——需要设置这个属性是因为在后面的代码中需要引用它。可以将该属性设置为需要设置的任何名称，但是对于本附录的示例来说，将使用 SecondHandAnimation。
- Storyboard.TargetName——这是 XAML 代码中需要作为目标的对象。对于本示例，需要以称为 SecondHandRotation 的 RotateTransform 对象作为 Line 的目标。
- Storyboard.TargetProperty——这是在需要操作的 Storyboard.TargetName 中定义的对象的属性。在本示例中，需要修改旋转的角度，因此需要以 Angle 属性为目标。
- From——将该属性设置为 0；需要从 0°开始修改角度。
- To——将该属性设置为 360；需要在 360°处结束修改角度(整圆)。
- Duration——这个属性是以如下格式设置的：hours:minutes:seconds。由于希望持续时间为 1 分钟(秒针绕时钟转一圈)，因此需要将这个属性设置为 0:1:0，表示 0 小时 1 分钟 0 秒。
- RepeatBehavior——将其设置为"Forever"，以便动画在初始循环后继续进行。

如果再次运行该项目，将看到秒针现在以正确的速率绕时钟转动(从 12 点钟的位置转回到 12 点钟的位置花费 1min 时间)。

接下来对分针和时针重复相同的步骤。这两个对象的代码现在应该如下所示：

```
<Polygon Name="MinuteHand" Stroke="#0E528C" StrokeThickness="3"
  Fill="#167ED9" Points="295,90 310,315 280,315">
  <Polygon.RenderTransform>
    <RotateTransform Name="MinuteHandRotation" CenterX="295"
CenterY="295" Angle="90"/>
  </Polygon.RenderTransform>
  <Polygon.Triggers>
    <EventTrigger RoutedEvent="Polygon.Loaded">
      <BeginStoryboard>
        <Storyboard>
          <DoubleAnimation Name="MinuteHandAnimation"
Storyboard.TargetName="MinuteHandRotation" Storyboard.TargetProperty="Angle"
From="0" To="360" Duration="1:0:0" RepeatBehavior="Forever"/>
        </Storyboard>
      </BeginStoryboard>
    </EventTrigger>
  </Polygon.Triggers>
</Polygon>

<Polygon Name="HourHand" Stroke="#0E1573" StrokeThickness="2" Fill="#1A27D9"
  Points="295,140 310,310 280,310">
```

```
  <Polygon.RenderTransform>
    <RotateTransform Name="HourHandRotation" CenterX="295"
CenterY="295" Angle="90"/>
  </Polygon.RenderTransform>
  <Polygon.Triggers>
    <EventTrigger RoutedEvent="Polygon.Loaded">
      <BeginStoryboard>
        <Storyboard>
          <DoubleAnimation Name="HourHandAnimation"
Storyboard.TargetName="HourHandRotation" Storyboard.TargetProperty="Angle"
From="0" To="360" Duration="12:0:0" RepeatBehavior="Forever"/>
        </Storyboard>
      </BeginStoryboard>
    </EventTrigger>
  </Polygon.Triggers>
</Polygon>
```

基本上是为这些对象建立与直线相同的属性；主要区别是持续时间。例如，对于分针，需要将持续时间设置为 1 小时(例如 1:0:0)，而时针的持续时间为 12 小时(例如 12:0:0)。正如您所预期的那样，按照这种方式设置这些属性将导致分针在一小时内绕时钟转动一整圈，而时针在 12 小时内转动一整圈。

如果编译项目并让其运行一段时间，现在应该看到如图 B-23 所示的图像。

图 B-23

显然，使用这个静态图像不可能看到出现动画。然而，可以看到时针、分针和秒针都在钟面上的不同位置以各自的步幅转动。这表示动画已经正确地设置，并按照秒表的方式运作。现在需要将时钟设置为实际反映当前时间。

B.3.7　步骤 7：设置时间

该项目的最后一步是使时钟的时间反映实际时间，为了完成该工作，需要回到 Page.xaml.cs 文件中的托管代码。

为了设置时间，需要使用一些前面绘制刻度线时看到的相同功能。需要创建一个方法来设置当前时间，然后取出画布中的某些对象(动画对象)并修改每个对象的属性。

第一步是在 Page.xaml.cs 文件中建立新方法。

```
public void SetCurrentTime()
{
}
```

在新方法中，需要设置在整个过程中使用的变量。

```
public void SetCurrentTime()
{
    Canvas canvas = (Canvas)this.FindName("parentCanvas");
    DateTime date = DateTime.Now;
    int seconds = date.Second;
    int minutes = date.Minute;
    int hours = date.Hour;
}
```

与前面一样，在代码中建立一个画布对象。然而，与刻度线示例不同，取出名为 parentCanval 的父画布，以便在整个步骤中使用。您也得到了当前日期，以及从日期派生的当前秒、分和小时，并将其存储在一个 int 变量中。

下一步是进行一些数学运算来得到每个时针的角度。

```
public void SetCurrentTime()
{
    Canvas canvas = (Canvas)this.FindName("parentCanvas");
    DateTime date = DateTime.Now;
    int seconds = date.Second;
    int minutes = date.Minute;
    int hours = date.Hour;

    float secondAngle = seconds * (360 / 60);
    float minutesAngle = (minutes * (360 / 60)) + (secondAngle / 60);
    float hoursAngle = (hours * (360 / 12)) + (minutesAngle / 12);
}
```

秒公式最容易理解。得到总秒数并计算该数量总计的转数。每秒一定会旋转 6°(总共 360° 除以 60 个增量——一个增量表示一秒)。

第二个和第三个公式有些复杂。它们都从相同的基本方法开始(计算该数值表示的总转数)。例如，对于分公式，需要计算所在的分钟数等于多少转数。然而，对于这两个公式，还需要考虑时钟的另一方面。例如，如果时间是 1:55PM，并且将时针设置为直接指向 1 点钟的位置，它不会指向距离 2 点钟差 5 分钟的位置时针。因此，在时间转换到 2 点钟时，时针仍然在 1 点钟的位置。因此，您需要当前小时位置(在本示例中是 1)和下一小时位置(在本示例中是 2)之间流逝的时间百分数。为了继续本示例，如果当前时间是 1:55，那么流逝了一小时的 55/60，需要将时针调整这个数量。

这时就有了时针需要的所有角度，因此只要通过 XAML 调整动画以反映这些新角度即可。为了完成该操作，需要调整方法以向 XAML 代码中添加这些角度中的每个角度。

```csharp
public void SetCurrentTime()
{
    Canvas canvas = (Canvas)this.FindName("parentCanvas");
    DateTime date = DateTime.Now;
    int seconds = date.Second;
    int minutes = date.Minute;
    int hours = date.Hour;

    float secondAngle = seconds * (360 / 60);
    float minutesAngle = (minutes * (360 / 60)) + (secondAngle / 60);
    float hoursAngle = (hours * (360 / 12)) + (minutesAngle / 12);

    DoubleAnimation secondRotation = (DoubleAnimation)canvas.FindName
    ("SecondHandAnimation");
    secondRotation.From = secondAngle;
    secondRotation.To = secondAngle + 360;

    DoubleAnimation minuteRotation =
    (DoubleAnimation)canvas.FindName("MinuteHandAnimation");
    minuteRotation.From = minutesAngle;
    minuteRotation.To = minutesAngle + 360;

    DoubleAnimation hourRotation =
    (DoubleAnimation)canvas.FindName("HourHandAnimation");
    hourRotation.From = hoursAngle;
    hourRotation.To = hoursAngle + 360;
}
```

使用这 3 个代码块，首先会在画布上查找适当的 DoubleAnimation 对象。找到该对象之后，就将 To 属性设置为适当的角度，然后将 From 角度设置为相同角度加上 360°。这样会让动画从给定时间的适当角度开始旋转一整圈。

最后一步是实际调用这个新方法。完成该操作最容易的方式是从现有 Page_Loaded 方法中执行方法调用。

```csharp
public void Page_Loaded(object o, EventArgs e)
{
    // Required to initialize variables
    InitializeComponent();

    SetCurrentTime();
}
```

如果现在运行项目，应看到时钟现在类似于当前时间，如图 B-24 所示。

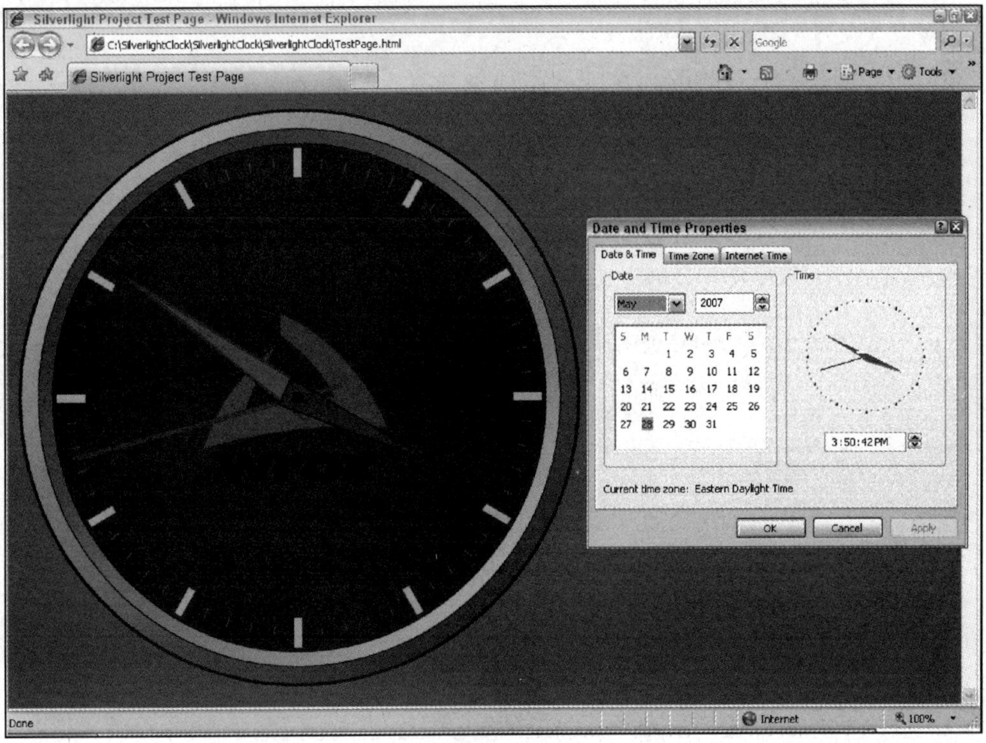

图 B-24

从图 B-24 中可以看出，Silverlight 时钟和 Windows System Clock 都被设置为 3:50:42PM。可以看出分针接近 51 的位置(因为它是第 50 分钟的 42 秒)，时针接近 4 点钟的位置(因为分时在 60 个位置的第 50 个位置处)。

增加最后一段代码之后，就具有了一个完全能用的时钟！

B.3.8　时钟项目代码

学习了所有页面的零碎内容时，现在有必要列出完整项目的代码。本节只是提供本项目各部分创建的所有页面的最终副本。

1. Page.xaml

```
<Canvas x:Name="parentCanvas"
        xmlns="http://schemas.microsoft.com/client/2007"
        xmlns:x="http://schemas.microsoft.com/winfx/2006/xaml"
        Loaded="Page_Loaded"
        x:Class="SilverlightClock.Page;assembly=ClientBin/SilverlightClock.dll"
        Width="590"
        Height="590"
        Background="Transparent"
    >
```

```xml
<Ellipse Height="590" Width="590" Stroke="#000000" StrokeThickness="3">
  <Ellipse.Fill>
    <LinearGradientBrush StartPoint="0,0" EndPoint="1,1">
      <GradientStop Color="#eeeeee" Offset="0"/>
      <GradientStop Color="#444444" Offset="1"/>
    </LinearGradientBrush>
  </Ellipse.Fill>
</Ellipse>

<Ellipse Height="550" Width="550" Stroke="#000000" StrokeThickness="1"
Canvas.Left="20" Canvas.Top="20">
  <Ellipse.Fill>
    <LinearGradientBrush StartPoint="1,1" EndPoint="0,0">
      <GradientStop Color="#eeeeee" Offset="0"/>
      <GradientStop Color="#444444" Offset="1"/>
    </LinearGradientBrush>
  </Ellipse.Fill>
</Ellipse>

<Ellipse Height="520" Width="520" Stroke="#000000" Canvas.Left="35"
  Canvas.Top="35" Fill="#333333" />

<Image Source="images/wrox_logo.png" Canvas.Left="195" Canvas.Top="209.5"/>

<Canvas Name="TickMarks" Loaded="TickMarks_Loaded"/>

<Line Name="SecondHand" Stroke="#1D2BF2" StrokeThickness="5" X1="295"
  Y1="50" X2="295" Y2="340" StrokeEndLineCap="Round" StrokeStartLineCap="Round">
  <Line.RenderTransform>
    <RotateTransform Name="SecondHandRotation" CenterX="295"
CenterY="295" Angle="90"/>
  </Line.RenderTransform>
  <Line.Triggers>
    <EventTrigger RoutedEvent="Line.Loaded">
      <BeginStoryboard>
        <Storyboard>
          <DoubleAnimation Name="SecondHandAnimation"
Storyboard.TargetName="SecondHandRotation" Storyboard.TargetProperty="Angle"
From="0" To="360" Duration="0:1:0" RepeatBehavior="Forever"/>
        </Storyboard>
      </BeginStoryboard>
    </EventTrigger>
  </Line.Triggers>
</Line>

<Polygon Name="MinuteHand" Stroke="#0E528C" StrokeThickness="3"
  Fill="#167ED9" Points="295,90 310,315 280,315">
    <Polygon.RenderTransform>
      <RotateTransform Name="MinuteHandRotation" CenterX="295"
  CenterY="295" Angle="90"/>
```

```xml
      </Polygon.RenderTransform>
      <Polygon.Triggers>
        <EventTrigger RoutedEvent="Polygon.Loaded">
          <BeginStoryboard>
            <Storyboard>
              <DoubleAnimation Name="MinuteHandAnimation"
Storyboard.TargetName="MinuteHandRotation" Storyboard.TargetProperty="Angle"
From="0" To="360" Duration="1:0:0" RepeatBehavior="Forever"/>
            </Storyboard>
          </BeginStoryboard>
        </EventTrigger>
      </Polygon.Triggers>
    </Polygon>

    <Polygon Name="HourHand" Stroke="#0E1573" StrokeThickness="2"
Fill="#1A27D9" Points="295,140 310,310 280,310">
      <Polygon.RenderTransform>
        <RotateTransform Name="HourHandRotation" CenterX="295"
CenterY="295" Angle="90"/>
      </Polygon.RenderTransform>
      <Polygon.Triggers>
        <EventTrigger RoutedEvent="Polygon.Loaded">
          <BeginStoryboard>
            <Storyboard>
              <DoubleAnimation Name="HourHandAnimation"
Storyboard.TargetName="HourHandRotation" Storyboard.TargetProperty="Angle"
From="0" To="360" Duration="12:0:0" RepeatBehavior="Forever"/>
            </Storyboard>
          </BeginStoryboard>
        </EventTrigger>
      </Polygon.Triggers>
    </Polygon>

    <Ellipse Name="ClockCenter" Canvas.Left="289" Canvas.Top="289"
Height="12" Width="12" Fill="#000000"/>

</Canvas>
```

2. Page.xaml.cs

```csharp
using System;
using System.Windows;
using System.Windows.Controls;
using System.Windows.Documents;
using System.Windows.Ink;
using System.Windows.Input;
using System.Windows.Media;
using System.Windows.Media.Animation;
using System.Windows.Shapes;

namespace SilverlightClock
```

```
{
    public partial class Page : Canvas
    {
        public void Page_Loaded(object o, EventArgs e)
        {
            // Required to initialize variables
            InitializeComponent();

            SetCurrentTime();
        }

        public void TickMarks_Loaded(object sender, EventArgs e)
        {
            Canvas parentCanvas = (Canvas)this.FindName("TickMarks");
            string xaml = "";
            float angle = 0;
            Line line = new Line();

            for (int x = 0; x < 60; x++)
            {
                angle = x * (360 / 60);
                xaml = "<Line X1=\"295\" Y1=\"50\" X2=\"295\" Y2=\"60\"
Stroke=\"#777777\" StrokeThickness=\"1\"><Line.RenderTransform><RotateTransform
CenterX=\"295\" CenterY=\"295\" Angle=\"" + angle + "\"/>
</Line.RenderTransform></Line>";
                line = (Line)XamlReader.Load(xaml);
                parentCanvas.Children.Add(line);
            }

            for (int y = 0; y < 12; y++)
            {
                angle = y * (360 / 12);
                xaml = "<Line X1=\"295\" Y1=\"40\" X2=\"295\" Y2=\"70\"
Stroke=\"#CCCCCC\" StrokeThickness=\"8\"><Line.RenderTransform>
<RotateTransform CenterX=\"295\" CenterY=\"295\" Angle=\"" + angle + "\"/>
</Line.RenderTransform></Line>";
                line = (Line)XamlReader.Load(xaml);
                parentCanvas.Children.Add(line);
            }
        }

        public void SetCurrentTime()
        {
            Canvas canvas = (Canvas)this.FindName("parentCanvas");
            DateTime date = DateTime.Now;
            int seconds = date.Second;
            int minutes = date.Minute;
            int hours = date.Hour;

            float secondAngle = seconds * (360 / 60);
```

```
        float minutesAngle = (minutes * (360 / 60)) + (secondAngle / 60);
        float hoursAngle = (hours * (360 / 12)) + (minutesAngle / 12);

        DoubleAnimation secondRotation =
    (DoubleAnimation)canvas.FindName("SecondHandAnimation");
        secondRotation.From = secondAngle;
        secondRotation.To = secondAngle + 360;

        DoubleAnimation minuteRotation =
    (DoubleAnimation)canvas.FindName("MinuteHandAnimation");
        minuteRotation.From = minutesAngle;
        minuteRotation.To = minutesAngle + 360;

        DoubleAnimation hourRotation =
    (DoubleAnimation)canvas.FindName("HourHandAnimation");
        hourRotation.From = hoursAngle;
        hourRotation.To = hoursAngle + 360;
    }

    }
}
```

3. TestPage.html

```
<html xmlns="http://www.w3.org/1999/xhtml">
<!-- saved from url=(0014)about:internet -->
<head>
    <title>Silverlight Project Test Page </title>
    <script type="text/javascript" src="Silverlight.js"></script>
    <script type="text/javascript" src="TestPage.html.js"></script>
</head>

<!-- Give the keyboard focus to the Silverlight control by default -->
<body onload="document.getElementById('SilverlightControl').focus()"
    style="background-color: SteelBlue;">
        <div id="SilverlightControlHost" >
            <script type="text/javascript">
                createSilverlight();
            </script>
        </div>
</body>
</html>
```

4. TestPage.html.js

```
// JScript source code

//contains calls to silverlight.js, example below loads Page.xaml
function createSilverlight()
{
    Sys.Silverlight.createObjectEx({
        source: "Page.xaml",
```

```
            parentElement: document.getElementById("SilverlightControlHost"),
            id: "SilverlightControl",
            properties: {
                width: "590",
                height: "590",
                version: "0.95",
                enableHtmlAccess: true,
                isWindowless:'true',
                background:'#00FFFFFF'
            },
            events: {}
    });
}
```

B.4　Silverlight 考虑事项

在考虑向 Web 项目中实现 Silverlight 时，您会帮助自己和客户衡量其是否符合访问站点访问者的需要。一方面，为了看到所有内容，需要一个客户端插件。虽然 Microsoft 公司声称此文件小于 2MB，但是即便是这么小的文件，仍然会是连接较慢或没有在系统上安装插件权限的用户的一种负担(比如作为公司网络系统安全的一部分，用户被锁定不允许安装新软件)。如果访问者不能安装插件或由于它的大小而选择不安装，那么就看不到您的内容。

然而，更重要的问题是可访问性问题。您可能记得第 2 章中讨论的可访问性，Web 页面如今越来越需要使 Internet 的所有用户都可访问。由于这个原因，类似于 AJAX 的较新技术被仔细检查，因为这些技术不能使所有人都可访问(没有将任何页面头发送到浏览器，所以屏幕阅读器识别不出已经将新内容放在页面上)。

那么 Silverlight 的可访问性如何呢？目前还不是太好。首先，它完全依赖于 JavaScript。当然，本附录的重点在于将程序改为采用 Silverlight 操作方式的托管代码。但是一开始如何实例化 Silverlight 对象呢？该对象由一个 JavaScript 函数调用。记住 Silverlight 的基本基础包含在链接的 Silverlight.js JavaScript 文件中。如果关闭浏览器中的 JavaScript，时钟项目将看起来如图 B-25 所示。

从图 B-25 中可以发现，看不到任何内容。没有时钟，也没有警告信息。Silverlight 没有生效。

第 2 章中介绍过 JavaScript 之所以不会产生问题是因为有可访问性标准。很多人，不管是否因为公司安全性设置还是个人偏爱，都禁用了 JavaScript。如果 JavaScript 没有启用，Silverlight 就不会生效。

Microsoft 公司曾公开声明过计划在将来的版本中解决可访问性问题。然而，作为 Silverlight 的 Alpha 1.1 版本，这个问题还没有解决。Microsoft 公司仍然乐观地相信可以解决可访问性问题，因为 XAML 是基于文本的，而且应该很容易由文本阅读器翻译过来。然而，这一工作还没有完成，因此 Silverlight 不具备可访问性。我们希望它会具备可访问性，但是需要知道的是，至少在它的当前版本中还不具备可访问性。这是在规划是否将 Silverlight 集成到未来项目中时需要认真考虑的问题。

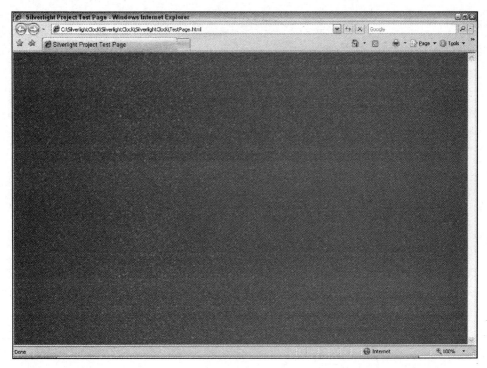

图 B-25

B.5 小结

Silverlight 是面向.NET 开发人员的一个激动人心的新工具,它可能完全颠覆了 Web 站点的设计方式。利用.NET 托管代码的功能,Silverlight 具有了提供丰富多媒体界面的能力。可以绘制基于矢量的图形,并包括各种浏览器支持的动画和交互。最终将具有多媒体编程的能力,这一般是通过已经适应的 Visual Studio IDE 中的其他程序权限实现的。该语言是基于 XML 的 XAML,有一个.NET 后台编码。通过该工具可以开始体验以前可能没有用过的设计功能,而不会强迫用户脱离习惯的编码方式。

当进入这个平台时需要看一下一些限制和考虑事项。有一个大约 2MB 的插件,所有用户都要安装它才能看到新设计技能。更重要的是,Silverlight 目前不符合可访问性标准。我们希望可访问性问题将随着 Silverlight 项目的成熟而得到解决,而且随着更多用户安装它或者可能将其包装在一些浏览器中,插件将是越来越微不足道的问题。但是,至少在 Silverlight 的初期,您需要记住这些事情。

然而,即便有这些限制,Silverlight 仍然是对 Microsoft 公司推出的 Web 开发的激动人心的增强项目。除了本附录介绍的内容之外,还有一些独立的程序(例如 Microsoft Expression Studio)允许设计人员设计项目,然后将设计交给开发人员关联到.NET 功能中,将 Expression 的产品完美地集成到 Visual Studio 中。这是 Microsoft 公司的一个崭新战场,有趣的市场争夺即将上演。

有奖有活动！

Wrox，秉承 "程序员为程序员而著" 的出版理念，曾出版过无数畅销全世界的优秀编程类图书，备受广大程序员推崇，是程序员心目中神圣的出版公司。

为了能够进一步提高 Wrox 红皮书的出版质量，我们希望广大读者和专业人士参与到该套图书的出版和发行过程中来。凡是在下面几个方面有良好建议或者贡献者，都将得到一份礼品：

◑ 对该套图书提出内容质量(特别是翻译质量)修改建议；
◑ 对该套图书的封面、版式、装帧设计、用纸等提出有效建议；
◑ 对该套图书的读者服务等提出建设性意见；
◑ 对该套图书的市场推广提出可操作性的有益建议；
◑ 愿意参与该套图书的翻译或审校工作(稿费另议)。

请将建议和意见反馈至 wkservice@vip.163.com。来信时，请说明自己的建议或意见所针对的图书名称或情况，邮件标题最好为图书书名。下面是礼品清单。

来信时，请标明自己希望得到哪一种礼品：

◑ 《敏捷估计与规划》一本；
◑ 《Java 编程艺术》一本；
◑ 《C++编程艺术》一本；
◑ 《搜商——人类的第三种能力》一本；
◑ 《苹果传奇(第2版)》一本；
◑ 《搜主义：Google 持续成长的秘密》一本；

Wrox 红皮书——VS 2008 与 .NET 3.5 经典系列

中文版书号	中文书名 / 英文书名	定价
9787302181194	《ASP.NET 3.5 高级编程（第5版）》上、下卷 / Professinal ASP.NET 3.5 in C# and VB	158.00 元
9787302185833	《ASP.NET 3.5 入门经典——涵盖 C#和 VB.NET（第5版）》 / Beginning ASP.NET 3.5 In C# and VB	88.00 元
9787302184959	《C#高级编程（第6版）》 / Professional C# 2008	158.00 元
9787302185871	《C#入门经典（第4版）》 / Beginning Microsoft Visual C# 2008	118.00 元
9787302194637	《Visual C++ 2008 入门经典》 / Ivor Horton's Beginning Visual C++ 2008	128.00 元
9787302194736	《Visual Basic 2008 入门经典（第5版）》 / Beginning Microsoft Visual Basic 2008	98.00 元
9787302198857	《LINQ高级编程》 / Professional LINQ	48.00 元
9787302200840	《代码重构（Visual Basic 版）》 / Professional Refactoring with Visual Basic	68.00 元

英文版书号	中文书名(暂定) / 英文书名	预计出版日期
9780470191361	《Visual Basic 2008 高级编程（第6版）》 / Professional Visual Basic 2008	09.05
9780470182628	《Visual Basic 2008 编程参考手册》 / Visual Basic 2008 Programmer's Reference	09.05
9780470247969	《SQL Server 2008 高级管理教程》 / Professional Microsoft SQL Server 2008 Administration	09.09
9780470229880	《Visual Studio 2008 高级编程》 / Professional Visual Studio 2008	09.08

为了帮助中国程序员快速了解 Visual Studio 2005 的新功能和高效开发方法，全面提升自己的.NET 开发能力，清华大学出版社第一时间从全球知名编程类图书出版公司 Wrox 引进这套.NET 编程大系，品种齐全，内容权威，相信它们能够满足您学习.NET 2.0/3.0 编程知识的需要。

Wrox 红皮书——VS 2005 和.NET 2.0/3.0 经典系列

中文版书号	中文书名	英文书名	定价
02127352	《C#入门经典（第 3 版）》	Beginning Visual C# 2005	98.00 元
02138036	《C#高级编程（第 4 版）》	Professional C# 2005	128.00 元
302133247	《ASP.NET 2.0 入门经典（第 4 版）》	Beginning ASP.NET 2.0	78.00 元
7302139067	《ASP.NET 2.0 高级编程（第 4 版）》	Professional ASP.NET 2.0	128.00 元
7302112549X	《ASP.NET 2.0 数据库入门经典（第 4 版）》	Beginning ASP.NET 2.0 Databases	48.00 元
7302141169	《ASP.NET 2.0 XML 高级编程（第 3 版）》	Professional ASP.NET 2.0 XML	59.90 元
7302141169	《ASP.NET 2.0 编程珠玑——来自 MVP 的权威开发指南》	ASP.NET 2.0 MVP Hacks and Tips	48.00 元
9787302154839	《ASP.NET 2.0 数据库入门经典(特别版)》	Beginning ASP.NET 2.0 and Databases	58.00 元
9787302157014	《ASP.NET 2.0 高级编程(特别版)》	Professional ASP.NET 2.0 Special Edition	138.00 元
9787302141822	《Web Parts 与自定义控件高级编程(ASP.NET 2.0 版)》	Professional Web Parts and Custom Controls with ASP.NET 2.0	49.80 元
7302134758	《Visual Basic 2005 入门经典（第 4 版）》	Beginning Visual Basic 2005	79.90 元
9787302149897	《Visual Basic 2005 数据库入门经典(第 4 版)》	Beginning VB 2005 Databases	78.00 元
7302137579	《Visual Basic 2005 数据库专家编程》	expert one-on-one Visual Basic 2005 Database Programming	68.00 元
7302140790	《Visual Basic 2005 高级编程(第 4 版)》	Professional VB 2005	99.90 元
9787302142713	《Visual C++ 2005 入门经典》	Beginning Visual C++ 2005	118.00 元
9787302151845	《.NET Framework 2.0 高级编程》	Professional .NET Framework 2.0	68.00 元
9787302160793	《Visual Studio 2005 Team System 专家教程》	Professional Visual Studio 2005 Team System	78.00 元
9787302163800	《C# 2005 编程进阶与参考手册》	C# 2005 Programmer's Reference	39.99 元
9787302164517	《C# 2005 & .NET 3.0 高级编程（第 5 版）》	Professional C# 2005 with .NET 3.0	158.00 元
9787302166986	《DotNetNuke 4 高级编程》	Professional DotNetNuke 4: Open Source Web Application Framework for ASP.NET 2.0	59.80 元
9787302167792	《VB 2005 & .NET 3.0 高级编程（第 5 版）》	Professional VB 2005 With .NET 3.0	128.00 元
9787302172468	《Visual Basic 2005 编程参考手册》	Visual Basic 2005 Programmer's Reference	118.00 元
9787302175520	《Visual Studio 2005 高级编程》	Professional Visual Studio 2005	98.00 元
9787302174646	《ASP.NET 2.0 网站开发全程解析(第 2 版)》	ASP.NET 2.0 Web Site Programming: Problem-Design-Solution	69.00 元
9787302177289	《ASP.NET 2.0 AJAX 入门经典》	Beginning ASP.NET 2.0 AJAX	39.99 元
9787302179405	《ASP.NET 2.0 AJAX 高级编程》	Professional ASP.NET 2.0 AJAX	48.00 元
9787302179535	《Visual Basic 2005 设计与开发专家教程》	Expert one-on-one Visual Basic 2005 Design and Development	69.80 元
9787302184430	《Windows Workflow Foundation 高级编程》	Professional Windows Workflow Foundation	48.00 元
9787302184423	《WCF 高级编程》	Professional WCF Programming	48.00 元
9787302185529	《Visual Studio 2005 Team System 软件测试专家教程》	Professional Software Testing with Visual Studio 2005 Team System	49.80 元
9787302183563	《WPF 高级编程》	Professional WPF Programming	56.00 元
9787302188667	《ASP.NET & IIS 7 高级编程》	Professional IIS 7 and ASP.NET Integrated Programming	79.80 元
9787302188674	《Windows PowerShell 高级编程》	Professional Windows PowerShell Programming	48.00 元
9787302194828	《ASP.NET AJAX 编程参考手册》	ASP.NET AJAX Programmer's Reference	168.00 元
9787302199922	《ASP.NET Web 界面设计三剑客：CSS、Themes 和 Master Pages》	Professional ASP.NET 2.0 Design:CSS,Themes,and Master Pages	58.00 元

Wrox 红皮书——数据库与程序设计基础

数据库与程序设计基础知识是每一位程序员和编程爱好者都应该掌握的。Wrox 在这方面同样有不少好书，如《Oracle 高级编程》、《C++ 入门经典》和《正则表达式入门经典》等书都畅销全世界，可帮助你的程序设计生涯打下坚实的基础。

中文版书号	中文书名	英文书名	定价
9787302146537	《SQL Server 2005 编程入门经典(第 2 版)》	Beginning SQL Server 2005 Programming	69.90 元
9787302141815	《Oracle 高级编程》	Professional Oracle Programming	69.90 元
9787302141839	《数据库设计入门经典》	Beginning Database Design	46.00 元
7302128832	《SQL 入门经典》	Beginning SQL	48.00 元
7302120625	《C++入门经典（第 3 版）》	Ivor Horton's Beginning ANSI C++, 3rd Edition	98.00 元
7302125481	《程序设计入门经典》	Beginning Programming	39.90 元
7302123748	《Unix 入门经典》	Beginning Unix	39.90 元
7302124027	《Red Hat Enterprise Linux 3 权威指南》	Professional Red Hat Enterprise Linux 3	68.00 元
9787302170839	《C 语言入门经典（第 4 版）》	Beginning C: From Novice to Professional, fourth edition	69.80 元
9787302179528	《SQL Server 2005 数据库管理入门经典》	Beginning SQL Server 2005 Administration	59.80 元
9787302183822	《正则表达式入门经典》	Beginning Regular Expressions	79.99 元
9787302185543	《SQL Server 2005 Integration Services 专家教程》	Expert SQL Server 2005Integration Services	48.00 元
9787302200871	《SQL Server 2005 性能调优》	Professional SQL Server 2005 Performance Tuning	68.00 元

Wrox 红皮书——Java 与 Web 开发技术

在 Wrox 红皮书中，不光.NET 图书深受广大开发人员喜爱，其 Java 与 Web 开发技术方面的图书也同样异彩纷呈，深受欢迎。近两年，Wrox 公司不仅及时推陈出新原有的经典编程之作，还根据技术市场的变化研发了很多优秀的新品，都得到市场和广大读者的高度认可和推崇，相信它们在中国市场上也会大受欢迎。

中文版书号	中文书名	英文书名	定价
7302139091	《Java 高级编程（第 2 版）》	Professional Java Programming,2nd Edition	69.80 元
7302125449	《Eclipse 3 高级编程》	Professional Eclipse 3 for Java Developers	58.00 元
9787302160502	《Ruby on Rails 入门经典》	Beginning Ruby on Rails	39.99 元
9787302163114	《XML 案例教程：提出问题－分析问题－解决方案》	XML Problem Design Solution	36.00 元
9787302166948	《Mashups Web 2.0 开发技术——基于 Amazon.com》	Amazon.com Mashups	48.00 元
9787302179511	《搜索引擎优化高级编程（PHP 版）》	Professional Search Engine Optimization with PHP: A Developer's Guide to SEO	48.00 元
9787302180036	《Ajax 入门经典》	Beginning Ajax	58.00 元
9787302179542	《CSS 入门经典》（第 2 版）	Beginning CSS: Cascading Style Sheets for Web Design,2nd Edition	68.00 元
9787302185536	《搜索引擎优化高级编程（ASP.NET 版）》	Professional Search Engine Optimization with ASP.NET: A Developer's Guide to SEO	48.00 元
9787302189220	《Rich Internet Applications 高级编程：后 Ajax 时代》	Professional Rich Internet Applications: AJAX and Beyond	68.00 元
9787302194194	《JavaScript 入门经典（第 3 版）》	Beginning JavaScript ,3rd Edition	98.00 元
9787302194781	《XML 高级编程》	Professional XML	98.00 元
9787302194651	《XML 入门经典（第 4 版）》	Beginning XML ,4th Edition	118.00 元
9787302194644	《VBScript 程序员参考手册（第 3 版）》	VBScript Programmer's Reference, third edition	98.00 元
9787302195627	《PHP 和 MySQL 实例精解》	PHP and MySQL create-modify-reuse	48.00 元

英文版书号	英文书名	中文书名（暂定）	预计出版日期
9780470097823	Professional IIS 7	《IIS 7 专家教程》	09.05
9780470182079	Adobe Air: Create-Modify-Reuse	《Adobe AIR 实例精解》	09.05
9780470124499	Beginning Sharepoint 2007: Building Team Solutions with Moss 2007	《Sharepoint 2007 入门经典》	09.06
9780470101612	Beginning Spring Framework 2	《Spring Framework 2 入门经典》	09.03
9780470259313	Beginning Web Programming with HTML, XHTML, and CSS, 2nd Edition	《Web 程序设计入门经典：HTML、XHTML 和 CSS（第 2 版）》	09.06
9780470177082	Professional CSS: Cascading Style Sheets for Web Design, 2nd Edition	《CSS 高级编程（第 2 版）》	09.05
9780470117569	Professional SharePoint 2007 Development	《SharePoint 2007 高级开发编程》	09.07